आनन्द पथ

योगी अरविन्द के क्रान्तिद्रष्टा से महर्षि बनने की अन्तर्गाथा

आनन्द पथ

योगी अरविन्द के क्रान्तिद्रष्टा से महर्षि बनने की अन्तर्गाथा

राजेन्द्र मोहन भटनागर

वाणी प्रकाशन

वाणी प्रकाशन
4695, 21-ए, दरियागंज, नयी दिल्ली 110 002
फ़ोन : +91 11 23273167 फ़ैक्स : +91 11 23275710
शाखाएँ
अशोक राजपथ, पटना 800 004, बिहार
कॉफ़ी हाउस कैम्पस, महात्मा गांधी मार्ग, इलाहाबाद 211 001, उत्तर प्रदेश
महात्मा गांधी अन्तरराष्ट्रीय हिन्दी विश्वविद्यालय, वर्धा 442 001, महाराष्ट्र
सुल्तानिया रोड, मोतिया पार्क, भोपाल 462 001, मध्य प्रदेश
www.vaniprakashan.com
marketing@vaniprakashan.in
sales@vaniprakashan.in

ANAND PATH
by Rajendra Mohan Bhatnagar

ISBN : 978-93-89915-21-1
Novel

प्रथम संस्करण 2020

मूल्य : ₹ 595

सिटी प्रेस, दिल्ली-110 095 में मुद्रित

वाणी प्रकाशन का लोगो मक़बूल फ़िदा हुसेन की कूची से

जो महापुरुष हैं, वे संसार के ज्ञान को अपने महात्म्य से ही ग्रहण करते हैं और ग्रहण करने के बाद अपने जीवन में उतार कर जगत में उसकी सच्चाई का प्रकाश चमका देते हैं।

–रवीन्द्रनाथ ठाकुर

भूमिका

प्रिय मित्रो,

अब आप योगी अरविन्द के उस जीवन से जुड़ने जा रहे हैं जो परिवर्तनों से भरा है और तेज़ी से बदलता रहा है। दुर्धर्ष संघर्ष और विकट उतार-चढ़ाव का यह भाग उनके साहस, उनकी करुणा, संवेदना, उनकी दुर्लभ कर्मठता और विलक्षण प्रतिभा के अन्यतम उदाहरण का साक्ष्य है। उनके निर्णयों की गहराई कितनी मौलिक, सजग, दूरगामी और मानव चरित्र की स्थापना के लिए महत्त्वपूर्ण है, इससे यह जाना जा सकेगा। वे शिक्षक-प्राचार्य के रूप में उद्भट मनीषी व योग्यतम प्रबन्धक रहे हैं। क्रान्तिकारी की भूमिका उनकी बेजोड़ रही। उनका सम्पादकीय उत्तरदायित्व सर्वोपरि रहा। एकाकी कठोरतम कारावासीय जीवन में वासुदेव का पदार्पण निःसन्देह एक अनूठी घटना है। इस घटना से उनमें आश्चर्यजनक परिवर्तन हुआ। वे योगी से स्वयं वासुदेव होने का अनुभव करने लगे। अद्वैत आत्मा का पर्व ही परमात्मा है। आत्मा में ही परमात्मा का स्थायी निवास है—चर-अचर, जड़-चेतन आदि सभी में।

वे आजीवन इस महत्त्व को रेखांकित करते रहे कि वह (ईश्वर) सर्वव्यापी है। सब में है। उसके लिए मात्र शिला के नीचे दबे मधुकूप को अनुभव करने की ज़रूरत है। उस तक पहुँचना बहुत आसान है। कोई पत्थर नहीं तोड़ने, न पहाड़ पर किसी गुफा में बैठना है। आप जैसे हैं, यहीं से, उसी स्थिति में उसे पा सकते हैं। मात्र निःस्वार्थ परसेवा का ध्यान लगाकर, परसेवा कर, उसके आनन्द अनुभव से जुड़कर और इरादों से मानवता के लिए सदैव तत्पर तथा आत्म-बलिदान की ताक़त का उदाहरण बनकर।

अरविन्द एक स्वस्थ, मिलनसार, परोपकारी, स्थिर चित्त विनम्र समाज बनाने के लिए ध्यान लगाकर समूची मानवता के लिए प्रार्थना करते थे।

इस सब के पीछे उनकी जो साधना थी वह आन्तरिक थी। अन्तर में होने वाले द्वन्द्व-अद्वन्द्व को जानने का कोई तरीक़ा नहीं है। इसलिए उनका यह कहना किसी सीमा तक उचित ही है कि–'मेरा जीवन लिखना बिल्कुल असम्भव है। ...उसे कौन लिख सकता है? सिर्फ़ मेरे बारे में ही नहीं, किसी कवि, दार्शनिक या योगी की जीवनी लिखने का प्रयास करना व्यर्थ है। ये लोग अपने बाह्य में नहीं रहते। उनका असली जीवन आन्तरिक होता है और कोई अन्य व्यक्ति उसे कैसे देख सकता है।' फिर भी लिखने वाले लिखते हैं जैसे महात्मा गाँधी, हरिवंश राय 'बच्चन' आदि। और कुछ ऐसे भी होते हैं जो अपनी जीवनी दूसरों से लिखवाते हैं। क्योंकि कोई ज़रूरी नहीं कि जीवनी स्वयं लिखी हो या दूसरे से लिखाई गयी हो, वह अधूरी न हो या सत्य से हटकर न हो। मुझे लगता रहा कि जीवनी से बेहतर इसके लिए उपन्यास विधा है और मैंने यह सिद्ध भी किया, जिसकी पुष्टि 'धर्मयुग' (16 फरवरी, 1995) में छपे लेख–'यातना-गृह का मूक नायक' तथा 'कुली सत्याग्रही की कथा' (जनसत्ता, 22/09/2010) से होती है। उनमें लिखा है कि–"ऐसे पात्रों पर लिखी गयी पुस्तकें या तो गौरवगाथा बन जाती हैं या फिर जीवनी में सिमटकर रह जाती हैं। लेकिन राजेन्द्र मोहन भटनागर का वह उपन्यास 'युगपुरुष अम्बेडकर' महत्त्वपूर्ण उपन्यासों की परम्परा की कड़ी बन गया। ...लेखक गाँधी के अन्तर्द्वन्द्वों को अपनी कल्पना से मूर्त करना चाहता है। यही नहीं, गाँधी ने जिन घटना प्रसंगों का सीधा-सपाट या चलताऊ ढंग से अपनी आत्मकथा में वर्णन किया है, उनको लेखक बहुत संवेदनशीलता और भावों के उतार-चढ़ाव के साथ साहित्यिक शैली में विन्यस्त करता चलता है। ऐसा करते हुए लेखक परकाया प्रवेश वाली अवधारणा को सत्यापित करते दिखायी देता है।" ऐसे अनेक उदाहरण हैं। मेरे यहाँ इन उदाहरणों को देने का अभिप्राय इतना-सा है कि यदि उपन्यास तटस्थ होकर पूरी निष्ठा से लिखा जाये तो पाठक उस चरित्र से जुड़ता चलता है और निर्णय लेने के अनेक अवसरों से लाभ उठा सकता है। दूसरे उससे प्रेरित होकर प्रतुष्टि का अनुभव भी कर सकता है।

यथार्थतः अरविन्द का चरित्र बहुआयामी है और हर वर्ग के लिए है। मैंने उनके चरित्र से जुड़े प्रसंगों को तत्कालीन समाज के साथ उठाया है। वह भारत की आज़ादी के लिए चल रहे संघर्ष का समय था। हिंसा और

अहिंसा के माध्यम उस समय अपनाये जा रहे थे। गरम और नरम दल कांग्रेस में अपने अस्तित्व की लड़ाई जारी रखे हुए थे। विश्वयुद्ध से नहीं बचा जा सका था। इस सबके बीच अरविन्द की सक्रियता को समझने की विशेष ज़रूरत है।

मैंने तत्कालीन इतिहास के साथ अरविन्द के समय की सामाजिक व सांस्कृतिक गतिविधियों पर पूरा ध्यान दिया है। यों कहा जा सकता है, हर दृष्टि से तत्कालीन समय उनके साथ-साथ चलता है। उनकी अद्वितीय विलक्षण प्रतिभा का लोहा समूचा विश्व मानने लगता है। क्रान्ति से निकलकर योगोन्मुख होना उनके निर्णय की गरिमा तथा उस क्षेत्र में उनकी मौलिक साधना का द्योतक है। उनमें अतीत, वर्तमान और अनागत की त्रिवेणी एक साथ बहने लगती है। इस गहन और विकट व्यापक समय से गुज़रना निःसन्देह पाठक के लिए उत्सुकता और जिज्ञासा का हेतु होगा। इसमें वह भी अपने होने की दस्तक देता अनुभव कर सकेगा। यों अरविन्द और उनके समय का साधारणीकरण पाठक के लिए एक ऐसा धरातल दे सकेगा, जिससे भेदभावरहित, बराबरी का और एक ऐसा खुशहाल, स्वस्थ, मानववादी तथा परस्पर सहयोगी समाज की संकल्पना को साकार करने को दिशा में उसे आगे बढ़ता अनुभव होने लगेगा।

अब योगी अरविन्द और आप में दूरियाँ नहीं रहेंगी। दोनों मित्रवत अनुभव कर सकेंगे। अन्त में पाठकों को उनकी परम्परा का स्मरण करते हुए यह अपेक्षा रख सकूँगा कि आपके विचार और जिज्ञासामूलक प्रश्न पहले की तरह मुझे अवश्य मिल सकेंगे। यही मेरी आगामी यात्रा का पाथेय होंगे। तथास्तु।

–राजेन्द्र मोहन भटनागर

1

घर में चहल-पहल शुरू हो चुकी थी। अरविन्द बैरिस्टर मनमोहन घोष की कोठी में आ गये थे। अरविन्द का जन्म भी इसी कोठी में हुआ था। वे कलकत्ते के लब्ध-प्रतिष्ठित बैरिस्टर थे। गिरीश चन्द्र बोस के माध्यम से यह निश्चित हुआ कि शादी उन्हें कलकत्ते आकर करनी होगी। शिलांग बारात ले जाना सम्भव नहीं है।

बात व्यावहारिक थी। भूपाल चन्द्र बसु को समझाया-बुझाया तो बात जम गयी। यह भी तय हो गया कि शादी सामान्य होगी। यद्यपि विनय भूषण अरविन्द के बड़े भाई यह नहीं चाहते थे कि शादी सामान्य ढंग से हो तथापि उनको भी मानना पड़ा। वहाँ तो बैरिस्टर मनमोहन घोष की चल रही थी। वह अरविन्द के पक्षधर थे।

भूपालचन्द्र बसु ने समझाया कि वह अपनी पहली लड़की का विवाह कर रहे हैं अतः विवाह ढंग से उनकी हैसियत और बिरादरी को देखते हुए होना चाहिए। आख़िर उनके भी कुछ अरमान हैं। उनकी पुत्री के मन में भी कुछ-कुछ है।

अरविन्द कोई निर्णय नहीं ले पा रहा था। ब्राह्मण समाज सादगी पसन्द था। मृणालिनी वहाँ की छात्रा थी। उस दिन रवीन्द्रनाथ टैगोर बैरिस्टर मनमोहन के आमन्त्रण पर वहाँ आये थे। तब घर पर अरविन्द नहीं थे। बैरिस्टर मनमोहन घोष और विनय भूषण घोष से सारी बातचीत हुई। रवीन्द्रनाथ टैगोर ने स्पष्ट कहा कि वह दहेज के ख़िलाफ़ हैं। शादी में फ़िज़ूल की टीमटाम नहीं होनी चाहिए, परन्तु लड़की वालों को केवल दहेज़ न देने के लिए राज़ी किया जा सकता है, शेष वह जैसा चाहें कर सकते हैं।

आख़िर भूपालचन्द्र बसु वरिष्ठ अधिकारी हैं। उनमें अधिकारी होने का ख़ास रुतबा भी है। उनकी मित्र मण्डली भी बड़ी है। इस कारण उनके मन की बात भी मान ली जाये। विवाह एक सर्वोत्तम सामाजिक पर्व है। पता नहीं, उसे धर्म से कैसे जोड़ दिया गया? रवीन्द्रनाथ टैगोर में तब तक सामाजिक जागृति की लहर काम करने लगी थी।

अरविन्द थककर लौटे। उसका चेहरा उतरा हुआ था और उसकी आँखें जल रही थीं। उसके साथ देव चक्रवर्ती भी था।

कल से आज गर्मी तेज़ थी। हवा में भी गर्माहट थी, परन्तु लू नहीं चल रही थी।

अरविन्द की चिन्ता बढ़ गयी थी, क्योंकि बारीन का कहीं पता नहीं चल सका। वह बारीन के मित्रों से पूछताछ कर चुका था। कैसी विषम परिस्थिति थी कि शादी का जोश कम होता गया। मनमोहन भी अभी तक नहीं आया था। उसकी पत्नी की डिलीवरी होने वाली थी। सरोजिनी आ चुकी थी और बारीन के बारे में कई बार पूछ चुकी थी।

बैरिस्टर मनमोहन घोष ने आकर रवीन्द्रनाथ टैगोर से हुई बात का सार समझा दिया। वह समझ भी गये। वह किससे कहें कि बारीन का पता करे?

उधर आशीर्वाद समारोह की तैयारी शुरू हो चुकी थी। लड़की वालों की तरफ़ से लड़की के पिता, माँ, मामा-मामी, चाचा-चाची और रिश्तेदार, मित्र आदि आ चुके थे। सरोजिनी अरविन्द के लिए सूट, शर्ट आदि लेकर आयी। उसके साथ उसकी बड़ी दीदी (भाभी) भी थीं।

"यह क्या है, बऊ दी (भाभी)?"

"विवाह बन्धन की पारी का सुप्रारम्भ, ठाकुर पो (देवर)। घबराये नहीं। मंगल कार्य है। इन कपड़ों को पहन कर आओ। बाहर लड़की वालों की ओर से ख़ूब लोग आये बैठे हैं।"

"यह सब झमेला, बऊ दी।"

"शादी कर रहे हो, ठाकुर पो, कोई मज़ाक़ नहीं। शादी की ज़िम्मेदारियों का एहसास यहीं से होने लगता है। बैरिस्टर साहब ने भी ख़ासी भीड़ जमा कर ली है। वो क्या उनसे कम हैं। जब लड़की वाले रोब-दाब से मज़मा लेकर आ सकते हैं, तब वह तो लड़के वाले ठहरे।"

"ओह! यह बात हो गयी।"

"सरो, कपड़े वहाँ मेज़ पर रख दे। ख़याल रहे, नीचे लड़की वालों के पिता भी हैं, ठाकुर पो। उनको इज़्ज़त देना हमारा कर्तव्य है।"

वे चली गयीं। अरविन्द के मित्र आ गये। अरविन्द ने पूछा, "आपने आने का कैसे कष्ट किया, महानुभावो?"

"अपना मित्र शादी की तैयारी में जुटा हो और उसके मित्र हाथ पर हाथ धरे सड़कों पर धूल फाँकें, यह कहाँ का इन्साफ़ है?"

"लेकिन...मैंने तो...?"

"तूने तो किसी से नहीं कहा, बैरिस्टर साहब ने ज़माना देखा है। उनके यहाँ से बड़ी धूमधाम से शादियाँ हुई हैं। उन शादियों की रौनक आज भी लोगों की ज़ुबान से छूटी नहीं हैं। कहते हैं, ईश्वर और माँ काली की अनुकम्पा है, जिसका जन्मोत्सव इस घर में बड़ी धूमधाम से हुआ, उसकी शादी भी उसी शान से होगी।"

"लेकिन मैंने तो...?"

"तू अपनी मैं-मैं छोड़ और कपड़े पहन कर हमारे साथ नीचे चल। ...तूने तो अपने लिए नये कपड़े नहीं सिलवाये ना।"

अरविन्द को आश्चर्य हुआ। उसने कहा था, "दा, सादगी से विवाह हो जाये। कोई टीमटाम नहीं। चन्द लोग...बस।"

"तू चिन्ता मत कर, ऑरो, होगा वही जो राम रच राखा। न कम, न ज़्यादा...और ये सब।" अब वह क्या करे?

बैरिस्टर पी. मित्रा भी आ गये। उन्हें देखकर अरविन्द आश्चर्यचकित रह गया। अब उनसे क्या पूछें।

पी. मित्रा ने ही कहा, "बैरिस्टर मनमोहन घोष से ज्ञात हुआ कि तुम शादी का संकल्प लेने का निश्चय यथार्थ में बदलने जा रहे हो। आज आशीर्वाद समारोह है। ...मैं तो...।"

अरविन्द पी. मित्रा को लेकर दूसरे कमरे में चला आया और पूछा, "बारीन की कोई ख़बर मिली क्या?"

"उसके नाम का वारंट निकल चुका है। पुलिस चप्पा-चप्पा तलाश करने पर तुली है। फ़िलहाल...वह धनबाद न होकर बनारस पहुँच जायेगा और नयी सूचना पहुँचने तक वहीं ठिकाना बनाये रखेगा।" पी. मित्रा ने बहुत धीमे स्वर में कहा।

"मेरे विवाह का समाचार?"

"वह भी उसे दे दिया।" पी. मित्रा ने जेब से निकाल कर एक पुरजा अरविन्द की ओर बढ़ा दिया। अरविन्द ने पुरजा खोला और पढ़ा। उसमें लिखा था :

श्रद्धेय सेजदा,

यह जानकर अत्यन्त हर्ष हुआ कि आप प्रणय सूत्र में बँधने जा रहे हैं। आशीर्वाद समारोह पर मैं आ पाता तो...। ख़ैर न होने का अब मुझे मलाल नहीं सताता है। मलाल करने से मन क्यों बिगाड़ा जाये। उस दिन मैं लौट कर नहीं आ सका। पुलिस सूँघती हुई पीछे-पीछे वहाँ आ पहुँची। एक क्रान्तिकारी का जीवन माचिस की जलती हुई तीली है। कहाँ पूरी सरकार, अस्त्र-शस्त्रों से सुसज्जित और कहाँ हम मुट्ठी भर लोग। पर हौसला है। शायद कुछ अच्छा ही होगा।

उस दिन महाराज जी ने आपके लिए छेनार कलियाँ, ढोंकार डालना और छेनार पुलाव बनवाया था। साथ में मटन और चिकेन भी। पर आपको वह सब कहाँ अच्छा लगा होगा। मेरी चिन्ता सता रही होगी। झींगन मछली और हिलना मछली देरी से आयी थी वरना...।

मजोदादा आ गये होंगे। उन्हें प्रणाम कहिएगा। मेज बऊ दी को भी प्रणाम।

आपका

बारीन

बहुत देर तक अरविन्द पत्र को देखते रहे। फिर बोले, "आप भी रुकिएगा, मित्रा जी। मैंने तो किसी को आमन्त्रित नहीं किया। बैरिस्टर दा ही सब कुछ कर और करवा रहे हैं। देव चक्रवर्ती और उनकी पत्नी उनकी सहायता कर रहे हैं।"

"मुझे तो पहले बिन बुलाये मेहमान मानकर बैरिस्टर साहब ने आदेश दे दिया कि उनसे बिना पूछे यहाँ से नहीं जायेंगे।"

"बारीन के भाग्य में क्या लिखा है? वह ज़्यादा पढ़ नहीं सका। मैट्रिक पास कर मेरे पास आया था।" अरविन्द रुक-रुककर कहता जा रहा था।

"जो लिखा है, वह अच्छा ही लिखा है। उसने बन्दिनी माँ को मुक्त कराने का बीड़ा उठाया है, यह क्या कोई छोटी बात है!...बहुत बड़ी बात है।

बहुत बड़े कलेजे की बात है। स्वाभिमान और गौरव की बात है।" मि. मित्रा ने कहा, "अरविन्द, तुम्हें अपना ख़याल भी रखना होगा। सरकार तुम्हारी गतिविधियों पर पूरा ध्यान रख रही है। तुम्हारा कलकत्ते-बड़ौदा से बार-बार आना-जाना सरकार की निगाह में आ चुका है। उसे यह जानकारी हो चुकी है कि तुम बारीन के बड़े भाई हो।"

"समझ सकता हूँ, मित्रा जी।"

"तुम्हारा प्रोफ़ेसर और वाइस प्रिंसिपल होना तुम्हें बचाये हुए है, पर यह आड़ अधिक दिनों तक तुम्हें बचाये नहीं रख सकती।"

"मेरे अन्दर भी विद्रोह जन्म से रहा है वरना मैं भी कुछ चाहता हूँ।"

"पर विवाह करके...?"

"हाँ, मित्रा जी, विवाह मेरा व्यक्तिगत मामला है। क्रान्ति मेरे समय की पुकार है...भारत को उठना ही होगा। उसे पूर्व प्रतिष्ठित पद सँभालना ही होगा।"

"उसके लिए हमें प्रतीक्षा करनी होगी। जल्दबाज़ी से बनता हुआ काम बिगड़ जाता है। शीघ्र तैयार हो जाओ, नीचे तुम्हारी प्रतीक्षा हो रही है।"

अरविन्द तैयार होकर अपने चहेते मित्रों के साथ नीचे आ गये। काफ़ी बड़ा आँगन था। ऊपर टट्टर डला था। अरविन्द ने आते ही सबको प्रणाम किया। चहल-पहल शुरू हो गयी। आँगन के बीचोबीच अरविन्द को बैठाया गया।

भूपालचन्द्र बसु आगे आये अरविन्द के सामने आकर बैठ गये। उनके पास ही उनकी पत्नी और चाचा-चाची भी बैठ गये। एक थाली में चन्दन, दही, धान, मिठाई, मछली आदि और दूसरी थाली में वस्त्र, सोने की ज़ंज़ीर आदि थे।

सब तरफ़ से जिज्ञासा चमक उठी। सबके चेहरों पर प्रसन्नता थी। ग्रामोफ़ोन पर चल रहा बँगला गीत बन्द कर दिया था। बैरिस्टर मनमोहन की आँखों में छलछला भर आयीं। खुशी की जल! अतीत की यादों से भरी बूँद।

भूपालचन्द्र बसु ने अरविन्द की गोद में वस्त्र रखे और सोने की चेन पहनायी। चन्दन का तिलक किया, धान लगाया, दही, मिठाई और मछली को छुआ कर एक छोटा-सा टुकड़ा उनके मुँह में डाला।

तभी उल्लूह ध्वनि गूँज उठी। हर्ष की ध्वनि। यह ध्वनि पाँच बार उठी। जल छिड़का गया। चारों ओर से बधाई शुरू हुई। भूपालचन्द्र बसु ने खास-खास लोगों को, जिनको बैरिस्टर मनमोहन ने बताया था, लिफ़ाफ़ा दिया। अरविन्द ने सबको पुनः प्रणाम किया और सबका आशीर्वाद लिया।

दूसरे दिन यही कार्यक्रम लड़की वालों के घर हुआ। गिरीशचन्द्र बोस की कोठी पर हुआ। विनयभूषण और उनकी मिसेज़ चन्द्रा ने सारे नेग किये। मृणालिनी के तिलक लगाया। उसे दही, मिठाई आदि खिलाया। वस्त्र दिये—क़ीमती साड़ी, ब्लाउज़, गले में मटरमाला पहनायी। फिर वही उल्लूह ध्वनि हुई। वही पाँच बार। वाग्दान हो गया। अब मृणालिनी वाग्दत्ता हो गयी।

गुड़िया-सी मृणालिनी रहस्य-आनन्द से घिरी सबके पाँव छू रही थी। सबका आशीर्वाद ले रही थी। उसके अधरों पर हलका-सा कम्पन था, उसकी आँखों में कुतूहल भरी हलकी-सी आशंका भी थी। वह कई शादियों में गयी थी। तब शादी उसके लिए कभी सोचने का विषय नहीं बना, सदा हर्षातिरेक से भरकर वह खिलखिलाती रही। कभी नहीं ध्यान दिया कि वह भी कभी पराये घर की शोभा बनेगी। उसका अपना घर छूटेगा।

सुखदा मुखर्जी, कनुप्रिया मित्रा, निर्मला टैगोर, सुधीरा, नलिनी गुप्त आदि के साथ उसकी बहन, भाई आदि सबके सब प्रसन्न हो रहे थे। वह देख-समझ रही थी कि उनकी प्रसन्नता कितनी निश्छल है। कितनी भोली है। मात्र वह अपनी माँ तथा पिता के काँपते मन को महसूस कर रही थी।

सात दिन बाद शादी और वह पराये घर की शोभा। मायका छूट जायेगा। नया घर, नया वातावरण, अपना कोई नहीं, सब लगभग अपरिचित—अरविन्द भी। दार्शनिक कवि और प्रोफ़ेसर के स्वभाव के बारे में वह क्या जाने? बहुत अधिक पढ़े-लिखे, उच्चकोटि के विद्वान् और प्रायः गम्भीर बने रहने वाले शख़्स के साथ उस जैसी सामान्य शिक्षिता, स्वभाव से हँसमुख, कुछ-कुछ चंचल और भरे पूरे परिवार के तौर-तरीक़े में ज़िन्दगी बसर करने वाली की सामान्य आकांक्षाओं का क्या होगा?

रूप और सौन्दर्य की चर्चा बराबर बनी रही। राधा कृष्ण की संज्ञा उन्हें दी गयी। बिना जाने, बिना समझे और बिना तोले उन्हें महिमामण्डित कर दिया गया। नलिनी गुप्त उन सबसे वरिष्ठ थी, उम्र में भी, शिक्षा और

अनुभव में भी। वह सुखदा से कह रही थी, "बाक़ी सब तो ठीक है, घर-घराना भी ठीक है, परन्तु इन दोनों की जोड़ी मुझे कुछ जम नहीं रही है। ईश्वर मेरी काली सोच को ठुकरा दे। उनकी ज़िन्दगी में सदा वासन्ती बहार बहने दे।"

सरला भागवत ने उसके कथन का समर्थन करते हुए ही कहा, "वो तो सब ठीक है, दीदी, परन्तु उम्र में ज़मीन-आसमान अन्तर को कौन दूर करेगा? रूपवती मीनुदी (मृणालिनी) बहुत मिलनसार है, हर एक के सुख-दुख में काम आती है। बहुत अच्छा गाती है और निरभिमानी है। अभी उसने देखा ही क्या है? अच्छे परिवार में पली-बढ़ी है, चिन्ता को उसने पास नहीं फटकने दिया है। पहाड़ी प्रपात-सी हरदम चहकती-महकती रहती है। कोई रोक-टोक नहीं। कोई अड़चन नहीं। ख़र्च करने में खुला हाथ! ख़ैर जो होगा, अच्छा ही होगा।"

"क्यों नहीं, भागवत! फिर भाग्य से आगे की कौन जाने, क्या होगा?"

यह सब टुकड़े-टुकड़ों में अरविन्द घोष ने भी सुना था। कुछ अड़चन भी हलके-हलके उठी थी। जैसे कृष्णधन ने विदेश से लौटकर पश्चात्ताप की रस्म अदा नहीं की, उलटे सारे समाज को अँगूठा दिखा दिया। कर ले, समाज क्या करना चाहता है।

"बन्धु, यह शादी हम नहीं करावेगा?" जितने पण्डितों के पास गये, उत्तर यही मिला।

क्यों भला? क्योंकि तत्कालीन समाज को उन्होंने नीचा दिखलाया था। उसका पश्चात्ताप तो करना होगा।

"डॉ. कृष्णधन तो रहे नहीं, फिर?"

"सवाल रहने या नहीं रहने का नहीं है, सवाल है, परम्परा का। अरविन्द के बड़े भ्राता तो यही हैं, वे प्रायश्चित्त की रस्म अदा करें, तो क्या बुरा है? ज़रा ध्यान से सोचो, मुरलीधर चौधरी। बात बिगड़ने में देर नहीं लगती।"

भूपालचन्द्र बसु जिस किसी पण्डित से बात करते, वही यह प्रश्न उठा देता। बारात आने में मात्र दो दिन रह गये थे, परन्तु इस मुद्दे पर बात जहाँ की तहाँ अटकी हुई थी। यहाँ तक कि गिरीशचन्द्र बोस के मित्र रघुराज चक्रवर्ती भी नहीं मान रहे थे। हालाँकि उनकी पत्नी इला चक्रवर्ती ने उन्हें ख़ूब समझाया, लेकिन ब्राह्मण समाज के लिए गये फ़ैसले के सामने वह भी नत थे।

कोई उपाय नहीं सूझ रहा था। सीधी-सरल शादी में यह कैसा अप्रत्याशित झंझट-झमेला। महन्त मुखारविन्द चक्रवर्ती के सामने जब यह बात पहुँची तो वह और भी चिन्तित हो उठी थी। पण्डित सफ़ाई दे रहे थे कि पिता इनके इंग्लैंड गये, फिर लड़के गये...तीन-तीन। पर इन्होंने अपने समाज को साफ़ धता बता दिया। ब्राह्मण समाज का यह घोरतम अपमान है। पण्डितों की इस प्रकार की एकता को देखकर भूपालचन्द्र बसु घबरा उठे। हलचल हो उठी। आख़िर पी. मित्रा, बैरिस्टर बीच में आये। उनके पास ब्राह्मण समाज के मुखिया का केस था। उन्होंने उसे बुलाकर समझा-बुझा दिया कि इस शादी में कोई व्यवधान खड़ा मत करो। हाँ, दण्ड स्वरूप हम कुछ राशि दिलवा देते हैं। भूपालचन्द्र बसु ने पुलिस कमिश्नर से कहलवा दिया।

भूपालचन्द्र बसु ने स्वयं आगे बढ़ कर दो सौ एक रुपया ब्राह्मण समाज में दण्ड स्वरूप जमा करवा दिया। इन क्षणों में मृणालिनी देवी के मन में यह विचार अवश्य उठा कि उसकी मँगनी टूट जाये तो ठीक है। शुरू-शुरू में ही आने वाली कठिनाइयों से उसे लगने लगा था कि यह सम्बन्ध आगे चल कर उसके जीवन में बाधाएँ खड़ी करेगा। उसने सुधीरा से कहा भी था, "पता नहीं क्यो। ...कह नहीं सकती। तर्क भी मेरे पास कोई नहीं है सिवा दिल के। क्या करूँ? किससे कहूँ? कैसे कहूँ? और वह भी अब...सुधीरा। ...पर तू मेरे दिल की साक्षी है। मैंने तुझसे और अपनी माँ से कभी कुछ नहीं छिपाया। यह बात तो मैं अपनी माँ पर भी सीधे-सीधे ज़ाहिर नहीं कर सकी।"

"कौन-सी बात? कैसी बात?"

"तू बता, दिल सच बोलता है या दिमाग़?"

"दोनों ही या...। मैं कैसे बताऊँ? मैंने कभी इस तरह नहीं सोचा।"

"तू दिल की बात मानती है या दिमाग़ की।"

"जैसा मौक़ा हो।"

"क्या मतलब?"

"मतलब मैं नहीं जानती।"

"अच्छा यह बता कि दिल के बारे में तेरा क्या ख़याल है।"

"कैसा ख़याल, मीनुदी?"

"तू शायद बचना चाहती है।"

"किससे, मीनुदी?"

"किससे बचना चाहेगी?" मृणालिनी ने इतना कहकर अपने चारों ओर देखा। रात क़दम बढ़ाकर चार्ज ले लेना चाहती थी।

"किससे?...मैं कुछ समझ नहीं रही।"

"या समझना नहीं चाह रही।"

"तू पहेलियाँ न बुझा, मीनुदी। जो मन में घुल रहा हो, वह साफ़-साफ़ कह डाल। मन हलका हो जायेगा।"

"वही तो अब तक प्रयास कर रही थी। पर तू है कि कुछ मानने-जानने के लिए तैयार ही नहीं।"

"नहीं, मीनुदी, ऐसा कुछ नहीं है। मैं नहीं जानती कि मैं किससे बचना चाहती हूँ?"

"घबरा गयी, सुधीरा। अभी ज़िन्दगी पहाड़-सी खड़ी है। ...पहाड़ समझती है, देवघर के नहीं, शिलांग के।"

"तू कहती जा। मैं सुनती जाऊँगी।"

"पर कुछ बोलेगी नहीं।"

"यदि मुझे लगा तो अवश्य कोशिश करूँगी।"

मृणालिनी ने अपनी फैलायी गठरी समेट ली। अपने होंठों को जीभ फेर कर तरल किया। दोनों के बीच सघन चुप्पी आ पसरी किसी मोटी औरत के समान, जो लेटते ही खर्राटे भरने लगती है। अचानक मृणालिनी ने कहा, "आदमी किससे बचना चाहता है, दूसरों से नहीं, अपने आप से। काश, मनुष्य अपने आप से बचना छोड़ दे तो?...पर ऐसा होता नहीं है।"

"शायद तू ठीक कहती है, मीनुदी?"

"मैं ग़लत भी कह सकती हूँ और वह भी कइयों की दृष्टि में शत-प्रतिशत सही हो सकता है।" मृणालिनी आज कहे जा रही थी। उसका कथन रहस्यात्मक बनता जा रहा था। वह स्वयं भी अपने कथन के प्रति सचेत या सावधान नहीं थी, क्योंकि उसके कथन में बहुत कुछ अकहा, असमाप्त हुआ, आड़ा-तिरछा और अनचाहा था। उसके मन की बुनावट रह-रहकर खुलकर बिखर रही थी। फँदे पड़ने लगते थे, पर बुनावट बराबर अमूर्त बनी रह जाती थी।

सुधीरा बहुत गहरे में उतरकर यह जानना चाहती थी कि उसमें उलटवांसी का दौरा क्यों पड़ रहा है, जबकि अब तक जितना वह

जान पायी थी, सब कुछ सहज और अनुकूल था। उसने पूछ ही लिया जो वह इस शुभ अवसर पर पूछने के क़तई पक्ष में नहीं थी, "क्या, मीनुदी, तेरा मन नहीं चाहता कि...।"

"चाहने न चाहने का सवाल अब कहाँ शेष बचता है! हम बहुत आगे आ चुके हैं, जहाँ से चतुर्दिक मर्यादाओं की आसमान छूती चोटियाँ ही नज़र आ रही हैं। इसी कारण तो मेरे दिल में यह प्रश्न सिर उठा रहा है कि...। काश, मैं उसे रोक पाती या फिर उसको तफ़सील से जान पाती अथवा उसमें तफ़ावत कर सकती। नहीं सुधीरा, मैं वैसा कुछ नहीं कर सकती। सिवा अपने आपसे या थोड़ा-बहुत तेरे से आधा-अधूरा कहकर। चलो, इस कहानी की बुनावट को उसके हाल पर छोड़कर हम कोशिश करें कि अपने को तटस्थ रख सकें।" इसी के साथ मृणालिनी ने बैठने का रुख़ बदला और दीवार के उखड़े हुए प्लास्तर से बन रही अमूर्त कलात्मक आकृतियों के हृदय में मचल उठी झंझा को नज़दीक से गुज़र जाने दिया।

"यह कैसा अदृश्य बन्धन है, मीनुदी, तू अपने होने की पहचान बनने के लिए तैयार नहीं है। यदि मानो भी तो कदाचित् हमें उसका अवबोध नहीं है। तमाम संज्ञात्मक जगत् में असंज्ञात्मक चल रहे बवण्डर की सहभागिता के प्रति कौन सचेत रहता है? तुम रहती तो हो...मीनुदी...मैं तो परिणाम से पहले नहीं जानती कि...जबकि जानना चाहिए...और वो यों भी कि वह बराबर हमारे चेतन-अचेतन पर दस्तक दे रहा होता है।" सुधीरा ने साड़ी के लटक आये पल्ले को धीरे से कन्धे पर रखा और सामने सफ़ेद दीवार पर अज्ञात लिखावट को पढ़ने का प्रयास किया। आश्चर्यजनक अनुभव यह है कि वह अज्ञात लिखावट भी अपने आपको कशिश के साथ व्यक्त करने के लिए पूर्णतया छटपटा रही थी।

"हमें चलना चाहिए, सुधीरा। हमारी खोज शुरू हो चुकी होगी कि शादी की पूर्व रात्रि को वह कहाँ जा खोयी है? ...यद्यपि खोने को हमारे पास है ही क्या तथापि भाषा का सहबोध ऐसे मायावी रचनाक्रम को नहीं छोड़ता जो पारस्परिक घटकों में उतर कर सहज ढंग से अपनी प्रतिक्रिया से साफ़ हाथ झटक दे।" मृणालिनी अलिखे की घसीटदार लिखावट के माथे पर पड़ रहे बलों को अन्दाज़ से पढ़ने का प्रयत्न कर रही थी। उसकी हल्दी चढ़ी देह तनिक आलस्य से अनागत को पीछे ढकेल रही थी।

वास्तव में यह प्रसंग बहुत कुछ गहराई में उतरकर सोचने के लिए बाध्य करता है। सुधीरा मृणालिनी में हो रहे परिवर्तन को अनुभव कर विचलित हुए जा रही थी। अभी तो उसके जीवन का प्रारम्भ भी नहीं हुआ कि उसमें दुष्कल्पनाएँ, आशंकाएँ और संशय सिर उठाने लगे। माना कि लड़कियों का जीवन बहुत कुछ एक खूँटे से खोलकर दूसरे खूँटे पर बाँधने जैसा ही है। पर हो क्या सकता है? परम्पराएँ ही ऐसी हैं।

"सुधीरा, तू किसी से कुछ कहना नहीं। व्यर्थ में बात का बतंगड़ बन जायेगा। यों भी हमारे बीच जो हुआ है, वह अनैसर्गिक है। उसमें मैं कहीं नहीं हूँ। जो है, वह अदृश्य है। फिर भी, मैं ऐसे आलतू-फालतू विचारों को अपने मन का एक हिस्सा नहीं बनने दूँगी।"

"हमें शुभ ही सोचना चाहिए, मीनुदी। हर चीज़ के दो पक्ष हैं। हम क्यों अन्धकार वाले पक्ष की शरण में जायें। आशा जीवन का वास्तविक सम्बल है।" सुधीरा ने सावचेत होकर मंगलमय जीवन की डगर पर पाँव रखा।

मृणालिनी कुछ नहीं बोली। वह चलती रही धीरे-धीरे। अब उसे अन्दर से खिलखिलाहट आती सुनायी पड़ रही थी। चहक रहे थे कुछ चेहरे। बच्चे अन्दर-बाहर दौड़ रहे थे। उसे सुकून मिला कि उसे लेकर कुछ नहीं हुआ। अब ग्रामोफ़ोन पर कोई गीत चल रहा था। गीत अंग्रेज़ी में था। किसी ने ताना भी दिया था कि ऐसे शुभ अवसर पर यह म्लेच्छ गीत क्यों? सुधीरा ने जैसे ही अन्दर क़दम रखा वैसे ही पूछ लिया, "मीनुदी, तेरे साथ थी न सुधीरा।"

"मैं यह रही, माँ।" मृणालिनी ने दहलीज़ पर पाँव रखते हुए कहा और माँ की ओर टकटकी बाँधकर देखती रही। माँ मानो उससे कुछ छिपा रही हो। वह टकटकी बाँधकर उसकी ओर नहीं देख सकी। उसने मुँह घुमा लिया। तभी साड़ियों के डिब्बे लिए सुहागिन साड़ी भण्डार का आदमी आ गया। माँ उठी और यह कहती हुई दूसरे कमरे की ओर बढ़ गयी, "तुम लोग भी उधर आ जाओ। सुधीरा, तू तो इन मामलों में ख़ासी दख़ल रखती है। मीनुदी, तू भी उधर आ जा।"

माँ के पीछे साड़ी वाले का आदमी चल पड़ा। उनके चले जाने के बाद सुधीरा ने कहा, "मीनुदी, माँ बुला गयी हैं।"

"सुन लिया है, सुधीरा। साड़ी-गहनों का क्या देखना। आज तक उन्होंने जो ला दिया, वही पहना है। कभी इनकार नहीं किया। कैसे होती, माँ मेरे लिए जो भी चीज़ ख़रीद कर लायीं, वह मुझे नापसन्द आयी हो, ऐसा कभी नहीं हुआ।"

"फिर भी, मीनुदी, माँ ने कहा है तो उनका मन रखना चाहिए।"

"बस, इतनी-सी बात है।"

"हाँ, इतनी-सी बात है।" सुधीरा ने दोहराया।

उसी समय निर्मला टैगोर, कनुप्रिया मित्रा, सुखदा भी आ गयीं। सुधीरा ने उनको भी साथ ले लिया। अब वे पास वाले कमरे में थीं, जहाँ उसकी मामी, मौसी, चाची और माँ मौजूद थीं। मामी साड़ियाँ सजाती जा रही थीं।

चाची ने कहा, "तुम लोग भी देख लो। मीनुदी, तू भी।"

बनारसी साड़ियाँ थीं। एक से एक बढ़िया। निर्मला टैगोर साड़ियों को देखते हुए बोली, "माँ, आपकी पसन्द के आगे कौन ठहर सकता है। बनारसी साड़ियों में भी भारी और आकर्षक कामदार साड़ियाँ।"

"वे भी सच्चे काम वाली।" सुधीरा ने कहा।

"मीनुदी, तुझे पसन्द है न।"

मृणालिनी की आँखें डबडबाना चाहती थीं। वह सँभल कर बोली, "माँ से ज़्यादा बेटी की पसन्द कौन जान सकता है?"

"पगली, तू कब तक माँ पर अवलम्बित बनी रहेगी!" माँ का स्वर आर्द्र था।

"आजीवन, माँ।" मृणालिनी ने माँ के पास आकर कहा।

सुखदा ने कई साड़ियों को उसके लगा-लगा कर बताया और कई ओर से यह कथन उभरा, "क्या ख़ूब! ख़ूब जँचेगी ये साड़ी मीनुदी पर। यह तो कमाल की साड़ी है।" निर्मला टैगोर ने कहा, "मीनुदी के पास आकर साड़ियों का भाग्य ही चमक गया।"

"सच कहती है—अपनी मीनुदी के रूप-रंग पर हर साड़ी का भाग्य चमक रहा है।"

"प्लीज़ कनुप्रिया, टैगोर...।"

इस पर सब खिलखिला पड़े। मामी कहाँ मौक़ा चूकने वाली थीं, कह उठीं, "अपनी लाडो भी हज़ारों में एक है।"

"ना-ना...सावंती", कहते हुए बड़ी मामी ने ताना देते हुए कहा, "अभी तक आपकी कंजूसी की आदत गयी नहीं है, जबकि माँ काली की भरपूर कृपा है।"

"ओ हो, तो आप आ ही गयीं। बड़े लोग ऐन मौके पर ही टपकते हैं क़लमी आम की तरह, सुजदा। इसमें तेरा क़तई कसूर नहीं है–तो बड़े लोगों की अदाएँ हैं, जिन पर लोग आहें भरकर मरते हैं। "साड़ी के पल्लू को ज़रा ठीक करते हुए उसी लहज़े में कहा, "अब ज़रा हम भी सुनें कि हमारी कंजूसी का जनाब को ख़याल कैसे आया?"

"वो यों हुआ, धरमतले की जगत् मामी, जहाँ जिसमें रोकड़ नहीं जा रही हो, वहाँ तो कम-से-कम हज़ारों के स्थान पर, पान रचाकर, लाखों से मुँह खोल सकती थी ना। क्यों काशी वाली भौजाई, तुम क्या निछावर करती हो?"

"मैं ज़रूर करूँगी, खड़कपुर वाली मौसी, पहले ज़रा तुम्हारा बार फेर तो देख लूँ।"

"पर खरी बात का साथ नहीं देना है। फिरंगियों के साथ का असर अभी तक गया नहीं।"

"वो कैसे, दीदी।"

"जनाब फिरंगियों की कॉलोनी में दसेक वर्ष गुज़ार चुकी हैं।"

"यानी कि विलायती टोली की मुखिया हैं, सदर थाने की कोतवाल, खड़कपुर वाली मौसी।"

"तू चुप भी कर, ठकुराइन की चहेती बड़बोली।"

"आप सब भी मीनुदी की चर्चा करते-करते कहाँ ले बैठीं अपने घर-घराने की चौखट-चौधराहट को।" रजत की माँ ने पान बनाते हुए शतरंज की बाजी समेटने का प्रयत्न किया। वह जानती है, ज़ुबान पर लगाम नहीं रखने वाली बड़बोलियाँ रंग में भंग डाल देती हैं।

सुखदा मुखर्जी ने अपनी महीन आवाज़ में कहा, "अपनी मीनुदी का क्या कहना।"

"वह तो जापानी गुड़िया है।" कनुप्रिया ने नया मोड़ दिया।

"लाजवन्ती...ज़रा शरमा जाये तो काले-काले बदरा झुक आयें।"

"और आशिक़ पान की ओर हाथ बढ़ाते-बढ़ाते धड़ाम से ज़मीन सूँघने लगें।"

"वाह! क्या बात है, जेठानी जी, मैं भी सोचूँ कि अभी तक खड़कपुर वाली ने खड़ग म्यान से बाहर क्यों नहीं निकाली और जंग शुरू हो जाने दी।" कपिला की मम्मी ने चटखारे के साथ कहा। वास्तव में पान उनके ही होंठों पर रचता है जैसे पारो की आँखों में काजल और जिआ की दुल्हनिया के बालों में जूड़ा।

"वो इसलिए कि, सावंती, जनाब को महावत ने जंग के बीचोबीच खड़ा नहीं किया, वरना..."

"प्लासी का युद्ध यूँ हो जाता...।"

"जैसे बगल में छोरा और गाँव में ढिंढोरा, क्यों काशीवाली जेठानी जी!"

"अरे ज़रा बकझक बन्द भी करो।"

"क्यों री तेरे पेट में क्यों दर्द उठ रहा है?"

"कुछ तो शर्म करो, बड़बोलियों, दीखता नहीं है कि अपनी मीनुदी और उसकी सखियाँ भी यहीं हैं।" दादी बहू के आने पर सबकी ज़ुबान पर ताले लग गये। उन्होंने आगे कहा, "सब मिलकर, देख-परख तो लो...कहीं पराये घर में अपनी बिटिया को ताने न सुनने पड़ जाये। ...।"

सुनन्दा ने बहुत धीमे से बुदबुदाया, "दादी बहू के चाहे बत्तीसी न भी हो तो भी ख़ूब लड़ी मरदानी, झांसी वाली रानी की शान-शौकत में मजाल है कोई कमी आ जाये।"

इस पर दबी हँसी होंठों से फिसल कर मैदान में आ गिरी।

"ज़रा चुप भी कर, बुआ वरना बात के बतंगड़ बनने में देर नहीं लगती।"

"शोशा छेड़ना आसान है, पर उसे झेलना छठी का दूध याद करा देता है।"

"अरे तुम लोग मुँह में पान दबाये क्या बकझक रही हो, ज़रा लाइन पर आओ तो हम भी सुनें कि..."

"ना...ना दादी बहू...कुछ नहीं। ...वो देखो साड़ियों की कतार वहाँ से शुरू हो रही है। ...आओ दादी बहू, आप इधर आओ।" कहकर सुनन्दा उन्हें साड़ी की कतार के पास ले गयी। वहीं से उसने सबको पुकार लिया। ..."छोरियो, तुम भी इधर आ जाओ। बहुओ तुम भी...यहाँ कौन से तुम्हारे जेठ-ससुर बैठे हैं जो परदे की आड़ में खिसक लेना चाहती हो।"

अब क्या था कि सबको उधर आना पड़ा। न आतीं तो दादी बहू सुजदा से एक-एक का नाम पूछतीं और दादी बहू अपनी पर आ जातीं तो

सात जन्म के पुरखों का इतिहास अपने पोपले मुँह से जो सुनाना शुरू करतीं कि ठहरने का नाम नहीं लेतीं। समझ में तो कम आता पर थूक के छींटों की मार से वे सब बेदम होकर चक्कर खाने लगतीं।

सुजदा बड़े प्यार से बता रही थी—कांजी...भरम की दो, तांत की साड़ी तीन, असली जरी...सोने-चाँदी की भारी साड़ियाँ दो-दो...पट्टे की साड़ी तीन...बनारसी साड़ी जो द्वार चार के वक़्त आपकी लाडो पहनेगी वो असली सोने के काम की है, बीच-बीच में असली मोती भी टँगे हैं।

"वाह मेरे भूपालू, तूने अपनी दादी बहू के मन की कर दी। जो देखेगा, देखता रह जायेगा। याद करेगा, बेटी नगीना है तो उसका शान-शौकत भी बेमिसाल है।" दादी बहू ने पुकार लगा दी, "मीनू...ओ मीनू बेटी, इधर, आ।"

मीनुदी दबे पाँव उधर आयी। दादी बहू ने उसके सिर पर हाथ फेरा और बड़े प्यार से कहा, "बेटी, तू ये कभी मत समझ लेना कि तू परायी हो रही है। ये घर जैसे पहले तेरा था, वैसे ही सारी ज़िन्दगी तेरा रहेगा। इस घर पर तेरा वही हक़ रहेगा जो तेरे भाइयों का है।"

"दादी, माँ", कहकर मृणालिनी उनसे लिपट गयी। उसकी सिसकियाँ भर गयीं। उन्होंने उसे अपनी बाँहों में ले लिया। पुचकारा।

उसे रोने दिया। वह रोकर स्वतः चुप हो गयी। दादी बहू के लिए कुर्सी ला दी गयी। वे कुर्सी पर बैठ गयीं। उनकी गोदी में सिर रखे मृणालिनी बैठ गयी। उसका मन दादी-बहू को छोड़ने का नहीं हो रहा था।

अचानक वातावरण गम्भीर हो गया। दादी बहू ने अपने झुर्रीदार चेहरे पर ढुलक आये आँसुओं को पोंछा और कहा, "मीनू, मैं तुझे एक राज की बात बताती हूँ। तेरी माँ भी यहीं है। वह भी सुन रही होगी। क्यों भूपाल की बहूरानी, तू है न यहाँ।"

"हाँ, माँ ये रही।"

"तब ठीक है। ..." कुछ रुककर और खखार कर कहा, "तेरी माँ को हम माँग कर लाये थे। पहली दृष्टि में वो ऐसी बैठी कि मैं अपने को रोक नहीं सकी। साफ़-साफ़ कह डाला, "सालू की दुल्हन रानी, तेरी बेटी हमारे मन में उतर गयी है। अपने भूपाल बसु के लिए हाथ माँगूँ तो तू न तो नहीं करेगी।"

"जी...ये आप क्या कह रही हैं?"

"लड़के वाली हूँ, लड़की वाली की बिटिया माँग रही हूँ।"

उसने मेरा हाथ थाम लिया और अपने ढुलक आये आँसुओं को पोंछकर कहा, "बात पक्की।"

"पक्की!"

"भूपाल के पिता।"

"उसकी भी हाँ।" दमसरी ओर से आवाज़ आयी।

"वह आप जानो। ...और वो जमाई राजा।"

"अपना भूपालिया...ये छड़ी देखी है, उसके लिए इतना ही काफ़ी है। ...तब लड़का-लड़की को नहीं देख सकता था। ...जैसे इस जमाई राजा ने अपनी लाडो को देखने की ज़िद्द कर डाली। ...लड़की कोई बाज़ार की चीज़ नहीं है। पर...ये भूपालचन्द्र तो तब भी बेअक्ल था, जब तेरी माँ और उसमें अपने यहाँ अँगूठी ढूँढ़ाई का कार्यक्रम चल रहा था।"

दादी बहू जब धीरे-धीरे बोलतीं थी, तब उनकी आवाज़ बहुत कुछ साफ़ हो जाया करती थी। वह पानी पीकर कहने लगी, "हम...क्या कह रहे थे?"

"अँगूठी ढूँढ़ाई की रस्म के बारे में, दादी बहू"

"अरे हाँ, मीनू, तू ध्यान से सुन ले अपने बाप की करतूत। तू भी सुन रही है मीनू की महतारी।"

"जी...।"

"पता नहीं, कब वो निखट्टू तेरी माँ पर रीझ बैठा। अँगूठी ढूँढ़ाई की रस्म हो रही थी। मीनुदी, वो तेरे ससुराल में भी होगी। तू पूरे ध्यान से सुनना।"

सारा वातावरण एकदम शान्त, जिज्ञासा से भरा और मन-ही-मन आनन्द में डूबा हुआ था।

"ऐं, ये सन्नाटा क्यों?...हम सन्नाटा के लिए नहीं आये। लगता है हमने कर्फ़्यू लगा दिया है सबके अरमानों पर। ...नहीं, हम इसलिए क़तई नहीं आये। ...तुम लोगों को हँसते, मज़ाक़ करते देखकर तो हमें अपनी जवानी के दिन याद आने लगते हैं। हमारा बुढ़ापा छूमन्तर हो जाता है। ...तो हम चलें।"

"ना...दादी बहू...ना दादी बहू, वो क़िस्सा पूरा करो।" सब ओर से माँग हो उठी। वे मन-ही-मन मुस्करायीं और कहने लगीं, "रस्म अँगूठी ढूँढ़ाई की शुरू हुई। चावलों के बीच में अँगूठी छिपा दी गयी थी।

...वन टू...थ्री। ढूँढ़ना शुरू। मीनू की माँ...यानी मेरी बहू...क्या उम्र थी उसकी...उसे अपना तो चेत नहीं था। चारों ओर से घिरी हुई थी। घूँघट ऊपर से। हिय में धुकधुकी। हँसी-ठट्ठे अलग। बहू के पक्ष में लड़कियाँ आ गयी थी। ...और अँगूठी मिल गयी।''

''किसे, दादी बहू?''

''जिसे मिलनी चाहिए थी।''

''जिसे किसे?''

''ज़रा तुम लोग भी अपने को दोहरा लो, बहुओ। तुम्हारे साथ क्या हुआ था? कौन जीता था, कौन हारा था? फिर तुम्हें जीतने वाले का खुद-ब-खुद पता चल जायेगा।''

अब सबकी बोलती बन्द। सब हारी थीं। सुजदा कह बैठी, ''और आप...।''

''मै। ...।'' कहकर दादी बहू ख़ूब ज़ोर से हँसी। हँसती रही। हँसी थम जाने पर कहने लगीं, ''हम तुम्हारी तरह हारे नहीं, जीते थे। पर कैसे?''

''कैसे, दादी बहू!''

''जैसे हम दादी से दादी बहू बने। हमारे साथ हुआ सब कुछ अपने आप। हमने कभी कुछ नहीं किया।''

''फिर आप कैसे जीतीं?''

''उन्होंने हमारी हथेली पर अँगूठी रखकर हथेली बन्द कर दी और स्वयं ढूँढ़ने का बहाना करते रहे। ...यों हम जीत गये। ...जीते ज़रूर पर हम हार गये। ...हमेशा-हमेशा के लिए उनके होकर रह गये।'' दादी बहू का स्वर आर्द्र हो उठा था। वे अपने काँपते होंठों पर उँगली रख चुप होकर रह गये।''

''और मीनुदी की माँ...।''

''वह मेरी लाडली बहू है।''

''तो?''

''हारती कैसे?...रूप में नम्बर वन, नाक-नक़्श में बेजोड़, सीने पिरोने में माहिर, गाने-बजाने में शिरमौर, रसोई की उस्ताद! फिर क्या था, वह भी जीती। ...भूपाल हार गया। एक दिन, ठण्डी रात थी, भूपाल टूर पर था। मैंने उससे पूछा, ''बहू, क्या तेरी हथेली पर भी अँगूठी रखकर भूपाल ने हथेली बन्द कर दी थी।''

"क्यों?"

"मेरे साथ ऐसा हुआ था, बहू"

"हाँ।" कहकर उसने मुँह छिपाया तो मैंने उसकी बाँह पकड़ ली और कहा, "तुझे भरपूर प्यार मिलेगा। तू सौभाग्यवती होगी। ...ईश्वर मेरी आवाज़ सुन रहा होगा तो वह अपनी मीनुदी की भी उसी तरह लाज रखेगा जैसी उसने हमारी रखी।" इतना कहकर वह उठ खड़ी हुई।

सब चुपचाप उन्हें देखते रह गये। सन्नाटा हर्षातिरेक की स्मृतियों में खो गया। मृणालिनी चुपचाप चल दी। उसमें सोच के बिखरे हुए स्वर स्वतः शान्त हो गये। उसे लगा कि जैसा वह सोचती है, ज़िन्दगी उससे भी भिन्न हो सकती है। उसमें साहस लौटने लगा। प्रेम की फुसफुसाहट को उसका अन्तर्मन सुनने लगा। वह डूबने लगी अपने आप में सोनार स्वप्न लिए!

2

आज सुबह से आसमान में बादल आ डटे थे बिन मौसम। ग़नीमत इतनी थी कि अपने आने का वे ढिंढोरा नहीं पीट रहे थे। एकदम शान्त थे किसी नयी डाली छावनी की तरह। कोई हलचल नहीं थी। कहीं से कोई आहट नहीं थी। सारा कारोबार रोज़मर्रा की तरह चल रहा था। बैरिस्टर मनमोहन घोष अपने मन की चिन्ता को बैरिस्टर पी. मित्रा के सामने खोल रहे थे।

"मौसम देखते हो, मित्रा।"

"आशंका तो है।"

"आज बारात जायेगी।"

"हाँ।"

"फिर क्या सोचते हो?"

"क्या सोचूँ, बैरिस्टर घोष।"

"तुम्हें वह लोककथा याद पड़ती है।"

"कौन सी?"

"अरे वो थी न। ...ज़रा याद करो, मित्रा। ...अवश्य दूल्हे-दुल्हन में से किसी ने कढ़ाही चाटी होगी।" बैरिस्टर मनमोहन घोष ने इसी के साथ सिगार सुलगा ली। पी. मित्रा स्मोकिंग से दूर थे।

"अरे हाँ, मिस्टर बोस। ...वो तो लोककथा है।"

"क्या लोककथा हमारे समाज का इतिहास नहीं है?...वह हमारा जीवन्त समाज है। हमारा सुख-दुख, हमारा सोच-विचार, चिन्तन-मनन, संस्कृति-सभ्यता का सार आदि वही है।" इसके साथ ही उन्होंने सिगार का कश खींचा। थोड़ी देर बाद धुआँ हवा में धीरे-धीरे सरका दिया। मानो अनचाहे मन से आसमान में अपनी अकेली पतंग को ढील दे रहे हों।

"आप ठीक कहते हैं। हमारे यहाँ इतिहास लिखने की परम्परा तो थी नहीं जो कुछ था वह काव्य, नाटक, लोकोक्ति, लोककथाओं के माध्यम से ही सामने आया।"

"हमारे यहाँ यही इतिहास रहा—जीवन्त इतिहास। रामायण, महाभारत आदि हमारी धरोहर हैं—हमारा इतिहास है।" बैरिस्टर मनमोहन घोष ने इतना कहा था कि पहली बार मेघ गर्जन का कठोर स्वर सुनायी पड़ा।

"हमें अन्दर आ जाना चाहिए, मि. घोष। मौसम के इरादे नेक नहीं हैं।"

"कैसे हो, मित्रा साहब, जब हम लोगों के इरादों में खोट भरा हो। ...इस वक़्त तो मुझे अरविन्द की शादी की चिन्ता है। गोधूलि के फेरे हैं।"

"हम लोग चिन्ता करके क्या कर सकते हैं?"

"फिर मनुष्य का स्वभाव है कि वह अन्त तक अपने अनुकूल सोचता है। वह निराशा में आशा का दीया लिए निरन्तर आगे बढ़ता जाता है...इस कारण... ।"

"चिन्ता तो सबसे ज़्यादा लड़की वालों की होगी।"

"चिन्ता उनको हो या हमको, बात तो एक ही है।"

"हाँ बात तो एक ही है।"

"यह भी सुनिश्चित है कि चाहे मूसलधार वर्षा क्यों न होने लगे पर शादी तो उनकी आज ही होनी है और निश्चित समय पर होगी भी।"

"परन्तु मज़ा किरकिरा हो जायेगा।"

"नहीं, मित्रा, ऐसा कुछ नहीं होगा। मेरे बड़े चाचा की शादी गुवाहाटी से हुई थी। मैं भी उसमें था। ऐन मौके पर वो जमकर वर्षा हुई कि उसने

वर्षा का नया रिकॉर्ड बना डाला। फिर भी, विवाह नहीं रुका। लड़का, लड़की वाले के घर कुछ परिजनों के साथ पहुँचा। ...तो सब होता है।''

''लीजिए, अरविन्द भी इधर आ रहा है।'' पी. मित्रा ने तनिक गम्भीर होकर कहा।

''बैठो, अरविन्द। क्या तुम भी वही सोच रहे हो जो हम?''

''मुझे नहीं पता कि आप क्या सोच रहे हैं?''

''सिर पर पहाड़ से मेघ खड़े हुए हैं और आज ही तुम्हारी शादी है।''

''तो?''

''तो क्या? कुछ नहीं, अरविन्द।''

''हाँ, कुछ नहीं।''

''क्यों?''

''क्योंकि आज वर्षा नहीं होगी।''

''यह तुम्हें कैसे ज्ञात हुआ?''

''जैसे आपको वर्षा होने का।''

अरविन्द के इस उत्तर ने दोनों को क़ायल कर दिया। वे दोनों परस्पर एक-दूसरे का मुँह देखते रह गये। अरविन्द कह रहा था, ''विश्वास में बहुत बड़ी ताक़त है। वह लोहे को मोम बना सकता है।''

''तुम्हें इतना विश्वास है, अरविन्द।''

''कहा नहीं कि विश्वास एक अद्भुत शक्ति का प्रतीक है। उससे ऊपर कोई शक्ति नहीं है, इस बात को शक्ति के उपासक भली प्रकार जानते हैं।''

''क्या बग्घी सजायें, मालिक।''

मनमोहन ने कहा, ''क्यों नहीं, अवश्य सजाओ, भाई।''

''साहब, मौसम के तेवर बिगड़े हैं।''

''उन्हें बना रहने दो। तुम अपना काम करो और समय पर बग्घी लेकर आना।'' मनमोहन घोष ने कहा।

अरविन्द वहाँ से अन्दर चला गया था। उसने यह जान लिया था कि शादी बैरिस्टर मनमोहन घोष के अनुसार ही होगी। उन्होंने कैसे कह दिया था, ''ऑरो, तेरा जन्म इसी कोठी में हुआ था। तुम्हारे पिता तब खुलना में थे। सवा माह तक तू यहीं रहा। मेरी गोद में ही तू चुप हो जाया करता था। तू बराबर मुझे, ख़ासकर मेरी मूँछों को ध्यानमग्न होकर देखता रह जाता था।

तब एक दिन एक पहुँचा हुआ साधु आया। तब तू मेरी गोद में लेटा हुआ था। मैं यहीं, जहाँ आज अपने बग़ीचे में बैठा हुआ हूँ, बैठा हुआ था। वह साधु बोला, "सुन ले, वकील, चाहे तो कहीं नोट कर ले, ये शिशु इस संसार का मार्ग प्रशस्त करने आया है।"

"क्या मतलब, साधु बाबा।"

"आज एकादशी है। मेरा वाक्य पूरी तरह सही चरितार्थ होगा। उस नन्हे से चौड़े भाल पर विधाता ने सही की मोहर लगा रखी है।"

मनमोहन घोष उसके माथे की ओर देखकर पूछते, "मुझे तो कहीं नज़र नहीं आ रही, बाबा।"

"यदि तुम्हें नज़र आ जाती तो इस बाबा को कौन पूछता! जैसे तू गिरगिट भाषा को बाँच-समझ लेता है, परन्तु मैं उसे न पढ़ सकता हूँ और न समझ सकता हूँ। ठीक उसी तरह एक गोपनीय भाषा है, जिसे हर बच्चे के जन्म के साथ विधाता लिखकर सही की मोहर लगा देता है। उस भाषा को पढ़ने-समझने के लिए मैं साधु बना हूँ और तू बैरिस्टर। हम दोनों का क्षेत्र एकदम अलग-अलग है। कुछ समझ में आया...अलख निरंजन।"

"निरंजन अलख है, यही न बाबा।"

"उस अलख को बाबा पढ़ लेता है।"

"तो बाबा, यह बच्चा क्या बनेगा?"

"अलख निरंजन ने उसके भाल पर लिख दिया है कि तू पृथ्वी पर जा और मेरा काम कर।"

"उसका काम, बाबा।"

"हाँ उसका काम! तू समझता है कि उसका क्या काम है?"

"नहीं, बाबा।"

"जिस लिए उसने इस पृथ्वी को बनाया, उस पर आबादी खड़ी की, पशु-पक्षी बनाये, वनस्पति बनायी और तूने एक समाज बना डाला। उसके नियम-क़ायदे बना डाले। उस जैसी व्यवस्था देने का श्रम किया। उसमें सुराग़ छोड़ दिये। न्याय-अन्याय का खेल शुरू किया। उस व्यवस्था में ईमानदार, सत्यवान, अलख को जानने वाले, सृष्टि के रहस्य को समझने वाले आदि कष्ट पाने लगे। अन्याय बढ़े, अत्याचार बढ़े और उसकी सृष्टि रहने योग्य नहीं लगने लगी, तब उसने अपना दूत, पृथ्वी पर भेजा और उसे यह ज़िम्मेदारी

सौंपी कि वह अलख निरंजन के प्रति जिज्ञासा जगाये, कूड़े-कचरे से बाहर निकाले और उस महान ईश्वरीय इस दुनिया का अमृत पान कराए।''

''क्या यह सच है?''

साधु मुस्कराया और पूर्ववत् स्वर में बोला, ''यह शिशु उसी का दूत है, तू इतना जान ले, परन्तु तू इस कथन का प्रचार मत करना। उसे होता हुआ देखते जाना—चुपचाप तथा एकदम तटस्थ बना। यदि तूने मुँह खोला तो तेरा विनाश सुनिश्चित है। ...अलख निरंजन...अलख निरंजन। कहता हुआ वह बाबा जैसे आया था, वैसे ही लौट गया। न कुछ माँगा और न कुछ लिया। ...पता नहीं उसकी बात में कितना सच है!''

अरविन्द चुपचाप सुनता रहा जैसे वह किसी नदी के किनारे खड़ा हो और हवा मन्थर गति से मस्त होकर बह रही हो। वह नदी की कलकल सुन रहा हो, हवा के स्पर्श से मन-ही-मन गुदगुदी का अनुभव कर रहा है।

मनमोहन घोष कुछ रुककर कहने लगे, ''इसलिए ऑरो, यह विवाह इस देहरी से हो रहा है तो तुम इसकी प्रतिष्ठा को बना रहने दो। अब मेरा क्या है, कब्र में पाँव लटकाये बैठा हूँ। फिर भी, मेरी यही कोशिश है कि विवाह जहाँ तक हो, सादगी से हो—कोई तड़क-भड़क नहीं हो परन्तु जो जहाँ आवश्यक है, वह तो होगा ही ना।''

''क्यों नहीं, अवश्य ही हो।'' विनय भूषण भी आ गया।

''जैसा आप सब उचित समझें।'' कहकर अरविन्द उठ खड़ा हुआ। वह सोचे जा रहा था कि भारतीय संस्कृति में विवाह का बहुत महत्त्व है। जीवन तो उसके बाद शुरू होता है...यह सब तामझाम कोरा दिखावा नहीं है, इनके पीछे भी ईश्वरीय मन्त्र शक्ति सक्रिय है। वह पूर्ण आनन्द जो अनन्त है, कभी क्षय नहीं होता है। (ऋग्वेद 5, 62, 9)। क्या यहाँ उसके अमृतत्व की अनुभूति नहीं है? उसने विवाह का निर्णय स्वयं लिया है। शादी पर बहुत कुछ सोचकर निर्णय लिया है। यह उसकी बलवती इच्छा थी। लन्दन में प्रो. प्रे ने एक बार उससे पूछा था, ''क्या आप दृढ़ संकल्प ले चुके हैं कि विवाह नहीं करेंगे?''

''शायद नहीं, क्योंकि फ़िलहाल मुझे अपने को कहीं-न-कहीं सेट करना है।''

''उसके बाद, अरविन्दो?''

"मैं इस वक़्त ठीक से नहीं सोच पा रहा हूँ, प्रे। कारण मेरे सामने इस समय शादी का मुद्दा नहीं है।"

"यह आप कैसे कह सकते हैं?"

"पता नहीं।"

"मैं जानती हूँ कि तुम पवित्र हृदय हो, परन्तु इस मुद्दे पर तुम बहुत कुछ उलझे हुए और अस्पष्ट हो।"

"शायद तुम्हारा अनुमान लगाना ठीक है, प्रे।" अरविन्द ने आगे कहा, "महात्मा बुद्ध के जीवन-वृत्त से जाना कि शायद उन्हें भी विवाह करने का अप्रत्यक्ष पश्चाताप ही रहा, क्योंकि वह किसी के मन को दुखाना नहीं चाहते थे।"

"वो महात्मा और कुछ भी नहीं चाहते थे सिर्फ़ सारे संसार को दुखों से मुक्ति दिलवाने के अलावा, किन्तु वह अपनी पत्नी यशोधरा के साथ न्याय नहीं कर सका। ज्ञान प्राप्ति के बाद वह घर लौटा और अपनी सन्तान को और माँग लाया। अपने आश्रम में अन्य मित्रों को रखा परन्तु अपनी पत्नी से एक बार भी नहीं कहा, 'यशो, तुम भी मेरे साथ आ जाओ। जो ज्ञान मुझे मिला है, उसे हम दोनों मिलकर मानव समुदाय को बाँटेंगे।' ...क्यों, अरविन्दो, महात्मा बुद्ध की करुणा-अहिंसा इतनी संकीर्ण क्यों हो गयी? यह कैसी अहिंसा थी उनकी?"

"मैं ऐसा नहीं करूँगा, प्रो. प्रे। तुम्हें विश्वास करना चाहिए चेत रहते हुए मैं ऐसा कुछ नहीं करूँगा। ...मैं विवाह के पक्ष में हूँ। विवाह पर ही मानव जाति का समूचा विकास टिका हुआ है। वह एक नैसर्गिक प्रक्रिया है। मैं उससे वंचित नहीं रह सकता। फ़िलहाल मैं उसके बारे और कुछ नहीं सोच पा रहा हूँ।"

ख़ैर, अरविन्दो, मुझे ऐसा लगता है कि तुम इस सम्बन्ध में उलझे हुए हो। तुम द्विविधा में हो। निःसन्देह यह एक जटिल प्रश्न है। कह नहीं सकती कि तुम इस गुत्थी को सुलझाने के प्रति निष्ठावान रह पाओगे या नहीं। फिर भी, मैं मंगल कामना करती हूँ कि तुम जितने अपने प्रति निष्ठावान बने रहना चाहते हो उतने ही उस दूसरे के प्रति भी निष्ठावान बने रहने की चेष्टा करना जो तुम्हें नहीं जानता।

इस समय अरविन्द को वह प्रसंग अपने अतीत का एक अधूरा तथा असहज हिस्सा लग रहा था। इसमें सन्देह नहीं था कि प्रे उसके प्रति कुछ ज़्यादा ही सोचने लगी थी। यह मान लेना अतिश्योक्ति नहीं होगा कि उसको भी उससे प्रेम हो चला था। प्रेम सारी सीमाएँ लाँघ सकता है। वह अतिशय भावुक थी, नितान्त अकेली थी, अद्भुत कल्पनामयी थी। उन वन कन्याओं के समान, जिनका उल्लेख उसने अपने अधूरे नाटक 'जंगल का सपना' में किया है और जिसे लेकर प्रे के मन में उसके प्रति स्वप्न-संसार गुनगुना उठा था। आज वह कह देना चाहता था, "प्रे, काश, तुम इस समय यहाँ होतीं तो देख सकती थीं कि मृणालिनी मेरा सर्वोत्कृष्ट चयन है। मैंने और उसने एक-दूसरे को न जानते हुए और न समझते हुए भी एक अदृश्य अध्याय लिखने का संकल्प लिया है। हम दोनों में प्रेम भी नहीं है। यह कहना ज़्यादा ठीक होगा कि यह विवाह बिना परस्पर प्यार के होने जा रहा है। आज मैं कह सकता हूँ कि तुमको मुझसे प्रेम हो गया था और मैं उसका अनुभव भी करने लगा था, लेकिन मैंने उसे ज़ाहिर नहीं होने दिया। जानती हो क्यों? क्योंकि शादी पूर्व का प्रेमालाप शादी के बाद पूर्व अपेक्षाओं से दूर होता जाता है। हालाँकि यह बात मैं दावे के साथ कहने की स्थिति में नहीं हूँ और न मेरे पास ऐसा कोई पूर्व अनुभव ही है।"

इसी वक़्त वहाँ चारुदत्त ने आकर उसे चौंका दिया। वह पूछ रहा था, "आपकी तलाश हो रही है और आप यहाँ सबसे अलग इस वीरान जगह के मंसूबों को आबाद करने पर तुले हुए हो।"

"क्यों, क्या कोई ख़ास बात है, चारु?"

"विवाह मेरा नहीं, तुम्हारा हो रहा है बन्धु, और तुम उससे बिल्कुल अनभिज्ञ हो, यह क्या कम आश्चर्य नहीं है।" चारुदत्त ने मुस्कान बिखेरते हुए कहा।

"कहो तो, मेरी क्या ज़रूरत पड़ गयी?"

"मेरा वश चले तो समाज को यह निर्णय दूँ देना चाहिए कि...हर आम और ख़ास को यह इत्तला की जाती है कि कोई अपनी कन्या का विवाह दार्शनिक, आध्यात्मिक और अमूर्त कवि से न करें, वरना उसके लिए वही पूर्णतया ज़िम्मेदार होगा।"

"अरे भाई, न यह तेरा मित्र दार्शनिक है, न आध्यात्मिक है और अमूर्त कवि।"

"उनसे यह तो ग़लती हुई है कि वे उसमें भुलक्कड़ महाशय को सम्मिलित करने से चूक गये।"

"फिर उनका क्या होता जो कन्याएँ इन प्रवृत्तियों से ग्रस्त हैं?"

"उनकी गति-मति के लिए महात्मा बुद्ध ने बहुत पहले, आज से करीब दो हज़ार वर्ष से भी पहले आह्वान किया था, "बन्धु, बुद्धं शरणं गच्छामि... संघं शरणं गच्छामि। दूसरी बार, दुतियम्पि, बुधं शरणं गच्छामि, दुतियम्पि संघं शरणं गच्छामि और तीसरी बार यानी ततियम्पि, बुद्धं शरणं गच्छामि और ततियम्पि, संघं शरणं गच्छामि।"

"मित्र, धम्मं सरणं गच्छामि क्यों भूल गये?"

फिर कहना पड़ता—कामेसू मिच्छाचारा वेर मणि सिक्खा पदं समारियम्पि।"

"यानी मुझे कहना पड़ेगा कि मैं विषय-विकारों से दूर रहने की शिक्षा ग्रहण करता हूँ।"

इस पर वे दोनों खिलखिला पड़े। तभी सरोजिनी वहाँ आ धमकी और बोली, "वाह, चारु भैया, तुम्हें भेजा किसलिए गया था और यहाँ गप्पबाजी में मशगूल हो गये। ...चलिए सेजदा नीचे सब आपका इन्तज़ार कर रहे हैं।"

"बस इतनी छोटी-सी बात, सरो, ग़ुस्सा तैमूरलंग-सा।" कहकर वह उसके साथ चल पड़े। नीचे पहुँचे तो सबसे पहले बऊ दी ने उनकी आरती उतारना शुरू किया, "बहू लेने जा रहे हो, ठाकुर से, साग भाजी ख़रीदने नहीं। वहाँ लड़की वाले चिन्तित होंगे वे अलग और ताना सुनना पड़ेगा हमें।"

मँझली बऊ दी ने करारा व्यंग्य कसा, "तू चिन्ता मत कर। वह आकर स्वयं परेड करवा देगी। बच्चू को नोन, तेल और लकड़ी का भाव याद आ जायेगा।"

"तू इसे डरा मत। यह बिदकना घोड़ा है, कहीं आधे रास्ते से ही भाग न खड़ा हो।"

अरविन्द चुपचाप सारे व्यंग्य वाणों को झेलता रहा। अब उसकी तैयारी शुरू हो गयी। पहले जहाँ उसको शादी की तामझाम और रस्में व्यर्थ का पाखण्ड लगती थीं, अब वह उनके प्रति तटस्थ हो गया था। शादी एक यज्ञ है

जीवन समर्पण का, आत्मैक्य का और निर्मुक्ति का। आसक्ति में विरक्ति का अनुभव अपने आप में एक अलग तरह का अनुभव था।

वह शान्त चित्त था, भावना संकुल था और प्राण-पुलक का अनुभव कर रहे था।

बाहर बैंड बजना शुरू हो गया था। बरात के चित्त पर उमंग थी, महक थी और उल्लास था। इतने लोग। अन्ततोगत्वा बैरिस्टर साहब का मन भाव-विह्वल हो उठा।

बग्घियाँ आ चुकी थीं। आठ बग्घियाँ थीं। अब भी आकाश में बादल थे, परन्तु उनकी गतिविधियाँ दर्शकों की सी थी। उनके रंगों में भी अन्तर था। सूर्य दृष्टिगोचर तो नहीं हो रहा था लेकिन उसकी आभा की झलक स्पष्ट नज़र आ रही थी। बैंड की मंगल ध्वनि तेज़ हुई। ड्रम पर थाप तेज़ हुई। यह जानकर अरविन्द को सन्तोष हुआ कि बाँसुरी वादक उत्तम ध्वनि का प्रसारण कर रहा था। धर्म प्रेरित ध्वनियाँ थीं वे। उनमें गति-लय का अच्छा संयोजन था। अरविन्द चौंक पड़े। शान्ति पाठ और वह भी वादक दल द्वारा स्पष्ट उभर रहे थे—

ॐ सह नाववतु
सह नौ भुनेक्तु
सह वीर्यं करवावहै
तेजस्विनावधीतमस्तु
मा विद्विषावहै
ॐ शान्तिः शान्तिः शान्तिः।

अरविन्द ने संस्कृत किसी से नहीं सीखी थी जबकि बंगला भाषा वह सीख रहे थे। उपनिषद् का अध्ययन कर चुके थे। वह उसके अर्थ को मन-ही-मन दोहरा रहे थे—हमारा साथ-साथ विकास हो। ईश्वर हमारी साथ-साथ रक्षा करे। हमें साथ-साथ सामर्थ्य प्राप्त हो। हमारा ज्ञान तेजस्वी हो। हम किसी से द्वेष नहीं करें तथा सब पर प्रेम का भाव रखें। ॐ शान्तिः शान्तिः शान्तिः। क्या बात है? यह क्या करिश्मा है। अवश्य बैरिस्टर साहब की कल्पना है। कठोपनिषद् का अमर संगीत उनमें व्याप्त होता जा रहा था। वह ब्रह्म वेद के प्रति अतीव आस्थावान होते जा रहे थे।

'दुल्हे को लाओ' की आवाज़ पड़ी। चहल-पहल बढ़ी। अरविन्द बग्घी में बैठ गये। बैंड, बाजे ने नयी धुन निकालनी शुरू की। वह थी–

सुजलां सुफलां मलयजशीतलाम्
शस्यश्यामलां मातरम् वन्दे मातरम्।

वाह! अरविन्द का हृदय झूम उठा। वह तो बंकिमचन्द्र चट्टोपाध्याय के उपन्यासों से प्रेरणा पाकर ही विवाह के बारे में निर्णय कर सके। उन पर अरविन्द ने एक लेख भी लिखा था। उनका ही यह राष्ट्र के नाम समर्पित गीत था, जिससे वह गद्गद हो उठे थे। यों बरात चल पड़ी अपने गन्तव्य की ओर!

3

गोधूलि के फेरे थे। दोपहर बाद बरात चल दी थी, यह सूचना भूपालचन्द्र बसु को अभी-अभी मिली थी। गिरीशचन्द्र बोस, भोजन व्यवस्था को देख रहे थे। सब व्यवस्था सहज ढंग से चल रही थी। शहनाई लगातार पाँच दिन से बज रही थी। उसने भी नारियों में सोच पर नयी धार धरी थी।

मुख्य द्वार को सुन्दर सजाया था। उसके पास ही मुरली बैनर्जी खड़ा हुआ, निर्देश दे रहा था। सब किसी-न-किसी काम में अपने को व्यस्त रखे हुए थे या रखना चाहते थे। सबके चेहरों पर मुस्कान थी, आँखों में चमक थी और हृदय में उत्सुकता।

भूपालचन्द्र बसु मित्रों, नाते-रिश्तेदारों आदि से घिरे थे। उनको विश्वास नहीं हो रहा था कि वह शिलाँग से कलकत्ता आकर लड़की का विवाह इतनी आसानी से कर सकेंगे। सारी ज़िम्मेदारी गिरीशचन्द्र बोस ने उठा ली थी।

सबसे पहले सर जगदीशचन्द्र बसु आये। उनके साथ लेडी अबला बसु थीं। व्योमेश चक्रवर्ती ज़रा ऊँची आवाज़ में कोई चुटकला सुना रहे थे। लॉर्ड सिन्हा पत्नी के साथ थे। जज धरमदेव बैनर्जी अपनी दोनों पत्नियों के साथ थे। डॉ. रमेशचन्द्र मजूमदार, चित्तरंजन दास, रमेश दत्त और मेघनाथ कृष्णमूर्ति आदि के आने से विवाह का महत्त्व और बढ़ गया था। जगदीशचन्द्र बसु बता रहे थे, "मैंने अरविन्द बाबू से कह दिया था कि हम तुम्हारा स्वागत लड़की वालों की ओर से करेंगे।"

"क्या आप उन्हीं अरविन्द घोष की बात कर रहे हैं जो गर्दभ पुराण के लिए भी जाने जाते हैं।" व्योमेश चक्रवर्ती ने गम्भीर भाव मुद्रा में संयत स्वर में कहा।

जज धरमदेव बैनर्जी ने पूछा, "आपका गर्दभ से मतलब गधा पुराण से ही है ना, व्योमेश।"

"ओ हो, आप भी यहाँ हैं। तब तो आप ही गर्दभ पुराण की प्रस्तावना सुनायेंगे।"

"अवश्य...अवश्य...आज ही सुनायें परन्तु सुनायें अवश्य, क्योंकि मैं भी आजकल पौधों पर काम करने के बाद गधों के अतिमानस पर काम करने की सोच रहा हूँ।" जगदीशचन्द्र बसु ने मुस्कराकर कहा।

"पहले यह तय तो कर लिया जाये कि कोई उसकी बिरादरी का ख़ुफ़िया तो यहाँ नहीं है। वरना... ।" रमेशदत्त ने कुछ आगे आकर कहा।

"हो तो हो, वह भी हमारे आपकी तरह ख़ुश हो जायेगा और हो सकता है उस ख़ुशी में कोई ख़िताब भी हाथ लग जाये।

"कम-से-कम मैं तो इस ख़िताबी दौड़ से अपना नाम वापिस लेता हूँ ताकि चयनकर्ता को असुविधा नहीं हो।"

"क्यों जनाब, क्यों?" मेघनाथ कृष्णमूर्ति ने तपाक से पूछा।

"वह इसलिए कि जो आनन्द तटस्थ रहकर ख़िताब कमेटी के सदस्य या चेयर पर्सन बनने में है, वह ख़िताब की दौड़ में शरीक़ होने में नहीं है।" रमेशचन्द्र मजूमदार ने कन्धे उचकाकर अपनी आदत के अनुसार कहा।

"हाँ तो गर्दभ पुराण के शोध पर तो कुछ सामने आये। ...क्यों व्योमेश साहब?"

"लीजिए, सुन लीजिए। ...कहकर व्योमेश चक्रवर्ती ने खखार कर अपनी भारी आवाज़ को थोड़ा पतला करने का असफल अभ्यास किया जो प्रायः ऐसे शाही मौक़ों पर वह करना नहीं चूकते। वह कह रहे थे, "दो व्यक्तियों में यह शर्त शुरू हो गयी कि गधे और घोड़े में कौन अक्लमन्द है? यह तो निश्चित था कि घोड़ा गधे से अक्लमन्द है। फिर भी रस्साकशी तो रस्साकशी है। दिलीप चटर्जी अकेले पड़ गये गर्दभ के हिमातियों में। शर्त जुए की शक्ल लेने लगी। तब एक ने पूछा, "यह फ़ैसला होगा कैसे?"

"अब सब सन्नाटे में आ गये। तब दिलीप चटर्जी ने कहा, "वह सामने अहाता देख रहे हैं, जहाँ घोड़ा पहले से मौजूद है।"

"तो?"

"गर्दभ वहीं पास में चर रहा है।"

"बेशक है।"

"उसे अहाते में पहुँचाया जाये।"

"फिर?"

"अहाते के दरवाज़े पर साँकल जड़ दी जाये।"

"फिर?"

"फिर यह देखा जाये कि उनमें से कौन बाहर आने का प्रयास करता है?"

"यदि कोई भी नहीं करे तो!"

"पहले बतायी हुई सिचुएशन तो पैदा की जाये, फिर का सवाल तो बाद में जन्मेगा।"

"यानी पहले शादी फिर बच्चा, है ना।"

इस पर सबने एक साथ मिलकर ठहाका लगाया। आसपास वाले भी उधर देखने लगे।

"लीजिए साहब, गधा भी वहीं आ गया और दरवाज़े की साँकल भी लगा दी गयी, अब?"

"धैर्य। ...पहले यह बतायें कि आप लोग मेरी इस तदबीर से सहमत तो हैं।"

"तदबीर से सहमत क्यों नहीं हैं। हम इसे तजवीज़ का नाम भी दे सकते हैं।"

"चलो तजवीज़ ही सही, पर पूर्णतया सहमत तो हैं।"

"हाँ हैं।"

"तो धैर्य से उनके प्रयत्नों को देखते जाइए।"

"यह पागलपन तो नहीं है, मि. व्योमेश चक्रवर्ती।"

"शायद नहीं।"

"क्या मतलब?"

"हर अक़्लमन्द आदमी पहले पागल होता है, बाद मे। ..."

"बाद में क्या?"

"ज़रा आप लोग भी सोचिए।"

"इसमें सोचने जैसा क्या है?"

"यानी आप घोड़े की बिरादरी से हैं।"

"सब हमें पागल कहेंगे। क्या तुम लोग मि. व्योमेश के बारे में नहीं जानते?..."

"फिर भी...जब तक बरात आती है, तब तक के लिए यह प्रसंग बुरा नहीं है।"

"हाँ तो सज्जनो, वो देखिए घोड़ा हाथ-पाँव मार कर हिम्मतपस्त हो गया। ...अब तक गर्दभ महाशय ने आहते का एक चक्कर लगाया। फिर दूसरा। तीसरे चक्कर के बाद वह दरवाज़े की साँकल के पास आ खड़ा हो गया।"

"हैं। वो तो उचक-उचक कर दरवाज़े की साँकल को छेड़ने लगा है।"

अब तो सब सावधान हो गये। प्रसंग रोचक बनता नज़र आया। सबकी दृष्टि गर्दभ महाशय के कारनामों पर जा पड़ी। घोड़ा गर्दभ से लम्बा था। वह चाहता तो साँकल तक अपना मुँह ले जा सकता था परन्तु वह तो हिम्मतपस्त होकर एक कोने में निढाल हुआ पड़ा था। एकदम निष्क्रिय जबकि, गदर्भ सक्रिय था और लगातार साँकल को कुण्डे से हटाने का प्रयास कर रहा था। उसने घोड़े की ओर सहायता पाने की दृष्टि से देखा भी, परन्तु घोड़े ने उसके आग्रह पर ध्यान नहीं दिया।

गदर्भ हारा नहीं, थका अवश्य। उसका सारा शरीर पसीने-पसीने हो रहा था। कुछ देर बाद क्या देखते हैं कि गदर्भ ने साँकल निकाल दी और थोड़ा पीछे हटकर वह दरवाज़ा खोलने लगा। घोड़ा तब भी निढाल पड़ा था जबकि गदर्भ बाहर आ चुका था और दरवाज़े को पार कर चुका था।

"कथा ख़त्म—व्योमेश!"

"नहीं, यह कथा तो जन्म-जन्मान्तर चलती रहेगी।"

"क्यों?"

"हमारी सामाजिक मान्यताएँ लाभ पर आधृत हैं। हमारे व्यवहार में भी लाभ के केन्द्र में हैं।"

"तो क्या हुआ?"

"फिर भी गधा घोड़े की अपेक्षा कम लाभप्रद है।"

"आप गधे का साहित्यिक नाम ही बना रहने दें।"

"यानी गर्दभ। ...क्या गर्दभ गधा नहीं है?"

"फिर भी वह बिगड़ा हुआ, घिसा हुआ और तद्भव रूप है।"

"गर्दभ से गधे बनने तक की लम्बी यात्रा पर कौन प्रकाश डाल सकता है?"

"क्या अब हम किसी अन्य टॉपिक पर बात नहीं कर सकते?"

"करना चाहें तब ना! हमारे पास सिर्फ़ दो ही टॉपिक हैं—पहला गर्दभ और दूसरा बन्दर।"

"जो हमारे पुरखे हैं।"

"हमारे पुरखे, उनके पुरखे, उनके भी पुरखे और...।"

"बस-बस, आगे कुछ नहीं।"

"क्यों?"

"पुरातत्त्व विशेषज्ञ निरंजना चौधरी आ रहा है। उसके सामने यह चर्चा छिड़ गयी तो सुबह हो जायेगी और...।" मेघनाथ कृष्णमूर्ति ने कहा।

जगदीशचन्द्र बसु, धरमदेव बैनर्जी आदि अन्दर चले गये। सुधीरा भूपालचन्द्र बसु से कुछ कहकर लौट आये। अन्दर मृणालिनी को तैयार किया जा रहा था। वह असली सोने की कामदार बनारसी साड़ी पहन चुकी थी। आभूषण में सबसे पहले गले में हँसुली, मटरमाला, सोनार हार, नेकलेस, कानों में झुमका, माथे पर सिंथि, बाजू पर अनन्त, हाथ में शाखा, चूड़ पला और चूड़ियाँ, नाक में नथ और पाँवों में पाजेब पहने थी।

शारदा बसु मृणालिनी का शृंगार कर उसे निहार रही थी। उसने कहा, "रूप की रानी, परियों की शहजादी, सौन्दर्य की देवी, तुझे माँ दूसरों की नज़र से बचाये इसलिए कनपटी पर काला टीका लगाये देती हूँ।"

"दीदी, आपने इतना शृंगार क्यों किया?"

"क्योंकि, माँ ने आदेश दिया था कि मेरी मृणालिनी का ऐसा शृंगार करना कि कामदेव की पत्नी रति अवाक् रह जाये।"

"क्या बिना शृंगार के मैं सुन्दर नहीं लगती हूँ, दीदी?"

"वह तो अकृत्रिम सौन्दर्य! इससे कोई मुकाबला नहीं, लेकिन मानव ने सौन्दर्य को भी अद्भुत अलंकरणों से विभूषित कर उसमें चार चाँद लगा

दिये हैं और वह भी हज़ारों हज़ार में कोई एक भाग्यशालिनी होती है, जिसके अंगों पर आभूषण स्वयं को गरिमामय समझते हैं। उनमें से एक तू है।" शारदा बसु ने उसकी ओर प्यार से देखते हुए कहा।

इतने में ही उसकी अन्य सखियाँ वहाँ आ गयीं। सुखदा, कनुप्रिया, निर्मला टैगोर आदि ने एक साथ कहा, "मेरी लाडो, तू सौन्दर्य की रानी है।"

"सीधे, स्वर्गलोक से उतरी है।" निर्मला टैगोर ने उसके पास आते हुए कहा।

वहाँ तक शहनाई, नौबत की आवाज़ गूँज रही थी। बाहर कुछ शोरगुल बढ़ा।

कनुप्रिया गा उठी, "माला बदल हवे आज राते...।"

"चुपकर, ठाकुर माँ इधर ही आ रही हैं।"

यह सुनकर वे सब ऐसे शान्त हो गयीं जैसे उनके मुँह में ज़ुबान ही न हो। कुछ देर बाद वही बोली, "तुम सब हो तो डरपोक ही—ठाकुर माँ का रौब तो सिर चढ़ कर बोलता है।"

"देखा, सुधीरा दीदी को। वह किसी से कम नहीं हैं।" निर्मला टैगोर इतना ही कह पायी थी कि सचमुच ठाकुर माँ अन्दर आ धमकीं। तभी नाइन ने प्रवेश करते हुए कहा, "ठाकुर माँ, आप ज़रा नीचे चलिए।"

"क्यों? वहीं से तो आ रही हूँ?"

"छारना तला से क्या?"

"नहीं छारना (मण्डप) तो तैयार हो रहा था इसलिए उधर नहीं गयी।"

"अब छारना तला (मण्डप) तैयार है। ज़रा आप मुआयना कर देखिए।"

"क्या करूँगी मुआयना! वहाँ तो एक से बढ़कर एक कारीगर हैं।"

"नीचे सब आपको बुला रहे हैं, ठाकुर माँ।"

"चलो भाई, चलो।" वह लाठी टेकती हुई नीचे जाने के लिए चल पड़ीं।

फिर धमाल शुरू हो गया।

"लो, बहूठान को भी अभी आना था। अब शुरू हो जायेगा ज्योतिष के ज्ञान-विज्ञान की आड़ी-तिरछी रेखाओं के रहस्यमय चरित्र का बखान।"

"वह भी आज, ऐसे मौक़े पर।"

"वह तो सदैव से ऐसा ही करती आ रही है, पर हर एक के लिए नहीं। शायद अब तो वह देख-दाखकर चुप रह जाती है। कुछ बोलती नहीं है।

पूछते हैं तो भी नहीं। कहती है, मैं अपने ज्ञान की परीक्षा लेती हूँ।'' वह अब समझ गयी है कि उसे दूसरे के जीवन के रहस्य खोलने की ज़रूरत नहीं है। ...आने दो।

''ओह! अपनी मृणालिनी दुल्हन के रूप में साक्षात् सौन्दर्य की देवी लग रही है। ...शायद, तुमने सजाया है। ग़ज़ब का। काला टीका भी।'' कहकर वह मृणालिनी के पास पहुँच गयी। उसको ध्यान से देखने लगी।

''क्या है, बहूठान!...तुम कुछ बताना चाहोगी, क्या?'' मृणालिनी की बड़ी मामी पूछ रही थीं।

''देखो भाई, मृणालिनी का माथा एलिफेंट फोरहैड सा है—उभरा हुआ। ...आँखें बड़ी-बड़ी और जिज्ञासा भरी हैं। नाक लम्बी है, ख़ूबसूरत है। होंठ पतले। केश लम्बे, घुँघराले। ...सिंह राशि!''

''तो?''

''बहुत सुन्दर!''

''क्या!''

''मृणालिनी, तुम कुछ जानना चाहती हो क्या?''

''क्या, बहूठान?''

''अपनी भावी ज़िन्दगी के बारे में?''

''क्या जानूँगी, बहूठान, मैं नहीं जानती?''

''क्या तुम काल्पनिक कथा सुनना चाहोगी?''

''कह दीजिए, बहूठान।''

''तुम स्वाभिमानी हो, ज़िद्दी नहीं। उदार और श्रद्धावान्...मधुरभाषी, सौन्दर्यशालिनी ...गरिमामयी, परिपक्व मेधावाली। सुदृढ़ विचार वाली...।''

''फिर, तुम इससे क्या संकेत देना चाहती हो, बहूठान?''

''शायद बरात आ पहुँची है। ...हमें चलना चाहिए।'' कहकर वह बाहर की ओर मुड़ गयी।

''कुछ तो संकेत दो, बहूठान।''

''नहीं, मामी जी, रहने दो। ...भाग्य की प्रकृति अदृश्य बने रहने की है।''

''तो?''

''हमें भाग्य को कुरेदना नहीं चाहिए।''

''कुरेदा किसने था?''

"वह जा चुकी है, मामी जी।" निर्मला टैगोर ने धीमे स्वर में कहा।

"हैं! वास्तव में बरात आ चुकी है।" सुधीरा ने कहा। सब बाहर जाने लगी। सुधीरा ने कहा, "मैं तुम्हारे पास हूँ, मीनुदी।"

"मेरा दिल धकधक कर रहा है।"

"तेरा ही नहीं, जब मैं तेरी जगह थी, तब मेरा भी कर रहा था।"

"फिर?"

"फिर क्या, हम धीरे-धीरे अभ्यस्त हो गये। दरअसल मुझे तो आज तक यही लगता रहा है कि विवाह पारस्परिक सम्बन्धों—स्त्री-पुरुष के सम्बन्धों—के उत्तरदायित्व स्वीकार करने का प्रतीक है—एक स्वस्थ तथा आह्लादित अन्तश्चेतना की शक्ति का प्रतिफल है। सामाजिक उत्तरदायित्व की कड़ी में एक महत्त्वपूर्ण क़दम है।" सुधीरा का मन सहज सजग हो गया। वह कहने लगी, "मीनुदी, तू मेरे साथ आ।"

"कहाँ?"

"वहाँ तक।"

"क्या होगा?"

"तू देखकर बता सकेगी कि बरात कैसी सजी-धजी हुई आयी है।"

"मुझे वह सब नहीं जानना।"

"तू जान लेगी तो क्या होगा?"

"न जानूँगी तो भी क्या होगा?"

"वही होगा जो राम रच राखा।"

"फिर ज्योतिष क्यों?"

"जिज्ञासा के लिए।"

"कौन-सी जिज्ञासा?"

"वही जिज्ञासा जो सबसे जुड़ी हुई है।"

"फिर उसका क्या जानना?"

"तुझे आदमी का तो भरोसा है या...।"

"पहले तुझे आदमी की परिभाषा बतानी पड़ेगी।"

"तू मुझे परिभाषा में मत फँसा। मैं परिभाषाओं से बाहर रहना चाहती हूँ।"

"यानी तू परिभाषाओं को चुनौती देने का इरादा रखती है।"

"नहीं, ऐसा कुछ नहीं है।"

"मैं जान सकती हूँ।"

शहनाई की आवाज़ तेज़ हुई। बाँसुरी दल का स्वर मद्धिम पड़ने लगा।

"यह बाँसुरी दल को साथ लाने की क्या सूझी?" सुधीरा मन-ही-मन सोचे जा रही थी। बाँसुरी वादकों में ग़ज़ब का समन्वय था। वे रवीन्द्रनाथ ठाकुर के गीत गुनगुना रहे थे।

मृणालिनी पूछ रही थी, "सुधीरा, तू भी क्या बाँसुरी की ध्वनि सुन रही है?"

"हाँ, मीनुदी।"

"कभी विवाह-शादी में ऐसा हुआ क्या?"

"नही। ...शायद कभी नहीं। परन्तु इस सबसे आनन्द महक उठा है। चित्त पर गहरा प्रभाव बनता जा रहा है।"

"अब तो यह कुछ और ही धुन निकलने लगी है।"

"ये एक नहीं, पाँच बाँसुरी की संयुक्त ध्वनि है।" निर्मला टैगोर ने प्रवेश करते हुए बताना शुरू किया, "तिलक की रस्म पूरी हो चुकी है। आठ बग्घियों में बरात आयी थी। बैंड बाजा भी साथ था। दूल्हा शान्त, गम्भीर और दिव्य-सा लग रहा था। वह धोती कुरते में, सिर पर मुकुट धारण किये साक्षात् देवलोक से उतरा शान्तिदेव लग रहा है। उस सफ़ेद मुकुट की बात ही कुछ और है। उनकी बड़ी-बड़ी आँखों में अनोखी चमक है। उनके अधरों पर मानो संगीत थिरक रहा है। आज का दिन-माह सब शुभ है। अप्रैल महक उठा है। आसमान मेघावृत है। पर कहीं-कहीं से खुला-खुला। पवन शीतल है एकदम प्यारा-प्यारा।"

"क्यों न हो, कृषि विभाग के निदेशक की सुपुत्री का विवाह है!" कनुप्रिया ने चहकते हुए कहा।

"ठहर ज़रा सुन तो।" सुधीरा ने कहा।

"वृन्दावनम् परित्यज्य पादमेकम् न गच्छति! ...कैसी संगीतमयी ध्वनि है कि भगवान वृन्दावन को छोड़कर कहीं गये ही नहीं। कैसे जाते। प्यार का बन्धन जन्म-जन्मान्तर का होता है। एक बार यह तीर हृदय के पार उतर जाये, फिर क्या वह मधुर टीस कभी मिटेगी? वह क्या स्वर दे रहा है, कह रहा...आज दिव्य प्रेम की साधु वेला है...चतुर्दिक वैवाह्य

सुगन्ध का अमिय लहरा उठा है। –प्राणुवायु बनकर जग के कण-कण में। अद्भुत वैरल्य, वैलक्षण्य, वैशद्य और वैशिष्ट्य है। ...भगवान स्वयं आनन्दमय हो गा उठे हैं। शरीर वाह्य बन गया है। मन स्तब्ध है। आत्मा गा उठी है, परमात्मा! मुग्ध है। चर-अचर सब प्रेमपाश में अदृश्य तरंगों में बह रहे हैं। तुम राधा बन मयूर सा मन लहराओ, मैं मेघ बन तुम्हारी ओर हाथ बढ़ाऊँ। तुम भी हाथ बढ़ाँओ। ...हो जाये सब एक प्राण। दो देह, दो मन, दो आत्माएँ थिरक उठें एक साथ, एक-एक पल में अनेकानेक बार बन एकत्व का महापर्व।''

मृणालिनी में अद्भुत संगीत उमड़ उठा। उसकी देह का रोम-रोम आनन्द आप्लावित हो उठा। आपादमस्तक नूपुर बन अनुगूँज उठा। उसकी रोमिल देह आनन्द से भरकर कृष्णा संग नृत्य कर उठी है। मादक मन विद्युत तरंगित पवन से भी महीन-हलका और सहज हुआ पराग बन आत्मैक्य हुए जा रहा है। वह चौंक कर कहती है, ''ये बाँसुरी मुझे पागल किये डाल रही है, सुधीरा।''

''इस बाँसुरी ने ही राधा-गोपियों को अपने वश में ऐसा किया था कि वे सारी दीन दुनिया को भुलाकर उसकी ही होकर रह गयीं।'' सुधीरा कहते-कहते पूछ बैठती, ''तू क्या यही अनुभव कर रही है, मीनुदी। क्या वह मेघवर्णीय नीलचन्द्र तेरी साँस-साँस में बहकर तुझे उद्वेलित करने लगा है। तू क्या अर्ध मूर्च्छा की स्थिति की ओर अपने को बढ़ता पा रही है। ...कुछ तो बोल मेरी चकोरी, प्राणमयी सुराधा, क्या तू उसे अभी से अपने में अनुभव कर उठी है! ऐसा है तो वह निश्चित ही परम पद्म है।''

''मैं कुछ नहीं जानती, सुधीरा। मुझे यह क्या हो रहा है। अब वही बाँसुरी अधरों पर रख मुस्करा रहा है। कह रहा है, आ जाओ, राधे, इधर इन बाँहों में, इन प्राणों में, प्राणों के कण-कण में। चहुँ ओर आनन्दवृष्टि हो उठेगी। अग-जग उनींदा हुआ स्वप्नवत् नव शतदल-सा खिल उठेगा!''

सब सखियाँ सिवा सुधीरा को छोड़कर बाहर जा चुकी थीं। वह कह रही थी, ''मीनुदी, अपने को सँभालो।''

''पर कैसे। मैं अपने में रह पाऊँ तब न! वह रहने दे तब न। वह मुझे राधा से क्यों सम्बोधित कर उठा है, सुधीरा?''

''क्या तू उसे श्याम से पुकार उठी है।''

"श्याम को श्याम नहीं पुकारूँ तो क्या सम्बोधन दूँगी उसे! वह क्या श्याम नहीं है?"

"अवश्य उसकी काया श्याम है।"

"नहीं सुधीरा, तू तनिक मेरी आँखों में झाँककर देख तो उसका तन भी श्याम है, उसका मन भी श्याम है, उसकी आत्मा भी श्याम है और वह पूरा का पूरा, अन्दर-बाहर से, संकेतों से रागात्मक व्यवहार से एकदम श्याम कान्तिवाला, नीलचन्द्र, वृन्दावनवासी, मुरलीका का जादूगर श्याम ही है, सुधीरा, श्याम ही तो है। तू बाँसुरी को रुकवा वरना मैं सारी लोकलाज त्यागकर उसके गले से जा लगूँगी और कहूँगी, चल मेरे दीप प्राण-ज्योति के से दमकते मेघ, मुझे उस पार ले चल, जिधर से तू इस धरा पर आया है।"

"चुप भी कर, मीनुदी। दीवारों के भी कान होते हैं। कोई सुनेगा तो क्या सोचेगा? काव्यमयी अन्तरंगता का यह समय नहीं है। शान्त बनी रही स्थिर चित्त पागलपन नहीं।"

"क्या!"

"कि दुल्हनिया पागल हो उठी है।"

"तो इसमें झूठ क्या है?...पागलपन ही तो दुल्हनिया का सम्मोहन रंग है—प्यार है, मनुहार है, सम्पूर्ण आसक्ति यज्ञ है।"

"ये तुझे क्या हो रहा है, मीनुदी? चुप भी कर। तुझे मेरी सौगन्ध। आगे एक शब्द नहीं।"

"क्या चुप करूँ, वो तो सामने आ खड़ा हुआ है?"

"तेरी शंका, अशंका...बग़ीचे में उठे ज़लज़ले जैसे प्रश्न-अप्रश्न और घूरती आँखें उन सबका क्या हुआ है।"

"वे बदरा थे, चमके थे, गरजे थे, पर अब बरस रहे हैं, सुधीरा। मैं उसमें भीगे जा रही हूँ। कालिन्दी का तीर है, वह पगला बाँसुरी से मन्त्रोच्चारण करता हुआ मेरा हाथ पकड़े मुझे लिए जा रहा है...तुझे कुछ दिखलाई नहीं पड़ रहा है क्या, सुधीरा?"

तभी सुधीरा ने उसे झकझोर डाला। वह हिल—सी गयी। वह पूछने लगी, "यह क्या है?"

"मेरा सिर, मेरी राधिके।"

"क्या मतलब?"

"तू अभी क्या बड़बड़ा उठी थी।"

"कुछ भी नहीं, सुधीरा, लगता है तेरे कान बजने लगे हैं। तू अति हर्षोन्माद में बहक उठी है।"

"क्यों नहीं मेरी ठाकुर माँ, पगला मैं गयी हूँ। वह भूत तुझ पर सवार हुआ था। बाँसुरी तू सुन रही थी।"

"कहाँ है, बाँसुरी का स्वर, सुधीरा?"

"हैं!" सुधीरा चौंक पड़ी। वहाँ कहीं भी अब बाँसुरी का स्वर नहीं था। एक-एक करके सभी सखियाँ वहाँ लौट आयी थीं। सबके चेहरों पर संगीतमय उल्लास था, शहनाई में आकण्ठ डूबी मादकता थी और कण-कण में वासन्ती परिमल-सा उत्साह मुग्ध आनन्दातिरेक था।

4

अचानक पवन लहरा उठा। बेला, मौलसरी, चमेली आदि की महक चहुँ ओर महक उठी। आनन्दित हो उठा सारा पंडाल, घर-आँगन, द्वार-द्वार। मेघ झुक आये शान्त-संयमित से बनकर रस—स्निग्ध हुए।

अरविन्द टोपोर पहना छारना तला (मण्डप) के पास खड़ा हुआ था। उसे पावन वस्त्र दिये जा रहे थे। अब वह यह वस्त्र पहनेगा। फेरे इन्हीं वस्त्रों को पहनकर होंगे।

शहनाई बज रही थी। नौबत उसका साथ दे रही थी।

मुरालिका सोच मग्न थी।

"वाक दादा, अब?" अरविन्द ने अपने बड़े भाई विनय भूषण से पूछा।

"उस कमरे में जाकर तुम्हें ये वस्त्र पहनने होंगे। ...और जो वस्त्र तुम पहनकर आये हो वह तुम्हें लड़की वालों को देने होंगे।"

"ये चादर-धोती!"

"हाँ, ऑरो, इस समय सिले हुए वस्त्र नहीं पहने जाते हैं। ...वह पाटिया है, जिस पर अल्पना बनी है, तुम्हारा आसन है। आकर वहीं बैठोगे।"

"और लड़की का?"

"देखते जाओ, वह भी सामने आ जायेगा।" विनय मोहन ने पुकार लगायी, "चारु, इधर आओ।"

अब चारु के साथ अरविन्द दूसरी दिशा में बढ़ गये।

"कहाँ जाना है?"

"मैं पता करके आ रहा हूँ, तुम सामने वाले कमरे में जाकर ये नये वस्त्र पहनो।"

"और इन वस्त्रों को?"

"साथ ले आना, मैं लड़की वालों को दे दूँगा।"

"वे इनका क्या करेंगे?"

"छारना तला (मण्डप) में अभी एक ही अल्पना सज्जित पाटिया देख रहे हो, वहीं दूसरा पाटिया आयेगा।"

"कहाँ से?"

"अन्दर से। उस पर दुल्हन बैठी होगी और घर के चार व्यक्ति उसे उठाकर इधर लायेंगे। उस पाटिया पर तुम्हारे पहने हुए वस्त्र बिछे हुए होंगे।"

"क्यों, चारु?"

"ताकि दुल्हन तुम्हारे वस्त्रों से तुम्हारी अनुभूति पा सके।"...वह तुम्हें जैसे-जैसे महसूस करने लगेगी, वैसे ही वैसे उसका मन आश्वस्त होता जायेगा। वह सहज रह सकेगी।

"वस्त्र गन्ध मात्र से।"

"अनूभूति सत्य की दृश्यमान् जगत् से अधिक स्थायी और घनीभूत होती है। हमारी इन परम्पराओं के पीछे वही उदात्त मन्त्रशक्ति है, ही आधारभूत मनोविज्ञान है और वही सामाजिकता है कि जिससे व्यक्ति द्वैत भाव से अद्वैत भाव में शनैः-शनैः परिणत होता चला जाये। वह आत्मैक्य का अनुभव कर सके। वह अर्द्धनारीश्वर को अपने में जी सके। इसी कारण विवाह को आवश्यक माना है, सद्धर्म की चेतना माना है। जिसे फ्रेंच भाषा में 'कल द सैक' यानी बन्द गली कहते हैं, उस गली का केवल आगे का द्वार खुल सके। विवाह जीवन को जीने की शैली में ढालता है।"

"यह तुमसे किसने कहा, चारु।"

"पण्डित मदन चौधरी ने विवाह पर पाँच दिन तक वक्तव्य दिया था। वह कहते थे कि शरीर मन में लिए 'पराइआ' यानी अछूत न हो, मन आत्मा के लिए अछूत न रहे। यदि इस क्रम में आगे बढ़ते गये तो आत्मा परमात्मा के लिए अछूत नहीं रहेगी। यह जीवन का प्रभु चरणों तक पहुँचने

का तथ्य है, जो तथ्यों से ऊपर है।'' चारुदत्त एक-एक बात याद करता जा रहा था और अरविन्द विवाह के गुह्य रहस्य को सुन-जानकर सच्चा जिज्ञासु होता जा रहा था।

''चलें, चारु।''

''चलो।''

चारुदत्त ने देखा कि अरविन्द ने बहुत जल्दी वस्त्र बदल लिए। उसने अपने को अभ्यारण्य में पाया, जहाँ पक्षी दल चहक रहा था, झील में तैर रहा था और घना जंगल नृत्य कर उठा था। साथ-साथ जीने का आनन्द ही वास्तविक महोत्सव है, आनन्द पर्व है और दिव्यालोक अनुभूति का आन्तरिक मेला है, लेकिन उसने अरविन्द से कुछ कहा नहीं। अब वह छारना तला के पास आ चुका था। उनके वस्त्र ले जा चुके थे। वह कुर्सी पर बैठा दिया गया। मृणालिनी के सामने रखे पाटिये पर अरविन्द के उतारे हुए वस्त्र बिछाये जा रहे थे। वह पूछ बैठी, ''सुधीरा, यह क्या हो रहा है?''

''तुम्हें इस पाटिये पर बैठाने की तैयारी हो रही है, मीनुदी।''

''और उन पर बिछाए जा रहे वस्त्र, सुधीरा...यह तो पुरुष के हैं।''

''हाँ, भानजी, यह वस्त्र पहनकर तेरा होने वाला दूल्हा यहाँ आया है। अब वह हमारे घर से दिये वस्त्र पहन चुका है और उसके उतारे हुए वस्त्र पाटिये पर बिछाये जा रहे हैं।'' मामी समझातीं।

''पर क्यों?''

सुधीरा उसके कान में कहती, ''ताकि तू उसकी सुगन्ध को अनुभूत कर सके।''

''सुगन्ध?''

''सुगन्ध से स्वीकार्य का मानस बनता है। तुम दोनों तो शादी से पूर्व एक-दूसरे को देख चुके हो, बात भी कर चुके हो परन्तु हमारे समाज में शादी से पूर्व परस्पर मिलने की अनुमति नहीं है। ऐसी सूरत में दूल्हे-दुल्हन के मध्य अप्रत्यक्ष अनुभूति का यही एकमात्र तरीक़ा है।''

''परन्तु अब तो...।''

''मीनुदी, अपने रीति-रिवाज अपनी जगह हैं। तुझे फिर भी, एक नयी अनुभूति होगी। हमारे यहाँ स्पर्शानुभूति का बहुत महत्त्व है। स्पर्श सुख अनन्त आनन्द की तरंगों का अनुभव कराता है। जा तू अब पाटिया पर बैठ।

बाद में बताना कि जीजाजी के वस्त्रों से कैसी अनुभूति हो रही थी?" सुधीरा ने बहुत धीमे से कहा।

"चलो बेटे, इधर आओ।" भूपालचन्द्र बसु का स्नेहिल स्वर था।

धीरे-धीरे मृणालिनी पाटिये की ओर बढ़ी। अब उस पाटिये को ताऊ, चाचा, मामा आदि ने उठा लिया था और छारना तला के पास आ गये थे। उसके गले में एक माला थी। अरविन्द बीच में आ खड़े हुए थे। अरविन्द ने इस दृश्य को मन्त्र मुग्ध होकर देखा। मृणालिनी अपने मुँह को पान के पत्तों से ढँके हुए थी। उन लोगों ने पाटिया पर बैठी मृणालिनी को लिए चक्कर लगाने शुरू कर दिये। उल्लूह ध्वनि (हर्ष ध्वनि) हो उठी। अब सब कुछ स्थिर हो गया था। वरमाला डालने का कार्यक्रम शुरू हुआ था।

पाटिया को काफ़ी ऊपर ले गये ताकि अरविन्द को उचककर माला डालनी पड़े। इस दृश्यबन्ध पर वहाँ खड़े सभी शुभचिन्तक प्रसन्न हो रहे थे। नाते-रिश्तेदारों में कुतूहल मिश्रित हर्षोन्माद छा रहा था। एक-एक पल आनन्द का नव सृजन कर रहा था। हालाँकि अब मृणालिनी ने अपने मुँह पर से पान का पत्ता हटा लिया था और जिन हाथों में पान का पत्ता लिया था, अब उनके स्थान पर हाथ में माला थी। माला के पहले चरण में थोड़ी चुहलबाज़ी कुछ तेज़ हुई थी। व्यंग्य बौछार भी बूँदाबाँदी-सी हो उठी थी। दोनों ने एक-दूसरे के गले में माला डाली। दूसरी बार माला की अदली-बदली तनिक सरल हो गयी थी। अरविन्द चाहकर भी उस दिव्य सौन्दर्य को नहीं देख पाये थे। उनकी ललक पर बीजुरी कौंध जाती थी। दूसरे सारा ध्यान मृणालिनी के गले में माला डालने में था।

तीसरे चरण की मादकता कुछ न्यारी ही थी। सालियाँ अरविन्द का ध्यान बँटाने का पूरा प्रयास कर रही थीं। निर्मला टैगोर ने ढोलक पर धीमे से थाप धरी कि उन सब सखियों के मधुर कण्ठ ने नयनों ही नयनों में मुस्कराकर गीत उठा लिया। वह लोकगीत था प्रेम ढला मिस्री घुला, अन्तर्मन की परिमल मालाओं से महकता गदराया हुआ–

लाजे रांगा होलो कोने बोऊ गो
आज माला बोदोल होबे एई राते।

ओ तोरा उलू दे, रांगा बर एलो जे
टोपोर माथाय दिये चतुर्दोलाते।
आज माला बोदोल होबे एई राते।

शांख बाजे सानाई बाजे, घोमटा खोल ना
लज्जाबती कोने बऊएर नोलक दोलेना, हातेर बाजू दोलेना
आज माला बोदोल होबे एई राते।

कोने बोऊ घोमटा खोल, ओ छूटी नोयोन तोल
देखे ने के एलो छादनाताले,
आज माला बोदोल होबे एई राते।

खाट दिलाम पालक दिलाम, शात भोरी शोना
राय बाघिनी ननदेगी, खौंता दीओ न (आहा)
आज माला बोदोल होबे एई राते।

कोने बोऊ रूपशी, देखो न उपोशी,
खेले दीओ, तारे सपोर थाला ते
आज माला बोदोल होये एई राते

अरविन्द इस लोकगीत के भावों को हृदयंगम कर उठे। घरेलू ऑर्केस्ट्रा के साथ यह सामूहिक गान उनको विवाह की परम्पराओं की मिठास दे रहा था। पाटिया पर बैठी और पान के पत्तों से मुँह ढाँपे मृणालिनी को सात बार उनके चारों ओर घुमाया गया। उसका लज्जा से मुँह लाल हो गया। वाह, क्या यथार्थ का स्पन्दन है। आज रात को माला बदलने की प्रक्रिया होगी। सखियाँ उलूक ध्वनि (उलूक ध्वनि मुँह से जीभ निकालकर एक प्रकार की आवाज़ होती है। इसे बंगाली अत्यन्त शुभ मानते हैं।) करती हैं।

वह भी उसी रंग में रंग गया है। वह सिर पर टोपोर (सेहरा) लगाये चौकी पर बैठा हुआ है। शंख बज रहा है। शहनाई बज रही है। अब अपना घूँघट उठाओ। लज्जा के भार से दुल्हन की पलकें झुकी हुई हैं। उसके हाथ-पाँव भी नहीं हिल रहे हैं।

तभी ढोलक पर तीन ताल के बाद ज़ोर से थाप पड़ती है। सखियाँ गा रही होती हैं—दुल्हन अपना घूँघट खोलो और अपने दोनों नयनों की पलकों को ऊपर करो और देखो मण्डप के नीचे कौन बैठा है।

अरविन्द देखता है कि फूस डालकर जो मण्डप बनाया गया है (यानी छादना) उसके नीचे वह अकेला बैठा है। खाट भी दिया। पलंग भी दिया। साथ में सात बोरी सोना भी दिया। यह सुनकर अरविन्द मुस्कराकर रह जाता है। इस बार उसे मृणालिनी की नज़र पकड़ लेती है। वह भी उसे देखता रह जाता है।

सखियाँ आगे गा रही होती हैं—बाघिन की तरह रहने वाली ननदों, उस पर ताने मत कसना। दुल्हन का चाँदी की थाली में खाना परोसना। आज रात को जब माला बदलने की प्रक्रिया होगी। ...यह लड़ी बारम्बार बजती है। और निरन्तर ऊँचे स्वर में। सरोजिनी मुस्कराकर रह जाती है। अरविन्द गद्‌गद हो उठते हैं।

इस बार उस गीत को एक दाढ़ी-मूँछों वाले नवयुवक ने बाँसुरी पर उठा लिया था। बाँसुरी की ध्वनि इतनी मधुर थी कि अब उस गीत को अधरों ने अपने प्राण तत्त्व से गाना शुरू कर दिया था। पायल भी थिरक उठी थीं और बीजुरी भी। सारा वांतावरण संगीतमय हो उठा था। मानो चाँदनी निर्झर झील में उतरकर, तैरते हुए गा उठी हो। गगन नाच उठा हो और अदृश्य पुष्प वर्षा चहुँओर हो उठी हो।

मधुर कण्ठ, मुरलिका निनाद और पायल नूपुरों की ताल ने सबके तन-मन को ऐसा सम्मोहित किया था कि किसी को भी अपनी सुध-बुध नहीं रही थी। बेसुधी का सा हो गया था माहौल।

अब अरविन्द और मृणालिनी पाटिये पर बैठे हुए थे। पण्डितजी अरविन्द से कहलवा रहे थे वचन! गीत थम गया था। बाँसुरी रुक गयी थी, परन्तु वातावरण अभी तक झनझना रहा था। मानो गीत-संगीत दो तन एक प्राण हुए परस्पर लख रहे हों।

हथ बन्धन हुआ नहीं कि वह गीत पुनः कण्ठों और मुरलिका की तान में बहक उठा। नुपूरों का घोष निद्रालु पलों के मन में उमंगित हो उठा। अब बधाइयाँ बँट रही थीं। वह दाढ़ी-मूँछों वाला नवयुवक मृणालिनी की ओर बढ़ा। मृणालिनी तब सहेलियों के साथ थी। अरविन्द भी मित्रों के साथ भोज पर

जा रहे थे। उनके बीच में वह नवयुवक पहले अरविन्द के चरणों में झुका, तीर के मानिन्द, चरण स्पर्श कर उनके कानों में फुसफुसाया, "आपका लघु भ्राता—बारीन—भेष बदलकर आने की गुस्ताख़ी के लिए क्षमा, सेजदा! मुकुट बहुत जँच रहा है। अब मैं ठाकुर के चरण स्पर्श कर लौट जाऊँगा। ठाकुर को आप सँभाल लेना। वह इतनी फुर्ती से पलटा और बहूठान के ऐसी तीव्र गति से पाँव छुए कि सब चित्रलिखित से रह गये। रघुराज चक्रवर्ती की पत्नी ने वह उत्तरदायित्व सँभाला और मृणालिनी के कान में गुरुमन्त्र-सा फूँका...तेरा लाडला ठाकुर पो।" मृणालिनी देखती रह गयी ठगी-सी। उसके अधरों पर से मुस्कान फिसलकर सीधे अरविन्द की आँखों में तैर गयी।

अरविन्द की ऊपर की साँस ऊपर, नीचे की नीचे! कहीं। ...। रघुराज चक्रवर्ती ने अरविन्द से कहा, "वह हवा की तरह आया और हवा की तरह ओझल हो गया। चिन्ता नहीं। बाँसुरी वाला कार्यक्रम उसकी ही अक़्ल का करिश्मा था। मान ही नहीं रहा था। मैंने ही इस कार्यक्रम को विवाह के क्रम में रखवाया था बिना किसी पर ज़रा-सा भी कुछ ज़ाहिर किये।" सब समझ में आ गया। अरविन्द ने मन-ही-मन कहा, "मेरी मातृभूमि के सच्चे सपूत, बन्दिनी माँ की बेड़ियाँ शीघ्र दूर करें—क्रान्ति अमर रहे। माँ फिर कभी बन्दिनी नहीं बने।" उधर चुहल ठट्ठे हो रहे थे।

"प्रोफ़ेसर की प्राफ़ेसरी में अब चार चाँद लग जायेंगे।"

"वो क्यों, कनुप्रिया?"

"वो यों, मेरी सहेली, अब काव्य के अदृश्य रहस्य स्वयं अवगुण्ठन उठाने लगेंगे।"

"चुप भी कर। और भी सुन रहे हैं।"

"तो तू चुपचाप जीजाजी के कान में फूँक मार दे।" सौम्या चटर्जी ने बलखाने की कोशिश करते हुए कहा।

"आइडियोलॉजी की धुरी, यह नेक काम तू ही कर आ, उधर जीजाजी की तरफ़ आ जा। पर ध्यान रहे मीनुदी, कि अब से पूरी चौकसी में हैं अपने जी...जा...जी।"

इस पर सब लड़कियाँ खिलखिला पड़ीं। भोजन की महक ने मन को अपनी ओर खींचना शुरू किया। जैसे माछेर कालिया, माछेर बड़ा, मांसेर झोल, लूची। वाह! वाह!

"बेगुन भाजा, लूची, शाक भाजा, चच्चड़ी (मिक्स वेजिटेबल) पुलाव।"

"और सन्देश, पान्तुया, रसगुल्ला, मिहिदाना, कमलभोग...वाह! वाह! हर तरह की मिठाई!"

खाना चलता रहा। बातें उठतीं, सँवरतीं और मुस्कराती रहीं। आँखें मिलतीं, बिछुड़तीं और शरमाती रहीं। मृणालिनी का मन धक-धक कर रहा था। एक तो सुबह से कुछ खाया नहीं था, दूसरे वह अरविन्द को नज़दीक पाकर नर्वस हो रही थी। यदा-कदा अरविन्द उसकी ओर देख लेते थे। वह उसे एकदम सौन्दर्य की देवी प्रतीत हो रही थी।

दूसरा दिन हुआ। कालरात्रि। मिलन रात्रि नहीं। आज दूल्हा-दुल्हन मिल नहीं सकते। वे दोनों अलग-अलग रहेंगे।

बड़ी बैठक में अरविन्द और उनके मित्र और मृणालिनी तथा उसकी सखियाँ आमने-सामने बैठे हुए हैं। बीच-बीच में हँसी-मज़ाक़ हो उठता था। निर्मला टैगोर ने कहा, "जीजाजी, क्या आप मेरी कुछ मदद कर सकेंगे?"

"कहो, क्या मदद चाहिए?"

"एक कविता सुना दीजिए।"

"कविता!"

"बनिए नहीं आप एक अच्छे कवि हैं, यह हम जान चुके हैं, जीजाजी।"

"कैसे?" चारुदत्त ने पूछा।

"आप राधा-गोपी-कृष्णा के झगड़े में मत पड़िए। उद्धव हैं, उद्धव बने रहिए।"

चारुदत्त चुप हो गया। उनकी पुनः फरमाइश हुई। अरविन्द ने उन सबकी ओर देखा। मृणालिनी सिर झुकाये बैठी हुई थी। वह एकदम शान्त थी। कुछ-कुछ घबरायी हुई थी। वह बोले, "हम कवि हैं या नहीं। परन्तु हमें कविता से प्रेम है। हम उसकी अर्चना-पूजा करते हैं।"

"हमेशा करते रहेंगे।" निर्मला टैगोर ने कहा।

"हाँ, हमेशा करने का प्रयत्न करेंगे।"

"हमें तो देखते ही ज्ञात हो गया था कि आप कविता-प्रेमी हैं। प्रेमी किसी को कष्ट में नहीं देख सकता। यही सच्चे प्रेमी की साधना है।" कनुप्रिया ने अधरों पर मुस्कान छिपाते हुए जल-प्रवाह में दीपदान कर दिया।

“तो सुनो।” कहकर अरविन्द ने खखारा। मृणालिनी की ओर टकटकी बाँधे देखा। पुनः कहा, “तो ज़रा आप ध्यान दीजिए, “हे देवी उषा।”

“यहाँ देवी उषा कौन है?” निर्मला टैगोर ने गम्भीर होकर कहा।

“कौन नहीं है? सब हैं?”

“आप ऐसा मानते हैं क्या?” सुखदा ने पूछा।

“चाँद को चाँद कौन नहीं मानेगा। चाँदनी तो चाँदनी ही है।”

“आज है भी चाँद की रात।” निर्मला टैगोर ने कहा।

“पूनो है–पूरे चाँद की रात।” कनुप्रिया खिली।

“पर क्या कीजिए? अभी तो विदाई और कालरात्रि बीच में है।” सुधीरा चहकी।

“तो हम कविता शुरू करें।” अरविन्द ने सहज होकर कहा।

“अवश्य, जीजाजी।” मृणालिनी की छोटी बहन ने कहा।

“तो सुनिए पर ध्यान से। ध्यान शब्दों के बाज़ार से हटाकर मन पर ले जाइए तो आपको लगेगा कि कविता स्वयं अपना अवगुण्ठन उठा रही है। यथा–

हे देवी उषा!
तू तेरे दीप्तिमंत देह से प्रकट हुई है,
विश्व के जीवन के लक्ष्य की ओर
ले जाती हुई,
तिमिर को मिटाने वाली
अमिय ज्योति लिए आयी है।

“वाह! वाह!! क्या बात है!” निर्मला टैगोर ने कहा, “अमिय ज्योति लिए आयी है...।” फिर मृणालिनी की ओर देखा और मुस्करायी।

“आगे कवि अर्ज कुछ यों करता है और आपका ध्यान चाहता है।”

“मृणालिनी का भी आग्रहात्मक स्वर है, इनकार नहीं। ...हाँ जीजाजी, ध्यान दिया जा रहा है, आप आगे पढ़िए।” सुधीरा का मन झूमकर बोला।

“तो अर्ज़ है, हे ज्ञान रश्मियों की जन्मदात्री...”

नीचे से बारीक आवाज़ बहुत धीमे से कुलबुलायी, “जल्दी नहीं, अभी समय है। फिर भी...”

"हे ज्ञानरश्मियों की जन्मदात्री
हमारे में रचना कर
सत्य प्रदीप्त
औ' भयरहित आनन्द भू की।"

अब रचना ने नया मोड़ लिया। सबने जाना। अनुभव किया कि कविता में सहज आग्रह है, कहीं गहरे, बहुत गहरे में उतर कर। निर्मला टैगोर ने बहुत ही मधुर स्वर में, पूरी निष्ठा व्यक्त करते हुए कहा, "आगे, ज़िन्दगी की कविता के स्वर।"

"हाँ तो आगे कुछ यों है। स्वर प्रार्थना का है।" कहकर अरविन्द आगे सुनाने लगे—

जो विभाजक है
द्वेषयुक्त है
उसे दूर कर दे।

"क्या कहने, जीजाजी, जीवन रस के प्रणेता। क्या स्वर है, क्या मर्म है, क्या स्पर्श है। एकदम गंगा। धन्य हैं, आप..."

"आगे नहीं निर्मला जी...कविता अपनी बानगी अर्ज़ कर रही है—

विस्तार कर हमारे जीवन का
आत्मा की सम्पूर्ण समृद्धि
आ लेकर, यहाँ
औ' हमारे जीवन को
सत्य रश्मियों से भर दे।"

तालियों की गड़गड़ाहट ने सबकी मन तरंग के अवगुण्ठन खोल दिये। वाह! वाह!! कविता धर्म के ऋषि! वाह!

"तो क्या अब हम भी कोई निवेदन कर सकते हैं।" सरोजिनी ने तुरुप का पत्ता डालते हुए कहा, "यह इक्का है।"

"क्या मतलब?"

"मतलब आप से नहीं, अपनी बहूठान (भाभी) से है, निर्मला जी, कर सकें तो हमारी सिफ़ारिश कर दीजिए और एक गीत सुनवा दीजिए।"

"मीनुदी, हो जाये। ...नहले पर दहला। ...यह हम सबकी इज़्ज़त का सवाल है।"

मृणालिनी ने सिर हिलाकर मना किया।

"ठाकुरजी (ननद) की आन्तरिक पुकार और हमारी सिफ़ारिश की इज़्ज़त पर बन आयी है तो...प्लीज़ लाज रखिए।"

"ठीक है।" मृणालिनी ने कहा और कुछ गहरे में उतर कर सोचने लगी कि वह क्या सुनाए? क्या वह सुना पायेगी? उसके पास तो भजन हैं, प्रभु के गीत हैं। सब दूसरों के हैं, अपना मात्र कण्ठ है। कण्ठ में आत्मा का स्वर है।

मृणालिनी ने ज़रा अपने कण्ठ की मन-ही-मन परख की और कहा, "राग अडाणा, झपताल में यह भजन है। कुछ क्षण बाद वह गा उठी–

तुमि बन्धु, तुमि नाथ,
निशिदिन तुमि आमार,
तुमि सुख, तुमि शान्ति,
तुमि हे अमृत पाथार!! ध्रु.।।
तुमिर तो आनन्दलोक
जुड़ाओ प्राण, नाशो शोक,
तापहरण तोमार चरण
असीम शरण दीनजनार।। तुमि.।।

इस बार ग़ज़ब हो गया। गीत का भाव सबके अन्तर में उतर गया। कण्ठ के जादू ने सबको सम्मोहित कर डाला। एक स्वर से निकला, "धन्य, मीनुदी, धन्य। धन्य, बहूठान, तुम धन्य हो। क्या कण्ठ पाया है, क्या मन और क्या हृदय! सब एकमएक।"

"क्यों जीजाजी, आप कुछ नहीं कहेंगे क्या?" निर्मला टैगोर ने टोका।

"कितना मर्मस्पर्शी स्वर! कितना हृदय को मथने वाला उतार-चढ़ाव! कितना आत्म-बल!"

"हो गयी, मीनुदी, तू तो...।" कनुप्रिया चहकती हुई पूछती, "क्यों जीजाजी, डिस्टिङ्क्शन मार्क्स देते हैं न?"

"एव डिस्टिङ्क्शन मार्क्स।"

"ओ मीनुदी, सुना तूने..."

"विन द हाइएस्ट डिस्टिङ्क्शन फॉर...जीजाजी, प्लीज़ हैल्प मी। ...फॉर...। सुखदा मुखर्जी ने मुस्कराते हुए अरविन्द की ओर देखा।"

"ब्रेवरि..." निर्मला टैगोर ने तपाक से खुश होते हुए कहा, "...ब्रावो... मुनीदी...ब्रावो।"

"वन्स मोर।" चारु ने कहा।

"और कभी।"

कुछ देर बाद मृणालिनी को लेकर वे लोग उठे और अन्दर की ओर चल पड़े। अरविन्द ने सोचा था कि शायद मृणालिनी मुड़कर देखेगी, परन्तु ऐसा नहीं हुआ। वह मन्थर गति से उनके हृदय को हिलाकर चली गयी, हवा में नव खिले सुमनों की गन्ध बिखेरती हुई।

5

बैरिस्टर मनमोहन की कोठी में चहल-पहल थी। बहू आ गयी थी अपनी छोटी बहन और चार सहेलियों के साथ—निर्मला टैगोर, सुधीरा, सुखदा और कनुप्रिया के साथ। मामी ने मृणालिनी और उसकी सहेलियों को एक कमरा अलग दे दिया था। सब थकी हुई थीं। तय यह हुआ कि पहले वे सब थोड़ा सुस्ता लें। फिर नहाना-धोना हो जाये।

मृणालिनी ठीक से कुछ समझ—सोच नहीं पा रही थी। वह गुड़िया-सी नज़र आ रही थी। विदाई के समय वह माँ से कैसी लिपटी थी कि वह उसे छोड़ने के लिए ही तैयार नहीं थी। फिर बहन-भाई के कन्धे लगकर रोती रही। भूपालचन्द्र बसु बारम्बार उस दृश्य से अपना मुँह घुमा लेते थे। कितना कारुणिक दृश्य था। हृदय भर-भर आता था। यह कैसी मार्मिक घड़ी होती है। एकदम नये घर में नये लोगों और नये रिश्तों के साथ एक अकेली बहू सबकी अपेक्षाएँ तराजू पर तुलने के लिए तैयार।

मृणालिनी ने पलँग पर पाँव पसारे ही थे कि वह निद्रा निमग्न हो गयी। उसकी सहेलियों में से निर्मला टैगोर चैतन्य थी। शायद उसे जागने का अभ्यास था। यों दिन का खाना बहुत देर से हुआ और वह भी पारी-पारी में। अरविन्द अपने मित्रों और भाभियों से घिरा था, जो धरती पर चाँद उतार लाने के लिए उसे बधाइयाँ दे रही थीं।

लोहे का कड़ा विनय भूषण की पत्नी ने उसे पहनाया था। भरसक चेष्टा तो यह की गयी थी कि बैरिस्टर साहब के परिवार से उनकी पत्नी

यह रस्म अदा करें, लेकिन किसी की एक नहीं चली। वही हुआ जो बैरिस्टर साहब ने चाहा था। शाम के पाँच बजे सब खाने से निबटे। फिर सब अपने-अपने कमरों में गये। मृणालिनी अपनी बहन और सहेलियों के साथ एक बड़े कमरे में थी। वह छोर एक प्रकार से ज़नानख़ाना का था। शेष में पुरुष मण्डली विराजमान थी।

जैसे ही मृणालिनी की आँख खुली, वैसे ही उसने अपने को अकेला पाया। उसकी सहेलियाँ और बहनें सो रही थीं घोड़े बेचकर। उसे प्यास लग रही थी। उसने चारों ओर देखा। पानी कहीं नज़र नहीं आया। अब वह क्या करे? यदि उसे ज़ोर की प्यास नहीं लगी होती तो शायद उसकी नींद भी अभी नहीं खुलती। अभी भी उसकी चेतना में प्रमाद था। वह बारम्बार अपनी जीभ होंठों पर फेर रही थी। कसक भर रह जाती थी। यह कैसा रेगिस्तान। उसने सुना भर था कि रेगिस्तान में पानी का नितान्त अभाव है, परन्तु मृगतृष्णा की झीलों की कोई गिनती नहीं। बेचारी हिरनी इन मृगतृष्ण ाओं के पीछे पागल बनी दौड़ लगाती है। पानी कहीं-कहीं ही नज़र आता। परन्तु मृगतृष्णाओं की झीलों का कोई अन्त नहीं नज़र आता। वह चूर-चूर होकर बेहाल हो जाती है। कण्ठ सूखकर तिड़कने लगता। ओह! वह आगे नहीं सोच पाती, आँखें बन्द कर लेती।

सोचना क्या था! एक अनन्त अनदेखा रास्ता, धूमिल, कंटकपूर्ण, अनपहचाना-सा और अकेली वह! सहयात्री अपरिचित, गम्भीर, दार्शनिक मिज़ाज और आत्मलीन। पढ़ाई-लिखाई में अव्वल। फिर...। सामने एक सन्नाटा आ घिरता। जिसके आर-पार देखना एकदम असम्भव!

आजकल की अपेक्षा कुछ गर्मी तेज़ थी। हवा में भारीपन था और वह आर्द्रता शून्य थी। मेघ आकाश में नहीं थे। सूरज था कुछ-कुछ क्रोधित।

"हैं!" अचानक वह चौंकी। घबरा भी गयी। वह सुपरिंटेंडेंट (पुलिस अधीक्षक) क्रेगन था। उसकी शादी में भी कल था साधारण पोशाक में। उसके साथ लाल पगड़ी वाली पुलिस और कुछ लोग थे। क्रेगन कुछ तेज़ आवाज़ में पूछ रहा था, "बैरिस्टर, व्हेअर इज मिस्टर अरविन्द घोष?"

"उनकी कल शादी हुई है, मि. क्रेगन।"

"कॅनग्रैचुलेशन्स। ...बट ड्यूटी इज़ ड्यूटी। प्लीज़ कॉल हिम।"

"यू ऑर अ कॉनसर (गुण ग्राहक) ऑफ़ ह्यूमन बीइंग, मि. क्रेगन।"

प्लीज़ डोंट वेस्ट माई टाइम। ...मुझे तत्काल रिपोर्ट भी करनी है।

"ओ.के. मि. क्रेगन। मैं बुलवाता हूँ।"

"वन थिंग मोर मि. मनमोहन घोष...। ख़ानातलाशी का ऑर्डर।" क्रेगन ने काग़ज़ आगे बढ़ाया।

"ओ.के. मि. क्रेगन।"

"तकलीफ़ दिया। हम समझता है इन संवेदनशील पलों को, पर क्या है... ऑडर इज़ ऑडर।"

"प्लीज़ टू डू व्हाट एवर यू लाइक। आई हैव नो ऑब्जेक्शन, मि. क्रेगन।"

मृणालिनी के काटो तो ख़ून नहीं। वह सीढ़ियों के बीच की जाली से झाँक सुन रही थी। काँप रही थी। सिर मुड़ाते ही ओले पड़े। कोई ऊपर से नीचे आया या नीचे से ऊपर आया तो...वह उलटे पाँव लौटने लगी। अरविन्द घोष को जाते हुए देखा। तब तक वह अपने कमरे में थी। तलाशी हुई तो उसकी सहेलियाँ भी जान जायेंगी। माँ मातम मनाने बैठ जायेगी। इसी वक़्त नाश्ता आ गया। पानी भी। वह सबको जगाती कि इससे पहले उसने दो गिलास पानी भर कर गटक लिए। पीछे-पीछे सरोजिनी और उसकी दो सहेलियाँ आ गयीं।

नाश्ता होने लगा। मृणालिनी का कैसा नाश्ता! सरोजिनी ने टोका भी, "बहूठान, क्या बात है, आपका मन कहीं और है।"

मृणालिनी अपराधी भाव को छिपाकर मुस्कराकर रह गयी। नीचे क्या हो रहा होगा? कहीं उन्हे। ...ना माँ...ना काली देवी, ना। वह मन-ही-मन बड़बड़ा रही थी। सरोजिनी ने कहा, "हाथ आगे लाओ, बहूठान (भाभी)।"

"लीजिए, ठाकुर जी (ननद)।"

सरोजिनी उसकी एक उँगली में सोने की अँगूठी पहनाकर बोली, "यह कैसी लग रही है, बहूठान!"

"अच्छी लग रही है, ठाकुर जी। (ननद) आपका आभार...।"

"ठहरो, बहूठान, जल्दी नहीं। यह आपके प्यारे से ठाकुर पो (देवर) की तरफ़ से है।"

"कहाँ हैं, वह?"

"कल जिसने आपके पाँव छुए थे, बहूठान।" कुछ सोचकर मृणालिनी ने कहा, "...वह कहाँ है?"

"कहीं काम से बाहर गया है। कुछ दिनों बाद आयेगा।"

"चलो तब आभार व्यक्त कर देंगे।"

अब सबकी नींद खुली थी। चाय की घूँट लेकर। फिर भी सुस्ती थी, तन ऐंठ रहा था, कुछ-कुछ भारीपन था। मृणालिनी के कान सीढ़ी के बीच वाली जाली के पास लगे थे। उसमें अजीब-सी सरसराहट हो रही थी। कब वह घड़ी आ जाये? क्रेगन ने कैसे कह दिया था कि ख़ानातलाशी...हाउस सर्च इज़ मस्ट, बैरिस्टर।

"ऐसे वक़्त, मि. क्रेगन, जब बहू के पीहर से उसकी छोटी बहन और सहेलियाँ बहू के साथ यहाँ आयी हुई हों। नाते-रिश्तेदार अलग हैं। प्लीज़ सी माई प्रेस्टीज़ (प्रतिष्ठा)।"

"आई नो वेल, मि. घोष। यू आर अ प्रेस्टिजस (लब्धप्रतिष्ठित) पर्सन। ऐसा कुछ नहीं होगा। हम स्वयं ब्लेसिंग्स देने चलेगा। तब?"

"एज यू लाइक, मि. क्रेगन।"

"उन कमरों को छोड़कर शेष कमरों में हमारा ही सी.आई.डी. ऑफिसर जायेगा और उनमें हम आपके साथ चलेगा।"

"ठीक है, मि. क्रेगन—प्रोफ़ेसर अरविन्द घोष।"

"ब्रदर ऑफ़ बारीन घोष।"

"जी हाँ।"

"प्लीज़ सिट डॉउन। ...प्रोफ़ेसर, प्लीज़ कॉपरेट मी। ...हम कुछ जानना माँगता है। ...वेल मि. घोष, आप हमारे इन आदमियों को ख़ानातलाशी करवा दीजिए। ...तब तक हम यहाँ...।" क्रेगन ने उनके चले जाने के बाद कहा, "हमारी खुफ़िया रिपोर्ट के मुताबिक़ कल तुम्हारा भाई मि. बारीन घोष तुम्हारी शादी में शरीक़ हुआ था।"

"नहीं, मि. क्रेगन।"

"फिर ये कौन है जो तुम्हारे पाँव छू रहा है। ज़रा ध्यान से देखो।"

अरविन्द ने तस्वीर को ध्यान से देखा। इतमीनान से कहा, "हाँ, किसी ने तेज़ी से झुककर हमारा पाँव छुआ था।"

"वो आपका ब्रदर माँगता।"

"सॉरी, मि. क्रेगन, मैं कुछ नहीं देख सका कि वो कौन था?...फिर दाढ़ी-मूँछ...।"

"अब ये फ़ोटो देखिए। कहिए। इसमें उसके चेहरे से दाढ़ी-मूँछ हटा दिया गया है। दोनों साथ रखकर देखिए।"

"वेल, मि. क्रेगन, यू ऑर राइट बट इट इज़ ऑलसो अ ट्रूथ कि...उस समय मैं उसे नहीं पहचान सका।"

"पहचानता तो पुलिस को इंफॉर्म करता?"

"सच यह है मि. क्रेगन, मैं यहाँ कलकत्ते में नहीं, बड़ौदा में रहता हूँ चूँकि मैं वहाँ प्रोफ़ेसर हूँ और तब से लगातार वहीं हूँ जब से मैं लन्दन से भारत लौटा। ...यों मैं अपने परिवार से भी दूर रहा। चौदह वर्ष बाद लन्दन से लौटा था। जब पाँच वर्ष का हुआ था तब से दार्जिलिंग में बोर्डिंग स्कूल में था।"

"फिर भी, आप से क्रान्तिकारी मिलते रहे। आप सरकार के विरुद्ध लिखते रहे, उन्हें परामर्श बाँटते रहे। बारीन आपके पास बड़ौदा भी गया था।"

"रहा भी था। आख़िर वह मेरा छोटा भाई है। परन्तु मि. क्रेगन, यह याद रहे कि मैं झूठ कभी नहीं बोलता।"

"इस वक़्त भी, जबकि उस दाढ़ी-मूँछ वाले लड़के ने पाँव छुए थे।"

"हाँ, मि. क्रेगन, उस वक़्त भी।" सच यह है, शादी से पूर्व उसका पत्र आया था कि वह शादी में सम्मिलित नहीं हो सकेगा।

मैं अभी उसका पत्र लेकर आता हूँ।

क्रेगन उसे रोक पाते, तब तक अरविन्द पत्र लेने के लिए चला गया था। थोड़ी देर में वह लौट आया। कहा, "यह है वह पत्र।"

क्रेगन बंगला पढ़ना नहीं जानता था। समझता अवश्य था। उसने अपने पास बैठे अफ़सर की तरफ़ वह पत्र बढ़ाया। उसने पत्र पढ़कर सुना दिया। क्रेगन ने कहा, "प्रोफ़ेसर, हम आप पर यक़ीन कर सकता है। ...इस पत्र में पता...।"

"नहीं है।"

"कौन लाया?"

"तब मैं घर में नहीं था।"

"ओह, आई सी!"

इसी समय खुफ़िया विभाग की टीम ख़ानातलाशी लेकर लौट आयी और बता दिया, "नहीं, वह यहाँ नहीं है और न आया है। नौकर-चाकर से पूछताछ कर ली है।"

"अब वे तीन कमरे बचते हैं, जहाँ बहू, उसकी सहेलियाँ और महिलाएँ हैं।" बैरिस्टर मनमोहन ने कहा।

"हूँ!...यह क्या माजरा है? क्रान्तिकारी...क्या कहें उन्हें? क्या करें उनका? मुट्ठी भर सिरफिरे लोग पहाड़ ढाने की सोच रहे हैं। मुझे उनकी अक्ल पर तरस आता है। क्यों मि. अरविन्द, आप क्या सोचते हैं।"

"अभी तो, मि. क्रेगन। अभी घर में कई रस्में होनी शेष हैं?"

"यदि हम प्रोफ़ेसर को अपने साथ ले जायें तो?" क्रेगन ने खूँखार हँसी को पल भर के लिए अपने चेहरे पर चस्पाँ रहने दिया।

"आख़िर क्रेगन, तुम चाहते क्या हो?"

"वही बैरिस्टर, जो आप जानते हैं और जिसके लिए हमें गुमराह करने की कोशिश कर रहे हैं।"

सब चुप रहे। क्रेगन ने पुनः कहा, "हमने पता किया कि शादी में लड़के वाले बैंड-बाजा ले जाते हैं, तुरही वाले को ले जाते हैं, ताशे वालों को ले जाते हैं, लेकिन मुरली वालों को नहीं। वह दाढ़ी वाला मुरली वालों में था। कृपया यह बतलाने का कष्ट कीजिए कि मुरली वालों को जोड़ने के लिए किसने योजना बनायी?"

सवाल टेढ़ा था और घेरे में ले रहा था। बैरिस्टर मनमोहन का तब भी माथा ठनका था, जब एक बग्घी में मुरली बजाने वाले बैठे हुए थे। अरविन्द को कुछ-कुछ रघुराज चक्रवर्ती ने बताया भी था। अरविन्द ने वक़्त की नज़ाकत को विरूप होने से बचाने के लिए तनिक सख़्त होते हुए कहा, "मि. क्रेगन, आप चाहते हैं कि सवालों की बिना पर कुछ धर-पकड़ कर लें, परन्तु यह समझने का प्रयास नहीं कर रहे हैं कि जिस घर में शादी का माहौल हो और नयी-नयी बहू आकर बैठी हो, वहाँ की सोच क्रान्ति के फन्दे डालने की कभी नहीं होती। ...हम जो सच है, वह कह चुके हैं। फिर भी, आपको यक़ीन नहीं होता तो आप मुझे गिरफ़्तार कर ले जायें, मुझसे बदसलूकी करें, थर्ड ग्रेट फार्मूला अपनायें। ...और जो जी आये, करें, परन्तु हमारे घर का माहौल तहस-नहस नहीं करें।"

बैरिस्टर मनमोहन अवाक् रह गये।

"आप यही चाहते हो, प्रोफ़ेसर, तो यह भी होगा।"

इसी समय रघुराज चक्रवर्ती ने प्रवेश किया। वह आते ही खड़े-खड़े बोला, "गुड ऑफ़्टर नून, सुपरिंटेंडेंट क्रेगन।"

"आफ्टर नून।" तुम यहाँ मि. चक्रवर्ती।

"मैं प्रोफ़ेसर अरविन्द घोष का मित्र हूँ। उनकी शादी में मैंने भी एक ज़िम्मेदारी निभाई थी।"

"वह क्या?"

"बाँसुरी वादकों को शादी में पहली बार इंट्रोड्यूस करवाया था।"

"वो क्यों?"

"वो यों मि. क्रेगन, अली खाँ उस्ताद का लड़का लाट साहब के सम्मान में दी गयी पार्टी में अपना करिश्मा दिखा चुका था। उसमें आप भी थे। वह व्यवस्था भी मेरी थी और उससे क्लेक्टर साहब बहुत खुश हुए थे। यहाँ भी वही टीम थी। वहाँ भी तब यही टीम थी।" रघुराज चतुर्वेदी ने एक झटके में सारे रहस्य को बेपर्दा कर डाला।

"फिर उसमें प्रोफ़ेसर का छोटा भाई कैसे आ गया?"

"वहाँ पुलिस भी थी। सी.आई.डी. भी। यह उनका काम था कि वे जानते और तत्काल उचित कार्यवाही करते। इसमें प्रोफ़ेसर, बैरिस्टर आदि को क्या मालूम? मि. क्रेगन, बड़े हाकिम से मिलकर आ रहा हूँ।"

"यह सब भी उन्होंने ही चाहा है।"

"जानते हो क्यों?...सच यह है कि वह सब क्रान्तिकारियों की रचना का परिणाम था। वे आये, पुलिस अफ़सर, सी.आई.डी. आदि की आँख में धूल झोंक कर चले गये। हमारे यहाँ एक कहावत बहुत मशहूर है कि...साँप निकल गया, अब उसकी लकीर पीट रहे हैं।" रघुराज चक्रवर्ती ने तेज़ी के साथ कह डाला।

क्रेगन ने कहा, "लगता है, यह रिपोर्ट भी आपने ही उन्हें की है।"

"मुझे नहीं तो किसी को तो देनी ही पड़ती।"

"यह बात आपने हमको नहीं बतायी।"

"कैसे बताता, मि. क्रेगन?"

"क्यों, मि. चक्रवर्ती?"

"आप किसी पर विश्वास नहीं करते हैं, सर। अविश्वास करने की भी एक सीमा है। आप उस सीमा को भी लाँघ जाते हैं। याद रहे, मि. क्रेगन, दुनिया अविश्वास पर नहीं, विश्वास पर टिकी हुई है। विश्वास दिल जीतने की अचूक दवा है। जैसे हर अंग्रेज़-भारतीय आज़ादी के ख़िलाफ़ नहीं है, ठीक वैसे ही

हर भारतीय आप लोगों के विरोध में नहीं है। अविश्वास स्वयं अपना शत्रु है। पराये शत्रु से बचने का उपाय हाथ में आ सकता है, परन्तु अपने पैदा किये शत्रु से बचने का कोई उपाय नहीं है, मिस्टर क्रेगन।''

''खिसयानी बिल्ली खम्भा नोचे।''

''आप कहना क्या चाहते हैं?''

''फ़िलहाल और कुछ नहीं।''

''अच्छा, अब मुझे भी चलना है।'' यह कहकर क्रेगन उठ खड़ा हुआ, उसके साथ आया क़ाफ़िला भी उठ खड़ा हुआ।

''अरे, यह तो मुझे मालूम ही नहीं था मि. चक्रवर्ती कि आपकी पहुँच इतनी गहरी है।'' अरविन्द ने धीरे से कहा। सब उठ खड़े हुए। मन-ही-मन सबने दोहराया कि आयी बला टली।

कुछ समय के लिए घड़ी की सूई रुक गयी थी। समय ठहर गया था। कुछ समझ में नहीं आ रहा था कि अब क्या करें? क्रेगन एक नम्बर का ज़ालिम अफ़सर है।

''चक्रवर्ती, आपको साहिब बुला रहा है।'' एक अंग्रेज़ पुलिसवाला अन्दर आकर कहने लगा। रघुराज चक्रवर्ती ने कहा, ''अच्छा मैं अभी आता हूँ।''

''तुम एकदम सुस्त क्यों हो?''

''क्योंकि क्रेगन की आँखों में सूअर का बाल है।'' रघुराज चक्रवर्ती ने धीरे से कहा।

''तो अब?''

''यही एकमात्र रास्ता था, अरविन्द। जैसे मुझे मालूम पड़ा कि क्रेगन आ पहुँचा है वैसे मेरा माथा ठनका। ज़रूर दाल में कुछ काला है। वरना क्रेगन खुद न आता।''

''और बड़े हाकिम वाली बात... ।''

''एकदम करेक्ट, बन्धु पर...''

''पर क्या?''

''वह फिर कभी।'' कहकर रघुराज चक्रवर्ती चल पड़ा। वह जैसे ही बाहर के बरामदे में पहुँचा, वैसे ही उसकी कमर पर डण्डा पड़ा। फिर क्या था डण्डे मार-मार कर उसे बेदम कर दिया। वह निढाल होकर ज़मीन पर गिर पड़ा, तब क्रेगन ने पूछा, ''उस मिसकॉट में और कौन-कौन लोग था, चक्रवर्ती।''

वह कुछ नहीं बोला। मुँह से निकलते रक्त को कुरते की बाँहों में पोंछता रहा।

नौकर ने सूचना दी कि उनको बेतरह से पीटा जा रहा है। अरविन्द ने बाहर जाने के लिए क़दम बढ़ाये ही थे कि बैरिस्टर मनमोहन का स्वर गूँज उठा, ''ठहरो, अरविन्द।''

''क्यों ठहरूँ, चक्रवर्ती पिट रहा है।''

''उसने यह रास्ता स्वयं चुना है। वह तुमसे कहकर गया था...दैट इज़ द ओनली वे। ...इसका अर्थ मैं तभी समझ गया था कि वह इस वक़्त तुम्हें बचाने के लिए आगे आया है। क्या तुम वहाँ पहुँचकर अपनी उस जैसी दुर्गति करवाना चाहते हो, अरविन्द? ...ज़रा अक़्ल से काम लो। तुम नयी दुल्हन को आज ही तो घर लेकर आये हो। उसके पीहरवाले भी हैं। क्या तुम चाहोगे कि...। मैं नहीं समझता कि इन नाज़ुक क्षणों में कोई दूसरा हादसा हो।''

''क्या क्रेगन...।''

''हाँ, वह मनमानी कर सकता है, अरविन्द। उसका इरादा नेक नहीं है। वह बड़ा शुहदा पुलिस अधिकारी है। तुम यहीं रहो, मैं बाहर जाता हूँ।''

''कहीं आप...।'' अरविन्द आगे नहीं बोल सका।

''इसकी तुम चिन्ता मत करो। इस बूढ़े बैरिस्टर में अभी बहुत जान बाक़ी है। यह क्रेगन भी जानता है कि क़ानून की गिरफ़्त में लेकर मैं उसकी चटनी बनाने में नहीं चुकूँगा। वह एक नम्बर का ऐयाश है। उसे सप्ताह में एक दिन देसी सुन्दरी चाहिए।''

''तो?''

''तो यह है कि तुम यहीं रहो। मेरे शीघ्र लौटने का इन्तज़ार करो। पर तुम किसी भी हालत में बाहर मत आना, तुम्हें मेरी क़सम। ...हम उसकी क़ुर्बानी की क़ीमत वसूलेंगे। ...उसे भी और कुछ नहीं होगा।''

अरविन्द मन मसोसकर वहीं खड़ा का खड़ा रह गया। उसका चित्त विचलित हो उठा। कोई क़ानून-न्याय नहीं। मनमानी। राक्षसी वासना। क्रूरतम! वह ठीक से इन प्रसंगों को जोड़ नहीं पा रहा था। वह जितनी कोशिश करता, उतना ही उलझता जाता। ग़ुलामी का तीखा डंक उसके भीतर उतरने लगा। वह चीख़ना चाहता था। चीखकर कहना चाहता था, ''सुन लो धरती और आकाश, सभी दिशाओं और उनका मालिक, वह इस ग़ुलामी के

नरक से मानवता को आज़ाद कराने का संकल्प लेता है। माँ, तू चिन्ता न कर, तेरा यह पुत्र अपना वादा निभायेगा।''

बाहर की हलचल की आग पर शायद कुछ पानी पड़ चुका था। नौकर भी अभी नहीं लौटा था। अरविन्द चहल-क़दमी करने लगा था। उसमें उत्तेजना का ज्वालामुखी फूट पड़ना चाहता था। तभी उसने आसमानी आवाज़ सुनी, ''ऑरो, धैर्य। धैर्य ही बुद्धि का मित्र है, उत्तेजना शत्रु। अत्याचार, अन्याय और दुःशासन तो अपने राज्य में भी भोगना पड़ सकता है। तू कर सके तो इस ज्वाला को शान्त कर दे। आदमी, में आदमियत को जगा। उसे इन्सानियत के उसूलों पर चलने का रास्ता दिखा।'' अब वह आवाज़ ग़ायब थी। सन्नाटेनुमा अँधेरे को चीरती हुई वह ख़ामोश आवाज़ अन्तर्धान हो चुकी थी। अब वहाँ फिर से कुछ अनजानी आवाज़ें परछाइयों-सी हिल उठी थीं। वक़्त दहलीज़ लाँघने का निर्णय नहीं ले पा रहा था।

6

कालरात्रि बीत चुकी थी। मृणालिनी की बहन और सहेलियाँ जा चुकी थीं। वह आज का अख़बार देखना चाहती थी। गत बीते दिन की कतरनें बिखरी पड़ी थीं उसके मन-मस्तिष्क में। वह चाहते हुए उन्हें जोड़ नहीं पा रही थी, ताकि जान सके कि उन कतरनों से मुक़म्मल शक़्ल क्या उतर कर आती है। आती भी है या नहीं, कुछ नहीं कहा जा सकता। यों वह दिन भी फुनगी पर जा बैठा था अलविदा करने के लिए।

क्या वह आज कोई ऐसा सवाल उनसे कर सकती है? क्यों करे? धीरे-धीरे वह जान सकेगी। जल्दी क्या है? अब तो जो है, वह पत्थर की लकीर है। न कुछ इधर और न कुछ उधर। वह श्यामल रंग की लाल चोंच वाली चिड़िया की ओर देखने लगी। अब उसे घना जंगल अनुभव हो रहा था। हवा भी साँस रोके थी। गर्मी बढ़ चली थी, लेकिन वह लाल चोंच वाली श्यामल चिड़ियाँ आँखें बन्द किये धरती को मुँह चिढ़ा रही थी। क्या उसके मन में कोई सपना है? वह अपने स्वप्निल पंख फैलाकर जब चाहे उस पेड़ की डाली से फुर्र से उड़ सकती है और मनचाहे आकाश में स्वतन्त्रता से

विचरण कर सकती है। उसका होना एक सम्भावना है। ऐसी सम्भावना जिसे अपने परतन्त्र होने का भय नहीं सताता। यों भी वह निर्भय है। अपने पंखों में आकाश समेटे वह कुछ भी कर गुज़र सकती है। हलकी आहट या अन्देशा उसको सतर्क कर जाता है और वह फिर एक पल अपनी जगह नहीं रुकती।

क्या मानुष पक्षी जगत् से सतर्क है? उसकी सोच इस स्थल पर आकर ऐसे ठहर गयी जैसे उससे आगे सिर्फ़ चीन की दीवार हो। वह जिसे लाँघ नहीं सकता।

धीरे-धीरे दिनांक सरक कर नदी में किसी अज्ञात नौका-सा खड़ा रह गया। पानी का बहाव अत्यन्त मन्थर गति पकड़े है। इतनी मन्थर गति कि उसके प्रवाह की हलकी सी आहट भी सुनायी नहीं पड़ रही।

चाँद आकाश में आ ठहरा। लगभग पूरा चाँद है। आज वह नहीं होता तो भी चन्द्रिका रात तो होती ही। —सुहागरात का मतलब भी कदाचित् यही है। सुधीरा ने उसे समझाया था, "मीनुदी, चन्द्रिका रात ज़िन्दगी में आयीं और आने वाली सभी रातों से भिन्न है। वह ज़िन्दगी में एक बार आती है।"

"मेरा दिल धड़धड़ा रहा है, सुधीरा।"

"प्रायः हर लड़की के साथ इस दिन ऐसा ही होता है। पर...।"

"पर क्या, सुधीरा?"

"तू कल्पना कर, निर्जन झील है, ऊपर पूरा चाँद है और उसकी भरपूर सौम्य चाँदनी है। हवा झील में नहाते हुए बह रही है। सुगन्धित पुष्प अपनी मदहोशी में भाव-विह्वल हो रहे हैं।"

"तू काव्य-पाठ मत कर, सुधीरा।"

"ज़िन्दगी उसी दौर की अन्तर्कथा है, मीनुदी।"

"हम तो किसी दौर को नहीं जानते, सुधीरा।"

"उनकी शुरुआत यहीं से होती है।"

"शादी के बाद से।"

"शादी से ही।"

"फिर मुझे क्या करना होगा, सुधीरा?"

"धैर्य से, तटस्थ बने रहकर प्रवाह पर दृष्टि रखनी होगी।"

"यह प्रवाह बीच में कहाँ से आ गया, सुधीरा?"

"जैसे शादी।"

"यह क्या एक प्रवाह है?"

"प्रवाह का मोड़।"

"तुझे आज यह क्या हो गया है, सुधीरा। तू सीधी-सादी बातें छोड़कर रहस्यमयी होती जा रही है?" मृणालिनी ने सुधीरा में हो रहे परिवर्तनों पर दृष्टि गड़ाते हुए कहा।

"इस स्थिति से मैं गुज़र चुकी हूँ, मीनुदी और तुझे गुज़रना है।"

"डराती क्यों है?"

"नहीं डराने का तो सवाल ही नहीं उठता। भावी सच के निकट ले जाने की मेरी चेष्टा है। वे क्षण अत्यन्त संवेदनशील और गुदगुदाने वाले होते हैं। उन क्षणों में से बहके बिना गुज़र जाना। अपनी रामकहानी मत खोलकर बैठ जाना। सच का मतलब यह क़तई नहीं है कि उसको एक साथ ज्यों का त्यों उल्था कर दिया जाये। उसके लिए सब्र की ज़रूरत है।"

यों सुधीरा न जाने क्या-क्या समझाती-सुझाती रही। कितना उसके पल्ले पड़ा और कितना नहीं, इसका न तब उसने हिसाब लगाया था और न अब वह लगा पा रही थी। अब भी उसके पास एकान्त था और पाँव फैलाकर सोया सन्नाटा। अब उससे हर क्षण कुछ अकहा कह रहा था और पानी पर तैर उठी परछाइयों सा उसे अनुभव हो रहा था। सहसा एक मछली उसमें उछली और वह छुई-मुई सी सिहर उठी। कोई अगीत खुली आँखों से, चुपके से, छिपकर देख रहा था।

इन क्षणों में वह इतनी अकेली हो गयी थी, जितनी पहले कभी नहीं हुई। अकेलापन पहले भी उसमें पहाड़ियों पर उतरी मेघों की परछाईं-सा चुपचाप से उतर कर छाता रहा था, परन्तु तब उसमें अनजानी बेचैनी नहीं हुई थी जो अब हो रही थी।

इस बीच सरोजिनी भी उसके पास नहीं आयी थी और सुखदा सुनाती थी कि उसे ससुराल में किन-किन रिश्तों ने घेरा था और क्या कुछ लगातार कहा था कि उसे कुछ याद नहीं। वह तो अपने में ही जितना सिमट सकती थी, सिमटती गयी। उनकी बहूठानियों की रसभरी हिदायतें और ठाकुर जी की सहेलियों के अनबूझे व्यंग्य उसके तन-मन को अचेत-सा कर रहे थे, परन्तु यहाँ तो उसके साथ ऐसा कुछ नहीं हो रहा है।

उसने लजाकर बताया था कि उसके वो पास आये। उसके कन्धे पर हाथ रखा। फिर उसके घूँघट को हटाकर कहा, "भोलाबासा एक बारई हय एवं एक जनेर साथेई हय। ...प्यार एक बार होता है और एक से ही होता है। ठीक इसी तरह शादी भी एक से होती है और सदाबहार नदी-सी जीवन में बहती है।"

कुछ आहट हुई। अब बाहर चाँदनी महक उठी थी। दीवार घड़ी सात को पार कर चुकी है, जब उसने पहले देखा था, तब भी वह सात को पार किये थी। वह, उठी। ठीक घड़ी के नीचे आ खड़ी हुई तब भी उसको घड़ी की टिकटिक सुनायी नहीं पड़ी। वह तो बन्द है, लेकिन उसके दिल की घड़ी की टिकटिक हर पल तेज़ हो रही थी।

चलते समय निर्मला टैगोर ने उसे समझाया था, "मीनुदी, स्त्री होने का यह अर्थ कभी नहीं है कि पति की परछाईं बने। कदापि परछाईं बनकर मत रह जाना, क्योंकि न परछाईं के दिल होता है और न भेजा। माँ काली का ध्यान करना और अपने होने का एहसास देना। पूरे जीवन का प्रश्न है। समर्पण कभी एकतरफ़ा नहीं होता।"

मृणालिनी कुछ नहीं बोली। सब सहेलियों को अनसुनी-सी सुनती रही। परपुरुष स्पर्श साधिकार! चुभन! अनसमझे सम्बन्धों की अचानक गरमाहट। उस गरमाहट में चाँदनी का संस्पर्श। वह चलती तो पाजेब का दिल मचल उठता। मटरमाला हृदय प्रदेश पर थिरक जाती। वह कितना ही धीमे चले परन्तु ऐसा नहीं हो सकता कि नूपुर शान्त रहें और कंगन बहकें नहीं।

सरोजिनी और उसकी सहेलियों ने उसका शृंगार किया था। उसने चारों ओर देखा। वहाँ कोई नहीं था। वह कुछ आगे बढ़ी। आदमक़द आईने के सामने जा खड़ी हुई। वह अपने को देखती रह गयी। इतना शृंगार, इतनी भारी साड़ी और इतना अकेलापन इस तरह उसने कभी नहीं अनुभव किया।

सेज सिहरन भरी थी। फूल शैया! तभी उसे आहट हुई। किसी ने कमरे की अर्गला लगायी। वहीं से कहा, "यह दर्पण आपका ही इन्तज़ार कर रहा था, मीनुदी...या मृणालिनी।"

मृणालिनी ने दर्पण की ओर पीठ कर ली। सामने अरविन्द था। उसने घूँघट खींच लिया।

"ठहरो, एक कविता को ज़न्म ले लेने दो। इन क्षणों में मात्र कविता ही जन्म ले सकती है। तुम्हारा क्या ख़याल है, मणि। ...मुझे तो तुम्हारा नाम मणि भा गया, सजनी। तुम चाहो तो मुझे ऑरो कह सकती हो, यह मेरे घर का नाम है।" अरविन्द खिड़की से चाँद को निहार रहे थे।

मृणालिनी देख रही थी कि वह आगे नहीं बढ़े। वह कह रहे थे, "घर! तुम यतीम का अर्थ समझती हो ना। पाँच बरस का था तब से मुझसे घर छुड़वा दिया था और तब से आज तक मुझे घर मयस्सर नहीं हुआ।"

वह रुक गया मानो साँस रुक गयी। वह रुका रहा। फिर अचानक बोला, "मणि, मैंने तुम्हें देखा, तुमसे कुछ बात भी की, मुझे उसी समय लगा कि तुम एक भरे-पूरे घर की हो। बड़े स्नेह-प्यार से पली हो, फूलों से सजी हो। शिलांग की वादियाँ तुम में गुनगुना रही हैं। मुझे ऐसे ही जीवनसाथी की तलाश थी, मणि। जो मुझे घर लौटा सके, मेरे बचपन को हरा-भरा कर सके और मुझे शरारत करने की छूट दे सके... और तुम्हें, मणि।"

वह क्या बोले! वह गुमसुम बनी रही। अपने ऊपर से बादलों को गुज़र जाने दिया। वह पहली बार किसी परपुरुष को, इतने घने एकान्त में, पवन को पुष्पों को झुलाते-महकाते और अनछुए छूते अनुभव कर रही थी।

"मणि, तुम वादा करती हो कि मेरा घर मुझे लौटा दोगी। श्रीराम तब वयस्क थे और नवविवाहिता दुल्हन उनके साथ थी, जब उन्हें चौदह वर्ष का वनवास हुआ था। यहाँ तो हम सात वर्ष के थे। अपनी बड़ी-बड़ी आँखों से सन्नाटे के कुहरे को अपने भीतर उतरता अनुभव कर रहे थे। सात समन्दर पार थे। अनजाने, अनपहचाने वातावरण में अनजाने लोगों के बीच, तकलीफ़ों और रुकावटों के बीच, कभी-कभी एक डबल रोटी चाय के सहारे, ठण्ड को स्वेटर से सँभालते हुए, भीतर से काँपते हुए, बिना आईना देखे नीले पड़ते होंठों का अनुभव करते हुए, हमें पता नहीं चला, कब बचपन गया, कब किशोरवय आयी और कब प्रौढ़ हो गये? कभी लगता था कि हमारे पास कभी बचपन नहीं फटका और हम कभी न नवल किशोर हुए, सीधे प्रौढ़ हो गये। तभी तो, मणि..."

मृणालिनी का हृदय आर्द्र होने लगा। उसकी पायल के नूपुर अवसन्न रह गये। अब चाँदनी खिड़की से होकर कमरे में आ चुकी थी और

बयार भी नाराज़गी छोड़कर मन्द-मन्द मुस्करा उठी थी, बेला-चमेली को अपनी साँसों में भरकर।

"वयःसन्धि की दहलीज़ पर कभी खड़े होकर न पीछे देखा और न आगे। ...देखने को था ही क्या! पहली बार मन में विचार आया। विचार ने कहा, "अरविन्द, तू यदि घर चाहता है, तो विवाह कर ले। उससे जिसको तरुणाई का पता नहीं हो और जो यौवन मंजरियों से गद्गद हो रही हो। ...पल भर में फ़ैसला कर लिया कि वह तुम हो, मणि तुम।"

मृणालिनी सकपका गयी। अरविन्द उससे दूर एक खिड़की से हटकर दूसरी खिड़की के पास जा खड़ा हुआ था।

"मणि, हम पहली ही रात तुम्हें बन्धनमयी नियति से मुक्त करते हैं और तुम्हें पूरा अवसर देते हैं कि तुम अपनी वय के इस दौर को पूरे मन से, आकांक्षाओं की स्वप्नांजलि में लिए, अल्हड़ पहाड़ी नद्-सी जियो। मैं तुम्हें कभी भी अपने प्रौढ़पन से नहीं घेरूँगा बल्कि तुम्हारी वय की परिमल गन्ध से अपने बिछुड़े दौर को अनुभव करूँगा।" अरविन्द में काव्य अवगुण्ठन उठाने लगा था।

मृणालिनी के संशय कूच कर गये। पुलिस अधीक्षक की उपस्थिति से जो उसमें भूकम्प उठा था, वह अब शान्त हो गया था। उसे लगा कि उसमें फैली झील तरंगमयी हो उठी। अरविन्द कह रहे थे, "मृणालिनी यानी कमलिनी और अरविन्द यानी कमल को विधाता ने ऊपर से ही एक-दूसरे के लिए बनाकर भेजा है। यह है परमात्मा का अन्तःआशीर्वाद। क्या तुम ऐसा अनुभव नहीं कर रही हो, मणि?"

मणि ने सिर झुकाकर उनके कथन का समर्थन कर दिया। उसका हृदय पिघल रहा था। कितनी सहजता से अपने को व्यक्त कर दिया। न कोई बड़प्पन, न कोई रौब-दाब बल्कि एकदम सहज और सामान्य जन की तरह।

"मणि, तुम कालरात्रि के बारे में जान्ती हो क्या?" अरविन्द ने मणि को बोलने और सहज होने का अवसर देते हुए पूछा। मृणालिनी ने सिर हिलाकर समर्थन किया। वह असत्य नहीं बोल सकती थी।

"तो क्या तुम काल रात्रि की कहानी सुनाओगी?"

मृणालिनी अपनी मुस्कान नहीं रोक सकी। उसका गुलाबी चेहरा आरक्त हो उठा। मृणालिनी ने बहुत धीमे से पूछा, "आप नहीं जानते क्या?"

"नहीं, मणि। पर जानना चाहता हूँ और उसके लिए आज से उपयुक्त शायद और कोई अवसर नहीं हो।" यह सच भी था उसने काल रात्रि के बारे में सुना भर था, जाना नहीं था। सोचा था, वह चन्द्रिका रात्रि को अपनी पत्नी से सुनेगा।

"सुनाती हूँ।"

"फूल सज्जा पर बैठकर सुनाओ, आराम से, रिलैक्स होकर, इतमीनान से।"

"और आप?"

"मैं टहलना चाहूँगा।"

"यानी खड़े रहोगे।"

"टीचर कहेगा तो स्टूडेंट को बैठना पड़ेगा।"

इस पर मृणालिनी का चेहरा हर्ष से महक उठा। आँखें चमक उठीं चपला-सी। वह अपनी खुशी को छिपा नहीं सकी। उसका समूचा तन-मन पुलकायमान हो उठा।

"हम आपको फूल सज्जा तक ले चलें या आप स्वयं। ...।"

कोई चारा नहीं था। मृणालिनी स्वयं ही फूल सज्जा वाले पलँग पर जा बैठी। कुछ भी अनहोनी नहीं घटी।

"हाँ, तो ये कहानी..."

मृणालिनी को कहानी सुनाने का ख़ास अभ्यास था। वह कहानी सुनाने लगी।

चम्पानगर। ख़ूबसूरत नगर। वहाँ चाँद सौदागर रहता था। वह शिव भक्त था। उसकी पत्नी सनका भी शिव-पार्वती की आराधना करती थी। चाँद मनसा देवी को नहीं मानता था। चाँद बहुत बड़ा सौदागर था। समाज में उसकी पैठ थी। इस कारण समाज भी मनसा देवी को नहीं मानता था। चाँद सौदागर के पुत्र लखिन्दर का विवाह बेहूला से हो गया।

चाँद सौदागर को यह आशंका थी कि मनसा देवी कुछ गड़बड़ नहीं करे। इस कारण उसने अपने लड़के-बहू के लिए विश्वकर्मा से लोहे का भव्य महल बनवाया। उसमें कोई सुराख़ न रहे, यह बात विश्वकर्मा को अच्छी तरह समझा दी। मनसा देवी ने विश्वकर्मा को मनाया था कि वह उस महल में एक छेद छोड़ दे। उसने वैसा ही किया।

मुख चन्द्रिका वाली रात थी। लखिन्दर और बेहूला फूल सज्जा पर सोये हुए थे कि लखिन्दर को साँप ने डस लिया। बेहूला ने बहुत प्रयत्न किया, परन्तु वह अपने पति को नहीं बचा पायी। अब क्या था कि साँप के ज़हर से जिसकी मृत्यु होती है, उसे जलाया नहीं जा सकता। उसे भेला यानी केले के तने और पत्तों से बनी नौका में लिटाकर नदी में छोड़ दिया जाता है।

वही तैयारी हुई। लखिन्दर की मृत देह को भेला में जैसे ही लिटाया, वैसे ही बेहूला भी उस पर सवार हो गयी। सबने उसे लाख समझाया, लेकिन उसने किसी की एक नहीं सुनी।

उधर यम चिन्तित! वह मृत देह के साथ जीवित देह को कैसे ले जायें?

उधर बेहूला अपने पति की मृत देह को लेकर मनसा देवी की शरण में आयी। तप किया। मनसा देवी प्रसन्न हो गयी। उसने कहा, "बोल, तुझे क्या चाहिए?"

"माँ, मेरे पति को जीवित कर दो।"

"पर कैसे? तेरा श्वसुर तो मुझे न स्वयं मानता है और न किसी को मानने देता है। तू पहले अपने श्वसुर को राज़ी कर।"

बेहूला घर गयी। सारी बात समझायी। उसके सामने पुत्र के पुनर्जीवित होने का प्रश्न था। उसकी पत्नी ने भी समझाया। चाँद सौदागर मान गया। उसने सीधे हाथ से शिवजी को फूल चढ़ाये और उलटे हाथ से मनसा देवी पर पुष्प चढ़ाये।

मनसा देवी राज़ी हो गयी। उसने उसके पति को पुनर्जीवित कर दिया। तब से शादी के बाद की रात्रि कालरात्रि मान ली गयी और उस रात वर-वधू को अलग-अलग रखा जाता है।

"बस इतनी-सी कहानी है। सुन रहे हैं मृणालिनी, चौंकी। अरविन्द आराम कुर्सी पर लेटे हुए सो चुके थे। अब हवा में नमी थी। वह ठण्डी थी। मृणालिनी उठी और उसने धीरे-धीरे, दबे पाँव से चलकर अरविन्द को कन्धे तक चादर से ढँक दिया। बहुत ध्यान से उनकी ओर देखती रही। वह उसे एक सन्त आत्मा जैसे लगे नीलचन्द्र से। मानो एक सरोवर में श्यामवर्णीय कमलों के मध्य एक ऊँचा और बड़ा कमल खिला हुआ हो और अचरज यह कि वह पूनम की रात्रि में, ज़्योत्स्ना के रजतमय संसार में, अपनी पंखुड़ियाँ खोले ध्यानमग्न है।

मृणालिनी लौटी। टेबल पर रखे दूध से भरे गिलास को देखा। मेज़ को उठाकर खिड़की के पास रख दिया, जहाँ से विमल चन्द्रिका की शीतल रश्मियों का उसे स्पर्श मिल सके। उसके चित्त पर एक श्यामल और स्वस्थ आकृति उभरी। वह सोते हुए अपनी बड़ी-बड़ी स्वप्निल आँखें खोले हुए थे, उनका मुखमण्डल अरुणायुक्त आभावान था, उन अधरों पर एक शिशु की सहज मुस्कान थी। उनका चौड़ा भाल, कुछ-कुछ उठा हुआ हिमालय को उस उच्च शिखर का स्मरण करा रहा था, जो हिमाच्छादित था। उनके मुखमण्डल पर, हलके-हलके चेचक के चिह्न अरुणाभ से द्युतिमान लग रहे थे। उनके पाँव श्यामलाभ लिए चमक रहे थे। उनके पास, पंजों से मुड़ी हुई पुराने ढंग की चप्पल थी। चुस्त सदरी और मोटी धोती पहने वह अति कमनीय, अति नयनाभिराम और अति सुन्दर लग रहे थे।

क्या उसे फूल सज्जा पर सो जाना चाहिए? पति आराम कुर्सी पर अर्द्ध लेटे हुए जाने कब निद्रा निमग्न हो गया। क्या वह शेष रात्रि बिना सोये, पलँग के एक कोने में व्यतीत कर दे? वह यह सुनिश्चित नहीं कर पा रही थी कि उसके पत्नी धर्म का प्रथम अध्याय क्या कहता है? सोच-विचार के इस शान्त मन्थन में, शीतल पवन के सुगन्धित झोंकों में उसकी भारी पलकों ने कब कपाट जड़ लिए यह उसे भी पता नहीं चला और वह पलँग के पांयते को पकड़े फर्श पर ही बैठे-बैठे सो गयी।

अब चन्द्रमा ज़्योत्स्ना की चादर फैलाये जग रहा था। झील सो रही थी, नदी सो रही थी और दिग-दिगन्त सो रहा था। पादप दल सो रहा था, पक्षी समुदाय सो रहा था। जीव-जगत् सो रहा था। चराचर सो रहा था। निसर्ग निरावरण सो रहा था। कदाचित् समूची सृष्टि को मलयजी नींद निकालते देख अब चन्द्रमा भी झपकी लेने लगा था।

7

अरविन्द अपने मामा के घर देवघर आये। मृणालिनी उनके साथ थी। अब वह नीरवता को वशीभूत किये थे और परजन के विचार पढ़ने लगे थे बिना उसकी भाषा जाने। वह विचार से आगे स्पन्दन को लख, पढ़ और समझ रहे थे। मृणालिनी को लगता था कि वह सोते हुए भी जग रहे होते हैं। उसकी यह

धारणा तब और बल पा सकी जब हू-ब-हू मृणालिनी की भाषा में उन्होंने कालरात्रि की कहानी सुनायी सुबह यह भी बता दिया था कि उसने उन्हें चादर उढ़ाई थी और स्वयं आत्ममन्थन करती हुई पलँग की पाटी के सहारे फर्श पर ही सो गयी थी। मृणालिनी से रहा नहीं गया। उसने पूछ ही लिया, "क्या तब आप जाग रहे थे, स्वामी?"

"नहीं मणि। मैं सोआ हुआ था तुम्हारी और शेष प्रकृति की भाँति।"

"तब आप कैसे जान सके कि...।"

"तुमने क्या कथा सुनायी और उसके बाद क्या-क्या किया, यही ना।"

"हाँ स्वामी, यही।"

"ऐसा तुम भी कर सकती हो, मणि।"

"मैं तो कभी नहीं कर सकती, स्वामी।"

"तुम्हें ज्ञात है मणि, विचार से आगे भी कुछ है।"

"नहीं, मुझे नहीं पता है। क्या विचार से भी आगे कुछ है?"

"हाँ, मणि है। विचार से आगे है—स्पन्दन। जिसको अपने अन्दर मानसिक रूप दे सकने में तुम, मैं और हर एक जन सक्षम है। न वहाँ भाषा व्यवधान है और न कोई सम-विषम परिस्थिति। विचार पिंजरा है, स्पन्दन है खुला आकाश, भ्रम शून्य निर्द्वन्द्व आमुख।"

"मैं कुछ समझ नहीं पा रही हूँ।"

"अवश्य, मणि। तुम्हारा कथन पूर्णतया सत्य है। पिंजरे से आगे निकलो—एक महाशून्य को पाओगी जो अन्तर्जगत् से आगे की तुम्हारी संसृष्टि होगी। तुम उसकी सृजक होगी। वहाँ सिर्फ़ स्पन्दन है। न गोचर है, न अगोचर। मात्र स्पन्दन है। तुम उन्हीं स्पन्दनों को उपयुक्त मानसिक रूप दे सकोगी।"

"आप ऐसा ही कर रहे हैं, स्वामी।"

"प्रयत्न! प्रयत्न सर्वस्व नहीं है। सर्वस्व को अनुभव करने का मार्ग है। अनुभूति सत्य का यह अनुभाग शाश्वत सत्य का ही अंश है। वह अंश जिसकी निर्मिति बूँद है और सागर भी। दोनों बराबर। न कोई छोटा और न कोई बड़ा।

मृणालिनी को लगता कि वह तन्द्रालु होती जा रही है। उसमें निद्रा विदेह होती जा रही है। देह से हटकर निद्रा जागरण है। प्रसंग पलटा।

दृश्य परिवर्तन हुआ। सीधे देवघर से नैनीताल। ब्यूटी क्वीन! महाराजा सियाजीराव का आग्रह आमन्त्रण। वहीं थीं उनकी पुत्री महारानी कूच बिहार जिनको उन्होंने आंग्ल भाषा का अध्ययन कराया था। वह भी वहाँ पति सहित पहुँची थीं। उसी की स्टेट में तो उनके बड़े भाई उच्च पदाधिकारी थे—विनय भूषण।

हिमालय का हृदय नैनीताल। झील के चारों ओर बसा नैनीताल। सुरम्य घाटियों में महकता नैनीताल।

वहाँ आलीशान बँगला 'ब्रुकहिल हाउस'। अप्रैल में उनका विवाह हुआ था और 28 मई, 1901 में अरविन्द सपत्नीक नैनीताल आये। ब्रुकहिल हाउस दिव्य निवास—एक बड़ी कोठी सश्रृंगार। त्रिभुजनुमा छत का आकार। सुरम्य! अति सुन्दर! नयनाभिराम! धरती का आन्तरिक स्वर्ग! पावन! सौम्य! आकाश-सी ऊँचाई। आकाश नीचे भी, ऊपर भी। उनकी आँखों में दार्जिलिंग का स्कूल घूम गया।

पवन अनुरागमयी। धूप ज्योत्स्नोज्ज्वल। शीत निर्द्वन्द्व, मुखर। सर्वस्व स्पष्ट दृष्टिगोचर। वह भी जो दृग् के पार। क्या वह सपना देख रही है। उसने अपने जीवन में ऐसा महकता, जगमगाता और पंख फैलाये तैरता सपना कभी नहीं देखा। वह रात फिर चाँदनी की थी। चाँदनी आवृत्त महक की थी। मृणालिनी में हेमन्त उल्लास भर उठा था। अश्रुत, अनदेखा, अननुज्ञात और असंग उसमें पर्वत श्रेणियों पर उतरते प्रथम मेघ की तरह आ फैला था ज्योत्स्नोज्ज्वल।

अरविन्द चायना पीक दर्शन के लिए उत्सुक हुए। दो घोड़े लिए। स्वयं घोड़े पर सहज बैठ गये। मृणालिनी चौंकी और पूछा, "आप तो आई.सी.एस. में घुड़सवारी की परीक्षा मे। ..."

"अनुत्तीर्ण, नहीं मणि। यह परीक्षा देने का मन नहीं बना। ग़ुलामी नहीं तो नहीं।"

"पर मैं तो घोड़े पर कभी नहीं बैठी।"

"आज बैठो। घोड़े पर सवार होकर देखो तो तुम्हें शिलांग नज़र आयेगा।"

"वहाँ इतना ऊँची पहाड़ियाँ नहीं हैं।"

"तुलना नहीं। सौन्दर्य अतुलनीय होता है।" अरविन्द ने धीरे-धीरे कहा, "सौन्दर्य अन्दर है—अपने अन्दर, बाहर नहीं, जो दिखलाई पड़ता है।

बुद्धि उसके बारे में निर्णय करती है। उसका निर्णय ज़रूरी नहीं की ठीक ही हो, ग़लत भी हो सकता। इस कारण मैं अपने मन में कोई सत्य तब तक अंगीकार नहीं करता, जब़ तक उसके प्रतिकूल के लिए द्वार खुला नज़र नहीं आये।''

''मुझे इस सबको समझने में समय लगेगा, क्योंकि मेरा सत्य सम्मुख है। जो देखती हूँ, वह मेरे सत्य हैं। सत्य के दूसरे पक्ष तक मैं अभी तक नहीं गयी।'' धीरे-धीरे मृणालिनी में इतना साहस आ गया कि वह बिना भय और संकोच के अपनी बात कह सके।

ऊपर, नीचे पहाड़ियों में बने सीढ़ीनुमा रास्ते, ऊपर से घोड़ा और नीचे गहरी खाई की तरह! इन सबसे भयभीत होना अप्राकृतिक क़तई नहीं है। पेड़ों से छनकर आती तेज़ हवाओं के झोंके, कन्धे छूती टहनियाँ और नवल पत्तियों के स्पर्श और घुमावदार रास्ते। जो दूर से ऊपर नज़र आ रहा था, अब वह साथ-साथ चल रहा था। हर मोड़ कुछ-न-कुछ कह जाता था अकहा।

आधेक घण्टे से ऊपर हो चुका था। उसकी जाँघें दुखने लगी थीं। उसका पेट हिचकोले खा-खाकर दर्द करने लगा था।

वे निरन्तर ऊँचाई की ओर बढ़ रहे हैं। कभी-कभी आसमान सिर पर आया लगता था और कभी वे मेघों के बीच से निकल रहे होते हैं।

जब वे उस जगह पर पहुँचे जो चाइना पीक के नाम से पहचानी जाती है, तब पाया कि आसपास कुहरा जमा हुआ है, धुन्ध है। झील ग़ायब है। कुछ ऊँची चोटियाँ नज़र आ रही हैं। जहाँ से कुहराच्छन्न ग्लेशियर अस्पष्ट सा नज़र आ रहा है। अरविन्द दूर-दूर तक दुरबीन से देखते रहे और मृणालिनी को दिखाते रहे। कई बार मृणालिनी के उरोज उनकी छाती से टकरा गये। उनके होंठों पर मुस्कान फिसल आयी और उनकी आँखों में शरारत।

मृणालिनी उनका हाथ थामे चल रही थी। घोड़े वाले दूर रह गये थे। एक जगह ऐसी आयी जो बहुत संकरी थी और जहाँ से बहुत नीची खाई देखकर भय लग रहा था। ऐसे एक मोड़ पर उसका पाँव फिसला ही था अरविन्द ने उसे अपनी बाँहों में ले लिया। वे उसे अपनी बाँहों में ही थामे रहे। मृणालिनी का गुलाबी उजास अरविन्द के दिलोदिमाग़ पर छा चुका था। उनका संयम जवाब देने लगा।

मृणालिनी भी अपनी ही आग से झुलसे जा रही थी। पहली बार अरविन्द झुके और उसके गाल पर अपने हस्ताक्षर बना दिये। फिर उसके अरुणाधरों को चूम लिया। वह डाली-सी झूम गयी तभी किसी के आने की आहट हुई। वे दोनों अलग हो गये। उन्होंने अपने कपड़ों को ठीक किया।

घोड़े वाला कह रहा था, ''मालिक, चला जाये। अचानक आकाश में बादल छा गये हैं। कभी भी वर्षा हो सकती है और यहाँ बचने का कोई उपाय नहीं है।''

लौटना पड़ा। घोड़े नीचे की ओर दौड़ रहे थे। साईस बारम्बार चेतावनी दे रहा था, ''मैडम, पीछे की ओर रहें, झुके नहीं और न घबरायें। घोड़े अभ्यस्त हैं इन रास्तों के।'' मृणालिनी का मन अन्दर-ही-अन्दर काँप उठा। वह चीख़ पड़ी।

''क्या बात है?''

''पहले मुझे नीचे उतारो।'' मृणालिनी घबरा गयी थी। उसकी जाँघें, टाँगें और गरदन तीनों अकड़ गयी थीं।

''बीबी जी, आधा रास्ता तय कर लिया है। मेघ उमड़-घुमड़ रहे हैं। जी पाइंट तक पहुँच जायें। फिर सब ठीक है।''

हवा तेज़। मेघ गर्जना अलग। मृणालिनी ने पूरी तरह से इनकार कर दिया, तब साईस ने कहा, ''हुज़ूर, गुस्ताख़ी माफ़ हो। आप थोड़ी मदद कीजिएगा।''

''कैसी मदद?''

''साहिब, इसके अलावा कोई चारा नहीं है।''

''क्या करना होगा?''

''मैडम को आप अपने साथ ले लें। कोई सोच-विचार नहीं करें। वर्षा सिर पर आ खड़ी है। कृपया जल्दी कीजिए।''

अरविन्द नीचे उतरे। मृणालिनी को घोड़े पर बैठाया। फिर स्वयं उस घोड़े पर सवार हुए। घोड़ा तेज़ी से आगे बढ़ने लगा। मृणालिनी ने तो अपनी आँखें मींच लीं। उसकी साँसें तेज़ होने लगीं। वह पहली बार पुरुष की देह से सटी हिचकोले खा रही थी और अपने तन-मन को आपे से बाहर होता अनुभव कर रही थी। यह उसे क्या हो गया, वह नहीं जानती। नीचे आते-आते बौछार शुरू हो चुकी थी। थोड़ी दूर पर एक रेस्टोरेंट नज़र आया। मृणालिनी का हाथ पकड़ कर ये उसे वहाँ ले आये। वे सीधे केबिन में घुस गये।

टॉवेल की माँग की। साफ़-सुथरा, चाहे नया टॉवेल हो, यह उसकी क़ीमत चुका देंगे।

नया टॉवेल आया। स्वयं मृणालिनी ने सिर पोंछा, फिर टॉवेल उसकी ओर बढ़ा दिया। अब वर्षा तेज़ हो चुकी थी। जमकर बरस रही थी। लगभग बीसेक मिनट तेज़ वर्षा रही। वे दोनों वहीं नाश्ता लेते रहे। मृणालिनी आँख उठाकर अरविन्द की ओर नहीं देख पा रही थी। उसकी देह में कँपकँपी दौड़ रही थी। अरविन्द ने कहा, ''इन स्थितियों से आदम और हौवा भी गुज़रे थे। अर्थात् प्रथम पुरुष और प्रथम स्त्री। मैंने प्रयत्न किया। तुमने भी संयम रखा। परन्तु...।''

''साहब, वर्षा रुक गयी है।''

रेस्तराँ के काउंटर पर भुगतान किया और नैनी झील की तरफ़ आगे बढ़ गये।

''उधर क्यों?''

''आज का दिन, आज की रात हम दोनों की अपनी है।''

''भीग जायेंगे।''

''तो क्या होगा, मणि। तुम्हारा मादक रूप भीग कर और भी नशीला हो जायेगा।'' इसी के साथ वे पान वाले की दुकान की ओर बढ़े और एक पैकेट सिगरेट व माचिस का लिया। सिगरेट सुलगा ली।

''आप...।''

''स्मोकिंग करता हूँ। बड़ौदा कुछ ज़्यादा ही स्मोकिंग करता था।''

''एक बात कहें।''

''कहो, मणि। एक नहीं, अनेक कहो। तुम्हें रोका किसने है?''

''यदि आप सिगरेट छोड़ दें तो...''

''तो क्या, मणि?''

''आप पहले आकर्षक और महान इन्सान लगने लगोगे।''

''मैं और महान इन्सान, मणि।''

''मेरा ईश्वर जानता है, स्वामी। मैंने कभी झूठ नहीं बोला है और न कभी किसी की मनगढ़न्त प्रशंसा की है। आप पहले मानुष हैं, जिसकी प्रशंसा करने को मन हुआ है और भय का परदा हटा है। मैं शुद्ध मन से कह रही हूँ, स्वामी।'' मृणालिनी की संगीतमयी मधुर ध्वनि अरविन्द

के हृदय को झंकृत कर उठी। उन्होंने ऐसी पवित्र वाणी और ऐसी पवित्र सलाह इससे पहले किसी से नहीं सुनी थी। 'मंजरी ने कितना ठीक कहा था', ''पत्नी और पति का रिश्ता दो शरीर का ही नहीं, दो आत्माओं का है। उनमें जब आत्मिक संवाद के निर्झर महकने लगते हैं, तब निर्विकार आनन्द का स्रोत फूट पड़ता है और अनागत शिशु किलकारियाँ मारने लगता है। जिस दिन, जिन पलों में तुमने उस विमल वाणी को सुनना शुरू किया, उसी दिन, उन्हीं पलों में तुम्हें ऐसा अनुभव होने लगेगा कि तुम किसी के संरक्षण में हो। माँ से महान और अभेद संरक्षण कोई नहीं दे सकता। तब पत्नी माँ बन चुकी होगी। तुम धीरे-धीरे पत्नी के विराट् रूप से परिचित होने लगोगे। हर पत्नी में सत्यवान् को मृत्यु के मुख से वापस लाने की अनोखी और महान शक्ति है। ये हम आप यों ही नहीं कह रहे हैं, अरविन्द, इनके पीछे महान सत्य छिपा हुआ है। ऐसा हम अपने पति से कभी नहीं बोले, लेकिन तुम से कह गये, क्योंकि आप जब भी सामने आये तब हमें लगा कि हम एक महान आत्मा के सम्पर्क में आ गये हैं।'' वही बात मृणालिनी अत्यन्त सहज होकर बिना किसी पूर्व प्रसंग-सन्दर्भ के धीमे स्वर में कह गयी। क्या नारी में वह आकर्षण शक्ति नहीं है जिसकी खोज में पुरुष, उससे दूर जाकर, कंदरा में वर्षों बिताकर पाता है कि उठो गौतम, अब से तुम गौतम से बुद्ध हुए। लो, यह खीर चखो और फिर देखो कि जिस सत्य के लिए तुमने देह को इतना क्षीण कर डाला था कि वह अस्थि पंजर मात्र रह गयी थी और तब भी सत्य प्रकट नहीं हो सका, वह सत्य शिशुवत् तुम्हारे सामने मुस्करा रहा है। शिशु से पवित्र आत्मा दूसरी नहीं होती। न शिशुवत् से पवित्र ईश्वर होता है। जो जन्मता नहीं, वह ईश्वर भी नहीं है। जो जन्मता है और मृत्युपर्यंत शिशुवत् बना रहता है, वही ईश्वरीय अनुभूति है।

''अब मैं ईश्वर को नहीं मानूँगा, सुजाता। माँ ही ईश्वर है, यदि उसे मानना पड़ा तो।''

''महात्मा बुद्ध, माँ ही ईश्वर को जन्म देती है। हर माँ किसी की पहले पत्नी है, बाद में माँ। हर जन्म देने वाली शक्ति माँ है। उठो, निर्जन त्यागो और नव सृजन के अन्तर्मुखी संगीत की परिमल धारा को मानव जन-जीवन में बहाओ।''

अरविन्द चौंक पड़े। मृणालिनी क्या शक्ति रूपा है। शक्ति अजर, अमर, अजेय, अभेद और अडिग होती है। उन्होंने ध्यान से मृणालिनी की ओर देखा। देखते ही रह गये। उनके भीतर से आवाज़ उठी, "तू जिसका वरण करके लाया है, यही तेरी उद्धारकर्ता है—नव-सृजनमयी, नव मंगलमयी और नव करुणामयी! तू उसी की शरण में आया है।"

"माँ!" अपलक अरविन्द के मुख से निर्झर फूटा।

"स्वामी, आप ठीक तो हैं।"

अरविन्द दूसरी बार चौंके। सिगरेट उनकी उँगलियों में दबी उनको तापमयी कर उठी थी। उन्होंने सिगरेट को डस्टबिन के हवाले करते हुए कहा, "आज से तुम्हारे साथ कभी सिगरेट नहीं पिऊँगा, मणि।"

"वह देखो, नैनी माँ की आरती सज चुकी है। पावन बेला है।"

"ऊपर आसमान में फिर काले मेघ सिहर उठे हैं। नौका से वहाँ तक पहुँचने में समय भी लगेगा।" अरविन्द का अन्तर्मन गुनगुना रहा था, "ओ निष्कम्पमयी, चित्रभेदी, रागानुरागिनी, अमल सौन्दर्य की अधिष्ठात्री, आज पुनर्जन्म का संगीत सुनने की निर्मल आकांक्षा है।"

"जैसी आपकी इच्छा, स्वामी।"

"मेरी नहीं, मणि, हम दोनों की।" फेरे पर जब बैठे थे, स्मरण है, पण्डितजी ने क्या वचन कहलवाये थे कि आज से, अब से हम दो आत्माएँ एक हुईं। अतः हर कार्य निष्पादन में, हर निर्णय में, हम दोनों की भागीदारी बराबरी रहेगी।

"ठीक है, स्वामी। हम आपसे सहमत हैं।"

"स्वेच्छा से।"

"स्वेच्छा से।" तभी अरविन्द ने उसके मुलायम हाथ को अपने हाथ में लेकर उसकी हथेली को हलका-सा दबाया। उसे धुनी हुई रूई दबाने जैसा आनन्द आया। वह गद्‌गद हो गया।

"आप हस्तरेखा पढ़ लेते हैं क्या?"

"उससे भी आगे रेखाएँ होती हैं, मणि।"

"कौन-सी?"

"स्पन्दनमयी! शब्दातीत! स्वर-व्यंजन शून्य। अन्तर्पट के मर्म की प्रतीक! मैं उन्हें भी पढ़ रहा हूँ।"

“हथेली दबाकर।”

“हथेली दबाना ही स्पन्दन का रूप-अरूप स्वर, स्वर से परे का स्वर शून्य, मूर्त-अमूर्त के परे का अन्तर्दशन है, मणि।” कहकर अरविन्द ने उसकी हथेली को चूम लिया। चूमना नहीं छोड़ा और गहरी-गहरी साँस ली।

“देखो, कोई इधर ही आ रहा है।”

अरविन्द ने हथेली छोड़ दी। चारों ओर देखा। मृणालिनी ने भी देखा था, कहीं कोई नहीं था। वह उसका हथेली छुड़ाने का बहाना मात्र था। उसकी अमलतास के पुष्पों से लदी देह गुदगुदी से ऐसे भर उठी थी कि वह इस बहाने का सहारा नहीं लेती तो पगला उठती। सुधीरा उसे समझाते हुए कह रही थी, “महादेव ने कामदेव को अपनी दृष्टि से भस्म कर डाला था।” उसका समूचा अमरत्व राख हो गया था। तब पार्वती ने पूछा था, “देव, यह क्या अनर्थ कर डाला। एक बार पहले अनर्थ किया था, तो अपने ही पुत्र गणेश का सिर उड़ा डाला था। फिर बाद में शिशुवत् हाथी का सिर काट कर उसको लगा दिया था और आशीर्वाद दिया था, पुत्र, तुझसे ही हर शुभ कार्य का प्रारम्भ होगा। तू ही सृष्टि में सर्वप्रथम पूजा जायेगा।”

“हाँ, पार्वती। और आज भी वही हुआ। क्रोधवश क्यों हो जाते हैं आप, जगदीश्वर? यह आपको शोभा नहीं देता। आपका शीघ्र प्रसन्न होकर वरदान दे डालना और शीघ्र ही अप्रसन्न होकर उसका सर्वस्व मिटा डालना, समूचे ब्रह्माण्ड में चिन्ता का कारण है। आप अच्छी तरह जानते थे कि कामदेव को इन्द्रदेव ने अपने सिंहासन को डोलता हुआ पाकर यह क़दम उठाया था।”

“हाँ, देवी।”

“आपसे ऊपर कौन है? एक तो ब्रह्मा ने देव शिरोमणि इन्द्र को स्वर्ग के सिंहासन पर बैठाकर अनुचित किया। उसे बुद्धि-विवेक नहीं है। वह डरा हुआ रहता है। शासन डर-डरा कर नहीं, निडर होकर और सबको निडर बनाकर होता है—सुशासन! शक्ति सौन्दर्य रूपा है, क्योंकि वह सत्य की पुख़्ता नींव पर खड़ी है। जो शक्ति का उपासक है, वही शिव है और जो शिव है, वही विमल सौन्दर्य है।”

“अब?”

कामदेव की पत्नी रति आपकी शरण में आ रही है। कठोर तप करेगी। तुम्हारा सिंहासन हिला डालेगी। तप शक्ति का प्रतीक है। वह शक्ति के

निर्मल तेज़ को मद्धिम कर सकता है और आप विवश होकर उस तपस्विनी से पूछोगे, "क्या चाहिए! हम तुम्हारी तप-भक्ति से प्रसन्न हुए, देवी।"

"कामदेव को अमरता का वर मिला हुआ था, महादेव, उसे आप लौटा दें।"

"अर्थात् अमर कर दें, रति।"

"हाँ, महादेव।"

"तो किया, रति पुत्री, पर अदेह बनाकर।"

"क्या अनंग बनाकर, महादेव?"

"हाँ पुत्री, आज से वह चराचर सब में जीवित रहेगा। सृष्टि के सृजन का मूल होगा। नव सृजन का हेतु बनेगा।"

"और तब से...।" मृणालिनी पूछती।

"वह इस ब्रह्माण्ड की नव सृजन शक्ति का मूल बना हुआ है...हम तुममें भी वही है—अनंग।"

"ना-ना...ना...कदापि नहीं।"

"वह जगज्जनी में है।"

"ना, सुधीरा, ना।"

"हाँ-हाँ...सुधीरा, हाँ।" मृणालिनी अन्दर-ही-अन्दर कह उठी।

"तुमने कुछ कहा क्या मणि?"

"नहीं तो।" मृणालिनी चौंक पड़ी। उसे ऐसे दोरे क्यों पड़ने लगे हैं कि अचानक वह वर्तमान से अतीत में उतर जाती है।

"तो मुझे क्यों लगा कि तुम किसी निर्मल कथा के साथ-साथ पुकार उठी हो।"

"स्वामी, तनिक ठहरो।"

"क्यों, क्या हुआ?"

"काँटा चुभा है।"

"कहाँ?"

इतने में मृणालिनी सँभल गयी। वह बिना उत्तर दिये, सामने शिखर की ओर देखने लगी। जिसको बादल लगभग ढँक चुके था। फिर भी शिखर अपने अस्तित्व को बनाये हुए था। अब उपत्यकाओं के अंक में समाया हुआ वन वानिकी से आवृत्त बुक हिल हाउस नज़दीक आ चुका था। वह सपनों का

सच-सा बनकर खिल रहा था। रात्रि का आगमन हो चुका था, पर चौदहवीं का चाँद, छँटते मेघों के प्रकोप से बचकर, बाहर आता जा रहा था। चतुर्दिक निस्तब्ध पड़ा था वातावरण।

दोनों चुपचाप अपने कमरे में आ गये। थके हारे थे। पहले वस्त्र बदले, फिर पलँग पर जा लेटे। मृणालिनी की जाँघें ज़्यादा दर्द कर रही थीं। वह पहली बार घोड़े पर बैठी थी और वह इतनी ऊँचाई तक टेढ़े-मेढ़े रास्तों पर, चक्कर खाते रास्तों पर अपने को ज़बर्दस्ती सँभाले, अन्दर से घबराये हुए बैठी रही थी। उसका सारा शरीर दर्द कर रहा था। वह आराम कुर्सी पर निढाल होकर गिर-सी पड़ी।

जब आँख खुली तब रात के दस बज रहे थे। मृणालिनी उठी और गर्म पानी से नहाने चली गयी। देर तक नहाती रही। लौटी तो उसने अपने आपको तरोताज़ा पाया।

अरविन्द भी जमकर गर्म पानी से नहाये। जी भर कर पानी से खेले। बाहर आये तो नयी उमंग से भरे हुए थे। मृणालिनी खिड़की से चाँद की चाँदनी को आँखों में रचा रही थी और तन-मन को सहला रही थी। हवा ठण्डी थी, जो देह में सुकम्पित किये डाल रही थी।

अरविन्द चुपके से मृणालिनी के निकट आये और उसे अपनी बाहों में भर लिया। उसकी नाह-नूह कुछ नहीं चली। सारा वातावरण पगला उठा। दिशाओं ने परदे गिरा दिये। संज्ञाहीन होने लगी रात्रि। चाँदनी का अंग-अंग गदरा उठा। साँसों के चन्दन वन अवाक् से रह गये। पुष्प शरमाकर नत होने लगे। मौन मुखर होकर नूपुरों में समा गया।

अब रात थी। सिर्फ़ रात। अकेली युवा रात। पलकें खोले। झील में समाती रात! निःस्तब्ध चम्पा-चमेली की सुगन्ध में स्नान करती रात। मौन का संगीत गुनगुनाती रात।

8

नैनीताल के एक माह के प्रवास में मृणालिनी का रंग-रूप पहले से कहीं आकर्षक, गदराया हुआ, उमंग भरा और अल्हड़ मस्त होकर वासन्ती

हो चुका था। उससे मद झर रहा था और उसकी गति गजगामिनी को लजाने लगी थी। चाहत के सतंरगी इन्द्रधनुष उसमें मादकता लिए खिल उठे थे। अरविन्द की दीवानगी अपना रंग जमाने लगी थी।

यौवन का स्वर्ग छलछलाने लगा था। प्यार की अननुज्ञात अभिव्यक्ति साकार होती लग रही थी। नैनीताल का अलौकिक सौन्दर्य उन्हें ऐसे अभिभूत किये था जैसे वे दोनों उसी ने आमन्त्रित किये हों। उनकी उनींदी आँखों में उन्मत वसन्त आसमान छू रहा था।

मृणालिनी ने कभी नहीं सोचा था कि शादी एक रंगीला और रसीला सपना है। वह पहाड़ियों के एकान्त में पक्षियों-सी खिलखिला उठती थी। अरविन्द भी उसका साथ देते थे। अनजानी डगर, अनखुली पगडण्डी और अनसुनी बातें उसमें अद्भुत संसार की कल्पनाओं को साकार कर उठी थीं।

सरोजिनी भी उनके साथ नैनीताल आयी हुई थी। उसका काफ़ी समय कूच विहार की महारानी के साथ बीत जाता था। उसका कमरा भी अलग था। रात-रात भर उसमें मृणालिनी का सावन चुभता रहता था। वह स्वयं भी उन दोनों से बचकर रहती थी। ऐन मौक़े पर चाहे उसे अकेले ही जाना पड़े, सुनसान पगडण्डियों पर अनचाहे निकल जाया करती थी। उसे लगा कि बहूठान (भाभी) ने भैया को अपने वश में कर लिया है। पता नहीं क्या बात थी? वह सुन रही थी। अरविन्द का स्वर था। वह बंगला में कह रहा था, "तुमि जखन आमार सामने थाकोना तखनो आमि तोमार। अनुभव करि। बात शेर मध्ये तोमार स्पर्श पायी, आमार समग्र चेतन अवचेतन सन्ताय तुमि एकाकार होये थाको।"

जब तुम मेरे सामने नहीं रहती हो तब भी मैं तुम्हारा अनुभव करता हूँ। हवाओं में तुम्हारा स्पर्श पाता हूँ। मेरे सारे अचेतनल में तुम एकाकार होकर रहती हो।

मृणालिनी में छन्द नवमेघ से उठ रहे थे। उसमें बीजुरी उपत्यका को चमका जाती थी। उसका निर्बन्ध प्यार नद-नालों में उमड़ पड़ता था। वह अपने हृदय में आस्था के सुमनों को सँवार कर रखती जाती थी और अपने अन्तःप्रभु का स्मरण कर गा उठती थी–

अन्तर मम विकसित करो अन्तरयामी हे।
निर्मल करो, उज्ज्वल करो, सुन्दर करो हे–

अन्तर मम विकसित करो
जाग्रत करो, उन्नत करो, निर्भय करो हे,
मंगल करो, निरलस, निःसंशय करो हे–
अन्तर मम विकसित करो

कुछ रुककर मृणालिनी बंगला में गा उठी–

युक्त करो हे सबार संगे, मुक्त करो हे बन्ध,
संचार करो सकल कर्मे, शान्त तोमार छन्द
अन्तर मम विकसित...
चरण-पद्मे मम चित्त निष्पादित करो हे,
नन्दित करो, नन्दित करो, नन्दित करो हे...
अन्तर मम विकसित...
सबके संग युक्त करो, बन्धन से मुक्त करो/
सकल कर्म से संचरित कर/
निज छन्द में निष्पादित करो हे...।

एकान्त उपत्यका के एक सुरम्य स्थान पर बैठी मृणालिनी गा उठी थी अरविन्द के आग्रह पर। चतुर्दिक अपार शान्ति छा गयी थी। पक्षीवृन्द भी शान्त हो डाल पर जा बैठा था। अरविन्द के अन्तर में उसका स्वर निनादित हो रहा था। गीत-संगीत की दुनिया इस संसार से कितनी अलग-थलग है, वहाँ कोई प्रवेश नहीं कर सकता। स्वयं मृणालिनी अपने पर मुग्ध हो रही थी। पायल के नूपुरों की मादक थाप उस गीत को और मादक बना रही थी। उस पर प्रार्थना के गीत ही आते हैं। सुधीरा ने उसे कुछ चंचल गीत लिख दिये थे, कहा था विद्यापति के हैं, याद कर लेना। उनके साथ एकान्त में जब संवाद मूक होने लगेंगे, तब वे गीत जादुई प्रभाव छोड़ते अनुभव होंगे।

मृणालिनी ने उन्हें पढ़कर कहा था, ''सुधीरा मैं अपने को दो हिस्से में नहीं बाँट सकती कि जो, मेरा अन्तर है, वही मेरा बहिर्। जो होगा साथ होगा, एक साथ होगा और एक लय-ताल में होगा।''

''तू समझती क्यों नहीं, मीनुदी। तेरी शादी हो रही है। वे तेरी भजन-प्रार्थना सुनेंगे क्या?''

''क्या जिनकी शादी हो जाती है, उन्हें भजन-प्रार्थना नहीं सुहाते, सुधीरा?''

"नहीं ऽ ऽ...नहीं। ...नहीं। कितनी बार तुझे समझाऊँ। तेरी माँ कहती है कि वह अग-जग के व्यवहार में शून्य है। उसका ध्यान कभी वसन्त की ओर गया ही नहीं। दुनियादारी जाने बिना वह कैसे जीवन निर्वाह करेगी। सुधीरा तू उसे समझा बेटी। उसमें चाहत के रंगों का वसन्त का अनुभव करा। ...पर एक तू है कि कुछ समझने के लिए तैयार ही नहीं है। एक ही रट लगा रखी है, जो मेरे मन को सुहाता है, वही गाऊँगी और उसी चिर अवनाशी, परम सखा और आनन्द के नाम गाऊँगी।"

"तो इसमें बुरा क्या है, सुधीरा।"

"ये बुढ़ापे के गीत हैं।"

"तो हर छोटे-बड़े, जवान-बूढ़े, सबके मन को ये क्यों रिझाते हैं? क्यों ये बारम्बार मुझसे आग्रह करते हैं कि मीनुदी, एक बार...बहे निरन्तर अनन्त आनन्दधारा, बाजे असीम नभ माझे अनादि रव, जागे अगण्य रवि-चन्द्र-तारा। बहे...।"

"बस बस, मीनुदी! यह भजन है।"

"भजन क्या गीत-संगीत नहीं होता। सुधीरा, मन जिसमें रमे वह गीत-संगीत है। ...तू जिसे गीत-संगीत बता रही है, वह मेरे काम का नहीं है।"

"पगली, तू नया जीवन शुरू करने जा रही है। पति है तो परपुरुष ही। उसको खूँटी से बाँधे रखना पत्नी का दायित्व है। आजकल अपने समाज में नये-नये जोड़ों के बीच ऊँच-नीच बहुत हो रही है।" सुधीरा ने सहज होकर समझाया।

"देख, सुधीरा, मुझे ऐसा-वैसा कुछ नहीं करना। मैं उस आदमी को जानती तक नहीं हूँ। मेरे लिए वह उतना ही अजनबी है, जितना मैं उसके लिए। तू चिन्ता मत कर। मैं अपने भजन-गीत में आनन्द से हूँ।"

बहुत देर तक मृणालिनी को आत्मविभोर पाकर अरविन्द ने कहा, "मणि, तुम कितना अच्छा गाती हो! कितना मार्मिक गीत है। कितना गहरा समर्पण है। ग़ज़ब की तन्मयता है। तुम्हारा मन ही अहमूशून्य है। एकदम प्राकृतिक!"

"अधिक तारीफ़ नहीं, स्वामी। मैं कहाँ और आप कहाँ। ज़मीन-आसमान का अन्तर है, स्वामी।"

"क्या वह अन्तर अब तक मिट नहीं गया, मणि? क्या हम दो शरीर एक प्राण नहीं हुए अब तक? मेरा अन्तर्तम तुम्हें पूर्णतया स्वीकार कर चुका है।

फिर मैं तुम्हारे लिए मनगढ़न्त क्यों कुछ कहूँगा। तुम हो ही हरित नील वैदूर्य सी। शान्त और निस्तरंग, अवर्णनीय, अनुभूति-सी। प्रिय, हम जिस दिशा में आगे बढ़ रहे हैं और जिस मनोयोग तथा समग्र समर्पण से बढ़ रहे हैं, जिसमें निजी कुछ नहीं रहता, स्वतः सबका सब सर्वस्व होने लगता है, वह अतीन्द्रिय मानसभूमि की पराकाष्ठा है। यहाँ मुझे ऋग्वेद की प्रासंगिकता का स्मरण होने लग रहा है। क्या प्रिय, वह प्रसंग सुनना चाहोगी?"

"अवश्य स्वामी, अवश्य।"

"तो सुनो प्रिये—एक लचीली डाल पर सुन्दर पंखों वाले दो पक्षी बैठे हुए हैं। उनमें आपस में सखा और सहयात्री का सम्बन्ध है। वे दोनों सामने की डाल पर सुन्दर पका हुआ सेब देखते हैं। एक का मन ज़ोर मारता है, लालसा खुली अँगड़ाई लेती है। वह एक बार अपने सहयात्री की ओर तटस्थ भाव से देखता है और उड़कर उस डाल पर जा बैठता है। वह ललचाई आँखों से उसे निहारता है। अपने होंठों पर आतुरता प्रेरित जिह्वा फेरता है। एक बार फिर वह सहयात्री की ओर देखता है। वह पाता है कि वह शान्त भाव से अपनी ओर निहार रहा है। बताओ तो प्रिये, वह शान्त भाव से क्यों निहार रहा है?"

"वह तृप्त है।"

"यदि वह तृप्त नहीं हो तो, प्रिये।"

"उसे वह फल पसन्द नहीं है।"

"यदि ऐसी बात न हो तो?"

"इससे तो आगे हम नहीं जानते।"

"अच्छा बताओ प्रिये, ललचायी आँखों से उस डाली पर बैठा वह सखा क्या सोच रहा है?"

"कहीं इस बाग का माली या चौकीदार तो वहाँ आसपास नहीं है।"

"मानो उसे यह इतमीनान हो गया तो अब वह क्या करेगा?"

उस फल पर अपनी चोंच गड़ा देगा और पहले जल्दी-जल्दी और फिर धीरे-धीरे उसे खा जायेगा।"

"बहुत ठीक, फिर?"

"तृप्त होकर उड़ जायेगा।"

"फिर वह सहयात्री क्या करेगा?"

"शायद उसका अनुकरण।"

"यदि वह ऐसा नहीं करता।"

"हो सकता है।"

"तो वह क्या करेगा?"

मृणालिनी सोच में पड़ जाती। उसके बुद्धि में कुछ नहीं आता। वह तनिक ग़ुस्सैल होकर कहने लगती, "आप, स्वामी, हमसे इतने कठिन प्रश्न क्यों करते हैं?"

"वो इसलिए प्रिये, हम भी उस प्रश्न का उत्तर नहीं जानते।"

"और हम से आशा करते हो कि हम जानते हैं।"

"हाँ प्रिये, यही सत्य है, क्योंकि तुम्हीं वह सहयात्री हो।"

"हमें नहीं पता।"

"तुमने ही हमें बताया है प्रिये।"

"कब, क्या बताया है?"

"हर स्थिति-परिस्थिति में शान्त, सम और तटस्थ बने रहना। वह सखा है जो फल के सौन्दर्य और सुस्वाद पर ललचाये मन की आतुरता से उस पर टूट पड़ा। तुम उसका साक्ष्य भर हो, मानो हमने वह क्रिया की हो।"

"स्वामी," मृणालिनी कण्ठ छूकर कहती, "हम कुछ नहीं जानते।"

"यह साधना की और ऊँची अवस्था है।"

"हम साधक नहीं हैं, स्वामी।"

"वह सहयात्री भी यही कह रहा था और सोचे जा रहा था कि क्या फल का सेवन न करने से उसका साक्षी धर्म निभाना ठीक है!...तुम क्या कहती हो, प्रिये?"

"हम क्या कहें, स्वामी, हमें नहीं ज्ञात।"

"तो स्पन्दनमयी गहराई का आश्रय लो।"

"यह स्पन्दनमयी गहराई क्या होती है?"

"वही जिसे तुम अभी अनुभव कर रही हो, प्रिये।" अरविन्द कहते।

"क्या!"

"इस आकांक्षा का वरण करो।"

"किस आकांक्षा का वरण करें, स्वामी?"

"क्या तुम आकांक्षा शून्य हो, प्रिये?"

"पता नहीं।"

"तुम क्या सोच रही हो इस समय, प्रिये।"

"क्या सोचें?"

"यही जो हम बराबर तुम से कहे जा रहे हैं।"

"क्या कहे जा रहे हैं, स्वामी?"

"क्या तुम्हारे मन में उस फल को चखने की इच्छा है?"

"हम नहीं जानते।"

"तो जान लो।"

"कैसे?"

"किसी को प्रिय फल मान लो और फिर सोचो।"

"नहीं सोच सकते, स्वामी। हम गणित में सदा से कमज़ोर रहे हैं।"

"अच्छा बताओ, वह सहयात्री फल क्यों नहीं चखता, मात्र देखता है?"

"हम नहीं जानते।"

"ज़रा पास आओ।"

"शैतानी तो नहीं करेंगे।"

"डरती हो।"

"नहीं, हम डरते किसी से नहीं हैं, स्वामी।"

"तो?"

"आचार-संहिता का पालन करते हैं।"

"कौन-सी आचार-संहिता, प्रिये?"

"आप स्वामी हैं और हम...।"

"हाँ, तो तुम, प्रिये।"

"दासी।"

"नहींऽ, प्रिये, तुम भी स्वामिनी हो यदि तुम हमें स्वामी मानती हो तो। ...तुम्हारा स्वामित्व हम से कम नहीं है, प्रिये, किसी दृष्टि से, किसी कोण से।"

"नहीं स्वामी, यह स्पृहा नहीं है।"

"यही है—वह स्पर्शी पल, जिसने हममें सपनों की भाषा गढ़ी है।"

"नहीं, हम...नहीं, स्वामी...नही। ... ।"

"तो नज़दीक आते हुए क्यों सहम रही हो?"

"कहाँ सहम रहे हैं?" कहकर मृणालिनी अरविन्द के पास आ जाती है। अरविन्द उसे बाँहों में भर लेते हैं। चुम्बन कर उठते हैं। कहते जाते हैं, "प्रिये, हम सहयात्री ही नहीं, सखा भी हैं। यह बहुत लम्बी यात्रा है। थका देने वाली कठोर यात्रा, जिसे तुमने जन्म से ही पा लिया है, प्रिये। स्पन्दनों को तुम मानसिक नव रूप दे सकती हो।"

"काश, हमारे पास आप जैसा बुद्धि-विवेक होता...।"

"वही तो हमें चाहिए प्रिये, जो तुम्हारे पास नहीं है।"

"क्या?"

"बुद्धि-विवेक शून्य सहज मानसिकता...और उससे परे स्पन्दनों का स्वजन्मा मानव धर्म का सहज रूप।"

"मान जाइए स्वामी, ये समय..."

"आगे कुछ नहीं, प्रिये। समय को प्रवाहित रहने दो। ...बिना चखे आस्वाद कैसे ज्ञात होगा। सहयात्री शायद पूर्व जन्म मे। ...तभी तो वह साक्षी बना रहा। ...प्रिये, तुम साक्षी मत रहो। ...सहयोगी बनो। ...हम जानते है। ...तुम सर्वस्व हो, प्रिये...।" यों स्वर टूटते, बिखरते रहे। नूपुर उनमें उन्माद भरते रहे। सहज-असहज और असहज सहज होता रहा। कुछ पता नहीं चला। जीवन नौका मौन के स्पन्दनों के साथ-साथ।

९

आज 30 जून थी, 1901 की। 1 जुलाई, 1901 की दोपहर को बड़ौदा स्टेशन। बग्घी आयी थी। मृणालिनी चतुर्दिक देख रही थी। पूछ कुछ नहीं रही थी। वहाँ तेज़ वर्षा होकर बन्द हो चुकी थी। कोचवान बता रहा था कि दो दिन से वर्षा थमी नहीं। बीच-बीच में वर्षा मूसलाधार हो उठती थी। वह देख रही थी, जगह-जगह पानी भरा हुआ था। नाले चल रहे थे। रत्नगर्भा धरती हरी चुनरी ओढ़े महक रही थी। विश्वामित्री नदी उबाल पर थी। तट बन्धन लाँघ चुकी थी। आकाश में बादल आज भी थे। सूरज शायद निकल कर अपने घर लौट गया था। बयार मतवाली होकर पत्तों-टहनियों के पार्श्व संगीत का पूर्व आभास करा रही थी।

यों मृणालिनी एक सर्वथा नये, अपरिचित, अनदेखे-अनसुने वातावरण में आ गयी, जहाँ उसकी कोई सहेली नहीं थी, न नाते-रिश्तेदार—सिवा सरोजिनी के, और सरोजिनी उससे कुछ कटकर रहती थी। बोलती-बतियाती भी कम थी और ऐसे अवसरों की तलाश में रहती थी, जब वह मृणालिनी को नीचा दिखा सके अथवा पति-पत्नी के बीच अड़चन पैदा कर सके। मृणालिनी बहुत जल्दी जान गयी कि सरोजिनी उसके प्रति तटस्थ नहीं है, परन्तु उसने भी इस ओर ध्यान देना छोड़ दिया, क्योंकि उसे अपने पर पक्का भरोसा था कि वह किसी के प्रति द्वेष भाव नहीं रखती और न किसी की बुराई करती है।

मृणालिनी भोजन बहुत स्वादिष्ट और विविध ढंग से बनाती। उसने दिन में भी दोनों वक़्त भोजन और नाश्ते का चार्ट बना लिया था। वह मानती थी कि रसोई सीता की है। सीता उसकी रसोई का स्रोत थीं, प्रेरणा थीं और मार्गदर्शन भी। अरविन्द जीवन में पहली बार इतना विविधतापूर्ण और रसपूर्ण भोजन का आनन्द ले रहे थे। वह उसकी विविधता के प्रति भी समर्पित हो रहे थे। उस रोज़ मंजरी दिन में ही आ गयी थी। वह उसका किचिन देखकर दाँतों तले उँगली दबाने लगी। किचिन में व्यंजन चार्ट। कब क्या बनेगा? किचिन की साफ़-सफ़ाई एकदम नम्बर वन। उसके भोजन की तैयारी और भोजन बनाने का ढंग एकदम अनूठा। आख़िर उससे रहा नहीं गया। वह पूछ बैठी, "मणि, यह सब तुमने कहाँ से सीखा?"

"मन से दीदी।"

"मन से।"

"अचरज नहीं दीदी।"

"वह क्यों नहीं?"

"क्योंकि व्यक्ति ही स्वयं का आचार्य है। मैं अपना समय कैसे व्यतीत करूँ? दूसरे, प्रायः अधिकांश व्यक्ति होटल के खाने को सबसे स्वादिष्ट क्यों मानते हैं? मुझे लगा कि रसोई स्त्री की साधना स्थली है। वह प्रयोगशाला है।"

"वाह! वाह! मणि, तुमने तो वास्तव में ग़ज़ब कर दिया।"

"यह रसायनशाला भी है, रसायनशास्त्र भी। मसालों का मिश्रण देखिए और उस मिश्रण के फ़ायदे जानिए तो पता चल जायेगा कि हम क्या ले रहे हैं और उससे हमें क्या मिल रहा है?"

"एक दिन तुम्हें मेरे यहाँ प्रातःकाल से आना पड़ेगा।"

"सुबह से, क्यों दीदी?"

"ताकि अपनी दीदी को सीता की रसोई बनाने में दिशा-निर्देश दे सको।"

"आप क्यों शर्मिन्दा कर रही हैं, दीदी?"

"चलो यही मान लो, भाई पर ख़याल रहे आगामी रविवार सिर्फ़ मेरे लिए। क्यों, क्या इसके लिए भी अरविन्द से इजाज़त लेनी पड़ेगी?"

"नहीं तो। हमारी स्वतन्त्रता का भी कोई अर्थ है और इस मामले में दीदी, मैं सबसे अलग लड़की हूँ। मैं जानती हूँ कि इजाज़त लेने और सूचित करने में क्या अन्तर है।"

"वाह! वाह!! मणि, तुम्हारा जीवन के प्रति खरा दृष्टिकोण है।"

सरोजिनी इस कारण और नाखुश होती गयी कि मृणालिनी में कलात्मक अभिरुचियों का अद्भुत भण्डार है। वह मितभाषी है, परन्तु बोलती तोलकर है—न रत्ती भर ज़्यादा, न कम। एक दिन मृणालिनी ने सरोजिनी को समझाया, "ठाकुर जी, हम से कुछ अपराध बन पड़ा है क्या?"

"नहीं तो, बहूठान।"

"बन पड़ा हो तो क्षमा कर दीजिए।"

"नहीं ना, ऐसा कुछ नहीं है।"

"फिर भी, हमारी ख़ातिर, ठाकुर जी। हमारा छोटा-सा घर संसार है, वह फूले-फले और सब आनन्द में रहें। ...सच में ठाकुर जी, हममें कुछ आता-जाता नहीं है। हमारी बराबर यही कोशिश रहती है कि हमसे सब प्रसन्न रहें।"

"तो क्या हम आपके मार्ग में बाधक हैं, बहूठान (भाभी)!"

"कदापि नहीं।"

"फिर यह सब हमसे क्यों?"

"चलो, प्यारी ठाकुर जी, हमसे ग़लती हो गयी, भाई।"

थके-हारे अरविन्द आये। काफ़ी देर से आये। वर्षा सुबह से हो रही थी। आते ही बिना बूट खोले आरामकुर्सी पर पसर गये। मृणालिनी गरमागरम कॉफी लेकर आयी और कॉफी उन्हें थमाकर ज़मीन पर बैठ गयी। उसने अपने घुटनों पर उनकी एक टाँग रख ली और बड़े प्रेम से बूट के फीते खोलने लगी। फिर मोजे उतारे। कुछ देर तक उनके पाँव सहलाये। अब वह कॉफी

'सिप' कर रहे थे। साथ बहुत सुकून अनुभव कर रहे थे। वह बेहद थका देने वाला दिन था। महाराजा का उन पर बढ़ता विश्वास और इतमीनान एक तरफ़ जहाँ उनकी हैसियत बढ़ा रहा था, वहाँ दूसरी तरफ़ उन पर काम का बोझ भी बढ़ा रहा था। सन् 1895 की बात है, जब महाराज उन्हें ऊटी ले गये थे—मद्रास प्रदेश का एक उत्तम पहाड़ी क्षेत्र। उन पर कोई पाबन्दी नहीं थी, जब चाहें, जहाँ चाहें जा-आ सकते थे। एक दिन पास बुलाकर महाराजा ने कहा, "मि. अरविन्द हम एक केस में उलझ गये हैं।"

"किस केस में, महाराजा साहब?"

"बापट केस अरविन्द, वह हमारे गले की हड्डी बन गया है।"

"वासुदेव सदाशिव बापट न महाराजा जी, जो एक उच्च पदाधिकारी हैं ...बहुत ईमानदार, कर्तव्यनिष्ठ और सम्भ्रान्त मानुष भी हैं वे।"

"यही तो संकट है, मि. अरविन्द, कि यह दुनिया जीते जी ऐसे महान व्यक्ति का सम्मान नहीं करती, बल्कि षड्यन्त्र रचती है, उसे अपने रास्ते से हटाने का और अपने बदख़यालों को जीती-जागती शक्ल देने का। इस समाज ने जब ईश्वर के दूत ईसा को नहीं छोड़ा—क्रॉस पर लटका दिया, तब ईश्वर के भक्तों को वह क्योंकर छोड़े? ...यह मैं भी जानता हूँ, प्रायः अन्य सभी जानते हैं कि वे अंग्रेज़ों के घोर विरुद्ध हैं। उनकी नाजायज़ हुकूमत को वे फूटी आँख देखना नहीं चाहते। इससे अंग्रेज़ों का ऊँचा तबक़ा उनके पीछे पड़ गया और उन पर फ़ौजदारी का एक संगीन आरोप लगा दिया। ...वे अंग्रेज़ अफ़सर हमारे से भी अन्दर-ही-अन्दर असन्तुष्ट हैं। मानते हैं कि हम उन महाराजाओं की श्रेणी में आते हैं जो ब्रिटिश शासन का पतन देखने में षड्यन्त्रकारियों से मिले हुए हैं। उन्हें शरण देते हैं। हमने क्रान्तिकारियों को पनाह दे रखी है। अरविन्द, हमें अपनी क़तई चिन्ता नहीं है।"

"परन्तु हम सबको है, महाराजा साहब, आपकी प्रजा को है।"

इस पर सयाजी राव गायकवाड़ तनिक मुस्कराये और सोचते हुए कहने लगे, "जानते हो, अरविन्द, हमने तुम्हें पहली ही नज़र में लन्दन में क्यों चुन लिया था और तुम से वेतन क्यों पूछा था?"

अरविन्द अवाक् बना महाराजा की ओर देखता रहा। महाराजा सयाजी राव गायकवाड़ ने ही आगे कहा, "हम इसी सूचना से समझ गये थे अरविन्द, कि तुम आई.सी.एस. में अव्वल रहे, क्योंकि तुम ब्रिटिश सत्ता को यह

बतलाना चाहते थे और यह बताकर सचेत भी करना चाहते थे कि भारत में टैलेंट की कोई कमी नहीं है और न भारत इतना पिछड़ा देश है, जिसका उद्धार करने वे लोग भारत पर हुकूमत जमाये हुए हैं। उसे विज़ुअलाइज़ कराना चाहते थे ताकि दुनिया के सामने ब्रिटिश सरकार के बेहूदा नाटक का पर्दाफ़ाश हो सके। इंडियन आर बर्स्टिंग विद वाइटैलिटि एंड न्यू आइडिया। ...इसमें सन्देह की गुंजाइश नहीं रही कि तुम एक सुयोग्य, होनहार और आर्थिक संकट से जूझ रहे देशभक्त हो।''

''नहीं, महाराजा साहब ऐसा कुछ नहीं है।''

''तुम्हें शायद मालूम नहीं, मि. अरविन्द कि हम कहीं के महाराजा नहीं थे। यहाँ के महाराजा खांडेराव गायकवाड़ निःसन्तान शरीर छोड़ गये थे। राज्य को उत्तराधिकारी चाहिए था। अंग्रेज़ सरकार अनुमति दे चुकी थी–दत्तक पुत्र लेने की। महारानी ने बड़ौदा के योग्य तथा ईमानदार दीवान सर टी. माधव राय की सहायता से उत्तराधिकारी की तलाश शुरू कर दी। उनकी दृष्टि नासिक के एक पिछड़े गायकवाड़ परिवार के गोपाल राव पर पड़ी। किसान काशीराव अशिक्षित और ग़रीब था। राजमाता ने हम से पूछा, 'तुम्हें यहाँ क्यों लाया गया है?' तो हमने धड़ल्ले से उत्तर दिया था, 'बड़ौदा स्टेट पर राज्य करने के लिए।' हमारी शिक्षा-दीक्षा हुई और 27 मई, 1887 को हमें महाराजा सयाजी राव गायकवाड़ तृतीय का नाम देकर बड़ौदा राज्य का अधिपति बनाया गया। तब की चेतना हमारी जीवन की अक्षय पूँजी है। वही हमें तुम तक ले गयी।'' महाराजा सयाजी राव गायकवाड़ जब प्रेम के वशीभूत होकर अत्यन्त आत्मीय होने लगते थे तब 'आप' 'मिस्टर' रहित सम्बोधन 'तुम' करने लगते थे।

अरविन्द ने कभी यह जानने का प्रयास ही नहीं किया कि सयाजी राव गायकवाड़ महाराजा, प्रजापालक, राष्ट्रप्रेमी, उदारमना और सुयोग्य प्रशासक के अतिरिक्त भी कुछ हैं। उन्हें अनर्गल जानकारी प्राप्त करने की आदत ही नहीं थी। वे अरविन्द को सम्मोहित-सा होता देखकर कहने लगे, ''हमें तुम्हारी ईमानदारी, न्यायप्रियता और कर्मठता पर पूरा-पूरा विश्वास है, यह जानते हुए कि तुम देशप्रेमियों के साथ हो, मि. वासुदेव सदाशिव बापट का यह केस हम तुम्हें सौंपते हैं और वह भी इस आशा से कि तुम नीर-क्षीर विवेक का पालन कर सकोगे। उत्तरादायित्व का पालन सम्बन्धों से ऊपर उठकर कर सकोगे।''

"मैं कोशिश करूँगा। मैंने एक इवैल्युएशन (मूल्यांकन) का मार्ग तलाशा है जो क़ानून, परम्परा और केस हिस्ट्री से अलग है–जो एथिकल स्टैंडर्डस् के क़रीब है।"

"नहीं अरविन्द, नहीं। इवन दैन ही वुड नॉट एडमिट हिज़ मिस्टेक।"

"रिअली ही वाज़ ऑन मिस्टेक।"

"नहीं, पर यह एक रास्ता हो सकता था।"

"ज़बर्दस्ती।"

"नही। ...बतौर एटिकेट (शिष्टाचार)।"

"अभी मैं कुछ नहीं कह सकता।"

तभी कुछ दूसरे सज्जन आ गये। अरविन्द उठकर चले आये। वे उस कार्य में लगे रहे। दो माह बाद महाराजा के सामने दूध का दूध और पानी का पानी अलग कर रख दिया। वासुदेव सदाशिव बापट का बाल-बाँका नहीं हुआ। अंग्रेज़ अफ़सर लज्जित होकर रह गये।

अब मृणालिनी अरविन्द के सिर पर बादामरोगन की मालिश कर रही थी। उनकी सफ़ेद पगड़ी उतार कर उसने मेज़ पर रख दी थी। टाई की नॉट ढीली कर दी थी। कोट-पतलून वे अवश्य पहने हुए थे। उन्हें काफ़ी राहत मिली थी। वह जान-बूझकर आँखें बन्द किये आरामकुर्सी पर लेटे रहे। सोचने लगे। आज के संकट का कारण वह स्वयं हैं। काश, वह नहीं होते! होते हुए यदि चुप बने रह जाते। आज ही के दिन काका कालेलकर गंगनाथ विद्यालय से बैरिस्टर केशवराव गणेश देशपांडे अलग हो रहे थे। पूरी तौर पर नहीं, आंशिक तौर पर। वे प्रसिद्ध बैरिस्टर थे। बम्बई में उनकी वकालत के पंख लग गये थे। महाराजा को वह सुझाव दे रहे थे, "यह वक़्त नाज़ुक है। अंग्रेज़ी सरकार विद्रोहियों को ढूँढ़ निकालने में एड़ी से चोटी तक का पसीना बहा रही है। उसने उन घटकों पर हाथ मारना शुरू कर दिया है जो जनहित के दायरे में सम्मान की दृष्टि से देखे जाते हैं।"

"देशपांडे भयशंका की तलवार का दबाव देना होगा।"

"वो कैसे?"

"साहस और सद्विवेक से।"

"यह समय बचकर चलने का है।"

"नही। ...बचना किससे? कायरता से साहस को नहीं बचाया जा सकता। क्रान्ति के बिना दूसरा कोई रास्ता नहीं हैं, आज माँ को शीश चढ़ाने वालों के हौसले की आवश्यकता है।"

"मुझे मालूम था, मि. अरविन्द, ज्वालामुखी ऊपर से कुछ समय के लिए ही ठण्डा रह सकता है।"

दोनों चुप।

महाराजा ने कहा, "देशपांडे, फड़के मामा, हरिहर अण्णा आदि ने काका कालेलकर गंगनाथ विद्यालय को जो रूप दिया है, उसे सरकार बर्दाश्त नहीं कर पा रही है। ...मि. अरविन्द, यह ज़िम्मेदारी हम तुम्हें सौंपते हैं कि अपने राज्य के उन प्रमुख क्रान्तिकारियों की सूची बनाकर हमारे सामने पेश करो, जिनसे अपने राज्य पर सीधी आँच आती है।"

"उनकी परिभाषा का क्या होगा?"

"यह दायित्व भी तुम्हें निर्वाह करना होगा?"

यों काफ़ी समय महाराजा के पास बीत गया। वह यह भूल ही गये कि उन्हें आज घर जल्दी पहुँचना था। सैर को जाना था। बाहर ही भोजन करना था। अचानक वह चौंक पड़े। सिर झटका!

"क्यों, स्वामी, क्या हुआ?"

"यह पूछो, क्या नहीं हुआ?"

मृणालिनी चमक गयी। उसकी कुछ समझ में नहीं आया। वह कह रहे थे, "वह देश कभी स्वतन्त्र नहीं हो सकता, जो अपराधियों को हवा दे।"

मृणालिनी उनकी ओर देखती रह गयी। उन्होंने प्यार से मृणालिनी को अपनी ओर खींच लिया और पास बैठाकर पूछा, "क्या तुम हमें आज कहीं सैर पर ले जाने वाली थीं?"

"मैं!" कहते ही मृणालिनी को याद आ गया कि आज का कार्यक्रम उन्होंने ही बनाया था और कार्यालय जाते समय कहते गये थे, "तैयार रहना। आज खाना बाहर ही लेंगे।" वह तुरन्त बोली, "सैर बाद में कार्य पहले। फिर कभी चलेंगे।"

"फिर कब? और कौन कह सकता है कि उस समय ऐसा ही न हो... हम अभी चलेंगे, इसी वक़्त।"

"इतनी रात को, स्वामी।"

"रात हम जैसों के लिए है, ग़रीब लोगों का दिन तो अब से शुरू होता है।" यह कहकर वह उठ खड़े हुए। तैयार होने चले गये। कहते गये, "दो मिनिट में तैयार हो जाओ। सरो को भी कह दो। तैयार हो जाये"

और ऐसा ही हुआ। घोड़ागाड़ी थी, जिसे वह विक्टोरिया नाम से पुकारते थे। उस पर यह छोटा परिवार चल पड़ा था। मन में उमंग और उत्साह लिए। बड़ौदा सुप्त पड़ा था। नाममात्र की चहल-पहल थी। सड़क पर लैम्पों का मद्धिम पीला प्रकाश टिमटिमा रहा था। वह पूछ रहे थे, "मणि, क्या तुम गिरजाघर में प्यू (चर्च में बैठने के लिए लकड़ी की लम्बी बेंच) पर कभी बैठी हो।"

"हम कभी गिरजाघर नहीं गये।"

"क्यों?...कलकत्ते और शिलांग में ख़ूबसूरत गिरजाघर हैं। मैं गया हूँ। लन्दन में भी। बड़ी शान्ति मिलती है। तुम्हें भी दिखाकर लाऊँगा।"

"नहीं, हमें नहीं जाना।"

"क्यों?"

"वह विधर्मियों का मन्दिर है।"

"तुम भी विधर्मी-धर्मों में भेद करती हो, मणि।"

"हमारे शास्त्र कहते हैं।"

"तुमने उन्हें पढ़ा है?"

"नहीं।"

"फिर?"

"अपने पुरोधाओं से सुना है।"

"नहीं, मणि, नही। ... जो सुना है, वह ग़लत सुना है। यदि यही बात है तो हिन्दू 'नदी', मुसलमान 'दरिया', क्रिस्तानी 'रिवर' जिसे कहते हैं, वह एक क्यों है? उसमें सिर्फ़ पानी बहता है। मनुष्य तो मनुष्य पशु-पक्षी भी उससे अपनी प्यास बुझाते हैं। वहाँ वे एक क्यों हो जाते हैं? ठीक उसी तरह चर्च, मन्दिर, मस्जिद आदि नाम का भेद हैं—अपनी-अपनी भाषा के कारण, परन्तु हैं तो वे सब पूजास्थल ही। एकदम नदी जैसे। फिर उनमें भेद क्यों?

"हाँ, फिर उनमें भेद क्यों!" मणि ने सोचते हुए कहा ही था कि कोचवान ने कहा, "मालिक, नॉवेल्टी होटल आ चुका है।"

घोड़ागाड़ी खड़ी हुई। तीनों नीचे उतरे और नॉवेल्टी होटल की सीढ़ियाँ चढ़ने लगे। आलीशान होटल। अफ़सरों का पसन्दीदा होटल। शालीन और भव्य होटल!

10

दिन उड़ चले। विदेश से आये पक्षियों की तरह। खुशियाँ दौड़ लगाती रहीं। वे कब आयीं और कब चली गयीं, इसका पता ही नहीं चला। भारी तो दुर्दिन पड़ते हैं। एक-एक पल भारी हो जाता है। शिलांग से मृणालिनी के पापा-मम्मी का पत्र आया था। बुलाया था। विवाह की वर्षगांठ वहीं मनाने का आग्रह था। मृणालिनी पत्र को बारम्बार पढ़ती। आँखों से छुआकर छाती से लगाती।

यादों के मेघ उमड़ते-घुमड़ते चले आये। मन उनमें भीगने के लिए तैयार होने लगा।

आजकल अरविन्द कुछ ज़्यादा ही व्यस्त हो गये। बाहर भी ख़ूब जाने लगे—बम्बई, पूना, सूरत आदि जगह जाते रहते थे। थोड़ा उनका मन भी उड़ा-उड़ा रहने लगा था। यह कहकर वह चिट्ठी मृणालिनी की ओर बढ़ा दी थी कि उसके घर से आयी है। कोई ख़ास बात हो तो बताना। उसे घर बुलाया है, साथ में उनको भी। शादी की वर्षगाँठ वहीं मनाना चाहते हैं। क्या इतनी जल्दी एक वर्ष बीत गया!

तीन दिन से मृणालिनी उस चिट्ठी की बात चलाना चाहती थी, परन्तु वह रात को बहुत देरी से लौट रहे थे। फिर बात चलाये तो कैसे? वह उसके अच्छे मूड का भी इन्तज़ार करती रहती थी। चौथा दिन था। वह देशपांडे तथा अन्य मित्रों को ट्रेन पर छोड़कर लौट आये। मौसम इन्द्रधनुषी-सा हो गया था। हवा में नमी थी।

अरविन्द ने कपड़े बदल कर धोती-कुर्ता पहना और तख़्त पर गाव तकिये का सहारा लेकर बैठ गये। मृणालिनी कॉफी लेकर आयी। वह स्वयं ही पूछ बैठे, "घर से चिट्ठी आयी थी?"

"लाऊँ?"

“नहीं। कोई ख़ास बात हो तो बताओ।”

मृणालिनी ने सारी बात बता दी।

वह पूछने लगे, “क्या इरादा है?”

“मम्मी-पापा चाहते हैं कि...”

“वर्षगाँठ नहीं, मणि—शादी की वर्षगाँठ क्यों? फ़िज़ूलख़र्ची।”

“मिल तो आयें।”

“तुम क्या वहाँ कुछ दिन रहना भी चाहोगी, मणि।”

“पर यहाँ की व्यवस्था!”

“उसकी चिन्ता छोड़ो। सब ठीक हो जायेगा। पहले भी तो हम रहते थे।”

“पहले की बात और थी, स्वामी, तब हम कहाँ थे यहाँ?”

“तो क्या हुआ, मणि! तुम यहाँ नहीं थीं तो भी यहीं थीं—हमारे हृदय में।”

मृणालिनी झेंप गयी। उसका चेहरा शर्म से लाल हो उठा।

“चलो, तैयारी कर लो। चलेंगे। चिट्ठी लिख देना, भिजवा देंगे।”

“अच्छा।” मृणालिनी का हृदय बाग़-बाग़ हो उठा। उसके लिए एक-एक पल वहाँ निकालना अब भारी होने लगा। अपना घर अपना ही घर है। उसे एक-एक कर सबकी यादें आने लगीं।

इधर अरविन्द बम्बई चले गये। कहकर दो दिन के लिए गये थे, परन्तु वहाँ उन्हें सात दिन लग गये। उसे उनकी गतिविधियाँ अपने प्रमुख कार्य से हटकर लग रही थीं। वह रात-रात भर पत्र लिखते रहते थे। पहले उनके साहित्यिक मित्र आते थे, उनमें कॉलेज के प्रोफ़ेसर होते थे, लेकिन आजकल अजनबी मित्र आते थे। कभी-कभी वे रात भर वहीं रहते थे और तड़के ही चले जाते थे। वह पूछ नहीं पाती थी कि यह सब क्या हो रहा है? एक दिन स्वयं ही अरविन्द ने कहा, “मणि, तुम्हारे मस्तिष्क में अवश्य यह बात उठ रही होगी कि एकदम पूर्व माहौल से इतना अन्तर कैसे? मैं तुमसे कुछ छिपाना नहीं चाहता। तुम्हारा विश्वास ही मेरा सम्बल है।”

मृणालिनी मौन बनी रही।

“यह समय बहुत नाज़ुक है। हमारा देश कैसे आज़ाद हो, यह विकट समस्या नौजवानों के दिमाग़ में हलचल मचाये हुए है।”

"तो?" मृणालिनी की चेतना जागी। उसने जो कुछ सुना-सुनाया था, वह विश्वास में बदलने लगा।

"इसीलिए मेरे बाहर जाने की गतिविधियों में थोड़ा-सा इज़ाफ़ा हुआ।"

"क्रान्तिकारियों की ओर आपका संकेत है क्या, नाथ?" आज मृणालिनी ने सम्बोधन बदल दिया था। ऐसा जानबूझकर नहीं स्वतः ही हुआ था।

"कुछ-कुछ। ...वैसे भारतीय कांग्रेस की ओर से प्रस्ताव है। मैं ठीक से अभी तक कुछ नहीं कह सकता। कहूँ कैसे! अभी मैं ठीक से स्पष्ट नहीं हो पा रहा हूँ।"

"क्यों, नाथ?"

"मेरे सामने बेड़ियों में जकड़ी भारत माँ है। उसे स्वतन्त्र कराना सहज कार्य नहीं है, क्योंकि उसे बाहर वालों ने ही नहीं, अपने राजा-महाराजा, ठाकुर-ज़मींदार, ठिकानेदारों आदि ने भी तो परतन्त्र बनाया हुआ है। परतन्त्र चाहे अपनों से हो या बाहर की शक्तियों के कारण हो, है तो वह परतन्त्रता ही। इस प्रश्न ने मुझे हिलाकर रख दिया है। यदि एक-दो बड़ौदा जैसी स्टेट को छोड़ दें तो शेष स्टेट अपनों पर अत्याचार और अन्याय ही कर रही हैं। ...हम न जाने कितनी श्रेणियों में विभक्त हैं। हम आपस में समान कहाँ हैं? हम जातियों में बँटे हुए हैं, धर्म से बँटे हुए हैं, अमीरी-ग़रीबी में बँटे हुए हैं आदि! ऊँच-नीच...छुआछूत...उनमें भी विभेदीकरण! ओह! हमारा समाज पराजय के कितने नीचे वाले धरातल में धँसा हुआ है। फिर हमारी स्वतन्त्रता का अर्थ क्या है? मैं अभी तक इस द्वन्द्व से मुक्त नहीं हो सका हूँ।"

"स्वामी, अधिक सोच कर्म का अवसाद है।"

"तो?"

"पहले दिशा-निर्देश स्वयं के लिए तय हों।"

"कौन करेगा?"

"जो उस पथ का अनुगामी बनना चाहता है।"

"वह अशिक्षित है, अछूत है। निर्धन है और...और निर्बल, क़र्ज़ का मारा...।"

"ये सब भेद मायावी हैं, नाथ। संकल्प माया को काटता है। माया की नियति बन्धनमयी है, जबकि संकल्प सदा निर्बन्धनमय होता है।"

"निरुद्देश्य संकल्प..."

"पहले उद्देश्य का वरण करो, नाथ। फिर कर्तव्य पथ पर चरण बढ़ाओ, हम भी आपके साथ हैं।"

वह मृणालिनी के इस काली रूप से अपरिचित था। उसने साश्चर्य कहा, "क्या, तुम साथ होगी, मणि?"

"कदाचित् इस बन्धन की यह भूमिका है।" मृणालिनी ने कुछ रुक कर कहा, "हमारे समाज में स्त्री आज़ाद नहीं है। पहले पिता की छत्रछाया में वह क़दम बढ़ाती है और शादी के बाद पति के संरक्षण में। इस कारण उसमें असुरक्षा का भाव स्थायी हो चुका है। जननी जब तक स्वतन्त्र नहीं होगी, तब तक समाज, राज्य आदि की स्वतन्त्रता का क्या अर्थ है?"

अरविन्द फिर चौंके और यह पूछा, "यह तुमने कैसे जाना?"

"बहुत कुछ अपने को देखकर, अपने आसपास को देखकर और थोड़ा-बहुत पढ़-पढ़ाकर, नाथ। नारी का बाज़ार तक लगता है, उसे सभ्य और सुसंस्कृत समाज ने कोठे पर बैठा दिया है, वह रखैल बनने के लिए विवश की गयी है। ...क्यों उसके साथ ऐसा हुआ है? उससे वह समाज के सबसे कमज़ोर और सताये हुए वर्ग से ऊपर नहीं उठ सकी। ...शायद यही आप भी सोचते हैं।" मृणालिनी इन दिनों उपन्यास पढ़ रही थी, समाज शास्त्र का अध्ययन कर रही और ब्रह्मसमाजी स्कूल के अध्ययन का पुनर्स्मरण कर रही थी। उसमें भी कोई आवाज़ उठा रहा था। वह कह रहा था, "यही असली समय है, जब नारी समाज में अपने अस्तित्व को स्थापित करने के लिए क़दम उठा सकती है।"

"आजकल तुम ख़ूब पढ़ रही हो, मणि?"

"हाँ नाथ, कुछ-कुछ मुझे भी यहाँ पढ़ने को मिल सका है। जैसे पत्नी पति की छाया नहीं है। यह सब मैं बंगला व अंग्रेज़ी उपन्यासों को पढ़कर समझ पायी हूँ। लगभग समूचा भारतीय समाज नारी के शोषण के प्रयत्न करता नज़र आता है। क्या नाथ, आप इससे कुछ भिन्न सोचते हैं?"

"तुमने बहुत जल्दी जान लिया, मणि। हम जब तुम्हारी उम्र में थे, मैनचेस्टर, इंग्लैंड में, तब हमें ऐसा कुछ पता नहीं था। मैंने देवदास पढ़ा।"

"मैंने भी अभी यहीं पढ़ा है।"

"तो क्या तुम्हारे मन में पारो को लेकर कुछ ऐसा हो रहा है?"

"कह नहीं सकती। ...आपके पीछे प्रायः मंजरी आ जाया करती थी। उसने मुझमें नयी दृष्टि विकसित की। जीवन क्या है? यह जानने में मुझे उससे मदद मिली है।"

"क्या है?"

"दूसरों के लिए जीना, परन्तु अपनी आज़ादी के साथ। ...दूसरे स्त्री अपंग नहीं है और न परावलम्बी। वह कमज़ोर भी नहीं है। उसे प्रकृति ने पुरुष से कमज़ोर नहीं बनाया है, बशर्ते उसे अपने हिस्से की लड़ाई करना आता हो।"

"वो कैसे, मणि?" आज अरविन्द की भी आँख खुल रही थी। उन्हें लगने लगा था कि मंजरी ने अपनी आग की लपटें मृणालिनी में उठाने की एक सफल चेष्टा की है। मंजरी ने उससे भी तो साफ़-साफ़ कह दिया था, "यौन पवित्रता क्या पुरुष का जीवन व्रत नहीं है? क्या देहजनक अनुकूलताओं-प्रतिकूलताओं में उसकी कोई भूमिका नहीं है? कब पुरुष यह समझेगा कि यदि पुरुष परस्त्रीगमन करके कलंकित अथवा उपेक्षित नहीं होता, तो स्त्री क्यों हो जाती है? यह कौन-सा सामाजिक गणित है जो एक ही स्थिति में एक के लिए प्लस हो जाता है और दूसरे के लिए माइनस। क्या यह सब पुरुष समाज के अहम् पोषित उद्गार के नासूर नहीं हैं जिनके कारण एक ही स्थिति में दो भिन्न नतीजे एक ही समय में सामने आते हैं। यौन स्वच्छता के लिए सारे मंच क्या स्त्री के लिए ही हैं, पुरुष के लिए नहीं? मैं नहीं जानती, न मैंने पढ़ा ही है, पर सुना है कि रावण जो ब्रह्म ऋषि भी था और उसने सीता अपहरण जैसा कार्य पूर्व में कभी नहीं किया था। उसने सीता का अपहरण क्यों किया? कुछ कहते हैं कि सीता शक्ति रूपा थी। रावण ने शक्ति को राम से वंचित उसी तरह किया था जैसे कैकेयी ने भरत के लिए राज्य चाहा था और राज्य से राम को वंचित किया था। कोई माने या न माने परन्तु मुझे उचित लगता है, यह तर्क।"

अरविन्द मंजरी की ओर देखता रह गया था। वह शरीर पर बहुत बारीक वस्त्र पहने हुए थी और उसकी आँखों में वह नशा था, जो उसने कभी प्रे में घने एकान्त में, निर्जन स्थान पर कहीं देखा था। वह कह रही थी, "पूछोगे नहीं कि क्या?"

"क्या?"

यही कि रावण की बहन की नाक क्यों काटी? उसने प्रणय-निवेदन ही तो किया था, अरविन्द? क्या प्रणय-निवेदन करना अर्थात् अपने मन के उद्‌गार व्यक्त करना कोई अपराध है? राम और लक्ष्मण ने उसे फुटबॉल क्यों बनाया? क्यों एक-दूसरे के पास भेजा? ...आप जानते हैं, अरविन्द कि कोई पुरुष स्त्री के प्रणय-निवेदन के उत्तर में उसकी नाक नहीं काट सकता? क्या आप ऐसा दुस्साहस कर सकते हैं? ...बोलो, जवाब दो, चुप रहने का क्या अर्थ है?''

''नहीं।''

''तुम, प्रो. अरविन्द घबरा रहे हो।''

''नहीं।''

''कृपया पसीना पोंछ लो।''

और उसने ऐसा ही किया। वह रूमाल भी मंजरी बिडवालकर का था, यह उसे बाद में, हालाँकि पोंछने के तत्काल बाद याद आ गया था रूमाल पर एकदम देखकर।

'मंजरी ने देखने का रूख बदला। आँखों में उसे भरकर धीमे-धीमे स्वर में कहा, ''वह निर्जन स्थान था एक तरह से! चाँदनी रात होनी चाहिए। लक्ष्मण को अपनी पत्नी से अलग हुए कदाचित् बारह-तेरह वर्ष हो रहे होंगे। वह विवाहित था। उनके बीच सीता थी उसकी चाची। राम-सीता पर्णकुटी में सोते थे और लक्ष्मण रात भर उनकी पहरेदारी करता था। तुम उस पहरेदारी का अर्थ समझते हो, अरविन्द। क्या यह कल्पना कर इसे नहीं समझा जा सकता हम में से किसी एक को बाहर पहरेदारी पर बैठा के और स्वयं पत्नी को लेकर अन्दर चला जाये तो तुम हो या मैं और वह भी तब जब दोनों उस एपिल का आस्वाद ले चुके हों जिसने आदम और हौवा के बीच से उस दूरी को मिटा दिया हो, जो विवाहिता और विवाहित के अधिकार क्षेत्र में आती है, अविवाहित और अविवाहिता के लिए जिसकी सख़्त मुमानियत है क्या सोचेगा? अरविन्द घबराओ नहीं। मैं मात्र उस स्थिति को स्पष्ट करने का प्रयत्न कर रही हूँ। यदि अध्यात्म के आडम्बर को हटा दें, तो हमारे-तुम्हारे और सबके समझने में आसानी हो सकती है। अवतार या ईश्वर जैसे भारी-भरकम शब्दों को उनके साथ से हटाकर देखें, तो सहज ही साधारणीकरण सम्भव है। क्यों नाक काटने का अर्थ अविधा

से लिया जाये? लक्षणा का यह क्षेत्र नहीं है क्या? आप तो शब्द और अर्थ के जादूगर हैं, उनमें गहरी डुबकी लगाते रहते हैं। तो ज़रा सोचो तो कि लक्षणा से क्या व्यंजित होता है? सत्य धर्म के सनातनी पुरोधा इस प्रश्न पर अग़लें-बग़लें क्यों झाँकते नज़र आते हैं। हम यह प्रश्न राम-लक्ष्मण पर ही नहीं, धर्मों के उन सारे पैगम्बर, ईश्वर, आदि पर लगाते हैं, क्योंकि वहाँ उनके बारे में अति विशेष, असाधारण और अलौकिक से हटकर सोचने पर पहरा लगा रखा है। पर क्यों, अरविन्द?''

अरविन्द अवाक्। क्या इसीलिए मंडन मिश्र की पत्नी से शंकराचार्य पराजित हुए थे।

''प्रश्न को स्वतः उत्तर तक जाने दो। उसे उँगली पकड़ कर चलाना मत सिखलाओ। देवता, पैगम्बर, ईश्वर, गॉड आदि के साधारणीकरण का अर्थ जानते हो, अरविन्द। व्यक्ति चाहे कोई-सा भी हो, होता वह साधारण ही है। ईश्वर भी इससे इनकार नहीं कर सकता। यह कहने में असुविधा क्यों है क्योंकि ईसा नाजायज़ सन्तान था। था तो था! फिर पैराडॉक्स (असंगत कथन) क्यों? ...अ सोसाइटी पैरालाइज्ड बाई रिलिजस डिसप्यूट्स आर व्हाट सो...। जब ये सब हैं, तब हाऊ कैन ह्यूमन बीइंग रेलिश? ...किसी की बहन की नाक कट जाये तो उसके भाई का ख़ून नहीं खौलेगा, वह क्या कुछ नहीं कर सकता? उसमें तो वह रावण की बहन थी। उस रावण की जिसने अपनी मृत्यु मुट्ठी में कर रखी थी। जब कभी कोई स्त्री 'रामायण' लिखेगी या कभी कोई मरियम 'बाइबिल', या फिर कभी कोई स्त्री क़ुरआन लिखेगी तब देखना, अरविन्द समाज में पुरुष की चौधराहट कैसे पानी माँगती है। हमें उस दिन का बेसब्री से इन्तज़ार है, जो क़दीम ताबीज़ों को मानव की बाँह, गले से उतार या खोल कर यह दिखा देगा कि पहचानो उसमें कौन-सी शक्ति और कौन-सा जिन है।''

''तुम्हारा यह सोचना एक सीमा तक उचित है, मंजरी।''

''कभी-कभी मैं पगला जाती हूँ। पुरुष स्त्री के प्रणय निवेदन को ठुकरा कर स्त्री की नाक काट ले। नाक काटना मुहावरा है। लक्षणा से इस तथ्य को जानना होगा। क्या वह ज़बर्दस्ती उसके साथ कुछ कर पाती। क्या मै। ...यह उदाहरण दे रही हूँ, अरविन्द, तुम्हें बलात् लेकर पलँग तक जा सकती हूँ। डरो नहीं, अरविन्द सोचो कि...रावण की बहन शूर्पणखा की नाक लक्ष्मण

ने क्यों काटी? कदाचित् उनको नाक काटने से भी सन्तोष नहीं हुआ इसलिए लक्ष्मण ने उसके कान भी काट दिये। ध्यातव्य है, लक्ष्मण अकेले थे यानी पत्नी रहित। उसने लक्ष्मण से ही निवेदन किया था। इस प्रसंग को आध्यात्मिका का जामा पहना कर और ईश्वर का लीला प्रसंग मानकर नये अर्थ समाज को देने का यह परिणाम है कि नारी आज तक शादी से पहले और शादी के बाद पुरुष के ही आतंक का शिकार होती रही है। उसे आगे आकर स्वयं यह लड़ाई शुरू करनी होगी। स्वयं रामायण नये सिरे से लिखनी होगी, वरना पुरुष समाज के व्याख्याता उस पौराणिक प्रसंग को ऐसा मायावी बना देंगे कि स्त्री, जहाँ की तहाँ छटपटाती रहेगी, कभी मुक्त नहीं हो पायेगी।'' इतना कहकर मंजरी ने पानी भरा गिलास उठाया और गटगट चढ़ा गयी दरअसल मणि के बारे में जब से उसे पता चला था तब से यह ऐसे अवसर की तलाश में थी जिसमें वह स्त्रियों पर हो रहे घरेलू अत्याचारों को सामने ला सके।

''मैं तुम्हारे मन की पीड़ा को समझ सकता हूँ, मंजरी।''

''नहीं, प्रो. अरविन्द, नहीं, नारी को अपनी पीड़ा को स्वयं समझना होगा और उन पौराणिक मिथकों पर से परदा उठाना होगा जो उसके समूचे अस्तित्व पर प्रश्नचिह्न लगाये हुए हैं।''

''बिना स्वयं लिखे क्या, मंजरी?''

''हाँ। नहीं तो, प्रो. अरविन्द, उसे मुक्ति कभी नहीं मिलेगी। वह कभी आज़ाद नहीं हो पायेगी।''

''यदि कोई भी स्त्री या स्त्री संस्था ऐसा क़दम नहीं उठा सकी तो?''

''यथास्थिति बनी रहेगी। हो यह भी सकता है कि उसकी स्थिति बद से और बदतर हो जाये।''

''इसका मतलब है कि अछूतों को यही पहल स्वयं करनी होगी।''

''बेशक, प्रो. अरविन्द, बेशक। वहाँ भी स्त्री को अपनी पहल स्वयं करनी होगी और समाज से अहल्या जैसे प्रश्न स्वयं हटाने होंगे। गौतम ऋषि होकर अपनी पत्नी को शाप दे बैठते हैं और वह शिला हो जाती है। राम उसका उद्धार करते हैं। अकेली अहल्या का! जबकि समाज में न जाने कितनी अहिल्या राम का आज तक इन्तज़ार कर रही हैं। बिना स्वार्थ कोई किसी की लड़ाई नहीं लड़ता। ...सुनती हूँ। अनुपम पाटलीवाला बताते हैं

कि आप में भारत माँ को आज़ाद कराने की बहुत चिन्ता है। ...क्यों न हो, राज्य भी पुरुष के काम की चीज़ है।''

''दोनों के लिए वह बराबर है।''

''जबकि पुरुष पराये लोगों के शासन-प्रशासन से इतना उखड़ चुका है। तब ज़रा सोचो तो स्त्री का दोहरा शोषण किस सीमा तक और कब से हो रहा है! तो तुम्हारी यह नज़ीर उसके लिए भी बड़े काम की सिद्ध होगी। वह भी पुरुषों के ख़िलाफ़ तुम्हारी तरह जंग छेड़ सकेगी।''

यह सब सोचकर अरविन्द का सिर चकराने लगा। उसकी यह समझ में आने लगा कि मृणालिनी जैसी सीधी-सादी और आज्ञाकारिणी के मन में आँधी की हलचल अचानक क्यों उठने लगी? उन्होंने मंजरी के चरित्र के बारे में भी बहुत कुछ सुना था। उस पर उसने अफ़वाह मानकर ध्यान नहीं दिया था। अरविन्द सोच के समन्दर में इतना गहरा उतर गया था कि उसे वर्तमान का ध्यान ही नहीं रहा। जैसे ही मंजरी खखारी वैसे ही वह हकबका-सा रह गया। वहाँ मृणालिनी नहीं थी। उसकी जगह मंजरी बिडवालकर आ बैठी थी। उसने पूछा, ''कब आयी, मंजरी?''

''जब आपने देखा, प्रो. अरविन्द।''

''फिर भी...''

''आप कहीं और खोये थे आँखें बन्द किये।'' मैंने मृणालिनी को इशारे से बुलाया और पूछा, यह क्या माजरा है?''

''ओह, आई सी...तो बात यह है...मणि बता रही थी कि तुम नारी निकेतन जैसे संस्था के बारे में सोच रही हो।'' अरविन्द ने पूछ लिया।

''ग़लत, प्रो. अरविन्द, मेरी सोच इतनी पंगु नहीं है कि मुट्ठी भर चन्दे के लिए अपने दिमाग़ के कल-पुरजों की बिना कारण मरम्मत कराने की दिशा में आगे बढ़ूँ और वह भी पराये धन पर।'' मंजरी बिडवालकर ने अपनी छिपी मुस्कान के तेवरों पर धार दी।

''मणि आपकी बहुत तारीफ़ कर रही थी।''

''मैं आपके कथन से सहमत नहीं हूँ, प्रो. अरविन्द।''

''क्यों मंजरी, इसमें असहमति की क्या बात है?''

''क्योंकि, प्रो. तुम्हारे कहने के लहजे से कुछ और ही बात सामने आ रही है।'' मंजरी को यह समझने में देर नहीं लगी कि अरविन्द और मृणालिनी

के मध्य संवाद हुए होंगे और उसमें मृणालिनी ने वही कुछ कहा होगा जो प्रायः वह उससे कहा करती है। यों शक़ की सूई उस पर जा टिकी होगी।

"क्या, मंजरी?"

मंजरी ने मृणालिनी को पुकार लिया। अरविन्द ने कहा, "मेरी बात का उत्तर नहीं दिया।"

"कुछ प्रश्नों का जन्म ब्रह्मचारी होकर जीने के लिए होता है, प्रोफ़ेसर।"

"क्या मेरा प्रश्न कुछ इस तरह का है?"

"तुम तो अब शादीशुदा हो चुके हो, प्रोफ़ेसर।" मंजरी ने चुटकी भरी।

अरविन्द भी जानता था कि मंजरी बहुत मुँहफट और तेज़तर्रार तूफ़ानी लड़की है। इस कारण वह चुप रह गया। इसी समय अनुपम पाटलीवाला भी आ गया। वह कुछ जल्दी में था। इस कारण वह उलटे पाँव मंजरी को लिए लौट पड़ा। मृणालिनी जब तक अन्दर से बाहर आयी, वे लोग जा चुके थे। अरविन्द कुछ नहीं समझ सका कि यह अचानक क्या हुआ और क्यों हुआ? अरविन्द वहाँ से उठकर अपने स्टडी कक्ष में राइटिंग टेबल के सामने पड़ी कुर्सी पर आ बैठा और लिखने की तैयारी करने लगा। मृणालिनी हलकी-सी उलझन लिए किचिन की ओर चल पड़ी।

11

कलकत्ता। तीखी गर्मी। स्टेशन पर कोई लेने नहीं आया था। वह सीधे गिरीशचन्द्र बोस के यहाँ चला आया। बोस बाज़ार गये हुए थे। उनकी पत्नी चारुदत्ता ने उसका स्वागत किया। मृणालिनी और सरोजिनी को लेकर वह अन्दर चली गयी। मेज़ पर वह कुछ अख़बार तथा मैगज़ीन रखती गयी। तभी अरविन्द ने कह दिया, "मैं स्नान कर सोना चाहूँगा। खाना तब जब मैं जगूँ। आप लोग भोजन ले सकते हैं।"

"आप मेरे साथ आओ।"

अरविन्द उनके पीछे-पीछे चल पड़ा। बड़ी हवेली थी वह। चारुदत्ता एक बन्द कमरे के सामने रुकी। कुंडी खोलकर और उसका दरवाज़ा पीछे ढकेल कर कहा, "अन्दर आ जाओ। मृणालिनी को भेजती हूँ। स्नान कर यहीं सोना है। सरोजिनी मेरी लड़की के साथ रह लेगी।"

ख़ूबसूरत हवेली। ख़ूब लम्बा-चौड़ा आँगन। आँगन पर टट्टर। रोशनी की कोई कमी नहीं। कमरे में दोनों तरफ़ खिड़कियाँ। ऊपर रोशनदान। छत काफ़ी ऊँची, दीवारें एक फुट से कम चौड़ी नहीं थी। कमरा बिन पंखे ठण्डा।

थोड़ी देर में मृणालिनी भी वहीं आ गयी। उसके पीछे ट्रंक लिए नौकर आ गया। वह ट्रंक रखकर चला गया।

''आपने नाश्ता नहीं लिया। रात को भी कुछ नहीं खाया था।''

''नहा आऊँ। फिर मन चाहेगा तो नाश्ता ले लूँगा। मन तो सोने का है, मणि। सोकर उठूँगा तो तरोताज़ा हो जाऊँगा। तब तक...! यह कहकर अरविन्द कपड़े उठाकर नहाने चला गया। नहाकर आया तो पलँग पर लेटते ही सो गया। मृणालिनी नहाकर आयी तो वह हलके-हलके खर्राटे ले रहा था। प्रायः वह खर्राटे नहीं लेता था, पर कभी-कभी धीरे-धीरे से आलस्य भरे खर्राटे ले उठता था। वह धोती-कुर्ता पहन कर सो गया था। जब आँख खुली तब शाम ढल रही थी। कमरे में सन्नाटा था। बाहर से दरवाज़ा उढ़का हुआ था।

अरविन्द ने सिगरेट निकाली और इतमीनान से पीने लगा। टाँग पर टाँग चढ़ाये पत्र-पत्रिकाओं के पन्ने पलटने लगा। कहीं आँखें टँग जाती थी। मन उद्वेलित होने लगता था। हालात अच्छे नहीं थे। क्या यह समय नौकरी करने का है? क्या नौकरी उसकी झोली में आज़ादी डाल देगी। क्या अल्लाह के नाम पर या राम के नाम पर देश आज़ाद हो सकता है? फिर उसने आयी.सी.एस. की शाही नौकरी को क्यों ठोकर मारी? लक्ष्य कहाँ है? वह कहाँ है? क्यों भला? कोई उत्तर नहीं है उसके पास! विवाह और कर लिया। खूँटे से बँधकर वह ऐसा साहस और जोश कहाँ से आयेगा, जो उसके मन के दरवाज़े-खिड़कियाँ खोलकर समूची धरती और आसमान को सम्बोधित कर कह सके कि वह आज से आज़ाद है। अब उसके रास्ते में कोई नहीं आ सकता। यदि किसी ने कोशिश की, तो वह मारा जायेगा। सिगरेट के ठूँठ को अरविन्द ने डस्टबिन में डाल दिया और एक गहरी साँस ली। तभी उसने खटपट सुनी। नूपुरों की धड़कनों की गति पाकर वह समझ गया कि मृणालिनी आ रही है।

मृणालिनी प्यार का प्रदीप है। जुही की कली की तरह पावन है और इन्द्रधनुष की तरह मनमोहक। वह पूछती है, ''क्या आप कलकत्ता में कोई नौकरी नहीं पा सकते हैं?''

''क्यों बड़ौदा रास नहीं आया?''

“वहाँ अपने लोग हैं, अपना पहनावा है, खान-पान है, अपनी भाषा और मिलनसारिता है।”

“यह सब यहाँ नहीं है क्या?”

“आप सब जानते हैं। फिर भी, कहलवाना हम से चाहते हैं।”

“तो किससे कहलवाएँ? तुम्हीं तो हमारे हृदय में वास करती हो, मणि।”

“यहाँ ऐसी बातें नहीं, स्वामी।”

“क्यों, यहाँ क्या कोई ख़ास बात है, मणि!”

“यहाँ एक तरह से हमारा पीहर है, स्वामी। हमारे पिताजी श्री बोस को अपना बड़ा भाई मानते हैं और हम उन्हें ताऊ जी कहते है। ...”

“और ताई को।”

“आप सब समझते हैं।”

“यही हमारा खोट है।”

“राम-राम...आप में खोट। कौन कहता है?”

“तुम मणि और कौन?”

“कैसे स्वामी?” मृणालिनी का स्वर नम्र पड़ गया। मटरमाला उदास होने लगी।

“तुम बहुत जल्दी उदास हो जाती हो, मणि। ...प्यार में तो यह नोक-झोंक चलती ही रहती है। तुम बुरा मान गयीं, तो एक पान लेकर आओ।”

“पहले खाना।”

“वो रात को तुम्हारे साथ यदि सम्भव हुआ तो, अन्यथा तुम्हारे सामने।”

“जाते हैं।”

“अभी नहीं।”

“कोई आ जायेगा।”

“तो क्या होगा?”

“हमें–तुम्हें बेशर्म कहेगा।”

“कोई कुछ नहीं कहेगा।”

“अच्छा बाबा, मान लेते हैं कि कोई नहीं कहेगा। ठीक है, हम पान लेकर आते हैं।”

मृणालिनी चली गयी। उसकी आशा की विमल धूप-चाँदनी, निश्चल और निष्पाप अपनी सुगन्ध देती रही।

वो तो मंजरी की छाया थी। उस पर नहीं पड़नी चाहिए। फिर वह इतने कार्यक्रमों में व्यस्त है कि उनको बड़ौदा से बाहर आना-जाना पड़ता ही रहता था।

तभी उन्हें बताया कि पी. मित्रा मिलने आये हैं। उन्हें बैठकख़ाने में बैठा दिया है।

सजी-धजी बैठक। एक तरफ़ दीवान। कुछ कुरसियाँ दोनों तरफ़। वह मिले और क्रान्तिकारियों में मतभेद जन्म ले चुका। कुछ करना पड़ेगा अन्यथा क्रान्ति की अग्नि स्वतः मद्धिम पड़ने लगेगी और वे आपस में ही मारे जायेंगे। सारे किये कराये पर पानी फिर जायेगा।'' घर में दोनों क्रान्तिकारी दल के मुखियों को बुलवाना बहुत आवश्यक है।

समय तय हो गया। मित्रा चले गये कि तभी एक वृद्ध व्यक्ति का पदार्पण हुआ। उसने एक चिट्ठी उनके हाथ थमा दीं।

वह चिट्ठी पढ़ने लगे। चिट्ठी यों थी...

प्रिय भ्राता श्री घोष,

मैंने आपके बारे में जाना-सुना है। जब एक लक्ष्य के दो राहगीर हो जाते हैं, तब रास्ता बातों में कट जाता है।

मैं स्वामी विवेकानन्द जी से 10 नवम्बर, 1886 को लेडी इसाबेल मार्गेसन के 63, सेंट जार्जेस, रोड स्थित उनके घर पर मिला था। मैं उनका भाषण सुनने वाले उन सोलह व्यक्तियों में से एक था, जो एक विशेष अवसर पर आमन्त्रित थे। यह उनके भाषण का ही प्रभाव है कि हम 29 जनवरी, 1898 में भारत आ पहुँचे। लन्दन का वह दिन हमारे भाग्य को बदल गया। स्वामी जी का बीच-बीच में, रुककर शिव-शिव कहना और शिशुवत् चमकती आँखों से देखना इतना मर्मस्पर्शी था कि हम वर्णन नहीं कर सकते। जन्म से हम आयरलैंड से हैं। वह तन का रिश्ता है। मन से लन्दन के और आत्मा से भारत के। अब भारत मेरी कर्मस्थली है।

यह मेरे भाग्य में नहीं था कि स्वामी जी का सान्निध्य लाभ अधिक समय तक ले पाते। वे नहीं रहे! हम कुछ माह उनके साथ रह पाये। अब हम यहाँ के होकर रह गये हैं। अब हम मार्गरेट नोबेल नहीं रहे। स्वामी जी ने हमारा नामकरण कर दिया भगिनी निवेदिता। हम आपसे मिलना चाहते हैं। हम भी, आपके यहाँ आ सकते हैं और यदि आप आ सकें, तो पत्रवाहक

आपकी सेवा में है, वह आपको बोसपाड़ा गली में, जहाँ हम एक छोटे से घर में रह रहे हैं, ले आयेगा। वहाँ आप दो-चार घण्टे तक भी रुक सकते हैं।

शेष मिलने पर...।

आपकी बहन—निवेदिता।

अब क्या था अरविन्द में यह भाव ज़ोर मारने लगा कि उन्हें उनसे मिलने अभी जाना चाहिए। कुछ देर सोचा, कपड़े बदले। नहीं। क्यों बदलें। वह उस बूढ़े व्यक्ति के साथ टमटम में बैठकर बोसपाड़ा गली के नुक्कड़ पर उतर गये।

अब वह बूढ़ा व्यक्ति आगे-आगे था और वह पीछे-पीछे। एक सामान्य से घर के सामने वह व्यक्ति रुका। अन्दर गया।

वह महिला भाव-विह्ल होकर बाहर चली आयी। उसके हाथ श्रद्धा से जुड़े हुए थे। चेहरे पर शिशुवत् मुस्कराहट थी और बड़ी-बड़ी झील सी नीली आँखों में स्नेह था। वह मामूली सी मोटे कपड़े की साड़ी में थीं। वह बोलीं, "आइए, कृपया अन्दर आइए।"

अरविन्द अवाक् था। अद्भुत श्रद्धा-भक्ति! असीम विनम्रता। चिरशान्ति। अद्वैत मूकता। घर देखा—साधारण। छोटा-सा। पुराने ढंग का। सामान्य और उससे नीचे की श्रेणीवालों के बीच में। निरभिमान। उनमें घृणा, द्वेष, ईर्ष्या आदि का लेशमात्र नहीं था। वह पूछ रही थीं, "ये सब अपने हैं। इनके बीच में रहने का एक अर्थ है, जिनके बारे में शायद पोथियाँ मूक हैं।"

"जी! आपका बड़ा दिल है।"

"दिल सबका बड़ा है काश, यह बोध हर एक इन्सान को हो सके।"

"आपकी दिनचर्या!"

"इन लोगों के बीच जाना। इन्हें महसूस करना और अपनाने का प्रयत्न करना। स्कूल जाना। पढ़ाना। शेष समय कुछ लिखना, कुछ अनुवाद करना।"

"मुझे आपसे मिलकर ख़ुशी हो रही है।"

"मुझे अधिक। आप इंग्लैंड में पढ़े, बड़े हुए—वयस्क। आई.सी.एस. पास कर, श्रेष्ठ स्थान बनाकर घुड़सवारी की परीक्षा टाल गये। नौकरी नहीं करनी। दृढ़ निश्चय। मातृभूमि के प्रति अपार प्रेम का उदाहरण।"

"अभी हम स्टेट की नौकरी में हैं।"

"तो भी क्रान्तिकारियों के साथ। उनकी गतिविधियों के केन्द्र में।"

"यह मन नहीं मानता।"

"तभी तो...। यही मन शीघ्र आपको नौकरी के बन्धन से भी मुक्ति दिलायेगा।"

"लगता है।"

"कृपया हमें बतायें।"

"क्या?"

"हम क्या करें।"

"क्या करना चाहती हैं?"

"उन लोगों के लिए जो भारत की आज़ादी के लिए जान हथेली पर लिए दिन-रात संघर्ष कर रहे हैं और जिनके मन में माँ की स्वतन्त्रता का अकेला स्वप्न है, मैं कुछ करना चाहती हूँ।"

"अर्थात् अपने देश के प्रति...।"

"कौन-सा मेरा देश। वह देश जो दुनिया के लोगों पर अत्याचार कर रहा है, उनका शोषण कर रहा है और...। नहीं वह मेरा देश नहीं हो सकता। मेरा देश यह है—मेरा प्यारा भारत! समूची मानवता के प्रति समर्पित भारत!"

"मैं आपकी भावनाओं का हृदय से आदर करता हूँ। आप जिन लोगों में अलख जगा रही हैं, वह श्रेष्ठ कार्य है। भक्ति भावना और तल्लीनता का कार्य है। सेवा व्रत है। अनूठा और सशक्त यज्ञ!...मैं नहीं चाहूँगा क्रान्तिकारियों के बीच में आप आयें।"

"क्यों नहीं चाहेंगे! क्रान्ति भी एक तरह की भक्ति है। मैं चाहती हूँ कि भारत शीघ्र स्वतन्त्र हो। इसीलिए आपको कष्ट दिया था।"

"वह रास्ता टेढ़ा-मेढ़ा है।"

"मुझे स्वीकार है। मेरी मदद शंका की दृष्टि से नहीं देखी जायेगी।"

"तब ठीक है। क्या आप इस समय हमारे साथ चल सकेंगी!"

"क्यों नहीं! अवश्य चल सकूँगी, फौजी मियाँ, आप यहीं बैठना हमारे लौटकर आने तक।"

अब वे दोनों पी. मित्रा की बैठक में थे! उनके पहुँचते ही वे सब खड़े हो गये। उनकी दृष्टि में वह आंग्ल, गोरी चिट्टी, लम्बी और ख़ूबसूरत महिला थी जो उन सबका न केवल हाथ जोड़कर अभिनन्दन स्वीकार कर रही थी बल्कि हिन्दी में नमस्कार भी कर रही थी। सब बैठ चुके थे।

सबकी सन्देह-कुतूहल मिश्रित दृष्टि उस महिला पर थी। अरविन्द ने सर्वप्रथम उस महिला का परिचय कराया कि यह स्वामी विवेकानन्द की शिष्या हैं और इन्हें पिछड़े, दलित, अछूत तथा उपेक्षित वर्ग के बीच समाज सेवा करते हुए लगभग साढ़े चार वर्ष हो रहे हैं। दरअसल आप स्वामीजी का काम में हाथ बटाने यहाँ आयी थीं, लेकिन स्वामीजी के निधन के बाद आप आयरलैंड नहीं लौटीं, यहीं रह गयीं। आगे आप बहन निवेदिता से सुनिए।''

बहन निवेदिता ने बहुत मद्धिम परन्तु महीन आवाज़ में कहा, ''अवर पीपल, हमारे भारतवासी भाइयो, हमें इस देश से प्यार है। यह हमारी कार्यस्थली है। हम मानता है कि हमारे देशवासी ज़ोर-ज़बर्दस्ती यहाँ हुकूमत कर रहा है। मुफ़्तख़ोरी का चस्का और पराये ख़ून के स्वाद की आदत बना लेने पर बहुत मुश्किल से छूटता है। पर छूटता है, यह हमारा विश्वास है।

आप सोचना माँगता होगा कि हम भी उनमें से है। फिर हम उनके विरुद्ध क्यों है? पहले अपने देशवासी बाद में कोई और। ठीक है। हम मानता है कि प्रायः ऐसा ही होता है पर पाँचों उँगली एक-सी नहीं होती। उन पक्षियों की ओर देखो जो ठण्डे, इलाक़ों से हज़ारों हज़ार मील का सफ़र करके आपके देश में आते हैं और सबके साथ हिल-मिलकर रहते हैं। कभी यहाँ के पक्षियों ने उन पर सन्देह किया। ...नहीं। क्यों? क्योंकि वहाँ भाईचारे की भावना है। सबकी निगाहें शुद्ध हैं।

जब लन्दन में परमपूज्य स्वामी बोला कि उनके पास भारत की नारियों के कल्याण के लिए बहुत से संकल्प हैं। मुझे लगता है कि उन्हें पूरा करने में तुम मेरी विशेष मदद कर सकती हो। ...इतना सुनना था कि हम अपने में नहीं रहा।'' निवेदिता की आवाज़ भर्राने लगी। उनका कण्ठ गद्‌गद हो उठा। वह भावुक हो उठीं और अन्त में बोलीं, ''हमने प्रोफ़ेसर अरविन्द के लेख पढ़े हैं। उनके बारे में सुना, तब हमारा मन उनसे मिलने का हुआ। आज अभी मिले हैं और अब आपके सामने हैं।''

कुछ देर सन्नाटा छाया रहा। फिर वह बोलीं, ''आप क्रान्ति कर अपने देश को आज़ाद कराना माँगता है। हम आपके साथ है ताकि सारी मानवता यह भी जान सके कि ब्रिटिश शासन के ख़िलाफ़ उनके लोग भी थे और इंग्लैंड में भी थी, पर मुट्‌ठी भर। सारी दुनिया के लोग एक हैं। वे अन्याय और अत्याचार के विरुद्ध हैं। आप लोग हमारा यक़ीन कीजिए।

हमें आज़मा कर देखिएगा। आशा करूँगी कि आप लोग इस बहन की दिली भावना को समझकर हमें अपने कार्य के साथ जोड़ेगा।''

निवेदिता ने अपनी बात समाप्त कर दी। सन्नाटे ने पलकें झपकीं। सबकी दृष्टि अरविन्द पर जा टिकी। उन्हें बोलना ही पड़ा, ''दोस्तो, आज मुझे बहन निवेदिता को आपके बीच नहीं लाना था। आपकी प्रार्थना को मैं टाल नहीं सका। कल मैं शिलांग जा रहा हूँ। वहाँ से तुरन्त लौटूँगा। बहन से कैसा परदा। जब आपको कोई गुरेज़ नहीं। आप हमारी आज़ादी के साथ हैं और सात समन्दर पार करके हमारे बीच आयी हैं। मैं ऐसे बहुत से लोगों को लन्दन में जानता हूँ जो आज भी हमारे साथ हैं। वे हमारे प्रति सहानुभूति रखते हैं। तब हम लोगों में ऐसी भावना नहीं बननी चाहिए, जिससे अपना छोटा-सा संगठन बिखर जाये या अलग-थलग पड़ जाये। इससे जनता के बीच क्या सन्देश जायेगा?'' कुछ रुककर सबकी तरफ़ ध्यान से देखते हुए आगे कहा।

''मुझे पी. मित्रा जी ने बतलाया था। मुझे आना पड़ा। जो लोग क़ुर्बानी का संकल्प लेकर प्राणों का मोह त्याग कर, अपनी धरती माँ को बन्धन मुक्त कराने का ठोस इरादा रखते हैं। उनके बीच मान-सम्मान या अपमान जैसे बिन्दु उभरकर सामने नहीं आते हैं। योजना पर मतभेद होना स्वाभाविक है। ऐसी सूरत में अपने हैड का निर्णय मान लेने में प्रसन्नता होनी चाहिए। यह मत भूलो कि कोई अदृश्य महाशक्ति भी है, जो हमारे निर्णय से ऊपर है। ऐसी सूरत में उस निर्णय को उस अज्ञात व सर्वोच्च शक्ति का निर्देश मान लेना ही सर्वहित में है। अपेक्षाकृत आपस में मतान्तर को लेकर अवसाद में डूबने के। बोलो, क्या सोचते हो? क्या किया जाये?''

''आप जैसा उचित समझें।'' आधे मन से उनमें से एक ने कहा।

''मैं क्यों? सोचना आपको है। पूर्व में आपने सोचा है। उस 'सिचुएशन' पर मेरे से ज़्यादा ठीक आप लोग समझ-सोच सकते हैं। मैं आप दोनों दलों के दो-दो प्रतिनिधि माँगता हूँ। वह समिति का काम करेंगे। उनके हैड पी. मित्रा रहेंगे। मैं समझता हूँ कि फ़ैसले के मानने में आप लोगों को कोई एतराज़ नहीं होगा। यह देश को आज़ाद कराने से भी अधिक ज़रूरी है कि हम में एक अनुशासन बना रहे और हम प्रसन्न मन से आदेश की अनुपालना करें। प्रायः दिमाग़ गच्चा दे जाता है।

दिमाग़ के साथ पक्ष-विपक्ष दोनों हैं, जबकि समर्पण में हृदय उसके पीछे होता है। वहाँ दिमाग़ हस्तक्षेप नहीं कर पाता और न उसकी सुनी जाती है। हम लोग जिस डगर पर चल पड़े हैं, उसमें समर्पण के लिए आगे आने की होड़ रहे, न कि नुक्ताचीनी करने की। जो निर्णय यह समिति ले, उसे स्वीकार करना। यह मेरी नहीं उस माँ की इच्छा है, जिसको आप लोग बन्धनमुक्त कराने निकले हो।"

पी. मित्रा को आश्चर्य हुआ कि दोनों क्रान्तिकारी संगठन उसी समय एक-दूसरे में विश्वास जगाने लगे और पी. मित्रा के आदेश को मानने के लिए एकमत हो गये।

अरविन्द बहन निवेदिता के साथ टमटम में बैठकर चल दिये। निवेदिता पूछ रही थी, "बारीन आपका भाई है ना।"

"हाँ, मेरा सबसे छोटा भाई। अभावों में पला। अधूरी पढ़ाई, अधूरी इच्छा। आर्थिक हालत भी ख़राब। वह हम सब में इसलिए सबसे आगे है कि उसने अपने अधूरेपन को मन की सम्पूर्ण शक्ति लगाकर माँ को समर्पित कर दिया। पता नहीं, इस समय वह कहाँ है? उसके नाम का ग़ैर-जमानती वारंट निकला हुआ है।" अरविन्द फ्रेंच मिश्रित अंग्रेज़ी में बोल रहे थे, ताकि कोचवान के कुछ भी पल्ले न पड़े।

"वह हम से मिल चुका है। उससे हम जान सके कि मातृभूमि का दर्द क्या होता है? कितना समय उसे आज़ाद कराने में लगेगा? कितनी-कितनी क़ुर्बानी देनी होगी और कितना कुछ नष्ट हो जायेगा? कभी किसी ने सोचा कि इससे मानवता पर कितना कुठाराघात हुआ? उसकी कितनी हानि हुई, यह नुक़सान सारी मानवता का हुआ। ऐसी बदनीयती क्यों? किसके लाभ के लिए? मानुष-मानुष का शत्रु! ओह!! अरविन्द इस तरह हमने कितनी-कितनी रातें सोचते हुए बिता दीं। मनुष्य क्यों अपने लिए नरक को चुनता है? ...क्या ऐसा करने से मानव चरित्र का हनन नहीं होता! चर्च का क्या अर्थ रहता है। फिर भी, मिशनरी लगी रहती है ज़्यादा-से-ज़्यादा ग़ैर-धर्मवालों को ईसाई बनाने में? क्या होगा उससे? कौन देगा उन लोगों को सज़ा? उन्हें किसी की चिन्ता नहीं। ईसा की भी नहीं। ...ख़ैर छोड़ें इन बातों को इस वक़्त...!"

"आपका मुक़ाम, बहन निवेदिता जी।"

वह टमटम से नीचे उतरीं। धीरे से हाथ हिलाया। टमटम आगे बढ़ गयी। रात गहरा गयी थी। आकाश में तारों ने डेरा डाल चुके थे। अब वे झपकी ले रहे थे।

12

बारीन जेल से बाहर आ गया था। क्रान्तिकारी का मन एक-दूसरे के प्रति साफ़ नहीं हो सका था। बारीन ने क्रान्ति दल के संगठन को पुनः सुदृढ़ किया। उस क्रम में उसने 'युगान्तर' नाम से एक समाचार-पत्र निकाला। दूसरे समाचार-पत्र सरकार के डर से उनकी बातें नहीं कह पाते थे। उनको क्रान्ति दल के माध्यम से क्रान्ति में भी आग फूँकनी थी। उसके ऐसे कई लेख पत्र-पत्रिकाओं में नहीं छप सके जो गुरिल्ला युद्ध, क्रान्ति इत्यादि पर प्रकाश डालते थे। उसमें अरविन्द ने भी नाम बदल कर लिखा। 'युगान्तर' की माँग एकदम बढ़ गयी। 'युगान्तर' एक ही दिन में दो या तीन बार छापने लगा।

सरकार के कान खड़े हो गये। वह जैसे-तैसे 'युगान्तर' को दबोचना चाहती थी। पर कैसे दबोचे? उसमें सब कुछ सरकार के विरुद्ध होते हुए ऐसा कुछ सिद्ध नहीं होता था कि जिसके आधार पर 'युगान्तर' को दबोचा जा सके।

अब अरविन्द का मन बड़ौदा में नहीं लगता था। उनके मन में उथल-पुथल चल रही थी। सयाजी राव गायकवाड़ पर भी दबाव बनाया जा रहा था। हालाँकि महाराजा को उन्होंने अपने इरादे तभी स्पष्ट कर दिये थे, जब महाराजा ने उन्हें कश्मीर बुलाया था। कश्मीर की सुन्दर वादियाँ भी उनका मन नहीं बदल सकीं। वे तख़्त सुलेमान की पहाड़ियों पर शंकराचार्य का मन्दिर देख कर अवश्य प्रभावित हुए थे। हाउसबोट में वह महाराजा से मिल रहे थे। लगता था कि महाराजा के मन में कुछ था। इधर-उधर की बातें होती रहीं। साहस कर अरविन्द ने ही कह डाला, ''महाराज, अब देस (बंगाल) याद कर उठा है। बीच-बीच में मुझे जाना-आना भी पड़ता है। निश्चित रूप से इससे मेरे कार्य पर प्रभाव पड़ता है।''

"शायद...वह आप ज़्यादा बेहतर समझ सकते हैं, अरविन्द।"

"मैं नहीं चाहता कि..."

"फ़िलहाल आप कुछ नहीं चाहें और कुछ नहीं सोचें। कश्मीर दुनिया का स्वर्ग है। उस पर ध्यान दें।"

यों कई बार बात उठी और डूब गयी—पानी के बुलबुले के समान। समय खिसकता गया। 1905 आ गया। वे इस बीच दो बार मृणालिनी से मिल पाये। एक बार शिलांग में और दूसरी बार जब वे मृणालिनी को देवघर लाये थे अपने मामा के घर। मृणालिनी ने कहा भी था, "स्वामी, हम आपके साथ चलना चाहते हैं।"

"शायद इस बार नहीं, अगली बार।"

"कारण, स्वामी।"

"हम बहुत व्यस्त हो गये हैं और बड़ौदा छोड़कर कलकत्ते आने का मन बना चुके हैं। इस उधेड़बुन में हमें जाना-आना पड़ रहा है। जल्दी ही, कुछ ऐसी व्यवस्था हो जायेगी कि जिससे न केवल भाग-दौड़ कम होगी, अपितु हम एक स्थान पर रह सकेंगे—तुम्हारे प्यारे शहर कलकत्ता में। क्या तुम यह नहीं चाहती हो कि ऐसा हो?"

"अवश्य, नाथ। हम तो माँ काली से दिन-रात यही मनौती करते रहते हैं।"

"फिर?"

"आप जायें, स्वामी। हम इन्तज़ार कर लेंगे।"

मृणालिनी मान गयी। दिन पहाड़ होने लगे। काटे नहीं कटते। इस बीच वह शिलांग भी चली आयी। वहाँ सरोजिनी उससे अन्दर-ही-अन्दर नाराज़ हो चली थी? अरविन्द के उसके पास न लौटने से उसे खुशी भी थी। यह अचानक क्या हो गया? सारे सुख-क्षण झुलसने लगे। वह तीन-चार ख़त लिख चुकी थी। उनमें से किसी का उत्तर उसे नहीं मिला। हार कर उसने किंचित् आवेश में, सुधीरा के समझाने पर कि घी टेढ़ी उँगली करने पर ही निकलता है, एक खत 24 अगस्त, 1885 को लिखा। सारी स्थिति स्पष्ट कर दी। कलकत्ते आने पर देवघर और शिलांग जहाँ भी वह होती थी, वह नहीं आये।

अरविन्द ने आज यह सोच ही लिया था कि वह उसे सब कुछ सच-सच

समझाने का प्रयास करेगा। क्या वह समझेगी? अभी तक वह किशोर की श्रेणी में ही आती है। उसने अठारहवें वसन्त में प्रवेश कर लिया है। वह अपनी सहेलियों को देखती और उनके अनुभव सुनती होगी। तभी तो उसने अपने पत्र में लिख दिया कि क्या वह सब मृगतृष्णामयी संसार था? क्या वह मतिभ्रम का शिकार हुई। कुछ पल्ले नहीं पड़ता। मोह किसे था? माया ने किसे घेरा था? पत्नी के प्रति पति की ऐसी बेरुख़ी क्यों? कौन दे हमें इन सवालों का जवाब? सारे गली-मुहल्ले में उसका उसके परिवार का आना-जाना दूभर हो चला है। किस-किस को क्या जवाब दें। समाज में रहना है तो सामाजिक बनकर चलना ही होगा। क्या यह ठीक रहेगा कि वह अकेली बड़ौदा चली आये। मम्मी-पापा से झूठ बोल दे कि बुलाया है। जब अकेला आदमी कहीं भी जा सकता है, तो वह क्यों नहीं जा सकती?

आप अधिक सोच-विंचार वाले व्यक्ति हैं। उससे अधिक नहीं सोचा जाता। मेरे उसके हाथ में वह रेखा नहीं पड़ी है। इस कारण मैं सीधे-सीधे बात कर रही हूँ। इस तरह मेरा आना आपको ज़रूर अचरज में डाल देगा। इस पत्र का उत्तर नहीं मिला तो...

तुम्हारी मृणालिनी।

अरविन्द चमक पड़े। क्या वह अकेली इतनी दूर आ जायेगी! फिर क्या होगा? वह कुछ-कुछ ज़िद्दी भी है। उसने एक बार पुनः पत्र पढ़ा और मानस में कुछ तय किया। वह पारिवारिक दुख से पत्र शुरू करके रुपये-पैसे की चर्चा छेड़ बैठा। दस रुपये के स्थान पर अगले माह बीस रुपये भेजने की बात लिख दी। यहाँ आकर गाड़ी अटक गयी कि उसे बड़ौदा आने से कैसे रोका जाये? वह कई तरह से सोचते रहे परन्तु उन्हें कोई विचार रास नहीं आया। इस बार उन्होंने धैर्य से लिखना शुरू किया—

अब पते की बात पर आते हैं। कदाचित् तुम यह जान चुकी हो कि जिसके साथ तुम्हारा भाग्य जुड़ गया है, वह बहुत ही अनोखा मानुष है।

इस देश में इस वक़्त लोगों की जैसी मनोवृत्ति है, उनके जीवन का जैसा लक्ष्य है और कर्म का जैसा क्षेत्र है, मेरा एकदम उस तरह का नहीं है। सब कुछ हटकर है, असाधारण भी। मैं समझता हूँ, मृणालिनी, तुम जानती हो कि साधारणजन असाधारण मत, असाधारण प्रयत्न, असाधारण उच्च आशा को क्या कहते हैं या कैसा अनुमान लगाते हैं।

क्या इस प्रकार के भावों को वे पागलपन नहीं कहते। अवश्य कहते हैं, पर ऐसा भी होता है कि जब पागलपन के कर्मक्षेत्र में सफलता मिल जाती है तो वह पागलपन उनको प्रतिभाशाली करार दे जाता है। वे महापुरुष मान लिए जाते हैं। यह बात दूसरी है कि कितनों को इस क्षेत्र में सफलता प्राप्त होती है।

हज़ारों व्यक्तियों में से तलाश करो तो इस तरह के दस असाधारण व्यक्ति मिल पायेंगे और उन दस व्यक्तियों में से शायद किसी एक को सफलता मिली हो।

मैं कर्मक्षेत्र में सफलता से न केवल बहुत दूर हूँ बल्कि कहना चाहिए कि मैं पूरी तरह से कर्म क्षेत्र में अभी उतर भी नहीं पाया हूँ। तो क्या तुम मुझे पागल मान कर नहीं चल सकतीं, मृणालिनी। ज़रा विचार करो ऐसे पागल व्यक्ति से नाता जोड़ बैठना कितना अशुभ है। कारण स्त्री जाति की समूची आशा संसार के सुख-दुख से चलती है। इसका मतलब है कि पागल अपनी पत्नी को सुख नहीं दे सकता है। हाँ, अलबत्ता दुख अवश्य पहुँचा सकता है।

हिन्दू धर्म के प्रणेताओं ने इस बात पर ग़ौर किया था। वे असाधारण चरित्र, असाधारण प्रयत्न और असाधारण आशा को अति सम्मान की दृष्टि से देखते थे। फिर चाहे पागल हो या महापुरुष, असाधारण मनुष्य को श्रेष्ठ मानते हैं। इसका अर्थ है कि इस तरह तो स्त्री की भयंकर दुर्दशा होती है। सवाल पैदा होता है कि उससे बचने का उपाय क्या हो?

ऋषियों ने इसका उपाय सुझाया है। उन्होंने स्त्री जाति से कहा है कि तुम लोग दूसरों की अपेक्षा 'पतिः परमो गुरुः' मानो। तुम्हारे लिए यही एकमात्र मन्त्र है।

स्त्री स्वामी की सहधर्मिणी है, अतः पति जिस कार्य को स्वधर्म मानकर ग्रहण करे, उसमें तुम सहायता दो, उत्साह दो, उन्हें देवता मानो। कार्य का चयन करना पुरुष का अधिकार है। उसमें सहायता तथा प्रोत्साहन देना स्त्री अधिकार है।

यहाँ सवाल यह है कि तुम हिन्दू धर्म के पथ की ओर बढ़ोगी अथवा नवल सभ्य धर्म की ओर। तुमने पागल के साथ विवाह किया। यहाँ आकर अरविन्द रुक गया। उसने विवाह कहाँ किया है? शायद उससे पूछा भी नहीं

गया होगा। हमारे समाज में लड़की की चलती कहाँ है? फिर वह यह बात उसे लिखकर बेमतलब दुखी क्यों करना चाहता है? शादी की धूमधाम बस एक वर्ष तक रही। उसके बाद...। वह आगे पत्र बढ़ाने लगा, यह सोचकर कि वह क्या कहती है?

क्या यह तुम्हारे पूर्व जन्म के अर्जित कर्म दोषों का परिणाम है? ऐसी सूरत में अपने भाग्य से एक समझौता कर लेना चाहिए। यह समझौता किस तरह होगा? पाँच आदमियों की राय मानकर क्या तुम भी उसे सिरफिरा कहकर उड़ा दोगी? कुछ भी मानो पर पागल तो पागलपन के रास्ते पर ही आगे बढ़ेगा। तुम उसे पकड़कर रखना चाहो तो यह सम्भव नहीं है। कारण, अपेक्षाकृत तुम्हारे उसका स्वभाव ही अधिक शक्तिशाली है।

तब क्या तुम कमरे के एक कोने में बैठकर आँसू बहाती रहोगी अथवा उसके साथ ही चल पड़ोगी अथवा पागल के उपयुक्त पगली बनने का प्रयास करोगी। जिस प्रकार अन्धे राजा की महारानी दोनों आँखों पर पट्टी बाँध कर स्वयं भी अन्धी हो गयी? चाहे हज़ार ब्रह्म विद्यालय में तुम क्यों न पढ़ी हो, परन्तु हो तुम हिन्दू धर्म की लड़की, हिन्दू पूर्व पुरुषों का रक्त तुम्हारे शरीर में प्रवाहित हो रहा है। मैं आश्वस्त हूँ कि तुम ऋषियों द्वारा बताये पथ का अनुसरण करोगी।

अरविन्द अपने पत्र की इन पंक्तियों पर सोचने लगे कि क्या उनका इस तरह प्रयास करना उचित है? क्या यह स्त्री की स्वतन्त्रता की अवमानना नहीं है? तभी उनको ख़याल पड़ा कि दोनों खिड़कियाँ बन्द हैं। इस कारण कमरे में गर्मी और उमस है। वह उठे। खिड़की खोली। हवा का नम झोंका तेज़ी से आया। वह खिड़की के पास खड़े रहे। पसीना सूख गया। पुनः वह टेबल के सामने आ बैठे, लैम्प तनिक डगमगाकर पुनः स्थिर हो गया था। पीली रोशनी पूर्णतया उस पत्र पर आ ठहरी थी। यह उन्हें क्या हो गया है? क्या वह उनका पत्र पढ़कर जैसा वह चाहते हैं, स्वीकार कर सकेगी? लेकिन उनके पास दूसरा पथ भी तो कोई नहीं है।

पास में रखे पंखे को उठाया और धीरे-धीरे झलने लगे। झलना तो मात्र बहाना था अपने विचारों को पुनः समझने-समझाने का। कुछ देर सोचकर वह पुनः लिखने लगे।

मैं अपने तीन पागलपन की चर्चा करना चाहता हूँ। पहला पागलपन तो यह है कि मेरा यह विश्वास है कि उच्च शिक्षा, विद्या और धन सब ईश्वर का है इसलिए ख़र्च उसी पर हो, जो बहुंत ज़रूरी हो। यदि उसके बाद कुछ बचता है तो वह ईश्वर को लौटा देना चाहिए। यदि मैं सारा धन अपने लिए यानी अपनी सुख-सुविधाओं पर व्यय करूँ, अपने आराम और विलास के लिए ख़र्च करूँ तो मैं चोर कहलाऊँगा। ऐसा ही हिन्दू शास्त्र कहते हैं कि जो भगवान से धन पाकर भगवान को नहीं लौटाता, वह चोर है।

मृणालिनी, आज तक मैं भगवान को दो आने दे, चौदह आने अपने सुख में व्यय कर, हिसाब चुकता कर, संसार के सुखों में मस्त था। यों मेरे जीवन का आधा समय व्यर्थ ही गया—पशु भी अपना तथा अपने परिवार का भरण-पोषण कर धन्य हो जाता है।

फिर इतने दिनों तक क्या मैंने चोरवत् एवं चोर की तरह जीवन यापन नहीं किया है? यह मेरी समझ में आ गया है? इससे मुझे न केवल अनुताप हो रहा है बल्कि घृणा भी हो रही है। अब मैंने यह पाप हमेशा के लिए छोड़ दिया है। भगवान को देने का अभिप्राय है वह धन धार्मिक कार्यों में लगाना। मैंने जो समय सरोजिनी और उषा को दिया है, उसके लिए मुझे क़तई अफ़सोस नहीं है, क्योंकि परोपकार करना धर्म है और आश्रित की रक्षा करना परम धर्म; परन्तु भाई-बहन को देने से हिसाब बराबर नहीं हो जाता। इस कुसमय में सारा देश मुझ पर आश्रित है। तीस करोड़ भाई-बहन इस देश में हैं, उनका कल्याण भी करना होगा।

क्या तुम इस विषय में मेरी सहधर्मिणी बनोगी? मैं तो केवल असाधारण व्यक्तियों की तरह खा-पहनकर, आवश्यक चीज़ ख़रीदकर, शेष सब ईश्वर को समर्पित कर दूँगा। यदि तुम भी मेरा साथ दो, त्याग स्वीकार करो, तो मेरी अभिलाषा पूरी हो सकती है।

तुमने पिछले पत्र में यह ज़िक्र किया था कि तुम्हारी कोई उन्नति नहीं हुई, तो क्या तुम इस उन्नति के पथ का अनुसरण करना चाहोगी?

यहाँ आकर अरविन्द ने विराम लिया। रात के एक बज रहे थे। उनकी आँखों में नींद झुक आयी थी। इस कारण उसने लैम्प की रोशनी मद्धिम की और अधूरा पत्र लिखा छोड़कर उठ खड़ा हुआ। हवा तेज़ हो गयी थी और आकाश में से तारे एकदम ग़ायब हो गये थे। बादल उमड़ते-घुमड़ते

चले आ रहे थे। वर्षा के पूरे आसार हो रहे थे। यह सोचकर उन्होंने तख़्त के पास की खिड़की बन्द कर दी, क्योंकि वहाँ से भी बौछार या वर्षा के अन्दर आने का ख़तरा था।

वह लेट गया पत्र के प्रसंग याद करता हुआ। क्या यह पत्र उस किशोरी के मन को झुलझा नहीं देगा? क्या लिखने मात्र से किसी पर इतना गहरा प्रभाव पड़ सकता कि वह दीन-दुनिया को भूलकर उसके प्रगति-पथ का अनुकरण करने लगे। सोचो, अरविन्द सोचो, क्या जो कुछ लिख गये हो, वह व्यावहारिक है? क्या वह स्वयं ऐसा कर पायेगा? सब जान जायेंगे तब क्या होगा? कहीं जगहँसाई न हो। क्या वह अभी इन विचारों को अपने मन में सँजोकर नहीं रख सकता? प्रकट करने से सबकी निगाहें उस पर पड़ने लगेंगी। क्या अच्छा हो, यदि वह बिना किसी पर अपना मन प्रकट किये चुपचाप इस पथ का अनुसरण कर देखे कि क्या होता है? अभी उसे साढ़े सात सौ रुपये प्रतिमाह वेतन मिल रहा है जो उसके व उसके परिवार के लिए बहुत ज़्यादा है। परन्तु क्या वह उसका अनुसरण करता। कलकत्ता से पत्र आया था कि वह कलकत्ता आ जाये, क्योंकि बड़ौदा रहकर वह क्रान्ति दल की गतिविधियों को पूरी तरह सक्रिय नहीं रख सकता। थोड़े से ही समय में क्या से क्या हो जाता है। परस्पर मतभेद अलग धुआँ दे उठते हैं। कांग्रेस की नीति-रीति उसे अनुकूल नहीं लग रही थी। उसकी सक्रियता मात्र काग़ज़ों तक सीमित थी। तो क्या उसके लिए इस समय एकमात्र क्रान्ति दल ही रह गया है? पता नहीं कि उसकी डगर कब करवट ले और क्या ले! कुछ नहीं कहा जा सकता! क्यों, ऐसा संशय, क्यों?

हवा की शीतलता ने अरविन्द को राहत पहुँचायी। उनकी आँख लग गयी। वर्षा होती रही। फुहारें तेज़ हवा के साथ अन्दर आती रहीं, परन्तु वह टस-से-मस नहीं हुआ। वह सोता रहा गहरी नींद में।

13

देवघर से अपने भाई के साथ मृणालिनी शिलांग आ गयी। देवघर में उसकी सरोजिनी से नहीं पटी। सरोजिनी बात-बात में उसे ताना मारती थी कि

उसके पाँव ऐसे पड़े कि उसका भैया दीन-दुनिया से बेख़बर हो गया। वहाँ उसका सुकून छिनने लगा। उड़ती-उड़ती ख़बर यह भी आयी कि उसे छोड़ दिया है। वह वहाँ अकेली पगला उठी है। उनके बीच ऐसा कुछ नहीं घटा कि जिससे उनके बीच कोई उलझन पैदा होती।

11 अगस्त, 1905 को 4 अगस्त का चला पत्र उसे मिला। वह पत्र पढ़कर बेचैन हो उठी। उसके ज़ेहन में मंजरी की आवाज़ गूँजने लगी, "मृणालिनी, भारतीय अधिक पढ़े-लिखे या ऊँचे घराने के पतियों में सुपीरिअरिटी कॉम्पलेक्स...सुपीरिअर लुक ...रहता है। वे पत्नी की इच्छाओं-चाहों का प्रत्यक्ष या अप्रत्यक्ष दमन करने में नहीं हिचकिचाते। सारे निर्णय स्वयं लेते हैं। पत्नी तो बेचारी उनके सामने अपराधिन बनी रहती है। ...दे वांट...सप्रेस दि ट्रूथ। मैं नहीं जानती कि तुम कैसा अनुभव करती हो। ...अच्छा ही करती होगी।...अरविन्द घमण्डी नहीं है, परन्तु..."

उससे मिलती-जुलती बात निर्मला टैगोर कह गयी, "तुझे सतर्क रहना चाहिए, मीनुदी। उसने विलायत का पानी पिया है। कुछ कह नहीं सकते, ईश्वर करे तुम्हारे साथ रहे। उनका यों लम्बे समय तक तुम्हें छोड़े रखना संशय को जन्म देता है। क्या तुम्हें नहीं लगता?"

मृणालिनी को क्या लगे, क्या नहीं। उसके सामने अरविन्द का मायूस करने वाला पत्र था। कोई सुनेगा तो क्या कहेगा कि उसने किस पागल से विवाह रचा लिया। उसका मन तो तभी खटका था, जब उसके मम्मी-पापा उसकी उम्र से दुगनी उम्र वाले के साथ नाता जोड़ने के लिए राज़ी हो गये थे। दोनों के मानसिक धरातल में स्पष्ट अन्तर नज़र आ रहा था। आख़िर आयु का भी कोई अर्थ होता है।

रात लगभग बीत चुकी थी। बीच-बीच में झपकी भी लगी तो टूट गयी। पत्र सिरहाने रखी मेज़ पर था। उसे हँसी भी आ रही थी और ज़ोर का ग़ुस्सा भी। बचा रुपया भगवान को लौटा दो? कौन से भगवान को? जो भगवान के नाम पर भोली भाली जनता को लूटे जा रहे हैं। आये दिन मन्दिर, मस्जिद आदि के षड्यन्त्र सामने आ रहे हैं। ...ईश्वर को लौटा देंगे। बच्चों के भविष्य के लिए क्या कीजिएगा? कटोरा हाथ में देकर मन्दिर के आगे बैठा दीजिएगा? यदि कोई लड़की आ गयी तब?...अभी तो ऐसा कुछ नहीं है। फिर भी...

वह उठ बैठी और उनके दूसरे पागलपन की खोज-ख़बर लेने लगी। लिखा था–

...भगवान के दर्शन प्राप्त करके ही रहेंगे। आजकल धर्म है, ज़रा-ज़रा सी बात में भगवान का नाम लेना, सरेआम प्रार्थना करना और सब पर यह प्रकट करना कि वह कितना धार्मिक है। मुझे यह पसन्द नहीं है। यदि भगवान है तो वह अवश्य अनुभव होगा। उसके साक्षात् दर्शन लाभ प्राप्त करने का निश्चित रूप से कोई-न-कोई रास्ता होगा। फिर वह रास्ता चाहे कितना भी कठोर क्यों न हो, मैं उस कठोर पथ का अनुगामी अवश्य बनूँगा, यह मेरा संकल्प है।

हिन्दू धर्म का यह विचार है कि वह रास्ता अपनी देह और मन के भीतर ही है। उन नियमों को मैंने जान लिया है, जिनका पालन उस कठोर पथ पर जाने वाले के लिए आवश्यक है। मैंने उनका पालन करना भी प्रारम्भ कर दिया है और एक माह में ही मुझे यह विश्वास हो गया है कि हिन्दू धर्म की वे बातें सत्य हैं। उनमें जो-जो चिह्न उल्लिखित हैं, उनको मैं आत्मसात् कर चुका हूँ। अब मेरी यह आकांक्षा है, मृणालिनी, कि तुमको भी उस पथ पर ले चलूँ। मानता हूँ कि तुम्हें उतना ज्ञान नहीं है कि तुम मेरे साथ-साथ चलो, परन्तु तुम्हें मेरे पीछे-पीछे चलने में कोई कठिनाई नहीं होगी। उस पथ पर चलकर हर व्यक्ति सिद्धि पा सकता है। उस पथ पर चलना तो व्यक्ति की अपनी इच्छा पर निर्भर है। वहाँ कोई तुम्हें पकड़कर नहीं चला सकता। यदि तुम्हारी इच्छा हुई तो मैं इस विषय में और भी लिखूँगा।

मृणालिनी का सिर घूम गया। उसे ईश्वर के दर्शन नहीं करने हैं। जगदीशचन्द्र बसु ने कितना स्पष्ट कहा था, "मैं सबका आदर करता हूँ। यह आयोजन और इसके प्रतिफल भक्तगणों ने अवश्य अनुभव किये होंगे। लेकिन मेरी ईश्वर में जिज्ञासा नहीं है और इस सम्पूर्ण ब्रह्माण्ड का सृजनकर्त्ता कोई एक या अनेक भगवान होंगे, यह समझना मेरी बुद्धि से परे की बात है। इस तरह भक्तों के मन पर एक आतंकी छाया मँडराने लग सकती है। फिर भी, मेरी शुभकामनाएँ उनके साथ है, जिन्हें इस जगत् को छोड़ कर अज्ञात जगद् में जाने का मन है और जो ईश्वर के दर्शन करना चाहते हैं बजाय सब में ईश्वर मानकर सबकी सेवा करने के।"

हालाँकि उनके इस वक्तव्य से भक्तगण नाराज़ हो गये, जबकि रवीन्द्रनाथ ठाकुर के व्याख्यान से प्रभावित हुए, क्योंकि वे उनके पक्षधर रहे।

मृणालिनी ने सोचा कि पहले पूरा पत्र तो पढ़ डालूँ। फिर प्रतिक्रिया के बारे में सोचूँगी। वह आगे लिखते हैं–

मेरा तीसरा पागलपन यह है कि प्रायः लोग स्वदेश को एक जड़ पदार्थ, कुछ मैदान, खेत, वन, पर्वत, नदी से ज़्यादा नहीं समझते हैं, जबकि मैं स्वदेश को माँ मानता हूँ, उसकी भक्ति करता हूँ और पूजा करता हूँ। ज़रा सोचो तो कि यदि कोई दैत्य माँ की छाती पर बैठकर उसका ख़ून पीने के लिए तत्पर हो जाये तो उसके लड़के का क्या कर्तव्य बनता है? क्या वह बेफ़िक्र होकर भोजन करने के लिए बैठ जायेगा या स्त्री-पुत्र के साथ मन बहलायेगा अथवा माँ का उद्धार करने के लिए दौड़ पड़ेगा। मैं समझता हूँ कि इस पतित जाति का उद्धार करने की शक्ति मुझमें है। माना कि मैं शारीरिक बल, तलवार या बन्दूक लेकर युद्ध नहीं कर सकता, परन्तु ज्ञान बल का तो प्रयोग मैं कर ही सकता हूँ। एकमात्र क्षात्र तेज ही तेज नहीं है, ब्रह्म तेज भी है। वह तेज ज्ञान के ऊपर प्रतिष्ठित होता है। न यह विचार नया है और न यह आजकल में आया विचार है, बल्कि मैंने इसी विचार को लेकर जन्म लिया है। यह भाव-विचार, मेरे रग-रग में भरा हुआ है। ईश्वर ने मुझे इस महाव्रत को पूरा करने के निमित्त इस संसार में भेजा है।

जब मैं चौदह वर्ष का था, तब इसका बीज अंकुरित होने लगा था। अठारह वर्ष का होते-होते इसकी प्रतिष्ठा दृढ़ तथा अचल हो गयी। ...तुमने चौथी मौसी की बात सुनकर यह विचारा होगा कि मालूम नहीं कहाँ तक बदजात मेरे भोले-भाले स्वामी को कुमार्ग पर खींचे ले जा रहा है। वास्तव में तुम्हारा यह भलामानस स्वामी न केवल उस आदमी को, अपितु सैकड़ों मानुषों को उस कुपथ पर लिए जा रहा है और हज़ारों हज़ार को उस मार्ग पर खींच ले जायेगा। यह कार्य सिद्धि होगी ही, यह तो मैं नहीं कह सकता, पर इतना कह सकता हूँ कि यह होगी अवश्य।

अब बताओ, मृणालिनी, तुम्हारा मन क्या कहता है? जानती हो, स्त्री स्वामी की शक्ति होती है! यह तुम्हें सोचना है कि तुम उषा की शिष्या बनकर साहेब-पूजा मन्त्र का जाप करोगी या उदासीन होकर स्वामी की शक्ति को विकलांग या बौना करोगी अथवा उत्साह और सहानुभूति से भरकर दुगुना करना चाहोगी।

मृणालिनी तुम यह भी सोच सकती हो कि तुम्हारे जैसी साधारण लड़की इन महत् कार्यों में भला मेरी क्या मदद कर सकती है? मैं मन का बल नहीं चाहता और न बुद्धि का। मुझे उन सब पर विचार करने से भय सताता है, परन्तु उसका एक सीधा-सादा उपाय है कि ईश्वर की शरण में आओ, एक बार ईश्वर प्राप्ति के रास्ते में प्रवेश करो, फिर देखना कि तुम्हारे भीतर जो-जो कमियाँ हैं, उन्हें वह कैसे दूर करता है। जो ईश्वर की शरण में आता है, उसे भय धीरे-धीरे छोड़ देता है अर्थात् वह निडर हो जाता है।

मृणालिनी यदि तुम मेरे पर भरोसा करो और दस आदमियों की नहीं सुनो तो मैं तुम्हें अपनी शक्ति दे सकता हूँ। ऐसा करके मुझे हानि नहीं होगी, बल्कि इससे मेरे बल में वृद्धि ही होगी। हम लोग कहते हैं कि स्त्री स्वामी की शक्ति है। इसका आशय यह है कि स्वामी स्त्री के भीतर अपनी प्रतिमूर्ति देख और अपनी महत् आकांक्षाओं की प्रतिध्वनि सुनकर दुगुनी शक्ति प्राप्त करता है।

क्या हमेशा उसी तरह रहना चाहोगी कि तुम अच्छे-अच्छे वस्त्र पहनो, उत्तम भोजन करो, हँसो, नाचो और हर प्रकार के सुख पाओ। वस्तु तथा मन की यह अवस्था उन्नति नहीं कहलाती। मृणालिनी, आजकल हमारे देश की स्त्रियों ने ऐसा ही संकीर्ण तथा अति हेय आकार लिया है। तुम यह सब छोड़कर मेरे साथ आओ, क्योंकि इस संसार में हम ईश्वर का कार्य करने के लिए आये हैं। आओ, उसी कार्य को शुरू करें।

तुम्हारे में यह दोष है कि तुम अत्यन्त सरल हो। जो कोई जो कुछ कहता है, उसी को तुम सुनती हो। इससे सदा मन अस्थिर रहता, बुद्धि का विकास रुक जाता है और कोई कार्य एकाग्र मन से नहीं हो पाता। इसमें सुधार करना होगा। केवल एक मनुष्य की सुनकर ज्ञान संचय करना होगा, एक ही उद्देश्य बनाकर स्थिर मन से कार्य सिद्ध करना होगा और लोगों के व्यंग्य-निन्दा को ताक में रखकर स्थिरचित्त से भक्ति करनी होगी।

मृणालिनी, तुममें एक और कमी है वह कमी तुम्हारे स्वभाव की नहीं काल की है। बंगाल में ऐसा काल आया है कि लोग गम्भीर-से-गम्भीर बात को भी कान देकर नहीं सुनते। वे धर्म, परोपकार, महत् आकांक्षा, महत प्रयास, देशोद्धार आदि जो कुछ गम्भीर, उच्च और महत्त्वपूर्ण है, उसे वे बातों ही बातों में न केवल उड़ा देते हैं, अपितु उसका मज़ाक़ भी उड़ाते हैं और उस पर

व्यंग्य-बाण भी छोड़ते हैं। ब्रह्म विद्यालय में रहकर तुममें भी थोड़ा-थोड़ा यह दोष आ गया है। तुम्हारे ठाकुर पो बारीन में भी यह दोष है। थोड़ा-बहुत यह दोष हम सभी में है—देवघर के लोगों में यह दोष बेतरह से घर कर चुका है। दृढ़ता से इस बात को मन से निकालना है। तुम आसानी से ऐसा कर सकती हो। एक बार विचार करने का अभ्यास कर लेने पर तुम्हारा वास्तविक स्वभाव सामने आ जायेगा। तुम्हारी परोपकार और स्वार्थ त्यागने की प्रवृत्ति तो है ही, केवल एक और अभाव है, वह भी ईश्वर की आराधना करने से दूर हो जायेगा।

यही मेरी वह गोपनीय बात थी। तुम इन्हें किसी और पर प्रकट मत करना। अपने मन में, दृढ़ चित्त से, इन बातों पर विचार करो। इनमें भय जैसा कुछ नहीं है। पहले पहल प्रतिदिन ईश्वर का ध्यान करना होगा और उसके सामने प्रार्थना रूप से अपने हृदय की बलवती आकांक्षा व्यक्त करनी होगी। इस तरह मन धीरे-धीरे तैयार होने लगेगा। उनके समक्ष सदैव यह प्रार्थना करनी चाहिए कि मैं अपने स्वामी के जीवन, लक्ष्य और ईश्वर प्राप्ति के मार्ग में विघ्न न डाल सदा सहायक रहूँ, साधनाभूत बनूँ। यह कर सकोगी क्या?—तुम्हारा अरविन्द।

ओह! कितना ऊँचा पहाड़! कितनी ऊँची बात! ईश्वर को देखने की चाह! प्रार्थनारत रहने का सुझाव! यह सब क्या है? क्या यह सब एक संसारी और गृहस्थ जीवन के लिए उचित मार्ग है? महती आकांक्षाओं के महत प्रयास! आकांक्षा महती क्यों? क्या यह सब वास्तविक से हटकर जंगल की ओर जाने का मार्ग नहीं है? उच्च महत्वाकांक्षाओं के रथ पर बैठकर मनुष्य सदा समाज के लिए भारी पड़ा है।

यह पत्र किसी को बताना नहीं। इसे अपने तक सीमित रखना। क्यों ऐसा उसमें क्या है जिससे इस पत्र को वह किसी को नहीं बताये? क्या-क्या उपदेश दे डाला है? पहले शादी की। लड़की को देखने की शर्त रखी, जिसका उस समय बंगला समाज में प्रचलन नहीं था और अब वह चाहते हैं कि वह जोगिन हो जाये। घर-गृहस्थी से मुँह फेर ले। मात्र उनकी सहायक हो जाये। नैनीताल और एक वर्ष बड़ौदा में वह जिसके साथ रही, क्या यह वही व्यक्ति है। मृणालिनी ने पूरी रात आँखों में काट दी। सुबह अलसाए हुए तन-मन से उठी और बाहर बग़ीचे में चली गयी। उसके सारे मंसूबों पर पानी फिर गया। कोई सुनेगा तो क्या कहेगा? उसने पहले ही माँ को बता दिया था

कि उसे अभी शादी नहीं करनी है, पढ़ाई जारी रखनी है। उसने अपनी सहेली सुधीरा को भी स्पष्ट बता दिया था कि लड़का बहुत पढ़ा-लिखा है। जो आयी.सी.एस. को छोड़ सकता है, उसके लिए पत्नी को छोड़ना क्या बड़ी बात है? बंगाली समाज में ऐसा चलन भी चल पड़ा है कि बड़े लोग पत्नी के साथ रखैल भी रखने लगे हैं। परन्तु उसकी किसी ने नहीं सुनी। अब वह यह सब किससे कहे? इस योजना में बोस का भी बहुत आग्रह था।

शादी की बर्बादी। अब सब बातें बेकार हैं। सुखदा ज़रा ज़्यादा ही मुँहफट थी, परन्तु वह दिलीतौर पर कुछ नहीं छिपाती थी, जो उसके अन्दर होता था, वही प्रकट कर देती थी। एक दिन एकान्त पाकर वह बोली, "मीनुदी, तुझे अभी शादी नहीं करनी तो मत कर। किसी की एक मत सुन। जीवन तेरा है, उसे तू अपनी इच्छा से चला।"

मृणालिनी के दिमाग़ में अरविन्द का पत्र छाया हुआ था। पुरुष जाति का कोई भरोसा नहीं। वह कहती क्या है और करती क्या! उसने स्त्री को अपनी जूती समझ रखा है। पति जैसे चलाये पत्नी उसी के अनुसार चले। वह स्वतन्त्र होकर कोई निर्णय नहीं ले सकती। यदि, यह चेतना उसमें जगी होती तो क्या अरविन्द उसके अनुसार चल सकते थे? परन्तु अब...? वह यह सोचते हुए सुधीरा के घर गयी। वह कलकत्ते गयी हुई थी, अतः वहाँ से वह सीधे अपने घर की ओर मुड़ गयी।

14

16 अक्तूबर, 1905 महाअन्धकार का दिन। इस दिन से बंग-भंग प्रभावी हो गया। लॉर्ड कर्जन ने बंग-भंग का क़ानून शिमला के केन्द्रीय विधायिका काउंसिल की बैठक में 1 सितम्बर, 1905 को पास करवा लिया। ढाका के तत्कालीन नवाब सर अली मुल्लाह जो बंग भंग के कट्टर विरोधी थे और इसे पाशविक प्रबन्ध की संज्ञा देते थे, इस विभाजन के पक्ष में हो गये। इसका डटकर विरोध हो रहा था। लॉर्ड कर्जन को जिसने अपना सेवाकाल पाँच वर्ष बढ़वाया था, नवम्बर, 1905 में ही वायसराय पद से मुक्ति पाने के लिए विवश होना पड़ा। उनके स्थान पर लॉर्ड मंटो आये

जो इस मत के थे कि यदि उनके देश का विभाजन हुआ होता तो वह भी उसका विरोध करते, जैसे इस वक़्त बंगाल के विभाजन को लेकर हो रहा है। विदेशी सामान नहीं ख़रीदने का बहिष्कार शुरू हुआ। देश में तेज़ी से कपड़े, माचिस, साबुन इत्यादि के कारखाने खुलते गये और बंगाली नवयुवक घर-घर जाकर स्वदेशी सामान बेचने लगे।

बहिष्कार प्रदर्शनों, जलसों आदि में वन्दे मातरम् की धूम मच गयी। बंग जातीय विद्या परिषद् की स्थापना हुई और इसके अन्तर्गत स्कूल-कॉलेज खोले गये। समानान्तर शिक्षा अर्थात् राष्ट्रीय शिक्षा का ज़ोर बढ़ा। जहाँ सरकार के सामने रोज़ नयी चुनौती आ रही थी। रक्षा बन्धन राष्ट्रीय उद्बोधन का प्रतीक बन कर उभरा। हर व्यक्ति एक-दूसरे के हाथ पर राखी बाँध रहा था।

आनन्द मोहन पहले व्यक्ति थे, जिन्होंने वन्दे मातरम् का नारा बुलन्द किया था, जो देखते-देखते सारे भारत का प्रेरणास्रोत बन गया तथा उसने ब्रिटिश सरकार की नींद उड़ा दी। उधर रवीन्द्रनाथ टैगोर ने एक गीत लिखा रक्षाबन्धन पर, जो सबकी ज़ुबान पर चढ़ गया। उस गीत के बोल थे–

बांगलार माटी, बांगलार जल
बांगलार वायु, बांगलार फल
पुण्य होऊक, पुण्य हाऊक, हे प्रभु...

उधर कवि रजनीकान्त का यह गीत जुलसे-जलूसों का प्रयाण गीत बन गया कि–

मायरे देवा मोटा कायड़
माथए तुले नेरे भाई
दीन दुखिनी मा जे तोदोर
*तार बंशी आर साध्य नाई।**

इस सबने अरविन्द के मन को बड़ौदा छोड़ने में मदद की। वह बड़ौदा कॉलेज से इस्तीफ़ा देकर कलकत्ते आ गये और राष्ट्रीय कॉलेज के प्रिंसिपल बनकर डेढ़ सौ रुपये मासिक की नौकरी स्वीकार कर ली और छह सौ रुपये कम मिलने का उनके चित्त पर कोई असर नहीं हुआ। कांग्रेस में वह उग्र

---

* माँ के दिये कपड़े को सिर झुकाकर स्वीकार कर लो। तुम्हारी माँ दीन दुखी है, इससे अधिक उसके वश की बात नहीं है।

दल के साथ थे, जिनमें लाला लाजपतराय, तिलक आदि थे। वह दैनिक वन्दे मातरम् के भी सम्पादक बन गये। अब उनके साथ प्रफुल्ल चन्द्र राय, रवीन्द्रनाथ ठाकुर, जगदीशचन्द्र बसु आदि थे। क्रान्तिकारी दल भी उनके साथ था। कांग्रेस में उनकी गिनती लाल (लाला लाजपतराय) बाल (बाल गंगाधर तिलक) पाल (विपिनचन्द्र पाल) के साथ की जाने लगी।

यह बहुत कठिन समय था। वह योग पर भी ध्यान दे रहे थे और देश पर भी। कुछ कर गुज़रने की तमन्ना उनमें बलवती हो उठी थी। मांस-मछली खाना भी उन्होंने छोड़ दिया। एकदम शाकाहारी हो गये। वह ग्रे स्ट्रीट, कलकत्ते में रहने लगे थे। अत्यन्त व्यस्त कार्यक्रम था उनका, जिसमें अवकाश के लिए रत्ती भर भी समय नहीं था। वह मृणालिनी को अपने शिलांग आने की सूचना देकर भी नहीं जा सके। सारा बंगाल निर्जला एकादशी मना रहा था। किसी के घर चूल्हा नहीं जला। बाँहों पर वन्दे मातरम् की पट्टी बाँधे हुए हर शख़्स पर पुलिस लाठी बरसा रही थी और उनकी बाँहों से वन्दे मातरम् नोच रही थी। अरविन्द 'वन्दे मातरम्' का उद्घोष कर रहे थे। 'युगान्तर' भी हौसले बुलन्द कर रहा था। जिन विद्यार्थियों को राष्ट्रीय आन्दोलनों में भाग लेने के कारण विश्वविद्यालय कॉलेज से निकाल रहे थे, उन्हें नेशनल कॉलेज में प्रवेश दिया जा रहा था। डॉ. रास बिहारी घोष की अध्यक्षता में टाउन हॉल में एक सभा में राष्ट्रीय शिक्षा परिषद् की स्थापना हो चुकी थी। फुलर ने चाहा कि दो राष्ट्रीय महाविद्यालयों की मान्यता भंग कर दी जाये, ताकि राष्ट्रीय महाविद्यालय से निकाले गये विद्यार्थियों को कहीं स्थान न मिले। शिक्षा को विक्टोरिया के शिकंजे से मुक्ति का आन्दोलन गर्म हो उठा था, परन्तु वायसराय मंटो ने फुलर की सिफ़ारिश को नहीं माना। मंटो कलकत्ता विश्वविद्यालय के वाइस चांसलर भी थे उन्होंने फुलर के भेजे इस्तीफ़े को स्वीकार कर एक नया इतिहास रच डाला। लॉर्ड मंटो आग बुझाने के पक्ष में थे और इसलिए वह कोई भी ऐसा क़दम नहीं उठाना चाहते थे, जो तत्कालीन हालातों को बिगाड़ दे।

सुरेन्द्रनाथ बैनर्जी ने एक बहुत बड़ी दुर्घटना को होने से रोक दिया था वरना पूर्वी बंगाल के गवर्नर सर बेम्पफील्ड फुलर की हत्या हो जाती। अरविन्द दौड़-धूप कर वातावरण को अधिक उपयोगी, सक्रिय और अनुकूल बनाने में जुटे हुए थे। सरकार बराबर यह कोशिश कर रही थी कि उनके दैनिक 'वन्दे मातरम्' और उसमें छपे लेखों में राष्ट्रीय भावना

तथा सरकार के विरुद्ध छपी कुछ सामग्री मिल जाये, परन्तु सरकार को निराशा ही हाथ लगी। अरविन्द का नाम अभी तक 'वन्दे मातरम्' पर नहीं दिया जा रहा था, जबकि वह अकेले ही उसे निकाल रहे थे और 'युगान्तर' के लिए भी विशेष सामग्री भेज रहे थे। इस बात का पता लगाने का ज़िम्मा सरकार ने लन्दन से आयी मारग्रेट को सौंपा। मारग्रेट नवयुवती थी, आकर्षक थी और बुद्धिजीवी के साथ अनुभवी भी थी। पढ़ने-लिखने में उसकी गहरी रुचि थी।

वह सुबह शान्त थी। शहर चल पड़ा था। अरविन्द आकर कार्यालय में बैठे ही थे कि एक स्लिप उनके पास आयी—मिस मारग्रेट, स्वतन्त्र लेखक। वह अन्दर आयीं। बैठी और बोली, "क्या मैं 'वन्दे मातरम्' के सम्पादक-लेखक से मिल रही हूँ?"

"शायद आप अपना परिचय और आने का कारण बताना भूल रही हैं।"

"नहीं, मिस्टर। ...मे आई नो, योर गुडनेम?"

"माई सेल्फ़ अरविन्द घोष।"

"हाँ मि. घोष, मेरी क़तई भूलने की आदत नहीं है...दरअसल मैं अरविन्द घोष से मिलना चाहती थी, वह अब मैं मिल रही हूँ।"

"काम।"

"एक लेखक, लेखक के पास किस काम से आयेगा?"

"फिर भी बताइयेगा भी।"

"मैं बहन निवेदिता की तरह अपने आपको इस देश को समर्पित करना चाहती हूँ।"

"ठीक है, कीजिए।"

"पर कैसे, मि. घोष?"

"क्यों?"

"मैं जो लिखती हूँ, वह इस देश की ज़र-ज़मीन के लिए। पर वह छपेगा कहाँ?"

"जहाँ आप भेजेंगी।"

"नहीं, वहाँ नहीं छप सकता। हालाँकि मैं यूरोप की रहने वाली हूँ। लन्दन में जन्मी हूँ और वहीं पढ़ी-लिखी हूँ। परन्तु सरकार के पक्ष के अख़बार क्यों छापेंगे?"...मारग्रेट ने आँखों से धूप का चश्मा हटाया।

"देखिए, आप अपना लेख चाहें तो छोड़ सकती हैं। सम्पादक जी आयेंगे तो उनके सामने रख दिया जायेगा।"

"बाई द वे...आप वही श्री अरविन्द घोष नहीं हैं, जो नेशनल कॉलेज के प्रिंसिपल हैं और बड़ौदा कॉलेज की वाइस प्रिंसिपलशिप छोड़कर यहाँ आये हैं।"

"जी, मैं वही अरविन्द घोष हूँ।"

"आपकी बहन निवेदिता जी हैं न।"

"हाँ।"

"वह आपकी बहुत तारीफ़ कर रही थीं। आर यू रेवोलूशनरी, घोष? एम आई करेक्ट? ...कविता भी करते हैं और आपने ही 'न्यू लैंप्स फॉर ओल्ड' इन्दु प्रकाश के अंग्रेज़ी संस्करण के लिए लिखा था।"

"शायद आप भूल कर रही हैं—'इन्दु प्रकाश' की लेखमाला का मैं लेखक नहीं था।"

"सर मेरी यह एक गन्दी आदत है कि मैं यह पहचानने में देर नहीं लगाऊँगी कि प्रकाशित कविता या लेख का लेखक कौन है? जो 'इन्दु प्रकाश' में ज़ीरो नाम से छपा, या जो 'वन्दे मातरम्' में दूसरों के नाम से छपता है, उन दोनों का लेखक एक ही है, दूसरा कोई नहीं। ...ये मेज़ पर जो हस्तलिखित काग़ज़ रखे हुए हैं, ये भी एक ही व्यक्ति के हैं।"

"उनका लेख...।"

"हालाँकि लिखने वाले ने बदलकर लिखने का अभ्यास किया है तथापि है वह एक ही व्यक्ति। ...और मि. ज़ीरो तथा कैलाश बैनर्जी की शैली, प्रस्तुतीकरण और शब्द चयन में गहरी समानता तथा आत्मीयता है।"

"यह बात वास्तव में क़ाबिले तारीफ़ है। मिस मारग्रेट, यह आपका अच्छा शौक़ है।"

"'युगान्तर' में विशेष आलेख लिखने वाला और 'यह शहर जागता है' का लेखक भी एक ही व्यक्ति है।" मारग्रेट ने गम्भीर होकर कहा, "सरकार ने इस तरह के एक्सपर्ट बुला लिए हैं।"

"उनमें से एक आप हैं।"

इस पर मारग्रेट ने ज़ोर का क़हक़हा लगाया। अरविन्द ने भी उसका साथ दिया। चुप होने के कुछ देर बाद उसने कहा, आप मज़ाक़ अच्छा कर लेते हैं।

"अभी तो हमें यही सोचकर मन बहलाना चाहिए, मारग्रेट।"

"फिर, आप मेरे इस लेख पर ध्यान दें।" यह कहकर उसने अपनी लेखवाली फ़ाइल उसकी ओर बढ़ा दी। उसके लेखों में सरकार से शरारत भरी छेड़छाड़ थी और आँकड़ों की बाजीगरी थी। यदि आँकड़े ग़लत साबित हो जायें तो 'वन्दे मातरम्' पर बिजली गिरने के शत-प्रतिशत अवसर थे। गोरिल्ला युद्ध के लिए विशेष आह्वान था। अरविन्द ने फ़ाइल लौटाते हुए कहा, "मिस मारग्रेट, आपने क़ाफी परिश्रम से अच्छा लिखा है—क्रान्तिकारी योजना के लिए भी रास्ता सुझाया है...सम्पादक जी ही यह निर्णय ले सकते हैं कि इन्हे। ... ।"

"छापा जाये या नहीं। यह निर्णय आप क्यों नहीं ले सकते, जबकि इस वक़्त आप सम्पादक की कुर्सी पर बैठे हुए हैं।"

"आप बहुत बुद्धिमान और समय को परख कर चलने वाली नवयुवती है। ...परन्तु यह भूल गयी कि प्रधान सम्पादक की कुर्सी यह नहीं है और न वह यहाँ बैठते हैं। यह तो सम्पादक मण्डल, समाचार विश्लेषणकर्ता, उपसम्पादक व प्रूफ रीडर का कक्ष है।" हालाँकि बाहर ऐसी कोई तख़्ती नहीं लगी हुई थी। उसने अपनी याददाश्त पर ज़ोर डाला। ठीक से वह कोई निर्णय नहीं कर सकी। उसने अत्यन्त शालीनता से कहा, "मैं एक दोस्त लेखक को अपना लेख दिखा रही हूँ और वह भी इस आशा से कि आपकी तरफ़ से कोई गाइड लाइन मिल सके।"

"अभी मैं इस स्थिति में नहीं हूँ।"

"मतलब एक धुआँधार और क्रान्तिदृष्टा लेखक से हमें उम्मीद नहीं करनी चाहिए।" मारग्रेट का स्वर अत्यन्त आत्मीय था, "इस तरह मुझे एक श्रेष्ठ लेखक के सम्पर्क में आने का अवसर मिल रहा था।"

अरविन्द की कनपटी पर गिलहरी रेंगने लगी। उसने तनिक आँखें मलते और कन्धे उचकाते हुए कहा, "शायद अभी तक आपकी ग़लतफ़हमी दूर नहीं हुई।"

"तो बहन निवेदिता की बात का विश्वास मुझे नहीं करना चाहिए, यह ठीक रहेगा।"

"आपके लेखों में जिज्ञासा का सागर लहलहा रहा है। उसकी लहरें कभी भी आकाश छूने के लिए उद्यत हो सकती हैं। हमें इस क़िस्म की

चपेट से बचना चाहिए, क्योंकि यहाँ आक्रामक शैली क्रूरता की सीमा पार करती हुई हमें आदि युग की बर्बरता का ख़ौफ़नाक परिदृश्य दिखाने लगती है। व्यक्तिगत रूप से मैं हिंसा के ख़िलाफ़ हूँ, क्योंकि हिंसा मित्र की हो या दुश्मन की, प्यार की हो या घृणा की ...वह है तो आसुरी प्रवृत्ति, जिससे बाहर निकल कर एक आदर्श समाज की स्थापना हो सकती है।'' अरविन्द घोष ने धीरे-धीरे कहा।

''नहीं मि. घोष। वे अंग्रेज़ हैं, जिन्होंने भारत को ही नहीं, बल्कि आधी दुनिया को रौंद रखा है। उनको भी हिंसा का जवाब हिंसा से मिलना चाहिए।''

''फिर उदार, शिक्षित मानुष और अनपढ़, अनुदार और क्रूर मानुष में क्या अन्तर है। सभ्य और सुसंस्कृत व्यक्ति का आचरण तो बर्बर तथा असंस्कृत व्यक्ति जैसा नहीं हो सकता है ना। ...हमें घृणा नहीं फैलानी है, प्यार बाँटना है...प्यार जगाना है। जो भाव किन्हीं कारणों से सुप्त पड़ गये हैं, उन्हें धीरे-धीरे जाग्रत कर सम्पूर्ण मानव बनने की दिशा में लाने की चेष्टा करनी है, मारग्रेट।'' अरविन्द ने कहना जारी रखते हुए तनिक बैठने का रुख़ बदला और आगे कहा, ''केवल भौतिक आज़ादी ही नहीं, मन की आज़ादी भी चाहिए।''

''वो कैसे?''

''एक बार, मारग्रेट मैंने ध्यान लगाया। पता नहीं क्या हुआ कि मैं एक नर्तक के घर में प्रवेश कर गया और वह भी रूस के मास्को में, जहाँ ठण्ड सातवें आसमान पर थी—बूँद गिरने से पहले ही जम जाती थी। मैं उस रूप सुन्दरी को स्पष्ट देख रहा था। वह अकेली थी और ग्रामोफ़ोन पर रिकॉर्ड चढ़ा कर उसकी धुन पर नृत्य कर रही थी। उसके शरीर का अंग-अंग स्पष्ट से स्पष्टतर होता गया। इतने आराम से मैं उसका शरीर कभी भी नहीं देख सकता था। उसका रत्ती भर भी ध्यान नहीं टूटा और न मेरा—उस दैवी नृत्य को टकटकी बाँधे देखने में। नृत्य के बाद वह आराम कुर्सी पर बैठ गयी। पसीने-पसीने हो गयी थी। कुछ देर बाद उसने अपने एक-एक कपड़े को उतारा। टॉवेल से पोंछा और धीरे-धीरे आराम से दूसरे कपड़े पहने। उसका अनावृत शरीर आवृत शरीर से ज़्यादा पवित्र और दिव्य था। मुझ में कोई उद्वेग नहीं जन्मा। मैंने चाहा भी कि वह नृत्यांगना मेरी ओर देखे क्योंकि मैं जानना चाहता था कि मुझे देखकर उसके मन पर क्या प्रतिक्रिया होती है?

ऐसा दुस्साहस मैं सशरीर नहीं कर सकता था। शरीर से आगे की यह भी आज़ादी है जो बिना व्यवधान व रोक-टोक कहीं भी आ-जा सकती थी—बिना पासपोर्ट के। जहाँ लेशमात्र शत्रु भाव नहीं था, जहाँ उस अनावृत देह सौष्ठव को तनिक भी परदा करने की ज़रूरत नहीं थी। ...क्यों, मारग्रेट आप क्या कहती हैं?''

यह सब मारग्रेट अभिभूत होकर सुन रही थी। उनका मन स्थिर हो चला था और वह द्वैत भाव शून्य मानसिकता का अनुभव कर रही थी। उसे अपने बाथरूम के टब का ध्यान आ रहा था। वह एकमात्र बड़े टॉवेल को खूँटी पर टाँग कर निर्वस्त्र टब में सरकती हुई लेट जाती थी। मलमल कर नहाती थी। फिर फव्वारा खोल निर्वस्त्र ही स्नान करती थी, बिना किसी रुकावट, संकोच, डर और शर्म के। वह अन्य किसी के सामने ऐसा प्रदर्शन नहीं कर सकेगी। मारे शर्म के गड़ जायेगी। अनुभवातीत अनुभव। एकदम अननुज्ञात अनुभव। वह जान गयी कि वह कोई साधारण क्रान्तिकारी नहीं है। 'वन्दे मातरम्' के सब अंक देख मारे—एक ने नहीं, कई अंग्रेज़ी के मनीषियों और क़ानूनविज्ञों ने, परन्तु उनमें से कहीं भी, एक शब्द भी ऐसा नहीं ढूँढ़ निकाला जा सका जिससे यह ज्ञात हो कि उन्होंने जातीय घृणा फैलाने का प्रयत्न किया हो, ब्रिटिश सम्राट की शासन पद्धति पर कोई आक्षेप किया हो और हिंसा का प्रचार किया हो। वह तो यही प्रचार कर रहे थे कि सभी देशों को स्वतन्त्रता का बराबर का अधिकार है। भारत को भी यह अधिकार मिलना चाहिए। हालाँकि इस सिलसिले में इन्हें गिरफ़्तार भी किया गया था, परन्तु उन पर कोई अभियोग नहीं बना। वह छोड़ दिये गये। सरकार की न्यायालय दख़ल से 'वन्दे मातरम्' के मुद्रक को छह माह की क़ैद हो गयी। मारग्रेट ने अपने को सँभालते हुए कहा, ''आपकी विचारधारा समस्त मानव जाति के उत्थान की ओर है।''

''क्यों न हो, मारग्रेट, यह देश यहाँ की आबोहवा आदि सब कुछ तो उसी तरह अनुकूल है, जैसे यहाँ के आमजन के। फिर भारत इंग्लैंड से भिन्न क्यों? क्यों एक जाति, एक देश उसे अपने शिकंजे में जकड़ कर उसकी रीढ़ की हड्डी तोड़ने पर आमादा है? जानवर कौन है? हिंसक कौन है? कारागार में किसे होना चाहिए? ज़रा आप ज़ातिगत वैमनस्य, जातिगत लोभान्धता, स्वर्गादपि, शोषण-व्यूह रचना आदि के बारे में तटस्थ होकर

सोचो तो मैं नहीं समझता कि बहन निवेदिता का सम्बोधन तुम्हें घेरने नहीं लगेगा और तुम संकीर्णताओं का चश्मा उतार कर सारे जगत् को अपना परिवार नहीं समझने लगोगी। अरविन्द ने कुछ रुककर कहने का क्रम जारी रखा—खखार कर वह बोले।

"आपका सच हम सबका सच है। मैं नहीं जानता और न जानना चाहता हूँ कि आप यहाँ किस लक्ष्य को लेकर आयी हो। यदि आपको भी सरकार ने मुझे गिरफ़्त मे लाने की योजना के तहत भेजा है, मारग्रेट, तो मुझमें सच बोलने का पूरा-पूरा साहस है, उसी तरह का जैसा ईसा में था। फ़र्क़ इतना है कि ईसा महान थे, सागर थे, मैं उनकी अपेक्षा छोटी नदी हूँ, छोटा इन्सान हूँ पर हूँ तो वही जो वे थे—इन्सान। मुझे नहीं लगता कि बूँद, नदी तथा सागर के जल में कोई अन्तर है।" अरविन्द का मन शान्त था, परन्तु उसका आग्रह था कि वह ब्रिटिश युवती सत्य के पास से गुज़र जाये।

"नहीं, आप छोटे नहीं हैं।"

"क्यों नहीं हूँ। ईसा का प्रभाव क्षेत्र और लक्ष्य समस्त मानव समाज था। वे जन-जन की पीड़ा हरना चाहते थे। क्रूस पर उनके बाद कौन चढ़ा? सबने उनके नाम का इस्तेमाल करना शुरू कर दिया और दुनिया को ईसाई और ग़ैर-ईसाई दो भागों में बाँट दिया। जो काम स्वयं ईसा नहीं कर सका, जिसको मिटाने के लिए उसने क़ुर्बानी दी थी, उसे उनके पवित्र भक्तों ने कर दिखलाया और आज भी कर रहे हैं। दूसरे धर्मवाले को ईसाई बना रहे हैं। वह ईसाई बनते ही पवित्र बन जायेगा। स्वयं तो वे पवित्र नहीं हो पाये, पर दूसरों को वे पवित्र बनाने पर तुले हुए हैं और शासन उनकी मदद करने में कोई कसर नहीं छोड़ रहा है। यह सब क्या पाखण्ड है?"

"मैं समझ रही हूँ, मि. घोष।"

"तो आप, मिस मारग्रेट, यह भी समझती जाओ कि मैं अरविन्द घोष ही 'वन्दे मातरम्' का सम्पादन करता हूँ। उसमें अधिकांश मेरा ही लिखा होता है। मैं 'युगान्तर' में भी लिखता हूँ और 'इन्दु प्रकाश' में 'न्यू लैम्स फॉर ओल्ड' (पुराने दीपकों के स्थान पर नये दीपक) में भी मैंने ही लिखा था। यदि यह बयान आपकी कुछ मदद कर सकेगा मारग्रेट, तो मैं अपने को धन्य समझूँगा। ...समझूँगा कि कोई तो है जिसको मेरी ज़रूरत है और जिसके काम मैं आ सका।" अरविन्द एकदम सहज होकर कह गया।

मारग्रेट अवाक् रह गयी। उसे कोई चिन्ता फ़िक्र नहीं। उसके चेहरे पर कोई शिकन नहीं। वह क्या करे, क्या नहीं। यह मुल्क सच बोलने में भी सिरमौर है। धीरे-धीरे वह उठने को हुई थी कि चाय, बिस्कुट लिए एक लड़के ने प्रवेश किया। अरविन्द ने कहा, ''बैठिए, मिस मारग्रेट।''

''फिर कभी...''

''फिर कभी...कभी नहीं आता। प्लीज़...यह हमारे आदर-सम्मान की रस्म है।''

मारग्रेट बैठ गयी। चाय 'सिप' करती रही, परन्तु कनखियों से वह अरविन्द को ही देख तोल रही थी। वह भोला-भाला, सहज और निष्ठावान प्राणी है। अपने देश की आज़ादी चाहता है तो इसमें वह क्या बुरा कर रहा है? वह कहती गयी, ''हम आपका तकलीफ़ समझता है, मि. घोष। यह तकलीफ़ हर मानवता प्रेमी की है। सदा एक से दिन किसी के भी नहीं रहे। आपका देश भी स्वतन्त्रता प्राप्त करेगा। हम ईसा से प्रार्थना करता है, वह अवश्य मदद करेगा।''

''आपको कैसे धन्यवाद दूँ मिस मारग्रेट। मुझे कुछ नहीं सूझ रहा है। फिर भी, मैं आपको एक पुस्तक देता हूँ।''

''परन्तु हम पर यह भाषा नहीं आती, मि. घोष।''

''यह सिर्फ़ भाषा की बात नहीं है। मेरे पास 'मुक्ति कौन पथे' की कुछ प्रतियाँ हैं, आप चिन्ता न करें। पढ़िए, जानिए और समझिए कि स्वतन्त्रता का रास्ता कौन-सा है? इसमें हमारी 'भवानी मन्दिर' की भी क्रान्तिकारी विचारधारा है।''

''धन्यवाद, मि. घोष। ...बहुत-बहुत धन्यवाद। पहली बार हम ऐसे इन्सान से मिला है जो मानव जाति के प्रति ईमानदार है, नेकनीयत रखता है, उसका भला चाहता है और मौत से नहीं डरता। हमें यह जानकर प्रसन्नता है कि पुस्तकों और उपदेशों में ढाल कर छोड़ दिये गये आदर्शों को कोई तो जी भी रहा है...पुनः धन्यवाद, मिस्टर घोष। ...फिर मिलेंगे। ...'' कहकर मारग्रेट उठी और धीरे-धीरे बाहर की ओर चल पड़ी। अरविन्द उसे बाहर तक छोड़ने आया। हाथ जोड़ पुनः नमन हुआ, विदाई हुई। वह अपनी साफ़गोई के लिए स्वयं भी प्रसन्न थे।

15

राजनीतिक घटनाचक्रों में तेज़ी से परिवर्तन होता जा रहा था। देखा यह जा रहा था कि 1857 का पचासवाँ वर्ष आ रहा था, कुछ-न-कुछ उस ऐतिहासिक विद्रोह की ज्वाला का ठोस असर सामने आयेगा। सरकार के दिमाग़ में भी यही काल्पनिक भय मँडरा रहा था कि कहीं कुछ ऐसा घट जाये जो उनके लिए गले का फँदा बन जाये। कांग्रेस में गरम दल का बोलबाला बढ़ता जा रहा था। सरकार ने उन मुसलमानों को शह दी जो व्यक्तिगत लाभों को केन्द्र में रखकर आज़ादी की डगर पर आधे मन से पाँव रख रहे थे। परिणाम यह हुआ कि मुस्लिम लीग की स्थापना हो गयी। बंगाल का पूर्वी और पश्चिमी बंगाल विभाजन बराबर टीस पैदा कर रहा था। बारीलाल सम्मेलन में नवयुवकों के हौसले बढ़कर सामने आये थे। साम्राज्य के अन्दर स्वराज्य की माँग को एक सिरे से ख़ारिज किया जा रहा था। यह माँग सन् 1906 में कांग्रेस अधिवेशन में दादाभाई नौरोजी की ओर से उठी थी। बायरन की यह पंक्तियाँ सुनायी पड़ रही थीं कि नेशन्स बाई दैमसेल्ज़ आर मेड (वे स्वयं ही राष्ट्रों के भाग्य निर्माता हैं।)

अरविन्द गरम दल के थे और नरम दल वाले उनसे नाखुश थे। सूरत अधिवेशन में जिसे नरम दल की कांग्रेस का नाम दिया गया था, वह कन्वेंशनिया के जरिये कांग्रेस से अब पहचानी जाने लगी थी और उसके आयोजकों ने कन्वेंश के जरिये कांग्रेस में पनपे गरम दल के सदस्यों पर एक प्रकार का बन्धन ही लगा दिया था, जिससे उनका प्रवेश ही कठिन हो गया था।

उधर तिलक को छह माह का कारावास हो गया था। गोखले चाहते थे कि किसी तरह से गरम दल का अस्तित्व नष्ट हो जाये, अतः वह वायसराय को यह बात अच्छी तरह समझा चुके थे कि इस समय शक्ति से काम नहीं लिया गया तो नयी पीढ़ी गरम दल की ताक़त बन जायेगी। वायसराय मंटो ने मार्ले को लिखा कि जहाँ की नब्बे प्रतिशत जनता अनपढ़ हो, वहाँ उत्तरदायी सरकार का कोई अर्थ नहीं है। क्रिमिनल लॉ में यह संशोधन कर दिया गया कि किसी भी संस्था को सन्देह मात्र पर ग़ैर क़ानूनी करार दिया जा सकता है।

अरविन्द समझ रहे थे कि भारत की स्वतन्त्रता में स्वयं भारतीय नेता रोड़ा बन रहे हैं। युवा पीढ़ी अपनी पर आ गयी थी। बम धमाके भी यत्र-तत्र सुनायी पड़ रहे थे। वह राजनीति की स्वार्थपरकता से अन्दर ही क्षुब्ध हो उठे थे। नेशनल कॉलेज की प्रिंसिपलशिप भी छोड़ दी थी। सूरत अधिवेशन से लौटते वक़्त उनका मन वर्तमान राजनीति से विरक्त होने लगा। उनकी मुलाक़ात ग्वालियर के योगी विष्णु भास्कर लेले से करवाई गयी। वह तब बड़ौदा आ गये थे। वहाँ उनका शानदार स्वागत हुआ था। स्वयं छात्र घोड़ों को हटाकर उनकी जगह जुते थे। यह सब उनके न चाहने पर भी हुआ था। कोई नहीं जानता था कि उनका मन इतना बेचैन क्यों है? उन्हें शान्ति चाहिए थी। उठापटक की राजनीति से उनके मन को गहरी ठेस पहुँची थी। उन्हें भारत में आये पन्द्रह वर्ष हो गये थे, परन्तु उनको नहीं लगा कि सिवा पढ़ने-पढ़ाने के अतिरिक्त वह कुछ कर पाये। उन्होंने नितान्त एकान्त में लेले से भेंट की। उनका पहला प्रश्न था, "मैं योग साधना करना चाहता हूँ।"

"पर क्यों, अरविन्द?"

"मेरा लक्ष्य संन्यास अथवा निर्वाण नहीं है, योगी लेले।"

"तब क्या है?"

"कर्म के लिए योग।"

"तुम तो कवि हो, अरविन्द।"

"हाँ, हूँ तो..."

"तो फिर तुम्हारे लिए योग साधना दूभर नहीं है। क्योंकि कवि आधा योगी होता है।"

"फिर मुझे क्या करना होगा?"

"क्या करना चाहोगे?"

"आप बतायें?"

"नितान्त एकान्त! एकदम इस समय जैसा!"

"कब तक?"

"वह तुम पर निर्भर है।"

"फिर भी..."

"यहाँ कक्षा कक्ष नहीं है, न कालांश। सम्पूर्ण समय भी और कुछेक घण्टे भी। हाँ, मेरे पास मात्र एक सप्ताह है।"

"मुझे स्वीकार है, योगी।"

"तुम्हारी गति राजनीति में भी है।"

"तो?"

"तो यह कि तुम्हारा मन भटकेगा और अपना साथ-साथ रहना निरर्थक हो जायेगा। मैं निरर्थक प्रयत्न नहीं करवाना चाहता। न मुझे किसी को अपना शिष्य बनाना है। मनुष्य स्वयं ही अपना गुरु है और स्वयं ही शिष्य। तुम तनिक गम्भीरता से विचार कर निर्णय लो। आप चाहें तो कल फिर मिल सकेंगे।"

अरविन्द ने देखा उनके सामने जो योगी बैठा है, वह अलौकिक है। उसके चेहरे पर तेज़ है, आँखों में जगमग करती सौम्य ज्योति है, ललाट उभरा हुआ, चौड़ा और देदीप्यमान है, उसके आरक्त अधर बारीक हैं पर गहरी लालिमा लिए हुए। उसकी भुजाएँ लम्बी हैं। निःसन्देह वह दिव्य विभूति है। ऐसा निःस्वार्थ और तेजस्वी योगी क्या पता फिर मिले या नहीं। वह खखार कर कहने लगे, "मुझे राजनीति नहीं करनी।"

"तुम कौन होते हो, अरविन्द, राजनीति करने या न करने का निर्णय वाले?"

"योगी, यह भी आपको शीघ्र पता चल जायेगा। मन मेरी मुट्ठी में है। चंचलता मेरा ध्यान भंग नहीं करती। मुझे निर्णय लेने में ज़्यादा सोचना नहीं पड़ता।"

"तब ठीक है, अरविन्द...कल से।"

"नहीं योगीराज, आज और अब से। यह एकान्त स्थान है। किसी को पता भी नहीं है और जिसे पता होना चाहिए, वह ताले की चाबी सौंपकर 'टूर' पर चला गया है। एक तरह से यह स्थान एकान्त में ही है। शिकारी को रात गुज़ारनी पड़ जाती थी, तब यही स्थान उसकी शरणस्थली होता था। यह शिकार का मौसम भी नहीं है, योगी।"

"यहाँ भोजन व्यवस्था का क्या होगा?"

"कुछ-न-कुछ अवश्य होगा।"

"ढूँढ़कर देख आओ।"

अरविन्द ने चारों ओर देखा, सारी रसोई तलाश कर डाली, परन्तु खाने के लिए कुछ नहीं मिला। वह सिर झुकाये और कन्धे लटकाये लौट आया।

लेले कह रहा था, "तुम मेरी चिन्ता मत करो, अरविन्द, मैं दो चार-माह आसानी से निराहार रह सकता हूँ। मुझे तुम्हारी चिन्ता है।"

"नहीं योगी, आप मेरी चिन्ता मुझ पर छोड़ें। मुझे भी पन्द्रह दिवस तक भूखे रहने का अभ्यास है और साथ ही खुश रहने का भी।" अरविन्द ने दृढ़ता से कहा। वह जानते थे कि बड़ौदा प्रेमी भक्त उन्हें एक पल के लिए अकेला नहीं छोड़ेंगे। यही कारण था कि उन्होंने चुपचाप यह अज्ञात व्यवस्था अपने जिगरी मित्र बैरिस्टर बापूराव मजूमदार से करवाई थी। उसने कहा था, "पता नहीं, अरविन्द तुम क्या करने की ठान चुके हो या कुछ भी नहीं। यहाँ से अच्छी नौकरी छोड़कर कलकत्ते में डेढ़ सौ रुपये की प्रिंसिपलशिप स्वीकार कर ली। फिर उससे भी हाथ झाड़ कर खड़े हो गये। ...मित्र, शादीशुदा हो चुके हो। बाल-बच्चे भी होंगे या आगे होंगे ही। घर गृहस्थी में टाँग फँसा कर इस तरह मौज-मस्ती से जीवन बिताना अपने आपको ग़लत करना है।"

"तू देखता जा, मजूमदार, तेरा यह घास चरता दोस्त एक दिन क्या कमाल कर दिखलायेगा! तू पहले उस एकान्त दड़बे की चाबी ला दे। फिर उसका रास्ता समझा दे।"

"जैसी तेरी इच्छा, बिगड़े नवाब, हम तो भी पूरी कर देंगे। ...ख़ुद तो तू कन्दरा में जा छिपेगा और पूछताछ कार्यालय मुझे बनना पड़ेगा।"

बेचारा! सिर धुन रहा होगा। ग़ुस्से में आ गया तो कह देगा, "मेरी पेंट की जेब में है। हाथ डालो और निकाल लो। पर ख़याल रहे प्रायः मेरी जेब फटी होती है।" बेशर्म नम्बर वन! कौन लगेगा उस मुँहफट एडवोकेट के मुँह!

विष्णु भास्कर लेले कह रहे थे, "मैं तुम्हें आदेश दूँगा। तुम आँखें बन्द किये प्रयत्न करोगे कि तुम नहीं हो, तुम्हारे आसपास भी कुछ नहीं है। ख़ैर, वह मैं तुम्हें निर्देश दूँगा। क्या तुम तैयार हो, अरविन्द?"

"जी योगीराज, मैं तैयार हूँ।"

"पद्मासन लगाओ।"

"लगा लिया।"

"आँखें बन्द करो।"

"कर लीं।"

"नहीं कींऽऽ...।" तुम अब भी देख रहे हो। सोचो, सोचते जाओ–सोचते जाओ। कमरे की दीवारें हट गयीं। छत उड़ गयी। तुम आसमान के ठीक नीचे धरती पर बैठे हो। पहले पाँव, फिर हाथ, पेट आदि के बाद धड़ सहित तुम हो गये हो एकदम निराकार। हाँ तुम निराकार हो... सिर्फ़ निराकार। तुम्हारा कोई आकार नहीं है। फिर भी तुम देख सकते हो, अनुभव-स्पर्श कर सकते हो, स्वाद ले सकते हो, सूँघ सकते हो और कह सकते हो कि कुछ नहीं देखा, कुछ नहीं अनुभव-स्पर्श किया, कोई स्वाद नहीं चखा, ख़ुशबू नाम की कोई चीज़ नहीं है। बस यहीं ठहर जाओ। ठहरे रहो। ...सम...सम...सम!"

स्वयं लेले ध्यानमग्न होकर बैठ गया। गहरे ध्यान में! कुछ अता-पता नहीं। यों अरविन्द बैठा रहा। उसने ध्यान में आदेश दिया, "ए आत्मा, तू अजर-अमर है, चिर सनातन है। तू आलोक की ओर जा! आलोकमय हो जा! आकार नहीं कोई ध्वनि नहीं, सर्वस्व निर्ध्वनिमय!"

एक बहुत बारीक और प्रभावशाली ध्वनि उसके अन्तर्मन में उठी। अचानक वह अदृश्य हो गयी। समन्दर...लाल समन्दर...लावा...खौलता पानी... तेज़ तूफ़ान...ओला वृष्टि...। अनावृष्टि। ...तूफ़ानों के पार तूफ़ान।

अरविन्द के सामने से यह चक्र बहुत जल्दी निकल कर सब कुछ शान्त हो गया। शून्य आकृतियों के अलावा कुछ भी नहीं रहा। विचारशून्यता–एक ऊर्ध्व अवस्था। अद्भुत! अनूठी। न वहाँ एकमद्वतीयम् था, न अनेकार्थक भाव! स्व सत्ता के अतिरिक्त किसी सत्ता के लिए वहाँ अवकाश नहीं था। अतीव विस्मयकारी निस्तब्धता, अनन्त अनिर्वचनीय निरपेक्षता! दिग्-दिगन्तरव्यापी जगत् का लोप। प्रकाश! अन्तर्प्रकाश। अप्रकाश। अद्वितीय अनहद अन्तःध्वनि! क्या था वह! क्या नहीं था। एक सरिता निर्मल झील बन गयी थी। सिर्फ़ झील। तटहीन झील! आकाशरहित झील! धरिणीरहित झील। झील में न तरंगें, न चेष्टा और न गति-अनुगति का अभाव। केवल तटस्थता! न मन, न अन्तर्मन, न मानसिक, न प्राणिक अन्तर्धारा!

लेले ने आँखें खोलीं। घड़ी देखी। चार घण्टे का समय बीत गया। अरविन्द आत्मलीन! चेष्टारहित। निर्विकार नीरवता। चैतन्य। उनका चौड़ा ललाट प्रकाशमय! उनकी बन्द आँखों में ज्योतिर्मय अनन्त। वह कह उठे, "तुम्हें लौटना है, लौटो। पहले अपने शरीर की अनुभूति करो। अपने अंगों को पहचानो।

तुम चेतना में लौटने लगे हो। दीवारें खड़ी हो गयी हैं। छत ऊपर आ चुकी है। सुनो मित्र, कठोपनिषद् कह रहा है, सुनो–

> *न तत्र चक्षुर्गच्छति न वाग्गच्छति, नो मनो न विद्मो न विजानीमो यथैतदनुशिष्यादन्ये देव तद्विदितादथो अविदितादधि। इति शुश्रुम पूर्वेषां ये नस्तद्व्याचक्षिरे।*
>
> (यानी नेत्र उस तक नहीं पहुँच सकते, न ही वाणी और न ही मन। इस कारण हम उसे नहीं जान पाते और न ही हम यह जानते हैं कि वह है क्या। वह उससे भिन्न है, जो कि ज्ञात है, वह उससे अलग है, जो कि अज्ञात है। ऐसा हमने अपने पूर्वजों को कहते सुना है, जिन्होंने उसके बारे में जानकारी दी है। जागो अरविन्द, यह जागने का समय है। उठो अरविन्द, यह उठने का समय है।)

धीरे-धीरे अरविन्द ने आँखें खोलीं। अपने चारों ओर देखा। कुछ-कुछ चकित सा हुए। उनको लगा कि बन्द आँखों में जो समाया हुआ था, वह क्या था? आँखें जहाँ नहीं पहुँच पातीं, वाणी भी जहाँ नहीं पहुँच पाती है। लेले ने पूछा, "क्या हुआ, अरविन्द?"

"मुझे क्यों वापस बुलाया, योगी?"

"लौटना तो अनिवार्य है, अरविन्द। क्या देखा?"

"वह अनिवर्चनीय, अकल्पनीय है, निस्संग है, निरपेक्ष है और..."

"तुमसे किसी ने कुछ कहा।"

"कठोपनिषद् का स्वर सुना था।"

"वह तो मैंने पढ़ा था।"

"वह मैंने सुना था, योगीराज।"

"जाना, अरविन्द, मैंने जाना।"

"क्या, योगीराज?"

"यही तुम पूर्व में भी योगी थे।"

"कौन जाने? कम-से-कम मैं नहीं।"

"मैंने जाना, अरविन्द।"

"कैसे, योगीराज?"

"तुम बहुत जल्दी समाधि में जा पहुँचे। ढोल पीटे जायें तो भी पता न चले।"

"ऐसा था प्रारम्भ से ही, योगी। मैं एकाग्र होकर अध्ययन करता रहा हूँ। एक बार अध्ययन करने बैठ गया तो जगत् का यथार्थ रास्ते में नहीं होता था। मैंने अनुभव किया कि सभा में बहुत शोरगुल हो रहा था। संयोजक बारम्बार आग्रह कर रहे थे परन्तु वातावरण उत्तेजित होता जा रहा था। संयोजक परेशान हो उठे थे। मैं उठा। मंच पर पहुँचा। इतना ही कहा, "बन्धुओ, शान्त रहिए..." और सभा एकदम शान्त हो गयी। मुझे भी अचरज हुआ कि संयोजक भी यही कह रहे थे। मैं इसका कारण नहीं जान सका।"

"मैं जानता हूँ, सभा कितनी भी अशान्त हो, यदि स्वामी विवेकानन्द मंच पर खड़े हो जाते थे तो सभा एकदम मौन। ...यह है अन्तःयोग का प्रभाव। साधना की अन्तर्ध्वनि। अज्ञात शक्ति का प्रभाव। अरविन्द, तुम योगी ही हो और शुरू से इस साधना में रत हो।"

अरविन्द भी अनुभव कर रहे थे कि उनमें अत्यन्त शक्तिशाली अनुभूतियाँ घर कर उठीं। उनकी चेतना में आश्चर्यजनक परिवर्तन हुआ कि शून्य आकृतियों का असंसार चहुँ ओर सजीव हो उठा। वह भय से परे थे। इहलोक और परलोक दोनों सत्य एक साथ सम्पूर्ण हो उठे थे। एकमएक। अप्रतिहत।

इस प्रकार लेले ने उनको योग साधना का अनेक दिन, निरन्तर, अभ्यास करवाया। अद्‌भुत अननुज्ञात अनुभव हुए। वह जान सके कि आध्यात्मिक जीवन तथा प्रयत्न पर लागू होने वाला कोई एक नियम नहीं है। न उसे किसी परिभाषा में बाँधा जा सकता है। यही कारण है कि भिन्न-भिन्न मानुषों के विकास स्तरों में उत्तर-दक्षिण जैसी असमानता है। रास्ते भी अलग-अलग हैं। वह समझ गये कि रास्ता स्वयं को ही खोजना होता है। वही रास्ता उसकी पहुँच का होता है। यही असाधारण मौलिकता है। यही नव धर्म का अन्तःप्रकाश है, जो सबको अपनी ओर आकृष्ट करता है और प्रभामण्डल बनाता है।

यहाँ से अरविन्द को एक सर्वथा नवीन दृष्टि मिली। वह सांसारिक मिथकों से हटने लगे। उनके लिए आज़ादी की दृष्टि बदलती गयी। आज़ादी के भीतर आज़ादी का यह सिलसिला सिर चढ़कर बोलने लगा। जैसे अपने बाहर-अन्दर के बाहर कोई अपरा शक्ति हो, जिसकी तीव्र अनुभूति उसे पहली बार हुई थी। उनका अनुभूति जगत् स्पर्श-अस्पर्श, भौतिक-प्राणिक

आदि से भी बाहर या अन्दर अथवा इन दोनों से परे कहीं और था। कहाँ? ...कहाँ! यह सोचकर वह उठ खड़े हुए और डूबते सूर्य को तटस्थ नेत्रों से देखते रह गये।

16

यह सप्ताह कलकत्ते के लिए शान्ति का रहा। कोई तुमुलनाद नहीं, कोई जुलूस-जलसा नहीं। सारा शहर आत्मलीन साधक-सा रहा। पुलिस के चेहरे पर रौनक थी और मूँछों में मरोड़। अरविन्द सूरत से बड़ौदा कुछ दिन रह कर लौट आये थे। हीरालाल गांगुली उनके पास आ बैठता था। वह 'वन्दे मातरम्' की तैयारी में रहते थे। अपने लिखे को इतमीनान से पढ़ते थे। सुधारना होता तो हाशिए पर लिख देते थे।

हीरालाल गांगुली पूछ रहा था, "मैं देख रहा हूँ कि आप यह लेख दो बार सुधार चुके हैं। फिर भी तीसरी बार?"

"हाँ, गांगुली, तीसरी क्या चौथी बार भी सुधारना पड़े तो सुधारूँगा।"

"परन्तु आप अपनी कविता के साथ तो ऐसा नहीं करते।"

अरविन्द हँस पड़े। कहने लगे, "बेचारी कविता को बहुत मार खानी पड़ती है। ठीक उस विद्यार्थी की तरह जिसने अव्वल नम्बरों से परीक्षा पास कर ली और फिर भी अपने पुराने कोर्स को दोहरा रहा हो।"

"ऐसा क्यों होता है?"

"मन में लगन होनी चाहिए।"

"किसके लिए?"

"कि मैं सम्पूर्ण बनूँ। ...सम्पूर्णत्व सागर है। जितनी बार डुबकी लगाओ, कम है। उसमें मोती ख़त्म होने वाले नहीं हैं। मैंने 'सावित्री' लिखी थी। पुनः उसे देखा। मन जमा नहीं। वर्णन-सा उभर कर आ रहा था। मन को उससे सन्तोष नहीं हुआ। पुनः उस पर काम करना शुरू किया। पुनः 'महाभारत' के वन पर्व को पढ़ता हूँ। फिर मैं अपनी 'उर्वशी' और 'प्रेम एवं मृत्यु' कविताएँ लेकर बैठ जाता हूँ।" वह कुछ देर सोचकर धीरे से बोले, "उर्वशी और प्रेम एवं मृत्यु का कथानक वही है जिसकी बुनावट मैंने 'सावित्री' में डाली थी।

तीनों का प्रमुख विषय था—प्रेम, मृत्यु और धरा का जीवन। 'उर्वशी' में पुरवा धरती का राज्य छोड़कर उर्वशी के साथ चला जाता है। 'प्रेम एवं मृत्यु' में प्रियम्वदा की नागदंश से मृत्यु होती है। उसका प्रेमी रूप अपनी प्रेमिका को तलाशता हुआ पाताल लोक छान मारता है। वह प्रियम्वदा को तभी लौटा पाता है, जब वह धरा जीवन का आधा भाग समर्पित करता है।''

''और सावित्री की भी यही कहानी है, यही न।''

''नहीं गांगुली, पूरी तरह यही नहीं है क्योंकि सावित्री धरती के जीवन को नहीं छोड़ती है और बिना धरती जीवन का त्याग किये अपने मृत पति को जीवित करवा कर धरती पर लौटती है। ...मैं पृथ्वी और स्वर्ग दोनों को एक बनाने की दिशा में अग्रसर हूँ। वेद भी यही कहते हैं। मैं भी पृथ्वी पर दिव्य जीवन के आभिर्भाव के सच का सपना साकार करना चाहता हूँ। भविष्य का वह सौन्दर्य-बोध जो अभी तक प्रकट नहीं हुआ और जिसे प्रकट होना है, मैं उस हिस्से को सामने लाना चाहूँगा। पर उसके लिए वक़्त चाहिए जो मुझे निकालना ही है।''

''पर कैसे, अरविन्द? वक़्त किसी को उसकी इच्छा से समय नहीं देता। यही तो वक़्त का हुनर है। सावित्री को मैं इसीलिए रच रहा हूँ कि वह समय का प्रत्युत्तर दे सके, किसी बेबसी का शिकार न हो और भूः, भुवः, स्वः के सोपान पर चढ़कर हमारी दृष्टि के सामने अपने को प्रकट कर दे। ...कृष्ण ने गोपिकाओं को अपनी बाँसुरी के मधुर संगीत से अभिभूत कर उन्हें अप्रयास ही समर्पित होने के लिए तैयार कर लिया, परन्तु 'सावित्री' हमारे युग का ऐसा भविष्य है जो इस धरा को अपने आत्म-संगीत से इतना आत्मविभोर कर सकेगी कि कृति और कृतिकार यानी सृष्टि और सृष्टा के बीच कोई भेद नहीं रहेगा।''

''तो क्या वह 'गीता' का स्थान ले सकेगी, अरविन्द?'' हीरालाल गांगुली पूछता, 'प्रतीक्षा, गांगुली, मात्र प्रतीक्षा।'

''समय का यही करिश्मा है, अरविन्द, कि वह प्रतीक्षा की सम्मोहिनी के चक्र में फँसा कर उसे समय के सामने आत्मसमर्पण करने के लिए बाध्य कर देता है।''

''पर मैं ऐसा नहीं होने दूँगा, गांगुली। मैं धारिणी को उस अलौकिक ध्वनि से आनन्द के उस अक्षयकोश को स्वतः प्रकट होने के लिए सहर्ष मना लूँगा।''

“काश! ऐसा हो सके, कवि। ...यहाँ मुझे अरविन्द नहीं, कवि का सम्बोधन रुचा है। कवि में सृष्टि और सृष्टा दोनों का संगम है। कदाचित् ठाकुर की तुम्हारे पर कृपा बने।”

“महाकवि रवीन्द्रनाथ क्या?”

“हाँ ठाकुर का कवि स्वर मुझे सदा उस अमरता तक ले जा सका है, जो मृत्यु के स्वीकार्य के सौन्दर्य को दिव्य बनाता है।”

“पर, गांगुली, ‘सावित्री’ मेरा अनुसन्धान होगी। जब से योग की तरफ़ ध्यान रमने लगा है, तब से दिव्यता, अनश्वरता, अलौकिकता, अस्वरता, निराकार स्वरूप आदि मुझमें प्रकट होने के लिए तत्पर हो रहे हैं।”

“फिर क्रान्ति...राजनीति...देश की आज़ादी...माँ को शृंखलाओं से मुक्ति दिलवाने का प्रण...और ये पत्रकारिता जो समय-समय पर श्रीकृष्ण की ‘गीता’ का अनुभव कराती है...उस सबका क्या होगा, अरविन्द?” हीरालाल गांगुली क्रान्तिद्रष्टा था और दर्शनशास्त्र का प्राध्यापक राष्ट्रीय महाविद्यालय में। दर्शन से अधिक उसे मंच पसन्द था। रवीन्द्रनाथ टैगोर की अनेक कविताओं को मिलाकर उसने नाटक की संसृष्टि की थी और मंच पर उनका सफल प्रयोग कर दिखाया था। वह देख रहा था कि सूरत से लौटकर अरविन्द में आन्तरिक परिवर्तन स्पष्ट नज़र आने लगे हैं।

“देखो मित्रवर, मुझे मानव सृष्टि का भविष्य दृष्टिगोचर हो उठा है।”

“या सूरत अधिवेशन की दुर्गति तथा मारा-मारी से मन उचटने लगा है।”

“इसमें कोई दो राय नहीं है कि उस अधिवेशन में कुरसियाँ चली थीं। मार-पीट हुई थी। मंच पर महाराष्ट्र का शेर खड़ा था और उसे घेरे खड़े थे तीन सौ के लगभग मराठे लाठियाँ लिए हुए। यदाकदा हवा में उन्हें उछालते हुए। नरम दल के नेता पिछले दरवाज़े से भाग खड़े हुए थे और ऊँचे स्वर में सारा भवन गूँज गया था—तिलक की जय, रास बिहारी मुर्दाबाद।”

“ऐसा रौद्र रूप क्यों हुआ?”

“तिलक पर व्यासपीठ की देखरेख करने वाले टूट पड़े थे। एक बार लगा कि कहीं वे वहीं ढेर न हो जायें कि तभी शंखनाद हुआ और तीन सौ मराठे हाथों में लाठियाँ लिए मंच पर आ गये। निःसन्देह वह दृश्य भयावह था। कुरसियों के अंजर-पंजर ढीले हो गये थे। पुलिस अन्दर आ गयी थी और उसने भी लाठी बरसाने में कसर नहीं छोड़ी।”

"वह छोटा-सा महाभारत था।"

"शायद। ...महाभारत ही था। देश की आज़ादी चाहने वालों का यह रौद्र रूप कल्पनातीत था। अंग्रेज़ों के हाथ अच्छा अवसर आया था—बाँटों और राज्य करो। मुझे तीन दिन के सूरत प्रवास ने बेतरह झकझोर दिया था, लेकिन मैं तिलक की तरह घबराया नहीं था। मैंने कहा भी था—बढ़ता है और रोकने से दरिया। मुझे नरम दल का अंग्रेज़ी सरकार के सामने हाथ फैलाना बहुत अखर रहा था।"

"वहाँ आपने भी तो सम्बोधन दिया था।"

"हाँ पर शान्त होकर, शान्त भाव से बिना उत्तेजना-आक्रोश के सहजता से। हाँ, उसे लोगों ने शान्त भाव से सुना था—कहीं रोका-टोका नहीं हुई। मैंने वहाँ श्रोताओं को नारायण मानकर नमन अवश्य किया था।"

"क्या सचमुच आपने उन्हें नारायण मान लिया था?"

"झूठमूठ क्यों, गांगुली? मेरे जीवन में झूठ के लिए कोई स्थान नहीं है। मेरे दिल में सब साक्षात् नारायण थे, यही कारण है कि तत्काल श्रोताओं में अपने जीवन का सर्वस्व समर्पित करने का मन बना। जब मैंने कहा कि अपने स्वेदश में बंगालियों को विदेशी न बनाओ, तब सभा का मन आर्द्र हो उठा था, परन्तु गांगुली अब, हालाँकि मैंने 'वन्दे मातरम्' का सम्पादन सँभाल लिया है, लगता है कि...। ख़ैर, अभी कुछ नहीं ...प्रतीक्षा...मात्र प्रतीक्षा।"

"आपने तो 'वन्दे मातरम्' के 8 फरवरी, 1908 के अंक में स्पष्ट लिखा था कि 'ये क्रान्ति के दिन हैं और आज की इस कीर्ति, जनप्रियता और ठाठ-बाट को भविष्य में फेंक दिया जायेगा। आज जिस मनुष्य की गाड़ी सहस्रों जन खींच रहे हैं, जिसके लिए 'वन्दे मातरम्' के नारे लग रहे हैं और जिस पर फूलों की वर्षा की जा रही है, कल उसका कोई हाल नहीं पूछेगा। हो सकता है कि उसे दुत्कार कर उसकी बोलती बन्द कर दी जाये। यह भी हो सकता है कि जिसे आज प्रगतिशील आन्दोलन का सिरमौर माना जा रहा है, राष्ट्रवाद का व्याख्याता और देशप्रेम की साक्षात् सजीव मूर्ति कहा जा रहा है, उसे पीछे खदेड़ कर अलग-थलग कर दिया जाये, वह अपनी महत्वाकांक्षा तथा मिथ्याभिमान का जीता-जागता स्मारक बनकर रह जाये।"

"तुम पढ़कर सुना रहे हो वही सत्य है। हमें देश की सेवा, क़ुर्बानी के बदले में कुछ मिल सकेगा, यह सोचना भी ग़लत है। ...क्या हम भारत माँ की सेवा पुरस्कार के लिए कर रहे हैं? क्या हम ऐसा पैसा लेकर कर रहे हैं? देशभक्त देश के लिए जीता है, उसी के लिए मरता है, क्योंकि वह ऐसा माँ के आदेश पर करता है। परन्तु सूरत अधिवेशन में महत्वाकांक्षा का प्रदर्शन जिस स्तर पर किया गया है, वह शोचनीय है। हालाँकि मैं जानता हूँ कि एकदम से ऐसा माहौल नहीं बन सकेगा। फिर भी, हम अच्छे भाव से, सम्पूर्ण त्याग से और निःस्वार्थ हृदय से ऐसा सोचकर आगे बढ़ना चाहते हैं।" अरविन्द के सामने वहाँ का एक-एक दृश्य आता गया। वह सोचने लगे, इस दिशा में आगे बढ़ने वाले ज़रूर आयेंगे। ...सहस्त्रों वर्षों की ग़ुलामी का भार एक झटके से उतार कर नहीं फेंका जा सकेगा। वह तो देश के आज़ाद हो जाने के बाद भी बराबर बना रहेगा। शायद ग़ुलामी से ज़्यादा।

"क्या यह भी एक तपस्या नहीं है।"

तभी एक सज्जन आये और कहने लगे कि मुझे भी सेवा का अवसर दे सकेंगे क्या?

"कहिए, मुझे क्या करना होगा?"

"'वन्दे मातरम्' की एक सौ प्रतियाँ मुझे चाहिए।"

"मिल जायेंगी।"

"रोज़।"

"हाँ रोज़ मिल जायेंगी।"

"तो यह दस रोज़ की अग्रिम राशि सँभालिए।"

"यह काम मेरा नहीं है, महाशय। कृपया कैशियर को आ जाने दीजिए।"

"मेरे पास समय का अभाव है।"

"पर मेरे पास नहीं है।"

"मैं मदद करना चाह रहा था।"

"तो सीधे-सीधे भारत माँ की क्यों नहीं करते? क्यों नहीं उसके चरणों में शीश चढ़ाते?"

"सम्पादक।" उसने तेज़ आवाज़ में कहा।

"अभी तक आप ठीक थे। कुछ पलों में ही आवाज़ बुलन्द हो उठी, क्या उसकी कोई ख़ास वजह है?"

"आप होशियार मत बनिए।"

"यह मेरे हाथ में नहीं है, महाशय। कृपया मतलब की बात पर आइए।"

"मैं यह अख़बार रोज़ अलग-अलग स्थान पर जलवाऊँगा।"

"तो आप ही वह महान व्यक्ति हैं, जिन्होंने कई बार हॉकर्स से अख़बार छीन कर जलवाये थे।"

"आप समझदार सम्पादक हैं, जो मेरी बात को तत्काल समझ गये।"

"मुझे खेद है महाशय, इस वक़्त आप मेरे द्वार पर हैं और मुझे अतिथि देवो भव का आशय मालूम है।"

"जो लोग दिन में 'जननी जन्मभूमिश्च स्वगादपि गरीयसी' की महिमा में लम्बे चौड़े भाषण देते हैं, वे रात मे। ..."

"अब तुम्हें चला जाना चाहिए, महाशय।"

"ना जाऊँ तो?"

"मैं चला जाऊँगा।"

अब उसके पास लड़ने का और कोई तरीक़ा नहीं था। फिर भी उसने हिम्मत नहीं हारी। वह कहने लगा, "यह सब चलने वाला नहीं है, मिस्टर।"

"वह बाद की बात है। फ़िलहाल और कोई बात हो तो कहो।"

"तुम सीधे रास्ते पर आ जाओ।"

"मैं तो सीधे रास्ते पर ही हूँ।"

"यह तुम कैसे कह सकते हो?"

"जैसे आप कह रहे हैं और हम सुन रहे हैं, ठीक उसी तरह।"

"यह तुम्हारा दम्भ बोल रहा है, सम्पादक।"

"पता नहीं।"

"यह देखते हो।" उसने चाकू खोल लिया।

"तुम यह देख रहे हो, महाशय।" अरविन्द ने छाती खोल दी। हीरा लाल गांगुली घबरा कर इधर-उधर देखने लगा। उसे कुछ नहीं सूझ रहा था।

अरविन्द कह रहा था, "माँ को ग़ुलामी से छुड़ाने निकले हैं। शीश चढ़ाने की आरज़ू है। तुम अपना काम करो, महाशय। ...गांगुली, तुम एक शब्द नहीं बोलोगे। एक काग़ज़ लाओ, हम उस पर लिख देगा—आत्महत्या की है। किसी को परेशान नहीं किया जाये। ...यह महाशय भी यहीं जन्मे हैं।

इनमें भी वही रक्त बह रहा है, जो मेरे-तेरे और हर हम जैसे इन्सान में। मृत्यु के बाद इस महाशय को कोई परेशान न करे...''

''इसलिए तुम काग़ज़ पर लिखोगे।''

''हाँ लिखूँगा। माँ तो वह इन महाशय की भी है। फिर मैं नहीं रहा तो क्या उसका दूसरा पुत्र तो है।''

''नहींऽ, मोशाय, नहीं। हमें माफ़ कर देना। हमें नहीं मालूम था कि तुम्हारा दिल इतना बड़ा है।'' इसके बाद वह वहाँ रुका नहीं, तुरन्त तीर की तरह चला गया। अरविन्द उसकी ओर देखता रहा। हीरालाल गांगुली अवाक् रह गया।

उसने कुछ समय बाद पूछा, ''अरविन्द, यह क्या था?''

''जो कुछ भी था, अच्छा था। अब वह हमारे अख़बार को जलने नहीं देगा। हमने एक दोस्त पा लिया है, गांगुली। ...दुश्मन एक बार दोस्त हो जाये तो समझ लो, तीर मार लिया।'' यह कहकर अरविन्द ने अपना बैग उठा लिया। हीरालाल गांगुली भी उनके साथ चलने लगा। वह कहता जा रहा था, ''तुम्हें क्या लगता है कि वर्तमान स्थिति में सुधार होगा।'' अरविन्द ने रुककर कहा, ''अवश्य, गांगुली। हालात तेज़ी से बदल रहे हैं। अच्छे संकेत मिल रहे हैं। सरकार का रुख़ बदला है। उस पर दुनिया की भी निगाहें हैं। देखो, भाई, हमें भी अपने आपको बदलने के लिए प्रयत्न करने चाहिए। विदेशी सरकार राज़ी-ख़ुशी कूच कर जायेगी यदि हमने हालात के साथ छेड़छाड़ नहीं की और सरकार के हाथ में अपनी चोटी नहीं दी। लो, आपकी टमटम सामने है। आप जाइएगा।''

वह चला गया। अरविन्द पैदल ही आगे बढ़ गया। आज जो हुआ, उसके पीछे कौन हो सकता है? सरकार अपने एजेंटों से ऐसे काम करवा रही है। हौसले तोड़ रही है। अभी तक तो उसके सामने कुछ नहीं हुआ। वह अभी घर पर पहुँचा ही था कि उसको सूचना मिली कि हीरालाल गांगुली का किसी ने कत्ल कर दिया। अब क्या अरविन्द बैठ पाता? वह तत्काल विक्टोरिया पकड़कर उसके घर की ओर चल दिया।

17

मृणालिनी शिलांग चली आयी। कुछ दिन कलकत्ते गिरीशचन्द्र बोस के यहाँ रह कर। यहाँ आकर साल-दर-साल गुजर गये। लगभग तीन साल। उसने 30 अगस्त, 1905 के पत्र का उत्तर दिया था, परन्तु विलम्ब से। उत्तर में संकेत दिया था कि वह उनके पास रहकर ही कुछ समझ सकेगी कि उसे क्या करना है और कैसे करना है? वह समाज छोड़कर कहीं नहीं जा सकेगी, ऐसी फ़िलहाल उसकी मानसिकता नहीं है।

कुछ दिनों के लिए वह पुनः देवघर लौट आयी थी उसके मामा के घर उनके निर्देश पर। वह चाहते थे कि वह स्थिर हो जाये तो उनकी चिन्ता मिटे। सलाह देते रहते थे कि उसे अकेले रहने से कष्ट होता होगा। यदि वह अपने मन को दृढ़ कर सके और श्रद्धा विश्वास पर बनी रहे तो मन के ऊपर दुख का आधिपत्य कम हो सकेगा।

यह लिखकर समझाना कितना आसान है कि उसके भाग्य में यह दुख अनिवार्य है, बीच-बीच में विच्छेद होगा ही। इसका स्पष्ट कारण यह है कि वह सामान्य जन की तरह परिवार एवं स्वजनों के सुख को अपने जीवन का प्रमुख उद्देश्य नहीं बना सकते। ऐसी सूरत में उसे उनका धर्म ही उसका धर्म मान लेना चाहिए। उनके कार्य की सफलता में ही उसे अपना सुख मान लेने के अलावा कोई चारा नहीं है।

इस कारण उसके पिता भूपालचन्द्र बसु और उसकी मम्मी में भी कटुता पैदा हो रही थी। अभी तीन-चार दिन पहले की बात है। उसकी मम्मी कह रही थी, "मैंने कहा था, जिसका परिवार न हो वहाँ अपनी औलाद को सौंप देना, ठीक नहीं है। उसके भाइयों का परिवार भी अपने-अपने में मशगूल रहता है। किसी से किसी को मतलब नहीं है और कौन है उसका?"

"कितनी बार इस पुराने टेप को सुनाती रहोगी। सोचा तो अच्छा ही था पर...।" गिरीशचन्द्र बसु आगे कहते हुए ठिठक जाते थे।

"अपनी तो बच्ची की ज़िन्दगी पर बन आयी है। जितने मुँह उतनी बातें। समाज में उठना-बैठना मुश्किल हो गया है। कहीं भी मुँह दिखलाने के लायक नहीं रहे, तीन साल हो रहे हैं। अपने समाज की आँखें देखती हैं।

एक ने तो कह भी दिया, "सुहागिन बेटी को कब तक घर में बैठाये रहोगी? बेटी तो पराया धन होती है।"

"तो क्या करूँ?"

"तुमने उस बाबा जी से अपनी राजकुमारी जैसी लड़की को क्या सोचकर बाँध दिया था? उनसे कहो जो बिचौलिया बने थे।"

"उससे कुछ नहीं होना।"

"तो एक काम करो।"

"क्या?"

"तलाक करा दो। अभी तो मीनुदी जवान है—बीसेक वर्ष की हुई है। कोई दूजा सामने आ ही जायेगा और बेचारी सिर ढँक कर शेष ज़िन्दगी गुजार लेगी।"

"अब तुम क्या कहते हो, मीनुदी के पिता?"

"मैं पत्र लिखूँगा।"

"पत्र नहीं, नोटिस भेजो ताकि वह भी ईश्वर की राह में बेरोकटोक आगे बढ़ता जाये और अपनी बच्ची को भी उस साधु से मुक्ति मिले।"

"तू जल्दबाज़ी बहुत करती है और एकदम शिखर पर जा बैठती है।"

"तो क्या तुम उसके बूढ़े होने का इन्तज़ार करोगे। ज़रा अक़्ल से काम लो। दूल्हा राजे ने अपनी लाड़ली को कोई छह साल से छोड़ा हुआ-सा ही है। कलकत्ते तक आया, पर देवघर नहीं आया और शिलांग तो शादी के बाद तीन दिन के लिए आया। तब से क्या उसने फिर कभी अपनी सूरत दिखलायी? क्या किसी को लेने भेजा?"

"वह सब सही है, पर एक बार अपनी बेटी का मन तो टटोल कर देखो, वह क्या कहती है?"

"अब बेटी को बीच में क्यों ला रहे हो, तब क्या हमने-तुमने अपनी लाडो की ज़रा-सी भी सुनी थी।"

"तब वह सिर्फ़ हमारी बेटी थी और अब वह अरविन्द की पत्नी है।"

"यानी हमारी कोई नहीं क्या?"

"है क्यों नहीं, परन्तु पहला हक़ उस पर उसके पति का है।"

"तुमसे कुछ नहीं बनेगा। कभी बना भी नहीं है। एक नम्बर के दब्बू

इन्सान रहे हो। कभी भी मर्दों जैसा निर्णय नहीं लिया है। यह काम भी, लगता है, मुझे ही करना पड़ेगा।''

''तू सिर्फ़ अपनी लाड़ली से एक बार पूछकर देख ले। आख़िर काग़ज़ात पर हस्ताक्षर तो उसके ही होंगे। वह नहीं मानी तो?''

''चलो, यह भी आजकल में देख लेती हूँ, फिर?''

''फिर तू जो कहेगी, वह करूँगा।''

''वादा करते हो?''

''हाँ वादा, अपने सिर की क़सम।'' कहकर गिरीशचन्द्र बसु ने अपने सिर पर हाथ रख लिया।

''अरे...अरे...यह क्या करते हो? उनका हाथ अपने सिर पर रखकर कहा, ''अब लो तो क़सम, मीनुदी के पिता।''

''तू इतना प्यार करती है, मीनुदी की माँ।''

''तो और कौन करेगा! माँ के बाद दूसरे नम्बर पर पत्नी ही आती है और कभी-कभी पहले नम्बर पर क्योंकि वह अपना सर्वस्व निछावर करने में नहीं चूकती।''

''हाँ समझता हूँ।''

''क्या तुम या मैं अलग-अलग रह सकते हैं?''

''कभी नहीं?''

''मुझे पीहर में भी नहीं छोड़ पाते थे।''

''हाँ, मीनुदी की माँ, तू सच कहती है। प्यार होता ही अन्धा है।''

''यह अपने दामाद को भी समझाओ ज़रा।''

''कैसे?''

''क्या करूँ?''

''करना क्या है? कलकत्ते से भी आ गया है, तब तो...''

''हाँ, तब तो।''

''क्या तब तो...दाल में कुछ काला है। ...नहीं तो उसे अपने साथ तो रख सकता था। आख़िर वह उसकी दुश्मन तो नहीं है, पत्नी है।''

''तो कल मैं कलकत्ते जाता हूँ। उधर तू मीनुदी का मन टटोल कर बताना।''

''वहाँ अपने मित्र बोस को भी ले जाना। उन्होंने ही तो...''

"पर उन्हें क्या पता था? ...ख़ैर, इस समय परस्पर दोषारोपण नहीं करना चाहिए। बोस मेरा दोस्त ही नहीं, भाई भी है। वह स्वयं दुखी है। उधर उसकी पत्नी चारू उसका चैन हराम किये है। मीनुदी तो उसकी मुँह बोली बेटी थी।"

"अब नहीं है क्या?"

"क्यों नहीं। बड़ौदा से मीनुदी को लेकर अरविन्द वहीं रुका था। उसे अपने दामाद से अधिक महत्त्व दिया था। सारे घर में ख़ुशी की लहर दौड़ गयी थी।"

"मैं ईश्वर से प्रार्थना करता हूँ कि वह इन विषम परिस्थितियों में हमारी मदद करे, सद् दृष्टि प्रदान करे और हमें इस विकराल कठिनाई से उबारे। मैं कलकत्ते जाने का कार्यक्रम शीघ्र बना लूँगा। तुम चिन्ता मत करो और ईश्वर पर विश्वास रखो। हमने अपनी बेटी को कितने लाड़-प्यार से पाला-पोसा है। उसका बचपन मेरी आँखों के सामने जब नाच उठता है तब मेरे आँसू झरने लगते हैं। ईश्वर को कोई सज़ा देनी है तो वह हमें दे, हमारी बेटी को नहीं? वह विमल बुद्धि की सरल चित्त वाली सेवाभावी फूल-सी राजकुमारी है।"

"यही तो दुख मुझे दिन-रात मारे डाल रहा है। कुछ करने नहीं देता। पगला जाती हूँ।"

"अच्छा अब सो जाओ। रात के..."

"क्या रात, क्या दिन, मीनुदी के पिता, हमारे लिए सब बराबर हैं।"

"समझ सकता हूँ, मीनुदी की माँ, सब समझ रहा हूँ। फिर भी, यों पगला जाने से क्या होगा? कौन-सा द्वन्द्व कटेगा! सम रहने का प्रयास करो, ईश्वर पर भरोसा रखो। कर्त्ता वह है, हम नहीं। बीज उसने बोये हैं, फसल भी उसकी है और वही काटेगा। वह नहीं, तटस्थ द्रष्टा हम हैं। जिससे तुम्हें दैहिक, मानसिक और आध्यात्मिक कमज़ोरी अनुभव हो, उसे विष की तरह त्याग दो। हृदय की शक्ति तो असीम है। तू उस पर भरोसा रख। सुन मुझे नीति शतक का यह श्लोक याद पड़ रहा है। मेरी उससे पीड़ा कम होती है। तू भी ध्यान दे–

निन्दन्तु नीतिनिपुणा यदि वा स्तुवन्तु लक्ष्मीः समाविशतु गच्छतु वा यथेष्टम्।

अद्यैव वा मरणमस्तु युगान्तरे वा न्याय्यात् पथः प्रविचलन्ति पदं न धीराः।

"मुझे संस्कृत कहाँ आती है?"

"तो इसका अर्थ सुन। नीति शतक के रचने वाले राजा भर्तृहरि कहते हैं कि भले नीति-निपुण व्यक्ति निन्दा करें अथवा प्रशंसा, लक्ष्मी आये अथवा अपनी इच्छा के अनुसार जहाँ चाहे चली जाये, मृत्यु आज हो अथवा सौ वर्ष बाद हो, धीर व्यक्ति तो वह है, जो न्याय के पथ पर अविचलित होते हुए अग्रसर होता है। ...अपने धीरज को हमें नहीं खोना है। ...अच्छा तो मैं चलता हूँ।"

वह चले गये। मृणालिनी के मन में फाँस छोड़ गये। एक उसके कारण सब दुखी हैं। क्या सोचा था? क्या वह स्वप्न नहीं था? नैनीताल मे। ...भीगते हुए जब उन्होंने पहली बार बाँहों में भर लिया था। देह का रोम-रोम पगला उठा था। आनन्द के वे क्षण...एक बार नहीं, अनेक बार पागल बनाते गये। वह समझी कि जीवन वही है। जीवन का अमृत-आनन्द तथा परम सुख वही है। उनसे अलग बिताये दिनों में वे ही निर्झर दिन उसके मन को बेचैन करते रहे। फिर जैसे-जैसे समय बीतता गया, वैसे-वैसे आनन्द का वह प्रबल अनुभव घने अवसाद में बदलता गया। लोक-लाज के मेघ घिर उठे, सपने काँच के बरतन की तरह गिर कर बिखर उठे। कोई अपना नहीं रहा। अपने भी आँख में गड़ने लगे। क्या है ये जीवन? क्या है इसका सुख-दुख? क्या मिल रहा है उन्हें? क्या वह नहीं जानते कि इस तरह से पत्नी को चुपचाप अपने रास्ते से हटाने से उस पर क्या बीत रही होगी?

वह अपने ही राग अलापे जा रहे हैं जैसे हम पर कुछ बीत ही नहीं रही है। पत्र में लिख रहे हैं—(6 दिसम्बर, 1907)—वह काम में ऊपर से नीचे तक धँसे हैं, उन्हें मरने की भी फ़ुर्सत नहीं है। वे अपने काम को बीच में छोड़ नहीं सकते। तो न छोड़ो, बाबा। उसे अपने साथ एक कोने में तो पड़ा रहने दो। वह उनके लिए बाधा थोड़े ही बनेगी?

लेकिन वह लिखते हैं कि उनके लिए अत्यन्त दुश्चिन्ता का समय है। चहुँ ओर से खींचतान चल रही है। उस खींचतान से उनका दिमाग़ अस्थिर हो उठा है। ऐसे वक़्त यदि वह भी अस्थिर हो जायेगी तो उनकी चिन्ता और दुर्भावना बढ़ जायेगी। वे चाहते हैं कि वह उन्हें उत्साह और सांत्वना से भरा पत्र लिखे, तो उससे उन्हें विशेष शक्ति मिलेगी और फिर वह प्रसन्नचित्त होकर विपत्ति और भय को निष्प्रभ कर सकेंगे।

उन्हें इतना भी याद नहीं है कि वह देवघर से कब की शिलांग आ चुकी है। उनकी लाड़ली बहन के ताने सुन-सुनकर। पत्र पढ़ा हो तो पता चले। उस पत्र का उत्तर कब दिया! उन्हें अपने पागलपन की चिन्ता सता रही है, लेकिन अपनी पत्नी की नहीं जो अर्ध-विक्षिप्त-सी होती जा रही है। वाह! वाह!! क्या कहना कि वह अपने मन को सुदृढ़ बनाये और श्रद्धा-विश्वास पर बनी रहे तो दुख उस पर अपना आधिपत्य नहीं जमा पायेगा। नही। ...नहीं पति देवता, नहीं। बहुत हो गया! नीति विशारद कला के मर्मज्ञ बहुत हो गया। तुम्हारे पत्र का प्रत्येक शब्द तीर की तरह चुभ रहा है! वह कितनी बार पढ़ेगी...याद करेगी उन पत्रों को, उनके तेवरों को और कब तक भड़कने वाले मंजरों की ओर देखती रहेगी!

भगवान! भगवान!! भगवान!!! भगवान सिर्फ़ उनके हैं, औरों के नहीं। साहब 8 जनवरी, 1908 को आ रहे थे। सब जानते थे। घर में एक नयी उमंग, एक नयी रौनक और एक रोशनी की लहर पैदा हो गयी थी। एक सिर्फ़ वह थी जिसके चित्त में न कोई उल्लास था और न उत्साह! खोखला पड़ा था उसका मन! निढाल पड़े थे स्वप्न! भय-आकांक्षा की बीजुरी कड़क कर कौंध रही थी। नहीं आये तो! ऐसा कई बार हो चुका है। मन मसोस कर रह जाना पड़ा है। और वह फिर हुआ तो...सारा घर-मुहल्ला अवसाद में डूब जायेगा। सुधीरा आयी हुई थी, उसे भी काफ़ी दुख हुआ। माँ ने डरते हुए पूछ लिया, "मीनुदी, एक रास्ता है।"

"कैसा रास्ता, माँ?"

"वर्तमान स्थिति से उबरने का!"

"वह क्या है?" न चाहते हुए भी उसने पूछ लिया।

कुछ देर तक माँ ख़ामोश पत्थर की शिला अहल्या-सी बनी रही और फिर अचानक कह बैठी, "तलाक़।"

मृणालिनी के मनोमस्तिष्क में गूँजता रहा चक्रवात-सा तलाक़, तलाक़, तलाक़। सिर्फ़ तलाक़। तीन अक्षरों का चक्रवात। वह घबरा उठी। एक बार मन में आया कि वह अपने माथे को भीत पर दे मारे! लहू का नव प्रपात फूट उठे। परन्तु नहीं, वह ऐसा कुछ नहीं कर सकी। उसने अपने को सँभाला। धीरज दिया। फिर धीरे से कहा, "माँ, उससे क्या होगा? क्या तू मानती है कि उससे मुझे छुटकारा मिल जायेगा? क्या मेरे रिसते घावों की मरहम-पट्टी

हो जायेगी? क्या मेरा उत्पीड़न बन्द हो जायेगा? क्या लोक-लाज पर मिट्टी पड़ जायेगी? माँ, बता तो उससे क्या होगा?"

वह क्या बोले? किंकर्तव्यविमूढ़-सी रह गयी वह एक बार! उसने इतने प्रश्नों के उठने की बात सोची ही नहीं थी उसने नहीं सोचा था कि वह मिट्टी की दीवार यों ढह पड़ेगी और आँधी बन चक्रवात-सी घूमने लगेगी। नारी की पीड़ा नारी ही जान सकती है। वह काग़ज़ पर लिखा फुटनोट मात्र नहीं है। जीवन है। धड़कता हुआ सह-जीवन है। सम्पूर्ण समर्पण का अन्तर्नाद। फिर भी उसने कहा, "मीनुदी, कम-से-कम एक से तो पिण्ड छूटेगा।"

"उससे आगे क्या फिर कोई दूसरा होगा, माँ! स्त्री की और कितनी परीक्षा! कितना दण्ड और कितनी अवमानना!"

"हाँ मेरी लाडो, तू सच कहती है। सीता का सम्पूर्ण सतीत्व अग्नि परीक्षा के बाद भी उसे नहीं सँभाल पाया! ...उसकी अग्नि परीक्षा क्यों? पुरुष की क्यों नहीं? कौन होता है यह पुरुष समाज द्रौपदी को भरी सभा में नंगा करने का प्रयत्न करने वाला! ताल ठोंक कर अपनी जंघा पर उसे बैठाने वाला! मेरा सिर चकराने लगता है, बेटी। जी चाहता है कि आग लगा दूँ। फिर रुक जाती हूँ यह सोचकर कि किसमें? ...तेरे पापा भी तो पुरुष हैं। उन्होंने तो तुझसे भी कभी कुछ नहीं कहा। सदा तेरा ही पक्ष लेते हुए कहते रहते, "मीनुदी की माँ, लड़की पराये घर की शोभा है। उसे अपने घर में क़तई मत रोक-टोक। पराये घर की कौन जाने? खेल-कूद लेने दे। उसे अपने मन की कर-करा लेने दे...वे भी तो पुरुष हैं।"

"हाँ, माँ, मेरे पापा तो देवता हैं। ...उनसे मुझे कोई शिकायत नहीं है।"

"है, रानी है। शादी जो कर दी, तेरे न चाहने पर। तू अभी पढ़ना चाहती थी।"

"माँ, ऐसा कुछ नहीं है। शादी तो होनी ही थी आगे-पीछे। फिर पापा ने तो मेरा भला चाहा था। वो तो मेरी तक़दीर का खोट निकला, माँ। उसके लिए किसी को दोष देना भारी भूल है। ...पर अब तलाक़, ना...। क्या भरोसा कि दूसरा ऐसा नहीं निकलेगा? काठ की हाँडी बार-बार आग पर नहीं चढ़ती। अब तो जो हो गया, सो हो गया! जो आगे होगा, वह कम-से-कम इससे बुरा तो नहीं होगा। पर माँ अब कभी तलाक़ शब्द ज़बान पर मत लाना, इतना मेरे पर रहम करना। यह मेरी आप सबसे हाथ जोड़कर विनती है।

मृणालिनी की आँखें भर आयीं, गला भर्रा उठा और चेहरा अस्त होते सूर्य-सा अवाक् रह गया।''

वक़्त ने करवट बदली या कुछ और हुआ, उसे नहीं मालूम। उनका पत्र आया। लिखा था, ''मृणालिनी, जहाँ भगवान ले जाते हैं, वहाँ जाना पड़ जाता है...तुम्हें लिखा था, ख़ूब सोच-समझ कर लिखा था कि 8 तारीख़ को पहुँच रहा हूँ, पर यह भगवान को मंजूर नहीं हुआ। इस बार मैं अपने काम से नहीं गया था, भगवान के काम से गया था। अब मन की अवस्था दूसरे प्रकार की हो गयी है। वह बात पत्र में प्रकट नहीं कर सकता। तुम यहाँ आओगी तब बताऊँगा। इस समय तो इतना ही कह सकता हूँ कि अपनी इच्छा के अधीन नहीं रहूँगा। जहाँ भगवान ले जायेगा, वहीं कठपुतली की तरह चल पड़ूँगा। वह जो कराएगा, उसे कठपुतली की तरह करूँगा। यह बात वह अभी नहीं समझ सकती, परन्तु उससे यह सब कुछ कहना ज़रूरी है वरना उनकी ये गतिविधियाँ, उसके आक्षेप और दुख का हेतु हो सकते हैं। वह समझ सकती है कि वे उसकी उपेक्षा करके काम कर रहे हैं, लेकिन वास्तव में ऐसा कुछ नहीं है। मानता हूँ कि आज तक उन्होंने उसके प्रति बहुत से अपराध किये हैं, जिनके कारण उसका असन्तुष्ट होना स्वाभाविक हैं।''

परन्तु वह क्या करें, अब वह स्वाधीन नहीं रहे। उसे यह समझना होगा कि उनके सारे कार्य उनकी इच्छा पर आश्रित नहीं हैं, बल्कि भगवान के आदेश पर हो रहे हैं। जब वह वहाँ आयेगी तब वह उनके इस मन्तव्य को जान सकेगी। उम्मीद है कि भगवान ने अपनी महती करुणा से उन्हें जो प्रकाश-पथ दिखलाया है, वह उसे भी दिखलायेंगे। यह उनकी इच्छा पर है! यदि वह उनकी सहधर्मिणी बना रहना चाहती है, तो उसे प्राणप्रण से प्रयत्न करना होगा, जिससे वह उसे भी करुणा-मार्ग दिखा सकें।''

क्या वह अभी तक उनकी सहधर्मिणी नहीं है? उसे आदेश था कि वह यह पत्र किसी को न दिखाये। कारण, इस पत्र में उन्होंने अत्यन्त गोपनीय बातें लिखी हैं। यह बातें उन्होंने उसके अलावा किसी पर प्रकट नहीं की है। वह भी प्रकट करे।

—उसका स्वामी।

कितने अधिकार से पत्र लिखा था। कितने सोच-समझकर पत्र लिखा था! उसे किसी पर ज़ाहिर करना भी मना था। गोकि वह घुट-घुट कर मरे,

परन्तु उस घुटन को प्रकट नहीं करे। क्या वास्तव में भगवान है? यह ब्रह्माण्ड क्या कोई एक व्यक्ति या एक शक्ति रच सकती है? क्या भगवान अपना दरवाज़ा लगाकर बैठते हैं? ...ओह! यह उसे क्या होने लगा है? ...एक बार आओ, अपने साथ ले जाओ। देखने दो। समझने दो। मात्र पत्र से झूठी दिलासा देने से क्या होगा! एक बार वह उसके पापा से आग्रह तो करते वे उसे कलकत्ते छोड़ आते? तब न आती तो कहते। पत्र किसी पर ज़ाहिर भी न करूँ और पापा को लेकर पुनः उनकी चौखट पर जा पहुँचूँ। नहीं, यह कभी नहीं होगा, भगवान के सुपुत्र। वह भी मान-सम्मान वाली है। बिन बुलाये, अपने घर में तो मर सकती है, परन्तुं उनकी चौखट पर पाँव नहीं रखेगी। सुहागिन का मान रखना ही पड़ेगा। उसने भी अपना हृदय खोलने का साहस दिखलाया और एक पत्र रात के सन्नाटे और बहती ठण्डी हवा के साथ लिख दिया। पत्र में लिखा था—

मेरे हृदय सम्राट,

आपका पत्र मिला। पढ़ा। पहले पत्रों के साथ भी पढ़ा। आप भगवान का काम करने लगे हैं, यह जानकर कुतूहल भी हुआ और गौरवानुभूति भी। कुतूहल इसलिए कि मैंने कभी भगवान नहीं देखे। भगवान देखना अपने आप में गौरव की बात है। मैं भी भगवान देखना चाहूँगी यदि उनका अपार करुणा का वरद हस्त मेरे पर हुआ।

आप मुझे बुलाना चाहते हैं, ऐसा कुछ-कुछ लगता है। आपने बहुत-सी ऐसी बातें लिखी हैं, जिनको मैं पूरी शक्ति लगाकर नहीं जान-समझ सकी। परन्तु आपकी पत्नी होने के नाते मेरा प्रयत्न है कि मैं तुम्हारे दिखलाये रास्ते पर चलूँ। आप भगवान के दिखलाये रास्ते पर चल पड़े, तो मुझमें भी यह उम्मीद जगी है कि मैं तुम्हारे रास्ते पर चलूँ यानी मैं तुम्हारा अनुकरण करूँ, क्योंकि पत्नी का देवता-भगवान जो भी कुछ है, वह उसका पति है, मुझे तो यही बोध है।

एक बात मन में उठी है। तुम्हारा ईश्वर सबका ईश्वर भी तो है। उसकी दृष्टि में सब बराबर हैं। वह अन्तर्यामी भी है। तो क्या वह आपको यह नहीं कहता कि जाकर अपनी पत्नी को ले आओ। क्या उस तक मेरी आवाज़ नहीं पहुँचती? पहुँचती होती तो अब तक वह यह कह देता और आपको उसका यह काम करना ही पड़ता। अब जैसा आपको आपका

भगवान आदेश दे, वही कीजिए। आप आयेंगे तो हम भगवान दर्शन करने के लिए आपके साथ दौड़ पड़ेंगे। क्षमा कीजिए यदि हमसे कोई ग़लती लिखने-लिखाने में हुई हो तो।

आपकी चिरदासी।

—मृणालिनी।

अब उसका मन कुछ हलका हुआ और उसने मन-ही-मन कहा, "हे भगवान, यह पत्र भी आपने लिखाया है। अपने भक्त को आज्ञा दीजिए कि वह आयें और अपने साथ ले जायें। यदि वास्तव में तुम हो और सबके मन की जानते-मानते हो तो...। आगे क्या कहूँ, अन्तर्यामी।" वह यह सब सोचती हुई कुर्सी से उठ खड़ी हुई। उसे पहली बार अपने पत्र से सन्तोष हो रहा था और लग रहा था कि कुछ-न-कुछ अनुकूल अवश्य होगा।

18

अभी हालात बिगड़े हुए थे। सन्देह के मेघ आँखमिचौनी खेल रहे थे। अरविन्द के लिए भी यह समय उठा-पटक का था। योग की ओर बढ़ता हुआ झुकाव उनके सामने एक नये मार्ग की ओर बढ़ने का आग्रह कर रहा था। उनको लग रहा था कि मानव जीवन एक कल्पनातीत गूढ़ रहस्य है। यह सोचकर आध्यात्मिक यथार्थवाद की पगडण्डी पर चल पड़े थे। अब उनकी समझ में इहलोक तथा परलोक का अन्तर मिट चला था। उनमें अनुभूतियों का एक सर्वथा नवल संसार उदय हो रहा था। यदाकदा उनको असीम शान्ति मिली थी, जिसमें सूक्ष्म लहर तक नहीं उठती थी, वह शान्ति उतर कर चुपचाप फैल जाती थी। वह स्वयं को आश्चर्यचकित होकर देखते रह जाते थे।

सन्ध्या रुपहली होकर अवलोक रही थी। सम्पूर्ण आसपास का वातावरण लालिमामय हो उठा था। अरविन्द सहज भाव से समूचे रंगीन माहौल की अनुभूति कर रहे थे। बीच-बीच में उनका संवाद श्यामसुन्दर चक्रवर्ती से हो उठता था।

'वन्दे मातरम्' के कार्यालय में वह बैठे हुए थे। अचानक उन्हें एक तार मिला। श्यामसुन्दर चक्रवर्ती ने वह तार खोला। वह चौंक पड़े। तार में यह सूचना थी कि मुज़फ़्फ़रपुर में बम फटा है। उसमें दो मेमों की मृत्यु हो गयी।

अरविन्द ने मुस्करा कर कहा, "देखो, चक्रवर्ती, अभी हम इन दिनों चल रही शान्ति की चर्चा कर रहे थे।"

"यह क्रान्ति थमेगी नहीं।" श्यामसुन्दर चक्रवर्ती ने कहा, "पर आपके लिए यह तार क्यों?"

"किसने दिया है?"

"नाम शायद अज्ञात है।"

"क्या मतलब?"

"तार भेजने वाले का नाम ही अज्ञात है।"

"यह अज्ञात कौन हो सकता है।"

"कोई भी हो, अरविन्द, परन्तु भेजने वाले की मंशा स्पष्ट है कि वह आपको सचेत करना चाहता है।"

"किसलिए, चक्रवर्ती?"

"अवश्य, सरकार इस काण्ड के पीछे आपको देख रही है।"

"मेरा इससे क्या लेना-देना, चक्रवर्ती?"

"परन्तु सरकार का हो सकता है।"

"क्या हो सकता है?"

"जहाँ तक मैं समझ पाया हूँ, वह यह है कि तुम्हें कलकत्ता छोड़कर किसी सुरक्षित स्थान पर चले जाना चाहिए।"

"नहीं, चक्रवर्ती, ऐसा कुछ नहीं है।"

"अकारण तुम्हें कौन तार देता और देता तो क्यों?"

"मैं इस निरर्थक विषय पर क्यों सोचूँ?"

"क्यों नहीं सोचें, अरविन्द, तुम्हें संकेत मिला है कि ख़तरा है। सरकार ने कोई षड्यन्त्र रचा है।"

"उसमें मैं हूँ।"

"बेशक उसमें तुम हो, अरविन्द।"

"मुझे ऐसा नहीं लगता, चक्रवर्ती। इस परिस्थिति में मेरा ग़ायब होना सरकार के सन्देह को और पुख़्ता करेगा!"

"यदि सरकार ने मन ही बना लिया हो तो अरविन्द...।"

"कि वह मुझे गिरफ़्तार करे।"

"हाँ, अरविन्द।"

"पर किस ख़ुशी में।"

"वह मैं नहीं जानता, परन्तु वह गिरफ़्तार तो कर सकती है।"

"ऐसा उसने पहले भी करना चाहा था, पर क्या हुआ? ...वही ढाक के तीन पात।"

"इस बार मेमों की हत्या का सवाल है। संगीन मामला है।"

"लेकिन मैं तो यहाँ हूँ।"

"सन्देह हो सकता है।"

"क्यों?"

"क्योंकि सरकार तुम्हें ख़तरनाक मान कर चल रही है। वह तुमसे खीझ उठी है। वह तुम्हें अन्दर करना चाहती है।"

"पर फ़िलहाल मैं कहीं नहीं जाऊँगा।"

"यह ज़िद का समय नहीं है, अरविन्द। दूरदृष्टि से काम लो।"

"नहीं, चक्रवर्ती। हमें ऐसा नहीं सोचना चाहिए।"

"समझदारी इसी में है कि इस वक़्त तुम भूमिगत हो जाओ।"

"चक्रवर्ती, तुम कैसे क्रान्तिकारी हो, जो एक तार से घबरा उठे।"

"अरविन्द, मुझे स्पष्ट नज़र आ रहा है कि यह साधारण तार नहीं है, इसके पीछे गहरा रहस्य छिपा है।"

अरविन्द ने उस विषय पर अधिक बहस करना उचित नहीं समझा। श्यामसुन्दर चक्रवर्ती से यह कहकर जान छुड़ायी कि वह कुछ-न-कुछ करेंगे और वर्तमान स्थिति पर पूरा ध्यान रखेंगे। हालाँकि उनके सामने पुलिस कमिश्नर का यह कथन बार-बार चक्कर लगा रहा था, जैसा 'एम्पायर' (अख़बार) ने लिखा था कि कमिश्नर को पता है कि इस हत्याकाण्ड के पीछे कौन-कौन लोग हैं? उन्हें शीघ्र ही हिरासत में लिया जायेगा।

वह घर आये। रास्ते पर मेमो के बारे में सोचते रहे। रास्ते में सुखचैन दासगुप्ता मिले। वह खुफ़िया विभाग में थे। वह एक जगह रुककर, इधर-उधर देखने के बाद बताने लगे, "अरविन्द समाचार शुभ नहीं है। आपने 'स्टेटमैन' का सम्पादकीय पढ़ा होगा।"

"नहीं, दासगुप्ता।"

"उसके सम्पादक ने दो दलीलें एक साथ दी हैं। एक तो 'वन्दे मातरम्' के बारे में है कि उसकी एक-एक पंक्ति राजद्रोह से भरी है। दूसरी यह कि उसमें राजद्रोह इस ख़ूबी से छिपाया गया कि कहीं से भी क़ानून की पकड़ में नहीं आता। वह भाषा और क़ानून का एक साथ दिग्गज पण्डित है जो विद्रोह करना और करवाना भली प्रकार जानता है और उसी ख़ूबी व दक्षता से उससे बचना भी।"

"तब?"

"तब यह अरविन्द, वायसराय के सचिव ने उन्हें गुप्त पत्र लिख कर यह सूचना दी है कि इस वक़्त देश में राजद्रोह की लहर चल रही है और जहाँ कहीं भी कुछ घटित हो रहा है। उस सबके पीछे एक ही व्यक्ति है। वह है–अरविन्द घोष, 'वन्दे मातरम्' का सम्पादक। हालाँकि प्रत्यक्ष में वह इन गतिविधियों में भाग लेता नज़र नहीं आता, परन्तु अन्दरूनी रूप से उसके दिशा-निर्देश पर विद्रोही तथा आतंकी गतिविधियाँ चल रही हैं। ऐसी सूरत में यदि उसे बाहर छोड़कर शेष क्रान्तिकारियों और राजद्रोहियों को जेल के अन्दर यह सोचकर डाल दिया जाये कि अब वह क्या कर सकेगा, तो यह हमारा भ्रम होगा। वह अत्यन्त चालाक, बेहद ख़तरनाक और मास्टर माइंड व्यक्ति है। वह अकेले ही आनन-फानन में बाग़ियों की दूसरी फ़ौज खड़ी कर देगा, जो पहले से ज़्यादा ख़तरनाक और आक्रामक सिद्ध होगी।" सुखचैन दासगुप्ता ने बहुत धीमे स्वर में कहा।

"घर चलिए, वही। ...।"

"नही। ...नही। ...नही। ...अरविन्द, आपको मालूम है कि हम खुफ़ियों पर भी खुफ़िया पुलिस कार्य कर रही है। ...आपसे मैं इतना ही कहना चाहूँगा कि कुछ दिनों के लिए भूमिगत हो जाओ। वरना कभी भी, कहीं भी...अच्छा, मैं चलता हूँ।" कहकर सुखचैन दासगुप्ता ने एक दूसरी पगडण्डी पकड़ ली।

अरविन्द का मन भारी हो गया था। बारीन पुलिस की पकड़ से फ़रार हो चुका था। बारीन के कारण विद्रोह की सूई उन पर आ टिकती थी। क्या उन्हें भूमिगत हो जाना चाहिए? क्या इससे सरकार का सन्देह पक्का नहीं हो जायेगा? क्यों भागूँ?

उन्होंने आधे रास्ते से अपना विचार बदला और दक्षिणेश्वर की ओर मुड़ गये। एक विक्टोरिया उधर ही जा रही थी। उसमें बैठ गये। तार और फिर दासगुप्ता! 'एम्पायर' और 'स्टेटमैन' में छपे समाचार! यह सब क्या संकेत देते हैं। वह दक्षिणेश्वर पहुँच गया। गंगा (हुगली) के तट के पास बैठ गया। नौकाएँ पड़ी हुई थीं। कुछ नौकाएँ इधर-से-उधर तट पर जा-आ रही थीं। गंगा का बहाव मन्द था। एक पार्श्व संगीत-सा चतुर्दिक बिखर रहा था।

रामकृष्ण परमहंस ने विवेकानन्द को स्वामी बनने से पूर्व काली माँ की शरण में यह कहकर भेजा था, "तू जा। ध्यान लगा यदि लगा सकता है और माँ से आदेश पा कि वह क्या कहती है? वही तेरे लिए अन्तिम आदेश होगा।" अब रामकृष्ण देव कहाँ थे! उनकी कुटिया मात्र है। न वहाँ स्वामी विवेकानन्द थे। उनकी अन्तिम समय की वाणी उन्हें साफ़ सुनायी पड़ रही थी, "यदि एक और विवेकानन्द होता तो वह समझ पाता कि विवेकानन्द क्या कर गया। परन्तु समय आने पर ऐसे सैकड़ों विवेकानन्द का जन्म होगा! पर हे ऋषि, वह समय कब आयेगा? कैसे आयेगा? उसे कौन दीक्षा देगा? कौन अपनी शरण में लेगा? कौन उससे कहेगा? वह तो रामकृष्ण देव ही थे जो समाधि से उठकर अश्रु प्रवाहित करते हुए कह रहे थे, "नरेन, आज तुझे अपना सर्वस्व देकर मैं फ़क़ीर हो गया हूँ। तू इस शक्ति के द्वारा संसार का बहुत कार्य करेगा। कार्य समाप्त होने पर लौट जायेगा।" उन्हें कौन शक्ति देगा? कौन कार्य समझायेगा? विवेकानन्द को एक साथ राम-कृष्ण दोनों ही मिल गये थे। उन्हें कौन मिलेगा?

अरविन्द ने ध्यान किया कि प्रथम बार नरेन्द्रनाथ (विवेकानन्द) पश्चिम की ओर के यानी गंगा की तरफ़ के दरवाज़े की ओर से कमरे में अन्दर आये थे। दरअसल वह अपने को रोक नहीं पाया। किसी अदृश्य शक्ति ने उसे अन्दर खींच लिया। कुछ समय बाद रामकृष्ण उसको उठाते हुए अपने साथ कमरे के उत्तरी बरामदे में ले आये। अन्दर से कमरा बन्द कर अत्यन्त आत्मीय भाव से विह्वल होकर कहने लगे, "क्या इतने दिनों बाद आना चाहिए? मैं तेरे लिए कब से प्रतीक्षा कर रहा हूँ, तूने एक बार यह भी नहीं सोचा, क्यों?"

वे रोते हुए आगे कहने लगे, "मैं जानता हूँ, प्रभु, आप वही पुरातन ऋषि हो, नर रूपी नारायण हो, जीव की दुर्गति दूर करने के लिए पुनः शरीर धारण कर आये हो।"

अन्त में वह कह रहे थे, "वचन दो कि तुम शीघ्र ही एक दिन मेरे पास अकेले आओगे।" विवेकानन्द ने पिण्ड छुड़ाने की दृष्टि से वचन दिया था परन्तु हे ऋषि, परमेश्वर, मुझसे कौन वचन लेगा। मैं भी आपकी शरण में आया हूँ। आज भी उत्तरी दिशा से तेज़ हवा चल रही है। अरविन्द ने आँखें बन्द कर लीं। ध्यान लगाया। परन्तु उनके ध्यान में न रामकृष्ण देव आये और न स्वामी विवेकानन्द। वह ध्यान में कह रहे थे, "स्वामी जी, छह वर्ष भी शायद पूरे नहीं हुए। जब मैं भारत लौट रहा था तब आप सर्वधर्म सम्मेलन में भाग लेने शिकागो गये हुए थे। ...मैं आपके दर्शन से भी वंचित रह गया, स्वामी। अब मुझे दिशा दो, बोध दो, मैं क्या करूँ? कैसे करूँ?"

अरविन्द वहाँ घण्टों बैठे रहे। ध्यानमग्न होकर बैठे रहे। जाने कहाँ खो गये? चित्त शान्त हो गया। बवण्डर जाते रहे। आँखें खोलीं, गंगा मुस्करा रही थी और आश्वस्त कर रही थी। क्या आश्वासन दे रही थी यह उन्हें ज्ञात नहीं हो सका। वह उठना चाह रहे थे कि तभी फ़क़ीर जैसा, फटेहाल एक वृद्ध सामने आ खड़ा हुआ और बोला, "चिन्ता नहीं, यह फ़क़ीर कुछ माँगता नहीं है। न किसी से कुछ लेता है। हाँ, जब मन आ जाता है। कोई पात्र सामने नज़र आता है तब उसके सामने जा खड़ा होता है। उसे घूरता है।"

"पर क्यों, ब्राह्मण देव।"

"मैं ब्राह्मण नहीं हूँ। तुझे जानना चाहिए कि फ़क़ीर किसी जाति, किसी धर्म, किसी मज़हब का नहीं होता। तू गंगा में क्या देख रहा था?"

"क्या देखता! पवित्र जल!"

"और कुछ भी क्या?"

"और क्या? सिर्फ़ पवित्र गंगा का जलप्रवाह है।"

"क्या वह किसी का नाम, जाति, धर्म, सम्प्रदाय, मज़हब आदि कुछ पूछती है?"

"नहीं।"

"क्या यह शीतल पवन किसी से पूछती है?"

"नहीं।"

"बस, ठीक ऐसे ही फ़क़ीर होता है।"

"तो, बाबा?"

"आँखें बन्द कर।"

अरविन्द ने आँखें बन्द कर लीं। एक पल के लिए नहीं सोचा कि उसने ऐसा क्यों किया?

वह आँखें बन्द किये बैठे रहा। गंगा उसमें बहने लगी। नीरव गंगा। हिमालय से निकल रही गंगा बिना कहीं ठहरे-रुके। अचंचल और समाधिरूप में। फिर उसमें एक कमल खिला श्यामवर्णीय कमल! धीरे-धीरे वह फैलता गया। अब वहाँ गंगा नहीं थी, कमल था। सद्यःप्रकाशित कमल! शिशुवत् मुखमण्डल लिए, सस्मित भरा ज्योत्स्नोज्ज्वल प्रदीप ज्योति-सा निर्झरी रूप लिए एकदम नीलचन्द्र। अरविन्द ने आँखें खोलीं। वहाँ कोई नहीं था। उसने चारों ओर देखा। चौंक पड़ा। उसकी गोद में सद्यः खिला कमल नीलवर्णीय था। उसने उसकी ओर ध्यान से देखा। वह फिर चौंका, क्योंकि अब वह फ़क़ीर सामने था और नीलवर्णीय कमल ग़ायब था।

उसने अपने को नोचकर देखा। वह जाग्रत अवस्था में था। अब न वह नीलवर्णीय कमल था और न वह फ़क़ीर। यह क्या हो रहा है उसके साथ? उसे कहा भी था कि जब कभी उसे अशान्ति का अनुभव हो, उसका मार्ग अवरुद्ध होने लगे और वह कोई निर्णय नहीं ले पा रहा हो, तब वह दक्षिणेश्वर जाये। वहाँ नहीं जा सके तो जहाँ हो, वहीं से दक्षिणेश्वर का ध्यान करे। वह बारम्बार भूल जाता था। लेले ने कहा था, "अरविन्द, तुम्हें दक्षिण की राह लेनी पड़ेगी। क्रान्ति तुम्हारे लिए नहीं है। जाओ, ध्यान लगाओ और प्रतीक्षा करो अन्तःआदेश तक।" कह नहीं सकता कि तुम्हें कब मिलेगा वह आदेश! पर मिलेगा अवश्य।"

वह उठ खड़े हुए। आख़िर घर भी तो लौटना था। अब घर की ज़िम्मेदारी भी बढ़ चुकी थी। वह अभी मुख्य सड़क पर ही आये थे कि टमटम खड़ी मिल गयी। उसे भी एक सवारी चाहिए थी। वह उसमें जा बैठे और मन को उस नीलवर्णीय कमल पर टिका दिया जिसकी आभा से सूर्योदय की आभा द्युतिमान हो रही थी। दादी भी जब वह अपने दादा के घर जाते थे, तब बहुत प्यार से उन्हें नीलचन्द्र नाम से पुकारती थीं। कहती थी कि उसका नाम अरविन्द नहीं, नीलचन्द्र होना चाहिए—वही रूप, वही दिव्य आभा और वही सौम्य स्वभाव!

अरविन्द के सामने तीन चार वर्षीय ऑरो (घर का नाम) आ खड़ा हुआ। इधर-से-उधर भागते हुए कभी गिरता नहीं था, कभी अन्धाधुन्ध नहीं

दौड़ पड़ता था। उसे अपने पर ही प्यार आ गया। बचपन क्या कभी लौटकर आता है। उसे अपने बचपन की यादें कोई ख़ास नहीं थी! मात्र पाँच वर्ष ही तो वह घर पर रहा था। यह दुनिया इतनी बुरी क्यों हो जाती है? क्यों मनुष्य मनुष्य के प्रति इतना निर्दय हो उठता है? वह कैसे सभ्य है? वह कैसे सुसंस्कृत है? कहाँ चले गये उसमें वे विलक्षण गुण जिनके कारण देवता धरती पर आने को तरसते थे और ईश्वर का मन बराबर धरती पर आने के लिए मचलता रहता था। धरती का स्वर्ग क्या यही है?

टमटम तेज़ी से रुकी। सामने देखा कि एक चारेक वर्ष का बालक गेंद लेने के लिए दौड़ पड़ा था, बिना आगे-पीछे सोचे। वह तो कोचवान ने एकदम लगाम खींच ली थी वरना...। कोचवान ने उस लड़के के माँ-बाप पर ग़ुस्सा उतारा। वह बड़बड़ाता रहा। वह बच्चा बहुत सुन्दर था और उसकी सेहत भी अच्छी थी। अरविन्द के सामने उसका बचपन आ ठहरा। वह मुस्करा कर रह गया। काश, वह इस समय दर्पण के सामने होता, तो अपने को अवलोक कर वह अवश्य मुस्कराता और सोचता रह जाता कि वाह रे, बचपन, वही बना रहता, उसे प्रौढ़ क्यों किया! काफ़ी देर तक वह बचपन की निर्मल नीर-क्षीर सी झील में बिना हाथ-पाँच चलाये तैरता रहा। पर उसका बचपन भी बचपन कहाँ रहा, वह तो सीधे बचपन में ही प्रौढ़ हो गया। उसकी आँखें नम हो गयीं और हृदय भर आया।

चौराहे पर पुनः कोचवान ने लगाम खींची थी, पहले से तेज़। अरविन्द ने सँभलकर आगे की ओर देखा। वह सशंकित हो उठा। पुलिस का पूरा क़ाफ़िला सामने से गुज़र रहा था। टमटम शक़ भरी आँखों से देखे जा रही थी। वह यह हिसाब लगाता रहा कि यह क़ाफ़िला किस दिशा में मुड़ेगा। वह घर से पहले ही उतर गया। कुछ दूरी तक वह पैदल चलता हुआ, इधर-उधर देखता रहा। दूर-दूर तक पुलिस की कोई गाड़ी नहीं थी। वह भाँपने की कोशिश करते हुए अपने घर की दिशा में मुड़ गया।

19

जैसे सजल मेघ ऊपर से गुज़र जाते हैं और किसान मुँह खोले देखता रह जाता है अवाक्, वैसा ही कुछ-कुछ मृणालिनी के साथ हुआ।

उसे बहुत आशा थी कि पत्र को सुनकर उनके ईश्वर उन्हें अवश्य आज्ञा-निर्देश करेंगे और कहेंगे कि जा और अपनी पत्नी को लेकर आ।

समय गुज़रता गया। मेघों का दौर भी गुज़र गया। रेगिस्तान ही रेगिस्तान रह गया चतुर्दिक। मृगतृष्णाओं का माया जाल भी तितर-बितर हो गया। गहरी, ठण्डी साँसें और भयावह काली रातें परछाईं बनी रह गयीं। माह पर माह गुज़रे। पत्र का उत्तर नहीं आया। क्या पता वह पत्र उन्हें मिला भी या नहीं। मिलता तो...। पहले भी वे पत्र का जवाब कब देते थे! क्या पता कहाँ हों, पत्र लेटर बॉक्स में पड़ा हुआ हो। होने को क्या कुछ नहीं है। वे मर्ज़ी में जो आये कल्पनाएँ बुनें और उधेड़ें। उन्हें रोक कौन सकता है?

वह दिन-रात अपने कमरे में रहकर पुस्तकें पढ़ने का बहाना करती रहती थी, ताकि घरवालों के मन को तसल्ली रहे कि वह अपने में लीन है।

कल-परसों में सुधीरा और निर्मला टैगोर दोनों चली जायेंगी। दोनों अपने पतियों के साथ आयी थीं और साथ लौट रही थीं। निर्मला टैगोर ने उसे बताया था कि वह मिले थे। पहले तो पहचाने ही नहीं। उसके साथ उसके पति भी थे। एकबारगी तो वह घबरा गयी, परन्तु जब शिलांग का हवाला दिया और मृणालिनी के बारे में बताया तब उनके दिमाग़ में स्मृति कौंधी और पहचाना। उसने पूछा था, "मीनुदी, यही हैं क्या?"

"नहीं।" उनका चेहरा तनिक सख़्त हुआ था।

"हम लोग शिलांग जा रहे हैं और आप?"

"ठीक से कुछ नहीं कह सकता।"

न उन्होंने उसे घर चलने के लिए कहा और न कभी आने के लिए। उनका रुख़ कुछ-कुछ सख़्त था और चित्त उड़ा-उड़ा सा था। वह कहती गयी थी, "मीनुदी, तुझे आगे बढ़कर, साहस से, स्वयं कोई ठोस क़दम उठाना होगा। तेरी बातें जानकर लगता है कि वह...तू बुरा न मानना। मुझे और मेरे श्रीमान् को यही लगा कि...तू...क़ानून की शरण ले।"

मृणालिनी उसकी बातें सुनकर अन्दर-अन्दर तड़प उठी। उसके मनोमस्तिष्क में चक्रवात चक्कर लगाने लगा। वह जब अपने पति की बातें उसको बता रही थी, तब उसका हृदय बैठने लगा था। दूसरे दिन सुधीरा आ गयी। वह उसे घर से बाहर अपने घर ले जाने के बहाने से बाग़ में ले आयी। दोपहर का समय था। बादल घिरे हुए थे। एक पेड़ के नीचे,

एकान्त स्थान पर बेंच पर वे बैठ गयीं। मृणालिनी बराबर पूछती रही कि वह उसे कहाँ ले जा रही है? परन्तु उसने कुछ नहीं बताया। बैठने के बाद अपने घर से सुधीरा जो नाश्ता लायी थी, उसे निकाला। नाश्ता किया। मृणालिनी की इच्छा नहीं हो रही थी तो भी उसको करना पड़ा। फिर वह बोली, "मेरे पास वक़्त बहुत कम है। आज ही हम शिलांग छोड़ रहे हैं, लेकिन मुझे तुझसे कुछ कहना है। न कहूँ तो मेरी आत्मा मुझे कचोटेगी। मुझसे तेरा कोई राज़ नहीं छिपा है।"

"हाँ, तो?"

"सुखदा मिली थी। निर्मला तो यदाकदा घर आती-जाती है। उसका पति बैरिस्टर है। वह कह रही थी कि तू कहे तो वह तेरा केस अपने हाथ में ले सकते हैं।"

"यह तू क्या बकझक रही है, मेरी कुछ समझ में नहीं आ रहा है।"

"तेरी सब समझ में आ रहा है, मीनुदी। मैं फ़ारसी-अरबी नहीं बोल रही हूँ। सीधी सादी बंगला है।"

"तू कह, सुधीरा, मैं तुझे भी सुन लूँगी, कल निर्मला को भी सुना था।"

"तू बुरा मान गयी, मीनुदी। सच ही, हम सबसे तेरी यह हालत देखी नहीं जाती। आख़िर तू अकेली कब तक, भरी जवानी में, अपने तन-मन को जलाकर राख करती रहेगी। परसों माँ आयी थीं। उन्होंने मुझसे अकेले में कहा था। मेरा मन रुआँसा हो उठा। माँ का दर्द मैं समझती हूँ।"

"तो माँ भी अब मेरा ढिंढोरा पीटने लगी है।" मृणालिनी ने दुखी होकर कहा।

"तू ग़लत मत सोच, मीनुदी। उन्होंने मुझे तेरा सबसे निकट मित्र समझकर कहा है ताकि मैं तुझे समझा सकूँ। ज़रा तू ध्यान तो दे, मीनुदी, वह शख़्स जो विलायत में अकेले लम्बे समय तक रहा हो, वहीं वह जवान हुआ हो, उस पर वह मेधावी अलग हो और उसकी बड़ी-बड़ी आँखों में ख़ामोशी का सुरूर हो, वह वहाँ के खुले वातावरण में कितना पवित्र रह सकता है!"

"ना...ना...सुधीरा, उनके चरित्र पर लाँछन कदापि नहीं। वे मेरे लिए देवता स्वरूप हैं।"

"देख मीनुदी, यह सवाल भावुकता का नहीं है। हमारे यहाँ तो घुट्टी में ही यह पिला दिया जाता है कि पति परमेश्वर होता है और पत्नी उसकी दासी।

एक बार पुरुष को परस्त्री और शेर को मनुष्य का ख़ून चखने को मिल जाये, फिर वह चाहकर भी अपने को नहीं सँभाल सकता। यह भी कुदरत का करिश्मा है। तू इसे अन्यथा न लेना। वरना तो लाट साहब अपनी नव नवेली, नवोढ़ा, साक्षात् सुन्दरता की देवी को इतने बरसों तो क्या, एक पल नहीं छोड़ सकता था। सारे पर्वत-प्रदेश में तू ही सौन्दर्य का केन्द्र मानी जाती रही है। तूने ही गायन में सारे इनाम अपनी झोली में डाले हैं।''

''सुधीरा, यह तुझे क्या हो गया है? कहाँ तो उनके गुणों की चर्चा करते हुए नहीं अघाती थी...और कहाँ आज तू... ।''

''अब जो सामने है, यह सोच उसके कारण है। समय पलटता है और आदमी बदलता है, तो सोचना पड़ता है। पगली, तुझे आज भी अपना कर वह अपना भाग्य ही सराहता। ...ना...ना...ना री, अब तेरे पर हो रहा अन्याय नहीं देखा जाता। तेरी माँ ने तुझे सही सलाह दी है कि तू उससे पिण्ड छुड़ा ले। न रहेगा बाँस और न बजेगी बाँसुरी।''

''सुधि, तू इतना कड़ुवा कैसे बोल रही है। ...तूने तो सदा पति परमेश्वर की राह पकड़ कर चलने की सलाह दी है।''

''दी है और सदा देती भी रहूँगी, परन्तु मर्द की ज़्यादती बर्दाश्त करने की सलाह कभी नहीं दी है और न कभी दूँगी। देश को आज़ाद कराने वाले, अपनी मिट्टी को शीश पर चढ़ाने वाले, अन्याय और अत्याचार से लड़ कर मर मिटने के जोखिम में सदा रहने वाले, अपनी पत्नी पर अत्याचार शुरू करें, उसके साथ अन्याय करें, यह कदापि बर्दाश्त के क़ाबिल नहीं है। अपने देश में स्त्री को पति अपने पाँव की जूती समझता रहा है और आज भी वह उसे वही समझ रहा है। ...ना, न मीनुदी, तू इस अत्याचार-अन्याय के लिए सिर उठायेगी और मर्द की मनमानी का मुँहतोड़ जवाब देगी, तभी औरत की इज़्ज़त रह पायेगी।''

''परन्तु, सुधि, वह ऐसे नहीं है। उनकी वाणी से फूल झड़ते हैं, उनके व्यवहार से गहरे अपनेपन का सुख मिलता है और उनके होने मात्र की कल्पना से मन पर वसन्त छाया रहता है।''

''तू यह बातें कब तक सुनाती रहेगी, मीनुदी! कब तक कोई इन बातों को सुनकर तेरी और उसकी आरती उतारता रहेगा? तू यथार्थवादी बन, व्यवहारवादी हो और अपने हक़ के लिए लड़ने की कुव्वत अपने में ला।

उतार फेंक लाज-लिहाज़ के इस मर्दाने कुफ़्ल (ताला) को! ...मिटा दे लिलार (माथा) पर पड़ने वाली आड़ी-तिरछी रेखाओं के झाड़-झँखाड़ को, तू माँ काली के देस की है, दिखा दे उसकी अपार शक्ति को!'' सुधीरा में रणचण्डी उतर आयी थी, अरविन्द के लिखे पत्र को पढ़कर। वह अपने को रोक नहीं पा रही थी और कहे जा रही थी, ''भगवान से इतनी निकटता बनाने की डींग हाँगने की क्या ज़रूरत थी? आकर ले जाता। स्वयं भगवान को देखता और तुझे दिखलाने की कोशिश तो करता। ...क्रान्तिकारी बना तो तुझे भी क्रान्तिदूत बना उतार देता इस महासमर में। तब तो कोई बात थी, पर पत्तर-काग़ज़ पर मन्त्र पढ़कर देगची पर खौल रहे पानी को काग़ज़ की पुड़ियों से शान्त नहीं किया जा सकता, यह समझा दे अपने ईश्वर भक्त, क्रान्तिकारी और विलायत में पढ़े-लिखे उस ईसा मसीह को, ताकि उसे भी मालूम पड़ जाये कि इस देश की औरत पति परमेश्वर की जूती बनकर नहीं रह सकती। ...मीनुदी, तुझे यह लड़ाई अपने लिए नहीं, उन सब अभागिनों के लिए लड़नी पड़ेगी, जो अपने पतियों की ज़्यादतियाँ का शिकार हैं और जो मुँह में जीभ होते हुए भी एक शब्द नहीं बोल पातीं। क्या नारी को स्वतन्त्रता नहीं चाहिए? क्या वह पुरुष के बराबर अपना दर्जा नहीं चाहती? ...तू तो भाग्यशालिनी है, मीनुदी, तुझे एक मौक़ा ऊपरवाले ने दिया है। ...मीनुदी, हम सब तेरे साथ हैं। यह लड़ाई हम सबकी है। तू अकेली नहीं है। बोल, क्या कहती है?''

''सुन लिया, सुधीरा और अब सोचना शुरू होगा। जो अन्दर से आवाज़ उठेगी मैं वही करूँगी, उसके अतिरिक्त कुछ नहीं। मैंने शादी की है। मैं ही उसके परिणामों को भुगतूँगी। मैं इतना जानती हूँ, सुधीरा, मेरा पति लाखों में एक है और नेक इन्सान है। फिर भी...ख़ैर तू राज़ी-ख़ुशी जा, मेरी चिन्ता मन में मत ला। उससे तेरा चित्त ख़राब तो होगा ही, साथ में मेरा भला भी नहीं होगा। ...सुनती हूँ, ये जोड़े ऊपर से ही बनकर आते हैं। फिर, चाहे न आते हों, सुधीरा, परन्तु उस रिश्ते की अहमियत से कोई इनकार नहीं कर सकता।'' मृणालिनी उठ खड़ी हुई थी। वह आधे रास्ते में से ही मुड़ ली थी, क्योंकि वहाँ से उसका घर नज़दीक पड़ता था। मृणालिनी ने भी उसे नहीं रोका। दोनों के मन उखड़े-उखड़े थे—एक का सब कुछ कहकर और दूसरे का सब कुछ सुनकर। अपने बनाये रास्ते की घोषणा करके यद्यपि मृणालिनी अपने कथन से स्वयं सन्तुष्ट नहीं थी तथापि वह आग में घी डालने के पक्ष

में नहीं थी। वह इतनी कमज़ोर क्यों मान ली गयी कि उसको लेकर कई तरफ़ से आवाज़ें उठने लगीं।

मृणालिनी का बाहर-अन्दर स्वर रहित आठ-आठ आँसू बहा रहा था। वह क्या करे, क्या नहीं, यह उसकी समझ में नहीं आ रहा था। आता कैसे, उसके हाथ कोई सूत्र नहीं लग रहा था। खोट अपना था, परायों से वह क्या कहे! स्त्री जीवन कितना एकाकी, कितना अबल और कितना परावलम्बी है। देर रात तक वह सो नहीं पायी। उसे निर्मला टैगोर और सुधीरा की बातें याद आती रहीं। उन्होंने ऐसा बुरा क्या कहा था, अरविन्द की बेरुख़ी न केवल उस पर, बल्कि उसके परिवार पर भी उँगली उठवाँ रही थी। सारे घर को एक कोने में मुँह छिपाने लायक नहीं छोड़ा था। उसे बहुत आशा थी कि इस बार उसका पत्र उनकी व उनके परमेश्वर दोनों की अक़्ल ठिकाने लगा देगा, पर ऐसा कुछ नहीं हुआ। तरकश के सारे तीर निशाने से दूर जाकर गिरे।

आधी रात हो चली थी। काली रात थी। आसमान में तारे चमक रहे थे। ऐसी गहरी अँधेरी रात में तारों का जगमगाना अज्ञात डर पैदा करता है। डर के ही सपने जगाता है। राहत नहीं मिलती। अब उसका कौन रह गया? एक-एक करके वह सबको अपने से दूर करती गयी है। आज उसने सुधीरा को भी अपने से अलग कर डाला। एक वही तो उसके सुख-दुख की साथी थी। सबसे पुरानी सहेली बचपन की यादों से जुड़ी। हर अच्छी-बुरी याद की वही तो साक्षी थी।

कोई बात नहीं, सितारों। कोई ग़म नहीं अम्बर। उसे अकेले में जीना आता है। जिसका कोई नहीं होता, जीता तो वह भी है। वह भी जी लेगी–अकेले, निर्जन और सुनसान रास्तों पर चलते हुए वह रुकेगी नहीं, आहिस्ता-आहिस्ता आगे बढ़ती चली जायेगी। नीरा भी तो थी, वह भी अकेली थी और शान से जी रही थी। उसने उससे कहा था, "मृणालिनी, तू अपने जीवन की परिक्रमा पति के चारों ओर लगाने के लिए क्यों आमादा है कोल्हू के बैल की तरह, जो आजीवन चक्कर लगाते-लगाते एक दिन ऐसा गिरता है कि कभी नहीं उठता। पगला अपना सर्वस्व गवाँ बैठता है, उसके हाथ कुछ नहीं आता। क्या मिलता है उसे? पति से बाहर भी जीवन है, खुला आकाश है, अपनी ज़मीन है और अपना सुख-संसार है। तू ज़रा साहस कर, क़दम बढ़ा और अपने हाथ में परमार्थ का कोई काम उठा, तब तू पायेगी

कि तेरे जीने का कोई मतलब है, यदि तू इस संसार में किसी पुनीत कार्य के निष्पादन के लिए आयी है। ...मेरी ओर देख। मैंने विवाह स्वेच्छा से नहीं किया। मैं जानती थी कि हमारी जाति में दहेज का मार्केट गर्म है। पिता दीनहीन, निष्ठावान मास्टर रहे—प्राइमरी के।'' इतना कहते-कहते वह रुक गयी। उसका ताम्रवर्णीय चेहरा दमदमा उठा। उसकी मोटी-मोटी आँखों में अरुणाई के इन्द्रधनुष खिल उठे। वह जवान है। सुन्दर है। शक्तिशालिनी। उसके बारे में कोई चूँ-चपड़ नहीं कर सकता।

''विवाह क्यों नहीं किया, नीरा जी?''

''सच कहूँ?''

''हाँ।''

नीरा कुछ देर सोचकर बोली, ''दहेज पर तुरुप का इक्का चाहिए था। वह था प्यार।''

''आपने प्यार किया क्या?''

''हाँ, मृणालिनी। यह सोचकर कि प्यार पर कोर्ट की मोहर लग जाये तो बेड़ा पार। न हींग लगे न फिटकरी रंग चोखा आ जाये! पर वह कमज़ोर निकला। राज़ी नहीं हुआ। कहीं उसके मन में भी चोर था। दहेज़ की चाह शौहर बनने वाले के मन में मद्धिम-मद्धिम सुलगती रहती है।'' नीरा थम गयी।

मृणालिनी में जिज्ञासा ने अँगड़ाई ली। वह पूछ बैठी, ''फिर दीदी?''

''एक आइडिया आया। लोगों की श्रद्धा पर क़ब्ज़ा करने का। वह नागपंचमी थी कि मेरे सिर काली माँ आ बैठीं। हर एक की कलई खुलने लगी। मुहल्ला भयभीत होकर श्रद्धावनत होने लगा। मैं कह रही थी—तुम लोगों ने मनमानी की है, कर रहे हो। माँ को धोखा दे रहे हो। उसी का नाम लेते हो और काली करतूतें करते हो। यह खप्पड़ देखते हो, माँ कब उठाती है? ...उसे प्यास लगी है...वह विधर्मियों की छाती पर मूँग दलेगी। उनका गरमागरम ख़ून पीयेगी। ...हा...हा...हा...अब नर्तन होगा...अब मुण्ड कटेंगे। अब लहू बहेगा...यों जाने मैं क्या-क्या कहती गयी। बस्ती काँप रही थी। पाप के आसन डगमगा रहे थे। ...बस वह जादू मेरा ऐसा चला कि धीरे-धीरे समाज में मेरे प्रति श्रद्धा बढ़ने लगी। मुझे पूज्य और शक्ति का प्रतीक मान लिया गया। तभी कुछ ऐसे चमत्कार हुए, अनायास हुए, मैंने जो भविष्यवाणियाँ कीं, वे सत्य हो गयीं।''

"यह तो...।"

"वह सब नहीं, मृणालिनी। मैंने अन्धविश्वास की फैलती चादर से अपना कवच तैयार किया। जाना कि लोगों पर मेरा विश्वास है। इसका लाभ लेते हुए मैंने सामाजिक कार्यों में हाथ बढ़ाया। जनसेवा को अपने जीने का आधार बनाया। उससे बन्द आँखें खुलीं, जकड़े हाथ-पाँव काम में लगे—स्वरोजगार बढ़े। काम-धन्धा शुरू हुआ। विधवाओं और परित्यक्ताओं का एक बहुत बड़ा वर्ग स्वालम्बन की दिशा में बढ़ने लगा। ...यह तू भी कर सकती थी। एक सर्वथा नया सवेरा अपने अँधरे जीवन में ला सकती है। पति का इन्तज़ार नहीं, एक नयी ज़िन्दगी की शुरुआत। भूल जा तू किसी की पत्नी है या तेरा कोई पति है...हमेशा-हमेशा के लिए। ...अगर तुझे यह रास्ता रास आता नज़र आये तो चुपचाप चली आना—एक और एक ग्यारह बनकर कार्य करेंगे।"

वह तो चली गयी, परन्तु उसकी बातें उसके दिलोदिमाग़ में घर करने लगीं। एक नये शुभ प्रभात का उदय। यह डगर उसे भाने लगी और उसने नीरा के नाम एक पत्र लिख डाला, जिसमें उसने अपने लिए गये निश्चय का ज़िक्र किया था। साथ ही एक पत्र उसने अरविन्द को भी लिखा था। उसमें उसने स्पष्ट लिख दिया कि वह ईश्वर के कार्यों को करें, उनके आदेशों की पालना करें, उसे खुशी है कि एक श्रेष्ठ मार्ग पर वह चल पड़े हैं, लेकिन वह उनके मार्ग का अनुसरण नहीं कर सकती। उसका रास्ता सांसारिक है। उसका ईश्वर समाज है। समाज के अतिरिक्त वह किसी को अपना ईश्वर नहीं मान सकती। वह विधवाओं तथा परित्यक्ताओं के बीच में रहकर उनके लिए काम करेगी। उन्हें सम्मान से जीने की ओर मोड़ेगी। पति-पत्नी के बाहर भी अनेक पवित्र रिश्ते हैं जिन्हें जीने का आधार बना लिया जाये तो फिर वह संकीर्ण रिश्ते धीरे-धीरे अपना अस्तित्व ही खो देते हैं। आशा है कि अब उनको उसकी कोई चिन्ता नहीं सताएगी।

वह अपने पथ पर निर्द्वन्द्व और स्वेच्छा से अग्रसर हो सकेंगे। इन दो पत्रों ने सुबह का अलार्म बजवा दिया। अब उसकी आँखों में गहरी नींद थी। उसका शरीर टूट रहा था। उसके तलुए जलने लगे थे। उसकी सोच पस्त पड़ गयी थी। वह कुर्सी से उठी। पानी पिया और पलँग पर आ लेटी। लेटते ही सो गयी। बराबर दरवाज़ा खटखटाया जा रहा था। शायद सोते

हुए उसने सुना भी था। पर वह उठी नहीं थी, कहिए कि उठ नहीं सकी। औंधे मुँह पड़ी रही घोड़े बेचकर।

इस बार दरवाज़े को ज़ोर से खटखटाया जा रहा था। खिड़की भी बजी थी। कुंडी भी। कुछ अस्पष्ट आवाज़ भी सुनायी पड़ी थी। मृणालिनी को कोफ़्त हुआ। झक मार कर, पाँव पीटते हुए वह उठी। आँखें मलीं। पास रखे लोटे को उठाकर हाथ में पानी लिया और मुँह पर मारा। धीरे-धीरे चेत जागा। वह चौंक पड़ी। सूरज का प्रकाश तेज़ हो उठा था और दीवार घड़ी सुबह के नौ बजकर सात मिनट दिखा रही थीं।

दरवाज़ा फिर बजा। जैसे ही वह उठी, उसने मेज़ पर एक काग़ज़ देखा। उसने उठाकर पढ़ा। लिखा था—हम लोग अपने फार्म हाउस पर जा रहे हैं। घर में तुम अकेली हो। पिछवाड़े ताला लगाकर जा रहे हैं। चाबी पहले की तरह अपने स्थान पर रखी है। तुम आना चाहो तो आ सकती हो। हम लोग दो-तीन बजे तक लौटेंगे। जगाना, तुम्हें भी चाहते थे, परन्तु गुड्डी (छोटी बहन) ने रोक दिया। बताया दीदी रात भर पढ़ती-लिखती रही है। उसकी अभी आँख लगी है। यों हम लोगों को अपने पूर्व निश्चित मिशन पर जाना पड़ा। वहाँ तुम्हारी प्रतीक्षा रहेगी। बेफ़िक्री का निर्णय जो लिया था।

मृणालिनी के चेहरे पर अनायास हलकी-सी प्रसन्नता की लहर थिरक कर तुरन्त अदृश्य हो गयी। वह भारी मन से आगे बढ़ी। अभी तक उसकी आँखों में नींद की परछाईं स्पष्ट नज़र आ रही थीं। क्यों न हो? उसने एक बेफ़िक्री का निर्णय जो लिया था।

उसने जम्हाई ली और कुंडी गिराकर जैसे ही दरवाज़ा खोला कि वह ठगी की ठगी रह गयी। तुरन्त सिर पर पल्लू लिया। ऊपर की साँस ऊपर, नीचे की साँस नीचे। वह अपने आप में डूबी हुई केवल इतना ही कह पायी कि 'आप'। उसका मुँह खुला का खुला रह गया। वह सकपका गयी। उसके यकायक हाथ-पाँव फूलने लगे।

20

शनिवार की सुबह। कोई पाँच बजे होंगे। आसमान अधमुन्दी आँखें झपझपा रहा था। हवा ठण्डी बह रही थी। दरवाज़े को खटखटाया।

सरोजिनी ने कुंडी खोली। वह चौंक पड़ी। सामने पुलिस थी। पुलिस के बड़े अफ़सर थे। वह कुछ पूछती कि उसे परे करते हुए सशस्त्र पुलिस अन्दर घुस आयी। सरोजिनी की आँखों में भय था। उसके सारे शरीर में चींटियाँ चलने लगी थीं।

एस.पी. क्रेगन ने कड़कदार आवाज़ में पूछा, "अरविन्द घोष कहाँ है?"

"वहाँ...।" इशारा करते हुए सरोजिनी ने बमुश्किल कहा।

"चल, बता।"

आगे-आगे सरोजिनी मन्द गति से भयभीत हुए चल रही थी। उससे पीछे मुड़कर नहीं देखा जा रहा था। हाथ-पाँव काँप रहे थे। वह एक जगह रुक गयी। उसने पुकारा, "सेजदा (तीसरे नम्बर का भाई)।"

"सेजदा नहीं छोकरी, अरविन्द घोष चाहिए।"

पुलिस के साथ विनोद कुमार गुप्त थी थे। उन्होंने सरोजिनी के पुकारने का अर्थ अंग्रेज़ी में समझाया। सरोजिनी ने दरवाज़ा खटखटाया। मृणालिनी ने दरवाज़ा खोला। पुलिस को सरोजिनी के पीछे देखकर वह एकदम घबरा गयी। एस.पी. क्रेगन ने कहा, "एक तरफ़ हो जाओ।"

विनोद कुमार गुप्त ने बंगाली में पूछा, "अरविन्द अन्दर है न।"

मृणालिनी ने घूँघट निकाल लिया था। उसने सिर हिलाकर समझाया कि हैं।

अब क्या था चार-पाँच पुलिसवालों सहित एस.पी. क्रेगन अन्दर आ धमका। ज़मीन पर दो कम्बल के बिछौने पर एक साँवले रंग का, लम्बे क़द का नौजवान लेटा हुआ था। दमक की हुई तेज़ खटपट से वह उठ बैठा। 24 परगना के क्लार्क साहब ने उसके चेहरे पर टॉर्च से प्रकाश डाला। अरविन्द की आँखें मिचमिचायीं। उसने अपने होंठों पर जीभ फेरी। उसका मस्तिष्क का सन्नाटा टूटा। अचम्भे में रह गया—सामने थे—पुलिस सुपरिटेंडेंट क्रेगन। एक नम्बर का बद्दिमाग़, अकड़ू और तेज़-तर्रार अफ़सर पर था सिरफिरा।

"क्या तुम्हीं अरविन्द घोष हो?" क्रेगन का कलफ़दार स्वर था।

"कहिए।"

"बैठा क्या है, खड़ा हो।" डिप्टी सार्जेंट का तीखा स्वर बिजली-सा कड़का और चमका।

“बैठा रहूँ या खड़ा होऊँ, उससे क्या फ़र्क़ पड़ता है, इंस्पेक्टर। कहो, क्या है?”

“तेरी सारी ऐंठ धरी रह जायेगी यदि तेरे चूतड़ पर कसकर दो-चार जूतों की ठोकर लगायी।” डिप्टी सार्जेंट ने कुछ और तेज़ आवाज़ में कहा।

अरविन्द ने देखा, लाल पगड़ी वाले बन्दूक सँभाले हुए हैं। वह जैसा बैठा था, वैसा ही बैठा रहा। इंस्पेक्टर ने कहा, “जानता है—एस.पी. साहब हैं मि. क्रेगन। सलाम कर।”

अरविन्द पर उनकी बातों का कोई असर नहीं हुआ। वह यथावत् बैठा रहा।

क्रेगन ने तेज़ी से कहा, “बास्टर्ड (हरामी) के चूतड़ पर बैटॉन चार्ज करो (बेंत लगाओ)।”

“मि. क्रैगन, कीप योर टंग।”

“तुम काला मैन अंग्रेज़ी पढ़ा-लिखा है।” क्रेगन ने व्यंग्य से उसकी ओर देखा।

“सर, वह बी.ए. पास है।”

“ओह! तभी तुम निकम्मा मैन है। सिपाही, गिरफ़्तार करो।”

“फॉर व्हाट मि. क्रेगन?” अरविन्द ने खड़े होकर पूछा।

“वारंट है?”

“क़ानून जानता है। वारंट दिखाओ और उस पर अँगूठा निशानी कराओ।”

एक सिपाही ने आगे बढ़कर वारंट दिखलाया। अरविन्द ने उस पर हस्ताक्षर कर दिये। वारंट में बम की बात थी। अब तक उसके हाथों में हथकड़ी और कमर में रस्सी बाँध दी गयी थी, बिना बॉडी वारंट दिखलाये। एक सिपाही उस रस्सी को पकड़े उनके पीछे खड़ा हो गया। ख़ानातलाशी शुरू हो गयी। डिप्टी सार्जेंट ने घिनौनी दृष्टि फेंकते हुए कहा, “तुम धरती पर, गन्दे बिस्तर पर सोता है। शर्म नहीं आती कि तालीमयाफ़्ता होते हुए तुम ऐसी गन्दी ज़िन्दगी जी रहे हो?”

“व्हाय शेम! मैं ग़रीब हूँ तो मैं ग़रीब की तरह ही तो रहूँगा।”

“तो क्या तुमने धनवान बनने के लिए यह रास्ता तलाशा है?”

“आप इस पीड़ा को क्या समझेंगे, मि. क्रेगन?”

"तुम समझता है इसीलिए... ।"

क्रेगन अनाप-शनाप गालियाँ बकने लगा।

"मैंने आपको पहले भी कहा है कि इज़्ज़त से बात करें। एक सभ्य अफ़सर को यों गाली बकते देखकर कोई समझेगा कि... ।"

"यू...अ सर्लि मैन (उजड्ड इन्सान)...तुम साहब को... ।" डिप्टी सार्जेंट आगे कुछ और कहने जा रहा था, तो बीच में ही क्रेगन गरज उठा, "गैलोज़ (फाँसी देने का लकड़ी का ढाँचा) देखेगा तो सब समझ में आ जायेगा।"

उसी समय अविनाशचन्द्र भट्टाचार्य और शैलेन्द्र बसु को भी पुलिस वहाँ ले आयी। उनके भी हाथ में हथकड़ी थी और कमर में रस्सी। रस्सी को पकड़े पुलिस मैन।

छानबीन में अंग्रेज़ी, ग्रीक और फ्रेंच में लिखी कविताएँ, नाटक के अंश, चिट्ठियाँ आदि के अलावा ग्रीक, लैटिन, अंग्रेज़ी आदि भाषाओं की किताबें थीं, जिन्हें क्लार्क देखकर बड़ी बेदर्दी से फेंक रहा था। क्रेगन ने एक पुस्तक को उठाते हुए पूछा, "मि. अरविन्द, क्या आप ग्रीक भाषा जानते हैं?"

"हाँ, मि. क्रेगन।"

"फ्रेंच...लैटिन आदि भी।"

"हाँ, जानता हूँ।"

"सर, मि. अरविन्द इन भाषाओं में नाटक, कविता, लेख आदि भी लिखते हैं।" विनोद कुमार गुप्त ने कहा।

"ठहरो, मि. क्लार्क, इन पुस्तकों की तलाशी छोड़ दो।" सिपाही की ओर देखकर क्रेगन ने कहा, "मि. अरविन्द की हथकड़ी और कमर से रस्सी भी खोल दो।"

सब हैरान। यह क्या हुआ। हथकड़ी खोल दी और रस्सी भी। क्रेगन ने पुनः कहा, "शेष छानबीन जारी रखो।"

सब छानबीन में लग गये। इंस्पेक्टर के हाथ एक पैकिट लग गया। क्लार्क ने तपाक से कहा, "इसे इधर लाओ, इंस्पेक्टर चटर्जी।"

क्लार्क उस गत्ते के पैकिट को बहुत ध्यान से देखने लगा। उसके चेहरे पर रौनक आ गयी। उसे लगा कि वह जिस लिए आया था, वह काम पूरा हो गया। अवश्य इस पैकिट में विस्फोटक पदार्थ होगा। वह पूछ बैठा, "अरविन्द मोशाय, इसमें क्या है?"

"यह तो आपको तभी विश्वास होगा, जब आप इसका विश्लेषण रासायनिक लैब में करवायें।"

"क्यों मि. गुप्त, आपको क्या लगता है?"

"विनोद कुमार गुप्त ने उस पैकिट को हाथ में लिया और खोलने लगे। क्रेगन की दृष्टि उस पैकिट पर जाम हो गयी। सब परिणाम जानने के इच्छुक थे।"

विनोद कुमार गुप्त ने बहुत धीमे स्वर में कहा, "खोदा पहाड़ निकली चुहिया, सर। इसमें मिट्टी है।"

"क्या कहा, इसमें मिट्टी है!"

"हाँ, सर, सिर्फ़ मिट्टी।" कहकर उसने वह मिट्टी नमूने के वास्ते अपनी हथेली पर ले ली और कहा, "आप सब मुआयना कर सकते हैं।"

"क्यों, मि. अरविन्द इस पैकिट में मिट्टी क्यों रखी है?" क्रेगन का सहज स्वर था। उसमें जिज्ञासा जमी थी कि मिट्टी को पैकिट में रखने की क्या आवश्यकता हुई?

"मि. क्रेगन। हम लोगों में दक्षिणेश्वर का बहुत महत्त्व है। यह मिट्टी उस पवित्र स्थल की है। आप विश्वास कीजिए कि आपका सन्देह निरर्थक है।"

"क्या सुबूत होशियारी से ग़ायब कर दिये हैं?" क्लार्क ने तीखे स्वर में कहा।

अरविन्द कुछ नहीं बोला। क्रेगन ने ध्यान से अरविन्द की ओर देखा। अरविन्द शान्त था, स्थिर चित्त, निरुद्विग्न था। विनोद कुमार गुप्त ने बहुत सारे काग़ज़ और चिट्ठियाँ एक थैले के हवाले करते हुए कहा, "सर, यह अपने काम का मसाला है।"

क्रेगन चुप रहा। उधर छोटी मौसी का सन्दूक खोला गया। उसमें कपड़े-लत्ते के अलावा कुछ पत्र थे। क्लार्क ने जैसे ही उन पत्रों को थैले के हवाले करना चाहा वैसे ही क्रेगन ने टोक दिया, "ये पत्र इधर लाओ। क्रेगन ने अंग्रेज़ी के पत्रों को देखकर बंगला भाषा के पत्र विनोद कुमार गुप्त की ओर बढ़ाते हुए कहा, "इन पत्रों को देखिए, क्या इनमें कोई पत्र अपने काम का है।"

कुछ देर बाद विनोद कुमार गुप्त ने कहा, "इनमें ऐसा कुछ नहीं है, सब घरेलू पत्र हैं।"

इसी बीच चाय आ गयी। सबने चाय ली। अरविन्द ने कोको और रोटी ली। इसके बाद नीचे के नवशक्ति कार्यालय की ख़ानातलाशी ली। वहाँ एक बड़ा सन्दूक था। उस पर मोटा ताला जड़ा हुआ था। बहुत कोशिश की पर वह ताला नहीं टूटा, इस कारण उस सन्दूक को ही उठा लिया। ग्यारह बजकर दस मिनट पर अरविन्द, अविनाशचन्द्र भट्टाचार्य और शैलेन्द्र बसु को लेकर वे बाहर आ गये। अब वे तीनों थाने में थे। वहाँ से लाल बाज़ार लाये। फिर से रॉयल स्ट्रीट ले जाया गया। जहाँ जासूस विशेषज्ञ मौलवी शम्स-उल-आलम के सामने तीनों पेश किये गये।

मौलवी धर्म पर लम्बा व्याख्यान देने के बाद कहने लगे, "आपने बम बनाने के लिए अपना बग़ीचा अपने छोटे भाई बारीन को देकर बहुत ग़लत काम किया है।"

बग़ीचा जैसा मेरा, वैसा मेरे भाई का। वहाँ बम बनाये जा रहे हैं यह सूचना आपको कहाँ से मिली, मौलवी जी।

मौलवी की श्रद्धा भक्ति विपिन पाल और अरविन्द में थी। दोनों ही श्रेष्ठ चरित्र के सत्यवादी मनीषी हैं। वह कह रहे थे, "मि. अरविन्द, हमें यह सूचना कहीं से नहीं मिली, यह तो हमारा क़यास है।"

अब पुनः उन्हें लाल बाज़ार लाया गया। अब वे दो ही थे। एक शैलेन्द्र बसु और एक वे। उन्हें वहाँ दो तल्ले के एक बड़े कमरे में रखा गया। वहाँ थोड़ा-सा खाने को भी मिला। कुछ समय बाद दो अंग्रेज़ उस कमरे में आये। कमिश्नर हैलिडे सार्जेंट पर बरस पड़े, "ख़बरदार, मि. अरविन्द के साथ कोई दूसरा व्यक्ति नहीं रहना चाहिए।" शैलेन्द्र बसु को दूसरे कमरे में ले गये। अब वहाँ कमिश्नर हैलिडे और अरविन्द रह गये थे। हैलिडे ने कहा, "मि. अरविन्द आप जैसे उच्च शिक्षा प्राप्त व्यक्ति को यह शोभा नहीं देता। यह कापुरुषोचित दुष्कर्म है।"

"आपने यह कैसे माना कि मैं किसी दुष्कर्म में लिप्त हूँ।"

"मि. अरविन्द, हमें सब पता है। मैं सब जानता हूँ।" हैलिडे ने शान्त भाव से कहा।

"आप क्या जानते हैं, यह आपको ही मालूम होगा, परन्तु मैं इस हत्याकाण्ड के साथ अपना सम्पर्क पूरी तरह नकारता हूँ।"

“यह वाक्य तो हर एक दोहराता है। इसमें नया क्या है? आप एक समझदार, सत्यवादी और नेक इन्सान है। ...क्रान्तिकारियों के पथ-प्रदर्शक भी हैं। इस कारण मैं समझता था कि आप सत्य-मार्ग अपनायेंगे।”

“श्रीमान् सत्य ही कहा। मैं कभी झूठ नहीं बोलता। शेष आप पर है कि आप मुझे किस नज़रिये से देखते हैं।”

“अभी हम आपको एक दिन का समय और देता है ताकि ठण्डे दिमाग़ से सोच सको, सत्य बोला तो हम तुम्हारी मदद करेगा, यह हम वादा करता है।”

“श्रीमान् मेरा विश्वास कीजिए। सत्यवादी सत्य के अलावा और कुछ नहीं बोलता है। मुझे किसी से डर नहीं लगता।”

“ठीक है, कल तक और सोचो, शायद कुछ याद आ सके।”

अरविन्द ने तुरन्त ही कहा, “सर, विश्वास कीजिए, मेरा कल भी यही उत्तर रहेगा। ...मेरी याददाश्त काफ़ी अच्छी है।” इतना कहकर अरविन्द ने तत्काल चल रहे संवाद सुना डाले।

हैलिडे फिर वहाँ नहीं रुका, बाहर निकल गया। अरविन्द का माथा ठनका। ज़रूर दाल में काला है।

दूसरे दिन रात में एक इंस्पेक्टर और कुछ पुलिसियों ने आकर उनसे पूछताछ शुरू कर दी।

“क्या आप कोन नगर के रहने वाले हैं?”

“नहीं।”

“क्या वहाँ आपका मकान है?”

“नहीं।”

“क्या वहाँ आपका आना-जाना लगा रहता है? क्या कभी कोन नगर गये हो?”

“सिर्फ़ एक बार?”

“क्यों?”

“काम था।”

“क्या काम था?”

“यह बताना आवश्यक नहीं, इंस्पेक्टर?”

“क्या बारीन, आपके छोटे भाई हैं? उनकी वहाँ कोई सम्पत्ति है?”

"हाँ, परन्तु वहाँ अपनी कोई सम्पत्ति नहीं है।"

"क्या वह आपके बग़ीचे में बम बनाता है?"

"फिर तो आपको मानिकतला बग़ीचे पहुँचकर छापा मारना था। उसकी जगह मुझे पकड़ लाये।" अरविन्द के चेहरे पर हल्की-सी व्यंग्य मिश्रित मुस्कान तैर गयी।

सोमवार की दुपहर। 3 मई। उन्हें कमिश्नर हैलिडे के सामने पेश किया। फिर वही प्रश्नोत्तर शुरू हुए। अरविन्द ने स्पष्ट कर दिया, "मुझे अब आपके किसी प्रश्न का उत्तर नहीं देना है।"

"क्यों, मि. अरविन्द? हमारा तो काम ही यही है। हमें सत्य बुलवाना भी आता है।"

"क्यों नहीं कमिश्नर, आपको वेतन इस बात का मिलता है, परन्तु आप मुझे झूठ बोलने के लिए बाध्य नहीं कर सकते।"

इस पर हैलिडे ने उन्हें ले जाने का संकेत दिया। वहाँ से उन्हें अगले दिन थौर्नहिल मजिस्ट्रेट की कचहरी ले जाया गया। जहाँ काफ़ी समय तक पुलिस ने उन्हें मजिस्ट्रेट की कोर्ट में प्रस्तुत नहीं किया। वहाँ अन्दर कार्यवाही हुई। बाद में उन्हें फिर जेल में भेज दिया गया।

चार दिन बाद अरविन्द को जेल के अन्दर स्नान करने का अवसर मिला। वहाँ उन्हें क़ैदियों को दिये जाने वाले कपड़े मिले और उनके कपड़े वहीं ले लिए। वहाँ उन्हें एक निर्जन कोठरी में बन्द कर दिया गया। नौ फुट लम्बी और छह फुट चौड़ी वह कोठरी ऐसी थी, जहाँ न दिन निकलने का पता चलता था और न रात होने का आभास होता था। इस कोठरी में कोई खिड़की नहीं थी। सामने एक लोहे का दरवाज़ा था। उस कोठरी के सामने पक्का आँगन था। दरवाज़ा खुलने के बाद भी बाहर की खुली जगह देखना असम्भव था। एक लकड़ी का दरवाज़ा था, जिसमें एक जगह छेद था। उससे सन्तरी थोड़ी-थोड़ी देर बाद झाँकता था और देखता था क़ैदी अभी तक भागा नहीं है। वह मौजूद है।

उस कोठरी में एक थाली थी और एक कटोरा था जो दाल-तरकारी लेने, पानी पीने, नहाने आदि के काम आता था। शौच के लिए पानी भी उसी कटोरे में लेना पड़ता। दो कम्बल थे—चाहे उन्हें ओढ़ो, चाहे बिछाओ। स्नान के लिए एक बाल्टी टोंटी लगी, आँगन में रखी थी। एक दिन में एक

ही बाल्टी पानी मिलता। उसी पानी को पियो, उसी पानी से बरतन माँजो, शौच निबटो और उसी से स्नान करो। यह पानी मितव्ययता का अद्भुत उदाहरण था।

उस छोटी-सी कोठरी में एक कोने में तारकोल पुती दो टोकरियाँ थी शौच-पेशाब आदि के लिए। शौच-पेशाब जाने के बाद कोठरी दुर्गन्ध से भर जाती थी। मेहतर तो सुबह-शाम आता था। उन्हें साफ़ करके चला जाता था। एक बार उन्हें दस्त लग गये तो वह कोठरी सड़ती रही, बदबू देती रही और बाल्टी में पानी नहीं रहा। फिर शरीर शुद्धि कैसे?

अरविन्द का दिमाग़ बदबू से ऐसा भरा कि घृणा से प्यार हो गया। निर्जन कारावास विशेष दण्ड में गिना जाता था। उसका अर्थ था न जन दर्शन और न खुला आकाश स्मरण। काक स्नान वह भी यदि एक बाल्टी पानी साथ दे दिया जाये तो सम्भव था। पानी नहीं तो स्नान की छुट्टी। उखड़े पलस्तर की वह कोठरी दिन में ऐसी तपने लगती थी कि काक स्नान सम्भव न भी हुआ तो पसीने से नहाकर उस कमी को पूरा किया जा सकता था।

आवश्यकता आविष्कार की जननी है, यह वाक्य पढ़ा कई बार था, परन्तु समझा पहली बार। अरविन्द ने एक कम्बल को बिछा लिया और दूसरे कम्बल को तकिया बना लिया। कोठरी जब बुरी तरह तपने लगती थी तब वह मिट्टी में लोट लगाकर अपने मन को तेज़ गर्मी के एहसास से मुक्त कर लेता था। माँ की गोद की याद आने लगती।

ओह! भयावह निर्जन! एकान्त सा एकान्त। पहले दिन तड़प उठा। पर किया क्या जाये! अचानक उनके विचार में अघोरी आया। वह भी निर्जन रहता है। अलबत्ता उसे इच्छानुसार आने-जाने की खुली छूट है, लेकिन वह अपनी साधना में कब सूअर की योनि में पहुँच जाये उसे यह पता नहीं रहता। घृणा का कार्य-कारण सम्बन्ध हटा दें तो घृणा जैसा कोई अस्तित्व ही न रहे। वह भी आत्म संयम का उदाहरण बन जाये। अभाव मानें ही नहीं तो भाव तंग नहीं करते।

तीसरे दिन जोरदार पानी पड़ गया। धूल-धप्पड़, उड़ते पत्तों ने ताण्डव शुरू कर दिया। उधर कोठरी में पानी भर गया। उससे एक कम्बल भी भीग गया। दूसरा कम्बल भी आधे से ज़्यादा भीग गया। अब सोना कैसे हो? सारा सोच चीन की इस दीवार के सामने हाथ बाँधे खड़ा हो गया। शून्य!

क्या यही मानसिक अवस्था शून्य में प्रवेश करने का पहला द्वार है। सारी रात उसने अर्ध गीले कम्बल के साथ उकड़ू बैठकर, बितायी। थोड़ी बहुत सूखी जगह थी, शौच के आसपास। बहुत देर वह देखता और सोचता रहा, पर संस्कारों ने अनुमति नहीं दी।

अरविन्द का इन विषम और प्रतिकूल परिस्थितियों में जीने का एक सर्वथा नवीन सिलसिला शुरू। गैरी वर्क्स ने लन्दन के हिलक (छोटी पहाड़ी) सभागार में व्याख्यान दिया था और अनेक दलीलों से यह सिद्ध किया था कि अंग्रेज़ क़ौम दुनिया में सबसे अधिक सभ्य और सुसंस्कृत है। उनका यह भाषण न्यू इयर्स ईव पार्टी (दिवस की पूर्व सन्ध्या) पर हुआ था। वह कह रहे थे, "दुनिया को सभ्य और सुसंस्कृत बनाने का ज़िम्मा क्राइस्ट ने हम लोगों को सौंपा है। हम एक शान्तिप्रिय, घृणारहित और ख़ुशहाल समाज की ओर दुनिया को ले जायेंगे।" क़रीब आधेक घण्टे के भाषण में उसने यूरोप और उसमें भी इंग्लैंड की भरपूर प्रशंसा की। इसमें तनिक भी सन्देह नहीं था कि वह प्रौढ़ युवा न केवल देखने में सुन्दर था बल्कि अंग्रेज़ी बोलने, व्याख्यान के लिए तर्कों को सन्तुलित करने और अपनी भारी परन्तु मधुर एवं प्रभावी आवाज़ के कारण मन्त्र-मुग्ध करने वाला था। उसने अपने भाषण का उपसंहार करने तक सबका दिल जीत लिया था यह कहकर, "मित्रो, मुझे यह कहने में तनिक आपत्ति नहीं है कि इंग्लैंड से बड़ी हस्तियाँ संस्कृति और सभ्यता के क्षेत्र में पुरानी भी हैं और शालीन भी। किन्हीं कारणों से अपने अतीत को वर्तमान तक ले जाने में वे सक्षम नहीं रह सकीं। इतिहास का यह क्रम सदा से अपने को दोहराता रहा है।" अरविन्द ने उसके व्याख्यान की निरर्थकता पर कुछ इस तरह मन ही मन कॉमेंटस शुरू कर दिये—परन्तु इस समय वह महान सभ्यता और संस्कृति के बर्बर उदाहरण पेश कर रहा है। दूसरे देशों पर अत्याचार, बर्बरता और अन्याय से शासन कर रहा है और वहाँ के इतिहास के साथ छेड़छाड़ कर उन देशवासियों को सोची-समझी योजना के तहत अपने अतीत से घृणा करने की स्थिति पैदा कर रहा है। वाह! वाह!! विशुद्ध और महान ब्रिटिश राजतन्त्र के लोकतान्त्रिक उपासकों। आपके कार्यों से जो शालीन इतिहास रचा जा रहा है, वह तुम्हें अतीत बनकर सताएगा, तब मालूम पड़ेगा कि मानवता के पुजारी ने क्या किया था?

इस कारागार का पहला दिन, जब जेल के कपड़े पहना कर इस तंग और अन्धी कोठरी में लाया गया था, तब अरविन्द ने एक पल को ऊपर देखा था और मन-ही-मन कहा, "ओ ईश्वर, जब तेरे राज्य में ऐसा जीता-जागता अँधेरा है, तब मनुष्य के अँधेरे के बारे में कुछ भी कहना निरर्थक है। बता तो मैंने क्या गुनाह किया है जो आज मैं यहाँ इस नरक में हूँ।"

कुछ देर बाद आवाज़ गूँजी, "ओ मेरी सन्तान, यह तूने ही चाहा था कि तुझे आज़ादी चाहिए।"

"तो?"

"तो यह कि मैंने तुझसे पूछा था कि कैसी आज़ादी? ...तब तूने कहा था कि आप जैसी आज़ादी...हर प्रकार की आज़ादी। मेरे काम में दख़ल नहीं। मुझे मेरे रहमोकरम पर छोड़ दो। ...जब तक मैं नहीं पुकार लगाऊँ, तब तक मेरे बीच में मत आना। मुझे अपना स्वर्ग, नरक बनाने दो। मैं सृजन, निर्माण, संरक्षण और पोषण का अनुभव लेना चाहता हूँ। ...मैंने तुझे बहुत समझाया था, पर तू नहीं माना। आख़िर मुझे तथास्तु कहना ही पड़ा, क्योंकि तूने ही अपने सृजन-निर्माण का ज़िम्मा अपने पर लिया था। ऐसा देवलोक में किसी ने साहस नहीं दिखाया। तूने चाहा कि तू अपनी दुनिया बनायेगा-बिगाड़ेगा, फिर बनायेगा यह क्रम चलता रहेगा। याद आया, मेरे पुत्र।"

"सब याद आ गया, मेरे प्रभु, सब याद आ गया।" फिर कोई आवाज़ नहीं। निःस्वनता, और वह कोठरी, उसके ही सृजन का बेहतरीन तोहफ़ा। अब तक बाहर से ताला जड़ कर सन्तरी जा चुका था।

21

सन्नाटा कुलबुला उठा। कुत्ते नाली के पास लेटे हुए थे। अरविन्द तनिक सावधान हुए आगे बढ़ रहे थे। कुंडी खटखटायी। सरोजिनी ने दरवाज़ा खोला। अरविन्द कुछ देर तक बैठे रहे आँखें बन्द किये। वह कह उठी, "भैया, आज बहूठान ने व्रत किया है।"

"तब?"

"खाना आपको खिलाकर ही खायेगी।"

"तो मैं अभी नहा कर आता हूँ, सरो।"

मृणालिनी ने खाना एक जगह रखा। सरोजिनी ने थाली कटोरियाँ जमायीं। पानी भर कर गिलास रखे। अरविन्द आया। खाना हुआ। कुछ देर तक इधर-उधर की बातें हुईं। फिर सरोजिनी ने भाभी से एक भजन सुनाने के लिए कहा। बहुत दिनों बाद सरोजिनी मृणालिनी को लाड़ कर रही थी। मृणालिनी ने गुनगुनाना शुरू किया और फिर धीरे-धीरे वह गा उठी—

सत्य मंगल प्रेममय तुमि
ध्रुव-ज्योति तुमि, अन्धकारे।
तु सादा जार हृदे बिराजो
दुख ज्वाला सेइ पासरे—
सब दुख ज्वाला सेइ पासरे।
तोमार ज्ञाने तोमार ध्याने
तार नामे कटो माधुरी।
जेइ भकत सेइ जाने
तुमि जानाओ जारे सेइ जाने।
ओहे तुमि जानाओ जारे सेह जाने।।

वह गुनगुनाती जा रही थी सेइ जाने ...और उसका अत्यन्त मधुर स्वर चहुँ ओर गूँज उठा। क्या भाव! क्या स्वर! क्या लय-ताल! मन को बाँध दिया था। सरोजिनी को आँखों की चुप्पी बरदाश्त नहीं हुई और वह नैनों के अन्तर्लाप को अनदेखा कर कहने लगी, "हमारी बहू ठान (भाभी) स्वर सम्राज्ञी हैं। कोकिल कण्ठ पाया है।"

इसके बाद मृणालिनी और अरविन्द अन्दर की ओर मुड़ गये और सरोजिनी अपने कमरे की ओर। अरविन्द ने कहा, "मणि, तुम बहुत अच्छा गाती हो! गाती क्या उस भजन की आत्मा से स्वर उठाती हो।"

मृणालिनी चुप बनी रही।

ज़मीन पर बिछौना बिछा हुआ था। अरविन्द की आँखों में नींद नहीं थी। एक सप्ताह तो हुआ था मृणालिनी को लाये, जिसमें चार दिन वे बाहर रहे थे। उन्होंने हाथ पकड़ कर मृणालिनी को अपनी ओर खींच लिया था। वह पतंग की तरह खिंची चली आयी थी। कुछ देर वह उसे अपने सीने से लगाये रहे। उसकी साँसों को अनुभव करते रहे। सोचा शायद उन्हें प्यार

करना नहीं आता? रूप की राशि को कैसे इतने दिन अलग कर सके! अपूर्व सौन्दर्य! उसके मधुराधरों को उँगली से छुआ। वह तरंगवती हो उठी। पूछा, "तुम अभी तक नाराज़ हो, मणि!"

मृणालिनी ने धीरे से सिर हिलाकर जता दिया कि नहीं। अरविन्द ने पुनः पूछा, "इसका मतलब तुमने ग़लत कहा था?"

मृणालिनी के मुख से अनायास निकल गया, "क्या?"

अरविन्द अपनी आँखों में उस चाँद को उतार चुका था। वह बोला, "हमने पूछा था कि क्या तुम अब तक नाराज़ हो और तुमने सिर हिलाकर जताया था कि नहीं। तो इसका मतलब यह हुआ कि तुम इससे पहले हमसे नाराज़ थीं।"

"हम नाराज़ और आप से! कदापि नहीं, स्वामी।" मृणालिनी ने उनके दिल की धड़कनों को गहराई से अनुभव करते हुए कहा।

"तब भी नहीं। ..."

"कब?"

"जब हम सुबह-सुबह तुम्हारे यहाँ पहुँचे थे। रुक-रुक पन्द्रह मिनट तक दरवाज़ा खटखटाते रहे थे। शायद सारा मुहल्ला जान चुका था। ...तुम बहुत गहरी नींद में थी।"

"हाँ थी।" मृणालिनी की धड़कनें तेज़ हो गयी थीं।

"फिर कितनी देर तक दरवाज़े पर खड़ा रहा। वह तो हमें ही कहना पड़ा था कि क्या हमारा अन्दर आना मना है?"

"सच में हम घबराये हुए थे—आश्चर्य से डरे हुए थे।"

"कि ऐसा अजूबा नहीं हो सकता था कि हम तुम्हें लिवाने पहुँच जायें।"

मृणालिनी ने पुनः सिर हिलाकर अनुमोदन किया।

"तुम्हें कैसे बतायें, मणि, हमारी धड़कनों में तुम कैसी रची-बसी हुई हो—आड़ी तिरछी होकर कि हम निकालना भी चाहें तो तुम्हें नहीं निकाल सकते।" इसी के साथ वह उसकी बाँहें थाम कर चलने लगे।

"स्वामी, आपके पत्र पढ़कर हम अपने में नहीं रह पाते थे। आख़िर हर लड़की का घर शादी हो जाने के बाद अपनी ससुराल हो जाता है। हम यहाँ अकेले पीहर में क्यों पड़े हैं, इस प्रश्न का उत्तर नहीं खोज पाते थे। हमारे घरवालों के चेहरे पर छायी उदासी हमें कचोटने लगती थी। हम क्या करें, क्या नहीं। ...लगता था कि हम आपके योग्य नहीं है... ।"

"नही। ...नहीं, मणि, ऐसा स्वप्न में भी नहीं सोचना। हमें एक तुम पर ही तो भरोसा है। तुम्हें हमने पत्र में भी यही तो समझाया था कि पत्नी पति की शक्ति होती है।"

"हम क्या जानें, स्वामी। हमारा ज्ञान-ध्यान तो घर-गृहस्थी तक ही सीमित है। हमारे भगवान तो आप हैं।" मृणालिनी का कण्ठ भर आया। उसके आँखों की कोर से मोती झलकने लगे।

"तुम्हारा सोचना ग़लत नहीं है, मृणा...।" मैं तुम्हारा अपराधी हूँ। मैंने जीवन में कभी किसी को दुख नहीं पहुँचाया।

"यह मेरा मन भी मानता है।"

"सच मृणा, मैं कुछ नहीं कह पा रहा हूँ। अपने प्यार से कुछ छिपा भी नहीं सकता। प्यार ही जीवन की सबसे बड़ी शक्ति है। यदि मैंने अपनी वह शक्ति भी खो दी तो मेरे पास क्या शेष रहेगा? मैंने चाह से विवाह रचाया था। परन्तु अचानक मेरा लक्ष्य बदलने लगा। मेरी दिशा बदलने लगी। राजनीति से मोह टूटने-सा लगा है। परन्तु...।" कहते-कहते अरविन्द रुक गये। वह क्या सफ़ाई दें? कैसे दें? मृणालिनी सहज है। प्रतिभाशालिनी है। घर-गृहस्थी ही उसके जीवन का रचाव-शृंगार है।

मृणालिनी अरविन्द को पलँग पर बैठा छोड़कर बाहर चली गयी। अरविन्द पुनः सारी स्थिति का विश्लेषण करने लगे। पत्नी की पति से क्या अपेक्षाएँ होती हैं। वह उनसे ज़्यादा महत्त्वाकांक्षाएँ नहीं रखती है। उसका जीवन सरल रेखा-सा है। उसने कितने सरल शब्दों में अपने मन को पत्र में अभिव्यक्त कर दिया था। लिखा था–

हम नहीं जानते और हमारे अन्दर न ही कोई ऐसी जिज्ञासा जन्म ले पाती है, जिससे हम मानुष की ऊर्जा शक्ति से परे की किसी शक्ति या महाशक्ति के बारे में सोच पायें। आपने लिखा है तो सत्य ही लिखा होगा, परन्तु हमारी तो अपनी सीमा है।

हमने जीवन से कुछ नहीं माँगा। माँगने की कभी ज़रूरत भी नहीं पड़ी और कभी पड़ी भी तो हम माँगने से मर जाना ज़्यादा ठीक समझेंगे। जो चीज़ अपने वश में है, हमारा उसी पर तो अधिकार हो सकता है। जैसे हम आपको पत्र लिखते रहते हैं और आगे भी लिखते रहेंगे, क्योंकि अपने पति

के सामने हमें अपने को खोलते रहने का अधिकार है। यदि आप उनका उत्तर नहीं दें, तो यह आपकी मर्ज़ी है, आपका अधिकार है।

हमने समाज के सामने साथ रहने का एक-दूसरे से वादा किया है। शायद इसलिए हम एक से दो हुए हैं कि इस समाज के लिए पहले से बेहतर कुछ कर सकेंगे। यह आपकी इच्छा है कि आप अकेले ही इस क्षेत्र में कुछ कर पायें।

याद नहीं पड़ता कि हमने कहाँ पढ़ा था कि समाज की बेहतरी इसी में है कि मनुष्य एक-दूसरे के लिए पवित्र मन से कुछ-न-कुछ मंगल करता रहे। उसमें झूठ-फरेब न हो—लाग-लपेट न रहे। आकांक्षाएँ आसमानी न हों, ज़मीनी हो। ज़हर और अमृत में कोई अन्तर नहीं है यदि उसका प्रयोग आता हो तो ज़हर ही अमृत हो सकता है और न आता हो तो अमृत भी ज़हर बन हो सकता है। हालाँकि हम सोचने-विचारने के मामले में कोई ख़ास दख़ल नहीं रखते। फिर भी, हम सोच की पराई क़ैद से मुक्त नहीं हो पाते। यह सोच ही तो है जो दूसरों के क्षेत्रों में जाकर अनचाहे दख़ल देने की योजना बनाती है और दख़ल देती भी है। सोच समन्दर उछालने के मंसूबे बनाती है। काश, कोई शक्ति सोच को जीने की सहज राह पर डाल सके तो सोच के भारीपन से मानुष जाति को आज़ादी मिल जाये।

हम किसी दूसरे की बात क्यों करें, अपने बारे में ही क्यों न बात करें कि हम यहाँ आपसे इतनी दूर क्यों हैं? यह है न दो सोच का फ़ासला, जबकि हम दोनों सोच के इस फ़ासले को दूर करने के लिए एक हुए हैं, लेकिन हुआ तो उलटा है कि फ़ासला पहले से ज़्यादा बढ़ा है। पहले भी आप हमारी सोच के हमराही नहीं थे। हम एक-दूसरे को जानते ही कहाँ थे? तब आपका दिन आपका था, आपकी रात आपकी थी और हमारा दिन हमारा था और हमारी रात हमारी थी। तब एक-दूसरे की सोच में न आप थे और न हम। पर अब हैं। यह पत्र उसी सोच का परिणाम है कि जब सब गहरी नींद में सो चुके हैं यानी रात्रि का एक पहर बिता चुके हैं और हम टेबल लैम्प के सामने बैठे सोचे जा रहे हैं कि ऐसा क्या लिखें कि आप दौड़े चले आयें और हमें गले लगा लें। थोड़ी देर के लिए ही सही, आप यह भूल जायें कि आप क्या हैं, और हम भूल जायें कि हम क्या हैं तो सोच में उठा यह तूफ़ान थम सकता है।

हमारे साथ तो ऐसा हुआ है। हमने आपके साथ नैनीताल पहली बार देखा था। यों तो हम दार्जलिंग अपने मम्मी-पापा के साथ कई बार जा चुके थे। पहाड़ सदा से हमारा तीर्थ रहा है, लेकिन आपके साथ ब्रुकहिल हाउस, नैनीताल में बिताये एक माह का प्रतिदिन, प्रति घण्टा, प्रति मिनट और प्रति सेकेंड हममें जीवन के प्रति हिमाच्छदित पर्वत शृंखलाओं को ऐसे उघाड़ गया जैसे सूर्य की रेशम-सी रश्मियों ने प्रथम बार उसका स्पर्श कर उसमें स्वर्णिम कल्पनाओं को सतरंगी कर दिया हो। आप तो कवि हैं। हमने कभी कविता नहीं की। तब भी नहीं जब हम मम्मी-पापा के साथ दूसरे पहाड़ी स्थानों पर गये।

पता नहीं क्या हुआ। ग्लेशियर देखकर लौट रहे थे। आपने कहा था, ''वो देखो, प्रिये, इन्द्रधनुष धरती पर उतर आया है।'' सन्ध्या का समय था, सूर्य तापरहित हो चमक रहा था। उसकी रंग-बिरंगी किरणों ने धरती-आसमान दोनों को विविध रंगों से रंग डाला था। सचमुच हमें तब यह आभास हुआ कि हम भी उन रंगों में रँगे हुए हैं। आपने हमें अपने पास खींचकर कहा था, ''लो, शेष रंग हम तुम्हें दिये दे रहे हैं। वह प्यार आज भी ब्याज माँग रहा है।''

''बताओ तो क्यों दिखाये थे, वे स्वप्न? क्यों भरा था स्वप्नों का संगम मेला? क्यों किया था प्यार का अलिखा प्रस्ताव? क्यों भरे थे उनमें फ़ैनटैस्टिक (विलक्षण) उमर ख़य्याम के ख़याल? क्यों रच डाला था एक मधुर स्वप्निल संसार? उसी का यह फल था कि हमने कहा था, ''यहाँ कुछ देर बैठें।'' प्रकृति उन्मुक्त होकर, आत्मलीन हुई अपने सर्वश्रेष्ठ लैंडस्केप की निर्मिति पर जश्न मनाने लगी है।

''हम बैठ गये थे। आपने हमारे कन्धे पर हाथ रखा हुआ था और अपने चंचल नेत्रों से हमें देखे जा रहे थे। अजीब-सी गुदगुदी हो रही थी। शायद दो शरीर एक प्राण का स्वप्न किसी महान तपस्वी ने इन्हीं क्षणों में ईजाद किया होगा। जब प्रकृति ने पुरुष को स्वीकार किया होगा और पुरुष ने प्रकृति को। कितना समय बीत गया पवन के संगीत की बाँहों में झूलते हुए। हमने कहा था, ''एक कविता सुनोगे।''

''तुम कविता करती हो।''

''नहीं। पर आज कविता हो उठी है अपने आप।''

"ओह! तो हम अवश्य सुनेंगे।"

"हम नहीं जानते कि वह कविता है भी या नहीं, परन्तु हमारे पास उसे सुनाने के लिए दूसरा कोई नाम भी तो नहीं है।"

"तुम हमारी सबसे सुन्दर कविता हो, मृणालिनी।"

"हम आपको कविता दिखते हैं, क्या?"

"उससे भी बढ़कर—न केवल आप दीखती हो, बल्कि हमारी अन्तरंग गहराइयों में अनुभव भी होते हैं।"

"यह हम क्या सुन रहे हैं। वह पत्नी कितनी खुशनसीब होगी, जिसका स्वामी इतना महान होगा कि..."

"आगे नहीं, प्रिये। आगे कविता।"

"अभी हमने उस कविता को कोई नाम नहीं दिया है। फिर भी...।" कहकर हम कुछ देर तक खोये रहे। पवन महकता रहा। खखार कर हमने बताया था, "संगीत के तीन सप्तकों—मन्द्र, मध्य और तार—में से पहला मन्द्र है, जो तराने में कभी-कभी मक्र चाँदनी का सा भ्रम भी पैदा कराने लगता है। इस वक़्त हम उसके नज़दीक अपने को महसूस कर रहे हैं और एक साथ लैंड्स एंड, टिटिन टॉप, कैंची का स्मरण कर उठे हैं। ...हाँ तो..."

ए ग्लेशियर, नैनी झील के समन्दर
आकाश को बाँहों में समेटे
सारी दुनिया से बेख़बर
प्रथम प्रणय की साँसों के चन्दन वन
छेड़ रहे हो पल-प्रतिपल प्राणों में नव संगम
कितने अनुपम आह्लादित मन से!

काश! ये क्षण जीवन का पाथेय बन
अभ्यन्तर के कण-कण से अभिव्यक्त हो
ज़्योत्स्ना के अमृत, अक्षय निर्झर
वन उपवन की सावन झूलती डगर पर
खिलखिलाते पक्षियों के मादक कलरव
ख़ामोशियों की वादियों पर हिमपात से छा जायें!
काश, धरिणि के रोम-रोम के अछोर मरुस्थल

हरितिमा की अनछुई चादर बन लहरा उठे
अँधेरों की छायाओं से महकते हुए गुलशन
सूर्य आतप के नवोदय से प्रकाशित हो उठे
हिमाच्छादित शिखर की एकाकी कन्दराएँ
गंगा बन जन जीवन में प्रार्थनाएँ लिखें।

मृणालिनी आँखें बन्द किये धीमे स्वर में गाते-गाते रुक गयी थी। उसका गाना भी गद्य को पद्य में उठाने जैसा था। एकदम किसी अति मन्थर नदी के मोड़ का स्मरण कर रहा था। उसकी आवाज़ में गहनता थी और अद्‌भुत लयात्मक तरलता, जो सीधे हृदय को वशीभूत कर रही थी। अरविन्द ने उसकी ओर सम्मोहन में डूबते हुए अपलक देखा। उसके मुखमण्डल पर एक ललक भरी, लावण्य सजी अबोध किशोरी की मादकता किसी अज्ञात लोक से आ उतरी थी। उन्हें लगा कि पवन उस कविता की सुगबुगाहट को परिमल की तरह चतुर्दिक बहाये ले जा रहा था। अब आसमान अन्तर्मुखी हो रहा था। पक्षी वृन्द की चहक डूबती-तिरती किसी अन्तरा को तरंगित कर रही थी। समूचा परिवेश गन्ध हो रहा था। मृणालिनी ने आत्म-सम्मोहन की तन्द्रा से उन्मुक्त होते हुए चतुर्दिक देखा। वह अवाक्-सी रह गयी। उसके नयन अंचल बने रहे।

"तुम्हारे कण्ठ में जादू है, मृणा। ईश्वर ने तुम्हें उपहार में अपनी आवाज़ दी है, हृदय दिया है और सघन एकाग्रता दी है।" अरविन्द भावुक होकर कह रहे थे तल्लीनता से। कभी-कभार शब्दों से बाहरी अर्थ भी इतने सघन और गहरे हो जाते हैं कि वहाँ शब्द नहीं, केवल अर्थ ही अभिव्यंजित होते हैं।

"हमें चलना चाहिए। सूरज डूब रहा है।"

"तुम यह अनुभव कर रही हो कि दिनान्त की टहनी पर अज्ञात लोक का थका हारा पक्षी बैठा हुआ फैलते हुए तमस को जिज्ञासा से देख रहा है।" अरविन्द में कविता का अन्तस् खिल उठा।

"आपकी कल्पना में कितना सौम्य सौन्दर्य है, स्वामी!" मृणालिनी ने गद्‌गद होकर कहा। साथ ही मन-ही-मन उस सम्पूर्ण परिदृश्य को अनुभूत किया।

अब वे उठ खड़े हुए थे। गूँगे बनकर उतर रहे थे। अचरज से चतुर्दिक देखते हुए सोच रहे थे। सोच का हृदय आत्म विस्मृत-सा अवलोक रहा था।

कभी व्यक्ति देखते हुए कुछ नहीं देख पाता है, उसे कुछ अनुभव नहीं होता है और उसके होंठ सिले से रह जाते हैं। उसकी भावनाएँ शून्य में ठहरी रह जाती हैं। बहुत कुछ ऐसी ही स्थिति से दोनों इस वक़्त गुज़र रहे थे। उतराई के घुमावदार मोड़, सन्तरी से ठहरे हुए रास्ते और बहती हुई कहीं दूर से आती पहाड़ी नदी के स्वर का अनुमान वे अपने-अपने में समेटे हुए थे।

आधे घण्टे में वे नीचे पहुँच गये बिना संवाद किये आत्म-संवाद में लीन! एक प्रकार का खुला तन-मन लिए, सहज हुए और गोपनीय प्रसन्नता का रहस्य जानकर। सच की अनुभूति इतनी अनाविल, इतनी ऋजु, इतनी मृदुल, इतनी गद्गद और इतनी कमनीय होती है कि बहता हुआ पावन नीर, बहती हुई परिमल पवन और खिलती हुई ज़्योत्स्ना की गन्ध सबके सब अनुभूत गन्ध बन निःस्वन से चहक उठते हैं। मृणालिनी ने नीचे उतर कर अरविन्द की ओर नहीं देखा और न आने-जाने वालों की ओर देखा, फिर भी उसे लगता रहा कि अरविन्द की अपलक दृष्टि उसकी ओर ही है और वह कह रही हैं, "मृणा, समर्पण ही प्रेम भाव (इमोशन) की अन्तिम स्थिति है। फिर ऐक्य भाव ही रह जाता है, द्वैत नहीं रहता।"

"परन्तु गोपी-राधा और श्रीकृष्ण के मध्य आत्मैक्य के बाद भी द्वैत नहीं रहा था, क्या स्वामी।" मृणालिनी पूछती है।

"यदि ऐसा होता तो गोपिकाएँ दधि को कृष्ण ले लो कह कर नहीं बेचतीं। स्वयं श्रीकृष्ण का शृंगार नहीं करतीं। उनमें और श्रीकृष्ण में कोई द्वैत ही नहीं रहा, देह की सत्ता देखने मात्र-सी रह गयी, वे परस्पर ऐक्य हो गये। फिर भी, श्रीकृष्ण चर्चा-प्रसंग में सदा बहते रहने का भाव बनाये रहे। ...मृणा, यह हमारा प्रेम स्थल...हम दोनों के मुक्त प्रेम भाव का चिर संगम स्थल सदियों तक नव वृन्दावन की धारा की अनुभूति कराता रहेगा। वास्तव में यह स्थान प्यार और शान्ति का प्रतीक है। यह स्थान जहाँ हम एक दूसरे को आलिगंन करत अनुभव कर रहे हैं और तुम्हारी संगीतमयी मधुर आवाज़ हृदय को झंकृत कर रही है, प्यार का अनमोल उपहार है।

"एंड युअर।"

"हम दोनों दो शरीर एक प्राण हैं। क्या तुम अनुभव नहीं कर रही हो कि सुन्दरता ही जीवन है और जीवन ही सुन्दरता है।" मृणालिनी ने मुस्करा कर कहा। "...अवश्य...अवश्य।"

"अरविन्द धीरे-धीरे गुनगुना उठे। कह उठे, "सुनो, मृणालिनी, यदि सुन सको...एक नदी जो गंगा-सी पर्वत के हृदय से पिघलकर बहती हुई हमें बहाये लिए जा रही है एकदम मन्द पवन की तरह/ जो चुपके से सुमनों की मादक गन्ध लिए/ मतवाला होकर बहा चला जा रहा है/ सारी दीन-दुनिया को भूलकर अपनी ही मस्ती में, अपने ही साथ...। ...और सुनो—यह पवित्र आख्यान तथा कल्पित गाथा? यह तो तेरी देह की जीवन तृष्णा है/ यह तेरी रगों की उत्कट पिपासा है... कैसे कहूँ।"

"हाँ...हाँ...मैंने सुना है, परन्तु सच यह भी है—

प्रेम देहजनित देहोपरि अन्तःउद्गार है
प्रेम प्रमाद तृष्णा, पिपासा मात्र नहीं
सह जीवन का अमृत आधार है
चेतना-अचेतना का मिलन अन्तर्द्वार है
साक्षी है, नैनीताल हमारे प्रेमतीर्थ का, हे नाथ
प्रेम प्रतिष्ठा का यह मन्दिर, ललाम है।।"

अब वे ब्रुकहिल हाउस की ओर मुड़ गये संवादों के अन्तर्मन को लिए, कभी आकाश और कभी सौम्य प्रवास स्थल की ओर देखते हुए अपनी तेजोमयी शरणस्थली के रागानुरागानुबन्धमयी अनुगुन्जन की परिकल्पना के परिदृश्यों सहित। मृणालिनी का मन अन्दर-ही-अन्दर आह्लादित हो उठा था। जीवन का सर्वथा एक नव अध्याय लिखा जा रहा है पवन पत्र पर अदृश्य, लिपिरहित, अगोचर, अनन्त!

22

इसमें कोई सन्देह नहीं था कि लाल बाज़ार की हवालात से अलीपुर का कारावास कई कारणों से भिन्न था और सोच को कई अदृश्य स्तरों के रहस्य से जोड़ता था। लाल बाज़ार से वह अरविन्द को रॉयल स्ट्रीट लाये थे, जहाँ उनका सामना जासूस मौलवी शम्स-अल-आलम से हुआ जो मज़हब के बारे में अत्यन्त उदार धारणा रखते प्रतीत हुए थे। उनका समन्वयकारी और चमत्कारपूर्ण वक्तव्य हिन्दू धर्म और इस्लाम धर्म को लेकर उस समय शिखर छूने लगा था,

जब उन्होंने ओंकार में तीन मात्राओं (अ उ म्) और क़ुरआन के पहले तीन अक्षर अ ल म में भाषा विज्ञान के नियमान्तर्गत 'ल' के बदले 'उ' व्यवहृत होता है, की व्याख्या की। अर्थात् दोनों मन्त्र अ उ म हुए। दोनों धर्मों का मूल मन्त्र एक ही है। यह सीख, उनकी बड़ी-बड़ी आँखें जो काजल से और चमकदार हो उठी थीं, कहीं गहरे में उतरती लगीं। अनायास वह पूछ बैठे, "मैं समझ सकता हूँ, अरविन्द, आपमें और विपिनपाल में एक गहरी रेखांकित समानता है, और वह है दृढ़ चरित्र बल की, सत्यनिष्ठा की। फिर भी, अनजाने में और असोचे ऐसा घट जाता है जैसा आपके साथ हुआ। काश, आप अपने भाई को अपना बग़ीचा नहीं सौंपते। परन्तु आपको क्या पता था कि वह स्थान आपका भाई बम बनाने के लिए प्रयोग में लायेगा। निःसन्देह इसके लिए आप दोषी नहीं हैं। यह बात मैं यहाँ सबको समझा चुका हूँ। आप चिन्ता नहीं करें। मेरे जीवन का मूल उद्देश्य ही यह है कि चरित्रवान्, दयावान् और सत्यवादी की भरसक सहायता करूँ। ...और अल्लाह के फ़ज़्ल से मुझे इस मक़सद में सहायता मिली है।"

अरविन्द की दृष्टि आँगन से सटे हुए उस वृक्ष की टहनी पर जा गड़ी, जिस पर चमकदार काले रंग की परवाली और लाल चोंचवाली चिड़िया आ बैठी थी। इस तरह वे एक से दो हो गये थे और मौलवी साहब वहाँ से ग़ायब थे। उनकी दाढ़ी अभी तक हिल रही थी, परन्तु वह स्वयं नदारद थे। वह चिड़िया उड़ गयी और अब उस जैसी छह कोठरियों के सामने दार्शनिक मुद्रा में एक सन्तरी चक्कर काट रहा था। उसकी पदचाप में एक कर्कश सच्चाई थी जो कदाचित् उस सन्तरी की विवशता का मौन खुलासा कर रही थी।

अरविन्द ने कभी नहीं सोचा था कि उसे उन छह कोठरियों में से एक में रखा जायेगा, जिनमें विचाराधीन ख़तरनाक क़ैदियों को रखा जाता है। ख़ैर, अब जो कुछ होगा, वह सब सहना होगा। क्या पता सरकार की मंशा कहाँ तक है? वह क्या चाहती है? उसे उससे भय है। क्या उसे सरकार के इरादों से आशंका नहीं है? सरकार किसी भी हद तक जा सकती है। मौलवी साहब के बाद अरविन्द का सामना रामसदय मुखोपाध्याय से हुआ। वह कह रहे थे, "बन्धु, सरकार आपके प्रति कड़ा रुख़ अपनाएगी। वह आपको क्रान्तिकारी दलों का प्रमुख समन्वयक और प्लानर मानती है।"

"वह सरकार की अपनी मर्ज़ी है मुखोपाध्याय, मैं इसमें क्या कर सकता हूँ।"

"थोड़ा बहुत सरकार की नज़रों में उठ सको।"

"क्या मतलब?"

"उसके विश्वासपात्र बनने की चेष्टा कर सको।"

"यानी झूठ का अवलम्ब लूँ।"

"समझदारी से काम करो। आख़िर अपने को बचाना है। निर्जन कारागार अपने आप में बहुत बड़ी सज़ा है—मृत्युदण्ड से भी भयावह। इतालवी राज हत्यारे ब्रेशी का भयावह अन्त। उसे सात साल के निर्जन कारावास की सज़ा हुई थी। ब्रेशी एक साल में ही विक्षिप्त हो गया था। फिर उसने आत्महत्या कर ली थी।"

"मेरे साथ ऐसा कुछ नहीं होगा, मुखोपाध्याय, आप विश्वास रखें।" अरविन्द कह रहे थे, "मैं सत्य मार्ग का अनुयायी हूँ, भय मुझे नहीं घेरता है।"

"इस बारे में मैं और कुछ नहीं कह सकता हूँ। उन विषम परिस्थितियों की आप अभी कल्पना नहीं कर पा रहे हैं, मि. अरविन्द। मेरी सलाह है कि बच-बचाकर चलो, सरकार के हाथ बहुत लम्बे हैं।"

"शुक्रिया, मि. मुखोपाध्याय। ईश्वर के हाथ से लम्बे शायद सरकार के हाथ भी नहीं हैं। यह आप भी याद रखें।" अरविन्द ने इतना कहकर मुँह दूसरी ओर घुमा लिया।

अब वही निर्जन कारावास। अरविन्द कम्बल पर बैठा हुआ वृक्ष और सूनी पत्तियों को अन्मना होकर देख रहा है। आज 9 तारीख है, जून की और रविवार है। एक सप्ताह ही गुज़रा था कि सन्नाटा चारों ओर काले मेघों की तरह छाता चला गया। देखते-देखते दिन गहरी काली रात में डूब गया। आँखों के सामने तटहीन समन्दर की निर्जन लहरों में अजीब-सी ख़ामोशी थी।

आँगन का दरवाज़ा खुला रहता तो अरविन्द सरियों के पास आ बैठता था, जहाँ से गोहालघर के क़ैदी गायों को साथ लेकर गुज़र जाते थे। मनुष्य और पशु को देखकर उसे अनुभव होता कि वह दुनिया के एक कोने में अपने होने की अनुभूति कर पा रहा है। मानुष दर्शन के बिना वह कितना अकेलापन अनुभव कर उठता था, यह वह तय नहीं कर पाता। दिन कितने लम्बे खिंच जाते थे कि आँखें थकने लगती थीं, शून्यता से टकरा कर भी

दिन अपनी जगह से टस-से-मस नहीं हो पाते थे। सब कुछ स्वादरहित लगने लगता। खाने के बारे में उसने सोचना बन्द-सा कर दिया था—मोटा भात, भूसी के साथ कंकड़ और दाल में जल ही जल। सब्ज़ी के नाम पर घास-पात को पाकर वह संवेदनहीन हो चला था। सुबह शाम, दिन-प्रतिदिन वही मेन्यू (भोजन/व्यंजन तालिका), उस स्वादहीन भोजन से वह उकता उठा था। उसकी समझ में नहीं आ रहा था कि वह इस अकल्पित ज़िन्दगी को किस तरह से बिताये?

दिन चिकने फ़र्श पर बिन हिले-डुले पानी की तरह पसरा पड़ा रहता था। पानी सुखाने का वहाँ कोई साधन नहीं था, सिवा कम्बल से पोंछने के। वह खड़ा होकर अपने चारों ओर देखता। उसे लेले का वह वाक्य याद आने लगता, "अरविन्द, कल्पना करो, अपने में शून्य बुनो और अनुभव करो कि आप हवा में तैर रहे हैं। धीरे-धीरे आप ही हवा होते जा रहे हैं। कुछ समय बाद वहाँ मात्र हवा रह जाती है। कमरे की दीवारें, छत, वातायन, द्वार आदि कुछ भी नहीं रहता।" अरविन्द ने लेले के साथ बिताये दिनों में सघन एकान्तवास का अनुभव दिन-रात किया था। वह शून्य में जा पहुँचा था—भार रहित होकर तैरता रहा था। तब लेले ने पूछा था, "कहाँ थे, अरविन्द?"

"था या नहीं था, ठीक से नहीं कह सकता, क्योंकि मैं जहाँ भी था वह अनुभवातीत है—स्मृति से परे है। क्या वही अनन्त था, गहरा शून्य, जहाँ समन्दर था परन्तु उसमें उत्ताल तरंगें नहीं थीं, जहाँ अनन्त रेगिस्तान था, परन्तु उसमें आँधी-अन्धड़ क़तई नहीं था, जहाँ न आकाश था, न धरा, जहाँ न हवा थी और न जल के स्रोत; जहाँ न अन्धकार था और न प्रकाश।" वह कहे जा रहे थे। फिर भी अपने कथन से वह सन्तुष्ट नहीं थे। वे दिन उनमें एक सर्वथा अजगत् का नव सृजन कर रहे थे। न पूर्व था, न अपूर्व, न अतीत था, न वर्तमान, न कल्पना, न स्वप्न, न अनागत था, न आगत। फिर क्या था? क्या बताये जब उसे कुछ पता ही नहीं था। तब न उनमें न विकार रहा था और अविकार। सत्य-असत्य के परे की कल्पना इससे पूर्व उन्होंने कभी नहीं की थी। सर्वस्व था, अचेष्टा से, भाव-अभाव रहित, प्रत्यक्ष-अप्रत्यक्ष, साकार-निराकार अथवा इन सबसे परे।

लेले ने उनके मस्तिष्क को छुआ और फिर कहा था, "अब, अरविन्द?"

अरविन्द कुछ समय तक कदाचित् निश्चेष्ट, संज्ञाविहीन और आधार रहित रहे। फिर कहने लगे, "यह क्या था, योगी लेले?"

"जो था, वह अनुभव से परे था, साक्ष्य होते हुए असाक्ष्य था। शब्दातीत था।"

"हाँ था। मैं था, मैं नहीं था। अथवा दोनों से परे था—न मैं था, मैं था और न मैं था। फिर मैं कहाँ था, योगी लेले? क्या मैं सम्मोहित था?"

"नहीं, सम्मोहन नहीं था। इस अनुभवातीत अनुभव को हम कोई नाम नहीं दे सकते थे, क्या आप दे सकते हो, अरविन्द?"

"कदाचित् नहीं।"

"कदाचित् क्यों?"

"हाँ, मुझे कदाचित् को बीच में नहीं लाना चाहिए।" अरविन्द ने सँभलते हुए कहा।

"योगी कदापि अनुकरण नहीं करता है, अरविन्द। जो अनुकरण करते हुए योग से जुड़े रहते हैं, वे देह तत्त्व से थोड़ा ही परे हटकर उस साक्ष्य की हलकी-सी अनुभूति की अन्तश्चेतना का संस्पर्श कर पाते हैं। मात्र देह में अदेह होने की कल्पना कर पाते हैं वे।"

"क्या वह योग नहीं है?'"

"है पर देहजनक योग। योग की प्रथम क्रिया-प्रक्रिया।"

"दूसरा, योग?"

"देह से अदेहात्मक। जगत् से परे। इसे अजगत् कहा जा सकता है।"

"और इसके बाद...।"

"योग...महायोग...स्व योग...। आत्म योग...अन्तर्योग...।"

"क्या मतलब?"

"मतलब यह है कि योग की यह अवस्था को अन्तिम अवस्था कह सकते हैं, क्योंकि यह यात्रा स्वयं योगी को करनी होती है, स्वयं इसके लिए रास्ते तलाशने होते हैं। पूर्व तलाशे हुए रास्ते काम नहीं आते। योगी इस यात्रा को स्वयं शुरू करता है। रास्ता कोई नहीं होता। उसे ईश्वर के दर्शन करने की उत्कट उत्कण्ठा घेरती है। ईश्वर सर्वत्र है। —वह कण-प्रतिकण में है, जड़-चेतन में है, श्वास-प्रश्वास में है, घर-बाहर सब जगह है। फिर भी दृष्टिगोचर नहीं होता। उसके लिए मार्ग का अनुसन्धान कैसे किया जाये,

यह साधक-योगी पर निर्भर है, उसकी साधना, तपस्या, योग आदि पर आश्रित है। यह यात्रा पूर्णतया एकाकी है, स्व अनुसन्धानित मार्ग पर सुनिश्चित है। ऐसे एकाकी, सत्यानुरागी, एकान्त समर्पित, आत्मत्यागी योगी ही ईश्वर का साक्षात्कार कर पाते हैं।" लेले ने कुछ सोचकर आगे कहा, "जैसे एवरेस्ट है, सब जानते हैं परन्तु वहाँ कौन पहुँच पाता है! कितनों ने प्रयत्न किये, रास्ते बनाये, उन पर चले भी, पर क्या हुआ। उनमें से कितने तो पता नहीं कहाँ रह गये, आज तक नहीं लौटे? और जो एवरेस्ट की चोटी तक पहुँच भी गये, उनसे ठीक से कुछ बना। क्या पाया उन क्षणों में उन्होंने? किताबें छापीं परन्तु वह अलिखत रह गया जो उन्होंने उन क्षणों में वहाँ अनुभव किया था। ठीक इसी दृष्टान्त से यह जाना जा सकता है कि उस सर्वव्यापी अदृश्य, अगोचर, निराकार से साक्षात्कार करना कितना कठिन, दुर्लभ और महत्त्वपूर्ण है। यह सब उस योगी के अनुभव से प्रकाश में आ सकता है और वह भी बहुत ही अल्प।"

अरविन्द को वहाँ, लेले के साथ, निःसन्देह दिव्य अनुभूति हुई। और अब यहाँ, इस कठोर एकान्त आवास में, जो उन्हें विचाराधीन क़ैदी मानकर सौंपा गया है, अनुभवों के अन्तराल उलट रहा है। अनेक रौद्र रूप निकट से गुज़र रहे हैं। बहुत देर तक, बदबूदार उस तंग कोठरी में, अरविन्द को नींद आयी। कई दिनों से वह रात आँखों में काट रहा था। शाम के सात बजे प्रमुख जमादार क़ैदी वार्डरों को इकट्ठा कर ऊँचे स्वर में नाम सुनाता। उसके बाद सब अपने-अपने स्थान पर लौट आते हैं। शाम के साढ़े पाँच बजे रात्रि खाना होता है। फिर लौह-द्वार बन्द हो जाता। तब से अब तक अरविन्द के सामने एक रील चल रही थी।

गोहालघर का एक क़ैदी अरविन्द के कपड़े धो देता था और बरतन भी माँज देता था। शुरू के दो दिनों तक उन्हें स्वयं ही यह सब काम करना पड़ा था। सुबह का खाना दोपहर से पहले सुबह ग्यारह बजे होता था। उससे वह खाना नहीं खाया जाता था। जैसे-तैसे, आधा-अधूरा खाना वह निगल पाता था।

आज उमस भी थी और गर्मी भी। पसीने आ रहे थे। फिर भी, अरविन्द की आँख लग गयी थी। तभी कड़कदार आवाज़ ने उन्हें हिला दिया। छेद से पहरेदार पूछ रहा था, "मोशाय, ठीक तो हो।"

''क्या इतनी रात गये, यह पूछना ज़रूरी था, जमादार भाई।''

''हाँ है...जितनी बार ड्यूटी बदलेगी, उतनी ही बार आपकी कुशलक्षेम पूछना हमारी ड्यूटी का ख़ास हिस्सा है।''

''पूछो, भाई, ज़रूर पूछो। सब अपनी-अपनी ड्यूटी निभाओ। अपनी ड्यूटी में कोई कसर मत रखो।'' अरविन्द ने सारशून्य लहजे में सरल भाव से कहा। क़ैदी को कारावास में बेफ़िक्री की नींद निकालने का अधिकार भी नहीं होता है।

सुबह सवा चार बजे पहली घण्टी बजती। सब क़ैदी उठ बैठते। पाँचेक मिनट बाद दूसरी घण्टी बजती। क़ैदी बाहर आने लगते। हाथ-मुँह धोते फिर लापसी लेते। लापसी भी तीन तरह की थी। पहले दिन मांडयुक्त उबला हुआ भात, दूसरे दिन दाल के साथ खिचड़ीनुमा लापसी और तीसरे दिन गुड़ युक्त भात। मीठा चावल, धूसर रंग वाला। अरविन्द की ज़िन्दगी का सर्वथा नवीन और अधूरा पृष्ठ हवा के थपेड़ों में बलखाता हुआ लहराता रहता।

गोहालघर का वह वृद्ध क़ैदी, जिसने अपनी ज़िन्दगी का एक चौथाई हिस्सा कारावास में बिताया था, काफ़ी तजुर्बेदार और वहाँ के कर्मचारियों से काफ़ी हिलमिल गया था। वह क़ैदी वार्डरों की देखरेख के लिए नियुक्त किया गया था। नहा तो वह लिया, पर कपड़े कैसे बदले। वहाँ तौलिया नहीं मिलता था। उसने ही अपनी कारगुज़ारी से उसके लिए डेढ़ हाथ चौड़ा एंडी का कपड़ा जुटा दिया था। वह पूछ रहा था, ''सिर पर ख़ून का इल्ज़ाम है क्या?''

''पता नहीं।''

उस वृद्ध ने आँख फाड़कर उसकी तरफ़ देखा और पुनः पूछा, ''ऐसा क्या ख़तरनाक काम किया जो छह डिक्री का सुख भोग रहे हो?''

''नहीं जानता।''

''पर क्यों?''

''क्योंकि मैंने ऐसा कुछ नहीं किया।''

''बिना किये कराये ही।''

''यही सच है, बाबा।''

''वह भी इतनी भयंकर हवालात।''

''हाँ।''

"कैसे चक्कर में आ गये।"

"पता नहीं, सोते से उठा लाये।"

"ख़ानातलाशी हुई थी।"

"हाँ, हुई थी।"

"क्या मिला?"

"था क्या जो मिलता!"

"कुछ तो...।"

"कुछ पुरानी-नयी चिट्ठियाँ अंग्रेज़ी-बंगला में लिखी हुई।"

"अंग्रेजी जानते हो।"

"कुछ-कुछ।"

"इन फिरंगियों को क्रान्तिकारी पसन्द नहीं हैं। ये लोग वन्दे मातरम् को हथगोला मानते हैं। तुम तो उनमें दिलचस्पी नहीं रखते, बाबू?"

"कौन नहीं चाहेगा कि अपनी बन्दिनी माँ मुक्त हो।"

"तुम क्रान्तिकारी हो, बाबू।"

अरविन्द कुछ नहीं बोला। उसे चुप पाकर वृद्ध बोला, "ये फिरंगी ख़राब खोपड़ी के हैं। झूठे-सच्चे केस लगा देते हैं। जज भी इन्हीं के हैं। आरोप ये गढ़ते हैं। गवाह ये जुटाते हैं। सरकारी वकील एक से एक काँटे के हैं, इनके पास। फिर भी अपने को बचाने का प्रयत्न करना। ये भेड़िए हैं, मीठा घात करने में नहीं चूकते। इनका भरोसा मत करना। मेरे लायक कुछ काम हो तो बेहिचक कह देना। अपने पर इनको कुछ-कुछ यक़ीन है। कोशिश ज़रूर करूँगा। पूरी ज़िन्दगी हाथ साफ किया है, छोटी-मोटी चोरियाँ की हैं। सरकारी गवाह भी बना हूँ। कहना यह है कि अब तक कोई अच्छा काम नहीं किया है सिवा इसके कि शादी नहीं की, अन्यथा वह भी दुख पाती। कलपती मरती।"

यों उससे अरविन्द की दो तीन-बार हलकी-फुलकी बातचीत अवश्य हुई थी। अब तो पिछले तीन दिन से उससे कोई बात नहीं हुई और न उसने कोई बात की। ख़ामोशी सन्तरी की ड्यूटी-सी तनी रही। सोच की कच्ची-पक्की भित्ति पर धूप की लकीरें अपने अदृश्य निशान छोड़ जाती थीं, जिन्हें अरविन्द जैसा तेज़ दिमाग़ उलटता-पुलटता रहता था, बिना यह जाने-बूझे कि वह किसी तह तक पहुँच पायेगा अथवा नहीं। उसे तो अपने को कहीं-न-कहीं उलझाना

था ताकि समय चुपचाप खिसकता रहे और वह वहाँ अपने को उकताहट की चौखट पर खड़ा न पाये हरदम। घण्टी बज गयी। यानी सवा चार बज गये। अब उठना है। वह सो ही कहाँ पाया था! वह उठ खड़ा हुआ।

23

पूर्णमासी थी। व्रत रखा था मृणालिनी ने। कई दिनों से उसकी दायीं आँख फड़क रही थी। अटारी पर काग टेर लगा रहा था। उसका मन भी कुछ-कुछ हलका हो रहा था। वह घर में अकेली थी। अलख निरंजन का राग अलापता हुआ वह दाढ़ीधारी, कृशकाय; परन्तु प्रसन्नचित्त, बड़ी-बड़ी सौम्य आँखों वाला चिमटा बजाता हुआ उसके द्वार पर आ खड़ा हुआ था। उसने न चाहते हुए भी कुतूहलवश दरवाज़ा खोला था। सुखदा शिलांग आयी हुई थी। वह उससे ज़िद कर रही थी कि श्रीराम-कृष्ण मन्दिर में वृन्दावन से एक तपस्वी आया हुआ है। वह आगे-पीछे की सब बता रहा है। वह भी चले और पूछे, लेकिन उसने स्पष्ट मना कर दिया। वह क्या पूछेगी? उसका आगा-पीछा उसके सामने है। उसके बारे में वह तपस्वी उससे ज़्यादा क्या जान सकता है, लेकिन इस वक़्त बात दूसरी थी, वह अकेली थी और दुपहर का ढलान था।

"बेटी, तू कष्ट में है।"

"कष्ट में कौन नहीं है, बाबा? क्या आप नहीं हैं!"

"तू कुछ ज़्यादा ही कष्ट में है, बेटी।"

"बाबा आप कष्ट में नहीं है?"

"नहीं"

"क्यों नहीं हैं? घर-घर जाकर आप आवाज़ लगा रहे हैं।"

"बेटे, हम जन-जन में अलख जगा रहे हैं। जन सोया पड़ा है, उसे जगा रहे हैं।"

"क्या आप यह काम अपना घर-बार त्यागकर कर रहे हैं, बाबा?"

"हाँ बेटी! सबके हित में अपने हित छोड़ने ही पड़ते हैं?"

"पति-पुत्र-पुत्री, सब छोड़ने ही पड़ते हैं न, बाबा!"

“अलख का होना है तो सारे नाते-रिश्ते, सारे ममत्व-स्वार्थ, माया-मोह आदि तो छोड़ने ही होते हैं, बेटी। ...इस संसार में सबका सब उसका है, अपना कुछ नहीं है।”

“यह बोध होते ही आपने पत्नी-पुत्र आदि सबको छोड़ दिया।”

“हाँ, पर तुझे कैसे ज्ञात हुआ, बेटी?”

“जैसे आपको बाबा कि हम कष्ट में हैं। क्या कष्ट प्रभु स्मरण की प्रगाढ़ता का मन्त्र नहीं है?”

“है पर...।” इस बार तपस्वी ने ध्यान से उसकी ओर देखा।

“क्या आपको घर-परिवार, बाल-बच्चों की याद नहीं आती है?”

“सारा संसार अपना घर-परिवार है, बेटी।”

“नहीं बाबा, आपकी पत्नी आपकी पत्नी है। उसे किसके सहारे छोड़ा है? क्या सोचकर छोड़ा है? जानते हैं, बाबा वह किस हालत में होगी? यह समाज कितनी शुभ्र-दृष्टि रखता है अकेली औरत पर! ...जोगी किसके ख़ातिर बने? क्या ये ही कष्ट कम हैं। यों आपको क्या मिल रहा है? वह कौन-सा सुख-आनन्द है जो घर में नहीं है, बाहर है और अनजानों-अजनबियों के बीच में है?” मृणालिनी की अन्तर्पीड़ा पिघल उठी थी।

तपस्वी हतप्रभ-सा सुन्दरता की देवी की ओर देख रहा था। मृणालिनी कह रही थी, “घर छोड़ना तप नहीं है बाबा, घर जोड़ना तप है। ज़रा उन देवी-देवताओं, ईश्वर-भगवान के नाम तो बताओ जिनके लिए आपने घर-बार छोड़ा और उन्होंने भी। कृष्ण के साथ राधा-रुक्मणी है, राम के साथ सीता, शिव के साथ पार्वती, ब्रह्म के साथ कमला...ज़रा ध्यान से विचारो तो सबके साथ उनकी पत्नी हैं। कोई देवी-देवता, भगवान-ईश्वर पत्नी रहित नहीं है, बाबा। फिर आपने पत्नी-बच्चों को क्यों छोड़ा? किसके कहने से छोड़ा? क्या कोई ऐसा संसार है जिसमें जोड़ों के बिना बढ़ोत्तरी हो रही हो?”

तपस्वी की आँखें खुलीं। उसे अपनी युवा पत्नी की याद आयी। क्या दोष था उसका? एक पुत्र भी था दूध पीता। ठीक-ठाक था घर बार! सुख-चैन था। मौज मस्ती थी। क्या पता, अब उन सबका क्या हुआ हो? तपस्वी पूछ रहा था, “तू कौन है, बेटी?”

“बेटी हूँ। इस बेटी से रिश्तों का संसार खुला है। यही बेटी किसी की पत्नी बनती है, किसी की माँ, किसी की भौजाई, ननद और न जाने

क्या-क्या, बाबा? ...आप इस सुरम्य जगत् को छोड़कर अकर्तव्य पथ के राही बन गये। स्वयं का मोक्ष! संसार को मोक्ष की ओर ले जाने का प्रयत्न करने लगे। यह भूल गये कि मोक्ष घर में है, घर से बाहर नहीं। ईश्वर गुफा-कन्दराओं में नहीं है, घर में है। निश्चिन्ता भ्रम है, चिन्ता चुनौती। जो चुनौती से भागता है, वह का पुरुष है।''

''तुम्हें यह सब किसने बताया, बेटी?''

''कौन बताता, बाबा? किसी ने गहराई में उतर कर पूछा क्या ही नहीं? पूछा होता तो वह कहता कि घर-गृहस्थी ईश्वर का धाम है, उसका सर्वश्रेष्ठ मन्दिर-ठिकाना घर है। जो अपने को जानना चाहता है, वह घर को जाने। घर के अन्दर को जाने। हर पति का ईश्वर पत्नी है और हर पत्नी का ईश्वर पति। इन दोनों के समन्वय का ही दूसरा नाम ईश्वर धाम है। जो जगत् से भागता है, ईश्वर की सृष्टि को नकारता है, वह ईश्वर को जानने का थोथा दावा कर सकता है, ईश्वर को जान नहीं सकता।''

मृणालिनी कहीं गहराई में उतरती चली गयी। उसे अपना भी ख़याल नहीं रहा। उसे यह भी पता नहीं चला कि सुखदा उसके पीछे दबे पाँव आ खड़ी हुई है। वह कहे जा रही थी, ''बाबा, ईश्वर कभी अकेले नहीं रमता। रमता होता तो यह सृष्टि नहीं बनाता। महात्मा बुद्ध जंगल में तप करते रहे। सारी देह सुखा डाली। सर्वज्ञान तो सुजाता से पाया। उन्होंने भी क्या किया, बेटे को माँग लिया, परन्तु पत्नी यशोधरा को साथ चलने के लिए नहीं कहा। आम्रपाली को अपने संघ में ले लिया। संघ बनाये। क्या घर की तुलना में संघ अपने अस्तित्व को श्रेष्ठ सिद्ध कर पाये? घर से बड़ा कोई संघ नहीं है, न मठ-मन्दिर है। बुद्धम् शरणम् गच्छामि नहीं, घरम् शरणम् गच्छामि ही परम आनन्द का जीवन स्रोत है। जा बाबा, अभी भी वक़्त है, देहरी-देहरी माँगना छोड़, पर नगरी सौन्दर्य का रसपान त्याग, और मोक्ष की चिन्ता छोड़ क्योंकि मोक्ष भ्रम है, भूल-भुलैया में जीवन तलाश करने का अन्ध भ्रम ही माया है। ...अलख निरंजन नहीं, बाबा। एक बार उसके साथ बोल तो, पूरे वेग से, पूरे जोश से, लख निरंजन।''

आश्चर्य! सुखद और अनूठा आश्चर्य। तपस्वी के मुख से स्वतः ही निकल गया—लख निरंजन। अब तपस्वी लौट रहा था। उसके पाँवों को मानो किसी ने खोल दिया था और उसके हृदय पर से मानो किसी ने पहाड़-सा

बोझ हटा लिया था। वह पवन बन उठा था, उसमें धूप चाँदनी बन खिल उठी थी। उसे कोई पुकार रहा था—"पापा, मैं यहाँ हूँ। ...यहाँ हूँ।"

सुखदा ने ताली बजायी। मृणालिनी चौंक पड़ी। पूछा, "तू कब आयी, सुखदा?"

"जब तेरी दृष्टि पड़ गयी, प्रभु।"

"चुप कर।"

"क्या चुप करूँ?"

"यही कि घरम् शरणम् गच्छामि के जन्मदाता मेरे सामने हैं।"

"तो क्या करती, सुखदा! क्या मैंने कुछ ग़लत कहा?"

"नहीं, मीनुदी, तूने एकदम सच कहा। घर छोड़कर जब ईश्वर नहीं रह सकता, तब मनुष्य क्यों रहे? कैसे कहे कि उसे ईश्वर का दर्शन हुआ है। ईश्वर है तो मनुष्य है, मानुष में है। ईश्वर जानने की वस्तु नहीं है, वह अपने को मानने का आधार है और उसकी एकान्त साधना नहीं, बल्कि पत्नी सहित आराधना उसकी साधना है।"

"मुझे लगता है कि पुरुष प्रधान व्यवस्था ने नारी को दोयम दर्जे और कभी-कभी निम्न स्तर पर रखा है। पुरुष ने अपने अनुसार अपने हित में उसका प्रयोग किया है। ...जो पति करे, जिसे पति उचित समझे, वह पत्नी के लिए अनुकरणीय क्यों?...सुखदा, तू यह मत समझना कि यह सब उनसे विलग होकर सोचने का प्रतिफल है। इसमें दो मत नहीं है कि उस घनीभूत त्रासदी ने भी मुझे ऐसा सोचने के लिए विवश किया है...यों भी हम बंगाल की नारियों की ओर देखें तो एक तिलमिला देने वाला अनुभव होने लगता है। ..." मृणालिनी के सामने वे विधवा और परित्यक्ता महिलाएँ घूम गयीं जो मन्दिरों के बाहर भिखारी जीवन जी रही थीं। उनको उनके परिवारवालों ने घर से बाहर निकाल दिया था। विवाह के सारे पवित्र मन्त्रों ने उनको अँगूठा दिखा दिया। उनमें से अनेक युवतियों को कोठे-चकले पर ला बिठलाया था। उनको वहाँ तक ले जाने वाला भी तो पुरुष ही है।

"मीनुदी, तेरा कहना-सोचना ग़लत नहीं है। आजकल तेरे उनका क्या हाल है?"

"मुझे पता नहीं। शायद वे आन्तरिक सत्ता के निर्देश को अहमियत देने लगे हैं।"

"तुझे कुछ लिखते-लिखाते हैं क्या?"

"पता नहीं।"

आश्चर्य से सुखदा ने मृणालिनी की ओर देखकर कहा, "यह तुझे क्या होता जा रहा है, मीनुदी।"

"क्या, सुखदा?"

"कि तुझे पता नहीं है।"

"हाँ, सुखदा, यही सच है। भूले-भटके यदि उनके पत्र आ जायें, तो मैं उनका लिखा पढ़ तो जाती हूँ परन्तु समझ नहीं पाती।" मृणालिनी धीरे-धीरे कहती, "इस वक़्त तो वह कारागार में हैं।"

"एकान्त कोठरी में।"

"कुछ होने में है।"

"क्या, सुखदा? ...अंग्रेज़ शासक उनके पीछे हाथ धोकर पड़े हुए हैं।"

"तू तो कहती है कि वह किसी और दुनिया की बातें लिखते हैं।"

"ऐसा उनके पत्रों से जान पायी हूँ। पता नहीं, वे मुझसे क्या चाहते हैं और क्यों चाहते हैं?"

"तूने उन्हें क्या लिखा?"

"जो मेरे दिल ने उस वक़्त कहा, वह सब लिख डाला।"

"उन पत्रों का उत्तर...?"

"अधिकांश पत्र रद्‌दी की टोकरी में गये। उनके लिए शायद जगत् निस्सार है।" मृणालिनी तनिक मुस्करा कर कहती, "मुझे वह ईश्वर के दर्शन करवाना चाहते हैं।"

"क्या उन्होंने ईश्वर के दर्शन कर लिए हैं?"

"तू ईश्वर के दर्शन करना चाहती है क्या, सुखदा?"

"घर-गृहस्थी से फुर्सत कहाँ मिलती है, मीनुदी! मेरे सास-ससुर वृद्ध हैं। सास से चला भी नहीं जाता है। ...मेरे तो यही सब ईश्वर हैं। इनके मैं रोज़ दर्शन कर लेती हूँ।" सुखदा ने गहरी साँस छोड़कर कहा।

"क्या किसी को ईश्वर के दर्शन करने का अवकाश है? जब वह सर्वव्यापी है, कण-कण में व्याप्त है, चर-अचर में व्याप्त है, तब उसके दर्शन करने का क्या अर्थ है? क्यों व्यर्थ में समय नष्ट करें और क्यों ईश्वर-भक्तों की संख्या बढ़ायें? जितने ईश्वर भक्त बढ़ेंगे, उतने ही लड़ाई-दंगे भी बढ़ेंगे,

उत्पात होंगे, ढकोसलों का व्यापार बढ़ेगा। इस प्रकार की साधना के पक्ष में मैं नहीं हूँ, सुखदा।'' मृणालिनी ने अपने मन को उल्था करने का प्रयास किया। एक पत्र में उसने उन्हें लिखा भी था, ''स्वामी, काश मनुष्य सहज जीवन टेढ़ा-मेढ़ा न बनाये तो यह दुनिया सुख से जी सके, आनन्द का अनुभव कर सके और परस्पर प्रेम से रह सके। हालाँकि सब कुछ इन्हीं के नाम पर शुरू होता है, परन्तु उसके परिणाम प्रतिकूल निकलते हैं। तनिक आप इस तरह सोच कर भी देखें।'' उस पत्र का कोई उत्तर नहीं आया।

''जीवन का यही सच है। जितने भी देवी-देवता, ईश्वर-अल्लाह आदि बढ़ेंगे, उतना ही जीवन नरकीय बनेगा और अशान्ति, कलह, घृणा, द्वेष, ईर्ष्या, हिंसा आदि का साम्राज्य फैलेगा, पनपेगा और बढ़ेगा।'' सुखदा ने धीरे-धीरे संयत स्वर में कहा।

''पर उन्हें कौन समझाये, सुखदा। ईश्वर की ज़रूरत आम आदमी और निम्न स्तर के मनुष्य को नहीं है, जबकि ऊँचे लोग ईश्वर के नाम पर जनता का डटकर शोषण करते हैं, समाज में वर्ग भेद फैलाते हैं, फ़ासले बढ़ाते हैं। सुखदा, ईश्वर की उनको ज़रूरत है, जिनके पास जीवन-जगत् के लिए कोई कार्यक्रम नहीं है। वे ही अन्तरात्मा की आध्यात्मिक पुकार सुनने का सत्यापन करते हैं। वे आसक्ति रहित जीवन जीने का अभ्यास करते हैं। वे आध्यात्मिक जीवन में पार्श्व-द्वार से प्रवेश करते हैं। वही उनका दिव्य जगत् है, वही सामंजस्य और रमणीय सौन्दर्य का जगत् भी है। वहाँ प्रत्येक वस्तु व्यवस्थित है। वह आदर्शों का जगत् है। वह सत्य, शक्ति और आनन्द युक्त गतियों का जगत् है। ...यह सब उनकी पहुँच का जगत् है, मेरी पहुँच का नहीं।'' मृणालिनी कुछ-कुछ गम्भीर होने लगी।

सुखदा ने उसका साथ दिया और कहा, ''एक दिन मेरी पड़ोसिन मुझे सत्संग में ले गयी। एक युवा महात्मा बता रहा था कि तिब्बत में एक हस्तलिखित पुस्तक मिली है। उसमें लिखा है कि ईसा भारत आये थे। उन्होंने यहाँ बौद्ध धर्म को आत्मसात् किया था। उन्होंने येरुशलम जाकर उसका भी प्रचार किया था। बताओ तो इन सबसे हमें क्या लेना-देना? इससे बैठे-ठाले का विरोध जनमेगा। ...नहीं, मीनुदी, मैंने उस पड़ोसिन से साफ़-साफ़ कह दिया कि मेरी जिज्ञासा इस तरह के प्रवचनों में नहीं है। वह बोली कि मैं घर घुस्सू हूँ। मुझमें चेतना की गहराई में डुबकी लगाने की कामना नहीं है।

...मैंने स्वीकार किया कि हाँ मैं ऊपरी जगत् तक ही सीमित हूँ। मीनुदी, मुझे ऐसी जिज्ञासाएँ, सर्वोच्चता के नाम पर, महानता के नाम पर और गोपनीय रहस्यों को आत्मसात् करने के नाम पर ढकोसला प्रतीत होती हैं।" उसने कुछ रुककर तथा खँखराने के बाद आगे कहा, "मैं क्या करूँ, मणि? मैं महानता के कल्पित आकाश में विचरण नहीं करना चाहती।"

उसने कुछ रुककर पूछा,

"वह तुझे साथ ले जाने का और साथ रखने का मन तो रखते हैं न।"

"कहते तो हैं, परन्तु...।"

"परन्तु क्या?"

"शायद, अभी नहीं।"

"फिर कब?"

"चल छोड़ सुखदा, इस प्रसंग को।"

"क्यों, मीनुदी?"

"वह इसलिए कि दो दिन बाद तू उनके साथ जा रही है। तू सुख-आनन्द से रह, इन पहेलियों में उलझ कर अपना मन खोटा मत कर? मैं अपनी पहेली स्वयं सुलझाती रहूँगी। मुझे चिन्ता भी नहीं है। चिन्ता करके करूँगी भी क्या, सुखदा?" मृणालिनी ने धूप को बादलों की ओट में समेटने का उपक्रम किया।

"तू हम सबसे ऊपर थी, हर क्षेत्र में। शिलांग-सुन्दरी के नाम से जानी जाती थी।"

"वह तो मैं आज भी जानी जाती हूँ, सुखदा।" मृणालिनी ने मुस्करा कर कहा, "अरे पगली, अतीत वर्तमान नहीं होता।"

"परन्तु तेरा अतीत अभी तक वर्तमान ही है, मीनुदी।"

"हो सकता है, मुझे वैसा नज़र नहीं आता। अब तू कब आयेगी, सुखदा?"

"सच बोलूँ?"

"हाँ री, सच तो बोलना ही चाहिए।"

"हालाँकि कोई बोलता नहीं है। पर मैं बोलती हूँ, जब तू बुलायेगी, मैं आऊँगी...अवश्य आऊँगी...सिर के बल चल कर आऊँगी। वादा भी करती हूँ, मीनुदी।" इतना कहते-कहते सुखदा का कण्ठ अवरुद्ध हो उठा।

वह मृणालिनी से गले मिली। अपने आँसू नहीं रोक सकी। कुछ भूलती हुई-सी लौट पड़ी। मृणालिनी के सामने किशोर जीवन की मनभावन झाँकियाँ आती-जाती रहीं। एक सपना, सुखद सपना जिसे उसने अपनी सहेलियों के साथ पूरे अल्हड़पन से जिया था और दौड़ते-फाँदते, लहराते-बलखाते और गद्‌गदाये मन से सँभाला था, वह अब किसी अन्तर्लीन स्रोत की कहानी बन कर रह गया था।

24

21 मई, बृहस्पतिवार। आज उमस गहरी थी। सारी देह चिपचिपाहट से बेतरह घिरी हुई थी। दोपहर को आँधी आयी थी। धूल उड़ी थी। पत्तियाँ भी बिखरी थीं। वह भी देह से जा चिपटी थीं। लगता नहीं था कि वह अरविन्द की देह है। क्या वह अरविन्द है भी? वह अपने आपसे ऐसे प्रश्न करता था। क्या कभी उसने ऐसा सोचा था? वह जिस अपराध में गिरफ़्तार किया गया था, वह चोरी-डकैती या अपहरण का जुर्म नहीं था। वह संगीन जुर्म था सरकार के विरुद्ध यानी सरकार का तख़्ता उलटने के प्रयत्न का जुर्म था।

'समानता' एक शब्द अरविन्द में उछला। जब वे सूरत कांग्रेस अधिवेशन में जा रहे थे, तब वे भी अपने साथियों के साथ तीसरे दर्जे में यात्रा कर रहे थे। उसमें हर श्रेणी, हर जाति और हर प्रान्त के जन थे। वे सब बिना भेदभाव के साथ रहते थे, साथ सोते थे, साथ खाते थे। सबमें मातृभक्ति का गहरा भाव हिलोरें ले रहा था। यही बात यहाँ अलीपुर जेल में उनको अनुभव हो रही थी। सभी क़ैदी बिना वर्ग, जाति, धर्म आदि भेद के एक थे—एक सा आहार, एक सा रहन-सहन, एक से कपड़े। फ़र्क़ था तो यह कि उन जैसे कुछ क़ैदियों को एकान्त कोठरी में पटक दिया गया था।

घर से साढ़े ग्यारह बजे जब उन्हें पुलिस पकड़ कर ले जा रही थी, तब उनके सामने मौसा जी भूपेन बाबू पड़ गये थे। वह पूछ रहे थे, "यह क्या मामला है?"

"मुझे नहीं मालूम?"

"सुपरिंटेंडेंट क्रेगन साहब, किस अपराध में अरविन्द को गिरफ़्तार कर ले जा रहे हैं?"

"वह जल्दी ही मालूम पड़ जायेगा।"

"आख़िर गिरफ़्तारी की वज़ह तो होगी कुछ।"

"सब्र कीजिए, वह भी उजागर हो जायेगी।"

"पर कब?"

"अभी नहीं।"

"क्या मैं बॉडी वारंट देख सकता हूँ, मि. क्रेगन।"

"नहीं।" क्रेगन ने तेज़ी से कहा और आगे बढ़कर वह गाड़ी में बैठ गया।

अरविन्द की तब भी कुछ समझ में नहीं आया था और अब उसकी समझ जवाब दे रही थी। कोई नियम-क़ायदा नहीं। क़ानून नहीं। पुलिस का आतंकवाद अपनी चरम सीमा पर। एक ही छोटी-सी कोठरी में रहना, वहीं शौच से फ़ारिग होना और वहीं शयन! कमाल का समाजवाद स्थापित किया हुआ था। इससे ब्रिटिश सरकार और ब्रिटिश जाति का गौरव अवश्य सातवें आसमान को छू रहा था। परतन्त्रता का कसैला अनुभव अरविन्द को यदाकदा उद्विग्न कर उठता था। जेलर के यह शब्द उसके कानों में गूँज रहे थे, "मि. अरविन्द, मैं नहीं जानता कि आपने सरकार को पलटने के लिए कुछ किया या नहीं किया, परन्तु इतना अवश्य स्पष्ट कर देना चाहता हूँ और वह भी अपने अनुभव के आधार पर कि सरकार अपनी हो या परायी, उसमें कोई ख़ास भेद नहीं है। सत्ता में रहने वाले आम जनता के कभी नहीं हुए हैं। पुलिस से अब जो कुछ कराया जा रहा है, वही अपने राज्य में भी उससे कराया जायेगा। तब भी अनेक अरविन्द इसी तरह यातना से गुज़र रहे होंगे। अन्याय और अत्याचार तथा शोषण और दुष्चक्र हर सरकार में कुछ कम या कुछ ज़्यादा अपनी प्रकृति के अनुसार है—उसके जीने का भी यही आधार है। ...उसे कोई नहीं बदल सकता। हाँ, यदि समाज बदलता है, बलशाली होता है तब अवश्य सत्ता-सरकार रास्ते पर आने लगती है। सरकार नहीं, समाज ऊपर आये तो दृश्य बदलते अनुभव किये जा सकते हैं।" वह तो कह कर चला गया, परन्तु अरविन्द उसके कथन पर जब तब सोचने बैठ जाता था।

"आज़ादी किसे चाहिए? क्या राजाओं के राज्य में आज़ादी है? क्या बोझा ढोने वाले, सड़क पर पत्थर कूटने वाले, ताँगा चलाने वाले, दो वक़्त की रोटी नहीं मिलने वाले, मोची, धोबी, लुहार आदि को आज़ादी चाहिए? ...आज वे ही आज़ादी पाने के अधिक दीवाने लग रहे हैं। कुर्बानियाँ वे ही सबसे ज़्यादा दे रहे हैं। ...आज़ादी के बाद उन्हें क्या मिलेगा? कौन-सी उनकी ग़रीबी दूर होगी!"

"तो फिर?"

"अरविन्द, ज़रा गहराई से सोचो कि पहले सरकार बदली जाये या समाज।"

"इस वक़्त तो..."

"इस वक़्त क्या और उस वक़्त क्या, अरविन्द? वक़्त सदा वक़्त ही है। समाज की आज़ादी सबसे ज़रूरी है। नीचे का तबक़ा लगातार नरक की ओर जा रहा है। उसे कभी पूरे न होने वाले सपने दिखलाये जा रहे हैं। उसके लिए आपने क्या किया है?"

अरविन्द ने दिमाग़ पर ज़ोर डाला। एक बार महाराजा सयाजीराव गायकवाड़ और वह साथ-साथ घुड़सवारी कर रहे थे। एक किसान से गठरी नहीं उठाई जा रही थी। वह बराबर प्रयत्न करता और हार जाता। महाराजा सयाजीराव ने घोड़े से उतरकर उसकी गठरी को हाथ लगाया। गठरी अब उस किसान के सिर पर थी। वे दोनों भी आगे बढ़ गये। सयाजीराव गायकवाड़ को बहुत अचरज यह सोचकर हुआ कि अरविन्द ने इस प्रकरण पर कोई टिप्पणी क्यों नहीं की?

वह पूछ बैठे, "अरविन्द, आपने कुछ देखा-सोचा।"

"क्यों नहीं, महाराजा साहब? अभी तक वही सोचने-समझने का प्रयत्न कर रहा हूँ परन्तु...।" कहते-कहते अरविन्द रुक कुछ-कुछ उलझन में पड़ गये, क्योंकि वह जो कुछ सोच रहे थे, वह अभिधा न होकर व्यंजना में था।

घोड़े की लगाम खींचकर रोकते हुए सयाजीराव गायकवाड़ ने पूछा, "आप रुक क्यों गये?"

अरविन्द के मन में हलकी-सी मुस्कान यह सोचकर उठी कि पहले लगाम किसने खींची और रुका पहले कौन? अपने होंठों पर जीभ फेरकर उन्होंने कहा, "महाराजा साहब, मेरी समझ में यह नहीं आ रहा है कि एक

प्रजापालक महाराजा को प्रजा का बोझ कम करना चाहिए या बोझ उस पर लादना चाहिए।"

सयाजीराव गायकवाड़ ने बिना उनके इस प्रश्न का उत्तर दिये कहा, "हम काफ़ी दूर निकल आये हैं। हमें लौटना चाहिए।" इसके साथ ही उन्होंने घोड़ा मोड़ लिया और एक ऐड़ लगायी, घोड़ा सरपट दौड़ने लगा। अरविन्द ने उनका अनुकरण किया। एक मोड़ पर आकर अरविन्द अभिवादन सहित उनसे अलग हो गया।

आख़िर महाराजा के इस कथन से क्या अभिप्राय था? क्या वे प्रजा का बोझ बढ़ा रहे हैं? जबकि सच यह था कि महाराजा प्रजा का बहुत ध्यान रखते हैं। प्रजा का हर मुसीबत में साथ देते हैं। बाढ़ आयी थी तो स्वयं बाढ़ प्रभावित इलाक़ों में गये थे। अपनी प्रजा से हाल-चाल पूछा था और प्रजा की हरसम्भव मदद करवाई थी। उसे महसूस करवाया था कि उसका कोई सच्चा सरपरस्त है जो उसके आड़े वक़्त में उसके साथ पूरी तैयारी से खड़ा है। फिर बोझ लादने का प्रश्न क्यों? उनके महाराजा जनप्रिय हैं, प्रजा सच्चा शुभचिन्तक है और उसका भरपूर ध्यान रखते हैं।

महाराजा ने अपने सभी प्रमुख पदाधिकारियों को बुलाकर कहा था, "मित्रो, मैंने आपको यह स्मरण कराने के लिए आमन्त्रित किया है कि हम सबका वजूद प्रजा से है, उसके सुख, आनन्द और ख़ुशहाली से है। यदि प्रजा दुखी तो हमारे सुख, आनन्द पर ग्रहण लगा समझो। हमें सदा यह ध्यान रखना है और हर पल प्रजा को यह अनुभव कराते रहना है कि हम प्रजा के सच्चे सेवक हैं और सच्चे शुभचिन्तक हैं। प्रजा हमारी परीक्षक है। वही हमारा मूल्यांकन करती है और उसी का मूल्यांकन सच्चा तथा सर्वमान्य है। हमारी आँखें दो हैं, उसकी हज़ारों, हमारे हाथ दो हैं, उसके हज़ारों, हमारे पाँव दो हैं, उसके हज़ारों, हमारे कान दो हैं उसके हज़ारों। तो ज़रा सोचो, महान कौन है, शक्तिशाली कौन है और सर्वोपरि कौन है? वही हमारा दर्पण है।"

महाराज मात्र कहते ही नहीं थे, बल्कि रात-विरात वे अकेले जनता के दरबार में हाज़िर होकर, उनके सुख-दुख को जानते-समझते भी थे। उसकी परेशानियाँ नोट करते थे और अगले ही दिन से सम्बन्धित अफ़सरों की परेड लेना शुरू करते थे। उसके दुखों का निवारण शुरू करवाते। सबको पता था

कि वे स्वयं जनता के बीच पहुँच कर किये जा रहे कार्यों पर जनता से राय लेते हैं। उसकी सुनते है। उनका यही तकियाकलाम था कि 'बी प्रेक्टीकल'। आगे महाराजा ने कहा, "दो हाथ, दो पाँव, दो आँख, दो कान वाले प्रजा के सेवको, आपको यह सिद्ध करना है कि आपके हाथ, पाँव, आँख-कान आदि हज़ारों हैं। कौन इस क्षेत्र में कितना आगे आता है, वही हमारे सबसे निकट है, हमारा चहेता है और हमारा हितचिन्तक है।"

महाराजा ने सबके साथ खाना खाया। हलके-फुलके चुटकले सुनाये-सुने। कमर कसकर अपने लक्ष्य पर डट गये। वे इसे शान्ति के युद्ध की संज्ञा देते थे। राजा की असली हार-जीत का इसे ही कुरुक्षेत्र मानते थे। कहते रहते थे, "जो इस युद्ध क्षेत्र में जीतता है, उसे कोई नहीं हरा सकता। एक बार जनता को इतना प्रबुद्ध, इतना आत्मबली, इतना कर्मठ तो बनाओ कि वह राज्य को अपनी धरोहर मान बैठे। फिर देखना कि विदेशी ताक़तें कैसे बिना लड़े ही भाग खड़ी होती हैं। शायद हम वह सब कभी नहीं कर पायें जो जाग्रत जनता कर दिखलाये। ...मैं जनता के इस्तेमाल के विरुद्ध हूँ। वे नेता, महाराजा जो जनता को सीढ़ी बना कर प्रयोग कर रहे हैं, जनता को अन्धकार की ओर ले जा रहे हैं, उस रास्ते या जरिये से प्राप्त आज़ादी, जो अभी आसपास कहीं नज़र नहीं आ रही है, लोकतन्त्र के लिए प्राणवायु सिद्ध नहीं हो सकेगी।"

महाराजा सयाजीराव गायकवाड़ का अपना दर्द था। वे स्वतन्त्रता के सिपाहियों की मदद कर रहे थे। क्रान्तिकारियों की भी सहायता कर रहे थे। अंग्रेज़ सरकार उसकी गतिविधियों के प्रति बहुत सावधान बनी हुई थी। हर समय सन्देह की सूई उन्हीं पर आ टिकती थी।

अरविन्द बहुत ध्यान से महाराजा सयाजीराव गायकवाड़ को समझने का प्रयास कर रहे थे। हर बार अरविन्द को लगता रहा कि महाराजा उसकी पकड़ से आगे निकल गये हैं, लेकिन आज बोझ के प्रश्न पर महाराजा मौन रह गये। कुरेदा भी महाराजा ने ही था। वह अपने प्रश्न को उलट-पुलट कर जानना चाहते थे कि वह महाराजा होता तो इस प्रश्न का क्या उत्तर देता? महाराजा ने तो नेकी और भलाई का काम किया था। उसकी मदद ही की थी। यदि वह घोड़े से उतरकर उस ग़रीब की सहायता नहीं करते तो वह पता नहीं कब तक बोझ सिर पर उठाकर चलने का इन्तज़ार करता रहता

और अन्दर-ही-अन्दर कुन्द होता रहता। अब तक वह अपने ठिकाने पर पहुँच चुका होगा। घर पहुँचकर उसने सबको यह घटना सुनाते हुए कहा होगा, "वो भला इन्सान था। वह काफ़ी रुआब-रुतबे वाला आदमी लगता था। अच्छे क़द-काठी के मज़बूत घोड़े पर सवार था। वह अच्छे लिबास में था। ऊँचे घर का लगता था। मुझे उससे स्वप्न में भी यह उम्मीद नहीं थी कि वह मेरे पास आकर घोड़े की लगाम खींचेगा और घोड़े से कूदकर, उतरकर मेरी सहायता करेगा। ...उसका मैं शुक्रिया भी अदा करना भूल गया। ...जा भाग्यवान, अब कुछ खाने को तो ला।"

"तुम्हें कितनी बार समझाया है भोला के पिता कि जोश-खरोश में अपनी उम्र को ताक़ में मत रख दिया करो। साठ पार के हो चुके हो। बीमारी-सिमारी की चपेट में आये दिन आते रहते हो। अकेले कमाने वाले हो। ज़रा अपना भी ख़याल रखा करो। कोई वस्तु जीवन से ज़्यादा मूल्यवान नहीं है।"

"अब अपनी बकझक बन्द भी कर। भूख ज़ोर से लगी है।"

"गड़ुआ भरा रखा है। ज़रा मुँह पर दो चार छींटे मार कर तरोताज़ा हो जाओ, तब तक मैं मिर्च की चटनी, प्याज, छाछ और रोटी लेकर आती हूँ।"

"आज क्या बात है—चटनी, प्याज और छाछ भी एक साथ...।"

"गुड़ भी। ...लड्डुवा भी।"

"ये छप्पन भोग किस ख़ुशी में और कैसे?"

"अपने ज़मींदार का छोटा लड़का देश से बाहर पढ़कर लौटा है।"

"तो क्या हुआ?"

"आज ज़मींदारिनी ने बुलाया था।"

"पर क्यों?"

"घर का छोटा-मोटा कामकाज था...सोंठ, हल्दी कूटनी-पीसनी थी।"

"ऐसे टेढ़े-मेढ़े काम के लिए हमेशा उसे तेरी याद आती है।"

"तो क्या हुआ, पेट तो पलता है। कुछ मिलता ही है, इन हाथ-पैर का क्या घिसता है?"

"सारी ज़िन्दगी यों ही गुज़र गयी, भाग्यवान्...कच्ची-पक्की झोंपड़ी, घास-फूस की छत...ज़रा सी तेज़ बरखा शुरू हो जाये तो टपक पड़ती है। ...याद नहीं पड़ता कि भरपेट दो जून कभी पेट भरा।"

"चुप भी करो। खुशहाली के सामने अपनी ग़रीबी का रोना लेकर बैठ जाते हो।"

"भाग्यवान्, तू ही सदा से यह कहकर ढाँढ़स बँधाती रही है कि बारह वर्ष में तो घूरे के दिन भी बदल जाते हैं, तो क्या हमारे नहीं बदलेंगे, भोली के पिता? ज़रा सब्र करो।"

"वह तो मैं आज भी कहूँगी और सारी ज़िन्दगी कहती रहूँगी।"

"पर तेरे बारह कब पूरे होंगे?"

"होंगे। ज़रूर होंगे।"

"ये सुनते-सुनते चालीस बरस से ऊपर तो हो चुके। माटी का तवा लोहे के तवे में आज तक नहीं बदला।"

"बदलेगा—एक दिन ज़रूर बदलेगा। हुज़ूर के इन्साफ़ में देर हो सकती है, परन्तु अँधेर नहीं। तुम उस पर विश्वास रखो।"

"क्या विश्वास रखूँ, भाग्यवान्। अब तक एक उसी को तो मानता रहा हूँ, परन्तु अब नहीं मानूँगा।"

"ना मानो, उससे क्या होगा? वह तो है और हमेशा ही रहेगा। तुम चाहे आकाश को न मानो या धरती अथवा नदी, पर्वत, झील आदि को, तो क्या तुम्हारे न मानने से उनका अस्तित्व समाप्त हो जायेगा, भोला के पिता?"

"तू चार अक्षर क्या पढ़-लिख लेती है कि अपने आगे किसी को कुछ नहीं समझती। ऐसे उलटे-सुलटे तर्क देकर सदा मुझे भ्रमित करती रहती है।"

"ना...ना...भोला के पिता, ना। उससे क्या लड़ना-झगड़ना। हम तो पैदाइशी ग़रीब हैं पर फिर भी, ग़रीबी का जीदारी से सामना करते हैं। आधा पेट खाते हैं, तो क्या हुआ? किसी से माँगते-मूँगते तो नहीं। मन में असन्तोष भी नहीं है।" यह कहकर वह चली गयी। थोड़ी देर बाद लौटी। पत्तल परोसी। लड्डुओं की सुगन्ध उसके दिमाग़ में चढ़ने लगी। पूड़ी भी थी, आलू की सब्ज़ी भी। रायता अलग। लो, अब क्या सोचने बैठ गये? आते ही भूख-भूख चिल्ला रहे थे। चलो, जीमो भी।

"तू जीम चुकी क्या?"

"तुम्हारे बिना क्या कभी जीमी हूँ।"

"आज तू भी साथ में जीम ले।"

"ना...ना...ना, तुम जीम लो। फिर मैं भी।"

"कभी-कभार तो धणी का मन भी रख लिया कर, भाग्यवान्।"

"इससे पहले कभी ऐसा हुआ है!"

"तो आज जन्मपत्री में ठोकर मार दे।"

"आज थारी बात मान जाऊँ।"

"हाँ।"

"तो लो, मुँह झूठा कर लेती हूँ।" कहकर उसने पूरी का एक गस्सा आलू की सब्ज़ी से लगा लिया।

"तू तो अभी छाछ-रोटी, प्याज, चटनी परोस रही थी।"

"यों ही कह दिया था।" कहते हुए वह लजा गयी।

"यों ही क्यों?"

"बस यों ही।" कहकर उसने पूरी का टुकड़ा उसके मुँह में लगा दिया।

"पगली, मानी नहीं, हठ अपनी ही रखी। पहले मुझे ही खिला दिया।" उसका हृदय छलक पड़ा। तभी अरविन्द ने आवाज़ सुनी कि कोई उन्हें पुकार रहा है। सारा सपना टूट गया। उसकी मादक गन्ध महकती रह गयी। दरवाज़ा खोला। सामने महाराजा का मुँहलगा सेवक खड़ा था। पूछा, "कैसे आना हुआ? सब ठीक तो है।"

"जी, कल सुबह आपको दरबार में हाज़िर रहने के लिए महाराजाधिराज ने आदेश दिया है।"

"कोई ख़ास बात है।"

"क्या पता, साहब।"

"ठीक है, आ जायेंगे।"

वह चला गया। अरविन्द ने एक पल सोचा, फिर वह अपने सपने के साथ जुड़ने की कोशिश करते रहे, लेकिन वह उस सपने से अपने को नहीं जोड़ पाया।

चौंका देने वाला दिन। दिन के दस बजे थे। दरबार में अरविन्द को सदा की तरह उच्च स्थान मिला। वह रह-रहकर कभी महाराजा सयाजीराव गायकवाड़ और कभी उनके सामने खड़े उस व्यक्ति को देख रहे थे, जिस व्यक्ति के सिर पर उठाकर बोझ रखा था। वह दुबला-पतला और सामान्य क़द का व्यक्ति खड़ा-खड़ा काँप रहा था। शायद वह पहली बार महाराजा के सामने खड़ा हुआ था और वह यह सोच-सोच कर अन्दर-ही-अन्दर काँप

रहा था कि उससे ऐसी क्या ग़लती हुई है, जिससे महाराजा ने दरबार में तलब किया है।

उसकी अन्दर धँसी आँखें शायद यह सोचकर भी चौंधिया रही कि सामने गद्दी पर विराजमान महाराजा और उस व्यक्ति में बहुत कुछ समानता है। कहीं वह व्यक्ति महाराजा ही तो नहीं था। उससे पूछा जा रहा था, "तुम एकान्त स्थान पर कल क्या कर रहे थे।"

"रास्ता भटक गया था।"

"और बोझ उतार कर किसी का इन्तज़ार कर रहे थे?"

"नहीं माई-बाप, यह सत्य नहीं है।"

"फिर सत्य क्या है?"

"मैं थक गया था। मेरी गरदन दुखने लगी थी। सारी देह पसीने-पसीने हो गयी थी। बिना कुछ सोचे-भाले मैंने जैसे-तैसे सिर पर से बोझ उतार कर धरती पर रख दिया था। वहीं कुछ देर तक बैठकर सुस्ताया। देह को ठण्डी बयार लगी। चित्त को राहत मिली। फिर घर लौटने की सुध आयी। पूरे दमखम से बोझ उठाने की कई बार कोशिश की, पर बोझ उठा नहीं और मैं किसी आने-जाने वाले व्यक्ति की टोह लेने लगा ताकि उसकी मदद से बोझ उठा सकूँ और घर की राह पकड़ूँ।" धीरे-धीरे उसने कहा।

"आख़िर वह व्यक्ति मिल गया।"

"हाँ, माई बाप, वह मनुष्य नहीं, साक्षात् देवता था। चित्तीदार घोड़े से कूदकर बिना कुछ कहे उस महान इन्सान ने बोझ उठाकर सिर पर रख दिया और आनन-फानन में वह ओझल हो गया।"

"क्या तुम उस व्यक्ति को पहचान सकते हो?"

"वह घबरा गया। न उससे न कहते बन रहा था और न हाँ। वह पसोपेश में पड़ गया था।"

"जवाब दो।" इस बार पहले से तेज़ आवाज़ थी।

"क्या जवाब दूँ, माई-बाप?"

"क्यों, जवाब देने में क्या परेशानी है? ...अच्छी तरह चारों ओर देखो। ...ध्यान रहे। कोई चालाकी नहीं।"

उसने चारों ओर देखा। घूम-फिरकर उसकी कमज़ोर निगाहें महाराज पर ठहर कर तुरन्त फिसल जाती थीं। वह यह सोचकर काँप उठता था कि

क्या वह व्यक्ति महाराजा था? सब उसे पागल कहेंगे। उसने नाड़ हिलाकर कहा, ''नहीं, माई-बाप।''

''क्या नहीं?'' आवाज़ कड़कदार थी।

''नहीं पहचान सकता, माई-बाप।''

''क्या डर लग रहा है?''

''नहीं, माई-बाप, एक तो मुझे कम दीखता है। दूसरे, सन्ध्या हो चली थी। तीसरे, वह महान इन्सान इतनी फुर्ती से घोड़े से उतरा, बोझ उठाया और घोड़े पर बैठकर ग़ायब हो गया। मुझे तो केवल घोड़े की टापें सुनायी पड़ती रहीं कुछ देर तक।''

''सच कहते हो?''

कण्ठ छूकर उसने कहा, ''सवा सोलह आने सच, माई-बाप।''

''तो ठीक है, अब इसकी सज़ा सुनायी जाये।''

वह भौंचक्का-सा अग़लें-बग़लें झाँकता रह गया। उसकी आँखें तेज़ी से मिचीं और काँप उठीं। काँपे उसके पाँव भी, होंठ भी। सज़ा! किस बात की सज़ा? उसे नानी-दादी याद आ गये। उसकी पत्नी ने कहा था, ''जाओ, जाओ, महाराज ने बुलवाया है। ऊपरवाले ने हमारी सुन ली। ...ऊपरवाला जब देता है, तब छप्पड़ फाड़ कर देता है।'' पगली, सठिया गयी है। दिन-रात ऊपरवाले का कीर्तन करती रहती है। ...यह किया उसके ऊपरवाले का ही है! हे राम! रक्षा करना। महाराज के फ़ैसले की कहीं और सुनवाई भी नहीं है।

''तुम्हें मोतीराम, यह कठोर सज़ा सुनायी जाती है, सम्बन्धित अधिकारी कृपया नोट कर लें, तीन माह में तुम्हारा घर तोड़कर...।'' बीच में वह बोल पड़ा, ''दुहाई, महाराज साहब, दुहाई। रहम करो। हम...।''

''चुप भी कर। आगे से बीच में एक शब्द नहीं। चुपचाप अपनी सज़ा सुनता रह। ...हाँ तो तीन माह में मोतीराम के झोपड़े को पक्के मकान में बदला जाये। घर के साथ खेती के लिए तीन बीघे ज़मीन भी दी जाये। उस ज़मीन पर तीन साल तक लगान माफ़ और प्रतिमाह चालीस रुपये ख़जाने से सहायता दी जाये।''

इसके बाद महाराजा गायकवाड़ उठ खड़े हुए। उन्होंने एक बार अरविन्द की ओर साभिप्राय दृष्टि से देखा। कुछ कहा नहीं, पूछा नहीं। अरविन्द धीमे क़दमों से अपने निवास पर लौट आये। सारे रास्ते सोचते रहे कि महाराजा

ने जो किया, वह क्या जनहित की दृष्टि से ठीक है! ऐसे वह और कितने ग़रीब परिवारों की सहायता कर सकते हैं? क्या यह उदाहरण अपनी जनता का मनोबल बढ़ाने वाला है?

इस वक़्त घण्टे बज उठे। पाँच बार बजे। अरविन्द अपनी असली दुनिया में लौट आया। वह जेल के सींखचों में बन्द है—बदबूदार तंग कोठरी में। उसने कोई अपराध नहीं किया। एक पूरी-पूरी कौम...पूरा देश अपराधी है। उसने अपनी क़ैद में एक पूरे देश को बन्द कर लिया है। इस पर भी उसे सन्तोष नहीं हुआ तो उसने यथार्थ के सामने लगने वाले मानवता प्रेमियों को काल कोठरी में बन्द कर दिया है। समूचे मानवता प्रेमी और संस्कृति-सभ्यता प्रेमी, उदार तथा महान देश और उसके लोग चुपचाप देख रहे हैं कि बाहर के एक देश ने ज़बर्दस्ती एक देश को ग़ुलाम बना रखा है। कोई बोलता नहीं और जिनको यह पीड़ा सालती है, उन्हें उसकी तरह एक अँधेरे, बदबूदार और तंग कोठरी में डाल दिया जाता।

"ये भारी भरकम सवाल किसी ने मुस्लिम सल्तनत के विरुद्ध क्यों नहीं किया? उनकी इस्लामिक सत्ता को कैसे एक लम्बे अर्से से कबूल किये रहे।"

"एक ग़लती हुई तो क्या अब उसकी भी पुनरावृत्ति होने दी जाये?"

"क्या राजाओं का शासन उनकी आज़ादी को नहीं रौंदे हुए था? और आज भी वे शान्त-नत और अपने में डूबे हुए हैं। आज़ादी दिलाने का जुनून कुछ शख़्सियतों पर ही क्यों सवार है?"

ओह! यह उसे क्या होता जा रहा है। घबरा कर उसने सींखचों से बाहर देखा—वह पेड़, परछाईं बना चुपचाप खड़ा हुआ था। कोई पत्ता नहीं हिल रहा था। उसकी देह पसीने से लथपथ थी। सोच थम कर पसर चुकी थी। मानो वह ख़ामोश उदासी उसकी सोच की थकान का प्रतीक है।

25

आज कोर्ट में लाया गया था। न केवल अरविन्द को, बल्कि अन्य शातिर क़ैदियों को भी। कल रात तो तेज़ वर्षा हुई थी। उस तंग एकान्त कोठरी का तीन चौथाई भाग पानी से भर गया था। शेष भाग भी काफ़ी गीला हो

चुका था। सुबह कोई सफ़ाई करने वाला नहीं आया था। कोठरी में बदबू तथा सीलन थी और उसका फ़र्श गीला था।

अरविन्द को क़ब्ज़ियत बनी रहने से पेट और सिर दर्द हो रहा था। वह चाहकर भी तारकोल पुती उस टोकरी में शौच नहीं जा सका, जो कल शाम से साफ़ नहीं हुई थी। वह कब से हाजत को दबाये हुए था। बदबू उनके सिर चढ़ गयी थी। गाड़ी में बैठकर अरविन्द ने बाहर की ओर देखा। बमुश्किल कुछ नज़र आया और कुछ तेज़ आवाज़ें सुनीं। वह यह अन्दाज़ नहीं लगा सका कि गाड़ी किधर से गुज़र रही है। फिर भी, वह कुछ राहत महसूस कर रहा था। —उस तंग कोठरी से चाहे कुछ समय के लिए ही निजात मिली हो, पर मिली तो। दिमाग़ को हलका-सा सुकून तो मिला!

गाड़ी तेज़ी से मुड़ी। वे सब आपस में हलके से टकराये भी, पर किसी ने कुछ नहीं कहा। कहने जैसा कुछ था भी नहीं। कोई आपस में बात भी नहीं कर रहा था। सबके सब अपने सोच की क़ब्र में क़ैद थे। अरविन्द के प्रति उनमें मामूली-सी जिज्ञासा थी। उसकी गम्भीर और चिन्तनमयी मुद्रा देखकर किसी की हिम्मत उससे बात करने की नहीं हो रही थी। एक खुला-खुला शहर। बटेर की तरह आँख खोले शहर। उसकी अन्दर से मुड़कर गुम होती गलियाँ। चौड़ी सड़कों पर गाड़ियों के अलावा टमटम या विक्टोरिया। उनकी भिनभिनाती हुई टूटती-बिखरी आवाज़ें। अरविन्द कुछ-कुछ अनुमान लगा रहा था। सोच के लिए मैदान था—लम्बा-चौड़ा मैदान।

कोर्ट पहुँचे। कुछ समय बाहर ही बीता फिर वह गाड़ी लौट पड़ी। अरविन्द ने पूछा, "क्या हुआ?"

"अकस्मात् जज छुट्टी पर चला गया।" एक मरियल-सा जवाब हाँफता हुआ सुस्ताने लगा।

एक क़ैदी बोला, "क्या जज के घर में कोई मर गया है।"

"चुप कर।" पुलिस वाले ने डाँट दिया।

"मरना क्या हमारे-तुम्हारे हाथ में है, दारोगा जी।"

"मैं दारोगा नहीं हूँ।"

"तो हुज़ूर बहुत जल्दी हो जाओगे।"

"क्या पता?"

"दारोगा कोई ऊपर से नहीं आता है। ये सब यहाँ के रचे-रचाये खेल हैं।

कभी हम चोर-सिपाही खेलते थे और आज...। पर भविष्य की कौन जाने? क़ज़ा आते देर नहीं लगती। ...इसकी मिसाल हम हैं न।''

वातावरण में से तनाव कूच करने लगा। वार्ता रसमयी हो चली थी। एक दूसरा क़ैदी बोला, ''सिपाही जी, आपने कौन-सा अपराध किया है कि आपके ज़िम्मे हम जैसे ख़तरनाक अपराधी कर दिये हैं। यदि हम भाग निकले तो आपकी नौकरी पर आ बनेगी।''

''भागने देंगे तब न।''

''कितने ही क़ैदी हम से पहले भाग चुके हैं? ...कितने ही पुलिसवालों पर गाज गिरी...इससे डर लगता है।''

''कैसा डर?''

''अपने राम के लिए कोई जेल ऐसी नहीं है जिसे हमने फांदी न हो।''

''तो क्या?'' वह सिपाही भौंचक्का सा रह गया।

''ले बीड़ी पी। ...अच्छा, यह बता कोई आदमी एक को मारे या दस को, उसे कितनी बार फाँसी लगेगी।''

''एक बार ही...''

''क्योंकि फाँसी का फँदा उसे पहली बार में ही टें कर देगा। फिर क्या सरकार उसे दुबारा फाँसी देगी?...नहीं, न...ला, बीड़ी इधर ला। एक सुट्टा म्हारे को भी खींचने दे।''

बीड़ी से ज़ोर का क़श खींचा और कुछ देर बाद नाक से धुआँ निकाल दिया। वह फिर खखार कर बोला, ''म्हारे पर तेरह ख़ून के इल्ज़ाम लगा रखे हैं। कोरट-कचहरी इसी तरह रेंगती रही तो कम-से-कम तेरह साल मुक़दमे में लग जायेंगे। एक मु.क़दमे में एक साल की अवधि माने तो।'' इसके बाद वह ज़ोर से अट्टहास लगा उठा। वह सिपाही उसे ऐसे घूरने लगा जैसे वह चलती गाड़ी में से हथकड़ी खींच कर भागने वाला हो और इस कारण उसके मुँह से अचानक सीटी बज गयी। सब एकबारगी सतर्क हो गये। ड्राइवर ने तेज़ी से ब्रेक लगाया।

''बादशाह, तूसी गड्डी हाँको। हाँ तो मैं कह रहा था तेरह वर्ष। गोकि मौजूदा सरकार की घण्टी बज चुकेगी। देश आज़ाद होगा तो क्यों बड़े भाई...ये जेल और इस जेल के पंछी आज़ाद नहीं होंगे।'' उसका इशारा अरविन्द की ओर था।

अरविन्द ने कभी इस तरह नहीं सोचा था। वह किंकर्तव्यविमूढ़ रह गया।

"पर दीवान जी, जो तुम एक बार डिसमिस हो गये तो दिन में तारे नज़र आ जायेंगे और तुम्हारे लिए देश को मिलने वाली आज़ादी कोई ख़ुशी का पैगाम लेकर नहीं आयेगी। इससे तुम्हें समझाता रहता हूँ कि आपस में भाईचारा बनाये रखो और जितना चूना लगा सको, उतना इस जानलेवा फिरंगी सरकार को लगाओ। ...क्या समझे अक़्ल की दुम। ...ध्यान रहे, म्हारा खाना-पीना तो अप-टू-डेट चलता रहे।"

सबकी बोलती बन्द। सबकी दृष्टि आपस में टकरायी। अब वह अकड़ कर ऐसा बैठा था, जैसे मस्जिद में मिंबर पर इमाम बैठा हो। उसने अपनी अधकचरी मूँछों पर ताब दिया और कहा, "अपना राजमहल आ गया है।"

एक-एक करके सब उतर गये। अरविन्द सोचता रहा कि उस बन्दे को चिन्ता-फ़िक्र रत्ती भर भी नहीं है। एकदम मस्त था। वह क्यों नहीं उसकी तरह मस्त और ज़िन्दादिल रह पाता है? उसे चिन्ता क्यों घेर लेती है? क्यों वह अपने वर्तमान के प्रति विद्रोही हो जाता है! क्यों वह सबको नकारने लगता है? भगवान के प्रति भी क्यों ऊलजलूल सोचने लगता है? वह यह क्यों मानने के लिए तैयार नहीं होता कि यह व्यवस्था जिसका वह शिकार हुआ है, भगवान कृत नहीं है, मनुष्य कृत है। वह वहाँ आकर भी उलटा सोचने लगता है कि फिर यहाँ भगवान का क्या काम? क्यों उसकी पूजा-अर्चना? क्यों उसके स्मरण ध्यान का जाल-जंजाल?"

देर रात को वह सो पाया। एक तो आज गर्मी तेज़ थी। ऊपर से हवा बन्द थी। सारे दिन की धूल धक्कड़ अलग थी। पेबन्द लगी सोच बग़ावत पर अलग उतर आयी थी। यों चित्त में बेचैनी थी। सारा शरीर दर्द कर रहा था। हाथ-पाँव ढीले थे। कहाँ तो यह सोचकर उसका मन सन्तोष पा रहा था कि कम-से-कम इस बहाने वह सड़क, सड़क की गरमागरमी, खट्टे-मीठे दृश्य-अदृश्य और इतने सारे लोगों को वह देख व अनुभव कर सकेगा, जिनके बीच रहते हुए उसने शायद कभी उनका कोई ख़ास नोटिस नहीं लिया था। कितने दिन हो गये थे, उसे बाज़ार से गुज़रे, उसको सुने-देखे! आदमी को आदमियों के बीच से निकाल बाहर करो और गहरे ध्वनिरहित निर्जन सन्नाटे में डाल दो, फिर देखो उसका मन उस बेसुरी, बेस्वाद, बेमतलब और खाली-पीली बातों को सुनने के लिए कितना व्याकुल

हो उठता है। ठीक उस मछली की तरह जिसे पानी से बाहर निकाल कर फ़र्श पर डाला हो।

आदमी की ज़िन्दगी, वास्तव में आदमियों के बीच है। फिर वह आवाज़ कैसी भी क्यों न हो? पर होना वह आदमियों का समाज चाहिए। उसमें एक दार्शनिक और आध्यात्मिक शब्द उभरा—एकान्त! एकान्त में ध्यान लगाओ। शून्य तक पहुँच जाओ। फिर देखना, एक सर्वथा नवीन और लोमहर्षक जगत् उसका स्वागत-अभिनन्दन करता मिलेगा। सारे कष्टों-दुखों से मुक्ति—एक चिर व शाश्वत आनन्दमय जगत्। ईश्वर का जगत्।

इसमें क़तई सन्देह नहीं है कि वह लेले को साथ जिस एकान्त में रह कर जो कुछ अनुभव कर सका, वह इस जगत् से परे का जगत् था। चिर शान्ति के बाद वह फिर अपने संसार में लौट आया था। संसार में जिससे कुछ समय के लिए निजात पाकर वह अपने आप में फूले नहीं समा रहा था। मानो उसको ऐसा क्या मिल गया था। उस क्या को नहीं जानते हुए भी वह एक बहुत बड़े सत्य से मुड़ रहा था।

वह एकदम नवीन अनुभव का अनजाना, अनभोगा और असमझा परिवेश था। मानो समुद्र के अतल का विस्मयकारी निर्जन समाज या सर्वोच्च उत्तुंग पर जा पहुँचने का अदमित, अपार और सीमा शून्य विराट का चाक्षुष अनुभव।

नहीं ऽऽ। सच यह है कि वह एक अन्धी और मरी हुई हवा की सड़न भरी कोठरी में है और सरकार उसे फाँसी पर झुलाने का पुख़्ता इन्तज़ाम करने में जुटी हुई है। सरकारी वकील नार्टन महाशय अपनी कारगुज़ारियों के लिए कुविख्यात है। एक तो करेला ऊपर से नीम चढ़ा। जब बिना कुछ किये हुए को वह निर्जन हवालात में पटक सकती है तब हवालात से फाँसी के तख़्ते तक वह क्यों नहीं ले जा सकती? उसके ख़िलाफ़ निरन्तर षड्यन्त्र चल रहे हैं। भाड़े के गवाह तैयार किये जा रहे हैं। जो यह कहेंगे कि उन्होंने उसे देखा है बम बनाते हुए, सरकार का तख़्ता उलटने का षड्यन्त्र रचते हुए। तब! हाँ तब? ...वह कितना अकेला पड़ता जा रहा है। परसों मृणालिनी मिलने आयी थी। उसकी आँखों से टप-टप आँसू गिर उठे थे। उसे क्या मालूम की जेल क्या है? कोलतार पुती टोकरियों की माया क्या है। वह कह रही थी, ''भगवान के घर में देर है, अँधेर नहीं है।''

वह चीख़ना चाहता था मंच पर खड़े उस नायक की तरह जिसका सब कुछ ज़ोर-ज़बर्दस्ती छीना जा चुका था और फिर भी उस पर इल्ज़ाम यह थोपा गया था कि उसका जो कुछ माल-मसाला सामने आया है, वह सबका सब चोरी का है—उसकी ख़ून-पसीने की कमाई का नहीं है। ओह! उस नायक ने उन विषम और थोपी गयी उग्र मानसिकता के तनावों को किस तरह अपने हाव-भाव और चन्द शब्दों के उतार-चढ़ाव से कैसे समूचे वातावरण को क्षुब्ध और झंकृत कर डाला था। वैसी शक्ति उसमें नहीं है। वह चीख़-चिल्ला कर कहे तो क्या कहे और किससे कहे! वह किसी नाटक के पात्र की भूमिका नहीं निभा रहा है, जिसे डायरेक्टर ने यह समझाया था, "थोड़े समय के लिए तुम यह भूल जाओ कि तुम अरविन्द हो। तुम अरविन्द नहीं सोमेश हो। वह सोमेश जो ईमानदार, निष्ठावान, कर्मशील और परोपकारी था, पर जिसे इस वक़्त सबके सामने बेइज़्ज़त, बेआबरू और नंगा किया जा रहा है। उस पर यह तोहमत लगायी जा रही है कि वह चोर है, पतित है और दुश्चरित्र है। काश, चुल्लू भर पानी होता तो वह उसमें डूब मरता। वह कितना लाचार है, हाथ-पाँव सही सलामत होते हुए वह कितना अपंग है कि अपनी सफ़ाई में एक शब्द नहीं बोल पा रहा है। हर इन्सान यीशु नहीं हो सकता, जो अपने षड्यन्त्रकारियों के शुभ के लिए ईश्वर से उनकी सलामती और उनको क्षमा करने के लिए प्रार्थना कर सके। यह हाड़-मांस के उन लोगों की सबल और लाचार, सच्ची और झूठी, विश्वासी और अविश्वासी, क़ुर्बानी देने का नाटक करने वाली और दूसरे की क़ुर्बानी लेने वाली, ईमानदार और बेईमान दुनिया है। यहाँ कुछ भी स्थायी नहीं है। यहाँ का सच बेरहम है। यहाँ का झूठ-फरेब निर्दयी और क्रूर है। ख़ामोश, तुम ऐसी दुनिया के सामने खड़े ज़लील किये जा रहे हो, जिसके पास न कान हैं और न आँख। मानो हैं भी तो वह उनका इस्तेमाल नहीं कर सकती। सच स्वयं अपनी पैरवी नहीं कर सकता इसलिए वह झूठ के हाथों पिट जाता है। ...यहाँ जहाँगीर का न्याय भी उसके खुद के साथ न्याय नहीं कर सकता।"

"नहीं ऽऽऽ..." सारे पहाड़ी वातावरण में यह आवाज़ किसी विशाल पहाड़ी पत्थर की तरह नदी में छलाँग लगा बैठी। हाँ-हाँ...वह सोमेश नहीं, अरविन्द है जो किसी नाटक का पात्र नहीं, स्वयं अपना पात्र है और उसकी

आवाज़ सारे इन्सानी जंगलात को कँपा डाल रही है। वह सीना ठोक कर बुलन्द आवाज़ में कह रहा है, "ओ अपनी तक़दीर की बेरहम मलिका, तख़्ते ताऊस की बेशुमार धन-दौलत की मालकिन, महाशक्ति के तीसरी आँख होने की पहचान कराने वाली दम्भी सुन्दरी तू देख-सुन सकती है तो देख-सुन ले; तेरे नापाक इरादों, षड्यन्त्रों, जालसाज़ियों और कारनामों का पर्दाफ़ाश करने वाला तेरे सामने खड़ा, तुझे ललकार रहा है कि अब तेरे दिन पूरे हो गये और अब मैं आ गया हूँ। अब सत्य लाचार नज़र नहीं आयेगा। अब शिव सुन्दर ही नज़र आयेगा। तू मेरा बाल भी बाँका नहीं कर पायेगी और मैं तुझे कहीं का नहीं छोड़ूगा।"

परन्तु ऐसा कुछ नहीं हुआ। अरविन्द कहने लगे, "मृणालिनी, मयूर की तरह अपने पाँवों की ओर नहीं, सदा मतवाले इन्द्रधनुषी आसमान की ओर देखो, तभी तुम निश्चिन्त होकर, आन्तरिक लय-ताल की अनुगूँज सुनते हुए सुन्दरतम नृत्य कर सकती हो। जीना लाचारी का नहीं, साहस-हौसले और चुनौती स्वीकार करने का नाम है। ...ए अर्जुन, अपने अग़ल-बग़ल, आमने-सामने क्या देखता है। उठा गांडीव और रणभेरी बजने दे। वे हुंकार भरें या ताण्डव करें पर उन्हें मरना है। सवाल मुख्य यह है कि वह मरा तो कैसे और किसके लिए?...तुम हौसला रखो, मेरा यह सरकार कुछ नहीं बिगाड़ सकेगी। याद है, झूठ के पाँव नहीं होते।"

"कि भूत के।" मृणालिनी यह सोचकर रह गयी, क्योंकि उसे याद आ गया कि नानी कहा करती थी कि भूत के उलटे पाँव होते हैं। मृणालिनी का मुखमण्डल उदास था। उसने इधर-उधर से जो-जो बातें सुनी थीं, उनसे वह हिल गयी थी। दिन-रात अकेली गहरी चिन्ता में डूबी रहती थी। कौन था उसका जो उसे ढाँढ़स बँधाता? मम्मी-पापा उसे समझाते अवश्य थे, परन्तु उनके समझाने का उस पर कोई असर नहीं होता था, क्योंकि वे स्वयं मर्माहत थे। उन्हें अपने कहे पर स्वयं यक़ीन नहीं था कि वे जो कुछ कह रहे हैं, वह सत्य है या नहीं। सत्य कुछ होता भी है क्या? जो सत्य है, वही झूठ हो जाता है और जो झूठ है, वह सत्य। सत्य और झूठ कुछ नहीं है पर बहुत कुछ है यदि सिद्ध करने की कला में कोई माहिर हो तो नॉर्टन की तरह। नॉर्टन इसलिए प्रसिद्ध सरकारी वकील है, जो अघटित को घटने के लिए मज़बूर कर देता है।

'मी लॉर्ड' नॉर्टन के मुँह से जब यह शब्द निकलता है, जबड़ा कुछ टेढ़ा हो जाता है और आँखें कुछ-कुछ डरावनी। केवल अभियोगी जानता है कि वह सफ़ेद झूठ बोल रहा है। क्या उसकी आत्मा इतनी मर चुकी है कि वह ज़िन्दे और मुर्दे का फ़र्क़ नहीं कर पाती।

"मैं तो यह भी नहीं कह सकती स्वामी, अपना ख़याल रखना। यहाँ कौन किसका ख़याल रख सकता है! परन्तु स्वामी, मुझे इसके अलावा और कुछ सूझ भी नहीं रहा है।" मृणालिनी यह सब कह नहीं पाती। उसे निर्देशक की आँख नज़र आती है और आता है उसकी आँख का हलका-सा संकेत। तब उसे याद आता है कि नाटक में उसकी भूमिका उस अधेड़ औरत की है, जिसने जीवन में कभी वसन्त नहीं देखा और जो ज़ुबान होते हुए भी कभी नहीं बोल सकी। हमेशा-हमेशा अहल्या की तरह शापग्रस्त हुई पत्थर की बेज़ानदार मूर्ति-सी बनी रही।

"जाओ मृणालिनी, जाओ, यहाँ बोलना वर्जित है। यहाँ ज़ोर-ज़बर्दस्ती का नाटक नहीं होता है, जिसके लिए रिहर्सल की ज़रूरत हो। सीधे ही सब कुछ हो रहा है और उसके हर पात्र को बिना सोचे-समझे करना पड़ रहा है। यह कैसा लुच्चा विचार है, जिसे लुच्चा कहने की ताक़त ख़रीदने के लिए पैसा चाहिए और उसको जीने के लिए भाड़े के आदमी। मानो तो क़ानून, नहीं मानो तो... ।"

मृणालिनी गूँगी, दीवार से चिपकी उस छिपकली की तरह हो गयी थी जो भूख-प्यास से अधमरी होकर मौत का प्रमाण पाने वालों की लम्बी कतार में खड़े-खड़े गिर पड़ने वाली हो। उसकी आँखों का ख़ामोश समुद्र तप्त रेगिस्तान को अपने में सोख लेना चाह रहा था। तभी आवाज़ पड़ी। सुप्त चेतना जगी। सन्तरी कह रहा था...मिलने का टेम ख़तम।

26

आँखों में नींद नहीं, दिल में विश्वास बौखलाया हुआ। सारा शरीर लकवाग्रस्त हो चुका था मानो किसी राक्षस ने शरीर का सारा रक्त चूस कर दोने की तरह उसे फेंक दिया हो। फ़रियादी फ़लकज़दा होकर

फूहड़ हास्य को बिखेरने के लिए मन-ही-मन निर्देशक की तीसरी आँख का अनुमान लगाकर रो पड़ता है और रोते-रोते हँसने लगता है। हँसता ही जाता है। मानो हँसने का उसे दौरा पड़ा हो। उसकी आँतें बाहर आने को हों और वह अपने निर्जीव हाथों से उन्हें पकड़े हुए है।

"ठहरो, अरविन्द।"

अरविन्द चौंका। उसे अचरज हुआ कि वह कम्बल पर बैठा हुआ है, चल कहाँ रहा है जो वह ठहरे। अँधेरा सकपका रहाँ पलस्तर जगह-जगह से झड़ने के कारण नयी कला को समझने की दावत दे रहा था। यह कैसा दौर था जब हिमालय की कन्दराओं का सन्नाटा था और निर्जन स्थान था। लेले ने उसे अपने साथ रखकर समझाया था योग के लिए सघन एकान्त चाहिए। चित्तवृत्तियाँ उसे कठपुतली बनाकर नचाये नहीं, उसके लिए योग ज़रूरी है। परन्तु अरविन्द को एकान्त कहाँ मिलता था! काम पर काम। एक काम पूरा भी नहीं हुआ कि दूसरा सिर पर सवार। फिर भाग-दौड़ अलग।

यहाँ तो योग के लिए स्थिति एकदम अनुकूल है—बात करने वाला कोई नहीं है, न कहीं जाना-आना, निर्जन ऐसा कि उनके अलावा दूसरा कोई नहीं। पढ़ने-लिखने के लिए न पोथी, न काग़ज़, क़लम-दवात। कोई काम नहीं। यहाँ पता चला कि एक दिन में चौबीस घण्टे होते हैं और घण्टे में साठ मिनट। दिन कितना लम्बा होता है कि खाने को आने लगता है। आख़िर कैसे कटे एक दिन। यों दिन कितना-कितना जानलेवा हो रहा है।

दो-तीन दिन तो काली-लाल चीटियों के साथ अरविन्द ने बिता दिये थे—एकदम एकाग्र होकर। चीटियों की कतार लम्बी रेखा-सी नज़र आ रही थी। दूसरी तरफ़ से लाल चींटियाँ आ रही थीं। दोनों चौराहे पर क्या मिल रही थी कि काली चींटियाँ लाल चींटियों को देखते ही आक्रमण कर रही थीं। लाल चींटियाँ खेत रह रही थीं। अरविन्द का मन लग गया। ठेठ वहाँ से उनका मन उनके साथ-साथ चल रहा था, जहाँ से चीटियाँ आती नज़र आ रही थीं। वे लाल चींटियों को बिना बन्दूक के भूने जा रही थीं। क्या गाँधी ने कभी ऐसा दृश्य देखा। देखते तो क्या कहते? यहाँ उनकी अहिंसा क्या काम आती। यह नयी सिचुएशन उनके मन पर दबाव डालने लगी। आख़िर उनकी दारुल हुकूमत है कहाँ! वे तो जनपथ के निवासी हैं। फिर भी उनमें जंग जारी है। पर किसलिए? उनमें कोई छीना-झपटी नहीं। न हुकूमत का नशा-निशान।

अचरज एक भी लाल चींटी ऐसी नहीं कि काली चींटी को मार गिराये। लाल चींटी अंग्रेज़। काली चींटी हिन्दुस्तानी। काली चींटी यहाँ भी लाल चींटी को नहीं छोड़ेगी। सरेआम एकतरफ़ा युद्ध। हे माँ काली! कब बनाओगी इन तैंतीस करोड़ काली चींटियों को अपने जैसा प्रचण्ड योद्धा, आक्रामक और प्रलयंकारी।

क्या मजाल है कि वे लाल चींटी का कीमा बनाकर तनिक भी ठहरें-रुकें। चलती जाती हैं बिना विराम लिए। उनके लिए आराम हराम है। वे कितनी अनुशासनबद्ध हैं! मजाल है कि उनकी पंक्ति तनिक-सी इधर-उधर दीखे। बिल्कुल नाक की सीध में। वो देखो, महारानी चींटी की सवारी कितने शान से निकल रही है।

पार्वती ने समझा दिया कि कुछ ऐसा-वैसा काम न कर डालना, जिससे जान बचाने के लिए सिर पर पाँव रखकर भागना पड़ जाये। अचानक बीच में ये पार्वती कहाँ से आ गयी। नहीं-नहीं दृष्टिभ्रम...नहीं-नहीं ध्वनिभ्रम, ये तो मृणालिनी है जो दबे स्वर में, अपनी आवाज़ को हवा से महीन बनाकर पूछ रही थी, ‘‘पहाड़-सा दिन, ये काल कोठरी, आपके सिवा यहाँ न कोई आदमी न कोई परिन्दा। कैसे बीतता होगा एक-एक पल। पुस्तकें भी नहीं। वे होतीं तो मैं निश्चिन्त हो सकती थी, क्योंकि तुम उनमें ऐसे खो जाया करते थे, न तुम्हें नहाने-खाने की सुध रहती है न कॉफी, चाय, नाश्ते के ठण्डे होने की। पानी भरा गिलास रखा होता था। ऐनक आँखों पर चढ़ी होती है और आवाज़ लगाते रहते हो किसी गहरे कुएँ से...‘‘मणि, ज़रा पानी ला दो...अरे मेरा चश्मा! तुमने देखा क्या...।’’ हम हँसी नहीं रोक पाते थे। तुम पूछते थे, ‘‘यह तुम्हें क्या हो जाता है कभी-कभी मानो हँसी का दौरा पड़ गया हो।’’...हम कहते थे तुम्हें देखकर कौन हँसी रोक सकता है भला। ...चश्मा आँखों पर चढ़ा है और पानी भरा गिलास तश्तरी से ढँका सामने रखा है। ...हमें तो डर लगता है कि किसी दिन यह न पूछने लगें, ‘‘मणि, कहीं तुमने अरविन्द को देखा है क्या! वह अभी यहीं कुर्सी पर बैठा था।’’

‘‘वाह क्या ख़ूब, मणि! या तो गूँगी बनी सारे दिन परछाईं-सी घर के कामकाज में लगी रहोगी अथवा जब बोलोगी तो अच्छे-अच्छे की बोलती बन्द कर दोगी।’’

यादों की ठण्डी बयार उनके अन्तरंग को आर्द्र कर जाती। उनमें पायल की मन्द-मन्द कमनीय ध्वनि अनुगूँज उठती। वह कैसे बतायें कि जिस तरह हवा, पानी और अग्नि ख़ुद-ब-ख़ुद अपनी जगह बना लेते हैं, ठीक वैसे ही मनुष्य को अपनी जगह तलाश लेनी पड़ती है कि वह हर परिस्थिति में अपने आपको कैसे बनाये रखे? क्या करे? उसने कभी नहीं सोचा था कि उसकी तीसरी आँख ये काली-लाल चींटियाँ बनेंगी और उनसे कहानी का छूटा हुआ क़िस्सा फिर शुरू हो जायेगा पिछले दिन की तरह। ...नही। ...नहीं पिछले से भी पिछले दिन की तरह, जब उसकी तीसरी आँख ने चौंकाना शुरू कर दिया था। वे बता रही थी। ...ये चहारदीवारी नहीं है, दिक्‌काल की बेआवाज़ घण्टी है जो समय-असमय आदमी को उसके वजूद को पहचानने में उस समय मदद करती है, जब आदमी को अपने न होने की आहट हवा बन्द कोठरी में बेतरह से छीलने-कुतरने लगती है।

तब दिक्‌काल गाइड के स्वर में चुपचाप सुनाता है...''ये दीवारें जिनके पलस्तर उखड़े हुए नज़र आ रहे हैं, जिनसे तुम्हें बेहद चिढ़ होती जा रही है और तुम जिन्हें नोच लेने का मन बना रहे हो, वे तुम्हारे पूर्वजों की देन हैं। उनका खोया हुआ इतिहास है, जिसे तुम ढूँढ़कर एक बड़े ख़िताब के दावेदार बन सकते हो, बशर्ते तुम में ऐसा बनने की कुव्वत हो, आग हो और तुम्हारे नाखून गिद्ध की चोंच की तरह इतने तेज़ हों कि आर-पार उतर जायें। जब आदमी को ग़ुस्सा बिना डकार लिए नहीं पी रहा होता है, तब उसकी दृष्टि में सब कुछ पलट जाता है और विध्वंसक बम को परे सरकाकर, अपने नाखूनों की मदद से इन दीवारों पर बड़े दतचित्त होकर, अपने सारे हुनर को दाँव पर लगाकर, कुछ अमूर्त रेखाचित्रों को जन्म देकर अपनी क़ाबिलियत का भरोसा दिलाना चाहता है कि वह कभी खाली नहीं बैठा रह सकता और न कभी अपने को पहचानने की भूल कर सकता है। उसके लिए अभी तक ऐसा कोई दड़बा नहीं बना जिसमें उसके वजूद को क़ैद किया जा सके।

अरविन्द सुने जा रहा था, मानो उसका समूचा बाहर-अन्दर मात्र शब्देन्द्रिय होकर रह गया हो। वह आगे सुन रहा था, मौत नागुज़ीर (अवश्यम्भावी) है। तुम्हारी तो ज़बान ही शीरी है। उसमें तल्ख़-कलामी (कटु वचनों) कहाँ है? तुम तो तरक्की पसन्दों में से हो। प्रायः तुम्हें अच्छे नाक़िद (आलोचक) मिले हैं। फिर तुम ख़ुद ही चन्द लम्हों में भटककर अपने गिरेबान को पकड़कर ऐसे

झकझोरना चाह रहे हो, जैसे पगलायी हवा पतझड़ में दरख़्तों पर से ख़ुद गिरने वाले पत्तों को गिरा डालने लगती है और अपनी ताक़त से अपने रक़ीब (प्रतिद्वन्द्वी) का हौसला पस्त करना चाहती है। ...ऐसा करने की सोचने भर से तुम इस क़दर थक गये और मलूल (उदास) हो बैठे कि तुम्हें लगा कि मुसीबतों के हथौड़े एक साथ तुम्हारे सिर, शाने (काँधे) और सारी देह पर पड़ने लगे हों और तुम ख़्वाब में अपनी तकलीफ़देह रूह से पुरज़ोर लगाकर भी चुटकी भर आवाज़ नहीं निकाल पा रहे हो।''

''आहिस्ता! आहिस्ता!! आहिस्ता!!! तुमने अनजाने में मेरी दुखती नस को क्यों छू लिया और मेरी तरह उलटवासियाँ क्यों कर बैठे, मेरे यार, मेरे रहनुमा। तुम्हें तो किसी की नफ़रत ने नहीं सताया, मेरे भाई। न किसी मेहरबान ने दग़ा दिया। फिर ये सब...''

''इन दीवारों के उखड़े हुए पलस्तर को ग़ौर से देखो और इन्हें ग़ौर से पढ़ो, इनमें तलाशो...तलाशते जाओ तो तुम्हें इस कारा के उन बेदाग़ मसीहाओं के लहू के क़तरे आपबीती बहुत सब्र-जब्र से सुनाते मिलेंगे। ...तुम यहाँ ख़ुद नहीं आये हो, तुम्हें यहाँ रब ने भेजा है। पढ़-सुन सको तो इन अमूर्त चित्रों में नज़र नहीं आने वाली उन बारीक नसों में सूख चले लहू की धड़कनों पर कान दो, जो तुम्हारे यहाँ आने का स्वागत कर रही हैं। उनकी तुमसे कुछ आशाएँ हैं।''

''कैसी आशाएँ? क्यों आशाएँ! तुम्हें नज़र नहीं आ रहा है कि हम इस घटाटोप निर्जन में अपनी सहायता नहीं कर पा रहे हैं। विवश हैं।''

कोई प्रत्युत्तर नहीं। अँधेरा झपकी ले उठा। सन्नाटा योगासन करने लगा। उस घुप्प अँधेरे में पता नहीं कहाँ से घुरघुराहट का अनसुना स्वर अन्दर-ही-अन्दर कुरेदने लगा था। अरविन्द ने दीवारों के नज़दीक आकर उखड़े हुए पलस्तर को ध्यान से देखने का प्रयास किया। शनैः-शनैः अस्पष्ट आकृतियाँ किसी ख़ास आकार में ढलने का प्रयास करने लगीं। अरविन्द चौंका, क्योंकि वे अस्पष्ट आकृतियाँ एक उजड़ी हुई बस्ती में बदलने का प्रयास कर रही थीं और अत्यन्त धीमे स्वर में कह रही थीं, ''जहाँ नदी नहीं होती, बाढ़ वहाँ भी आ जाया करती है—धुर रेगिस्तानी निर्जन में, जहाँ गाँव एक संकेत होता है और वहाँ के रहने वाले उस संकेत को निर्धूम आवाज़ मान लेते हैं।''

तभी ड्रम बजने लगा बिना किसी आकार-आकृति के। अरविन्द ने एक आकृति पर अपनी उँगली घुमायी। वह घुमाने लगा। उसे मांस-मज्जा का अनुभव हुआ। उनकी शिराओं में रक्त की तासीर कुछ-कुछ कहना चाहने लगी।

"स्वामी, यह क्या हुआ? किसकी नज़र लगी हमारे हँसते-खेलते गृहस्थ को।"

"मेरी नज़र!"

"कभी नहीं।"

"तो तुम्हारी।"

"हाँ, यह हो सकता है।"

"तो यह क्यों नहीं हो सकता है कि उसे मेरी नज़र न लगी हो!"

"नहीं, स्वामी, कदापि नहीं।"

"सच यह है कि इसमें किसी की नज़र-वज़र नहीं लगी और मान लो तुम्हारी बात सही भी हो तो वह नज़र हमें ब्रिटिश सरकार की लगी है। उन्हें हमारा स्वतन्त्र घूमना-फिरना नहीं सुहाया। हम उनकी आँख के काँटे हो गये। 'वन्दे मातरम्' उनका चैन छीनने लगा। सरकार अन्दर-ही-अन्दर तिलमिला उठी। एक म्यान में दो तलवार नहीं रह सकतीं। सरकार रहे या हम, यह तय करना मुश्किल हो गया तो सन्देह-शुबहा की सूई चारों तरफ़ घूमती-घूमाती हमारे पर आकर ठहर गयी। बस इतनी-सी बात है। खोदा पहाड़ निकली चुहिया तब सरकार क्या करे? खिसयानी बिल्ली खम्भा नोचे। सब कुछ एकदम स्वाभाविक दर्पण-सा। इसमें कोई दोषी नहीं है, सिवा व्यवस्था के।"

"तो?"

"कान में रुई डालो, आँखें मींच लो, मुँह पर कपड़ा बाँधो और अपने रब का स्मरण करने लगो।"

"उससे क्या होगा?"

"तमाशा!"

"कैसा तमाशा! चूहा भाग बिल्ली आयी, पीछे देखे मार खायी।"

"यह आप क्या-क्या बड़बड़ा उठे हैं, स्वामी। माँ इनकी रक्षा करो। हमारी ग़लतियाँ क्षमा करो।"

“कौन-सी ग़लतियाँ! किसकी ग़लतियाँ? ग़लती करने वाला साँड की तरह, दुस्साहसी होकर जहाँ माल देखता है, वहाँ मुँह मार रहा है। बेरोक-टोक और बिना हिचक, सीना ताने, अहंकार से सिर उठाये, सबको चुनौती देता हुआ घूम रहा है सरेआम। है कोई माई का लाल जो उस आवारा साँड से इतना पूछ भर सके कि ये क्या तुम्हारे बाप का माल था, जो निगल रहे हो और डकार तक नहीं ले रहे।”

“नहीं, यह आवाज़, यह टोन, अरविन्द की नहीं है। वे कभी इस तरह से बाज़ारू भाषा का प्रयोग नहीं करते। आवेश, उत्तेजना और क्रोध में नहीं आते। फिर? मृणालिनी से उनकी ओर देखा तक नहीं गया। वह उन पुरुषों में नहीं हैं, जो अपना आपा खो बैठें।”

कुछ देर बाद वे शरद की नदी की तरह अपने चिर-परिचित लय-प्रवाह में आ गये। वह कहने लगे, “सॉरी, मणि, मैं कुछ देर के लिए अपने में नहीं रह सका। तुम चिन्ता, छोड़ो?”

मृणालिनी कुछ पीछे खिसक गयी। उस उनकी ऐसी स्थिति देखी नहीं गयी। मृणालिनी के पिता भूपालचन्द्र बसु ने कुछ आगे बढ़कर अंग्रेज़ी में कहना शुरू किया, “मीनुदी, क्या चिन्ता छोड़ेगी, अरविन्द! वह पगली हो उठी है। उसने अपने कमरे से पलँग निकलवा दिया है, फ़र्श पर कम्बल बिछा कर सोने लगी है। अपने कमरे के सारे खिड़की-दरवाज़े बन्द कर अब वह दिनपति की किरणों तक को अन्दर नहीं आने देती। ख़ूब समझाते हैं, पर वह कुछ मानने को तैयार नहीं है।”

“पापा...प्लीज़।”

भूपालचन्द्र बसु चुप बने रहते। अरविन्द मृणालिनी को संकेत से पास बुलाकर समझाने लगते, “यह पागलपन क्यों, मणि? तुम मेरे लिए अपने को क्यों दण्ड देने पर तुली हो? तुम्हारी इस व्याधि को जानकर मेरा चित्त और उदास रहने लगेगा। तुम यह अच्छी तरह जानती हो कि मैं निर्दोष हूँ, तो फिर हमें चिन्ता क्या? सब ठीक होगा।”

“समय हो गया है।” सिपाही ने सचेत किया। मृणालिनी की आँखें डबडबा आयीं। अरविन्द ने स्वयं ही पीठ फेर ली। वह मृणालिनी को रोता हुआ नहीं देख सकता था।

सब चले गये। आवाज़ों ने मानो पलायन कर लिया हो। अब फिर वह उस कारा का निरीक्षण करने लगे। उनकी दृष्टि भित्ति पर ऐसे चिपक गयी जैसी छिपकली चिपकती है, लेकिन अब भित्ति सिर्फ़ भित्ति रह गयी थी। उसका मायालोक मृणालिनी के सामने टिक नहीं सका। वह क्षण भर को उदास हो गये और कम्बल पर आकर बैठ गये पाँव फैलाकर और आँखें बन्द कर लीं।

27

अरविन्द में सन्नाटा उतर कर झनझना उठा था। कोठरी से फिर बाहर निकलने का आज अवसर मिल रहा था—कचहरी ले जाने के लिए। कचहरी में क्या होगा, यह अनुमान लगाने का उनका मन नहीं हो रहा था। पहली बार जब उनको कोर्ट ले जाया गया था, तब जज के अचानक छुट्टी पर चले जाने से, उस दिन कोई कार्यवाही नहीं हो सकी थी, तब उसके मन में अवश्य बहुत कुछ ऊँचा-नीचा था, आशंका से भरा, झूठ को सच का दस्तावेज़ बता कर पेश किया जाना था। क़ानून, न्याय, जनहित रक्षार्थ के मायने का क्या ढोंग है? कितना बेशक़ीमती समय ज़ाया क़िया जा रहा था। कैसी इन्सान को हैवान बना डालने की साज़िश रची जा रही थी। उसमें कितने आला दिमाग़, नादिर शख़्सियत और सच्चाई के पहरुये बददिमाग़ी, जालसाज़ी और षड्यन्त्र के बोझ तले दबे आमजन को नज़र आयेंगे। कितना धन अपव्यय होगा। यह सब क्या हो रहा है? क्यों हो रहा है? और इस सबके लिए ईश्वर को हाज़िर-नाज़िर मान कर हो रहा सारा काम है।

"ओ नवयुवक, सोच का बोझ सिर से उतार कर ज़मीन पर रख दे।"

यही वह अभियुक्त था, जिसने सारेआम कई ख़ून किये थे और जिसके चेहरे पर शिकन तक नहीं थी। इस वक़्त भी वही रुआब-रुतबा, वही चमक-दमक, वही बेख़ौफ़ मौज़-मस्ती, हँसी-ठट्ठा और ज़बर्दस्त आत्मविश्वास था। अरविन्द ने उसकी ओर देखा। वह कहने लगा, "दिल छोटा करने से काम नहीं चलता, दोस्त। यहाँ कुछ भी अच्छा-बुरा नहीं है। होने को क्या नहीं हो रहा है—रोज़-रोज़ सूअर-बकरे काट कर कसाई की दूकान पर

लटके होते और उनके टुकड़े-टुकड़ों का मोल भाव होता। हमें कोई शेर का मांस उसकी हड्डी टाँग कर दिखाये, साले हीजड़ों की औलाद, धर्म-कर्म के मरियल पिल्ले। दारोगा जी, एक बीड़ी तो निकाल, सुट्टा तो खींचने दे।''

उसने बीड़ी को होंठ के नीचे दबायी। पुलिसवाले ने माचिस से तीली निकाली और बहुत एहतियात से उसे जलायी और उसने बीड़ी सुलगायी। एक ज़ोर का मर्दाना सुट्टा खींचा और उसी ज़ोर से उसे बाहर फेंका जैसा गोरी चमड़ी वालों ने दक्षिण अफ्रीका में फर्स्ट क्लास का टिकट होते हुए गाँधी बाबा के साथ किया था कि बिस्तर बोरिये सहित उन्हें प्लेटफार्म पर फेंक दिया था। क्या कर लिया था उस डेढ़ पसली के अहिंसावादी पुतले ने। माँ क़सम उसकी जगह, काश हम होते तो उनको ऐसा छटी का दूध याद कराते कि वे उल्लू के पट्ठे ख़ुद ही सिर पर पाँव रख कर भागते नज़र आते।'' ...ले रे, सरकारी खजाने की बेवक़्त पैदाइश, तू भी दो सुट्टे खींच ले।'' कहकर उसने बीड़ी उस पुलिसवाले की ओर बढ़ा दी। उसमें डर-दहशत, मिमियाते हुए खाजदार कबूतर की तरह गुटर गूँ कर रहे थे। न सूते तो मरना और सूते तो अपने आप में सरकारी वर्दी पर थू-थू-थू।

''स्साली अपभ्रंश की सरकारी जमात, तुझे जो करना हो सो कर हमारी तरह। हमने अल्ले-सल्ले, अटरम-सटरम सरकारी पिल्लों को नहीं पाला था और न किसी ऊपरवाले के हुक्म का इन्तज़ार किया था। जो करना-सोचा, कर डाला। फिर उस सोच को खंजर की तरह फेंक दिया। यह हमारे दौर की अकेली ऐसी शुहरत थी कि बच्चा-बच्चा जानता था कि महदी रजा रकाबत दिल पर कुछ नहीं लाता है और जिस खंजर से काम तमाम करता है, उसे हवा में उछाल देता है। न ख़ुदा को बीच में लाता है, न रिआया को हिफ़ाज़त के नग़्मे सुनाता है। जो करना है, माँ क़सम, चुटकी में कर डालता है। ...वे ये स्साली पिहुद्दई पिनपिनाती पिपीलिका-सी सरकार न जनानी है, न मर्दानी।'' कहकर उसने वहीं पर थू कर डाला।

किसकी मजाल थी कि कोई उस पर एतराज़ दर्ज कराता। जैसे सड़क उसकी वैसे ही टुनटुनी मोटरगाड़ी उसकी। पहली बार किसी ने जज की मौजूदगी में भरी कोर्ट में छींका था और कठघरे की रेलिंग पर मसला था, फिर थूका था और कहा था, ''जज, तुझे जो करने को कहा है, माँ क़सम, तू वही और फ़ौरन कर, वरना कहीं ये सात फुटा शेर तेरी सारी इंजामियत

को धता बता गया तो सबसे पहले तेरे गले को रेतेगा ताकि सनद रहे कि महदी रजा की हुक़ूमत में इन्साफ़ में देर नहीं, चुटकी बजाते हो जाता है।''

सारे अख़बारों के पहले पन्ने पर उसी का बयान छपा था मय फ़ोटो के।

अरविन्द सोच रहा था कि ऊर्जा की इस बेख़ौफ़ दीवानगी को क्यों नहीं तनिक-सा उधर की ओर मोड़ा, जिधर दीवानों की टोली माँ की मुक्ति के लिए सिर को हथेली पर रख निकल पड़ती है। तब तो अब तक हिन्दुस्तान छोड़ कर कब के ये गोरे रफ़ूचक्कर हो गये होते। उसमें दिलचस्पी बढ़ी ही थी कि कोर्ट की सीमा में सरकारी गाड़ी दाख़िल हो गयी।

आख़िर बारी आयी। आवाज़ पड़ी। जज की छोटी-सी कोर्ट। चन्द आदमी। पहरा कड़ा। वकील मुस्तैद। नाटक के पहले अंक का पहला दृश्य। अरविन्द आँखें फाड़-फाड़कर देखता रहा। अपना यार। जज बीचक्राफ्ट। बालों में हल्की सी सफ़ेदी, मूँछों रहित चेहरा, चौड़ा माथा, हलके-से नीचे के होंठ बाहर की ओर, आँखों पर गोल चश्मे की ऐनक। सूटेड-बूटेड, टाई-साही में लम्बा चेहरा, चेहरे पर वही जाना-पहचाना सदाबहार सहज अन्दाज़, जिसे ली कहती थी, ''बीच, जब तुम आदमी बनोगे तब भी तुम्हारी आदमियत की चिर-परिचित मुस्कान यह हुकूमत बरकरार रहेगी। वह कभी प्रौढ़ या बूढ़ी नहीं होगी, क्योंकि ईसा ने उठने से पहले उस काग़ज़ पर वही सही बना दी थी, जो इस वक़्त तुम्हारे चेहरे पर है। वही भोलापन, वही आँखों में अनजानी चमक और वही न बदलता माकूल चेहरा, जिसके बाद ईसा ने चेहरा बनाना बन्द कर दिया था।''

वह सामने होगा और उसका मिलना इस तरह होगा कि वह दोस्त को दोस्त कह कर नहीं पुकार सकेगा और एक हलकी टीस बनकर रह जायेगा बदबख़्त का वह उम्दा लम्हा! कभी सोचा भी नहीं था। उसने मज़ाक़-मज़ाक़ में कहा ज़रूर था, ''अरविन्दो, कभी हिन्दुस्तान आना हुआ तो मैं होटल में नहीं, तेरे घर ठहरूँगा। उन पुरानी यादों के साथ जो तू लन्दन में छोड़े जा रहा है। बता किस होटल में मिलेगी उन यादों की स्पेशल प्रेप्रेशन्...एकदम लज़ीज़...सोचो तो मुँह में पानी आने लगे! प्यूबर्टि (यौवनारन्भ) के उन दिनों में साथ देखे ख़्वाब, साथ बिताये दिन! है न!''

''तू रुला देगा अपने दोस्त को जुदाई के उन अफ़सानों की रूह टटोलते लम्हों में? क्या तू सोच कर चला है कि रुख़सत की इन घड़ियों में दिल छलक आये और आँखों में अनचाहे दर्द की कसक टपक पड़े।''

"चल छोड़ भी, उन परायी बातों के गुमनामी में दाख़िल होते उन सिलसिलों को, जिनके साथ रहते हुए ख़ुश्बू की तरह हम सबने साथ-साथ जिया है। आ, गले मिल, रुख़सत ले। हमारा लन्दन यहीं छोड़ जा और अपने हिन्दुस्तान की तरफ़ रुख़ कर, जिसे तूने आज से ठीक चौदह वर्ष पूर्व अलविदा कहा था, तब तू सात वर्ष का था और अब...। क्या आदमी को अपने देश की माटी की सुगन्ध पराये देश से इतनी भिन्न महसूस होती है कि उसके लिए चौदह वर्ष का बुनियादी वक़्त एक झटके में बिखर जाता है।"

"नहीं, बीच, कभी नहीं। माटी से प्यार करने वालों का मज़हब एक होता है, जमात एक होती है, प्यार एक होता, हसरतें एक होती हैं। न उनके कोई देश आड़े आता है और न कोई दीवार। उनकी दुश्मनी में प्यार होता और उनके प्यार में आबेहयात। तू तो जानता है कि आई.सी.एस. क्यों छोड़ी! वतन से गर्दिश ने ख़त भेजा है। माँ, तेरी हो या मेरी, वह माँ ही है। उसकी पुकार टालने का हिम्मत-हौसला न तुझमें है और न मुझमें।"

"तू तो बातों का सिकन्दर है और तर्क के दरिया में से मोती निकाल कर लाने का हौसला रखने वाला जांबाज़ ग़ोताख़ोर।"

"अब तो आरोप लगाना छोड़ मेरे यार। मित्र, आ गले लग जा।"

यों बिछड़ना हुआ था। जहाज़ के लंगर खोल दिये गये थे। जहाज़ चल पड़ा था। अरविन्द खड़ा-खड़ा तट की ओर देख रहा था। तट ओझल होने लगा। बड़े आकार वाला लाजवाब शहर अब ख़्वाब बनकर रह गया था। लन्दन के दिन, लन्दन की रातें और लन्दन के गुमसुमी ओढ़े माहौल में सेंध लगाता वह अकेला कितना ख़ुशक़िस्मत था कि उसे हर साल में उससे बेइन्तहा प्यार मिला, सुकून मिला और ज़िन्दगी को देखने का एक नज़रिया मिला। उसे वह कैसे भूला सकेगा, लन्दन! उसने ही तो उसे अपनी शरण में पनाह भी दी, हर मुश्किल में राह दिखलाई थी। उसका तहे दिल से शुक्रिया अदा किया था, उसके हमदर्द, उसके रहनुमा, लन्दन।"

"मी लॉर्ड, अभी तक मैं आपका ध्यान इस ओर ले जाने की कोशिश करता रहा कि यह मुक़दमा बहुत संगीन है और वर्तमान सरकार की चूलें हिलाने की साज़िश का एक अहम् हिस्सा है। ...आप इस भोले चेहरे के पीछे छिपे उस शातिर चेहरे को देख पायें जो सरकार के ख़िलाफ़ साज़िश रचता है और उस साज़िश को अन्जाम तक पहुँचाने में क़ामयाबी हासिल

करता है।'' नॉर्टन, सरकारी वकील पूरी तैयारी के साथ आया था और इस इरादे से आया था कि वह उस पर लगाये गये इल्ज़ामात को क़बूल कर ले। वह काला लम्बा चोगा पहने हुए था। उसका लम्बा तथा पतला चेहरा और लम्बी नाक के दोनों ओर छोटी-छोटी आँखों में शैतान करवटें ले रहा था। घुँघराले सफ़ेद बाल और पतले होंठों के बीच से अनल के गोले अभियुक्त को जला डालने के लिए निकल रहे थे। पाँचेक घण्टे का धुआँधार वाक्चातुर्य का कौशल अरविन्द की खुली आँखों को बद् स्वप्न-सा अनुभव हो रहा था। कभी-कभी उसके नीरस और लिपे-पुते भाषण पर उसे हँसी भी आ रही थी।

अरविन्द को पता ही नहीं चला कि कब साढ़े चार बज गये और सार्जेंट चारों ओर नज़र आने लगे। उसने गिने पूरे पच्चीस सार्जेंट थे। यूरोपियन सार्जेंट की यह छोटी पलटन पिस्तौलें लटकाये किसी ख़तरनाक हादसे की प्रतीक्षा कर रही थी। मोटर गाड़ी में चढ़ते-उतरते इन अभियुक्तों को वह घेरे थी।

अरविन्द सोच रहा था कि ज़रूर उन सब वयस्क लड़कों को सशस्त्र पुलिस और यूरोपियन सार्जेंट से घिरा देखकर जनता क़यास लगाने लगी होगी कि वे कितने ज़ालिम ख़तरनाक और शातिर मुजरिम हैं। कहीं भाग छूटे तो शहर पर क़हर बरपाने में रत्ती भर भी कसर नहीं छोड़ेंगे।

कोई कहने लगता अपनी अनुभव की चाशनी को चखते हुए, ''उनके चेहरों पर कैसी मासूमियत नज़र आती है। वे क़तई ऐसे ख़ूँख़ार नहीं लगते। सरकार ने उन्हें अपने जाल में फँसाया है।''

''तू तो सदा सकारात्मक सोचता है। जिनके चेहरों पर मासूमियत का ठप्पा लगा होता है, वे ही ज़ालिमों के भी सरताज निकलते हैं।''

इतने में मोटरगाड़ी चल पड़ी। बाज़ार का दृश्य जैसे-तैसे नज़र आया। बाज़ार, घर, नाते-रिश्तेदारों और मित्रों के बीच में रहने वाला इन्सान जब निर्जन में ला पटका जाये तब उसकी सोच के चीथड़े उड़ने लगते हैं और उसके मंसूबों पर मुसीबत के पहाड़ टूट पड़ते हैं। पता ही नहीं चला और अलीपुर कारावास आ गया। बड़ा फाटक खुला। मोटरगाड़ी अन्दर धँसी और फिर वे लोग एक-एक करके उतरते गये। शस्त्रधारी पुलिस ने ठण्डी साँस भरी मानो उनके सिर पर से बहुत बड़ा बोझ उतरा हो। अपनी-अपनी खोली में चलने से पहले सबने दुआ-सलाम की और फिर मिलने का आश्वासन देकर वे आगे बढ़ गये। सशस्त्र पुलिस अभी तक उनके साथ थी।

अरविन्द आज के दिनांक की पोथी की मुख्य घटनाओं को क्रम देने की कोशिश करने लगा ताकि सोच सिलसिलेवार आगे बढ़ सके और किसी नतीजे की सरहद पर जा खड़ी हो।

28

अरविन्द की समझ ने साथ नहीं छोड़ा। यदि वह तनिक भी लापरवाह हुआ तो उसकी ज़िन्दगी को ख़तरा हो सकता है। नॉर्टन जिस तरह उस सारे केस को अपनी पकड़ में लेकर उसका गला मरोड़ने की कोशिश में जी-जान लड़ाये दे रहा है, उससे लगता है कि वह अपने आड़े-तिरछे तरीक़ों और किराये के गवाहों से उसके केस को संगीन दिशा में मोड़ना चाहता है। कभी-कभी तो उसके तर्कों को सुनकर चिल्लाने का जी होता है। कह दे कि यह नाटक बन्द करो, परन्तु जज की कुर्सी पर सी.पी. बीचक्राफ्ट को देखकर वह अपनी और कोर्ट की शालीनता को आघात नहीं पहुँचाना चाहता है। वह मिसमिसा कर रह जाता है।

हालाँकि अरविन्द को बीचक्राफ्ट से कोई आशा नहीं थी, तथापि उसका मन ज़रूर कहता था कि वह इन्साफ़ के मान को बरकरार रखेगा। कहाँ वह उसके घर ठहरने की बात करता था और कहाँ अरविन्द स्वयं सरकारी दड़बे में घुटन, सीलन, उच्च ताप और निर्जन के शाप को भोग रहा है। उससे घर छीना जा चुका है। क्या सोचता होगा वह? क्या-क्या कल्पनाएँ की थीं! उसे उसके आई.सी.एस. से बाहर निकलने का दुख था। वह अरविन्द के उत्तर को सुनकर मौन रह गया था। अरविन्द ने कहा था, "बीच, हमने ज़िन्दगी को सुख-सुविधाओं के लिए नहीं तपाया है। जहाँ हमारी ज़रूरत है, वहीं हमारा डेरा है। खोकर जो मिलता है, वह पाने से अधिक महत्त्व का और स्थायी होता है।"

"कुछ भी कहो, अरविन्द, लेकिन तुम्हें अपने आदर्शों के लिए एक दिन पछतावा ज़रूर होगा।"

"शायद, वह दिन मेरी ज़िन्दगी में कभी नहीं आयेगा।"

वह चौंक पड़ा। सामने सादे लिबास में बीचक्राफ्ट ही खड़ा था और अपनी सदाबहार मुस्कराहट को छिपा नहीं पा रहा था। उसकी बड़ी-बड़ी

आँखों में हलका व्यंग्य था। वह पूछ रहा था, "क्या तुमने कभी सोचा था, अरविन्दो, कि हम ऐसे नाज़ुक मोड़ पर मिलेंगे?"

"नहीं बीच, कभी नहीं।"

"और हम साथ-साथ रहकर भी जब मिलेंगे, तो यह ज़ाहिर करना मुश्किल हो जायेगा कि...।"

"तुम ठीक कहते हो, बीच। आज इतने अर्से बाद मिले और इस हालत में कि हमें अजनबी बन जाना पड़ रहा है।"

"हाँ, अरविन्दो, यह मेरे लिए सबसे कठिन परीक्षा की घड़ी है। मैं चाहूँ तो अपना तबादला करवा सकता हूँ अथवा लम्बी छुट्टी पर जा सकता हूँ, परन्तु मैं ऐसा नहीं करूँगा और जो कोई करवाना चाहेगा तो ऐसा कदापि नहीं होने दूँगा।"

"क्योंकि मैं तुम्हारे सामने हूँ।"

"नहीं अरविन्दो, तुम मेरे सामने एक दोस्त के बतौर नहीं हो, बल्कि एक ऐसे अभियुक्त हो जिसे जनवरी, 1883 तक जानता था और जिसे मैं अब पहचानने से इनकार कर रहा हूँ। कारण, फ़र्ज़ में दोस्ती बीच में नहीं आ सके।"

"मुझे तुम्हारे इस फ़ैसले को मानने में फ़ख्र महसूस हो रहा है।"

"फिर भी मेरी तुममें दिलचस्पी है, अरविन्दो, क्योंकि तुम ईमानदार हो और अपने ज़मीर को किसी भी सूरत में अनदेखा नहीं कर सकते। दूसरी ओर सरकारी वकील है—नॉर्टन। एक शातिर खिलाड़ी, मक्कार और झूठ के नसीब में सच लिखाने वाला शैतान। वह अपने व्यवसाय को गहराई से समझता है और पैसों का लालची है। दुर्भाग्य से वह तुम्हारे सामने है। गवाहों की ख़रीद-फ़रोख़्त करने में माहिर है। गवाहों को तोते की तरह रटाने में अपना सानी नहीं रखता। विदेशी हुकूमत में उसके होने का एक ख़ास मतलब है। ...और अरविन्दो मैं चश्मदीद गवाहों, वारदात की असलियत और तर्कों के आधार पर अपना जजमेंट देने के लिए विवश हूँ। मेरे जानने का कोर्ट के जानने से कोई मेल नहीं है।" बीचक्राफ्ट धीरे-धीरे बोल रहा था। अरविन्द कुछ नहीं कह रहा था, सिर्फ़ देख-सुन रहा था। बीचक्राफ्ट के चुप हो जाने पर ख़ामोशी मुँह लटकाये किसी असफल संन्यासी-सी मन-ही-मन पश्चात्ताप कर रही थी।

“अरविन्दो, इंग्लैंड से चलते वक़्त मैंने अपनी पत्नी से कहा था कि कलकत्ते पहुँचने पर तुम्हें अपने ऐसे दोस्त से मिलवाऊँगा, जिसकी दोस्ती एक मिसाल है परन्तु तुम्हारी गतिविधियों ने मेरा रास्ता रोक दिया। और अब जब तुम मेरे सामने हो, तब मैं न तुम्हें अपने यहाँ आमन्त्रित कर सकता हूँ और तुम्हारी ओर से मुझे आमन्त्रित करने का ही अब प्रश्न ही नहीं उठता। भविष्य किस मोड़ पर अतीत को ला खड़ा करता है, कोई नहीं जानता।”

“बीच, नसीब में यही लिखा है तो हम दोनों अजनबी बनकर रह लेंगे।”

“पत्नी तुम्हारा नाम जानती है। उसने तुम्हारी फ़ोटो देखी है और अख़बार में तुम्हारी फ़ोटो देखकर पूछा था—बीच, यही हैं तुम्हारे अभिन्न मित्र अरविन्दो।”

“हाँ, जैनी।”

“परन्तु...।”

“तुमसे कहा था न कि अरविन्दो अपने देश को आज़ाद कराने के लिए कुछ भी कर सकता है। वह आज़ादी का दीवाना है।”

“तुम यह सब जानते हुए भी, बीच।”

“हाँ जैनी, यह सब जानते हुए भी। ग़ुलामी को मैं अभिशाप मानता हूँ। कोई देश ग़ुलाम क्यों हो? मानव, मानव का शोषण क्यों करे? यह सबसे बड़ा अपराध है।”

“फिर भी, उसकी नौकरी कर रहे हो।”

“ताकि, उन अभागों के साथ न्याय करने की एक हलकी-सी किरण जगमगाती रहे।”

“तो तुम, बीच...।”

“तुमने ग़लत नहीं समझा, जैनी। यह जीवन पता नहीं फिर मिले या न मिले, लेकिन जो मिला है, मैं उसके साथ न्याय करना चाहता हूँ।”

“बीच, तुमने यह सब कहा।”

“नहीं, यह सब किया, अरविन्दो?”

तभी लोहे के जालीदार दरवाज़े पर सिपाही ने डण्डा बरसाया और पूछा, “क़ैदी भाई ठीक हो।”

“तुम देख तो रहे हो कि मैं काल कोठरी में सुरक्षित हूँ।”

वह एक बार और दरवाज़े पर डण्डा बरसाता चला गया। अरविन्द ने पाया कि वह वहाँ अकेला है। वहाँ बीच नहीं है। ...तो अब तक वह...। ओह! यह उसे क्या होने लगा है! अब उसे गर्मी सताने लगी। होंठ जीभ से तर कर वह हाल के स्वप्न-यथार्थ को अवाक् हुए देखता रह गया। आकार रहे या न रहे, लेकिन एक बार उसके होने का आभास मिल जाये और वह दिल को छू जाये तो वारे-न्यारे हो जायें। अरविन्द उलझने लगा। ठीक इसी समय हवा का एक झोंका आया। वह उसकी देह-मन को ठण्डा कर गया।

"सो जाना चाहिए।" कहकर अरविन्द ने अपने को समझाया और बिछे हुए कम्बल को हाथ से झाड़ा। लेट गया। कभी-कभी वह दिवा-स्वप्न देखने लग जाता है। आँख अधखुली-सी, चित्त कहीं और डूबा हुआ-सा और स्वप्न सामने से ऐसे गुज़रने लगता जैसे कोई संवेदनशील व्यक्ति बाज़ार को अपने मकान की खिड़की के पास बैठा देख रहा हो। इससे पहले उसमें यह आदत नहीं थी। उसे स्वप्न भी कम आते थे। लेले ने उससे कहा था, "अरविन्द, जब तुम योग से चित्त एकाग्र करने में सफलता की ओर बढ़ने लगोगे, तब तुम्हें जगते हुए स्वप्नों के साथ गुज़रना पड़ सकता है और सोते हुए भी। वे स्वप्न तुम्हें भविष्य पढ़कर सुना रहे होंगे। उनसे घबराने या चिन्ता करने की कोई ज़रूरत नहीं है।" अरविन्द ने पाँव फैलाकर एक दूसरे कम्बल के आधे भाग से सिरहाना बना लिया। फिर लेट गया। सोच को उलीच-उलीच कर एक तरफ़ करते हुए वह थक चुका था।

लेटते ही उसे नींद आ गयी। काम न करने से भी थकान होती है, जो काम करने के बाद महसूस होने वाली थकान से अधिक भारी लगती है।

एक बारीक स्वर उभरा और तत्काल डूब गया। ड्यूटी पर तैनात पहरेदार लोहे का दरवाज़ा खटखटा कर पूछ रहा था, "ठीक हो न, भाई।"

कोई आवाज़ नहीं आयी। उसने हथेली पर तम्बाकू बनायी और उसमें चूना मिलाकर उसे रगड़ा। फिर उसे चुटकी में भर कर मुँह में एक तरफ़ रखा और हथेली झाड़ कर अपने आप से कहा, "चल भाई, बैनर्जी, उसे दो पल सोने दे।"

वह गया। मानो वह आवाज़ उसके जाने का इन्तज़ार कर रही थी। वह आवाज़ उठी और अति मधुर होकर बोली, "उठो अरविन्द, यह सोने और अफ़सोस मनाने का समय नहीं है। ...काम में लग जाओ—हाँ, काम में लग जाओ।

शीघ्र, शीघ्र। इधर-उधर मत देखो—समय मत खाओ, दिन-पर-दिन काल तुम्हारे और अधिक नज़दीक आता जा रहा है।''

फिर वही आवाज़। ठीक अर्द्धरात्रि के बाद जब सब गहरी निद्रा में सो रहे थे, लेकिन तब सुनाई पड़ी चारों ओर गहरी शान्ति थी। अरविन्द उठ बैठा। बार-बार लिपे-पुते अँधेरे की आँख में झाँकने लगा। क्या नज़र आता! कुछ नहीं। उन्हें अपनी आँखों पर रहम आया। वह कितनी दीनहीन हैं।

शब्द फिर चमक उठे। वे आवाज़ें बुलन्द हो उठीं। उसके कानों में ड्रम बजने लगा। दिशाएँ अवाक् रह गयीं।

''आज आवश्यकता है वीर्यवान्, तेजस्वी, श्रद्धासम्पन्न और दृढ़विश्वासी, निष्कपट नवयुवकों की। ऐसे सौ मिल जायें, तो संसार का कायाकल्प हो जाये। इच्छा शक्ति संसार में सबसे अधिक बलवती है। इसके सामने दुनिया की कोई चीज़ नहीं ठहर सकती, क्योंकि वह साक्षात् भगवान से आती है।''

इस बार अरविन्द समझ गये कि यह आवाज़ स्वामी विवेकानन्द की है। अब कान देखने लगे थे और आँखें सुन रही थीं और वक़्त ठहर गया था। अरविन्द की थोड़ी देर के लिए धड़कनें तेज़ हुईं, फिर एकदम शान्त। इसके बाद वे सो नहीं सके। अपने को उलटते-पुलटते रहे। हुगली की तेज़ धार उनके पास से गुज़र रही थी। यकायक मुट्ठी तनी, हवा में झूली और फिर निःशब्द होकर अपने आपको निहारने लगी।

ये सब क्यों? सुपरिंटेंडेंट क्रेगन, क्लार्क और लाल पगड़ियाँ सबके सब उन्हें घूरने लगे। जैसे उन्होंने कभी आदमी देखा ही न हो। क्रेगन ने कड़कदार आवाज़ में पूछा, ''कौन है अरविन्द घोष?''

पलभर के लिए अरविन्द चुप रहे। उन्होंने अपने चारों ओर देखा। उनके अलावा सब वे ही लोग थे। उन्होंने धीरे से कहा, ''मैं ही अरविन्द घोष हूँ।''

''गिरफ़्तार करो।'' क्रेगन की भारी-भरकम आवाज़ उस वातावरण में देर तक अनुगूँजती रही। अरविन्द घोष यथावत् बने रहे। उनकी काली मूँछों और काली दाढ़ी के छितरे बालों में घर्षण हुआ। कई दिनों से स्वामी विवेकानन्द की भारी-भरकम आवाज़ उनका पीछा कर रही थी, कह रही थी न केवल ''मैं तुम्हारे साथ हूँ और जब मैं नहीं रहूँगा, तो भी मेरी आत्मा तुम्हारे साथ काम करेगी। ...संसारी कीट की तरह मरने की अपेक्षा कर्तव्य के क्षेत्र में

सत्य का प्रचार करते हुए मर जाना श्रेष्ठ है—लाख बल्कि गुना अधिक श्रेष्ठ है। अरविन्द, क्या सोचते हो, आगे बढ़ो। वासुदेव की सुनो और गुनो।''

''कहाँ है यहाँ वासुदेव? मैं ठीक से निर्णय नहीं कर पा रहा हूँ कि मैं तुम्हें ही सुन रहा हूँ अथवा...।'' अरविन्द आत्म संवाद कर उठते।

कोई उत्तर नहीं। वह नींद से विरत ही थे। अँधेरे से घिरे थे। वह अकेला था उस नौ फुट लम्बे और साढ़े पाँच फुट चौड़े स्थान पर। वहाँ कोई वातायन नहीं था। था एक बृहत् लौह का दरवाज़ा।

यह सब क्या माया है? नींद में अपने आपको उठता देख रहा हैं। अपने हाथ-पाँव हिलाये। चुटकी भरी। विश्वास हो गया कि वह जग गया है। चारों ओर आँखें दौड़ायीं। हलकी सी प्रकाश होने के पूर्व की झाँकी का आभास हुआ। क्रेगन फिर कहाँ से आ गया। स्वामी विवेकानन्द की आवाज़ का क्या अर्थ है? उसे क्या समझना चाहिए? क्या यह भी कोई संकेत है? कैसा संकेत?

''राम-राम, भाई।'' रात की ड्यूटी वाले चौकीदार की आवाज़ थी। ''राम-राम'' कहकर अरविन्द ने उठने की कोशिश की। फिर कुछ सोच कर वह बैठे रह गये। मानो सोच की उलटवासियों ने उन्हें छोड़ना नहीं चाहा। वह आज किंकर्तव्यविमूढ़ की स्थिति में थे। रात की घटनाएँ उन्हें उलझन में फँसाये हुए थी। हारकर वह खड़े हुए और लोहे के गेट के पास आकर रुक गये। उसके सामने खुले आँगन को निहारने लगे। उस पथरीले आँगन पर कुछ पत्तियाँ पड़ी हुई थीं, उसे लगा कि प्लेटफॉर्म पर कुछ मुसाफ़िर सोये पड़े हैं। पता नहीं कि आँगन का दरवाज़ा इतनी जल्दी कैसे खुला या रात को उसे खुला छोड़ दिया। कुछ भी हो, दिन के जग जाने का साथ निभाने के लिए वह तैयारी में जुट गये।

29

धीरे-धीरे यूरोपियन सार्जेंट की संख्या एकदम कम होती गयी। पच्चीस सार्जेंट से अब चार-पाँच सार्जेंट ही साथ रहने लगे। जो साथ थे, वे भी क़ैदियों-अभियुक्तों की तरफ़ से निश्चिन्त हो गये थे। वे इस नतीजे पर पहुँचे थे कि इनमें से कोई भी अभियुक्त भागने वाला नहीं है।

उन्हें अचरज इस बात से हो रहा था कि ये बम बनाने व फोड़ने वाले अभियुक्त इतने सुस्त और शान्त कैसे हैं? इनमें क्रोधावेश, उत्तेजना और आक्रामक नज़रिया क्यों नहीं है?

आज सुपरिटेंडेंट उनको डाँट पिला रहा था, "यह क्या हो रहा है?"

उस सार्जेंट के हैड ने उत्तर दिया, "वही जो होना चाहिए।"

"इतने कम सार्जेंट।"

"सर, इनमें से कोई भागने वाला नहीं है।"

"यह तुम कैसे कह सकते हो?"

"सर, आज तक हमारा पाला भी तरह-तरह के क़ैदियों-अभियुक्तों से पड़ता रहा है। ये लोग उनमें से नहीं हैं।"

"तुम्हें मालूम है कि इन्हें पकड़ने में हमें कितना ज़ोर लगाना पड़ा। ये ख़तरनाक लोग हैं। बम बनाते हैं। धमाके करवाते हैं।"

"लेकिन इनमें से कोई भागने वाला नहीं है। उनमें वह चीनी छाप दाढ़ी मूँछें रखने वाला तो एकदम नहीं। वह थिंकर-फ़िलॉस्फर है।"

"तुम्हें धोखे में रखना चाहता है, ताकि मौक़ा मिलने पर फ़रार हो सके।"

"आप यह ज़िम्मेदारी मुझ पर छोड़िए।"

"तलाशी लेते हो।"

"लेते हैं। क्या था उनके पास—रोटी और चम्मच भर चीनी के दानों के अलावा उस दढ़ियल के पास तो एक पुस्तक थी। वह शान्त होकर पुस्तक पढ़ता रहता है। वह तल्लीन होकर फुर्ती से पृष्ठ पर पृष्ठ उलटता रहता है। इतनी मोटी किताब एक घण्टे में पढ़कर बन्द कर दी।"

"उस किताब के अन्दर देखा क्या?"

"कुछ नहीं—नो चिट, नो पेपर, नथिंग। सर, आप बेफ़िक्र रहें।"

"वह किताबों में डूबा रहने वाला शख़्सियत बहुत दूर की सोचता है और जो सोचता है वह तत्काल कर बैठता है।"

"और ध्यान रखेंगे।"

"क्या जज के सामने उन्हें जूते पहनकर जाने देते हो?"

"यस सर।"

"उनमें से कोई-सा भी अभियुक्त ताव में आकर जज के ऊपर जूता निकाल कर फेंक सकता है। बम फेंकने वालों के लिए जूते फेंकने में कोई

देर नहीं लगेगी और वह धब्बा सरकारी सुरक्षा तन्त्र की बखिया उधेड़कर रख देगा।''

''ओ.के., सर। आइन्दा से उनके जूते बाहर खुलवा लिया करेंगे।''

वे लोग अंग्रेज़ी में बात कर रहे थे। अरविन्द उनके वार्तालाप को सुन समझ रहा था। तभी सरकारी वकील नॉर्टन और कमिश्नर पेड़ के पास आकर कुछ देर के लिए रुके।

''मि. नॉर्टन क्या सोचा है?''

''फन्दे से कम नहीं।''

''वंडरफुल मि. कॉर्टन। अरविन्दो बहुत ख़तरनाक आतंकवादी है।''

''क्रान्तिकारी।''

''वो जो भी कहो, है वही ब्रिटिश सरकार को उलटा करने वाला। प्लीज़ बी एलर्ट। यह हमारी और सरकार की नाक का सवाल है।''

''डोंट वरी, कमिश्नर। मेरा नेटवर्क कभी फेल नहीं हुआ है।''

''गॉड ब्लेस यू।'' कहकर कमिश्नर चला गया।

अरविन्द दूसरी ओर देखने लगा। तभी हैड सार्जेंट आया और बोला, ''अपने-अपने जूते-चप्पल उतार कर वहाँ सामने रख दो।''

''किसी जूते में बम हुआ तो कोर्ट की धज्जियाँ उड़ जायेंगी और उस अंग्रेज़ की बीवी रांड हो जायेगी।'' पहले वाला वही दबंग अभियुक्त बोला, जिसके सिर पर कई जनों के ख़ून का इल्ज़ाम था।

''इस पर सब हँस पड़े।''

''चुप हो जाओ, शैतानों।''

''हुजूरआला, हमारी बात थ्रिनोट थ्री की गोली है। पर ज़रा ग़ौर फरमाएँ ...यदि किसी के जूते में बम हुआ तो मरेगा वह भी न। मरना कौन चाहता था हममें से—न तुम, न वह और न मैं। फिर ऐसी नादानी हम में से कोई नहीं करेगा। उस बम को ही रखवाना होगा तो मोटरगाड़ी में तब रखवाइएगा, जब हम लोग उतर कर सुरक्षित स्थान तक पहुँच चुके होंगे।''

''चुप भी कर।''

''हमारी चुप बोलने से ज़्यादा ख़तरनाक है। आप लोग बाल-बच्चे वाले हो। आपको दो वक़्त की रोटी चाहिए, घर का ख़र्च और छोटी-मोटी इच्छाओं की पूर्ति। उसके लिए जान हथेली पर क्यों रखे घूमते हो?

भेजे का इस्तेमाल करो, सरकार को चूना लगाओ और हम जैसों से जेब ख़र्च का इन्तज़ाम करो। ऐसा मध्यम रास्ता निकालो कि लाठी भी नहीं टूटे और धमाका होता रहे। समझे, मियाँ।'' इतना कहकर उसने बीड़ी सुलगा ली और एक ज़ोर का कश खींचा।

कोर्ट के अन्दर नाटक शुरू। नॉर्टन को सरकार प्रत्येक दिन का एक हज़ार रुपये दे रही थी। साथ ही जीत का सरकार को नॉर्टन भरोसा दिला रहे थे। नॉर्टन गवाह से पूछ रहे थे, ''क्या तुम इनमें से किसी को पहचान सकते हो?''

गवाह अपने सामने खड़े क्रान्तिकारियों की ओर देखकर कुछ कहता। कोई हाँ कहता तो कोई न भी।

हाँ वाले साक्षी से नॉर्टन प्रसन्न होकर पूछता, ''बताओ।''

वह एक-एक को देखता। बार-बार देखता। आख़िर में कहता, ''नहीं, सर।''

''ग़ौर से देखो और निडर होकर कहो। हम जानता है कि ये क्रान्तिकारी लोग, बहुत ख़तरनाक है। ज़रूर धमकी दिया-दिलाया होगा। उससे घबराओ-डरो नहीं। सरकार तुम्हारे साथ है।''

नॉर्टन का शैतान चेहरा गवाह के मन पर दहशत छोड़ने लगता। गवाह घबरा कर कहता, ''हाँ, पहचानता है।''

''ओह, नॉर्टन, यह तुम क्या कह रहे हो? एक नया नाटक रच रहे हो जो कभी हुआ ही नहीं। मुझे ही उसमें खलनायक सिद्ध करने जा रहे हो। क्या मैं नॉर्टन, तुम्हें मिल्टन के 'पैराडाइस लॉस्ट' का शैतान लगता हूँ?...यह क्या सृजन कर रहे हो कि यदि मैं पकड़ा नहीं गया होता तो दो वर्ष के भीतर भारत में अंग्रेज़ों के साम्राज्य का अता-पता नहीं मिलता।'' अरविन्द अपने में खोये हुए अपने आपसे कहे जा रहे थे, ''ओह! कितना बड़ा झूठ! क्या नॉर्टन उसे अपने जाल में फँसा कर उसके अन्त की प्रतीक्षा कर रहा है?''

नॉर्टन की आवाज़ अरविन्द के कानों में गूँज रही थी, मी लॉर्ड, अरविन्द घोष 'वन्दे मातरम्' और 'युगान्तर' के नीति-निर्देशक हैं। 'युगान्तर' में आपका भाई बारीन कुमार घोष, स्वामी विवेकानन्द के भ्राता भूपेन्द्रनाथ दत्त के साथ सम्पादक है। ...'वन्दे मातरम्' के रूप में एक नया नारा जनता को मिला। सरकार ने इस पर प्रतिबन्ध लगाया तो जुलूस दर जुलूस निकलने शुरू हो गये।

ए. रसूल और उनकी पत्नी के नेतृत्व में 'वन्दे मातरम्' का अभियान चल रहा था। कवि रजनीकान्त का गीत गा रहा था—

मायरे देवा मोटा कापड़
मायाय तुले देबे
दीन दुखिना मा जे तोदोर
तार वेशी आर साध्य नाई।

यानी माँ के दिये मोटे कपड़े को सिर झुकाकर स्वीकार कर लो। तुम्हारी माँ दीन दुखी है, इससे अधिक वह कुछ नहीं कर सकती। ...मी लॉर्ड, अब 'वन्दे मातरम्' में इस जुलूस की रपट सुनिए—जुलूस में सम्मिलित हुए लोगों की भुजाओं पर वन्दे मातरम् लिखे बिल्ले लगे हुए थे। जुलूस शान्त चल रहा था। पुलिस, ख़ार ख़ाये ताक में बैठी कि कब जुलूस 'वन्दे मातरम्' कहे और वह उन पर जो निहत्थे हैं, शान्त हैं, टूट पड़े। वही हुआ। पुलिस लाठी बरसाने लगी। लाठी का उत्तर था वन्दे मातरम्। पुलिस लाठी बरसाती, वन्दे मातरम् के बिल्ले नोचती और डण्डा-डोली कर उन्हें तालाब में फेंक देती। बहनें-बहुओं की इस्मत लूटी गयी। ...मी लॉर्ड, इससे क्या निष्कर्ष निकलता है? ...यह आँखों देखा हाल 'वन्दे मातरम्' अख़बार का जनता को उपहार है ताकि जनता रोष से पागल हो उठे और सरकार को उखाड़ फेंके, क्योंकि इस देश और सरकार में कुल मिलाकर मात्र डेढ़ लाख अंग्रेज़ हैं, जबकि तैंतीस करोड़ हिन्दुस्तानी हैं। संख्या बल के प्रदर्शन से ये अख़बार क्या संकेत देना चाहता है? क्या इससे स्पष्ट नहीं है कि वह जनता को भड़का कर भारत से अंग्रेज़ों की हुकूमत को उखाड़ फेंकने का ऐलान कर रहा है।

अरविन्द सुन-समझ रहे थे कि वह इस नाटक के ऐसे खलनायक बनने जा रहे हैं, जिसका अन्त फाँसी से होना तय है। उनकी निगाहें अपने वकील चित्तरंजन दास पर भी थीं जो धैर्य से शान्तचित्त होकर नॉर्टन को सुन रहे थे। उनके चेहरे-मोहरे से कहीं ऐसा नहीं लग रहा था कि वे कुछ कर पायेंगे। यहाँ तो ईंट का जवाब पत्थर से देने वाला वकील चाहिए, जिसकी आवाज़ गोली चलने जैसी गूँज पैदा कर सके। नहीं, उन्हें ही अपने लिए कुछ करना होगा। वे स्वयं इस नाटक का अन्त लिखेंगे।

उस दिन अरविन्द ठीक तरह सो नहीं पाये। वे उन दलीलों के उत्तर तलाशते रहे। बचाव पक्ष में नोट्स तैयार करते रहे, जिन्हें वे अपने वकील

चित्तरंजन दास के साथ शेयर करेंगे। अफ़सोस दूसरी सुबह चित्तरंजन दास उनके पास नहीं आये। उनका माथा ठनका। अब वे 'शेयर' क्या करेंगे? उन्होंने सारे दिन उन नोट्स को पुनः पढ़ा और उसका संक्षिप्तीकरण किया ताकि कोर्ट के बाहर ही वे इन नोट्स को अपने वकील के हवाले कर सकें। अब उन्हें बेसब्री से कल का इन्तज़ार था। इस कारण उन्हें रात को नींद देर से आयी। सोने से पहले उन्होंने रात्रि पर तैनात पहरेदार से कहा, "भैया, आज ढंग से सो लेने दो। तबियत कुछ ठीक नहीं है। हम कहीं भागने वाले नहीं हैं। क्यों भाई, क्या आप सिर्फ़ इतनी-सी आज कृपा कर सकेंगे।"

वह मान गया।

देर रात को अपने आपसे लड़-झगड़ कर मज़बूरन वह सो गया। उसका वश चलता तो पूरी रात आँखों में काट देता। उसके सामने जीवन-मृत्यु का सवाल था। सरकारी वकील उसकी गरदन का नाप लेने की तैयारी कर चुका था। वहाँ तो सब कुछ दरोमदार अपने वकील की तैयारी और उसके केस लड़ने की शैली पर था कि वह कैसे नॉर्टन के स्थापित निष्कर्षों पर पलटवार कर पाता है? उनको कैसे थोथा सिद्ध कर दिखाता है? क़ानून के इस महाभारत में वह अभिमन्यु अवश्य है, परन्तु महारथियों के बीच में घुसकर उनको पीट-पाट कर बाहर निकलने वाला अभिमन्यु! अपने समय से दो-दो हाथ करने वाला अभिमन्यु। इतिहास साक्षी है कि जब कभी सत्य को अवसानोन्मुखी होना पड़ा है, तब-तब सत्य पुनर्बल लेकर उदय हुआ है और उसने अपने समय के कौरवों का सफ़ाया कर दिया है।

एक स्वप्न, एक आवाज़—वही चिर-परिचित आवाज़। वह कह उठा, "आप स्वामी जी, फिर यहाँ?"

"हाँ वत्स, सत्य अटल है, वह कभी मरता नहीं, चिरंतन है।"

"मैं आपको प्रणाम करता हूँ, अपने युग के अवतार।"

"नहीं, तू आज उनसे मिल रहा है, जिनसे मिल कर मैं नरेन्द्र-नरेन से स्वामी विवेकानन्द बना था।"

"किससे प्रभु?"

"तेरे सारे प्रश्नों का उत्तर अब वे ही बनेंगे, जिनके आगे प्रश्न हाथ जोड़े खड़े रहते हैं।"

"कौन, स्वामी जी!"

"एक वे ही तो चिरंतन सत्य हैं, वत्स!...वासुदेव!"

"वसुदेव के पुत्र न, स्वामी जी।"

"हाँ, वही वासुदेव, अरविन्द!"

"जिन्होंने अर्जुन का मार्ग प्रशस्त किया था और जिनके रथ में सुन्दर व बलिष्ठ सफ़ेद घोड़े जुते हुए थे और जिसकी लगाम स्वयं वासुदेव ने थामी हुई थी।"

"हाँ, वही वासुदेव! तूने तो महाभारत और गीता दोनों पढ़े हैं।"

"हाँ, स्वामी जी!"

"अब समय आ गया है कि तू उन शाश्वत मन्त्रों को अपने उदात्त चरित्र से व्यक्त होने दे।"

अरविन्द के सामने साक्षात् स्वामी विवेकानन्द खड़े थे, सिर पर साफ़ा बँधा था और नीचे तक रेशमी भगवा (केसरिया रंग) चोगा। श्याम वर्ण एकदम तपदीप्त! चौड़ा माथा। मुखमण्डल तेज़युक्त।

अचानक सारा परिदृश्य एकाकी रह गया। उस परिदृश्य में एकमात्र अरविन्द बैठा हुआ था। वहाँ स्वामी विवेकानन्द दूर-दूर तक नहीं थे। धीरे-धीरे पृष्ठभूमि से जैसे सूर्य उग रहा हो, ऐसी ध्वनि का प्रसारण होने लगा।

"पुत्र, जन्म से पहले इस संसार में जो कुछ है, वह अप्रकट है और मरने के बाद भी सब कुछ अप्रकट है। मात्र बीच में प्रकट के लिए क्या सोचना? सच तो यह है कि न किसी प्रकट का जन्म होता है और न कोई प्रकट करता है। आत्मा अवध्य है। उसे कोई नहीं मार सकता वह अमर है। यथार्थतः तू शोक करने योग्य नहीं है। फिर तू चिन्तित क्यों?"

"आप कौन हैं, महाशय? सामने आयें।"

"मैं सामने ही हूँ, वत्स, तनिक अपने हृदय में झाँक।"

"झाँका, महाशय।"

"और झाँक।"

"और कितना, महाशय? कृपया अपनी यात्रा समेटिए। सामने आइए। मैं पहले ही हताश हूँ और आप मुझे अपने चक्कर में लेकर मेरे सामने अधिक संकट खड़ा कर रहे हैं।"

"तुझे भेजा भी मैंने है, वत्स।"

"तो फिर?"

"तुझे मेरा ही काम करना है।"

"फाँसी लग जाने के बाद।"

"तुझे कोई फाँसी नहीं लगा सकता।"

"आप शातिर नॉर्टन को नहीं जानते। यह मेरी ज़िन्दगी मिटाने के लिए हाथ धोकर मेरे पीछे पड़ा है।"

"वह तेरा बाल भी बांका नहीं कर सकता।"

"सारे सबूत, बहस मेरे विपक्ष में जा रहे हैं।"

"जाने दे। तू एक मेरे पर विश्वास कर। मैं ही आदि, अनादि, अन्त हूँ।"

"होंगे, उससे मुझे क्या?"

"बहुत कुछ है। तुझमें विश्वास की बेल फैले। तू निर्भय हो सके। अपना सर्वस्व मेरी झोली में डालकर निर्द्वन्द्व हो सके, इसीलिए मुझे तेरे पास आना पड़ा है, वत्स।"

"पर आप हैं कहाँ?"

"तू मुझे कहाँ देखना चाहता है या कहाँ-कहाँ देखना चाहता है, यह तू निश्चय कर।"

अरविन्द सोच में पड़ गया। क्या उत्तर दे? अचानक उसके मुँह से निकल गया, "सर्वत्र।"

"तो देख, जहाँ तक तू देख सकता है।"

"अरविन्द ने दीवारों की ओर देखा, छत की ओर, काल-कोठरी से बाहर, लोहे के फाटक को, तारकोल से पुती दो टोकरियाँ, लकड़ी के दरवाज़े में गोलाकार छेद...और जिधर-जिधर देख सकता था, देख रहा था। चहुँ ओर वासुदेव नारायण थे, उनकी उँगली में सुदर्शन चक्र था।"

"आप वासुदेव, आप!" अरविन्द के आश्चर्य का ठिकाना नहीं रहा। क्या वास्तव में ऐसा ही है। वह वासुदेव के दर्शन कर रहा है। वह बोला, "यहाँ, प्रभु!"

"हाँ वत्स, अब तुझसे छोटा-सा काम कराना है, तो आना मुझे ही पड़ेगा न। अन्यथा तुझे विश्वास कैसे होगा कि तू इस जगत् में मेरे कार्य हेतु आया है या मैंने तुझे अमुक कार्य हेतु भेजा है। इस जगत् में अटल विश्वास के बिना कोई मनुष्य कोई काम नहीं कर सकता। ...तू मेरी शरण में है, अरविन्द।"

अरविन्द इस चमत्कार को समझ नहीं पा रहा था। पता नहीं कैसे उसकी आँख खुल गयी और वह चारों ओर देखने लगा। कहीं कुछ नहीं था। फिर क्या वह सब स्वप्न में देख रहा था। स्वप्न का क्या भरोसा?

अरविन्द ने गहरी साँस ली। उजाला हो रहा था। सूर्य नारायण शायद निकल रहे थे। वह इस सारे प्रकरण से अपना ध्यान हटा कर कचहरी की कार्यवाही के लिए तैयार होने लगा।

30

आज कोर्ट खचाखच भरी हुई थी। अरविन्द के मुक़दमे की कार्यवाही देखने के लिए दूर-दूर से युवक आये थे। जैसे ही अरविन्द पुलिस की गाड़ी से उतरा, वैसे ही अरविन्द की जय-जयकार होने लगी और ब्रिटिश सरकार की हाय-हाय शुरू हो गयी। अरविन्द ने पुलिस अधीक्षक से पास आकर कहा, "दो मिनट मुझे इनसे बात करने दीजिए। सब कुछ शान्त हो जायेगा और ऐसा ही हुआ। अरविन्द ने कहा—मित्रो, यह कोर्ट है। यहाँ शान्ति बनाये रखना अपना कर्तव्य है। कृपया अब कोई नारेबाज़ी नहीं।"

अरविन्द को कोर्ट के अन्दर ले जाया गया। सबकी निगाहें सरकारी वकील नॉर्टन पर से होती हुई अरविन्द पर जा ठहरीं। नॉर्टन गवाहों से सवाल कर रहा था। उन गवाहों से जिन्हें वह स्वयं तैयार करके लाया था। पहचान शुरू हो चुकी थी। इससे पूर्व उसने गवाहों से वही उगलवा भी लिया था, जो वह चाहता था। चित्तरंजन दास कोर्ट में बैठे हुए थे। अरविन्द उन्हें अपने मुक़दमे के सम्बन्ध में काग़ज़ पर जो लिखकर लाया था, वह काग़ज़ नहीं दे सका, इसका उसे मलाल झकझोर रहा था। नॉर्टन की आवाज़ गूँज रही थी।

"फिर से, भली प्रकार देखो। इनमें से उसको पहचानो।"

"नहीं, सा'ब, मैं किसी को नहीं पहचानता।"

"तो फिर पहले कैसे कहा?"

"वैसे ही, सा'ब।"

"वैसे ही की सज़ा-जुर्माना जानते हो।"

"जो पा रहे हैं, उससे ज़्यादा नहीं।"

"क्या पा रहे हो?"

"इस पापी पेट के लिए झूठ बोलने की विवशता।"

"क्या बकते हो?"

"वही जो समझाया गया था, पर बाद में आत्म ज्ञान टिमटिमाया और अपने पेट की ख़ातिर दूसरे को फँसाने के लिए गवाही देने से उसने इनकार कर दिया। ...आगे कुछ और पूछना है, सा'ब, तो बोलो। नशे में नहीं हुआ तो झूठ नहीं बोल सकता। दारू पीने की यही एक कमज़ोरी है कि वह झूठ बोलने से, तुरन्त मुँह फेर लेती है और सच बोलने के उपाय ढूँढ़ने लगती है।"

"सा'ब, हमने पहले ही कहा था कि उसको पहले रोकड़ा मत दो। रोकड़ा मिलते ही वह सीधे दारू की दुकान से अद्धा ख़रीदेगा और सीधे पेट में उलट लेगा। फिर जब तक नशा साथ नहीं छोड़ेगा, बेधड़क सबकी पोल खोलता रहेगा।"

"तुम बीच में क्यों टाँग अड़ा रहे हो।"

जज बीचक्राफ्ट का स्वर था, "बीच में कोई नहीं बोले।"

कोर्ट में सन्नाटा तन गया।

"नॉर्टन, पूछताछ जारी रखो।"

नॉर्टन ने कन्धे उचका कर कहा, "तुम्हें यह बताना है कि तुमने क्या देखा?"

"क्या देखा, सा'ब?"

"यही तो तुम्हें बताना है।"

"क्या कुछ नहीं देखा कहने से काम चलेगा, सा'ब?"

"ओह नो..." नॉर्टन को अन्दर-ही-अन्दर ग़ुस्सा आ रहा था। फिर भी उसने कहा, "ज़रा सा भी मन में भय नहीं झाँक पाये।"

"फिर तो दारू चाहिए।"

"मी लॉर्ड, इसे अन्दर बन्द करवा दीजिए, बेचारे को दिन में ही तारे नज़र आने लगेंगे।"

"इससे कोर्ट का अपमान हुआ है, मी लॉर्ड।" चित्तरंजन दास ने कहा, "ये गवाह स्वयं ही बेसिर पैर की बातें कर रहे हैं। इन पर यक़ीन करने का प्रश्न ही नहीं उठता। उलटे कोर्ट का क़ीमती समय बर्बाद हो रहा है। लगता है, इन्हें तैयार करके लाया गया है। ये किराये के गवाह हैं।"

"नो, मी लॉर्ड, गवाह तो गवाह हैं। उन्हें बिना सबूत किराये का गवाह

कहना उनका अपमान है। गवाह यहाँ अपमानित होने के लिए नहीं आते।" नॉर्टन का तेज़ स्वर था।

"अब क्या कहते हो?"

"कुछ नहीं, सा'ब। हम क्या कहेंगे, कहना तो आपको है?"

"फिर यहाँ क्यों आये हो?"

"आपने कहा था इसलिए।"

"कुछ बताना भी तो है।"

"हम झूठ नहीं बोल सकता, सा'ब।"

"झूठ बोलने के लिए तुमसे किसने कहा?"

"सा'ब, आपने।"

"हमने...ह्वाट नॉनसेंस। यह क्या बक़वास है?"

"वह हम नहीं जानता, सा'ब।"

"दूसरे गवाह को बुलाने की इजाज़त दीजिए, मी लॉर्ड।"

दूसरा गवाह आ गया। चित्तरंजन दास का माथा ठनका, क्योंकि वह बहुत शातिर, चालाक और धूर्त गवाह था। गवाही देना उसका व्यवसाय था। गवाही देने में उसका सिक्का माना जाता था। नॉर्टन का उस पर विश्वास था कि वह उनके हाथ आया तुरुप का इक्का है। लेकिन चित्तरंजन दास तनिक भी विचलित नहीं हुए।

इसी समय अरविन्द क्या देखता है कि जज के कमरे में वह जिधर दृष्टि डालता है, उसे साक्षात् वासुदेव नारायण नज़र आते हैं। जज बीचक्राफ्ट, नॉर्टन, चित्तरंजन दास, वह शातिर गवाह और वहाँ जितने लोग उपस्थित थे, वे सबके सब वासुदेव थे। वह अपनी आँखें मलकर पुनः देखता। वही पूर्व वाला दृश्य। कोर्ट में वासुदेव! सब तरफ़ वही-वही। यह क्या है? क्या जो स्वप्न में देखा-सुना वह सच है। इससे पूर्व उन्होंने ऐसा दृश्य नहीं देखा था। वासुदेव का चित्र देखा था, ऐसा याद पड़ रहा था। कभी इस दृष्टि से उस चित्र पर दृष्टि नहीं डाली थी कि वासुदेव ऐसे ही होंगे। होंगे भी या नहीं, इस पर भी वह कभी सोच नहीं पाया था। मूर्ति और चित्रों के भगवान पर कभी उसमें आस्था नहीं जगी थी। कैसे जगती। कोई जगाने वाला नहीं था। लन्दन में जब प्रे ने यह कह दिया कि वह क्रिश्चियन होते हुए भी यह नहीं मानती कि ईसा सम्पूर्ण ब्रह्माण्ड के निर्माता हैं।

प्रो. अकबर चिश्ती ने भी उनका समर्थन करते हुए कहा था, ''इस्लाम धर्म के पैगम्बर या अल्लाह के रसूल हजरत मुहम्मद साहब भी सारी सृष्टि के रचयिता नज़र नहीं आते। ये सब तो ज़मीन के इस टुकड़े के भी पूरी तरह सर्जक नहीं हैं, जिसे पृथ्वी कहा जाता है। बेशक क़ुरआन की आयतों से हिकमत (तत्त्वज्ञान) की शिक्षा मिलती हो।''

अरविन्द ने भी उनके कहने-पूछने पर कह डाला, ''मैं भी हिन्दू धर्म के ईश्वर का... ।''

''ईश्वरों को कहिए।'' अकबर चिश्ती ने बीच में टोक दिया।

''हाँ, प्रो. चिश्ती, आपने ठीक कहा है परन्तु सच यह है कि मैं हिन्दू धर्म के बारे में कुछ नहीं जानता। जानना भी नहीं चाहता। न केवल हिन्दू धर्म के, बल्कि दूसरे धर्मों के बारे में भी। मुझे नहीं लगता कि इस ज्ञात-अज्ञात ब्रह्माण्ड को जन्मदाता, पालनहार और संहारक कोई एक या दो-तीन व्यक्ति उनका ईश्वर, गॉड, अल्लाह आदि कोई-सा नाम हो सकता है या हो सकते हैं। मुझे तो लगता है कि इस ब्रह्माण्ड में बूँद के माफ़िक़ जो धरती है, जिस पर मानव रहता है, उसका भी इन भगवानों में से कोई सृजक नहीं है।''

''अर्थात् अरविन्द, तुम्हें जगत् नियन्ता ईश्वर में विश्वास नहीं है।''

''कभी ध्यान से, गहराई से सोचा नहीं, सोचने की ज़रूरत भी नहीं पड़ी। इतनी सी बात सहज समझ में आ सकती है कि ये जितने भी भगवान हैं, वे धरती के एक भाग विशेष तक सीमित हैं। सारा झगड़ा झमेला इसी बात को लेकर है कि इन भगवानों में से कौन-सा सृजक है और कौन-सा नहीं। प्रत्येक मज़हब उन कुओं की तरह हैं जिनमें अलग-अलग मेंढक रहते हैं। मेंढक अपने-अपने कुएँ को जगत् मानते हैं। बहुत कुछ ऐसा ही इन मज़हबों के पीछे है।''

''और ताज्जुब तो इस बात का है कि अधिकांश मज़हबी अपने-अपने मज़हब के उसूलों-नियमों का पालन नहीं करते, बल्कि सरेआम उनकी उपेक्षा करते हैं। यह सब भी मज़हबी सियासत का एक अहम् हिस्सा है।'' अकबर चिश्ती सोचते हुए कहे जा रहे थे।

तभी जज की तेज़ आवाज़ सुनायी पड़ी, ''मि. नॉर्टन, यह क्या तमाशा है, जिन्हें आप गवाह के रूप में प्रस्तुत कर रहे हैं, वे स्पष्टतः उस तथ्य से इनकार करते जा रहे हैं, जिसके लिए आपने गवाहों को यहाँ पेश किया है।''

"मी लॉर्ड, मेरी वकालत की ज़िन्दगी को एक लम्बा समय हो चुका है। मैंने भी इससे पहले ऐसा नज़ारा नहीं देखा। आज क्या हो रहा है? गवाह अनर्गल बोल रहे हैं।"

"मी लॉर्ड, इजाज़त दीजिए तो मैं भी कुछ कहूँ।"

"इजाज़त है।"

"आज जो करिश्मा नज़र आ रहा है, उसके पीछे एक बहुत बड़ी शक्ति कार्य कर रही है और वही हमारा मार्गदर्शन भी कर रही है कि हमें सच्चाई को स्वीकार कर लेना चाहिए। याद रहे, जब यह बहस समाप्त होगी और वर्तमान संघर्ष तथा उथल-पुथल विराम पायेगा और यहाँ तक कि वे सब इस संसार में नहीं होंगे, तब श्रीमान् अरविन्द को राष्ट्रीयता का नायक, मसीहा और मानवता प्रेमी के रूप में याद किया जायेगा। अरविन्द के स्वर, उनके न रहने के बाद, न केवल हिन्दुस्तान बल्कि सम्पूर्ण संसार में गूँजेंगे। मैं दावे से कह रहा हूँ कि वह मानुष मात्र आज की अदालत के सामने नहीं, अपितु विश्व इतिहास की अदालत के सामने खड़ा है।" चित्तरंजन दास ने अन्त में कहा, "मेरा आग्रह न केवल माननीय जज महोदय से है अपितु माननीय नॉर्टन साहब से भी है कि सत्य को ही सामने आने दें।"

कोर्ट का समय पूरा हो गया। पुलिस गाड़ी में अरविन्द बैठा ही था उनकी जय-जय कार होने लगी। अरविन्द कुछ समझ नहीं पा रहा था। आज उसने जो कुछ देखा, अनुभव किया, उस पर वह कुछ नहीं कह सकता। कोई उसकी बात का विश्वास भी नहीं करेगा कि उसने साक्षात् वासुदेव के दर्शन किये हैं। वासुदेव कण-कण में हैं। ब्रह्माण्ड उसी से है। पता नहीं है कि वासुदेव उनसे अपना कौन-सा काम कराना चाहते हैं। उन्होंने उसे किस ख़ास काम के लिए इस धरती पर भेजा है। अरविन्द एकदम गूँगा हो बैठा। दूसरे दिन रविवार था। मृणालिनी मिलने आयी थी। उसके चेहरे पर सन्तोष नज़र आया। उसके साथ गिरीशकुमार बोस थे। वह इन दिनों कलकत्ते में उन्हीं के पास रह रही थी। सुधीरा मृणालिनी की बचपन की सहेली थी, कलकत्ते अपने पति के साथ रह रही थी। वह भी आयी थी।

"अब कैसा महसूस कर रहे हैं, स्वामी?"

"ठीक-ठाक। ...नये-नये अनुभव से जुड़ी वे बातें, जिन पर कोई सहज विश्वास नहीं कर सकता।"

"जैसे।"

"अभी उनकी चर्चा करनी जल्दबाज़ी होगी। इन्तज़ार करना होगा।"

"चित्तरंजन दास बता रहे थे कि...।" गिरीशकुमार बोस आगे कहने ही जा रहे थे कि अरविन्द ने टोक दिया, "वे मनुष्य नहीं, देवता हैं। उन्होंने अपनी सारी प्रैक्टिस छोड़कर ध्यान इस केस पर लगा दिया। ऊपर से अपनी फ़ीस लेने से इनकार कर दिया। वे हमारा शुभ नहीं सोचेंगे तो कौन सोचेगा?"

"उन्हें उम्मीद है कि..."

"हम छूट जायेंगे।"

"फ़ैसला आपके पक्ष में होगा।"

"हम शुरू से ही जानते थे।"

"फिर भी, आशंका थोड़ी-बहुत थी।"

"अभी हमें शिथिल नहीं पड़ना चाहिए।"

"जानता हूँ, मि. चित्तरंजन दास हारने वाले नहीं हैं।"

"आज हम खाना लाये हैं।"

"वह हमारे मतलब का नहीं है।"

"क्यों?"

"हम आम क़ैदियों में से एक हैं। यहाँ ऐसे भी अभियुक्त हैं, जिनके घरवाले मिलने नहीं आ पाते और जो यहीं का, जैसा भी भोजन मिल रहा है, बिना किसी प्रकार की नाह-नूह किये ले रहे हैं। मैं नहीं चाहता कि यहाँ अभियुक्तों के बीच भेदभाव की अदृश्य दीवार खड़ी की जाये। हमें जो मिल रहा है, वही ठीक है। ...मृणा, तुम कुछ पढ़ती-लिखती रहा करो।"

"क्यों नहीं?" गिरीश कुमार बोस कह रहे थे, "देवी-देवताओं की अर्चना-पूजा से समय मिले तब न कुछ और करे। दिन-रात उन्हीं की सेवा में लगी रहती है। बहुत कुछ रोका टोकी की जाती है तो ग़मग़ीन स्वर में कहती है, "वे निर्दोष हैं। उन्हें फँसाया गया है। उनका कौन है? और मैं उनके लिए सिवा इसके और कर भी क्या सकती हूँ। कृपया मुझे रोको-टोको नहीं, चाहे आपका उन पर विश्वास न भी हो, लेकिन मेरे विश्वास को बना रहने दो। पहली बार तो हम लोग ग्रे स्ट्रीट में रहने लगे थे कि अचानक यह पहाड़-सी मुसीबत आ गयी। ...परसों मुझे माँ ने दर्शन दिये थे।

फिर सुबह वासुदेव भगवान ने मुझे सोते से उठाकर कहा था, "तू चिन्ता मत कर, उसका वहाँ रहना भी ज़रूरी है। वह भी उसके लिए तपोभूमि है।"

अब अरविन्द क्या कहता! अवश्य यह भी कुछ अन्दरूनी सम्बन्धों का योग है। उसने भरपूर दृष्टि से मृणालिनी की ओर देखा। उसे लगा कि कहीं-न-कहीं वह भी उसी तार से ही जुड़ी है, जिससे उसका जुड़ना हो रहा है। सुधीरा ने कहा, "आपकी रिहाई सुनिश्चित है, जीजाजी। रिहाई होते ही हमारी मीनुदी को साथ लेकर रहिएगा। वह अकेली पड़कर अन्दर-ही-अन्दर घुलती जा रही है।"

घण्टी बजी। मिलने का समय समाप्त हो चुका था। मृणालिनी की आँखें भर आयी थीं। उसने सबके चले जाने के बाद धीमे स्वर में कहा, "स्वामी, आप सुधीरा की बात पर कोई ख़ास ध्यान नहीं देना। अपना काज करना, यही मेरी प्रार्थना है।" अरविन्द बाहर-अन्दर से काँप कर रह गया। उसकी आँखों में पानी उतर आया था और वह सुधीरा के कथन के महत्त्व को समझ रहा था। कहाँ रह पायी थी मृणालिनी उसके साथ। उस बेचारी के चहल-पहल भरे जीवन में उसने निर्जन शून्यता भर दी। पति के साथ की बात ही कुछ और है। क्या सोच रही हैं उसकी सहेलियाँ, उसके घरवाले और आसपास वाले। शादी के बाद लड़की का घर ससुराल होता है। वह लकड़ी के दरवाज़े पास खड़ा-खड़ा सुधीरा की बात पर विचार करता रहा। मृणालिनी के भीगे स्वरों ने उसे अन्दर तक हिला क़र रख दिया। अभी उसकी अवस्था ही क्या है? वह क्या-क्या न सोच जाती होगी। क्या उसे कभी-कभी अपना घर काटने को नहीं आता होगा? वाह, अरविन्द, वाह! यह उसने क्या कर डाला? उसने बूटों की भारी-भरकम आवाज़ एक साथ सुनी। उसी के साथ एक गर्जना सुनायी पड़ी, 'वन्दे मातरम्'। सब मिलकर बोलो और इतनी ज़ोर से बोलो कि सात समन्दर पार बैठी ब्रिटिश सरकार भी सुन सके। वन्दे मातरम्। पुनः समवेत स्वर बहुत तेज़ी से उठा—'वन्दे मातरम्!'

31

अरविन्द और हेमचन्द्र दास को ख़ासतौर पर जब तक ख़तरनाक व्यक्ति समझा जाता रहा, तब तक वे निर्जन वास में रहे। फिर उन्हें

अलग-अलग एक बड़े कमरे में स्थानान्तरित कर दिया गया। उस बड़े कमरे के सामने बड़ा बरामदा था और उसके सामने एक बड़ा मैदान। इस बड़े कमरे को आधी ऊँचाई उठाकर तीन भागों में बाँटा हुआ था। यहाँ भी कैदियों के तीन दल बन गये और तीन दलों में वे लोग भी बँट गये। बुद्धिजीवी वर्ग और आध्यात्मिक रुचि वाले अरविन्द के पास एकत्र होने लगे। यह भी अरविन्द के मूड पर था कि वह अपना कुछ समय सबके साथ बिताना चाहें तो! प्रायः अरविन्द का समय ध्यान तथा समाधि में व्यतीत होता था। वह किताबें भी ख़ूब पढ़ता था। कारागार के कर्मचारी भी उसकी बातें ध्यान से सुनते थे।

कभी गीत होते, कभी प्रहसन, कभी पाठ, मूकाभिनय, कहानी-कथन आदि होते रहते थे। इस नये वातावरण ने जहाँ क़ैदियों-अभियुक्तों को अपनी ओर खींचा था, वहीं उनमें जीवन की नयी दिशाएँ भी खोल दी थीं। आज अरविन्द मूड में था और वह बड़ौदा काल में लिखे 'सावित्री' प्रकरण पर प्रकाश डालकर तद्विषयक कविता पाठ करने लगा–

अपने इस निर्दय जगत् में उसने नग्न कर भेज दिया
ऊपर से उसने दुख व पीड़ा के घड़ों को पीटा
ताकि मैं उसके क़दमों पर गिर गिड़गिड़ाऊँ-रोऊँ...
अपने लहू और अश्रुओं से पूजा कर अर्घ्य चढ़ाऊँ
ताकि पशु की तरह श्रम कर मैं उसी की तरह मर जाऊँ
मैं विद्रोही होने के साथ क्रीतदास भी हूँ
सदा मेरे भाग्य और मित्रों ने मुझे ठगा
मैं शैतानी करतूतों का एक शिकार हूँ,
मैं नियन्ता हूँ आसुरिक कार्यवाहियों का,
अनिष्ट हेतु सृजा गया, वही मेरी नियति है
मैं अमंगल हूँ, वैसा ही बना जिऊँगा।

चहुँ ओर सन्नाटा छा गया। न किसी ने दाद दी और न कोई टीका-टिप्पणी की। सत्येन बोस ने ज़रूर कहा, "ये कविता नहीं, जीवन का अन्तर निनाद है।" फिर प्रहसन हुआ। क्या ग़ज़ब का अभिनय। बारीन भी वहीं जेल में था। उसने चन्द्रनगर के क्रान्तिकारियों से सम्पर्क साध लिया था। उसने अपनी योजना कुछ ख़ास व्यक्तियों के लिए तैयार की थी।

वह बता रहा था, "जिस दिन एक सिपाही की देख-रेख में उसे बाहर जाने की छूट मिलेगी—खुले मैदान में।"

"तब?"

"बाहर से कुछ साथी सीढ़ियाँ और रस्सियाँ अन्दर फेंकेंगे। मैं सबसे आगे हाथ में रिवॉल्वर लिए जेल की दीवार पर खड़ा हो जाऊँगा। आप लोग उनकी सहायता से ऊपर चढ़ेंगे और जेल की दूसरी तरफ़ उतर जायेंगे। वहाँ घोड़ागाड़ियाँ तैयार मिलेंगी। उनसे हम लोग गंगा तट पहुँचेंगे। वहाँ से नौका द्वारा सुन्दर वन।"

"फिर?"

"फिर क्या! कौन सुन्दर वन में हिंस्र जानवरों का शिकार होने अन्दर आयेगा। ...वहाँ से अपने गन्तव्य की ओर।"

"हिंस्र पशु हमें छोड़ देंगे, इसकी क्या गारण्टी है?"

"गारण्टी तो एक क्षण की भी नहीं है, मेरे दोस्तो। कन्हाई को फाँसी की सज़ा हुई थी, पर वह सज़ा के दिन से एक माह पहले ही मर गया। ...रिस्क तो लेना होगा, क्यों दादा, आपका क्या ख़याल है?" बारीन ने अरविन्द की तरफ़ इशारा करते हुए पूछा।

अरविन्द शान्त भाव से सोचता रहा। फिर बोला, "बारीन, मैं कारागार में रहना अधिक उपयुक्त समझता हूँ।"

"तब भी जब आप यह जानते हैं कि नरेन्द्रनाथ गोसाईं सरकारी गवाह बन चुका है।"

इस समय अन्दाज़न रात का एक बजा होगा। शचीन्द्र सेन, हेमचन्द्र दास आदि महफ़िल जमाये हुए थे। उच्च स्वर में गायन चल रहा था। बीच-बीच में हँसी, गप्पें, ठिठोली आदि की आवाज़ भी कारागार के सन्नाटे को बेंध रही थी।

अविनाश कह रहा था, "दादा, यह बड़े संकट की चेतावनी है। नरेन्द्रनाथ गोसाईं मुख़बिर बन चुका है।"

"गुसाईं ने मुझसे भी कहा था कि पुलिस उनके पास आती है। ...तब मैंने उन्हें सुझाव दिया था कि वह पुलिस को बता दें कि सर एंड्रयू फेजर गुप्त समिति के मुखिया हैं। ...गोसाईं ने कहा कि उसने सुरेन्द्रनाथ बनर्जी को

नाम बता दिया है...तब मैंने उसे सचेत कर दिया था कि वह ऐसी शरारतों से बाज़ आये वरना उसे लेने के देने पड़ जायेंगे।"

"क्या हुआ उस सबसे, दादा, वह नीच है। वह किसी भी हद तक नीचे गिर सकता है। इस समय वह पूरी तरह पुलिस की गिरफ़्त में आ चुका है। पुलिस जो चाहेगी, वह उससे करवा लेगी।" अविनाश कहता जा रहा था, "उसकी गवाही, क्योंकि वह चश्मदीद गवाह होगा, इस मुक़दमे का रुख़ एकदम आपके विपरीत कर देगी और अब तक की नॉर्टन की असफल हुई कोशिशें अचानक सफलता का शिखर चूम लेंगी।"

"दादा, गोसाईं की गवाही आपको बहुत मुश्किल में डाल देगी।"

"देखो बारीन, अब ऊँट किस करवट बैठता है?" अरविन्द ने छोटा-सा उत्तर दिया।

"आप जानबूझकर मौत के कुएँ की ओर बढ़ना चाह रहे हैं, दादा।" अविनाश ने दृढ़ता से कहा।

"मुझे मौत से डर नहीं लगता, अविनाश।"

"क्रान्ति को आपकी ज़िन्दगी चाहिए।"

"मैं मर कर भी क्रान्ति की आवाज़ बुलन्द करूँगा।"

"नहीं दादा, यह भावुकता के क्षण नहीं हैं। बैरिस्टर चित्तरंजन दास ने सारी शक्ति झोंक दी आपको जमानत पर छुड़ाने के लिए, परन्तु...।"

"वे सफल नहीं हुए।"

"आपको अस्पताल अवश्य भिजवा सके।"

"ज्वर पीड़ित था, बारीन।"

"और अस्पताल के प्रधान डॉक्टर के न चाहते हुए भी आप पुनः इस कीचड़ अँधियारे में लौट आये।"

"क्रान्तिकारी झूठ नहीं बोलता, बारीन। मेरा ज्वर टूट चुका था अतः मुझे लौटना ही था।"

"डॉक्टर ने चाहा तो भी।"

"हाँ, तो भी, बारीन। सुविधाएँ मनुष्य को जीते-जी गड्ढे में गाड़ देती हैं।"

"क्या आप जानते हैं दादा, गोसाईं को यूरोपियन क़ैदियों की सेल में क्यों भेजा गया है?"

"क्या करूँगा जानकर, अविनाश?"

"दादा, यह जानना ज़रूरी है। पुलिस के लिए गोसाईं की गवाही ऐसा साक्ष्य है कि फिर सारे साक्ष्य बेकार। पुलिस को कुछ भनक लगी है, इसी से उसे अपने बीच में अलग-थलग कर दिया है।"

"हो सकता है कि तुम्हारी जानकारी ज़्यादा ठीक हो।"

"जानते हैं सत्येन बोस अस्पताल में क्यों भर्ती हुए हैं और क्यों कानाई लाल दत्त अस्पताल में दाख़िल हुआ है?"

"क्यों?" अरविन्द ने तटस्थ भाव से पूछा।

'क्योंकि वे आपके इस उत्तर से वाक़िफ़ थे।"'

"तो?"

"तो क्या, अब हमें ही कुछ सोचना होगा।"

"यदि सोचना छोड़ सको तो?"

"नामुमकिन।"

"नरेन्द्रनाथ गोसाईं का अर्थ...।"

"क्या अर्थ?"

"कुछ नहीं।"

"क्या मुझसे भी कुछ छिपाया जा रहा है?"

"छिपाने के लिए हमारे पास है क्या?"

"गोसाईं को कुछ न हो, बारीन।"

"गारण्टी चाहते हैं, दादा।"

"आग्रह है।"

"यह सब हमारे हाथ में नहीं है, दादा।" अविनाश ने विनम्र होकर कहा, "ईश्वर की इच्छा सर्वोपरि है।"

"हाँ है।"

"तो फिर क्या सोचना। जो होगा, उसमें भी उसकी इच्छा होगी न।"

"परसों गवाही होनी है।"

"हमने कारागार से मुक्त होने की योजना को ख़ारिज कर दिया है।"

सब चुप रह जाते हैं। अरविन्द उठने लगता है। उसे लगता है कि कुछ अनहोना होने में है। कहीं गोसाईं को...। नहीं ऐसा नहीं हो सकता। उस पर दबाव बनाया जा सकता है। सन्देह तो उस पर उन्हें था। तभी तो उससे

कहा था, ''गोसाईं दादा, हम सब एक हैं और अपनी माँ को 'आज़ाद' कराने के लिए जी-जान की बाज़ी लगाये हुए हैं। तुम कुछ ऐसा मत करने की सोचना, जिससे अपना बंगाल बदनाम हो जाये। वैसे तो तुम ख़ुद समझदार हो कि क्रान्तिकारी माँ के शत्रु के प्रति वे कितना कठोर रवैया अपनाते हैं।''

''ऐसा कुछ नहीं हो सकता, दादा। आप मुझ पर पूरा यक़ीन कर सकते हैं।''

''मैं तो उस सर्वशक्तिमान पर यक़ीन करता हूँ, गोसाईं। आजकल अपने आसपास की हवा में कुछ गर्मी अनुभव हो रही है। क्या तुम्हें इसका एहसास है या नहीं?''

''कैसी गर्मी, दादा?''

''सत्येन बोस को तुमने कुछ कहा क्या?''

''नहीं तो। ...हाँ, वह यहाँ के वातावरण से घबरा गया है। वह बाहर जाना चाहता है।''

''और तुम उसकी मदद करने जा रहे हो, यही न गोसाईं।''

''नहीं तो।''

''वह तुम जाने दो। जो भी करो, वह बहुत सोच-समझ कर करना। नॉर्टन के चक्कर में मत पड़ना। उस पर विश्वास भी मत करना। वह व्यक्ति का प्रयोग करना बख़ूबी जानता है।''

''समझता हूँ। ...यही कारण है कि मैं उसे भ्रम में रखे हूँ ताकि वह मुझ पर ही निर्भर रहे और किसी का कुछ भी नहीं बिगाड़ पाये। ...आपको यह मालूम नहीं है कि नॉर्टन महाशय के सम्पर्क में रहने से यह तो फ़ायदा है कि उसकी भावी योजनाएँ पता चल जाती है।''

''तुम्हारे पास रूमाल है, गोसाईं।''

''क्यों, दादा?''

''पहले अपने चेहरे के पसीने को पोंछ लो। घबराहट में पसीना आ जाता है।''

''मैं क्यों घबराऊँगा?''

''यह तुम जानो, गोसाईं। ...अच्छा अब हमें भी उठना चाहिए।''

अरविन्द ने ध्यान से देखा कि नरेन्द्रनाथ गोसाईं के पाँव डगमगा रहे हैं। उसकी चाल में सन्देह का भारी बोझ है।

वह लौटे तो उसने पाया कि रसिक मण्डली जोश में है। हेमचन्द्र दास ने कहा, "दादा, हमने सुना है कि आपने यहाँ भी एक कविता लिखी है।"

"ठीक सुना है।"

"कृपा कर हमें भी उसका आस्वाद लेने दीजिए।"

"अब रात काफ़ी हो गयी है। फिर कभी सही।"

"फिर कभी, कभी नहीं आता, दादा। कृपया पाँच सात मिनट और सही। फिर वह अनौपचारिक कवि सम्मेलन का समापन।"

"समापन पूर्व की आपकी कविता, कृपया सुना दीजिए।" यह आग्रह सबकी तरफ़ से था। अरविन्द बैठ गये और कहने लगे, "मैं तब कोर्ट में सुनवाई के समय कहीं और जो खोया था। तभी मन में भावों का ज्वार-भाटा मचल उठा और वहीं बैठकर 'आमन्त्रण' नाम से एक कविता पूरी कर बैठा। मैं यहाँ वही कविता सुना रहा हूँ। इसमें कहीं आप भी हो सकते हैं—आपकी मानसिकता भी तो सुनिए मित्रो—

अपने चहुँओर टकराते मौसम झंझावात को लेकर
कर रहा बंजर भूमि की ओर प्रस्थान और ऊपर पर्वत पर।
आयेगा कौन मेरे साथ? कौन करेगा मेरे साथ अध्यारोहण?
कौन करेगा विषम नदी को पार, हिम के बीच करेगा कौन संचरण?

तुम्हारे दरवाज़ों और तुम्हारी दीवारें आवृत
नगरों का तंग घेरे नहीं है, मेरा आवास,
ईश्वर है मेरे ऊपर का नीलाम्बर
और है झंझा और पवन का मेरे ऊपर उत्पात!

इन स्व प्रदेशों में करता एकाकीपन से मनोविनोद
विपद और अभाग्य बने हैं मेरे अभिन्न मित्र
रहेगा कौन विशाल होकर, कौन जियेगा होकर स्वाधीन?
यहाँ पवन से परिमार्जित शिखर धाराओं पर करके आरोहण!

मैं हूँ पर्वत और सैलाब का अधीश
मैं हूँ स्वतन्त्रता और स्वाभिमान का चैत्यामन्।

जो मेरे संग हो और मेरे राज्य का हो अंशधर
होना चाहिए उसे अटल और संकटों का ज्ञातिजन!

कविता को विराम मिला। अरविन्द चुपचाप उनके बीच से उठ खड़ा हुआ। किसी से कुछ नहीं कहा। सब एक प्रकार के सम्मोहन से आवृत्त होकर रह गये हतप्रभ! कोई दिशा नहीं थी सामने, जबकि सब रास्ते थे खुले और परिचित। फिर भी पाँव नहीं उठ रहे थे। सोच कहीं गहरे में उतर चुकी थी और दिशाएँ मौन हुई देखती रह गयी थीं वह सत्यारोहण।

"कैसी गर्मी?"

"यह बात तुम्हें बतलाने की आवश्यकता है क्या?"

"फिर भी...।"

"ज़्यादा चालाक बनने की कोशिश मत करो, गोसाईं। दरअसल तुम्हारी असलियत सामने आती जा रही है। मुझे तुमसे डर नहीं है, लेकिन तुम्हें अपने आप से डर ज़रूर लगने लगा है।"

"नहीं।"

"नहीं क्यों? तभी तो तुम यूरोपियन क़ैदियों के बीच चले गये हो।"

"यह असत्य आरोप है।"

"तो मुझे खुशी है, गोसाईं, ऐसा ही हो वरना।"

"वरना क्या?"

"कुछ भी।"

"जैसे।"

"अब हमें चलना चाहिए, गोसाईं।"

"मन में शंका छोड़कर।"

"पुण्य और सत्य सदा निःशंक होता है।"

फिर अरविन्द नहीं रुके। वह यह अवश्य जान सके कि नरेन्द्रनाथ गोसाईं गुप्तचरी कर रहा है। वह ख़तरनाक साबित हो सकता है। फिर वासुदेव के दर्शन और कथन का क्या! या कुछ है तो...। अब उसे वासुदेव नारायण पर एकमात्र भरोसा करना ही पड़ेगा, चाहे वह उसे माने या न माने। वैसे नहीं मानने का कोई कारण नहीं है। यह सोचते हुए वह आगे बढ़ता चला गया।

32

शाम का घण्टा बजा। प्रमुख जमादार क़ैदी वार्डरों को एकत्र करने लगा। फिर वह ऊँची आवाज़ में क़ैदियों के नाम बोलने लगा। इसके बाद सब अपने-अपने स्थान पर चले गये। देखते-ही-देखते सारा खुला मैदान सन्नाटे में बदल गया। रोज शाम यही होता था।

आज दोपहर में फिर माँड सहित उबला हुआ भात खाने को मिला था—यानी लापसी मिली थी। इसे अरविन्द ने प्रज्ञाभाव नाम दिया था, क्योंकि इसमें किसी प्रकार की मिलावट नहीं होती थी। कभी लापसी का एक दूसरा रूप सामने आता था जिसे वह हिरण्यगर्भ रूप मानते थे। इसमें दाल के साथ सीझी हुई खिचड़ी होती थी। प्रज्ञा और हिरण्यगर्भ का सेवन अभी तक अरविन्द नहीं कर पाता था। वह गुड़ मिश्रित लापसी का सेवन अवश्य कर लेता था, परन्तु एक वक़्त खाना खाकर काम चला लेता था।

अंग्रेज़ सुपरिंटेंडेंट इमर्सन एक आदर्श क्रिश्चियन थे। वह शान्तिप्रिय, विवेकशाली, न्यायप्रिय, सरल चित्त, भद्र और व्यवहारकुशल थे। जेलर योगेन्द्र बाबू भी सबके प्रति सद्भाव बनाये रखते थे, अपना सारा काम निष्ठा से करते थे और उन्हें अपने साहब इमर्सन को प्रसन्न रखना ख़ूब आता था। डॉ. डैली का कृपा भाव अरविन्द पर कुछ ज़्यादा ही था। वह हँसमुख थे। धर्म, राजनीति आदि विषयों पर जब-तब अरविन्द से चर्चा करके प्रसन्न होते थे। वह आयरिश थे, पर उदार, भाव प्रवण और सहज। अरविन्द उनके लाख समझाने पर यह स्वीकार नहीं कर सका कि वर्षाकाल के कुप्रभावों से बचने के लिए वह वार्ड में बना रहे।

इमर्सन ने उसे घर से धोती, कुर्ता और पुस्तकें मँगाने, जेल के छपे काग़ज़ दवात और क़लम की सुविधा भी मुहैया करवा दी थी। गीता और उपनिषद् का गहन अध्ययन उसने वहीं किया। अब वह सुबह-शाम दो-तीन घण्टे ध्यानावस्थित रहता था।

टहलते हुए उस रोज़ शाम ढलने से पूर्व डैली साहब ने कहा, "मि. अरविन्दो, मैंने वहाँ भारतीय क़ैदियों का गहन अध्ययन किया—विशेषकर नवयुवक क़ैदियों का। मैं यह दावे के साथ कह सकता हूँ कि चरित्र और

गुण में वे यूरोपियन से बहुत ऊँचे हैं। जबकि वे नवयुवक अराजकतावादी घोषित किये गये हैं, परन्तु वस्तुतः उनमें न तो मैं क्रूरता देख पाया और न अधीरता-धृष्टता।''

''यह सब अपने नज़रिये की बात है, डॉ. डैली।''

जब कोर्ट में चित्तरंजन दास की आवाज़ सुनायी पड़ती थी तब हवा भी थम जाती थी। उनके तर्क, प्रस्तुतीकरण और शब्द चयन इतना सटीक, प्रभावोत्पादक तथा विद्वतापूर्ण होता था कि चार्ल्स पॉर्टन बीचक्राफ्ट मन्त्रमुग्ध होकर सुनते थे। जब चित्तरंजन दास को अपने चैम्बर में बुलाया तब उन्होंने कहा था, ''मि. दास, क्या आपको पता है मि. अरविन्द और हमने कैम्ब्रिज में साथ-साथ अध्ययन किया था और साथ-साथ इंडियन सिविल सर्विस की परीक्षा पास की थी। वह टॉप पर था उस लिस्ट में। उसने नहीं चाहा कि वह सरकारी नौकरी में आये।''

''जी, मि. बीचक्राफ्ट।''

''मैं 1892 में बंगाल में नियुक्त हुआ। मजिस्ट्रेट का प्रशिक्षण लिया। 1905 में जब बंगाल विभाजन से स्थिति बेकाबू होने लगी और मुक़दमे-दर-मुक़दमे आने लगे तब सरकार ने अलीपुर क्षेत्र की न्याय व्यवस्था का भार मुझ पर डाला। मि. दास, आपको अचरज होगा, अरविन्द से हम बीस वर्ष बाद मिल रहे हैं और वह भी ऐसे नाज़ुक हालात में। उसे अभियोगियों की क़तार में देखकर माथा ठनका।''

''फिर?''

''फिर क्या न्याय के सिंहासन पर बैठकर अन्याय न हो जाये, इस कारण मुझे गहराई में जाने की ज़रूरत पड़ी। इस केस की गहरी छानबीन की, मुझे उनके लेखों, सम्पादकीय और भाषणों के छपे अंशों में न कहीं हिंसा मिली, न उत्तेजना और न उनके भड़काने के आधार।''

इतना कहकर चित्तरंजन दास ने अरविन्द से कहा, ''यह वार्त्ता उनके साथ आज हुई थी।''

''मैं जानता हूँ कि बीचक्राफ्ट नेक, ईमानदार और मानवतावादी दृष्टियों का है। वह अन्याय नहीं होने देगा। मेरी तरफ़ से उसे धन्यवाद कहिएगा, मि. दास।'' अरविन्द ने कहा ही था कि बारीन आ पहुँचा, ''मि. दास, नरेन्द्रनाथ गोसाईं सरकारी गवाह बन चुका है और वह इस मुक़दमे की

'रिद्‌म' बिगाड़ने में सहायक होगा। वह नम्बर एक का छटा हुआ मक्कार, चालाक, धूर्त और प्रपंची इन्सान है। उसे चश्मदीद गवाह बनाकर नॉर्टन इस मुक़दमें में उतार रहा है।"

"यह ठीक नहीं है। वह सारी स्थिति का अध्ययन कर चुका होगा।"

"फिर क्या करना चाहिए?"

"सरकार यह मुक़दमा हारना नहीं चाहती। यह मुक़दमा उसकी प्रतिष्ठा से जुड़ चुका है मि. बारीन।"

"फिर?"

"उसे समझाया जाये। रोका जाये।"

"वह समझ भी जायेगा और रुक भी जायेगा।"

"ऐसा ही प्रयत्न हो, मि. बारीन।"

"पर कब तक, जब तक वह कोर्ट के मैदान से बाहर है। कोर्ट में आने पर तो...। दरअसल उसकी आँख में सूअर का बाल है।"

"क्या ज़रा हम यहाँ रुककर यह भी सोच सकते हैं कि तुम्हारी उस योजना का क्या हुआ?"

"आपने तो दादा, उस योजना से अपने को बाहर कर लिया था।"

"तो क्या हुआ, तुम उस योजना को अंजाम दे सकते थे, बारीन?" तुम अपने बारे में क्यों नहीं सोच सकते?

"क्या सोचूँ? पहले से पहरा तेज़ कर दिया है। फिर, वकील भी मानता है। मेरा केस मि. चित्तरंजन दास भी देख चुके हैं।"

"क्या निर्णय निकाला, मि. दास?"

चित्तरंजन दास को काटो तो ख़ून नहीं। वह क्या कहें?

"आपकी चुप्पी से तो...।"

"हाँ, मि. अरविन्द, वह केस अपने हाथ से जाता नज़र आ रहा है। चश्मदीद गवाह और सरकार का अब तक तगड़ा शिकंजा कस चुका है।"

"क्या तगड़ा शिकंजा, मि. दास?"

"मैं बताता हूँ, वह मेरी गरदन का नाप ले चुका है। मुझे आशंका है कि वह तुम्हारे पीछे भी उस लय-तान में पड़ा हुआ है। सरकार की ओर से सचिव स्तर पर यह प्रयत्न जारी है कि...।" कहते-कहते बारीन रुक गया।

"मेरी चिन्ता छोड़ो, बारीन। मेरे लिए मि. दास और किसी सीमा तक मि. बीचक्राफ्ट का सॉफ्ट कॉर्नर कॉफ़ी है और मुझे पूरा यक़ीन भी है कि सरकार...।"

"यह यक़ीन मुझे भी था, दादा! क़ानून के हाथ लम्बे हैं। सरकार की इच्छा का भी कोई ख़ास अर्थ है।"

"तुम मुझे इतना बताओ कि रिवॉल्वर प्राप्त हो चुकी है।"

"हाँ।"

"कहाँ है?"

"जहाँ हम सोते हैं। वहाँ की ज़मीन थोड़ी उठी हुई है। वहाँ मिट्टी का फ़र्श है। फ़र्श खोद कर उसमें उसे रख दिया है। उस पर चादर बिछाकर सो जाते हैं। ...शुरू-शुरू में कन्हाईलाल को कुछ भय सा लगा, अतः वह दिन का अधिकांश समय लेटकर, चादर ओढ़े गुज़ारने लगा और पूछने पर बताने लगा कि वह अन्तर्जगत में प्रवेश करने का यत्न कर रहा है।" बारीन ने अत्यन्त धीमे स्वर में बताया।

"तो तुम, बारीन..."

"आपका हिंसा पर से तो विश्वास उठ गया है न, दादा।"

"लेकिन तुम्हारे लिए मेरी भरपूर अनुमति है।"

"अब बहुत देर हो चुकी है। मेरे पर पहरा बढ़ा दिया है। बाहर जाने के रास्तों पर पुलिस की पूरी और कड़ी निगरानी है। ...अब कुछ नहीं हो सकता। क्यों हो? खुदीराम बोस, तो कितनी कम उम्र में मुजफ़्फ़रपुर के हत्याकाण्ड में खुशी-खुशी फाँसी पर चढ़ गया।"

"ज़रूरी नहीं है कि हर एक खुदीराम के रास्ते पर चले।"

"ज़रूरी है, दादा। उसी से जनता के बीच गरमाहट रहेगी। जागृति बनी रहेगी। मैं मौत से नहीं डरता। काश, मेरी मौत देश के काम आ जाये और न भी आये तो भी मुझे चिन्ता नहीं है, क्योंकि मेरी नज़र परिणाम पर न होकर अपने कर्म पर है। मरने का उद्देश्य स्पष्ट हो तो मौत भी ज़िन्दा बने रहने से कहीं ज़्यादा कारगर सिद्ध होती है।" बारीन के स्वरों में दृढ़ता थी, उसके चेहरे पर तेजस्विता और उसकी आँखों में आत्मसन्तोष था।

"फिर भी, बारीन...।" अरविन्द के सामने उस बारीन का चित्र घूम गया, जब मम्मी-डैडी उसे इंग्लैंड पढ़ने के लिए छोड़ने आये थे। वह सात वर्ष

का था। बारीन का जन्म इंग्लैंड में ही हुआ था। नवजात प्यारा-सा शिशु, बड़ी-बड़ी आँखें, लम्बा चेहरा और एकदम प्रसन्नता से भरा। कितना प्यारा लगता था तब वह। कहता था, "ममा, उसे भी मेरे पास छोड़ जाओ।"

"चिन्ता मत कर मेरे बच्चे, यह भी यहाँ बहुत जल्दी आ जायेगा।"

"कब माँ?"

"एक बार ख़ुद खाने-पीने और चलने योग्य हो जाये—बस।"

"कब होगा, माँ?"

"तू प्रश्न बहुत करता है अरविन्द।"

"प्रश्न करना क्या बुरा है?"

"किसने कहा?"

"आप ही तो कहते-कहते..."

"हाँ, मेरी आँखों की ज्योति, मेरे प्राणों के टुकड़े, मैं ही कह रही थी। वो क्या है कि कभी-कभी तेरे प्रश्न तेरी उम्र से बहुत बड़े हो जाते हैं।"

"कितने बड़े, ममा?"

"इत्ते बड़े।" कहकर माँ (स्वर्णलता) ने हाथ ऊपर उठाकर उसे समझाना चाहा तो अरविन्द ने भी अपनी माँ का अनुसरण किया। अपने छोटे-छोटे हाथ ऊपर उठा दिये। माँ हँस पड़ी। अरविन्द तुरन्त पूछ बैठा, "माँ, आप हँसी क्यों?"

स्वर्णलता ने उसे अपने पास खींचकर बाँहों में भर लिया और उस पर चुम्बनों की बरसात कर उठी। फिर वह कुछ नहीं पूछ सका। जब माँ इंग्लैंड से छोड़कर लौट रही थी, तब उसने अपनी छोटी-छोटी बाँहों में बारीन को लेकर बहुत प्यार किया था।

बारीन बड़ौदा आया था, तब भी वह उसे छोटा-सा लगा था। उसने मैट्रिक ही तो पास की थी। उसकी पढ़ाई की व्यवस्था ठीक नहीं हो सकी। यह टीस कहीं अरविन्द के अन्दर भी थी। वह कितनी जल्दी क्रान्तिकारी बन गया और कितनी जल्दी वह अधिक वयस्क और कर्मनिष्ठ हो गया। इस समय अरविन्द में वही प्यार उमड़ा जो इंग्लैंड से उसे ले जाते समय उसमें उमड़ा था। उसका सबसे छोटा भाई कितनी ज़िम्मेदाराना बातें करने लगा है। जीवन और मृत्यु के फैसले स्वयं लेने लगा है। कहीं ऐसा हुआ तो...। वह आगे नहीं सोच पाया। अरविन्द अब अपने आपको नहीं रोक सका। वह कहने लगा, "बारीन, तुम्हें कारागार की चारदीवारी से भाग जाना चाहिए।"

"कहाँ, दादा?"

"जहाँ तुम सुरक्षित रह सकते हो?"

"कहाँ सुरक्षित रह सकता हूँ।"

"ब्रिटिश साम्राज्य की सीमा से बाहर जहाँ उसका काला क़ानून तुम्हारा पीछा कर सके।"

"छोटे भाई के प्रति इतनी आसक्ति उचित नहीं, दादा। ...सच यह है कि मैं एक क्रान्तिकारी हूँ। मैं क्रान्ति धर्म का अन्त तक पालन करूँगा। क्रान्तिकारी पीठ पर नहीं सीने पर गोली का स्वागत करता है। वही आपके लिए भी गौरव की बात होगी। ...मौत अवश्यम्भावी है। उससे कोई नहीं बच सकता। सवाल यह है कि वह मरा तो कैसे और किस उद्देश्य के लिए? यही मौत का मूल्यांकन है। ...आप मेरी चिन्ता करें। मेरे लिए परमपिता से प्रार्थना करें कि मैं अपने फ़र्ज़ निभाने में खरा उतरूँ।" बारीन का स्वर चट्टान की तरह ही था और उसका मन एकदम शान्त था।

33

दोपहर का समय। बाहर धूप थी। हवा में शीतलता थी। सत्येन बोस और कानाईलाल दत्त दोनों अस्पताल के ब़ाहर टहल रहे थे। चारों ओर सन्नाटा नज़र आ रहा था। उन दोनों की परस्पर दृष्टि मिलती और कुछ रहस्यमय संकेत करती। आख़िर सत्येन बोस से नहीं रहा गया। वह कहने लगा, "नरेन्द्रनाथ गोसाईं बड़ी उड़ती चीज़ है। वह भाँप गया होगा तो... ।"

"नहीं। वह बहुत लालची और कमीना इन्सान है। उसकी आँखों पर स्वार्थ का चश्मा चढ़ा है। वह हर चीज़ उसी ऐंगल से देखने का अभ्यस्त है, सत्येन।" कान्हाईलाल दत्त ने कहा।

"कहीं उसके कानों में कुछ भनक पड़ गयी या उसे हमारी नीयत पर शक़ हो गया तो...दत्त?" सत्येन बोस ने सोचते हुए कहा।

"उसकी देखरेख पुलिस कर रही है। उसे हमारे से अलग भी इसलिए किया है।" कानाईलाल दत्त ने पतंग की डोर को ढील देते हुए कहा।

"डॉक्टर डैली और उनका दल मुआयने के लिए इधर ही आ रहा है। अच्छा चलूँ, सत्येन बोस इतना कहकर मुड़ लिया।"

कनाईलाल दत्त बेड नं. 7 पर आकर लेट गया। वह पेट दर्द का मरीज़ है। वह सोच रहा था जब तक गद्दारों को क्रान्तिकारी सज़ा नहीं देंगे तब तक मुख़बिरी का दुस्साहस उसके मन से उतरेगा नहीं। इस समय अकेला नरेन्द्रनाथ गोसाईं क्रान्तिकारियों के रास्ते का काँटा बन हुआ है—विशेषतया अरविन्द के लिए।

डॉ. डैली, डॉ. वैद्यनाथ बाबू आदि उधर आये। डैली पूछ रहे थे, "पेट दर्द में कुछ फ़र्क़ पड़ा, दत्त?"

"मामूली-सा।"

"खाना खाने के बाद ज़्यादा दर्द महसूस होता है, या भूखे पेट।"

"भूखे पेट भी रहता है, डॉक्टर साहब, पर कम।"

"यहाँ कितने दिन और रहने का मन है।" डॉ. डैली ने अच्छी तरह मुआयना करते हुए कहा, "मुझे नहीं लगता कि अब दत्त को अस्पताल में रखना चाहिए, डॉक्टर वैद्यनाथ।"

"तो क्या आज डिस्चार्ज कर दिया जाये, डॉ. डैली?"

डॉ. डैली आगे बढ़ गये। दूसरे मरीज़ को देखने लगे। चलते समय बोले, "कल, दत्त को डिस्चार्ज कर दो, डॉक्टर। मुझे वह रोगी नहीं लगता है। उसे भर्ती करने की भी शायद ज़रूरत नहीं थी। बी एलर्ट, डॉक्टर। खुफ़िया विभाग की गतिविधियाँ यहाँ तेज़ हुई हैं। आपने दत्त के चेहरे-मोहरे के हाव-भाव और उसकी बड़ी-बड़ी रक्तिम आँखों की ओर देखा। मुझे उनमें रहस्य की परछाईं नज़र आयी है।"

"तो आज ही क्यों न उसे डिस्चार्ज कर दिया जाये।"

"नहीं। मैं पुलिस को संकेत दे दूँगा ताकि कोई साज़िश रची जा रही हो तो उसका पर्दाफ़ाश हो सके। आप भी वार्ड ब्वॉय को सतर्क कर देना कि वह उसकी गतिविधियों पर ध्यान रखे।"

"हालाँकि यह बात वार्ड के बाहर बरामदे में अंग्रेज़ी में हो रही थी। किन्तु सत्येन बोस का बेड किनारे पर था और वह अंग्रेज़ी जानता था अतः आँखें बन्द किये सब कुछ सुन सका।"

31 अगस्त। सोमवार का दिन। कल सत्येन बोस ने नरेन्द्रनाथ गोसाईं पर अपनी विपदा व्यक्त करते हुए कहा था, "मैं दमे सी पीड़ित हूँ।

इस प्राणलेवा बीमारी के कारण जेल जीवन से मुक्ति चाहता हूँ। कृपया मदद कर सकें तो कीजिए।''

नरेन्द्रनाथ गोसाईं ने उसकी ओर बहुत ध्यान से देखा और कुछ आश्वस्त होकर कहा, ''बदले में तुम क्या सहायता कर सकते हो। अंग्रेज़ी सरकार क्या चाहती है, यह तुम अच्छी तरह जानते हो।''

''यदि आप मुझे आश्वस्त कर सकें कि मुझे इस कारा-जीवन से मुक्ति मिल सकेगी और वह भी जल्दी तो मैं अनेक गुप्त जानकारियाँ दे सकता हूँ।''

''तब आपका ज़मीर तो बीच में नहीं आयेगा क्या?''

''मरता क्या नहीं करता, गोसाईं। मनुष्य परिस्थितियों का दास है। मैं यहाँ रहकर समय से पूर्व सड़कर मरना नहीं चाहता।''

''यह पक्की बात है, बोस।''

''एकदम पक्की।''

लेकिन वह आज अभी तक नहीं आया। उसकी दृष्टि अस्पताल की दीवार घड़ी पर थी। समय आगे बढ़ चुका था। वह कैसे कानाईलाल दत्त तक यह समाचार पहुँचाये कि कल डॉक्टर उसकी अस्पताल से छुट्टी करने वाला है। फिर वह अकेला रह जायेगा। उसका निशाना चूक भी सकता है। यदि निशाना चूक गया तो लेने के देने पड़ जायेंगे।

वार्ड ब्वॉय की दृष्टि घूम-फिरकर उस पर केन्द्रित हो जाती थी। सत्येन बोस ने अपने पास वाले युवा मरीज़ का प्रयोग करना उचित समझा। इससे पहले वह उस युवा मरीज़ के बारे में कुछ नहीं जानता था। उसके अलावा उसके पास कोई अन्य रास्ता नहीं था।

अचरज वह युवा मरीज़ संकेतों में सारी बात समझ गया। उसने कानाईलाल दत्त को सारी बातों से आगाह कर दिया। लौटकर उसने सत्येन बोस को आश्वस्त भी कर दिया।

समय काफ़ी गुज़र चुका था। शंका हुई कि कहीं उसे भनक न लग गयी हो, क्योंकि उसकी सुरक्षा का भार अंग्रेज़ अंगरक्षक पर था। वह अकेला कोई निर्णय नहीं ले सकता। वह आया भी तो पूरी तैयारी के साथ आयेगा। हारकर सत्येन बोस ने उस तरफ़ से सारा ध्यान हटा लिया और एकदम नॉर्मल हो गया। एकदम शान्त। उसने करवट भी बदल ली। कम्पाउंडर उसके नश्तर लगा कर चला गया। उसने रोज़ की तरह आज भी उससे कोई

बात नहीं की। कुछ रुककर वह लौटा और उसने ही पूछा, "अब तबीयत कैसी है, बोस?"

"दमा जाने वाला रोग नहीं है, डॉक्टर बाबू।" वह उस कम्पाउंडर को डॉक्टर के सम्बोधन से बात करता था।

"हिम्मत रखो, बोस भाई।"

"पर कहाँ तक, भाई। यहाँ पड़ा सड़ता रहा तो समय से पहले मृत्यु निश्चित है।"

"यहाँ से निकलने के लिए प्रयत्न करो, बोस।"

"कैसे?"

नरेन्द्रनाथ गोसाईं की मदद लो। वह कुछ करवा सकता है। उसे अंग्रेज़ी सरकार ने रिवॉल्वरधारी अंगरक्षक दिया है।

"पता नहीं कि वह कुछ करवा सकेगा या नहीं। ख़ैर, उस पर भी भरोसा करके देख लेता हूँ। मुझे इस नरक से मुक्ति चाहिए। वह चाहे किसी क़ीमत पर हो।"

"ज़मीर बेचकर भी क्या?"

"हाँ, ज़मीर बेचकर भी। ज़मीर में है क्या? इस नरक से मुक्ति मुझे कौन दिलवाएगा।"

"फिर क्रान्तिकारी?"

"उनकी मुझे चिन्ता नहीं है। मेरी अक़्ल पर पत्थर पड़ गये थे, जो उनके साथ हो लिया। आज़ादी क्या दो-चार ख़ून-खच्चर करने से मिलेगी? फ़ौज का मुकाबला क्या क्रान्तिकारी कर पायेंगे?" सत्येन बोस जानता था कि वह भी मुख़बिर है। कम्पाउंडर के चेहरे पर हलकी-सी प्रसन्नता उसे नज़र आयी। वह चला गया।

इधर सत्येन बोस ने भी सोच लिया कि नरेन्द्रनाथ गोसाईं अब नहीं आयेगा, क्योंकि लगभग दो घण्टे का समय ऊपर हो गया था। इंजेक्शन के लगने पर उसे नींद आती थी अतः धीरे-धीरे वह सो गया।

इसी बीच में नरेन्द्रनाथ गोसाईं आ गया। कम्पाउंडर ने उसे सब कुछ बतला दिया। यों सन्देह दूर हो गया। सत्येन को गहरी नींद में सोता पाया तो वह चक्कर में पड़ गया। कल उसकी कोर्ट में गवाही होनी है। पता नहीं वह कौन-सी आवश्यक जानकारी उपलब्ध करवा दे। नॉर्टन ने उससे कहा था

कि उससे जानकारी लेकर ही आये। वह जेल के वातावरण से घबरा उठा है। उसकी मदद भी की जायेगी ताकि सरकार पर विश्वास क़ायम रह सके।

नरेन्द्रनाथ गोसाईं ने धीरे से उसे पुकारा। पुकारने का कोई असर नहीं पाकर उसने उसे झकझोरा। वह आँख मलता हुआ उठा और वह पूछने लगा, ''क्या बात है?''

''अरे सत्येन बोस, मैं नरेन्द्रनाथ गोसाईं।''

''आप और इस समय, आपको तो... ।''

''हाँ, बहुत पहले आना था, कुछ कारणवश विलम्ब हो गया।''

''कुछ कारण... ।''

''आपकी यहाँ से मुक्ति।''

''कुछ हुआ क्या?''

''पक्का। अब... ।''

''हाँ...'' सत्येन बोस ने ध्यान से नरेन्द्रनाथ गोसाईं के अंगरक्षक की ओर देखा। फिर धीरे से कहा, ''ऊपर चलें एकान्त में।''

''हाँ, चलो।''

सत्येन बोस ने चुपके से अपने पास वाले को इशारा कर दिया। वह समझ गया कि उसे कानाईलाल दत्त को सूचना देनी है कि उसके पीछे पहुँचे। वह बोला, ''परन्तु गोसाईं, वह अंगरक्षक।''

''होने दो।''

''गोपनीयता भंग न होगी, इसकी क्या गारण्टी है?''

''वह यूरोपियन अंगरक्षक है।''

''केवल इतना काफ़ी नहीं। पिस्तौल के सामने यूरोपियन सबसे पहले नाक रगड़ते हैं।''

''ठीक है।'' नरेन्द्रनाथ गोसाईं ने अंगरक्ष को समझा कर थोड़ा दूर रहने के लिए कहा।

अब दूसरी मंज़िल के एक कोने की ओर बढ़ रहे थे। नरेन्द्रनाथ गोसाईं ने कहा, ''यह जगह उपयुक्त है। वह अंग्रेज़ अंगरक्षक भी दूर है।''

''हाँ, गोसाईं, तुम इस देश में जन्मे हो।''

''हाँ, जन्मा हूँ।''

''यह देश तुम्हारी भी मातृभूमि है।''

"है।"

"फिर तुम क्रान्तिकारियों के ख़िलाफ़ झूठी गवाही क्यों देने जा रहे हो?"

"क्योंकि मुट्ठी भर क्रान्तिकारी इस देश को आज़ाद नहीं कर सकते।"

"फिर भी, सरकार उनसे भयभीत तो है।"

"क्या तुम्हारे पास ये ही गोपनीय सूचना है जिसे देकर तुम अपनी मुक्ति का रास्ता तलाश कर रहे हो?"

"तुम अपने भाई हो, गोसाईं, आख़िर तुम्हें एक मौक़ा देना हमारा भी फ़र्ज़ बनता है, ताकि अंग्रेज़ सरकार यह समझ सके कि भारतीयों में कोई गद्दार नहीं है। इस प्रकार की गद्दारी के कारण ही हम आज तक ग़ुलाम बने हुए हैं।"

"तो तुम मुझसे क्या चाहते हो?"

"कि गवाही देने का अपना इरादा बदल दो, तुम्हारी सेहत के लिए वही लाभदायक है।"

"ना बदलूँ तो?"

"तो?" कहकर कानाईलाल दत्त ने रिवॉल्वर निकाल ली। सत्येन बोस ने भी रिवॉल्वर निकाल कर कहा, "क्षमा करना, गोसाईं, तुम्हें रोकने के लिए इसके अलावा हमारे पास दूसरा कोई रास्ता नहीं है।"

नरेन्द्रनाथ गोसाईं अपने अंगरक्षक को बुलाने के लिए चीख़ा ही था कि रिवॉल्वर से गोलियाँ चल गयीं। वह और उसका अंगरक्षक दोनों आहत हुए, परन्तु भाग निकले। कानाईलाल दत्त और सत्येन बोस ने बराबर उन दोनों का पीछा किया। वे लगातार गोलियां बरसाते आगे बढ़ रहे थे ताकि उनके रास्ते में कोई रुकावट नहीं डाल सके। तभी एक गोली गोसाईं की रीढ़ की हड्डी में लगी और वह वहीं पास की नाली में लुढ़क गया। इस समय अंग्रेज़ क़ैदियों ने उन दोनों कैदियों को अपनी पकड़ में जकड़ लिया था।

उसी समय जेल में ख़तरे की घण्टी की तेज़ आवाज़ गूँज उठी। यह घण्टी संकट काल में बजती थी। इस समय क़ैदी रोज़ की तरह उस आँगन में सैर कर रहे थे। कोई संवाद नहीं था उनके बीच। एक क़ैदी तेज़ी से उधर दौड़ता हुआ आया और उतनी तेजी से उसने कहा कि नरेन्द्र गोसाईं ठण्डा हो गया। सब चौंक पड़े। अरविन्द रुक गया और अपनी सेल की ओर देखने लगा। उसके पीछे-पीछे संगीनधारी पुलिस की एक टोली वहाँ आ गयी। सभी की तलाशी ली और सबको हवालात में ठूँस दिया।

चारों ओर सनसनी फैल गयी। ब्रिटिश सत्ता के ख़ुफ़िया विभाग पर प्रश्नचिह्न लगा। जेल के अधिकारी भी संकट में पड़ गये। यह हुआ तो हुआ कैसे? रिवॉल्वर अन्दर कैसे आयी? ऊपर से शान्त, मधुर और नेक दिखलायी देने वाले व्यक्ति अन्दर से बड़े ख़तरनाक हैं। उन पर विश्वास करना मूर्खता है, स्वयं को धोखे में रखना है। वे दोनों भी नहीं रहे। कानाईलाल दत्त के साथ जब सत्येन बोस को भी मृत्युदण्ड की सज़ा सुनायी गयी तो उसने न केवल ऊपर अपील करने से मना कर दिया, बल्कि यह भी कह डाला कि आत्मा कभी नहीं मरती। शरीर तो है ही नश्वर। आगे पीछे उसे तो मरना है।

अंग्रेज़ी सरकार को धक्का लगा। उसको मुख्य मुख़बिर से हाथ धोना पड़ा और अब क्रान्तिकारियों पर लगे संगीन आरोपों के लिए सबूत जुटाना मुश्किल हो गया। नॉर्टन हारे हुए जुआरी के समान सरकारी व्यवस्था की ख़ामियों के लिए कोसने लगा। सरकारी हलक़े में सन्नाटा छा गया। प्रबन्ध व्यवस्था पूरी तरह चौकस थी। कहीं कोई कमी नहीं थी। कभी भी उन पर अति विश्वास और रहम करने की ज़रूरत नहीं है। अरविन्द हैरानी से सोचता रह गया, उन संवादों को, जिसमें उसकी भी कहीं तक भागीदारी थी। वह यह नहीं जानता था कि जेल में क्रान्तिकारियों का नेटवर्क इतना सशक्त है कि वे चाहें तो जेल को भी उड़ा दें। हालाँकि ऐसा करना अत्यन्त मुश्किल काम था, परन्तु इन लोगों पर एतबार करना ख़तरे से खाली नहीं है। इस काण्ड से डॉ. डैली के एतबार को बड़ा धक्का लगा होगा और इमर्सन का अन्दरूनी देवता भी हिल गया होगा। उनसे लम्बी पूछताछ चलेगी।

अरविन्द ने डॉ. डैली से कहा था, "डॉक्टर कर्तव्य के बीच रहमदिली का ख़याल नहीं आना चाहिए। आप मुझे वर्षा के प्रकोप से बचा लेंगे पर क्यों? यही न कि मैं आपकी दृष्टि में पाक और नेक इन्सान हूँ। मेरा ज्ञान और अध्ययन बहुत गहरा है, परन्तु डॉक्टर इन बातों का ध्यान अपने फ़र्ज़ से ऊपर मत रखिए। मुझे आपके फ़र्ज़ और अपने उत्तरदायित्व का पूरा-पूरा ध्यान है।"

चाय के प्याले पर हुई अति संक्षिप्त बैठक डॉ. डैली के मन पर अपना गहरा असर छोड़ गयी थी। आज डॉ. डैली को उसकी बात का ख़याल आ रहा होगा। इमर्सन ने उसे घर के कपड़े पहनने के साथ लिखने-पढ़ने और किताबों की जो रियायत दी थी, वह अरविन्द की अन्दरूनी ख़्वाहिश थी, भूख थी और जिज्ञासा भी।

बारीन ने चलते समय कहा था, "दादा, हम दोनों में से एक का रहना बहुत ज़रूरी है। मेरे बचाव का कोई रास्ता नहीं है, परन्तु आपको तो फँसाया गया है अतः झूठे मुख़बिरों की शह पर सरकार की जीत नहीं हो सकेगी।"

तब भी अरविन्द यह नहीं जानता था कि नरेन्द्रनाथ गोसाईं को उन्होंने ख़त्म करने की योजना बनायी हुई है वरना उनको रोक देता। पर अब उसमें सन्नाटा भरता जा रहा था और सोच के पंख थककर और अपने में सिमट कर चुपचाप अपने घोंसले में आ बैठे थे।

34

बँगले पर नेम प्लेट थी—चार्ल्स पॉर्टन बीचक्राफ्ट, जज। समय सन्ध्या का था। डॉ. डैली आ चुके थे, इमर्सन और उनकी मिसेज़ आने वाली थीं। कर्जन की बंग-भंग योजना ने बंगाल के वातावरण में तनाव पैदा कर दिया था। मुसलमानों को अलग प्रतिनिधित्व की बात स्वीकार्य योग्य मानी जाने लगी थी। मिसेज़ बीचक्राफ्ट भारत की राजनीति में दिलचस्पी रखती थीं और सोचती थीं कि किसी उन्नत संस्कृति तथा सभ्यता के पतन का मुख्य कारण बाहर से आये आक्रमणकर्ता नहीं, वहीं के विशिष्टजन तथा ख़ास राजनेता होते हैं। पतन सदा ऊपर से शुरू होता है। जब सत्ता विश्वासघाती, चरित्रभ्रष्ट, शोषक, लालची और स्वार्थ में लिप्त हो जाती है, तब उस देश का पतन स्वाभाविक है। स्वराज्य के मायने बदल गये। मुसलमान की सोच थी स्वराज्य और हिन्दुओं की सोच भी थी स्वराज्य, परन्तु अंग्रेज़ नहीं चाहते थे कि वे दोनों एक हों। अंग्रेज़ों ने उनमें अन्तर्विरोध और संशयों को हवा देकर एक प्रकार से एक-दूसरे का अन्दर-ही-अन्दर शत्रु बनाने का काम किया। यदि यह कार्य अंग्रेज़ सत्ताधारी और राजनेता नहीं करते तो भी हिन्दू और मुसलमान स्वतः इस नतीजे पर पहुँच जाते। इमर्सन और मिसेज़ इमर्सन भी आ पहुँचे। एक छोटी-सी दावत थी। उसमें कोई राजनेता नहीं। सभी समान विचार वाले और मानवतावादी दृष्टिकोण के थे।

बीचक्राफ्ट अरविन्द घोष के सम्बन्ध में उनकी गतिविधियाँ जानना चाहता था, क्योंकि वे लोग बिना लाग-लपेट के बातचीत करते थे। बीचक्राफ्ट स्वयं चुप रहते थे। यह उनकी मजबूरी भी थी। जैसा बीचक्राफ्ट सोचते थे,

वैसी उनको रिपोर्ट मिलती थी। वह अरविन्द को बहुत अच्छी तरह जानते थे और एक प्रतिभा सम्पन्न और योग्य पुरुष की श्रेणी में रखकर वे उसके बारे में सोचते थे। उनका पुख़्ता मत था कि अरविन्द विध्वंसक गतिविधियाँ नहीं चला सकता था। उसकी ऊर्जा का स्रोत ज्ञान, प्रज्ञा और सम विवेक है। उसमें किसी के प्रति घृणा और उपेक्षा नहीं है।

मिसेज़ बीचक्राफ्ट जो इस प्रकार की लघु आकारीय और अन्तरंग मित्रों की बैठकों में ख़ूब हिस्सा लेती थीं, भी कह उठीं, ''आज हम विशेष मक़सद से रू-ब-रू हो रहे हैं। चाहे हम कुछ नहीं कर सकें, लेकिन न्यायसंगत सोच के तो पक्षधर हो ही सकते हैं। इस दुनिया में एक जमात ऐसी भी है, जो अल्पसंख्यक है, परन्तु सोच को नापाक नहीं होने देती और सर्वहित के नज़रिये से आगे आती है। सरकारी नौकरी के साथ कुछ मजबूरियाँ हैं जिन्हें चाहकर भी अनदेखा नहीं किया जा सकता। यह बात एकदम अलग है कि वह अपनी नौकरी की परवाह नहीं कर कुछ कर बैठे।''

''हाँ, यह उसूलन तो ठीक बातें हैं। फिर भी स्व विवेक की अपनी अहम् भूमिका है, जिससे परहेज़ नहीं किया जा सकता।'' डॉ. डैली ने बात के क्रम को आगे बढ़ाते हुए कहा।

''मैं यह मानकर चलता हूँ कि आज अलीपुर जेल में जो दुर्घटना हुई, वह क़तई अनहोनी नहीं है। आप किसी की ज़मीन दबा लें तो ज़मीन का मालिक किसी भी हद तक जा सकता है। उससे वफ़ादारी की उम्मीद करना ठीक नहीं है।'' इमर्सन ने धीरे-धीरे, पर प्रवाह में कहा।

''फिर भी हम उसकी निन्दा करते हैं और सूराख़-सबूत ढूँढ़ते हैं?''

''ढूँढ़ेंगे ही, मिसेज़ बीचक्राफ्ट।'' इसके अलावा हमारे पास कोई चारा भी नहीं है।

''डॉ. डैली, आपको आदमी की सूरत देखकर पहचानने की आदत है।''

''मैं कानाईलाल दत्त को ताड़ गया था। उसकी उसी दिन अस्पताल से छुट्टी भी करना चाहता था, परन्तु यह सोचकर रह गया कि उस पर निगरानी रखी जाये तो उनकी विकट योजना का भंडाफोड़ हो सकता है और इसी कारण निगरानी की व्यवस्था भी तेज़ करवा दी थी।''

''मात्र एक दिन की ही बात थी, डॉ. डैली। दूसरे दिन तो आप उसे पुनः उसकी जगह भेज देते।''

"बेशक़, इमर्सन।"

"कभी शतरंज खेली है।"

"नहीं।"

"इतिहास की कुछ गहरी जानकारी है।"

"नहीं।"

"तभी, डॉ. डैली, यह निर्णय लिया जा सका। इसका दूसरा पक्ष यह भी है कि आपके सन्देह की ख़बर उन तक पहुँच गयी हो।"

"नहीं।"

"थोड़ा हम लोक विषय के केन्द्रबिन्दु पर आ जायें तो शायद परस्पर आरोप-प्रत्यारोप से हटकर भी सोच सकते हैं।" मिसेज़ बीचक्राफ्ट ने बैठने का रुख़ बदल कर कहा।

"जैसे।"

"जैसे अरविन्द के बारे में। वह गवाही उनके विरुद्ध देने जा रहा था, हालाँकि उससे अन्य क्रान्तिकारी भी प्रभावित हो रहे थे। परन्तु उनमें मुख्य अरविन्द था।"

"तो आप यह कहना चाहती हैं कि इस योजना के पीछे अरविन्द का हाथ था।"

"बारीन अरविन्द का छोटा भाई है और वह जान चुका है कि उसे मृत्युदण्ड की सज़ा होनी है, जिसके लिए वह अपील नहीं करेगा।" मिसेज़ बीचक्राफ्ट ने अपनी बात जारी रखते हुए आगे कहा, "वह अपने भाई को अवश्य बचाना चाहेगा।"

"आपका मतलब है कि बारीन ने यह षड्यन्त्र रचा है।"

"मात्र सन्देह है।"

"यह भी सच है कि कुछ दिन पहले अरविन्द, बारीन आदि की मुलाक़ात देर तक चली थी।" इमर्सन ने कहा।

"तब कुछ पका हो, यही न।" डॉ. डैली ने तपाक से कहा।

"अरविन्द किसी की जान लेने की योजना में सम्मिलित नहीं हो सकता।" बीचक्राफ्ट ने बहुत धीमे से कहा, "वह जान भले ही दे, पर ले नहीं सकता। वह हिंसक प्राणी नहीं है।"

"क्रान्तिकारी है।"

'वन्दे मातरम्' में जो छपा है, उसमें कहीं भी सरकार के ख़िलाफ़ जनमानस में उबाल लाने की चेष्टा नहीं है। यह मैं 'वन्दे मातरम्' का गहन अध्ययन करने के बाद कह रहा हूँ।'' बीचक्राफ्ट ने अपने दृष्टिकोण को स्पष्ट किया।

इस वक़्त सबमें एक प्रकार का सन्नाटा छा गया। बीचक्राफ्ट ने पुनः कहा, ''यह सम्भव है कि चाहे मनुष्य अनन्त काल तक किताबें पढ़े, पढ़ता जाये और चाहे वह संसार की समस्त भाषाएँ सीख ले और उन भाषाओं की समस्त पुस्तकें पढ़ डाले तो भी उसकी वह ज्ञान की पिपासा शान्त नहीं हो सकती, क्योंकि ज्ञान की भी सक्रियता पीसते रहने में है। निःसन्देह हमारे अन्दर जिसे ज्ञान तथा प्रगति की खोज है, मात्र मन नहीं है, अवश्य उसके पीछे कुछ और है, जो बेशक मन से भिन्न है। बुद्धि जिसे उचित ठहराती है, सच वह भी है और जिसे वह अनुचित ठहराती है, सच वह भी है।''

''क्या दोनों सच हैं?'' डॉ. डैली से रहा नहीं गया, वह पूछ बैठे।

''क्या एक ही समय दोनों सत्य हो सकते हैं?'' इमर्सन का प्रश्न था।

''वह कह रहा था कि मुझे तब तक कोई सत्य स्वीकार नहीं है, जब तक कि उसके विपरीत के लिए भी दरवाज़ा न खुला हो। फलतः मुझ पर से बुद्धि की अकेली पैठ उठ चुकी है। ...वह हैरान रह गया। उसका यही भाई बारीन तेज़ ज्वर से रजाई में लिपटा काँप रहा था कि उधर एक नागा संन्यासी आ निकला। उसने कुछ नहीं माँगा सिवाय एक गिलास पानी के और उस पानी भरे गिलास की ओर देखकर उसने मन-ही-मन कोई मन्त्र पढ़ा, फिर बोला, ''जा उसे पिला दे जो तेज़ ज्वर से काँप रहा है।'' पल भर के लिए वह ठिठका। वह नागा संन्यासी पुनः बोला, ''गिलास तेरा, पानी तेरा। मैंने इसमें कुछ मिलाया नहीं है, यह तू भी देख रहा है, फिर संशय क्यों? जा आदेश की पालना कर, बुद्धि की तराजू में सब कुछ तौलने की आदत छोड़, वरना तू किसी रईस का तोशकख़ाना बनकर रह जायेगा। तौक़े ग़ुलामी से अपने को निजात दिला। जा, अब खड़ा-खड़ा क्या देख रहा है? उसे हिलना पड़ा यह सोचते हुए कि उस नागा संन्यासी ने उस पानी पर एक चिह्न बनाया और फिर कोई मन्त्र पढ़ा था। हाँ मिलाया कुछ नहीं था। वह पानी बारीन पी गया।''

''फिर?''

पाँच मिनट में वह तेज़ ज्वर गधे पर सींग की तरह छूमन्तर। बारीन स्वस्थ होकर पुकार उठा, "दादा, मैं ठीक हो रहा हूँ।"

"आश्चर्य!"

वह बाहर आया। दूर-दूर तक देखा, परन्तु वह क़ोपीनधारी नागा संन्यासी कहीं नज़र नहीं आया। वह हैरान। यह उसकी आँखों देखी घटना है, कोई सुनी-सुनायी नहीं। उसका वह स्वयं चश्मदीद गवाह है और स्वयं ही जज। कोई फ़ैसला बाहर से नहीं, किसी दूसरे से नहीं, स्वयं से—आज़ाद बने रहने का या ग़ुलाम बने रहने का। भौतिक आज़ादी एक घोषणा है, उससे अधिक कुछ और नहीं। फिर कोई गारण्टी नहीं है कि उसके पा जाने के बाद, जिसके लिए उसने जान दी है, लड़ाई की है, दर-दर की ठोकरें खायी हैं और अपनी ज़वानी का ख़ून किया है, उसे आज़ादी का सुकून दे सके। हो सकता है कि वह ग़ुलामी से ज़्यादा बुरा अनुभव कराने लगे। इस तरह वह उस प्रभु से प्रार्थना कर उठा, जिसे वह नहीं जानता था और जो न मन्दिर में है, न चर्च और न मस्जिद या अन्य कहीं, स्थान पर।

"फिर प्रार्थना किससे?"

"मैथमेटिक्स पढ़ा है न आप लोगों ने।"

"थोड़ा बहुत।"

"इस बिन्दु से उस बिन्दु तक एक रेखा खींची है।"

"हाँ।"

"तो फिर यह भी माना होगा कि ए बराबर बी के।"

"हाँ, माना है।"

"यह सब क्या है?"

"क्या है?"

"कल्पना है और क्या है।"

"तो क्या ईश्वर कल्पना है।"

मैं नहीं कहूँगा, क्योंकि मेरी पहुँच वहाँ तक नहीं है। परन्तु वह कह रहा है, "प्रभु अब तक मैं नास्तिक था, अज्ञेयवादी था, संशयवादी था और दासता से भारत को मुक्त कराने के लिए शक्ति की आवश्यकता स्वीकारता था परन्तु अब...आगे मैं नहीं जानता। जानना चाहता हूँ कि जो नज़र आ रहे हैं, वे कहीं ज़्यादा महत्त्वपूर्ण है, क़ीमती, बेशक़ीमती हैं।"

"तो?"

"तो वह प्रार्थना कर रहा हूँ कि यदि ईश्वर है तो वह उसकी बात जानता है कि उसे मोक्ष नहीं चाहिए और न वह दूसरों की तरह उन सब चीज़ की ख़्वाहिश ही रखता है, जैसी वे उससे रखते हैं। वह इस देश का उद्धार करने के लिए शक्ति से प्रार्थना करता है। वह उन लोगों के जीवित रहने के लिए काम करना चाहता है, जिन्हें वह प्यार करता है, डॉ. डैली। ही इज़ अरविन्द। ...यह है उस छापामार युद्ध के संयोजक का असली रूप, उस क्रान्तिकारी आन्दोलन के मुखिया का पावन स्वर और अविनाशी शान्ति के तत्त्व के लिए प्यासातुर का विनम्र निवेदन। जो विचारों को ऐसे गुज़र जाने देता है, जैसे खग समूह निष्पन्द वायु में अम्बर से गुज़र जाता है। कोई हलचल नहीं। कोई पहचान-चिह्न नहीं। उसे ऐसी प्रशान्ति की तलाश है, जो प्रचण्ड से प्रचण्ड झंझावत को गुज़र जाने दे और उसकी मूलभूत निश्चलता बनी रहे। उसमें यह सब दिव्य-अति-दिव्य चल रहा है, दोस्तो। वह सोच रहा है कि उसने अपना कितना क़ीमती वक़्त इस झमेले में ज़ाया कर दिया कि हम यही नहीं कर सकते, वह नहीं कर सकते, क्योंकि वह इस नियम के विरुद्ध है या उस नियम के विरुद्ध है। हमने कितनी बड़ी ज़िन्दगी असंगत-संगत, अस्वाभाविक-स्वाभाविक घोंघे के मानसिक खोल में काट दी। क्या वह कारा वर्तमान अलीपुर कारा से तनिक भी भिन्न है। एक पल के लिए खुली हवा में साँस नहीं ले सके। वह खुली हवा में साँस लेना चाहता है, उस खुली हवा में जहाँ चहारदीवारी न हो, हो तो वह उसे ढहा दे।"

"अर्थात् अलीपुर कारागार की चहारदीवारी से भाग जाये।" डॉ. डैली कह बैठते।

"नो डैली, नो नेवर। वह उस समस्त और सर्वत्र को अपना घर बना देखना चाहता है जिसे चहारदीवारी ने क़ैद नहीं कर रखा है। सार्वभौमिक मानस। विचार के कारखाने में मज़दूर होकर वह नहीं जीना चाहता। विचारमुक्त होकर जीना चाहता है, एक स्वच्छन्द प्रजा के साथ, एक सर्वस्व के साथ जिसका हर जोड़ शून्य बनाता है। मित्रो, यहाँ है, अरविन्द।"

सब अवाक्। दीवार पर टँगे चित्र की तरह गुमसुम। मिसेज़ बीचक्राफ्ट कुछ सोचकर बोलीं, "अरविन्द इज़ नोट ॲ शोविनिस्ट (अन्ध देशभक्त)। इज़ इट करैक्ट?"

''इसके लिए क़ानून क्या कहता है, मित्रो, यह मेरे चिन्तन का विषय है। क्या अब भी आप, कई माह उस दुर्घटना के गुज़र जाने के बाद, अर्थात् बाढ़ का पानी उतर जाने के बाद, जब नदी शरद ऋतु में प्रवाहवती हो रही हो एकदम पारदर्शी, चाँदनी-सी चमकदार और स्वच्छ-पवित्र होकर, तब किसी निष्कर्ष पर पहुँच पाये या अपनी व्यवस्था की मज़बूती में लगे रहे, जिसमें प्रायः लगे रहते हैं और अन्त तक किसी निष्कर्ष तक नहीं पहुँच पाते अथवा गाद के नीचे बैठने का इन्तज़ार करते रहते हैं।''

''सचमुच हमारी आँखों पर से परदा हटा है मि. बीचक्राफ्ट।''

''लगाम लगाओ यदि लगा सकते हो—क्रोधावेश के स्पन्दन पर, कामना-सहानुभूति के स्पन्दन पर। कर सको तो स्पन्दन पर पूर्ण विराम लगाओ और वह भी तब, जब स्वतः स्पन्दन ग्रन्थियों का आन्तरिक सागर उछाल ले रहा हो। फिर अपने अन्दर के अनेक स्तरों को अधिकाधिक स्पष्ट रूप से भिन्न-भिन्न देख सकोगे। ...इससे बहुत आगे है वह। ...आज तक मैं किसी के प्रभाव में कभी नहीं आया और न आऊँगा, लेकिन जो प्रभाव मुझमें से उभर कर मुझे ही आनन्द की ओर ले जा रहा है, वह संगति है, मानसिक आवरण रहित विभिन्न स्नायु ग्रन्थियों से आगे जहाँ मैं नहीं पहुँच सका हूँ और जहाँ वह प्रवेश करने वाला है। वह ईर्ष्या, असूया, कामना, क्रोध, लोभ आदि से परे का यात्री है। वह दैहिक, मानसिक और प्राणिक उन सहस्रों स्पन्दनों में लीन सहयात्री है। अन्तर्पुरुष। चैत्य पुरुष! अग्रवर्ती व्यक्तित्व के पीछे निश्छल नीरवता में अन्तरात्मा विकसित होती है। ऊपरी तल की भीड़ के छँट जाने का इन्तज़ार शान्ति से करो। विश्वास से आगे अनुभव की अन्तर्यात्रा है, स्पर्शेन्द्रिय से आगे अस्पर्शेन्द्रियों की यात्रा है, जहाँ परछाईं का अस्तित्व नहीं है। वहाँ है वह कारा में नज़रबन्द, जहाँ वह नज़रबन्द होते हुए करोड़ों करोड़ स्वच्छन्दता को जी लेने का विश्वास रखने वाली शख़्सियत से इतना आगे और स्वच्छन्द है कि मृत्यु उसके सामने नत है। उसे कौन मारेगा? सरकार को उसकी मौत क्यों चाहिए? न्याय किसके साथ हो? मात्र प्रज्ञा गवाह-आधृत क़ानून इन्साफ़ नहीं कर सकता। करता होता तो ईसा मसीह को क्रूस पर नहीं चढ़ना पड़ता। उस ईसा को जो बाद में ईसाई धर्म का प्रवर्तक हुआ और आज है। हमें उसे मार कर भी सन्तोष नहीं हुआ। उसे नमूना बना डाला—क्रूस का। चर्च-गिरजे में जकड़

कर उसी इन्साफ़ की डगर पर हम चल रहे हैं, निरन्तर आगे बढ़ रहे हैं, जिसके लिए वह क्रूस पर चढ़ा था। आज भी हम वहीं हैं, उसी मानसिकता से ग्रस्त हैं, जिससे ईसा के समय वे थे, जिन्होंने उसे मृत्युदण्ड दिलवाया था और उस पाप को सहर्ष अपने सिर पर लिया था। सच यह है कि हम किसी धर्म-मज़हब को नहीं मानते, उसका ढोंग करते हैं, यही हम सबकी पीड़ा का मुख्य कारण है। जानते हो अरविन्द कितना आगे बढ़ चुका है, कहाँ जा पहुँचा कि आज वह विचार को पारदर्शी देखना चाहता है। मन से आगे का विचार जो प्रतिद्वन्द्विता रहित है, विकल्प-संकल्प से परे है, उसको जी लेना चाहता है।''

''आपने निश्चित ही उनका बहुत गहन अध्ययन किया है।''

''हमारी समझ वहाँ तक नहीं पहुँची।''

''यही कारण है कि उस पर किसी निर्णय तक पहुँचने के लिए हमें वही ग़लती नहीं करनी है, जो ईसाकालीन जनता ने ईसा के साथ की थी।''

''सच यह है कि हमने उनकी प्रत्येक गतिविधि को प्रत्यक्ष-अप्रत्यक्ष देखा तो पाया कि वह तनिक भी विचलित नहीं हुआ। डॉ. डैली ने यहाँ तक अरविन्द से कह डाला कि ऐसी योजना क्यों बना डाली कि... ।''

''तुम्हारा मुझ पर इतना-सा ही विश्वास है तो मुझे कुछ नहीं कहना, डॉक्टर।''

''यह सवाल तुम्हारे मौन से और उलझता नज़र आता है। यह तो जानते हो, नरेन्द्रनाथ गोसाईं के पास ऐसी सूचनाएँ थीं, जिनसे तुम्हारे केस पर गहरा असर पड़ सकता था।''

''तो?''

''उसकी गवाही नहीं हो वरना... ।''

''नहीं ऐसा मैंने कभी नहीं सोचा था, डॉ. डैली।''

''बारीन आपसे मिला था।''

''मिलने दिया तभी...''

''उसके सिर ख़ून का इल्ज़ाम है।''

''अभी सिद्ध होना शेष है।''

''उसमें सिर्फ़ फ़ैसला आना शेष है।''

''तो फिर?''

"ख़ून एक का किया हो या अनेक का सज़ा तो उसकी एक ही है—मौत।"

"यह आपकी सोच है, डॉक्टर डैली और बहुत कुछ तर्काधृत भी है, लेकिन मैं ऐसा नहीं सोच सकता। मुझे ऐसा सोचने की कोई ज़रूरत नहीं है।" अरविन्द ने इतमीनान से कहा। उसके चेहरे पर पहली जैसी शिशुवत् हँसी निश्छल थी। नीचे अहमदाबादी मोटी धोती और चुस्त सदरी थी।

"पर क्यों आपको सोचने की ज़रूरत नहीं, मि. अरविन्द?"

"विश्वास, डॉ. डैली। वह एक अन्तर्ज्ञान है जो सत्य के अनुभव तक पहुँचा देता है। उसे प्रमाणित होने के लिए अनुभव की अपेक्षा नहीं होती। जिस आदत के हम अभ्यासी हैं, वह हमें अपने पाशविक विकास से विरासत में मिली है। आँख में वह अदृश्य ज्योति जग जाये तो सब कुछ नज़र आने लगता है, जिसे हम पहले नहीं देख पा रहे थे और फिर वह एकदम गहन-गम्भीर और अपूर्व हो उठता है।" अरविन्द एकदम सहज होकर, निष्ठापूर्वक और निर्भीकता से कह गये। फिर उसने धीरे से आग्रह किया, "अब मेरे ध्यान का समय हो रहा है।"

"डॉ. डैली ने चारों ओर देखा, वहाँ कहीं घड़ी नहीं थी और न उसकी कलाई पर घड़ी बँधी हुई थी। फिर समय का आभास कैसे?" वह पूछ बैठे, "आपके ध्यान का समय?"

"सन्ध्या के छह बजकर बीस मिनट से।"

"यह आपको कैसे पता चला कि इस समय छह बज कर बीस मिनट हो रहे हैं?"

"आप आठ बज कर चालीस मिनट पर यहाँ आकर अपनी घड़ी से समय का मिलान कीजिए, विश्वास हो जायेगा। ध्यान रहे, घड़ी भौतिक सत्य है। वह ख़राब भी हो सकती है और आगे-पीछे भी हो सकती है। मेरे पास इस घड़ी से सर्वथा भिन्न घड़ी है जो कभी ख़राब या आगे पीछे नहीं होती। जो व्यक्ति मृत्यु को जीवन का निषेध नहीं मानकर, जीवन को एक क्रिया मानते हैं, उन्हें अस्तित्व की अन्तश्चेतना कभी धोखा नहीं देती।"

"इसका अर्थ हुआ कि...।" डॉ. डैली आगे बोलते-बोलते रुक गये।

"मैं यहाँ एक उदाहरण की ओर आपका ध्यान चाहूँगा। उसके बाद कोई प्रश्न-उत्तर नहीं होगा, क्योंकि मेरे ध्यान करने का समय शुरू हो जायेगा।

तो सुनिए, डॉ. डैली, सन् 1813 में जर्मनी ने फ्रांस में नैपोलियन की प्रवृत्ति का अन्त किया और सन् 1870 में फ्रांस की शेष चौधराहट को बर्फ़ में लगा दिया, लेकिन जर्मनी ने जिसको समाप्त किया था, वह उसी मनोवृत्ति का स्वयं शिकार हो गया। नाश की मनोवृत्ति को व्यक्ति जयी होकर भी स्वयं में जन्म दे डालता है। वह यह भूल जाता है कि वही मनोवृत्ति अब उसका नाश समय आने पर कर सकेगी...अच्छा तो, डॉ. डैली, अब मैं क्षमा चाहूँगा।" इतना कहकर वह पद्मासन में बैठ गये और पलभर में आँखें बन्द कर लीं।

डॉ. डैली अपनी बात ख़त्म कर चुके थे।

"यही कारण है कि हमें अपने समय का सत्य नज़र नहीं आता। उसकी अनुभूति तो दूर की चीज़ है। ख़ैर, हमारी आज की बातों से अरविन्द के पीछे छिपे अपूर्व अरविन्द की झाँकी सामने आ सकी। हमारे आज का यही शाश्वत सत्य है।"

"एक सत्य आप लोगों का वहाँ भी इन्तज़ार कर रहा है।" मिसेज़ बीचक्राफ्ट ने डायनिंग टेबल पर ख़ानसामा का इशारा पाकर कहा। सब उठ खड़े हुए। इमर्सन सहज में कह गये, "आप याद नहीं दिलातीं तो आज हिन्दुस्तानी फास्ट हो जाता।" इस पर सब खिलखिला पड़े और वॉश बेसिन की ओर बढ़ गये। बीचक्राफ्ट अन्दर की ओर चले गये, शायद कपड़े बदलने के लिए या...

35

5 मई, 1908 को अरविन्द ने अलीपुर जेल में प्रवेश किया था और 8 मई, 1909 की सुबह उन्हें जेल से मुक्ति मिली थी। पाँच-छह माह तक उनके फ़ैसले का सरकार पुनः निरीक्षण करवाती रही और बम्बई हाईकोर्ट से उसने राय माँगी। सारे ज़रूरी काग़ज़ बम्बई हाईकोर्ट को भेज दिये गये। राय-मशविरा चलता रहा। सरकार का मन बन रहा था कि वह अपील में जाये, परन्तु उसे यह डर भी अन्दर-अन्दर सता रहा था कि ऐसा क़दम उठाने से कहीं जनता न भड़क जाये। बंगाल के सचिव जनरल यह मानने को तैयार नहीं थे कि अरविन्द जैसा कुशाग्र, मेधावी, दूरदर्शी, चतुर और बौद्धिक ऊर्जा से लबालब इन्सान दोषी है। 'वन्दे मातरम्' का सम्पादन करते हुए उसने जिस ख़ूबी से

उस अख़बार के अस्तित्व पर आँच नहीं आने दी। उससे उसकी क़लम का लोहा तो मानना ही पड़ेगा, परन्तु अब जब वह पूरी तरह से सरकार के क़ब्ज़े में है और उसके ख़िलाफ़ नॉर्टन जैसा सरकारी वकील अपने तमाम दाँवपेचों और कारनामों को जन्म देने के बाद भी नकारा ही साबित हुआ, तब सोचना कुंद हो उठा है कि आगे क्या करें। नॉर्टन उसे राजद्रोही मानकर चल रहा था। क्या ये तथ्य, पर्याप्त नहीं थे कि अरविन्द का मानिकतल्ला के बाग़ में आना-जाना रहता था? क्या 'वन्दे मातरम्' के माध्यम से हिंसा को नहीं भड़काया गया? क्यों मिष्टान्न शब्द को बम का पर्याय नहीं माना गया? क्यों छोटे-बड़े कुरते से बारीन और अरविन्द का अर्थ लगाया गया?

अरविन्द की बहन सरोजिनी ने देशवासियों से अपील कर उच्च श्रेणी का वकील चित्तरंजन दास मुफ़्त में पा लिया था और धन सहयोग अलग से प्राप्त किया था।

फैसले के तीन सौ पृष्ठ में जज ने ऐसी कोई जगह नहीं बनने दी, जिससे सन्देह की दरारें नज़र आने लगतीं। उसने उसे एक प्रतिभाशाली, धार्मिक तथा आध्यात्मिक पुरुष बताकर हीरो बना दिया। इधर वह सीमा भी निकल गयी, जिसमें सरकार अपील कर सकती थी, क्योंकि छह माह बातचीत में ही निकल गये। सेक्रेटरी जनरल ने पक्का मन बना लिया था कि वह सबसे अधिक ख़तरनाक और भयंकर विरोधी को खुला नहीं रहने देगा। अरविन्द की जय को ब्रिटिश सरकार की हार के रूप में लिया जा रहा था। अरविन्द ने बंगला पत्र के माध्यम से उन सब व्यक्तियों के प्रति हृदय से आभार व्यक्त किया था, जिन्होंने उसके बचाव के लिए खुले मन से धन उपलब्ध कराया था और जिन्होंने उसके प्रति आदर व्यक्त किया था और प्रार्थनाएँ कीं भी।

सरकार की तीसरी आँख सारे नज़ारे देख रही थी। उनके उत्तरपाड़ा में दिये भाषण की छानबीन करवा रही थी।

चित्तरंजन दास ने सचेत करते हुए अरविन्द से कहा था, "सरकार फिर से जाल बुन रही है। उसे तुम्हारी जीत हज़म नहीं हो रही है।"

"समझ सकता हूँ, दास साहब, परन्तु यह भी सच है कि जेल में रहकर मुझे जो कुछ मिला, उससे आगे की यात्रा की दिशा ही एकदम बदल गयी। मुझे वासुदेव ने जो काम सौंपा है, अब मुझे वही करना है।"

"पर ब्रिटिश भारत में रहकर वह सम्भव नहीं होगा। डॉ. डैली के माध्यम से बीचक्राफ्ट ने कहलवाया है कि उसे ब्रिटिश भारत की सीमा से बाहर चले जाना चाहिए। सरकार उससे ख़ार खाये बैठी है। प्रशासन के कीड़े न अध्यात्म समझते हैं और न धर्म-विचार के प्रयोग।"

"मुझे ध्यान रहेगा, परन्तु यह भी स्पष्ट है कि मेरे लिए वासुदेव का आदेश ही मान्य होगा। 'वन्दे मातरम' बन्द हो चुका है। अब 'धर्म' बंगला में और 'कर्मयोगिन्' अंग्रेज़ी में निकालने जा रहा हूँ।"

"सावधान रहें।"

वह अकेले रह गये। उनके अधिकांश साथी इधर-उधर चले गये। उसने अपने शुभचिन्तकों से आग्रह किया था कि उनके मुक्त होने को जीत के रूप में नहीं लिया जाये और न ही कोई उत्सव मनाया जाये। सहज लिया जाये। समय की नब्ज़ को टटोल कर चलना बहुत ज़रूरी है। हमेशा अति उत्साह होश खो देता है। विवेक संयम चाहता था और संशय असन्तोष।

मृणालिनी के साथ वह कलकत्ते में नये घर में आये, जिसकी व्यवस्था गिरीश चन्द्र बोस ने की थी। कुछ दिन वहाँ रहकर अरविन्द अपनी छोटी बहन सरोजिनी और पत्नी मृणालिनी को लेकर देवघर अपने मामा के पास आ गया। मृणालिनी और सरोजिनी में प्रायः अनबन रहती थी। वह हर क्षण जब मृणालिनी को नीचा दिखाया जा सकता हो, खाली नहीं जाने देती थी। एक दिन देवघर में उन दोनों के बीच वाक् युद्ध हो गया। सरोजिनी ने कहा, "बहूठान, आप भैया के पीछे परछाई-सी क्यों पड़ी रहती हैं?"

"वह मेरे पति हैं।"

"थे, हैं नहीं।"

"तू क्या उन्हें मुझसे ज़्यादा जानती है?"

"हाँ, ज़्यादा जानती हूँ। वह मेरा भाई है।"

"मैंने कब इनकार किया कि वह तेरा भाई नहीं है।"

"तू चाहे तो भी नहीं कर सकती।"

"मैं ऐसा नहीं चाहूँगी।"

"पहले तेरे साथ कलकत्ते के ग्रे स्ट्रीट में रहते थे।"

"तो?"

"तो क्या! एक वर्ष उसे अलीपुर जेल में रहना पड़ा।"

"उसका कारण मैं नहीं हूँ।"

"यह मैं अच्छी तरह जानती हूँ कि तू ही उनके जेल जाने का कारण थी।"

"झठे आरोप मत लगाओ।"

"सच को क्या सच नहीं कहूँ।"

"आख़िर आप मेरे पीछे क्यों पड़ी हुई हैं?" मृणालिनी ने विनम्र स्वर में कहा।

"तू उनका पीछा छोड़ दे।"

"एक बार अपने भैया से यह कहलवा दे बस।"

"क्या तुम्हें दिखलाई नहीं देता है?" सरोजिनी ने तेवर बदल कर कहा।

"नहीं, यही मान ले।"

"क्या वे तुम्हारी ज़िन्दगी से दूर नहीं भागते रहते हैं?"

"नहीं।"

"तो तुम्हें अकेले में अपने को दर्पण में निहारना चाहिए।"

"पर क्यों?"

"ताकि बहूठान, तुम्हें नज़र आने लगे।"

"ठाकुर जी, मुझ पर रहम करो। हर समय मुझे परेशान मत करो। एक साल बाद वे आये हैं।"

"उसमें तूने क्या किया? अपील निकाली तो मैंने। वकील-सकील के चक्कर काटे तो मैंने। दुनिया के आगे हाथ फैलाया तो मैंने। तेरे बाप ने तो एक फूटी कौड़ी देना भी मुनासिब नहीं समझा। यह फ़र्क़ होता है अपने और पराये में।"

मृणालिनी अब वहाँ नहीं ठहरी। चुपचाप अपने कमरे में पड़े पलँग की पाटी पर आ बैठी और धीरे-धीरे अन्तर्मन की व्यथा को निःशब्द बह जाने दिया। वह यह नहीं कह सकी कि उसके पिता ने क्या-क्या नहीं किया? वह कहाँ-कहाँ नहीं गयी? जब सुधीरा उसे रामकृष्ण परमहंस की धर्मपत्नी शारदामणि देवी के पास लेकर आयी थी, तब वह अपनी व्यथा पर से निःशंक परदा हटा सकी थी। सुधीरा शारदामणि देवी को शायद सब कुछ बता चुकी थी। वह अपने पिता के साथ शिलांग से कलकत्ते आती रहती थी।

यह सुन-सुनकर विचलित होती रहती थी कि ब्रिटिश भारत सरकार उन्हें अब नहीं छोड़ेगी। शारदामणि देवी ने अत्यन्त सौम्य, सरल चित्त, गंगा-सी पावन और सौन्दर्य की उपासिका को ऊपर से नीचे देखा तो आश्चर्यचकित होकर देखती रह गयी। उनके कुछ पल अपने में ही आँखें खोलते और मूँदते बीत गये। उनका ध्यान कहीं और चला गया। वह वहीं से, गहरे कुएँ के अन्दर से मानो बोल उठी हों, ऐसा लगा। वह कह रही थीं, "तू उषा है—राजा बली की पुत्री। ...श्रीकृष्ण के बड़े पुत्र अनिरुद्ध की पत्नी! एकदम द्वापर युग का पुनर्जन्म! तू जन्म-जन्म से उनकी पत्नी है। इस बार वह अरविन्द है और तू मृणालिनी। परन्तु यह सम्बन्ध उनसे तेरा आज का नहीं है, द्वापर युग से चला आ रहा है और सदा चलता रहेगा, जब तक हिमालय है, गंगा बह रही है, चाँद दमक रहा है और सागर उछालें भर रहा है। हे पावन पुत्री, तुझे अपने पास पाकर मैं धन्य हो गयी। तू अपने मन में से सारी चिन्ता निकाल फेंक जिसका पिता स्वयं वासुदेव हो, उसका यह संसार कुछ नहीं बिगाड़ सकता है। उसमें इतनी शक्ति ही कहाँ है, जो सृजक की संसृष्टि पर भारी पड़ जाये। पुत्री, तेरा इस संसार में आना वासुदेव की हत्या का परिणाम है और अरविन्द के रूप में तेरा पति होना भी वासुदेव का ही आशीर्वाद है। वो देख, परमहंस भी तुझे आशीर्वाद दे रहे हैं और मुझसे कहलवा रहे हैं कि मैं कहूँ कि उसका जन्म वासुदेव की इच्छा का परिणाम है और उनके ही निहितार्थ है। तू अपने मन से यह भयाशंका बिल्कुल निकाल दे कि तेरे पति को कोई चुटकी भर भी हानि पहुँचा सकता है। वासुदेव की लीला अपरम्पार है, असोची और अनदेखी है। इसी कारण तो वह लीलाधर है। वह अर्जुन के रथ का सारथी बन कर उसे कुरुक्षेत्र में खड़ा करवा सकता है—विशाल सेना और अनगिनत महायोद्धाओं के सामने और वह इस प्रण के साथ कि वह स्वयं इस महासमर में अस्त्र-शस्त्र नहीं उठाएगा, मात्र सारथि बना रहेगा। अर्जुन अपने ही रिश्तेदारों, सगे, सम्बन्धियों, समुद्र की लहरों-सी सेना के सामने कैसे डटा रहे, जबकि अर्जुन चाहता रहा कि रथ लौटा लिया जाये, यही श्रेयस्कर है।

तभी आवाज़ गूँज उठी, "वत्स, श्रेयस्कर क्या है, क्या नहीं, उसे मैं अच्छी तरह जानता हूँ। तू तो मात्र निमित्त है, अर्जुन। तुझे यहाँ क्या करना है? वह देख—मैं कहाँ-कहाँ हूँ। जन्म पा रहे, खिलखिला रहे और फिर प्रतिदिन मृत्यु का ग्रास बन रहे अनन्त जन, बाल, युवा और वृद्ध सब मुझमें समा रहे हैं।

तू क्या कर रहा है, कुछ भी नहीं। तू कर्त्ता है कहाँ? फिर चिन्ता, डर, मोह, ममता किसलिए? ले उठा गांडीव, मैं शंख ध्वनि करता हूँ।''

यह कैसा अन्तर्नाद! यह कैसी मूकध्वनि! यह कैसी अन्तर्प्रकाश! यह कैसी अमरत्व वर्षा! उसमें समा गयी और किसी को कानों कान ख़बर भी नहीं हुई।

लौटते हुए मृणालिनी ने सुधीरा से पूछा, ''तूने कुछ सुना क्या?''

''क्या सुनती? कहा ही क्या था?''

''तूने कुछ देखा सुधीरा।''

''यही कि शारदामणि देवी माँ ने तुझे आशीर्वाद दिया था।''

''और कुछ क्या?''

और कुछ क्या देखती? तूने भी आँखें बन्द कर ली थीं। तू भी कहीं जा खोयी थी और वहाँ देखने को क्या था?

''एकदम सच, सुधीरा।'' मृणालिनी अपने को समझा रही थी कि जब वासुदेव अर्जुन को समझा रहे थे, दिखा रहे थे, तब वहाँ अनेकानेक महायोद्धाओं में से किसने सुना और किसने देखा। किसी ने नहीं, न सिर्फ़ अर्जुन ने देखा और अर्जुन ने सुना।

वह अपने पिता भूपालचन्द्र बसु से बोली, ''आज उनसे जेल में मिलकर घर लौट चलेंगे।''

''तुम्हें तो मीनुदी कुछ दिन यहीं रुकना था।''

''था, पिताजी, पर अब नही। ...सोचा था कुछ सप्ताह कलकत्ते रहूँगी, उन्हें देख आया करूँगी। मन को तसल्ली हो जाया करेगी। शिलांग में असमंजस की स्थिति का सामना करना पड़ता रहता था। मन में बुरे-बुरे ख़याल आते रहते थे। चित्त कहीं नहीं लगता था।''

''पर अब?''

''माँ शारदामणि देवी से मिली तो मन शान्त हो गया। विश्वास को उर्वरा शक्ति मिली। रहस्य पर से परदा हट गया, पिताजी। जब तक परदा नहीं उठता तब तक रहस्य कुलाचें भरता रहता है—न स्वयं चैन पाता है और न किसी को पाने देता है। मानव चरित्र को ऐसे विलक्षण अनुभव कम ही हो पाते हैं क्योंकि उसकी समस्त सोच और चिन्तन तथा देखना-दिखाना आकार के प्रकार तक निहित रहता है। यह आकार ही तो वह परदा है, जो परदे के पीछे और परदे के आगे झाँकने नहीं देता।''

"यह तू क्या बहकी-बहकी बातें कर रही है।" भूपालचन्द्र बसु ने उसकी ओर ध्यान से देखते हुए कहा।

"इस जीवन की अन्तरंग लिखावट को जब कोई साधक-संन्यासी पढ़ कर सुना देता है, तब समझ नासमझ नहीं रहती, न धैर्य अधीर होता है, न चेतना रात और दिन के साथ डूबती और तैरती है, न संयम चंचल रह पाता है और न प्रश्नों को उत्तरों की चाह बेबस करती है। प्रश्न ही उत्तर हैं, यह जानने की यात्रा इस संसार से बाहर की है, पिताजी। आप चौंकों मत, अपनी बेटी पर विश्वास करो। वह पगला नहीं रही है। कभी वह पगलाई हुई थी। रात तारों को गिनकर गुज़ार देती थी, लेकिन अब ऐसा नहीं होगा, उसे तारों को गिनना नहीं पड़ेगा। उस राह पर अथक और अनवरत चलने से क्या लाभ जिस राह को स्वयं का ही अता-पता न हो कि वह कहाँ जा रही है और क्यों जा रही है?"

"यह तू नहीं बोल रही है, मीनुदी, तुझमें कोई और बोल रहा है। यही कारण है कि मैं तुझे शारदामणि देवी के पास जाने से रोक रहा था। वह स्वयं तो संन्यासिनी हैं—हर समय संसार से परे को जीती हैं, असुने को सुनती हैं और अदेखे को देखती हैं। कौन जाने उसमें क्या सत्य है, क्या असत्य? उनकी छाया, मीनुदी, तुझ पर पड़ी, तभी तू बहकी-बहकी बातें कर उठी है। तू यहाँ के लिए घर से चली थी, तब मुझे क्या समझा रही थी कि पिताजी कुछ दिनों के लिए तुझे मैं गिरीश बोस के घर छोड़ दूँ। वहाँ तेरा मन आश्वस्त रह पायेगा। चिन्ताएँ घोंसला नहीं बना पायेंगी।"

"हाँ पिताजी, यह सच का एक पहलू है। जब रोग का इलाज हो जाये, तब कौन रोगी बना रहना चाहेगा! आप किसी चिन्ता-फिकर में नहीं डूबें। कुशल तैराक नौका नहीं होने की शिकायत में समय नष्ट नहीं करता। ...मैं बिल्कुल ठीक हूँ, पिताजी।"

"काश, ऐसा ही होता।"

"पिताजी, आप तो भाग्यवादी हैं। भाग्यवादी कभी निराश नहीं होता।"

"मैं निराश कहाँ हूँ, मीनुदी।"

"फिर थकी-हारी ये बातें क्यों?"

"तू यह बात नहीं समझ सकेगी, बेटी।"

"क्यों नहीं समझूँगी, यदि आप समझायेंगे?"

"कुछ बातें अनुभव सिखाता है। उसके लिए हमें उपयुक्त समय की प्रतीक्षा करनी होती है।"

"उसके लिए मैं तैयार हूँ।"

"यही बहादुरी की निशानी है, बेटी। परन्तु..." कहते-कहते भूपालचन्द्र बसु रुक गये। उन्होंने आज कारागार में अरविन्द और मृणालिनी के बीच की बात सुनी थी।

मृणालिनी ने कहा था, "स्वामी, निर्दोष को अव्वल तो सज़ा होती नहीं है और मानो हो गयी तो आने वाला समय उसका इन्साफ़ करता है।"

"मैं सज़ा से नहीं डरता, मणि...मुझे तो रास्ता दिखाने वाले को परखना है।"

"नहीं स्वामी, मनुष्य को कोई बाहर से आकर रास्ता नहीं दिखला सकता। हर रास्ता उस महान व्यक्ति की खोज है, जिसने पहले पहल स्वयं चलकर रास्ता बनाया।"

"मृणा, यह तूने कहाँ से पढ़ा?"

"अपने दिल से और माँ शारदामणि देवी से।"

"परमहंस की पत्नी, न।"

"हाँ, वही।"

"तू वहाँ जाती है क्या?"

"सुधीरा मुझे वहाँ ले गयी थी।"

इतने में ही मिलने का वक़्त ख़त्म हो गया। इधर मृणालिनी ने पिताजी को खोया हुआ देखकर कहा, "आप अन्यथा न सोचा कीजिए। भाग्य पर भरोसा रखिए। सच में मैं बिल्कुल ठीक हूँ, पिताजी।"

"वही तो मैं देख रहा हूँ, मीनुदी। जिसे मैंने गोदी में खिलाया, जो मेरी उँगली पकड़कर चलना सीखी, जिसके मुँह में निवाले को मीड़कर मैंने दिया और चबाना सिखाया, आज वही मुझे रास्ता दिखाने चली है। ना-ना...बेटी, ना।" भूपालचन्द्र बसु अत्यन्त भावुक होकर कहे जा रहे थे, "हे देव, हम पहले से ही संकट के मारे हैं। ये संकट हमारी बिटिया की झोली में मत डाल। हम पर रहम कर। मेरी फूल-सी गुड़िया ने तभी कहा था कि वह अभी शादी नहीं करना चाहती। अभी पढ़ना चाहती है। शादी दो परिपक्व समझ के हमराही बनने की साक्षी है। वह तो मेरी ही बुद्धि पर पत्थर पड़ गये थे

कि मैं इस रिश्ते के सम्मोहन में फँसता चला गया। मैं आकाश देखने लगा, मैंने धरती को अनदेखा और उपेक्षित कर दिया।''

''नहीं पापा, नहीं। कृपया आप विलाप मत कीजिए। अपने को मत कोसिए। आपने जो किया, वही सर्वश्रेष्ठ है। उससे अच्छा सम्भव ही नहीं था।''

''तभी तो तू विवाहिता होकर पति के साथ नहीं रह पा रही है। तेरी ठाकुर माँ ने ठीक ही कहा था कि मैंने अपनी बेटी के भाग्य में राख डाल दी है। उसके नवजात शिशु के करतल और चरणतल इतने आरक्त थे कि उन्हें अलक्तक लगाने की कभी ज़रूरत ही नहीं पड़ी। तुझे अपनी ठाकुर माँ से हर समय यही शिकायत करते पाया था कि तुझे सखियाँ यह कह कर क्यों चिढ़ाती हैं कि इसके हाथों में रूई भरी है? ...ठाकुर माँ, क्या यह सच है? माँ तुझे अपनी छाती से लगा लेती थीं और कहती थीं, ''तू है ही इतनी सुन्दर, इतनी कोमल, इतनी मुलायम कि स्वयं सुन्दरता, कोमलता और मुलायमियत तेरी चेली बन अपने भाग्य पर इठलायी। ...तू जिस घर में जायेगी वहाँ रोशनी महक उठेगी और उसकी किरणें गुनगुनाने लगेंगी।''

''क्या ठाकुर माँ, मैं कोई बड़ा दीपक हूँ?''

''तुझसे बड़ा कोई दीपक नहीं है इस धरती पर।''

''वो कैसे ठाकुर माँ?''

''वो ऐसे मेरी फूल-सी गुड़िया, कि दीपक परजीवी है।''

''ये परजीवी क्या कोई बड़ा कीड़ा होता है, ठाकुर माँ?''

ठाकुर माँ का हृदय छलक आता और वह उसे अपनी गोद में समेट कर बड़े लाड़-प्यार से कहतीं, ''परजीवी वह होता है जो दूसरों पर जीवित रहता है।''

''वो कैसे ठाकुर माँ?''

''वो ऐसे मेरी सुन्दर-सी परी, कि दीपक माटी या धातु का होता है, फिर उसमें तेल या घी भरा जाता है, रुई की बत्ती लगायी जाती है और अन्त में माचिस की तीली से उसे जलाया जाता है। वह दीपक तब प्रकाश देता है।''

''और हमें इस सबकी ज़रूरत नहीं है न, ठाकुर माँ?'' वह ठाकुर माँ की गोदी से उछल कर खड़ी हो जाती और हाथ नचाकर कहती, ''ठाकुर माँ, हम जिस घर में जायेंगे, वहाँ उजाला कर देंगे न।''

कुछ सोचकर वह फिर कहती, ''परन्तु ठाकुर माँ, अभी तो ऐसा नहीं है।''

''अभी तू बड़ी कहाँ हुई है?''

''हम बड़े कब होंगे, ठाकुर माँ?''

''जल्दी होगी। लड़कियाँ लड़कों से जल्दी बड़ी होती हैं, मेरी बतरसवंती गुड़िया। तू भी जल्दी बड़ी होगी।''

''सच, ठाकुर माँ।''

''हाँ सच, एकदम सच। सौ टके सच, मेरी छुईमुई।''

भूपालचन्द्र बसु के सामने से अतीत का एक दृश्य इस प्रकार से निकल गया मानो वह नाटक देख रहे हों और नाटक का एक दृश्य पूरा होने पर दूसरे दृश्य के लिए परदा खींच दिया गया हो।

मृणालिनी भी उस दृश्य में ऐसी खो गयी कि वह पल भर के लिए गुड़िया ही बनी रह गयी। बचपन कितना प्यारा होता है कि उसके सामने सारी दुनिया के रंग फीके लगने लगते हैं। इसी समय उसके सामने विनय मोहन बैनर्जी आ विराजे। श्यामल रंग के वयोवृद्ध अध्यापक। सदा अध्यापक ही रहे, जबकि उनकी क़ाबिलियत के कारण उन्हें बिना प्रार्थना-पत्र दिये प्रोफ़ेसर के 'ऑफ़र' कॉलेज और विश्वविद्यालय से मिले थे। वह स्कूल से रिटायर हो रहे थे। उन्हें कौन रिटायर करता! वे स्वयं रिटायर हो रहे थे। सारे दबावों के बावजूद उन्होंने किसी एक की नहीं सुनी। वह इतिहास और भाषा पढ़ाते थे। मजाल है उनकी क्लास में चूँ हो जाये। पिन्ड्रॉप साइलेंस। मानो शरद नदी में कोई नौका बहे जा रही हो। वे अपने रिटायरमेंट के अवसर पर सबको सम्बोधित कर रहे थे। भारी सभा जुड़ी थी। दूर-दूर से टीचर आये थे, प्रोफ़ेसर आये थे। ऐसा इससे पूर्व कभी नहीं हुआ था।

वे कह रहे थे, ''मित्रो और मेरे भारत के नये चिरागो, मैं एक मास्टर रहा हूँ। रिटायरमेंट के बाद भी मैं मास्टर ही रहूँगा। मास्टर बनाम किसान। मास्टर नयी पौध में स्वप्न बोता है। उसे स्वप्न दिखाता है पर स्वयं स्वप्न नहीं देख सकता। जैसे उजाला देने वाला हर दीपक स्वयं अँधेरे में रहकर दूसरों को प्रकाश देता है। जैसे नदी स्वयं पानी नहीं पीती, दूसरों को पीने देती है। जैसे वृक्ष स्वयं फल न खाकर दूसरों को खाता देखकर आत्मतोष से भर जाता है। जैसे माँ अपने शिशु को स्तनपान कराकर उस अमृतत्व

के आनन्द से छलक पड़ती है। एक मास्टर ठीक वैसा ही होता है, नींव का पत्थर। याद रखना जिस दिन मास्टर अपने लिए जीने लगेगा, उस दिन से वह मास्टर जैसे गरिमामय पद से स्वतः बाहर हो जायेगा। वह मात्र एक वेतनभोगी मास्टर रह जायेगा। उस दिन से इतिहास में कालरात्रि का आरम्भ होगा और भूगोल अपनी धुरी से हटने लगेगा। कोई सिगनिफ़िकन्स (तात्पर्य) नहीं रहेगा। सब अपनी जड़ों से हिलने लगेंगे। यह अदृश्य कार्य शुरू हो चुका है। मेरी उनसे प्रार्थना है जो मास्टर बने हैं, बनने जा रहे हैं, अपने स्वधर्म गुण की ऊर्जा को बनाये रखने के लिए नींव की गहरी ईंट बनने का जितना प्रयत्न कर सकें, करें। याद रहे, तुमसे देश बनता है, समाज बनता है, संस्कृति गौरवान्वित होती है, सभ्यताएँ गलबाँहें डालकर मिलती हैं। मैं इस अवसर पर यह प्रार्थना कर सकता हूँ कि मेरा भारत सबका भारत बने और सारी दुनिया को गंगाजल बनकर प्रेरणा देता रहे। जय वन्दे मातरम्।''

मृणालिनी को क्या पता था कि उसका विवाह 'वन्दे मातरम्' से ही होने जा रहा है। वह भाव विह्वल होकर कहने लगी, ''पापा, आप कभी नकार भाव में नहीं बहना, वहाँ सिर्फ़ रेत है, जहाँ तक दृष्टि जायेगी वहाँ तक रेत, रेत के भूकम्प और तूफ़ान हैं, आँधियाँ हैं। पापा, हमारे मास्टर विनय मोहन बैनर्जी ने एक बात हमें याद करवाई थी कि कोई अपने को किसी से बड़ा-छोटा नहीं समझे, सबके जीवन लक्ष्य एकमात्र अर्घ्य चढ़ाना है, समर्पण है। ''आज मुझे उनकी बातें बहुत याद आ रही हैं।''

''वह तो देवता थे।''

''पापा वे कहा करते थे, जो देता है, वह देवता है और जो सर्वस्व दे डालता है, वह ईश्वर के समतुल्य है। ये डिग्रियाँ मानवकृत विश्वविद्यालय नहीं बाँट सकते, यह तो स्रष्टा के विश्वविद्यालय की डिग्रियाँ हैं बिना काग़ज़, छापे, नाम आदि की डिग्रियाँ, जिसे कोई देता नहीं है बल्कि जिसके अनुरूप मनुष्य को बनकर पाना पड़ता है। क्यों पापा, वे कितना सत्य कहते थे, उसे किसी तराजू और भौतिक तुला पर नहीं तोला जा सकता, है न।''

''हाँ, मीनुदी है तो पर...।''

''पर क्या?''

''हम ऋषि-मुनि नहीं हैं।''

"तो क्या ऋषि-मुनि कोई हम से अलग होते हैं। वे तो कहते रहे कि सब मनुष्यों में से होते हैं—यहाँ तक कि इस धरती का ईश्वर भी। धरती को जितने भागों में बाँटों उतने ही ऋषि-मुनि, नबी, अल्लाह, गॉड, ईश्वर। ये सब इन्सानों में से ही हुए हैं, उनसे ही हैं। कहीं ऊपर से नहीं आये। ये सब समर्पण के स्तर की संज्ञाएँ हैं, समाधियाँ हैं जो उन्हें अपने ही समाज से मिली हैं। ये सब हम सब में हैं। इनको जानने के लिए इन जैसे बनो, इनके रास्तों पर चलो। पिता जी, आज मुझे ये बातें, जिन पर मैंने पहले कभी ध्यान नहीं दिया था, अब ध्यान में समाती जा रही हैं।"

"वे मास्टर थे। उनसे कुछ छिपा नहीं था। मैं उनके पास भी गया था जब तूने विवाह से इनकार किया था। उन्होंने कहा था, "बसु वासुदेव हो सकता है, मृणालिनी उषा हो सकती है। फिर वर अति सुन्दर, नेक और तेजस्वी है।"

"क्या उसका जीवन सुखी रहेगा?"

"बसु, सुख-दुख की परिभाषा बड़ी जटिल है। यह व्यक्ति आश्रित है—कोई भरपेट स्वादिष्ट भोजन करने पर तथा, अपार धन होने पर भी दुखी है और कोई फ़ाक़ा कर सुखी है, कोई झोंपड़ी में रहकर और रूखा-सूखा मिल जाने पर भी आनन्द से भरपूर है—जैसे सुदामा। यह नापतोल सम्भव नहीं है।"

"फिर आपका क्या आदेश है, मास्टर जी?"

"मैं किसी को आदेश देने की शक्ति नहीं रखता, बसु। आदेश मानना है तो अपनी आत्मा का मानो। मन भी आदेश देता है, परन्तु उसके आदेश मानने पर अधिक भरोसा नहीं किया जा सकता है।"

अचानक घोड़ा बिगड़ गया। टमटम सड़क से कच्चे में उतर गयी, जहाँ कीचड़ था। जैसे-तैसे कोचवान टमटम को सड़क पर लाया। घोड़े को पुचकारा, खाने को दिया। अतीत के परिदृश्य अदल-बदल गये। मन ने थाम लिया। भूपालचन्द्र बसु ने पूछा, "अब भी सोच ले, बिटिया।"

"सोच लिया, पापा। अब मैं निश्चिन्त हुई। उनका कोई कुछ नहीं कर सकेगा।"

"ईश्वर ऐसा करे, मीनुदी।"

उसे अपनों से अपना काम करवाना है तो वह वैसा ही करेगा, जिससे उसका कार्य पूरा हो सके। मृणालिनी ने कुछ रुक कर आगे कहा, "चित्तरंजन दास जी ने अपनी सारी प्रैक्टिस दाँव पर लगा दी है।"

"हाँ, यह तो है।"

"किसके कहने पर?"

"किसके, मीनुदी?"

"उसके कहने पर जो मेरे स्वामी को सबसे बचाकर कारागार में लाया है, अब वहीं उन्हें छुड़ाकर बाहर लायेगा।"

"ये तुझे अचानक क्या हुआ है?"

"वही जो पहले होना चाहिए था।"

"पहले क्या होना चाहिए था?"

"माँ शारदामणि देवी ने कहा था कि अपने में इतना विश्वास पैदा करो कि दिन चाहो तो रात का आभास देने लगे। दृढ़ता उत्तम लक्ष्य की पहचान है।" मृणालिनी ने धीरे-धीरे कहना जारी रखा, "पिता जी पता नहीं, माँ से मुझे ऐसी कौन-सी शक्ति मिली कि मैं अपने में आश्वस्त हो चली।"

"मैं क्या तेरी माँ भी यही चाहती है कि कुछ दिन तू कलकत्ते रहेगी तो तेरा मन शान्त बना रहेगा।"

"क्या मैं बोझ हो गयी हूँ, पिता जी।"

"मीनुदीऽ। ...ऐसा कभी कल्पना में भी मत सोचना। तू क्या अपने माता-पिता को इतना ही समझ पायी है। इतनी बड़ी-बड़ी बातें करती है और..."

"ना...ना...ना...पिता जी, मुझे माफ़ करना। दरअसल मुझे अब यहाँ रहने की ज़रूरत नहीं है...यहाँ उनकी बहन... ।"

"सरोजिनी क्या?"

"हाँ वही, पिता जी, मुझे फूटी आँख नहीं देखना चाहती है। उसने बंगला पत्रिका में विज्ञापन निकलवा कर चन्दा क्या इकट्ठा कर लिया कि..."

"कि क्या, मीनुदी, उसके लिए मैंने अपने प्रभाव का इस्तेमाल किया था और मैंने..."

समय मुझे अपने तेज़ प्रवाह में बह लिए जा रहा है और मैं तटस्थ बना देख भर रहा हूँ। मणि, मेरा अब तक का जीवन एक कठपुतली की तरह

रहा है। जब मैं क्रान्तिकारी गतिविधियों से दूर निकल जाना चाहता हूँ तब वे चन्द क्रान्तिकारी मेरे पीछे पड़े हुए हैं। मुझ पर भीरू होने का लांछन तक लगाने में वे नहीं चूक रहे हैं। दूसरी ओर सरकार ने मुझे घेरने की पूरी तैयारी कर ली है। अब तुम्हीं बताओ कि मैं क्या करूँ? यहाँ रहा तो सरकार मुझे पुनः अन्दर कर देगी, क्योंकि इतनी बड़ी सरकार को मैं अकेला ही उलटने वाला हूँ। जेल में रहकर मेरे जीवन का लक्ष्य ही बदल गया है। यह बात न अपने साथी मानने को तैयार हैं और न सरकार। फिर...?

"इस सफ़ाई की क्या ज़रूरत है। स्वामी, जो ठीक लगे, वही कीजिए।"

"मैं तुम्हारी और तुम्हारे घरवालों की दृष्टि में गुनहगार हूँ। ऐसा न मानने का कोई कारण भी नहीं है।"

"आपसे यहाँ किसी ने कुछ कहा क्या?"

"यहाँ कौन कहता?"

"फिर ऐसा प्रश्न क्यों उठाया?"

"मेरे मन में यह प्रश्न उठा है, मणि।"

"आप अपने लक्ष्य की ओर बढ़ते जाइए, स्वामी। यही मेरे लिए उपयुक्त है।"

"मेरा अपना कोई लक्ष्य नहीं है, मणि। लक्ष्य भी उसका है और चला भी वही रहा है। मैं तो उसके हाथ की कठपुतली हूँ।"

"वह मैं क्या जानूँ, स्वामी, कि कौन किसकी कठपुतली है।"

"आख़िर मैं अपने को तुम्हारे प्रति उत्तरदायी मानता हूँ।"

"मत मानिए। हम जैसी स्थिति होगी, उसमें जी ही लेंगे...दरअसल स्वामी, आप कुछ जानते तो हैं कि कौन आपको नचा रहा है, परन्तु हम तो सिवाय आप किसी और को नहीं जानते। हमारे तो परमेश्वर भी आप ही हैं।"

"यही भ्रम हमें मारे डाल रहा है।"

"तो बोलिए, हम क्या मानकर चलें। अन्धे की लाठी किसे बनायें? कौन है हमारा? शादी हो जाने के बाद लड़की का घर ससुराल हो जाता है। आपका अपना कोई घर नहीं है। इधर-उधर रिश्तेदारों में घूमना कब तक और किस आधार पर? हम कुछ नहीं समझ पाते हैं, स्वामी। हमें आपकी आज्ञा मिल सके तो हमें सन्तोष हो। ...अपना देश परम्पराओं को सर्वाधिक महत्त्व देता है। उनका पालन होता देखना चाहता है, क्योंकि परम्पराओं की जड़ें

हमारी संस्कृति में है। इस कारण हम कुछ-कुछ...।'' आगे मृणालिनी नहीं कह सकी। उसने वही कहा जो वह अनुभव कर रही थी और जिन परिस्थितियों का सामना करने में समर्थ नहीं हो पा रही थी। सोच रही थी कि अरविन्द कारागार से एक बार बाहर आ जायें, फिर वह कहीं और जाकर नये सिरे से ज़िन्दगी शुरू करेंगे। सुधीरा सरकार की भी यही नेक सलाह थी, लेकिन अरविन्द के मन में क्या है, यह वह क्या जाने?

''मणि, तुम्हारा कहना अत्यन्त व्यावहारिक है और रीति-नीति का पोषक है। फिर भी, मैं अपने आपको विवश पाता हूँ। मेरा अपना कोई ठौर-ठिकाना नहीं है। तुम्हें अपने साथ कैसे रख सकता हूँ। यदि थोड़ा और इन्तज़ार कर सको तो मैं अपने नये लक्ष्य की ओर इतमीनान से क़दम बढ़ा सकता हूँ।'' अरविन्द अपने आप में उलझ रहा था और आगे कह रहा था, ''मणि, जैसे ही मैं व्यवस्थित हुआ वैसे ही तुम्हें अपने पास बुला लूँगा। अब भारत की सीमा में मेरा रहना ख़तरे से खाली नहीं है। क्या होगा यदि सरकार ने फिर से जेल की सलाख़ों के पीछे डाल दिया तो...?''

''नहीं। ...नहीं। ...स्वामी, आप जायें, जहाँ जाना चाहते हैं। जहाँ आपको सुरक्षा नज़र आये। ज़रूर जायें, मैं रह लूँगी। आपके बुलावे की प्रतीक्षा पूरी ज़िन्दगी भी कर लूँगी। आप मेरी चिन्ता छोड़ें।''

''पूरी ज़िन्दगी क्यों?''

''मुझे आप पर भरोसा है। मैं आपके भरोसे को टूटता नहीं देख सकूँगी। आपको कुछ हो जाये तो मेरा रहने न रहने का क्या अर्थ, स्वामी? ...आपको हमारी क़सम है, आप जायें और जल्दी जायें। हम दुबारा आपको जेल की सलाख़ों के पीछे देखना तो दूर अब यह हम सोच भी नहीं सकते।'' यह कहते हुए मृणालिनी का गला भर आया और उसकी आँखें नम हो उठीं।

अरविन्द भी चुप होकर रह गया। ये तनाव भरे लम्हे बहुत भारी पड़ने लगे। मृणालिनी ने कहा, ''आज आपकी मनपसन्द सब्ज़ी फूलगोभी, रायता, दम आलू, आलू मटर की सब्ज़ी बनायी है। अब गरमागरम आलू के पराँठे सेंकती हूँ। आइए, चल कर वहाँ सामने बैठिए।''

''इतनी चीज़ें एक साथ।''

''रसोई का आस्वाद भी रसोई वाले से है। अकेले का खाना तो भूतही हो जाता है।'' मृणालिनी उनका हाथ पकड़ कर अन्दर ले गयी। मन कुछ

हलका हुआ। खिड़की से चाँदनी छनकर अन्दर आ रही थी। हवा में ठण्डक थी। मृणालिनी ने रसोई से बाहर आकर पराँठा देने के बाद सरोजिनी को पुकारा, "ठाकुर जी, इधर आ जाओ। रसोई तैयार है।"

सरोजिनी सहज आ गयी और आते ही बोली, "बहूठान (भाभी), आज भैया के पास बैठकर उनका साथ दो, गरमागरम पराँठे मैं सेंकती हूँ।"

"नहीं ठाकुर जी (ननद), आज अपने भैया का साथ उनकी प्यारी बहनिया ही देगी।"

आख़िर सरोजिनी को भी वहीं बैठना पड़ा। खाना बहुत स्वादिष्ट था। अरविन्द बहुत धीरे-धीरे पूरा आस्वाद लेकर भोजन करते थे। अतः उनकी प्रिय मिठाई सन्देश और राजभोग भी आया। अभी पानतुआ और है। मृणालिनी की छोटी बहन पानतुआ लेकर आयी थी।

मृणालिनी की आँखें भर आयीं। उसका प्यार छलक-छलक पड़ रहा था। कई साल बाद ऐसी रसोई महकी थी।

खाना हो गया। रात की आँखें चमक उठीं। आज मृणालिनी ने नथ, कड़ा, बाला चूड़, पाँव चौड़ा, मटरमाला आदि सब पहने थे। फीरोज़ी रंग की कामदार साड़ी पहनी थी। अरविन्द मृणालिनी के अनुपम रूप को देखकर मन्त्र-मुग्ध रह गया। हाथ बढ़ाकर उसे अपनी ओर खींच लिया। वह छुईमुई-सी सिमटने लगी। तभी दूसरा हाथ बढ़ा अरविन्द ने लाइट ऑफ़ कर दी।

36

कर्मयोगिन्' कार्यालय। 10 फरवरी, 1910 की डूबती सन्ध्या। स्वतन्त्रता पर ज़बर्दस्त पहरा। घटाघोप अन्धकार। अरविन्द कह रहे थे, "हमारा अतीत महान था, है और सदा रहेगा, जिससे हमें निरन्तर नवजीवन शक्ति की अनुभूति होती रहेगी। यदि हमारे पास मौलिक और ऊर्जावान् अतीत नहीं होता तो हमारी भी वही स्थिति होती जो ईसा पूर्व सातवीं सदी में एसारहेड्डान, असीरिया राजा और कोसराज...सस्सीनिद, फारस का अन्तिम शासक, जिसने सातवीं ईसवी तक राज्य किया था, की हुई थी...। हम भी उनकी तरह यूनान और सीजर के रोम के साथ उन क़ब्रों में पड़े-पड़े लम्बा समय गुज़ार चुके होते, जहाँ अनेक मृत राष्ट्र पड़े हुए हैं। अब हमें तो इतना

करना है कि हमने जिस बौद्धिक स्वतन्त्रता और सोच को खो दिया है, उसे कैसे वापस लायें? कैसे भारतीय युवक को विचार करना सिखाया जाये? जब मौलिक विचारकों का अभाव होने लगता है तब देश राजनीतिक आज़ादी का लाभ लेते हुए भी परतन्त्रता की यातना से ग्रस्त होता है। यदि किसी राष्ट्र के पास ऐसी स्वतः सम्पूर्ण अन्तर्निहित ऊर्जा और आध्यात्मिक शक्ति-सौन्दर्य का अकाल पड़ता जायेगा तो उसे अन्तःबर्हि ऊर्जा का आध्यात्मिक और प्राणवान् संबोध शनैः शनैः मिलना बन्द होने लगेगा और वह राष्ट्र स्वतः पराङ्मुख होने लगेगा। अभी तक भारत के साथ ऐसा नहीं है। उसे सुप्त पड़ी, दिग्भ्रमित युवा पीढ़ी को विचार के क्षेत्र में मौलिक और अन्तर्दृष्टि युक्त बनाने का प्रयत्न होना चाहिए।''

अरविन्द की वाणी से निर्झर झर रहा था और आने वाले 'कर्मयोगिन्' की सामग्री तैयार हो रही थी। वह आगे कह रहे थे, ''सुधार अपने आप में कोई अच्छी चीज़ नहीं है। न हठपूर्वक रूढ़िवादियों की तरह पुरानी राह पर बिना हिले-डुले खड़ा रहना सुरक्षित और अच्छा है। सुधार तो यदाकदा रसातल में ले जाने वाला पहला क़दम सिद्ध होता है। मध्यमार्ग भी सदा सुनहला नहीं होता। सत्य की कसौटी न पुरातनता है और न आधुनिकता। जैसे सभी ऋषि अतीत नहीं होते और न हर वह वस्तु जो अतीत में राष्ट्रीय थी, वर्तमान और भविष्य में भी राष्ट्रीय होगी, यह सम्भव नहीं है। मैं कहता हूँ कि ओछी हरकतें छोड़ो, कमज़ोरी की बातों से पिण्ड छुड़ाओ, रोओ मत, गिड़गिड़ाओ मत, अपने पर विश्वास बनाये रखना सीखो, अनुभव करो कि बाढ़ का तेज पानी ऊपर से गुज़र चुका है, तुम अपनी जगह खड़े रहो और तुम्हारी दृष्टि अतीत के सम्मोहन पाश से निकल कर पुनर्जन्म की ओर बढ़ रही है तो राष्ट्र मर नहीं सकता, कोई शक्ति उसे मार नहीं सकती, क्योंकि सुदृढ़ विचार, सुदृढ़ और स्वस्थ चरित्र ही उन्नत तथा शक्तिशाली, स्वाभिमानी और उन्नत राष्ट्र की एकमात्र पहचान है। थोड़े से प्रयत्नों से आज़ादी ला सकते हो, परन्तु बिना सुदृढ़ चरित्र के उसका लाना न लाने के बराबर होगा।'' अरविन्द पल भर के लिए ठहरा। उसका मुखमण्डल तेजस्वी सूर्य की तरह दमक रहा था। वह साक्षात् निर्भीकता की अमर ज्योति-सा दमक रहा था।

अरविन्द ने उत्तरीय ठीक किया। गहरी साँस ली और कहने लगा, ''अर्द्ध सत्य, पाखण्ड, मिथ्याचार, व्यभिचार आदि विनाश की ओर ले जाते हैं।

व्यक्ति और राष्ट्र स्वतः उस ओर चलने लगता है और अन्ततोगत्वा मरता है, अपना स्वरूप नष्ट करता है, लेकिन तब भी उसकी आत्मा नहीं मरती। उसे कोई मार नहीं सकता, क्योंकि वह तब भी ज्योतिर्मय रहती है और प्रेम, शक्ति और प्रज्ञा को स्व पद्म में बन्द किये होती है। उसे सुनहरी सुबह की प्रथम किरण की प्रतीक्षा है। उसके स्पर्श मात्र से वह बन्द पद्म खिल उठेगा और उसका सुवासित स्पन्दन अक्षय आनन्द का स्वर-श्वास और सद्कर्म का अनन्त उल्लास उसे नव जीवन और नव दृष्टि से समग्रतः नव नव पुनर्जीवित कर उठेगा। भारत से सारे संसार को यह अक्षय सन्देश जायेगा जो अभी भारत की आत्मा में सोया पड़ा है और जागरण की प्रतीक्षा में है। आओ, आगे बढ़ो और अपनी आत्मा से संवाद करो और अद्ययतन आधुनिक तथा शाश्वत सद्धर्म को पहचानकर रुको नहीं, निरन्तर जहाँ हो, जैसे हो, वहीं से गति को लयबद्ध करो और हर साँस-साँस में अमरता भरो। समूची संस्कृति, हे भारत, तुम्हारे उठने की प्रतीक्षा में है, उठो।'' यह अन्तःआह्वान दिग्-दिगन्त में अनुगूँज उठा। चतुर्दिक विमल प्रकाशाभा शंखनाद कर उठी। दिक्काल की प्रथम टंकार सबको चपला-सी द्युतिमान् होती दृष्टिगत हुई।

यह एक ऐसा सच था, जो अरविन्द के सामने किसी मिथ्या अथवा आडम्बरी शक्ति को टिकने नहीं देता था। साथ ही सामने वाले के अन्तर्ज्ञान को छूकर उद्वेलित कर जाता था। दासता यहीं से, इसी से पराङ्मुख हो दिक्काल में अपने मिथ्या अस्तित्व को अन्तर्लीन कर देगी और वह एक सर्वथा नवीन उदय को क्षितिज पर प्रभावान् होते देख नमन कर उठेगी। तब ऐसा लग रहा था अरविन्द की ओर देखकर सोचते और मनन करते हुए कि जन्म-जन्मान्तर उनको सुनते रहें, उनके सहचर बनें और कालातीत तिमिराच्छन्न से मुक्ति पायें।

गूंगा सन्नाटा अचानक बहरा हो गया और अन्धकार-प्रकाश के पार चला गया। उसी समय रामचन्द्र मजूमदार जो 'धर्म' और 'कर्मयोगिन्' के सहयोगी थे, हाँफते हुए अन्दर दाख़िल हुए। उनका चेहरा ही बता रहा था कि संकट भारी है। अरविन्द ने कहा, ''मजूमदार भाई, पहले श्वास संयत करो ताकि तुम जो कुछ अति आवश्यक सूचना लेकर आये हो, उसे संयम और धैर्य से सुना सको। सुनाना सुनने जैसा ही श्रेष्ठ कर्म है। यह संसार है, साथ रहने का व्यवहार है, यहाँ हाट भी है, मेला भी है और श्मशान भी है।

तुम्हें तटस्थ होकर उससे गुज़रते जाना है, यही एक कर्मयोगी का मानस धर्म है, जिसके लिए हम सब यहाँ एकत्र होते हैं, संवाद उठाते हैं, गिराते हैं, नाटक के परदे की तरह। फिर चाहे वह नाटक मंचित हो रहा हो या संचित। उसकी क़तई परवाह नहीं रहती, क्योंकि नाटक के पात्र नाटक नहीं होते, नाटक का पहचाना या अनपहचाना अथवा दोनों का मात्र एक हिस्सा होते हैं। नाटक तो सम्पूर्ण है। उस सम्पूर्ण का एहसास कराने-करवाने का प्रयास मात्र पात्र करते हैं, क्योंकि उनमें कोई सूत्रधार नहीं है। मैं समझता हूँ, हमारी आज की बैठक का समापन और 'कर्मयोगिन्' का अग्रलेख दोनों का काम इतने मात्र से चल जाना चाहिए।''

गोविन्द सरकार जो उनके कथन को त्वरा लिपि से लिपिबद्ध करता जा रहा था, अरविन्द की ओर एकटक होकर देखे जा रहा था कि क्या गहन व गूढ़ विचार ही अरविन्द का पर्याय है।

अरविन्द ने, स्मित भरकर कहा, ''सरकार बन्धु, तुम अपने को सन्देश मुक्त करो। आश्चर्य संशय के आगमन का सूचक बनता है यदि आश्चर्य में सद्विवेक अपना स्थान छोड़ दे अथवा थोड़ा-सा भी आगे-पीछे हो जाये।''

अब गोविन्द सरकार के आरक्त अधरों पर स्मित विलुलित हो रही थी और अरविन्द कह रहा था, ''मजूमदार, अब कहो, क्या बात है?''

''आपके नाम का वारंट निकल चुका है।''

''और बाहर गुप्तचर भी नहीं हैं।''

''हाँ-हाँ...यह भी है।''

रामचन्द्र मजूमदार ने साश्चर्य उनकी ओर देखते हुए कहा।

''आज शुक्लपक्षीय एकादशी की रात है और चन्द्रमा निद्राविहीन होकर अकेले यात्रा कर रहा है।''

जहाँ वे सब बैठे थे, वहाँ चन्द्रमा नहीं था। अरविन्द पुनः मुस्कराया और बोला, ''हर बात के लिए प्रमाण की ओर मत भागो, अपने पर विश्वास लाओ।''

''अब?''

''अब हमें चलना है तो चलें।''

''फिर?''

''बाहर कुछ नहीं है। मार्ग प्रशस्त है। हमें जाना है। रामबाबू गंगातट तक हमें पहुँचा देगा।''

"पर मैं आपके साथ चलूँगा।" गोविन्द सरकार ने तपाक से कहा।

"बिना जाने और बिना अपने घर में सूचना दिये।"

"घर उस दिन नहीं रहा जब से आपके साथ हो लिया। एक व्यक्ति का एक ही घर होता है।"

"मेरे पास तो कोई घर नहीं है।"

"असली घर ही वही है। ये संसार क्या है? ...क्या यह हमारा शाश्वत घर नहीं है, जिसे स्वयं विराट् सत्य पुरुष स्वयं अपने हाथों से बनाता है और अपनी इच्छा से उसे अन्तर्धान कर देता है।"

"तो चलो, भाई, तुम भी साथ चलो। पर ध्यान रहे अपने पास पैसा टका नहीं है।"

"होता तो चलना भी नहीं होता। मेरे पास भी कोई जेब नहीं है।"

"तब और भी ठीक है। आज रीते का ही व्यापार करेंगे।"

"जो भरने पर भी नहीं भरता, उसे रीते होने की आशंका डराती रहती है। पर हमारे पास डर के लिए कोई ख़ुराक़ नहीं है।" गोविन्द सरकार नवयुवक था। सुदृढ़ क़द-काठी का गौरांग व्यक्तित्व का धनी था। बी.ए. पास था। ब्रह्मचारी था। वह शान्तिप्रिय तथा निःशंक और निडर था। उसकी दोनों आँखों में अमर ज्योति का उल्लास था। एकमात्र उसने कारागार में आकर कहा था, "दादा, इस नाटक पर से परदा भी स्वतः गिरेगा। यह कालावधि आपको नव संसृष्टि का अवसर प्रदान के लिए अपरिहार्य है। आप एकान्त चाहते थे, निर्जन की संकल्पना करते थे और शान्ति के लिए आह्वान करते थे। वह सब यहाँ है। पर मुझे आज्ञा कीजिए, क्या करूँ?"

"वेदों का गहन अध्ययन, पुराणों का निचोड़ तैयार करो, फिर जानो कि तुम क्या थे और क्या बन गये?"

"आज्ञा शिरोधार्य, गुरुदेव।"

उस दिन के बाद गोविन्द सरकर कभी जेल में मिलने नहीं आया। मुक्त होने पर भी उसका अता-पता नहीं था और एक दिन अचानक चला आया। बोला, "गुरुदेव, आ गया हूँ।"

"तुम! इतने दिन कहाँ रहे?"

"वेद, पुराण, उपनिषद् आदि के जंगलों में भटकता रहा।"

"क्या पाया?"

"कुछ ख़ास पा जाता तो यहाँ आपको तलाश करता नहीं आता।"

"क्या मतलब?"

"इन ग्रन्थों में संकेत भर हैं, गुरुदेव।"

"तुमने मुझे बिना दीक्षा लिए गुरुदेव क्यों बना दिया?"

"मैंने नहीं, गुरुदेव, उस सच ने जो निरन्तर आपके साथ बना हुआ है और भयावह से भयावह संकट से निकाल कर यह जतलाना चाहता है कि एक वही है जो सत्य भी है, शिव भी है और सुन्दर भी है।"

"यह तुम कैसे कह सकते हो?"

"यह मैं नहीं कह रहा हूँ, गुरुदेव, यह वह मुझसे कहलवा रहा है, जिसने आपको कठोर और निर्जन काल कोठरी से इस स्वच्छन्द और मुक्त वातावरण में लाकर आगे प्रस्थान करने का सन्देश दिया है।" गोविन्द सरकार जितना आज्ञाकारी, शान्त चित्त और परोपकारी धर्मनिष्ठ भक्त है, उतना हृदय से निश्छल और सुन्दर भी।

"चला जाये।" अरविन्द ने सोचकर कहा और उठ खड़े हुए। उनके साथ ही रामचन्द्र मजूमदार भी उठ खड़ा हुआ। अरविन्द ने पुनः कहा, "मेरे पीछे गुप्तचर हैं, पुलिस है और सूँघ कर पता ठिकाना जानने वाले प्रशिक्षित कुत्ते हैं।"

"तो चलना है।"

"मेरा क्या है, सरकार पीछे पड़ चुकी है, उनके हाथ लग गया तो इस बार वह मुझे बंगाल से बाहर की जेल में डालकर भूल जायेगी। मैं तुलना नहीं कर रहा हूँ। सिर्फ़ समझाने के लिए एक प्रसिद्ध नाम का ज़िक्र कर रहा हूँ। इसी सरकार ने मुग़ल बादशाह बहादुरशाह ज़फ़र को रंगून रवाना कर दिया। सर जांस लारेंस के आदेश से उन पर राजद्रोह का मुक़दमा चलाया। 21 जनवरी से 9 मार्च, 1858 तक मुक़दमे की सुनवाई चली। उनके वफ़ादार भी उनके ख़िलाफ़ गवाही देने में नहीं चूके। आख़िर उन्हें देश छोड़ने की सजा सुनायी गयी। लगभग एक साल वे और उनकी बेगम जीनत महल एक काल कोठरीनुमा दुर्गन्ध से भरे माहौल में रहे। अक्तूबर, 1858 को उन्हें बेगम सहित अन्य जनों को सरकारी इन्तज़ाम और देखरेख में बैलगाड़ियों से कलकत्ते के लिए रवाना कर दिया और कलकत्ते से रंगून के लिए। 7 नवम्बर, 1862 रंगून में ही इन्होंने अन्तिम साँस ली।

यह क़िस्सा सुनने में जितना दिल को छूता है, हक़ीक़त में बड़ा ख़ौफ़नाक और दर्दीला है—ख़ून के आँसू रुलाता है।" इतना कहकर अरविन्द तनिक रुके। दोनों की ओर देखा। मजूमदार की आँखों में भय की काली छाया थी और गोविन्द सरकार बेख़ौफ़ था। वह खखार कर गला साफ़ करने के बाद बोले—उस अमर बादशाह शायर ने अपने चन्द अरमानों का यों ज़िक्र किया है—

छोड़ कर यार हमें सब हुए चलते-फिरते,
अपनी महरूमी पै हम हैं हाथ मलते-फिरते।
आशना जितने हैं अपनी ग़रज़ के हैं याराना,
ख़ूब देखा हमने अपना आशना कोई नहीं।
दोस्त अपने हुए 'ज़फ़र' दुश्मन,
इस मुसीबत को कौन पहचाने।
हुए दफ़न जो कि बेकफ़न, उन्हें रोता अबे-बहार है,
कि फ़रिश्ते पढ़ते हैं फातिहा, न निशान है, न मज़ार है।

हिन्दुस्तान की बादशाहत का मालिक, चुपचाप बेगानी ज़मीं पर दफ़ना दिया गया। उसे अपने मुल्क का साढ़े तीन गज़ टुकड़ा नसीब नहीं हुआ, सरकार।"

"आप बादशाहत से बहुत दूर हैं।"

"सरकार तो हमें बादशाह से अधिक ख़तरनाक मानकर चल रही है और राजद्रोह का मुक़दमा हम पर चलाना चाहती है।"

"फिर भी मुझे साथ चलना है, गुरुदेव।"

अरविन्द गोविन्द सरकार के बारे में अधिक नहीं जानता था, पर अब तक जितना जाना उससे उन्हें यक़ीन हो गया कि उसमें कहीं-न-कहीं गौरांग और कबीर आँख खोले बैठा है।

अब वे भागीरथी के तट पर थे। रामचन्द्र मजूमदार खेवट से बातचीत कर रहा था। वह राज़ी हो गया। नौका में अरविन्द के साथ गोविन्द सरकार भी बैठा। मजूमदार ने खेवट को तय की राशि देकर अरविन्द के पाँव छुए और तब तक तट पर खड़ा रहकर, नौका को देखता रहा जब तक वह उसकी आँखों से ओझल नहीं हो गयी।

37

चन्द्रनगर फ्रांस के अधिकार में था। फिर भी वहाँ ब्रिटिश भारत के गुप्तचर अरविन्द का पीछा कर रहे थे और जैसे-तैसे दबोचकर ब्रिटिश भारत में ले जाने की तैयारी कर रहे थे। क्रान्तिकारी वहाँ भी थे, परन्तु अब वे नहीं के बराबर सक्रिय थे। उन्होंने नये धन्धे शुरू कर लिए थे। इस कारण अरविन्द का वहाँ रहना ख़तरे से खाली नहीं था।

अरविन्द को कोई चिन्ता नहीं थीं। वह ध्यान-योग में लीन था। वहाँ निरन्तर उसे तीन देवियाँ दर्शन दे रही थी। ये तीनों देवियाँ वैदिककालीन थीं—इला, सरस्वती और मही।

अरविन्द को कलकत्ता छोड़ने से पूर्व अन्तःआदेश हुआ था, "चन्द्रनगर जाओ।" चन्द्रनगर पहुँचने पर फिर आदेश हुआ कि पांडिचेरी जाओ। वह पानी के जहाज़ से पांडिचेरी के लिए चल पड़ा। अब उसके साथ गोविन्द सरकार के अतिरिक्त विजय नाग और मणि चक्रवर्ती भी थे।

एक अप्रैल, 1910। पौ फूटी। कलकत्ता बन्दरगाह से, ब्रिटिश भारत का राजद्रोही डूप्ले जहाज़ से सीमा पार जा रहा था। 4 अप्रैल, 1910 की सन्ध्या को, चार बजे जहाज़ पांडिचेरी पहुँचा। मणि चक्रवर्ती और श्रीनिवासाचारी एक ग्रामीण के साथ नौका लेकर उसके पास पहुँचे। वहाँ से उन्हें पांडिचेरी के धनाढ्य नागरिक शंकर चेट्टी के तिमंजले मकान लाया गया। रात होने वाली थी। सन्नाटा छाने लगा था। मणि चक्रवर्ती प्रत्येक गतिविधि का बहुत गहराई से अध्ययन करता जा रहा था, क्योंकि उसे जो कुछ व्यवस्था दिखलाई और बतायी थी, यह व्यवस्था उससे भिन्न थी। अरविन्द को उसी मकान में ठहराया गया था, जहाँ स्वामी विवेकानन्द वहाँ आकर ठहरे थे।

अरविन्द, विजय और मणि को वह समझा चुके थे कि वह अब अपनी साधना में लीन होना चाहते हैं, फलतः वे किसी से नहीं मिलेंगे। वह सोच रहे थे कि आते ही पांडिचेरी चिर-परिचित सा क्यों लगने लगा? क्यों वह उनमें धीरे-धीरे आँखें खोलने लगा?

वह तेईस दिन के उपवास पर चले गये। बीच वाले कमरे में आ गये। वहीं ध्यान चला, वहीं योग। वह आठवें दिन अनुभव करने लगे कि बुद्धि की सीमा से बाहर भी कोई लोक है जो उनमें एक नवीन जिज्ञासा

को जन्म दे रहा है। इससे पहले वह कारागार में दस दिन का उपवास कर चुके थे, परन्तु इस बार पन्द्रहवें दिन बाद भी उन्हें किसी प्रकार की कमज़ोरी का अनुभव नहीं हुआ। वह अपने को पूर्णतया स्वस्थ अनुभव कर रहे थे। उनका चित्त एकाग्र हो गया था।

एक रात, रात के एक बजे के बाद ध्यानावस्थित स्थिति में बैठे हुए अरविन्द को लगा कि उन्हें कोई पुकार रहा है, "अरविन्द, उठ और सीधे मेरे पास आ।"

अरविन्द ने चतुर्दिक देखा। वहाँ कोई नहीं था। पुनः वही आवाज़ उभरी कि जहाँ कोई नहीं होता है, वहाँ मैं होता हूँ।

"तुम कौन हो?"

"जो तू है?"

"मैं क्या हूँ?"

"यह मैं क्या जानूँ। अपने आपको तो जानता नहीं हैं, फिर मुझे क्या जानेगा?"

"क्यों नहीं जानूँगा? अवश्य जानूँगा। उसी के लिए यहाँ आया हूँ। तेरे पास रहूँगा। तुझसे खाली समय में बतियाता रहूँगा। यों धीरे-धीरे तू खुलने लगेगा और मुझे अपने से जानने की बाधा से मुक्त कर सकेगा। सच में, मुझे अपने को जानना भी नहीं है।"

"क्यों नहीं जानना?"

"तुझे जानकर फिर कौन पागल होगा जो अपने को जानेगा। फिर अपना रहेगा ही क्या? ख़ैर यह बातें बाद की हैं। अब आज्ञा क्या है?"

"यह मुझसे क्यों पूछ रहा है?"

"क्यों न पूछूँ। तूने कहा चन्द्रनगर जा। वहाँ जा पहुँचा। तूने कहाँ पांडिचेरी पहुँच। वहाँ भी आ गया। जब कारा में था तब कहा था कि तू मुझे वहाँ लाया है, तू ही वहाँ से निकालेगा और वही हुआ। ...अब तक मैं तेरी आज्ञा मानकर ही तो चलता आ रहा हूँ और फिर यहाँ बुलाकर कहता है कि मैं तुझसे नहीं पूछूँ? यह तेरी चालें मुझ पर असर नहीं डालेंगी, याद रखना।"

"तू तो बिगड़ उठा। मैं इसलिए तुझे यहाँ लाया कि आल-बाल, आधि-व्याधि, ऊपरी हवा, मूठ आदि से तू ऊपर उठकर कुछ ठोस काम कर सके, क्योंकि आत्मा की प्यास बुझाने के लिए कोई अस्थायी प्याऊ भी नहीं लगा रहा है। सब शरीर के शंख में हवा फूँक कर मन में ख़ुश हो रहे हैं।

आत्मा कोई त्योहार नहीं है और न कोई उत्सव है। वह आत्मा ही है जिससे तू मुझे अन्दर ही अन्दर सुन रहा है, समझने का यत्न कर रहा है।"

"पता नहीं।"

"तू मुझ पर इतना अवलम्बित भी मत हो कि मेरे बिना दो क़दम भी नहीं चल सके। माँ तो चलाना सिखलाती है, कपड़े पहनना और खाने के स्वाद लेना सिखलाती है। जब वह बड़ा हो जाता है तब उसे ही यह सब काम स्वयं करने पड़ते हैं। अच्छा बता क्या तू अब निर्वस्त्र होकर मेरे सामने चल-फिर सकता है क्या अब मैं तुझे कपड़े पहनाकर सजा-सँवार कर बाहर भेज सकता हूँ?"

"तो फिर?"

"अपना कार्य स्वयं कर। अपने से आज्ञा लेने लायक तू बड़ा हो चुका है।"

"इनकार करूँ तो?"

"तो ये ले, मैं चला। तू मेरे लौटने की बाट जोहता रह।"

"क्या तू नहीं लौटेगा?"

"नहीं।"

"लेकिन मैं तो..."

"तू तो लौटाकर ही रहेगा मुझे, यही न। तू इस भ्रम में मत रहना। अपने साकार को निराकार के पार ले आ, फिर वहाँ तू मेरे स्थान पर स्वयं को खड़ा पायेगा और तुझे फिर यह पहचानने की अक़्ल नहीं रहेगी कि इसमें तू कौन-सा है और मैं कौन-सा?"

अचानक स्वर अदृश्य। स्वर के साथ तो वह सब भी अदृश्य हो गया था, परन्तु अब तो स्वर भी अदृश्य। यह क्या हो रहा है?

हैं! एक दिन वह फिर चौंका। चौंकने का कारण उसे हवा दिखलाई पड़ रही थी, नदी में तैरती हुई अकेली। चाँद खिला हुआ था। धरती सतरंगी चादर ओढ़े नैनों से मुस्कराये जा रही थी।

"क्या मैं हवा को समीर बनते देख रहा हूँ? अब मुझे वह छूकर जा रही है। मैं चाहूँ तो उसकी कलाई थामकर अपने पास बैठा सकता हूँ। पर मैं ऐसा चाह नहीं सकता। हाँ, पंख होने वाले पक्षी की आज़ादी में मैं बाधा खड़ी नहीं कर सकता।"

"यह बात मैं किस पर ज़ाहिर करूँ।"

"कर के भी देख, तुझे लोग पागल समझेंगे। इसलिए ऐसा पागलपन नहीं दिखाना कि अपने घर को आग लगाकर, उँगली में पहनी नयी अँगूठी को बार-बार दिखलाना चाहे। तब यह सोचने से बड़ा दुख होगा कि घर भी जलकर राख हो गया, परन्तु अँगूठी की तरफ़ किसी का ध्यान नहीं गया।"

कोई कह रहा था—आज पन्द्रहवाँ दिन है अन्न को छुए। जल पर हैं। स्वस्थ हैं। मांस छटा है, वादी हटी है, परन्तु चित्त पर लावण्य महका है, सूरत पर निखार आया है।

हैं। विचार। ...हाँ-हाँ...विचार। आकार रहित विचार। मात्र विचार ही। साथ में कोई सह विचार नहीं। वह सामने आ खड़ा हुआ। कह रहा है कि अब वह आँखें मूँदें रहे या खोले रहे, परन्तु वह आकार रहित होकर साकार बना रहेगा।

"कैसे?"

"जैसे कपड़े पहने हुए आदमी भी अन्दर से नंगा ही होता है। दुनिया की कोई शक्ति मनुष्य के नंगेपन को नहीं ढँक सकती।"

अरविन्द निरुत्तर, अवाक् और आश्चर्यचकित हुए पहली बार विचार को पारदर्शी देख रहे थे—आर-पार। स्फटिक शिला का स्मरण हो आया था। वह सन्त जिसके सिर और लम्बी दाढ़ी के बाल एकदम सफ़ेद, चमकदार और रेशम से मुलायम थे, उनका एक-एक बाल स्पष्ट-स्पष्टतर हो रहा था। उसने बताया था कि वह स्फटिकाचल यानी कैलाश पर्वत से सीधे आ रहे हैं। उनकी आँखें बहुत बड़ी और चमकदार थीं। वह कह रहे थे, "तू जानता है, तुझे कहाँ जाना है?"

"नहीं, मुझे कुछ नहीं पता।"

"तू जानेगा।"

"यदि आप ठीक समझें तो।"

"तू जेल जायेगा।"

"जेल क्यों?"

"तो तू हिमालय जाना चाहेगा।"

"नहीं, मुझे सन्त-फ़क़ीर नहीं होना।"

"तुझे क्या होना है क्या नहीं, ये तेरे हाथ में नहीं है।"

"मैं कुछ नहीं जानता।"

"तू ही क्या कोई कुछ नहीं जानता। मैं भी नहीं और जितना जानता हूँ तो बस उतना ही, जितना वह बताता है।"

"कैलाश पर्वत पर भयानक ठण्ड है। वहाँ कोई नहीं रहता।"

"मैं वहीं रहा। पूरे बारह साल रहा। मेरे बाल वहीं सफ़ेद हुए। मैंने वहीं अपना एक सौवां वर्ष कैलाशपति को समर्पित किया था।"

"यह कितने वर्ष पुरानी बात है?"

"आज से कोई सातेक वर्ष पुरानी।"

"वहाँ क्या पहनते थे?"

"यही भभूत जो अब भी तन पर लगा हुआ है। यह भभूत गर्मी में ठण्डा और सर्दी में गरम रहता है। इतना गरम कि शीत को भी पसीना आ जाये। तू चौंक मत। यही सच है। पर तू नहीं मानेगा, क्योंकि तू उस सच के साथ कभी नहीं रहा है।"

"यह सच है।"

"तू भी ऐसे सच से गुज़रेगा, जिसे कोई मानने के लिए तैयार नहीं होगा। सिवा बहुत हुआ तो श्रद्धा उड़ेलने के और शीश झुकाकर चरण स्पर्श करने के। ...सच पारसमणि है, परन्तु जन उससे बचकर चलता है। आश्चर्य यह है कि वह उसके पाने के लिए बात चलने पर लालायित भी हो उठता है।"

कुछ समय ख़ामोशी छिपकली-सी बातावरण के जा चिपकी। अरविन्द ने पूछा, "वहाँ आपके भोजन की व्यवस्था क्या थी?"

"क्या होनी चाहिए?"

"मैं नहीं जानता।"

"तू निराहार करके देखना।"

"क्या मतलब?"

"उपवास। ...ऐसा उपवास कि फलाहार भी नहीं। जब तू एक आसन में स्थिर रहेगा तब तू जान जायेगा कि भूख क्या होती है?"

"क्या नहीं होती?"

"यह उत्तर करके जानने से जाना जायेगा।"

"मैं दस दिन तक व्रत रख चुका हूँ।"

"व्रत की सीमा नहीं होती। व्रत निराकार होता है, निश्शंक होता है

और निर्विचार होता है। फिर तू पवन को मेरी तरह देखेगा, सुगन्ध को मुस्कराते देखेगा, अस्पर्श को छूते देखेगा, हिमपात के पार देखेगा और जल को पारदर्शी होता पायेगा। धीरे-धीरे एक स्थिति वह भी आ सकेगी जब तू नहीं होगा, मात्र वह होगा जिसे न भूख लगती है, न प्यास, न गर्मी लगती है न, सर्दी और न जिसमें कामना जगती है और न सक्रियता न निष्क्रियता। वहाँ न दिशा होती है और न अन्तर्दिशा। वहाँ क्या होता है, यह सच हर व्यक्ति के साथ अलग-अलग है। अच्छा चलता हूँ।''

''कुछ लाऊँ क्या?''

''ला सको तो ज़रा-सी आँखों में मुस्कराहट लाओ और मुझे विदा करो। इस बाबा को दुनिया की आँखों में मुस्कराहट चाहिए। वह जानता है यह सहज नहीं है। शायद यह असम्भव भी हो, परन्तु तुम्हारे लिए नहीं, वत्स।''

इसके बाद वह रुका नहीं। मैं आकार को निराकार होने तक देखता रहा। अपलक और अन्तर्मौन लिए भावाभावों से परे होकर जैसे मैं बस में बैठा यात्रा कर रहा होऊँ और एक के बाद एक दृश्य-परिदृश्य आँख के सामने से गुज़र रहे हों और अचानक एक चकित करने वाला परिदृश्य पास से गुज़रने लगे। तब वह परिदृश्य तो गुज़र जाता है, परन्तु उसके अज्ञात-ज्ञात रंग आकार-निराकार होकर हृदय पर अंकित रह जाते हैं।

अरविन्द की ध्यान मुद्रा ने अल्प विराम लिया। उसे चहुँ ओर निर्ध्वनि अनुगूँजती अनुभूत हुई जैसे प्रसिद्ध शहनाई वादक के महफ़िल में आ जाने से उसकी शहनाई की अनुगूँज शहनाई बजाने से पूर्व ही महक-सी उठती है।

यों तेईसवाँ दिन आ गया—न भूख और न प्यास। न निःस्वनता और न अनुगूँज। फिर भी कुछ था अवश्य। अनुभूति से परे, अव्यक्त, अदृश्य। उस पार से लौटते मुसाफ़िर सा अचरज, आत्मलीन और समाधिस्थ-सा था। मौन से परे का मौन, दृश्य से परे का दृश्य, अज्ञात से परे का अज्ञात और विचार से परे का विचार। वहाँ न शब्द जा सकता है, न शरीर। वह शब्द और शरीर से परे का है। वह तरंगविहीन, रंगविहीन, ध्वनिविहीन, शून्याशून्य पहर और अनचरज।

यह कैसा अनुभव था कि जो आठ पहर बना रहता था, वह साधना अनुरत रहा, अपने से भी परे जा सका। जहाँ का वातावरण सीमा शून्य है और जहाँ शेष भी निःशेष है, जहाँ निराकार भी निरा शून्य है। जहाँ शून्य भी शून्य नहीं, अशून्य से परे है।

अरविन्द ने स्थूल शरीर को घटते पाया। उसकी देह की चर्बी घटी। मोटापा कम हुआ, परन्तु चेत तेज़युक्त सनातनी रंग में अनुरंजित था।

विजय आया, मणि भी। रसोई बनायी। अरविन्द ने रसोई पूर्ण आस्वाद से जीमी। कोई परहेज़ नहीं किया।

विजय से नहीं रहा गया। आख़िर उसने पूछ ही लिया, ''आपको भूख-प्यास नहीं लगी क्या?''

''नहीं। अनुभव ही नहीं हुई और आज मैंने डटकर प्रसाद पाया है, जिसके लिए हमारे विधान में निषेध है। मैंने कुछ नहीं माना। सब कुछ सेवन किया।''

''परन्तु भूख तो एक स्वाभाविक प्रक्रिया का अंग है।''

''मणि। मैं भी मानता हूँ। कारागार में रखे उपवास ने जहाँ मुझे दस पौंड घटाया था और मुझे तीन रातों में एक दिन सुलाया था, वहाँ इस बार मैं नहीं जानता कि कभी सोया। न भूख का मुझमें हज़ारवाँ भाग जागा। अब निर्णय कर पा रहा हूँ कि ऐसी स्थिति में मनुज को भौतिक तत्त्वों के स्थान पर प्राणिक स्रोत से अतःशक्ति मिलती है। वह ऊर्जा का कभी न ख़त्म होने वाला स्रोत हैं तभी तो वह सन्त या उस जैसे बहुत से साधु-सन्त, निराहार रहकर, तप कर लेते हैं, क्योंकि जीने के लिए ऊर्जा का अक्षय स्रोत प्राणिक होता है। कहते हैं, उससे ऊपर का स्रोत ही अमरत्व का केन्द्र है, जहाँ का रास्ता नाभि से शुरू होता है और षड्चक्र कमल दल में विलीन हो जाता है। अभी मैं उसके बारे में कुछ नहीं जानता। यहाँ आकर शास्त्र, मन्त्र, जप आदि साथ छोड़ देते हैं और कहते हैं, उससे आगे का रास्ता स्वयं खोजना है और उस पर चलना भी स्वयं है, क्योंकि वहाँ साधन ही साध्य बनता है... और पता नहीं क्या क्या है! मैं जिज्ञासा की राह पर चलते-चलते थककर बैठना नहीं चाहता। स्थिर होकर गतियुक्त बने रहना चाहता हूँ। आँखें मूँद कर देखना चाहता हूँ और उड़कर उस महाचैतन्य के सम्मुख बना रहना चाहता हूँ, जो है भी और नहीं भी।''

एक लम्बा प्रवचन। स्व-संवाद की तरह का। अढँका, खुले आकाश-सा, आकाश के पार जाता, पार के अपार भी, जहाँ आना-जाना परस्पर नहीं बदलते, अपना अक्षय स्रोत स्वयं बन जाते हैं। या कुछ और...कुछ नहीं कहा जा सकता।

अब अरविन्द उठ खड़े हुए थे। टहलने का संकेत दे रहे थे। विजय और मणि चुपचाप चले गये। आहिस्ते से दरवाज़ा उढ़क गये। सारा पांडिचेरी आत्मलीन योगी सा नीरव हो गया, मात्र सागर की पारदर्शी उत्ताल तरंगों के।

38

कभी-कभी अरविन्द सुबह या सन्ध्या को टहलने निकल जाते। विजय मणि प्रायः साथ रहते और कभी अकेले जाना उनके मन को भाता। सुबह सूर्योदय से पूर्व और सन्ध्या को सूर्यास्त के बाद। स्व-चयनित रास्ता। यों भी पांडिचेरी जितना फैला हुआ था, उसे पैदल ही आसानी से तय किया जा सकता था। कितना छोटा और कितना बड़ा कि उसकी अन्तर्यात्रा का कोई ओर-छोर नहीं। आज वह अकेले ही तड़के दिनचर्या से निवृत्त होकर चल पड़े थे। मस्त पवन उन्हें छेड़ रहा था। सागर पार्श्व संगीत दे रहा था, पक्षीवृन्द पंक्तिबद्ध होकर उड़ चले थे कहीं दूर।

अभी पांडिचेरी में छह माह हुए थे कि उन्हें धनाढ्य शंकर चेट्टी का तिमंज़िला मकान छोड़ना पड़ा। चार वर्ष में उनको कई मकान बदलने पड़ गये, परन्तु ब्रिटिश सरकार ने उनका पीछा नहीं छोड़ा। फ्रांस सरकार पर ब्रिटिश सरकार ने भारी दवाब डाला कि अरविन्द ख़तरनाक क्रान्तिकारी है। वह पांडिचेरी में भी क्रान्तिकारी दल खड़ा कर रहा है। वह पांडिचेरी में रहकर ब्रिटिश सरकार की नींद हराम कर रहा है। अरविन्द ने किसी की चिन्ता नहीं की और पांडिचेरी में बने अपने मित्रों से स्पष्ट कह दिया, "वे न फ्रांस सरकार से भयभीत हैं और न ब्रिटिश सरकार से।"

"आपको फ्रांस सरकार अल्जीरिया भेजने का प्रस्ताव कर चुकी है।"

"उसने अभी प्रस्ताव ही तो किया है, भेजा तो नहीं। वह भेजेगी भी नहीं। ...हमें इस तरह की बातों में अपना समय नष्ट नहीं करना चाहिए।"

अब 'अरविन्द ओल्ड गेस्ट हाउस' (आजकल इसे दोरत्वार एनेक्स से जाना जाता है) में रहने लगे थे। यहाँ उनके साथ दो अनुयायी और आ मिले थे—नगेन नाग और उनका बावर्ची वीरेन राय। वीरेन राय नाग पर ख़ुफ़िया दृष्टि रखता था। इधर उनके पास लाया धन ख़र्च होता गया। वह कोई रोकड़ बाँधकर तो घर से निकले नहीं थे। परदेस में पैसा कहाँ से आये?

किससे मदद पायें? अन्तिम पूँजी उनके पास मात्र डेढ़ रुपये थी। उससे आगे एक बड़ा प्रश्न था निरुत्तर-सा।

"अब?" नाग ने आर्थिक स्थिति की ओर संकेत किया।

"यही उचित समय है जब हम परिस्थितियों से घिर कर अलग हो सकते हैं।"

"क्या करें? कहाँ जायें?"

"मुझे तो बाँके बिहारी पर विश्वास है। आपका मुझे पता नहीं।"

"उसमें पता होने का प्रश्न कहाँ उठता है? हम तो आपके साथ ही आये थे।"

अभी यह बात चल ही रही थी कि वीरेन राय खड़ा होकर बोला, "नगेन नाग को एक ऐसे व्यक्ति की ज़रूरत थी जो उनके साथ पांडिचेरी जा सके। विजय नाग के पत्रों से प्रभावित होकर नगेन नाग के परिवार वाले आबोहवा बदलने और गुरु महाराज श्री अरविन्द के सम्पर्क में आकर तपेदिक से ठीक हो जाने की दृष्टि से उन्हें पांडिचेरी भेजना चाहते थे। तपेदिक मरीज़ का ऐसा सेवक कौन साथ जाये जो बावर्ची का काम भी कर सके और इसके लिए मैं तैयार हो गया।"

"ये बातें सब जानते हैं, तुम चुपचाप बैठ जाओ।"

"नहीं, गुरुदेव, कृपया आज मुझे बोलने का मौक़ा दीजिए, इसके बाद कभी नहीं। मुझे पश्चात्ताप करना है।"

"कहो वीरेन राय, आज हम तुम्हें भी सुनेंगे।"

"धन्यवाद, गुरुदेव। मैं अपनी सेवा और रसोई बनाने की कला में दक्ष होने के कारण यहाँ रसोइया से रसोई का मालिक बन बैठा। हर छोटी-बड़ी चीज़ मैं ही लाता, बनाता, परोसता। अब मुझे कलकत्ते लौटना था। मैं अपने बॉस की मंशा पूरी नहीं कर पाया। मेरा स्थान लेने एक नया आदमी यहाँ आ रहा था, जिसे मैं यहाँ रखवा कर अपने देश लौटने वाला था, परन्तु ऐसा नहीं हो सका।" इतना कहकर वह कुछ पल ठहरा। सन्नाटा तनिक कुलबुलाया। वह खखार कर कहने लगा, "मैंने आज सिर मुड़वाया था। मैंने लाख मना किया कि मणि साहब, आप सिर नहीं मुड़वायें? वह नहीं माने।"

"तो?" मणि चक्रवर्ती ने पूछा।

"मेरे स्थल पर वह व्यक्ति पांडिचेरी कल या परसों आ रहा है वह मुझे कैसे पहचानेगा, इसके लिए यह पहचान तय हुई थी कि उसे पांडिचेरी में जो तत्काल मुण्डन कराये व्यक्ति मिले, उससे यह पूछना है। अमरूद मीठे कहाँ मिलेंगे?...परन्तु हाय रे दुर्भाग्य, अब यहाँ सिर मुड़े दो हो गये। वह कैसे पहचानेगा कि..."

"तो क्या हुआ?...तुम्हारा घर लौटना ज़रूरी हो तो तुम लौट सकते हो। पहले तुम यहाँ नहीं थे तो हम सब यह सारे काम आनन्द से कर लेते थे। ..."

"ठहरिए गुरुदेव। बात इतनी-सी नहीं है कल आप मेरे स्वप्न में आये। कहने लगे, "उठ वीरेन, तू अपने घर जा। काम वहाँ भी कम नहीं है। तू अच्छा बावर्ची है, तेरे लिए कहीं काम की कमी नहीं है। तेरे बूढ़े माँ-बाप हैं, जवान पत्नी है। नहीं रे, तू अब लौट जा।

"आप मेरे कितने शुभचिन्तक हैं। आपको मेरे बारे में सब मालूम है, जबकि मेरे मालिक, नाग साहब, मेरे नाम के अलावा जो कुछ जानते हैं, वह झूठ है। आपको यह सब किसने बतलाया?"

"तूने और किसने, वीरेन राय तेरी पत्नी मछली पकाने में बहुत दक्ष है।"

"आप यह भी जानते हैं।"

"क्यों नहीं, भाई। जब तू स्वयं ही बतलायेगा और कहेगा, गुरुदेव! कभी आप कलकत्ते आयें तो मैं अपनी पत्नी की तैयार की गयी रसोई ज़रूर जिमाऊँगा। आप उँगली चाटते न रह जायें तो मेरा नाम भी...।"

"तू नाम की बात मत कर। रसोई तू भी बहुत अच्छी बनाता है। मेरा ध्यान मेरी माँ जैसा रखता है। मैं तेरा उपकृत हूँ, आभारी हूँ, राय। यह ले पचास रुपये और अपने घर जा। ईश्वर तेरा मंगल करेंगे।"

"गुरुदेव, जब मेरे बारे में इतना सब जानते हैं तो आप से यह भी छिपा नहीं होगा कि मैं कौन हूँ? मैं एक जासूस हूँ। ब्रिटिश पुलिस का जासूस।"

"तो क्या हुआ, वीरेन। हम यहाँ किसी-न-किसी के जासूस हैं। मैं ईश्वर की जासूसी करने में लगा हुआ हूँ। ये विजय और मणि मेरी जासूसी करने में लगे हुए हैं। यहाँ हर कोई किसी-न-किसी की जासूसी करने में लगा हुआ है। आश्चर्य यह है कि वह इस बात से सन्तुष्ट है कि उसे कोई नहीं जानता। उसे कौन जानेगा भाई और क्या जानेगा भाई? जब व्यक्ति स्वयं

को नहीं जानता तो उसे कौन जानेगा? अब तूने अपने को जान लिया, यह बहुत बड़ी बात है। लोगों को अनेक जन्म पाने के बाद भी यह पता नहीं चलता कि वह कौन है और वह भेजे गये थे हरि भजन को लेकिन ओटन लगे कपास। जिसकी आँख जब खुल जाये, उसके लिए तभी सवेरा है।''

इतना सुनकर वीरेन राय उनके चरणों में गिरकर फूट-फूटकर रोने लगा। वह सिसकियाँ भर कहने लगा, ''मैं कितना बड़ा पापी हूँ कि अपने भगवान के साथ छल करने में नहीं चूका। ...मुझे आप अपनी शरण में ले लें, मैं आजन्म आपकी सेवा में रहना चाहता हूँ।''

''नहीं, वीरेन। विधि का विधान अटल है। होगा वही जो विधि ने रच रखा। हम तो उसकी कठपुतलियाँ हैं। डोरी उसके हाथ में है। अब मेरी पत्नी यहाँ आ रही है। उसे कहलवा भेजा है कि वह आ जाये। मुझे जिस लिए वासुदेव नारायण ने यहाँ भेजा था, वीरेन तेरी तरह मेरा या कहो, उसका काम हो गया। अब तो मुझे उसके बग़ीचे का माली बनकर उसके काम को, दिन-रात, उठते-बैठते, सोते-जागते, खाते-पीते...हर समय करना करवाना है। तू जा। सन्तोष का भरपूर प्रसाद लेकर जा और अपना पश्चात्ताप यहीं छोड़कर जा—एक नया सवेरा तेरा इन्तज़ार कर रहा है। एक नया जीवन भी।'' अरविन्द ने उसके सिर पर ममता भरा हाथ रख दिया।

वीरेन राय चकित रह गया। उसका मन एकदम शान्त हो गया। उसमें से पाप जाता रहा। उसमें गंगा की तरंगें हिलोरें लेने लगीं। अरविन्द कह रहे थे, ''तेरी पोटली के नीचे पचास रुपये रखे हैं।''

''रुपये मेरे पास हैं।''

''होंगे पगले, बहुत होंगे। परन्तु ये रुपये नहीं हैं, मेरा प्रसाद है। तू सुबह तड़के चले जाना। डुप्ले जहाज़ से तुझे जाना है जिससे मैं आया था। तेरा टिकिट भी वहीं रखा है। ...अब तू यहाँ से जा। अपना काम कर यदि कोई रह गया हो।''

वीरेन राय उठकर चला गया। मणि चक्रवर्ती ने उत्सुक होकर पूछा, ''गुरुदेव गुरुआनी आ रही हैं।''

''लिखा भी है, कहलवा भी दिया है। अभी यहाँ सौरीन, नलिनी गुप्त आदि आये थे।''

''हाँ, आये थे।''

सौरीन ने यहाँ से जाते समय कहा था, "मैं मृणालिनी से भी मिलूँगा। क्या आप उसके लिए कोई सन्देश देना चाहेंगे।"

"सौरीन, मृणालिनी वहाँ कष्ट में है यदि आप उसके यहाँ पहुँचने की व्यवस्था करवा सकें तो मैं आपका आभारी होऊँगा। ...हालाँकि इस वक़्त यहाँ कम कष्ट नहीं हैं। ख़तरे भी हैं। फिर भी, मैं चाहता हूँ कि वह आ जाये। उससे उसके मन का बोझ कम होगा और मुझे भी राहत मिलेगी। तुम मेरा यह सन्देश ज़रूर दे देना। मैंने उसे लक्ष्य प्राप्ति तक वहीं रहने के लिए समझाने का प्रयास किया था। अब सोचता हूँ कि मेरा यह क़दम उठाना ठीक नहीं था। क्या वह यह नहीं सोचती होगी या उसे कोई यह नहीं सोचवा सकता कि..." अरविन्द ने इतना कहकर बैठने का रुख़ बदला।

नलिनी गुप्त बोल पड़ीं, "आपका यह सोचना एकदम उचित है।"

"मुझे यहाँ आये सातवाँ वर्ष...नही। ...नही। ...सातवें वर्ष से शायद तीनेक माह अधिक। इतना समय कम नहीं होता है।"

"हमारे बंगाली समाज में शादीशुदा युवती को यदि लम्बे समय तक मायके रहना पड़ जाये तो उसके अर्थ-अनर्थ की सीमा पर दस्तक देने लगते हैं।" नलिनी गुप्त का महीन स्वर था।

"हाँ, तुम ठीक कहती हो, गुप्त। आख़िर हमें अपने समाज को नज़रअन्दाज़ नहीं करना चाहिए। ऐसा करने पर ग़लत सन्देश जायेगा ही, चाहे आप उसके लिए कितना भी ज़ोर लगायें, परन्तु..."

"उनके तो पत्र आते रहते होंगे और आपके भी..." सौरीन ने चलते-चलते प्रश्न किया।

"हाँ, उसके पत्र आते रहते हैं—पहले ज़्यादे आते थे, फिर कम होते गये। कारण स्पष्ट था कि मैं उनके उत्तर बहुत कम, यों कहना अधिक समीचीन है कि नहीं के बराबर, दे पाया। क्या करता? अपने में लीन रहता था। मैं अपने आपको इसके लिए क्षमा नहीं कर सकता। काश, मुझे मालूम होता कि मेरा जीवन यों 'टर्न' लेने वाला है तो...। परन्तु अब तो उस पर समय नष्ट करने से कोई लाभ नहीं। ...तुम लोग मेरा यह सन्देश दे देना कि मैं उसके आने का स्वागत करूँगा।" अरविन्द के मन में कसक पिघल उठी थी। इसके बाद वह उठ खड़े हुए और अन्दर की ओर चल पड़े।

मणि चक्रवर्ती ने कहा, "सौरीन, अब उनके ध्यान का समय है।"

नलिनी गुप्त ने कहा, "हम लोग जा रहे हैं। हमारा उन्हें प्रणाम कहना।"

वे चले गये। विजय नाग से नहीं रहा गया। वह बोला, "मणि, तुमने यह झूठ क्यों बोला?"

"यह उनके ध्यान का समय है, यह बात तुम भी अच्छी तरह जानते हो।"

"हाँ, जानता हूँ पर इस सच के साथ कि आज उनसे ध्यान नहीं होगा। वह करेंगे भी नहीं। तुम्हें याद है उस फ्रेंच युवती के आगमन की बात जो...।"

"जो मार्च के अन्तिम सप्ताह में सन् 1914 में आयी थी।"

"हाँ, वही फ्रेंच भद्र महिला।" उसका पति पॉल दिशार बहुत पहले अरविन्द से मिला था...शायद तबी हमें आये कुछ माह ही बीते थे।

"उसके साथ में गुह्य अर्थवाला एक प्रतीक चिह्न था।"

"यहूदियों का प्रतीक चिह्न, जिसे अरविन्द ने बताया था कि वह गुह्य प्रतीक चिह्न यहूदियों के यहाँ सोलोमन का शील से जाना जाता है या मैगेन डेविड से।"

"हाँ-हाँ...दिशार ने अरविन्द से पूछा भी था कि इस प्रतीक चिह्न में पद्‌म का क्या अर्थ है? और अरविन्द ने बताया था—चेतना को ईश्वर की ओर विकसित करना।"

तब दिशार ने कहा था, "यह आपके लिए है।"

"आपकी ओर से।"

"नहीं, उनकी ओर से जो शायद बाद में आपसे मिलने वाली हैं।"

अरविन्द मुस्करा कर रह गये और फिर धीरे से कहा, "हम इस प्रतीक चिह्न को स्वीकार कर उन्हें लौटाने के लिए आपको दे रहे हैं। इससे वह भी गुह्य अर्थ जान सकेंगी।"

"29 मार्च, 1914 समय दोपहर बाद साढ़े तीन बजे, यह महिमामण्डित युवती अरविन्द से मिलने आयी थी और उसने अपने तेजस्वी रूप-रंग के सम्मोहन से सारे अन्तःबर्हि वातावरण को अद्‌भुत आत्मीयता की अनुभूति से भर दिया था।"

"वह कैसे जबकि वह भारतवर्ष के बारे में कुछ नहीं जानती थी? आपको उसने स्वप्न में एक बार नहीं अनेक बार देखा है। श्याम वर्ण दीप्ति लिए, उज्ज्वल क्रान्ति से दमकती आँखें अत्यन्त तीक्ष्ण पार्श्वरूप (प्रोफाइल), अव्यवस्थित दाढ़ी, लम्बे केश, धोती पहने हुए, उसी के एक छोर से कन्धा

ढँका हुआ, लम्बे हाथ, चौड़ा माथा, चेहरे पर हलके से चेचक के दाग़ थे। वह उनके चरणों में साष्टांग प्रणाम कर बैठी थी। यह अधिकार उसने कैसे पाया और किससे पाया। वह बैठते हुए कह रही थी कि वह जैसे ही सीढ़ी चढ़कर ऊपर पहुँची कि वह सामने अरविन्द को देखकर बोलीं, ''आपसे मिलने की हृदय में कब से चाह थी। दिशार ने ठीक कहा था कि आप से मिलकर मेरी जिज्ञासाएँ विराम पायेंगी, नवीन दिशाएँ खुलेंगी और आत्म साक्षात्कार का अनुभव करेंगी।'' वह अन्दर आकर उनके पास बैठ गयी थीं। वह कान बन्द किये सुन रही थीं, आँखें खोले कहीं और देख रही थीं या आँखों से सुन रही थी, यह सुनिश्चित करना मुश्किल था।''

''महासमर होगा। तमस सिर चढ़ बोल उठा है। परछाइयों की जंग में यही सब होता है—और टकराता है, विवेक बुद्धि को छूकर लौटने लगता है। फलित आसुरी का ताण्डव देखिए, जानिए कि वह कैसे समूचे विकास को पैरों तले कुचलने लगता है। प्राणियों के संहारकर्त्ता के लिए वैदिक ऋषियों ने 'भक्षक' का नाम दिया है। ...भारत उससे बिल्कुल अलग है, वह संसार को मुक्ति के क्षेत्र में तो ले जाने का यत्न करता है। वह आत्म-बल पर आधृत होता है।''

''यह महाविनाश...।'' पॉल दिशार पूछ रहे थे। अरविन्द ने कहा था, ''निश्चित है। तमस बल का शिखर भी यही है, उल्लास भी यही है, पर्व भी यही है और उपलब्धि भी यही है।''

''और आधेक घण्टे के बाद वह उठी। वह लौटते हुए कहीं नहीं देख रही थी, ''क्या हमारा लौटकर आना बनेगा, अरविन्द।''

''इसमें क्या का स्थान कहाँ बचता है?'' और वह लौट गयी। तीन माह भर में अनेक बार आयी। अकेली भी आयी और अरविन्द को बाहर समुद्र तक भी ले गयी। 'आर्य' पत्रिका की पहचान बनी। दिशार ने उसे प्रमोट किया। लेखन का भार अरविन्द पर छोड़ा। वह अंग्रेज़ी और फ्रेंच में निकले, यह भी तय हुआ। पत्रिका निकली। चर्चित हुई। अरविन्द फिर से सामने आये।

''और वह लौटने लगी—22 फरवरी, 1915 का था वह दिन। अरविन्द ने कहा, ''लौट रही हो, अच्छा है।'' और वह सचमुच लौट गयी। उसके पत्र आते रहे। अरविन्द उसके पत्रों के उत्तर देते रहे, परन्तु...।

"परन्तु क्या?"

"उन्होंने अपनी पत्नी के पत्रों के उत्तर नहीं दिये। साधना की आड़ ले ली। क्यों?"

"अब वह गुरआनी को बुला रहे हैं?"

"पता नहीं, सौरीन को क्यों कहा?"

"नलिनी गुप्त ने भी सौरीन से कहा था, "खुद किसी को भेजकर क्यों नहीं बुलवा लेते? मृणालिनी के पिता पूरी सहायता करने में सक्षम हैं। फिर भी..."

"वे भी चले गये। पॉल दिशार के साथ आयी उनकी पत्नी मीरा अल्फासा भी चली गयीं। अरविन्द ध्यान से लौटै–विजय नाग और मणि चक्रवर्ती को बातें करते हुए देखकर लौटने लगे तो मणि चक्रवर्ती ने कहा, "आप, लौट क्यों रहे हैं। हमें आपकी ही प्रतीक्षा थी।"

विजय नाग ने कहा, "आज गोविन्द सरकार आया था। पुनः रविवार को आयेगा।"

"वह स्वयं को पारदर्शी देखने के लालायित है। ...मैंने कहा था, "गोविन्द, तुम्हारे नाम में स्वयं वासुदेव नारायण विराजमान् हैं।"

"मैं ऐसा नहीं सोचता, परन्तु कुछ दिनों से सागर की लहरों के पार फैले हुए अनन्त एकान्त ने मुझे बाँहों में भर कर छोड़ते हुए कहा, "अनुकरण तुम्हारा लक्ष्य नहीं लगता।"

"मुझे भी तुमसे यही कहना है।"

"मुझे उसके लिए भी आपका आशीर्वाद चाहिए।"

"वह सदा रहेगा। सत्य स्वयं में अपना आशीर्वाद है। फिर भी...।"

"वह तब चला गया था। आज लौटा। लौटना उसकी नियति नहीं है। इस रविवार को वह नहीं आयेगा। उसने रविवार ही तो कहा है और रविवार का कोई अन्त नहीं है।"

"एक बात मन में उठ रही है, अरविन्द।" मणि चक्रवर्ती ने विनम्रता से कहा।"

"क्या बात है, कहो।"

"सौरीन और नलिनी गुप्त भाभी को नहीं भिजवा सकेंगे...क्यों न मैं चला जाऊँ? मैं उन्हें ले आऊँगा।"

"उसके लिए सरकार से आज्ञा चाहिए।"

"आपको, मुझको या विजय को क्या सरकार से आज्ञा लेनी पड़ी थी?"

"वह बात और थी।"

"हम पहले मद्रास आयेंगे।"

"तुम पकड़े गये।"

"शायद ऐसा नहीं होगा।"

"और हुआ तो।"

"तो मुझे कोई पश्चात्ताप नहीं होगा। और यदि मैं उन्हें यहाँ ला सका तो इन सबको उनका भी आशीर्वाद मिल सकेगा। आप हमें अपने आशीर्वाद से विदा कीजिए, यह हमारी आकांक्षा है।" मणि चक्रवर्ती ने द्रवित होकर कहा।

"अभी कुछ दिन हमें सौरीन का इन्तज़ार कर लेना चाहिए।"

"जैसी आपकी आज्ञा।"

अरविन्द लौट लिए। मणि चक्रवर्ती ने तल्लीन होकर अरविन्द की ओर देखा। वह अपने कक्ष में चले गये। हलके से दरवाज़ा बन्द कर लिया। विजय नाग के होंठों पर कसक भरी मुस्कान आ ठहरी और उसकी बड़ी-बड़ी आँखों में अपने को निहारने लगी। मणि चक्रवर्ती बाहर चले गये। एक प्रकार की ख़ामोशी भीत पर पसरती गयी। भीत छोटी पड़ गयी, परन्तु उसने पसरना नहीं छोड़ा। विजय नाग फिर वहाँ नहीं रुक सका, अपने कक्ष की ओर बढ़ गया। पार्श्व संगीत में कोई द्रवित स्वर नम होता रहा।

39

समय सदाबहार नद-सा निर्बाध प्रवाहित हुए जा रहा था। मृणालिनी समय के आर-पार देख पाने में सक्षम हो गयी थी। अब वह अपना सारा समय उद्यान और पूजा-घर में बिताती थी। सन्ध्या को प्रायः वह ध्यान कक्ष में जा बैठती। मांस खाना छोड़ दिया था। साधारण वस्त्र धारण करती थी। व्रत-उपवास रखती थी। रामकृष्ण परमहंस और स्वामी विवेकानन्द का साहित्य पढ़ती और उसे समझने के लिए उद्यान और पूजा-घर में चली जाती थी। जब वह सन्ध्या मृणालिनी में उतर आयी तब वह ध्यानावस्थित थी। वह सन्ध्या एक परम ज्योति सी जगमगा उठी। ज्योति स्थिर थी। उसका रंग पीत

और अरुणाभा लिए था। उस ज्योति ने आँख खोली। देखा। सहज स्मित भर उठी। पता नहीं वह ज्योति कब और कैसे काली माँ में परिणत हो गयी।

"मीनुदी आँखें खोलो।"

मृणालिनी ने धीरे-धीरे आँखें खोलीं। बहुत धीमे स्वर में कहा, "माँ, आप और यहाँ।"

"माँ वहीं तो होगी, बेटी, जहाँ उसकी लाड़ली होगी।"

"माँ, नारी जीवन उपेक्षित क्यों है?"

"नहीं तो, मीनुदी। मैं सामने हूँ।"

"आप शक्तिपुंज हैं, अपवाद हैं, परन्तु यहाँ की नारी के जीवन में उदासी है, मलाल है, तनाव है और अवहेलनाएँ हैं।"

"न हों, हो सकता है, परन्तु पराधीनता।"

"माँ, कब कटेंगी बेड़ियाँ?"

"जब नारी का स्वाभिमान जाग उठेगा और वह शौर्यवती हो उठेगी। पंचम स्वर में वह गा रही होगी। स्वयं दिक्काल उसमें उतर कर ज्योति बन सारे अग-जग को प्रकाशित कर उठेगा।"

"पर कब, माँ। यह सब मैं कब से सुनती आ रही हूँ, परन्तु..."

"स्वाधीनता आत्म-शक्ति का प्रकाश है। आत्मा कैसे जगे? मनुष्य विश्वयुद्ध में जूझ रहा है—और मरने मारने के बीभत्स उदाहरण पेश कर रहा है। जो इस वक़्त इस युद्ध में हैं, उनमें प्रायः स्वाधीन देश हैं। जो अपने को नहीं जीत सकता, वह दूसरे को जीतने के भ्रम में हारता है। पराजय, पलायन, विवेकशून्यता, तमस, अदृश्य घृणा और अहंकार-अहमता मनुष्य को मनुजता से दूर ले जाते हैं। तब सब कष्ट और यातना में होते हैं—जेता भी और जो पराजित हुआ है, वह भी। फिर मैं क्या करूँ? मेरी पूजा-अर्चना करने से क्या लाभ? विध्वंस का जाप करने वाले स्वयं के लिए मृत्युंजय जाप करवाते हैं। तू शान्त रह, पुत्री।"

"माँ, आपने मुझे पुत्री मान लिया।"

"तू तो थी ही पुत्री तो पुत्री तो पुत्री ही रहेगी।"

"फिर माँ यह सब?"

"तुझे पूजा शान्ति देती है न। तुझे उद्‍यान सुहाते हैं न।"

"पर वो।"

"तू वो की चिन्ता वो पर छोड़।"

"विवाहिता हूँ, माँ।"

"तुझे पति चाहिए। वह पति जो तुझे यहाँ छोड़ गया।"

"हाँ, वह पति, माँ।"

"नहीं, मेरी अबोध पुत्री, कदापि नहीं। वह तुझे नहीं, अपने को छोड़ गया है। वह स्वयं से भागा है। अब चेत हुआ है तो वह स्वयं से संवाद कर रहा है। स्त्री-पुरुष धुरी का सन्तुलन हैं। इस धरती का सौभाग्य हैं।"

"तो, माँ?"

"यातना को बिलोती जा। एक दिन उसमें से अमृत स्वयं ही छलक उठेगा।"

"मैं अमर नहीं होना चाहती, माँ।"

"तू क्यों, इस संसार में कोई भी अमर नहीं हो सकता, परन्तु तू उस अमृत की अनुभूति पाकर स्वतः गद्गद हो उठेगी। तेरे सारे प्रश्न शत्रु की पराजित सेना की तरह हथियार डाल कर खड़े होंगे। तब तू निःप्रश्न होगी—शून्यमयी, करुणामयी और ममतामयी!"

"समझी नहीं।"

"कोई बात नहीं। समय स्वयं समझ के उन द्वारों को खोलकर प्रहरी की तरह खड़ा होगा, जिनके खुलने की प्रतीक्षा में सारी दुनिया ज्वालामुखी पर आ बैठी है और शान्ति के सफ़ेद कपोत दोनों हाथों से उड़ा रही है। उसी क्षण तोपें धुआँ छोड़ती हैं, आग उगल रही होती हैं। यह विडम्बना है, स्वयं से छल है।"

"फिर, माँ।"

"तू भी ध्यान से उठ और मुझे चलने दे।"

सचमुच मृणालिनी ने आँखें खोल दीं।

"तो जग गयीं राधारानी-महारानी।"

"तू, सुधीरा।"

"हाँ, मैं। इसमें आश्चर्य कैसा!"...तुझे देख रही थी। पढ़ रही थी।

"मुझे क्या पढ़ रही थी?"

"जैसे बरसात में मेघ उमड़ते-घुमड़ते चले आते हैं। उनका आवागमन प्रत्यक्ष नज़र आता है, ठीक वैसे ही तू थी।"

"क्या?"

"तेरे अरुण अधर खुल और बन्द हो रहे थे, तेरी आँखें सुन रही थीं और तेरा हृदय मौन वेदपाठी होकर हवन कर उठा था। तब तू नहीं थी, मीनुदी।"

"तो कौन था?"

"जिसके लिए तू ध्यान में बैठती है, पूजा-घर में राग अलापती है और उद्यान में अकेले उससे और अपने आप से बतियाती है, तब भी तू नहीं होती, मीनुदी।"

"तो फिर कौन होता है?"

"वो कौन?"

"जिसकी परछाईं तुझ पर से, मुझसे बातचीत करने के बाद भी नहीं हट रही है।"

"तू यह क्या रहस्य की पोटली खोलती जा रही है?"

"तुझे ऐसा क्यों लग रहा है, मीनुदी?"

"कैसा?"

"इस कविता से मैं परेशान हूँ। इसका मेरे पास कोई उत्तर नहीं है?"

"है! तेरे पास इसका भी उत्तर है।"

"क्या है?"

"वह तू जानती है।"

"मना करूँ तो?"

"तो क्या! तू नहीं जानेगी।"

"सुधीरा, तू भी परेशान करने चली आयी।"

"समुद्र में एक लोटा भर कर पानी डालने से उसकी सेहत पर कोई असर नहीं पड़ता। ...अब तो उठ मेरी माँ, अपनी सबसे प्यारी सहेली की कुछ ख़ातिर-तवज्जुह कर, पंसारी से तबीब (हकीम) बनना छोड़।"

मृणालिनी उठ खड़ी हुई। सुधीरा ने उसे हाथ पकड़ कर बैठा लिया और तुनक कर कहा, "कहाँ चली, संन्यासिन!"

"जलपान।"

"तू मुझे जलपान में ही टरकाना चाहती है क्या!"

"आज तो मैं उँगली चाटते रह जाने वाले प्रिय भोजन में हाथ बँटाने के शुद्ध आकांक्षा से आयी हूँ—घर पर मना करके।"

"सचमुच।"

"नहीं, जगज्जनी, झूठमूठ। ...तू जानती है कि मैं भूखे नहीं रह सकती। बचपन की यही तो एक अच्छी आदत है जो मेरा पिण्ड नहीं छोड़ती। तू ही कुछ करना, तपस्विनी—जादू-टोना, जंतर-मंतर...जो तेरा जी चाहे।"

"तब ठीक है।"

"घर में फूलगोभी तो है न...।"

"तू घर की चिन्ता मुझ पर छोड़। तुझे बढ़िया खाना चाहिए, वह मिलेगा।" मृणालिनी इतना ही कह पायी थी कि डाकिया आ गया। चिट्ठी अरविन्द की थी। सुधीरा ने वह चिट्ठी उससे खींच ली। वह बोली, "इजाज़त हो तो मैं पढ़ दूँ।" चिट्ठी तो पांडिचेरी से आयी है। जीजा जी की है।

"हाँ है तो।"

"व्यक्तिगत है।"

"ना बाबा, उनकी व्यक्तिगत चिट्ठी भी सार्वजनिक ही होती है। चल तू भी क्या याद करेगी कि तेरे मन को रखने वाली भी कोई है। तू पढ़।" मृणालिनी अन्दर से फूलगोभी उठा लायी। वह फूलगोभी काटने लगी और पुनः कहा, "पढ़ती क्यों नहीं है?"

"ना री, कही। ...।"

"लजा मत। उनकी साली बनी है तो आधी घरवाली होने का फ़र्ज़ भी निभा और झटपट सुना डाल। आज तो घर में भी मेरे-तेरे सिवा कोई नहीं है।" मृणालिनी इतमीनान से कह उठी।

सुधीरा ने ऐनक ठीक की। ठीक से पलँग पर जमकर बैठी। खखार कर गला साफ़ किया और लिफ़ाफ़ा खोला। काग़ज़ निकाला और मृणालिनी की ओर देखकर पढ़ना शुरू किया।

01 दिसम्बर, 1918

प्रिय मृणालिनी,

तुम्हारी कई चिट्ठियाँ मिलीं। मैं उत्तर नहीं दे सका। यह भी भगवान की इच्छा है। मैंने पहले भी तुम्हें लिखा था कि मैं उसकी कठपुतली बनकर रह गया हूँ। वह जो चाहता है, करना पड़ता है। वह जहाँ ले जाता है, वहाँ मुझे जाना पड़ता है। मैं विवश हूँ। मेरी ऐसी बातों पर सिवा तुम्हारे और कौन विश्वास करेगा।

सन्तोष हुआ। यह जानकर कि तुम्हारी आँखें ठीक हो गयीं। कलकत्ते से पुनः रांची होकर अपने घर जा पहुँचीं।

अब तुम यहाँ आ सकती हो। मेरी साधना सफल हुई। मुझे अपना लक्ष्य और सिद्धि प्राप्त हो गयी। कुछ समय पहले सौरीन और नलिनी गुप्त अन्य साथियों सहित यहाँ आये थे। सन्देश मिला होगा पर अब तुम आ जाओ और मेरे कार्य में संगिनी बन जाओ। मुझे विश्व के लिए बहुत से कार्य करने हैं। तुम यह जानती हो कि मैं वहाँ नहीं आ सकता। ब्रिटिश पुलिस यहाँ भी हमारे पीछे हाथ धोकर पड़ी है।

मुझे तुम्हारे यहाँ आने की प्रतीक्षा है। परिवार में माता जी-पिता जी को प्रणाम और छोटों को आशीर्वाद।

तुम्हारा
अरविन्द

कुछ देर तक वे दोनों मज़ाक़ करती हुई पुरानी बातों को दोहराती रहीं। सुधीरा ने कहा, "कल मैं कलकत्ते लौट रही हूँ, तू वहीं आ जा। वहीं से सीधे पांडिचेरी निकल जाना। वह कितना मुबारक़ दिन होगा जब तू स्थाई रूप से अपने प्रियतम के पास होगी। आगे-पीछे की सारी कसर निकाल लेना।"

"तू तो बातूनी हो गयी है, सुधीरा।"

"काश, तेरे पंख होते तो मैं देखती रह जाती। तू अब तक उड़कर पहुँच भी चुकी होती।" सुधीरा ने झूम कर कहा।

मृणालिनी ने गोभी छौंक दी। भूभल में आलू दबा दिये। दही सुधीरा की ओर बढ़ाकर कहा, "तू इसे अच्छी तरह बिलोना। मैं तब तक आटा माँड़ती हूँ।"

काम बँट गया। दाल भिगो दी। चावल दूसरी थाली में भिगो दिये। हलके गरम पानी में आटा माँड लिया। पास वाले चूल्हे में दाल चढ़ा दी। हरा धनिया, मिर्च और अदरक काटने लगी। वह बोली, "मैं मछली नहीं खाती। शाकाहारी हो गयी हूँ। तेरे लिए..."

"माँ शारदामणि देवी ने मुझे भी शाकाहारी बना दिया है।" सुधीरा ने दही मथ कर एक ओर सरका कर चावल वाली थाली उठा ली और उसे मलने लगी।

"यह तो अच्छा हुआ।" मैंने मिर्च भी कम लेना शुरू कर दिया है।

"मैंने भी।"

वह चटनी पीसने लगी।

''आज खाने में मज़ा आ जायेगा।''

''क्यों नहीं यदि तू...''

''मैं क्या?''

''तू चच्चड़ी (मिक्स्ड वेजीटेबल) काट दे।''

''और मिठाई...''

''रसगुल्ला और राजभोग है।''

''तब ठीक है।''

यों रसोई बन गयी। डटकर खायी गयी। चलते हुए सुधीरा ने याद दिलाया, ''तू तुरन्त कलकत्ते चली आना। मेरे उनके पहचान का एक अंग्रेज़ अफ़सर है, वह पांडिचेरी जाने का आज्ञा-पत्र तुरन्त निकलवा देगा।''

सुधीरा चली गयी। मृणालिनी मुख्य द्वार बन्द कर अपने कक्ष में आ बैठी। वह पत्र उठाया। उसे देखती रही। सम्मोहित होती रही। नौ वर्ष बाद पुनर्मिलन होगा—एक युग बीत गया। वह नहीं जानती न जानना चाहती कि एक युग क्या होता है, परन्तु उसे ऐसा लगता है कि उसके लिए वह एक युग के समान है। वह असहाय मन की क़ैद में पड़ी खाली आँखों से अदृश्य और अज्ञात को निहारती हुई अपने से आँख नहीं मिला पाती थी। उसकी छटपटाहट अन्तर्मुखी होकर मूर्छित-सी हो जाती थी। उसकी सारी देह में चींटियाँ-सी चलने लगती थीं और सिर चकराने लगता था। आख़िर बारह वर्ष में कूड़े के दिन भी फिरते हैं। उसकी शादी को हुए अठारह वर्ष हो रहे थे। वह बत्तीस वर्ष की हो रही थी और अरविन्द छियालीस वर्ष के। एक लम्बा फ़ासला था, जिसे मिटाया नहीं जा सकता था। पूरे राम जी के वनवास-सा! फिर भी, न जाने उसे कौन-सा संकोच अन्दर-ही-अन्दर घेरने लगा। वह आँखें बन्द करके पलँग पर लेट गयी, वाचाल मन के कान मरोड़ कर।

40

महायुद्ध तेज़ हो गया। तमस के बादलों ने चारों ओर घेर लिया। ज्वालामुखी अथवा तमस दोनों में से एक बना रहता था। अरविन्द से भी प्रश्न किये जाते कि वह क्या देख रहे हैं? वह मुस्कराकर रह जाते।

बहुत पूछने पर इतना ही कह पाते, "तमस के आक्रमण में झुलसते, मरते, अपार जन। कौन बचायेगा उनको? कम-से-कम वह नहीं। कारण, उसमें बचने को रह ही क्या गया है? फिर बचना किससे?"

आज अरविन्द का मन नहीं लग रहा था। वह प्रार्थना सभा में नहीं आये। वह प्रार्थना बहुत कम लोगों तक सीमित थी। गिनती के लोग!

आज की डाक विलम्ब से आयी। अरविन्द ने कुछ लिफ़ाफ़े बिना खोले ही एक ओर रख दिये। अचानक वह रुके। अब दो पत्र उनके सामने थे—पहला पत्र भूपाल चन्द्र बसु का था और दूसरा पत्र पॉल दिशार का। बसु का पत्र अंग्रेज़ी में था और दिशार का फ्रेंच में। बसु का लिफ़ाफ़ा खोला। पत्र निकाला और पढ़ने लगे—प्रिय अरविन्द, आशीर्वाद। बधाई। तुम स्वयंसिद्ध साधक हो गये हो और सारी मानव जाति को कष्टों से उबारने के लिए अपनी नवीन यात्रा शुरू करने जा रहे हो।

मृणालिनी तो गद्‌गद हो उठी थी। बिना यह जाने कि साधना व लक्ष्य की सफलता का क्या अर्थ है? उसने तो शाम को पाँच किलो मिठाई का प्रसाद मंगवा कर बाँट दिया।

हम लोग तुरन्त कलकत्ता आ गये—गिरीश बोस के पास। सुधीरा के पति ने दो जनों की पांडिचेरी जाने की अनुमति भी दिलवा दी।

हम यहाँ 10 दिसम्बर को आ गये थे। उसी रात को मृणालिनी को तेज़ ज्वर आया। डॉक्टर ने मलेरिया बतलाया। उसकी सारी देह काँपती हुई दुहरी हो गयी थी। उसकी हालत कंट्रोल में आते न देखकर हमने डॉ. बटलर को दिखलाया। उसकी हालत बहुत नाज़ुक है। डॉक्टर ने कहा है कि सबको उसके लिए प्रार्थना करनी चाहिए।

घर से चली थी तो कितने उल्लास और उत्साह से भरी थी। वह जानेगी कि उन्हें सिद्धि में क्या प्राप्त हुआ है? सिद्धि प्राप्त होते ही उन्होंने बुलावा भिजवा दिया है। आख़िर पति की उपलब्धि पर पत्नी का उतना ही अधिकार होता है, जितना पति का। कलकत्ते आकर उसने उनके लिए एक सफ़ेद रेशमी मर्दानी धोती ख़रीदी थी। पूछेंगे कि उसने क्या किया इतने सालों और कैसे बिताये वे निरीह और निर्जन दिन तो वह उनके चरणों में चुपचाप रेशमी मर्दानी धोती रखकर कह देगी कि इस आशा में कि एक दिन...

अब तेज़ ज्वर के बीच वह बड़बड़ा कर इतना ही कह पाती है कि उनको बुलवा दो। बस एक बार उनके चरणों की रज माथे पर लगा लूँ। उसे सिन्दूर बना लूँ। कभी कभार कहने लगती है, "उन्होंने तो सिद्धि पा ली है। वे सर्वेश्वर हो गये हैं। सब जानते हैं। देखना कि मेरा वह सर्वेश्वर कैसे भागता चला आता है नंगे पाँव!"

अब आप चले आये।

उसके पिता ने उसे समझाया था कि सरकार उसे ब्रिटिश भारत में पाँव रखते ही पकड़कर जेल के सीख़चों के पीछे कर देगी। उसने सुना। कुछ नहीं कहा। जब डॉक्टर आया तब वह बोली, "डॉक्टर दा, जिसने सिद्धि पा ली हो, क्या वह किसी से डर सकता है? कोई शक्ति है कि फिर उसे रोक सके। जो कारा से छुड़ाकर बेदाग ले जा सकता है, वह क्या ब्रिटिश भारत को कानों कान ख़बर होने देगा। क्या उनका वासुदेव नारायण जन्म लेते ही कंस की कठोर क़ैद से बाहर नहीं आ गये थे? तब किसी को क्या कानों कान उनके बाहर आने का पता चला था! ना...ना...ना, ना...ना...डॉक्टर वह किसी की एक नहीं सुनेंगा। ...लो वह आ रहा है। सफ़ेद घोड़े पर बैठा हुआ। घोड़े को तेज़ दौड़ाते हुए वह इधर ही आ रहा है...इधर ही...।"

डॉक्टर कहता है, यह सब तेज़ ज्वर का दुष्प्रभाव है। वह अर्द्धमूर्छित अवस्था में है। डर है कि ज्वर उसके दिमाग़ पर न चढ़ जाये।"

मैं उम्मीद करूँगा कि आप उचित क़दम उठाकर मीनुदी को बचा ले जायेंगे।

आपका शुभचिन्तक पिता

अरविन्द ठहर गया। अवाक् रह गया। शून्य में जा पहुँचा। आँखें बन्द कर लीं। फिर भी, आँखें नम हुए बिना नहीं रहीं।

दिक्काल सामने था कर जोड़े। आदेश की प्रतीक्षा में मौन खड़ा था सिर झुकाये और दिशाएँ साश्चर्य देख रही थीं। नभ की आँखों में आर्द्रता आ सिमटी थी। एक अनुगूँज गुम्बज में गूँज रही थी और सब स्थिर हुए सुने-अनसुने से अदृश्य को मानो लख रहे थे और लखते जा रहे थे।

आधेक घण्टे बीत जाने पर अरविन्द ने दूसरा पत्र खोला। पत्र जापान से था। साथ में एक फ़ोटो था, जिसमें रवीन्द्रनाथ ठाकुर, मीरा, उनके पति

पॉल दिशार, हिरासावा और पियर्सन थे। पृष्ठभूमि में महात्मा बुद्ध की विशाल प्रतिमा थी।

मि. अरविन्द, हमें फ्रांस छोड़ना पड़ा। युद्ध के कारण हालात बहुत ख़राब हो गये। कई मंज़िले दो भागों में बँट गयीं। उनका एक भाग पूर्णतया ध्वस्त हो गया। युद्ध क्षेत्र से ट्रेनों में भरकर घायल सैनिकों को लाया जा रहा था। मुझे जापान में नौकरी मिल गयी, अतः हम लोग इंग्लिश चैनल के मार्ग से चीन की ज़मीन को छूते हुए जापान जा पहुँचे। हालाँकि वह यात्रा ख़तरों से भरी थी और जर्मन पनडुब्बियों ने जापान के इस जहाज़ पर भी हमले किये थे। जापान आकर मीरा अल्फासा खुश है। उनके प्रकृति प्रेम और जीने की शैली से वह बहुत सुकून पा सकी है।

मीरा अल्फासा का जन्म पेरिस में हुआ था। उसकी नानी पीरा इस्मालून मिस्र देश में जन्मी थीं। इस्मालून वंश का आदि स्थान हंगरी था। उसकी नानी के पिता मिस्र के थे, परन्तु उनके पुरखे स्पेन के। उनके परिवार की प्रतिष्ठा बहुत थी। मीरा अल्फासा भी अपनी पेंटिंग्स से पहचानी जाती थी। फ्रांस के वह साइकिल पर चक्कर लगा चुकी है। वह सोचती है कि धरती की सभी चीज़ों पर क्यों लिखना पसन्द किया जाता है? ऐसे थोथे यथार्थ से वे क्या दर्शाना चाहते हैं। वह टेनिस खेलती है। उसमें उसे चैम्पियनशिप भी मिली है।

जब वह मात्र तेरह-चौदह वर्ष की थी तब वह अकेली फॉन्तेनब्लू के प्रसिद्ध जंगल में ज़ाया करती थी। उसका कहना है कि पेड़ भी हम से मित्रता करना चाहते हैं। पेड़ चाहते हैं, उन्हें काटा न जाये। उन्होंने पेड़ों को गुहार करते सुना है।

वह ऑर्गन बजाने में निपुण है। वह मानती है कि संगीत ऊर्ध्वलोक में ले जाता है। वह गूढ़ विद्या को भी समझती है। वह आध्यात्मिक क्षेत्र की यात्री है। उनके जीवन के अनेक अलौकिक प्रसंग हैं। दिव्य प्रसंग।

उसने अपनी माँ की बात को ध्यान से सुना और हेनरी मारस्ये से शादी बना ली। वह कलाकार था। तब वह बीसेक वर्ष की थी। उससे एक पुत्र का जन्म हुआ—आंद्रे। फिर तलाक़ हुआ और फिर से वह अकेली हो गयी। पेरिस के एक पुस्तकालय की एक हज़ार से अधिक पुस्तकें पढ़ डालीं। उनमें उपन्यास ज़्यादा पढ़े। वह बिना पढ़े भी अध्ययन में लीन रहती थी।

उसकी पुस्तक ‘पहले की बातें’ (वर्ड्स ऑफ लॉन्ग एगो) विविधतापूर्ण है। उसमें लेख हैं और उद्देश्यपरक कहानियाँ हैं।

पेरिस में वह बुद्धिजीवियों, दार्शनिकों आदि से मिलकर ‘कॉस्मिक’ संघ बना चुकी है।

मेरी उसकी रुचियाँ मेल खा गयीं और प्यार के किनारे-किनारे हम चल पड़े। अपने-अपने को तोलते-बढ़ते रहे। शादी का मानस पहले नहीं था और हुआ तो आनन-फानन में शादी हो गयी। आपने चाहा था कि उनका परिचय भेजूँ, वह यह है।

आपसे मिलकर मीरा अल्फासा में बहुत परिवर्तन हुआ है। वह घण्टों ध्यानमग्न रहती है। जापान में वह बौद्ध धर्म से भी परिचित हुई। उससे उनमें एक नया जीवन दर्शन आँख खोलने लगा। एक दिन बोली, ‘‘दिशार, भारत बुलाता है।’’

‘‘मुझे अमेरिका।’’

‘‘यह तुम्हारा पक्का निश्चय है, दिशार।’’

‘‘पक्का और तुम्हारा।’’

‘‘मेरा भी। मुझे लग रहा है कि अरविन्द मेरी साधना के उपास्य देवता हैं।’’

‘‘जब तुमने गीता योग की सिद्धि प्राप्त की थी मीरा, तब तुमने कहा था कि तुम्हें आत्मदर्शन हुआ। श्रीकृष्ण की प्राप्ति हुई।’’ पॉल दिशार ने कहा।

मीरा अल्फासा के पिता मरिस अल्फासा ने कहा, ‘‘मीरा, तुम्हारा सोच एकदम अलग है। तुम्हारे बड़े भाई ने ग़लती की थी, यह तुम भी जानती हो। जब उसने मेरे बहुत कहने पर भी अपनी ग़लती नहीं मानी तब मैंने उसे पीटना शुरू किया। तुम बीच में आकर बोल पड़ीं, ‘‘मेरे भैया को फिर मारा-पीटा तो मैं घर छोड़कर चली जाऊँगी।’’

‘‘फिर कभी आपने उसके हाथ नहीं लगाया।’’ मीरा अल्फासा से कहा।

‘‘पता नहीं ऐसा क्या हुआ, बेटी।’’

‘‘पिताजी, उस शक्ति को समझिए जिससे जीवन का प्रवाह मानव मात्र के कल्याण के लिए निरत होता है।’’

‘‘तुम्हारा उससे मन भरा नहीं क्या, मीरा?’’

"नहीं, पिताजी। वह मन से बहुत ऊपर की बात है, जहाँ प्रवेश करने के बाद व्यक्ति लौट नहीं सकता, निरन्तर आगे बढ़ता जायेगा।"

"अब तुम्हारे श्रीकृष्ण अरविन्द होने लगे।"

"होने लगने का क्या प्रश्न, दिशार वे हैं।"

"दिशार, तुम भी मान लो। मैं गणित का गहरा जानकार माना जाता हूँ, फिर भी मैंने मीरा की बात मान ली कि दो और दो चार नहीं, बाईस भी होते हैं।" मरिस अल्फासा ने कहा।

"पिताजी, सन्दर्भ को ओझल मत कीजिए वरना अर्थ का अनर्थ हो जायेगा।"

"हाँ सन्दर्भ तब प्रेम का था। प्रेम में दो और दो बाईस होते। वहाँ मेरा गणित काम नहीं आता है।"

"तब दिशार, मैंने क्या अन्यथा कहा था?"

"अब दिशार तुम भी मान लो।"

"मान भी लो यदि, तुम्हारा ज़हन स्वीकारे तो।"

"अच्छा मैं चलता हूँ।" मरिस अल्फासा फिर नहीं रुके।

"मीरा, तुमने क्या यह अन्तिम निर्णय लिया है?"

"दिशार, मैं निर्णय लेने वाली कौन हूँ! मुझे निरन्तर आदेश मिल रहा है कि मैं पांडिचेरी जाऊँ। मेरी शेष आध्यात्मिक यात्रा वहीं शुरू होगी।"

"लेकिन मैं वहाँ तुम्हारे साथ नहीं रुक सकूँगा।"

"मुझे अफ़सोस है दिशार, मैं तुम्हें रुकने के लिए नहीं कहूँगी। शायद तुम रुकना भी चाहो तो वह सम्भव नहीं। मुझे मेरा अन्तिम लक्ष्य मिल चुका है, लेकिन क्या तुम मुझे पांडिचेरी छोड़ते हुए आगे के लिए प्रस्थान कर सकोगे?"

"सोचना पड़ेगा।"

"यह शायद तुम्हारे साथ मेरी अन्तिम यात्रा होगी।"

"तो क्या तुम पांडिचेरी से नहीं लौटोगी?"

"शायद नहीं। ...हाँ, कभी नहीं। भारत मेरा घर है। अरविन्द मेरे सर्वस्व हैं। सर्वस्व को पाकर कौन उस पक्ष से हटने की सोचेगा। कल रात, सोने के बाद, जब तुमने नाइट बल्ब ऑन किया था, उसके बाद मेरे स्वप्न में अरविन्द आये थे। मुझे जगाया था। मुझसे कहा था, "तुम्हें अब तक

पांडिचेरी आ जाना चाहिए था। यदि तुम नहीं चाहती हो तो रहने दो। जब तुम एक वर्ष पांडिचेरी में रहकर लौट रही थीं तब तुम्हारी इच्छा थी और शायद, इसलिए तुमने कई बार दोहराया कि तुम कल चली जाओगी। तब तुम चाहती थीं, दिल से चाहती थीं कि मैं तुम्हें रोक लूँ। एक बार झूठे ही कह दूँ कि रुक जाओ तो तुम रुक जातीं, परन्तु वह समय अनुकूल नहीं था।''

''और अब है, मीरा।''

''हाँ दिशार, तुम्हें कोई आपत्ति है क्या?''

''तुम सदा अपना मार्ग स्वयं खोज कर उस पर चलती रही हो। हर निर्णय तुमने स्वयं लिया है। यहाँ तक कि मेरे से शादी करने का निर्णय भी तुम्हारा था, क्योंकि कई मास तक मेरा प्रस्ताव ठण्डे बस्ते में पड़ा रहा और मैं शादी की आशा छोड़ चुका था।''

''वह पवित्र सन्ध्या थी। मैं पुस्तकालय से निकल कर सीधा तुम्हारे पास आयी थी और कहा था कि यदि तुम तैयार हो तो मुझे कोई आपत्ति नहीं है।''

''क्योंकि तुम मुझसे शादी करने के लिए तैयार हो।'' इसी के साथ मैंने उसकी कमर में हाथ डालकर अपनी ओर खींचा और उसके कई चुम्बन ले लिए थे और आसपास की ओर देखकर कहा था, ''थैंक गॉड। कम-से-कम अब एक छत के नीचे रह सकेंगे। आत्मा की जिज्ञासा और जीवन-दर्शन की गुत्थियों को दो शरीर एक प्राण होकर शेअर कर सकेंगे।''

''दिशार, इसमें इतना ख़ुश होने की कोई बात नहीं है। दरअसल, तुम्हारी पारदर्शिता ने मुझे विवश कर दिया। निश्छलता स्वयं अपना ऐसा गुरुत्वाकर्षण है कि उसके सामने ज़िद की अस्मिता आर्द्र हो उठती है।''

यह सच है कि प्रेम के इस ताबीज़ के साथ बँधे हम दोनों, अलग ख़यालात और अलग सोच के होने पर भी, न कभी टकराये और न कभी एक-दूसरे के क्षेत्र में अनचाहे दख़ल दी। मर्यादा का पालन यहाँ तक निभाया कि दस्तक देकर एक-दूसरे के कमरे में दाख़िल हुए और अब जब लग रहा है कि हम चौराहे पर आ खड़े हुए हैं, तब कहीं बहुत भीतर एक साझे एहसास में सदाबहार नदी के अचानक लुप्त हो जाने जैसा दृश्य सामने आ खड़ा हुआ है। मुझे आशा है कि आपकी जिज्ञासा के लिए ये संकेत नाकाफ़ी न होंगे।

आपका—पॉल दिशार।

पुनश्च—तीन दिन तक यह पत्र मेरी राइटिंग टेबल पर पड़ा रहा। शायद यह ठीक ही हुआ, क्योंकि यह मज़मून इस लेटर का हिस्सा अलग से ही बनता।

मैं लगातार तीन रात से जाग रहा हूँ। इन तीनों रात में अनेक बार समय सीमा लाँघ कर ऑर्गन, पियानो की मधुर और बारीक ध्वनि को अपने अन्दर दूर से आती निर्झरी धुन के साथ सुन रहा हूँ। देख रहा हूँ कि रवीन्द्रनाथ ठाकुर आग्रह कर रहे हैं कि वह शान्ति निकेतन आये, उसका उत्तरदायित्व वहन करें।

"काश, मैं ऐसा कर पाती। सच में बहुत प्रसन्न होती। भारत मेरी मातृभूमि है। यह मत पूछिए कि कैसे? हृदय तर्क नहीं मानता। आप यह तो मानेंगे ही कि मैं असत्य नहीं बोल सकती। ...फिर भी, मैं भारत की माटी से जुड़ूँगी, अन्दर का उद्‌दाम उच्छवास तो अभी तक यही है, ठाकुर।"

ये अद्‌भुत चित्र मेरे सामने साकार हैं। मैं देख पा रहा हूँ जबकि अन्य जो भी कोई वहाँ आया, बैठा और लौट गया। वह इस सबको नहीं जानता। कमरे के बाहर लिखा हुआ है—कृपया तभी आयें जब अपने पर यह विश्वास हो कि रत्ती भर की आहट नहीं करेंगे। साँस रोके आयेंगे और साँस रोके लौट जायेंगे।

कारण, जापान में तीन-चार साल में ही मीरा अल्फासा अभिजात परिवारों में अत्यन्त लोकप्रिय हो गयी थी। अर्द्ध रात को बीते काफ़ी समय हो गया। मुझे झपकी लगी ही थी कि मैं पार्श्व संगीत के साथ मीरा की संगीतमय आवाज़ है, जो मेरे हृदय में तन्हाई के लम्हों में अनुगूँजने लगती है। वह है—

गाओ, धरा, तुम गाओ, जी भर कर गाओ
गाओ, अम्बर, तुम गाओ, स्व को भूलकर गाओ
जातियो, मानवो, अब तुम भी गाओ, गाते जाओ
सब रस मिलकर दिव्य हो जाओ एक साथ।

अनन्त आनन्द चुपचाप उतर रहा है
उल्लास अन्तरंग हिलोरें ले उठा है
चौखट पर आ खड़ा गतिमान् अक्षय आलोक
दिग्-दिगन्त सब आलोकित कर रहा है।

अब मेरे लिए यह कहना सम्भव नहीं है
कौन विश्व है—मैं हूँ या वह है
वह मेरे भीतर है या मैं उसके भीतर हूँ
यह कैसा करुणा कमल खिल रहा है।

अचानक दृश्य बदला। इस गीत के बाद एक ज्योति अन्दर आयी। उजाला उज्ज्वल से उज्ज्वल होता गया। मीरा कह रही थी तेज़ ज्वर में, नाथ, आपने क्यों कष्ट किया? मैं तो आ ही रही थी कुछ दिनों में ही आपके पास। वह ज्योति ओझल हो गयी।

यथार्थतः मीरा अल्फासा को बुखार आया था, वह निमोनिया में बदल गया था। डॉक्टर हैरान। सारे उपचार धराशायी। जीवन को ख़तरा। कोई दवा काम नहीं कर रही है। उनमें स्वप्न बड़बड़ा रहा है यदाकदा, भूले भटके कि—

मैं लौटने को तैयार हूँ, मेरे प्रभु,
हर जीवन इस यात्रा का एक पड़ाव है
मैं वहाँ नहीं जा सकी तो क्या,
इसका अर्थ यह कदापि नहीं होगा
कि मेरी यात्रा का समापन हो गया।

नहीं देव, यह यात्रा अनवरत चलती रहेगी
उस महाचक्र की तरह जिसे आप चला रहे हैं
मैं भी आपके साथ-साथ निरन्तर चलूँगी
उस दिशा में, उस प्रीतिकर प्रतीक चिह्न की ओर
जहाँ से मुझे, बीच रास्ते, लौटना पड़ रहा है।

मीरा में थोड़ी सी चेतना लौटी। मैंने पूछा, "कैसी हो अब तुम।"

"आत्मा कभी रुग्ण नहीं होती, दिशार।"

"समझ सकता हूँ, वह कभी मरती भी नहीं।"

"मैंने उन्हें सूचना दे दी है।"

"किसे, दिशार?"

"अरविन्द को।"

"क्यों कष्ट दिया उन्हें। वह कुछ दिन पहले आये थे।"

"क्या कह रहे थे?"

"कुछ नहीं, दिशार। सिर्फ़ देख भर रहे थे अपनी प्रफुल्ल दृष्टि से शान्त तेजस्विता के साथ।"

"चलो, यह अच्छा ही हुआ, मीरा।"

"दिशार, परमात्मा के लोक में बुरा कुछ नहीं होता है। वह भरमाता ज़रूर है। भरमता भी वह है, जिसका अस्तित्व नहीं है। हम अनजाने लोग उसके अनस्तित्व से काँपने लगते हैं—युद्ध उसी की छाया का आभास है।"

फिर मीरा ने करवट बदल ली और कहा, "ज़रा मेरी पीठ सहला दो, दिशार।"

"बहुत दर्द कर रही है क्या?"

"वह तुम्हारे हाथ के जादू का इन्तज़ार कर रही है, दिशार।"

"वह सो गयी। एक करवट सायी। दिन परदे पर दस्तक दे उठा। अब उनकी प्रिय शिष्या यानुकी डॉक्टर के साथ आयी।"

मीरा के मुखमण्डल पर लावण्यमय तेज द्युतिमान हो रहा था। उसका अनिंद्य सौन्दर्य, निर्मल हृदयाभास और निर्दोष आन्तरिक आभा मिलकर एक प्रकाश चक्र बना रहे थे। लगा जैसे उसकी देह पर सुनहरा जरदोजी का बैगनी किमोनो जगमगा उठा हो।

डॉक्टर के जाने के बाद मैं चल पड़ा। डॉक्टर की राय थी, "मीरा संकट में है। ईश्वर ही उसकी रक्षा करे। आप लोग प्रार्थना कर सकते हैं।"

अब मुझे आज्ञा दीजिए कि मैं अनजाने इस पत्र को विस्तार दे गया। वह आपको ईश्वर मानती है, ऐसा मुझे लगने लगा है।

मेरे प्रणाम सहित—आपका

पॉल दिशार।

अरविन्द पत्र पढ़ चुके थे। वह मानो पत्र नहीं मीरा अल्फासा को देख रहे थे। पत्र उनके सामने साकार हो उठा था। वह गुमसुम से बैठे हुए कहीं बहुत गहरे में उतर चुके थे, जहाँ रास्तों का भ्रम नहीं होता, उनकी माया नहीं खिलती-फैलती, सब शान्त, निर्विकार और खिलते हुए शतदल-सा होता है। जहाँ नदी में झरने गुनगुनाते हैं और मेघ चँबर डुलाते हैं।

अरविन्द सन्ध्या के समय बाहर आये तो मणि चक्रवर्ती ने बताया कि गोविन्द सरकार आया था। वह स्पेन हो आया है। आधेक घण्टे प्रतीक्षा करता रहा।

फिर बोला कि उसे कल मद्रास चेन्नई जाना है। गुरुदेव से कहिए कि गुरुआनी जीवन-मरण के युद्ध में फँसी हुई हैं। उनकी प्रतीक्षा में साँस समेटे हुए खटिया की पाटी को वह अन्तःकरों से पकड़े हुए है। अरविन्द ने सुना। दूर सागर की लहरें मानो उसे दोहराने लगी हों ताकि सारा जग सुन ले।

"आप किस सोच में पड़ गये, अरविन्द।"

"वह सच कहता है।"

"फिर?"

"मैं सागर तक जा रहा हूँ।"

"मैं भी चलूँ।"

"नहीं मणि, तुम्हारी यहाँ ज़रूरत है। मेरे लौटने तक यहीं बने रहो।" वह इतना कह चल पड़े उस खड़ाऊँ को पहन कर जो मीरा अल्फासा ने जापान से भिजवाई थी। यह लिखकर कि उसने चरण-स्पर्श अवश्य किया था, उनको नापा नहीं था। फिर भी, उसे लगता है कि उसका अन्दाज़ ग़लत नहीं होगा। प्रायः वह नंगे पाँव निकल जाते थे, परन्तु आज उन्होंने पहली बार खड़ाऊँ पहनी थी, जब से वह खड़ाऊँ वहाँ आयी थी। मणि चक्रवर्ती उनको जाते देखता रह गया। दिनोदय हो रहा था। इसका मतलब है कि दिन हुआ नहीं था। जैसे न दिन होता है और न रात। फिर भी रोज़ दिन होता है और रोज़ रात आती है। उन्हें सभी उस रूप में मानते हैं।

यह छोटी-सी बात बहुत बड़ी थी। जबकि छोटी-बड़ी का अन्तर उसकी समझ में आज तक नहीं आया। उस रात अरविन्द मीरा अल्फासा के निवास पर रात्रि भोज के लिए पहुँचे। पॉल दिशार वहीं था। मणि चक्रवर्ती भी अन्दर आ चुका था।

"आपने फ्रांस में क्या देखा, मीरा?" अरविन्द पूछ रहे थे।

मीरा अल्फासा ने सुभीताजनक बैठक लेकर कहा, "पेरिस का वह दक्षिण था। जहाँ फ्रांस के राजाओं के दुर्ग हैं। वे बड़े दुर्ग हैं। वहाँ एक दुर्ग म्यूज़ियम में बदल गया था। उसकी बहुत प्रशंसा सुन रखी थी। वहाँ मैं प्रसिद्ध चित्रकारों के चित्र देख रही थी। एक चित्र के सामने खड़ी होकर मैं कहने लगी, "मैं तो अपने केश इस तरह नहीं बाँधती और न उस तरह के आभूषण पहनती हूँ। इस रंग की पोशाक भी मैंने कभी नहीं पहनी।"

अग़ल-बग़ल में लोग मुझे साश्चर्य देख रहे थे। मैं उनको देखकर सहम गयी। वह पूछ रही थी, ''अरविन्द, मेरे साथ ऐसा क्यों होता है? क्यों मैं प्राचीन चीज़ों को देखकर उनमें खो जाती हूँ?''

''क्योंकि तुममें पुरानी यादें ताज़ा हो जाती हैं।'' अरविन्द ने कहा।

''क्या आपके साथ भी कभी ऐसा हुआ?''

''नहीं। मुझे पहले जन्म ने कभी नहीं छेड़ा?''

''पर क्यों, अरविन्द?''

''मैं नहीं कह सकता।''

''पुनर्जन्म मानते हैं।''

''जब जन्म होगा तो पुनर्जन्म भी होना निश्चित है। यह एक चक्र है—जन्म, मरण और पुनर्जन्म का चक्र।''

जब मीरा अल्फासा शान्त रह गयी, तब पॉल दिशार ने पूछा, ''सन्त, तपस्वी, महात्मा नारी· से दूर क्यों रहते हैं? मध्यकाल में तपस्वी स्त्री को माया मानता था। उनको तप भंग करने का साधन समझता था। आप क्या कहेंगे?''

''हमारे यहाँ अभी-अभी रामकृष्ण परमहंस हुए हैं, उन्होंने पत्नी का कभी त्याग नहीं किया। श्रीकृष्ण स्वयं शादीशुदा थे। उनकी रासलीलाएँ इस दृष्टि से अत्यन्त महत्त्वपूर्ण हैं। स्त्री पुरुष की उसी तरह शक्ति है जैसे पुरुष स्त्री की।''

''भोजन तैयार है।''

सब उठ खड़े हुए।

विजय नाग कह रहा था, ''आपका तार है, अरविन्द।'' फिर भी अरविन्द ने नहीं सुना। तब मणि चक्रवर्ती ने कहा, ''आपका तार।'' उसी के साथ तार सामने रख दिया।

अरविन्द के सामने से सारा छाया चित्र हट गया। उनके हाथ में तार था। तार कलकत्ते से आया था। वह तार पढ़कर अवसन्न रह गये। उनका सारा शरीर शून्य हो गया। उनकी आँखें बह पड़ीं। विजय नाग, मणि चक्रवर्ती और कुछ अन्य लोग अरविन्द की आँखों से जलधारा प्रवाहित देखकर सन्नाटे में आ गये।

कुछ देर बाद मणि चक्रवर्ती ने पूछा, ''क्या हुआ?''

अरविन्द ने धीरे से आँख उठायी। अश्रु पोंछे और कहा, "मणि, तुम्हारी गुरुआनी अब यहाँ कभी नहीं आयेंगी।"

"क्या! वह...नही। ...।"

"हाँ, वह नहीं रहीं, नाग।" इतना कहकर अरविन्द उठ खड़े हुए और अपने कमरे में जाते हुए बोले, "उनके निधन का प्रचार नहीं हो। मैं तीन दिन तक ध्यान में रहूँगा–किसी से मिलूँगा नहीं।"

अरविन्द अन्दर चले गये। दूसरे दिन दूसरा तार आया। तार खुला हुआ था। दरवाज़े के नीचे से अन्दर सरका दिया। अरविन्द ने दोपहर को वह तार देखा। तार पॉल दिशार ने दिया था। उसमें लिखा था–मीरा को आपने बचा लिया। आभार। अब वह पूर्ण स्वस्थ हैं। डॉक्टर इसे चमत्कार मानता है।

अरविन्द ने तार एक तरफ़ सरका दिया। उनमें उथल-पुथल मची। उनके सामने गोविन्द सरकार का पत्र था। उसने लिखा था–मेरा ज्योतिष में विश्वास बढ़ चला है। ज्योतिष वर्तमान का भविष्य है और अतीत की पृष्ठभूमि।

आप एक को बचा सकते हैं–अपने अतीत होते वर्तमान को अथवा वर्तमान के भविष्य को। यह निर्णय आपको करना है कि आप किसको बचाना चाहते हैं।

मैं मीरा अल्फासा से मिल चुका हूँ। मैंने उनमें आपका भविष्य झलकता देखा है।

गुरुआनी को नहीं देखा, परन्तु माँ शारदामणि देवी से उनकी जन्म कुण्डली पायी थी। वह साक्षात् देवी हैं। उनका निर्मल चरित्र, आकांक्षारहित समर्पण और निःस्वार्थ सेवा भाव अतुलनीय है। मैं आपके चयन की बेसब्री से प्रतीक्षा करूँगा। पत्र पर हस्ताक्षर नहीं थे।

पत्र एक पत्रवाहक यह कहकर दे गया था कि यह पत्र गुरुदेव के नाम है गोविन्द सरकार का। उस रोज़ कुछ पत्रकार आये थे। उनका साक्षात्कार लेना चाह रहे थे तो उन्होंने साक्षात्कार देने से मना कर दिया तब उनके साथ आयी उस लड़की ने कहा, "मैं पत्रकार नहीं हूँ, परन्तु होना चाहती हूँ। क्या आप मुझे मेरी जिज्ञासाओं का उत्तर देने की कृपा करेंगे।"

उसका नाम था नन्दिनी अय्यर। रंग गोरा, उगते हुए सूर्य की लालिमा और चमक तथा बड़ी-बड़ी गोल आँखों में शौर्य की लपट और तेजस्वी मुखमण्डल।

अरविन्द ने कहा, "पूछ सकती हो, नन्दिनी।"

"आप शादीशुदा हैं या कि...।"

"शादीशुदा।"

"आप अपनी पत्नी को साथ नहीं रखते हैं।"

"हाँ।"

"कब से?"

"शादी के बाद, शायद एक डेढ़ साल के बाद से हमारा उसका साथ रहना नहीं हुआ।"

"क्यों?"

"यह लम्बी कहानी है।"

"रखना चाहते तो...।"

"रखता तो वह कष्ट पाती।"

"पति से चौदह-पन्द्रह साल अलग रहकर उसने क्या सुख पाया?"

"आप जिसे सुख मान कर चलती हो, सुख वह नहीं है।"

"मतलब?"

"सुख का सम्बन्ध सन्दर्भ से है।"

"आप उन्हें यहाँ बुलवा सकते थे।"

"कोशिश की थी।"

"पर सफलता नहीं मिली।"

"कोई ख़ास कोशिश नहीं की। वह साक्षात् देवी है, पुण्यात्मा। सदा मेरे साथ रहती है जैसे मैं उसके साथ। जीवन में अनेक बार ऐसे उतार-चढ़ाव आते हैं कि उनके सम्बन्ध में सांसारिक परिभाषाएँ काम नहीं आतीं।"

"धर्मगुरु विवाह क्यों करते हैं?"

"मैं धर्मगुरु नहीं हूँ, नन्दिनी।"

"धर्मपालक तो आप अपने को मानेंगे न।"

"माना जा सकता है।"

"महात्मा बुद्ध, कन्फ़्यूशियस, तोलस्तॉय आदि ने अपनी पत्नी के साथ जो किया, क्या उचित था?"

"सवाल मेरे उचित-अनुचित मानने का नहीं है, नन्दिनी। यह सब उनकी अपनी-अपनी परिस्थितियों और सन्दर्भ का है। ...जब व्यक्ति

में अचानक परिवर्तन होने लगते हैं। उसे प्रश्न घेरने लगते हैं। उसमें आध्यात्मिक जिज्ञासाएँ सिर उठाने लगती हैं, तब वह व्यक्ति विवश हो जाता है। ...दूर क्यों जायें, मेरे साथ ऐसा ही हुआ है। ...हमारी शादी को लगभग अठारह वर्ष हो रहे हैं। इन अठारह वर्षों में हम साथ-साथ शायद अठारह माह नहीं रह पाये। फिर भी, न मृणालिनी का प्रेम कम हुआ और न मेरा। हम सदा समर्पित रहे परस्पर। ऐसा नहीं होता तो मैं सिद्धि पा लेने के बाद मृणालिनी से आग्रह नहीं करता कि वह यहाँ आ जाये और मेरे कार्य में सहयोगी बने।''

अरविन्द को लेकर इस प्रकार की कटुतापूर्ण बातें उछाली जा रही थीं। उन्होंने मणि से कहा भी था, ''बाढ़ नदी का वास्तविक स्वरूप नहीं होती। बाढ़ स्वतः हटती है और नदी पुनः कलकल कलगान करते हुए फिर निर्मल गति से बहने लगती है।'' नन्दिनी भी उसी का शिकार हुई है। वह स्त्री है। उसकी पुरुष के प्रति कोई ग़लत धारणा न बने, यह सोचकर। अरविन्द सहज होकर अपने को संयमित करते हुए उसे समझा रहे थे।

''क्षमा करें, मि. अरविन्द, मैं आपको थोड़ा पीछे ले जाना चाहती हूँ। यह पत्र आपने मोतीलाल राय को अगस्त 1912 में लिखा था। पांडिचेरी से कि—मेरी व्यक्तिगत साधना पूरी तरह सफल हो गयी और उस पर अन्तिम मोहर लग चुकी है और वह सतत् साक्षात्कार तथा परब्रह्म में कई घण्टों तक अवस्थित पाकर पूर्णता के किनारे जा लगी है। अब मेरी भावी साधना जीवन के लिए, व्यावहारिक तथा ऊर्जा के लिए है—तात्त्विक ज्ञान और ऊर्जा के लिए नहीं, जिसे मैं पहले ही पा चुका हूँ, वस्तु तथा भौतिक देह में संस्थित तथा जीवन में मेरे कार्य के प्रति उन्मुख ज्ञान एवं ऊर्जा के लिए है...लिखा था न।''

''हाँ, लिखा था।''

इससे पूर्व आपने कलकत्ते से अपनी पत्नी मृणालिनी को यह पत्र भी लिखा था, जिसमें आपने लिखा है कि ''मैं यह अनुभव कर रहा हूँ कि कोई महान परिवर्तन हमारे जीवन में शीघ्र आने वाला है। यदि ऐसा होता है तो हमारी समस्त आकांक्षाओं की इतिश्री हो जायेगी।'' इससे आपका क्या यह आशय स्पष्ट नहीं होता है कि आप पति-पत्नी बनकर नहीं रह सकेंगे या उस रिश्ते को नहीं निभा सकेंगे?''

"इसी पत्र में मैंने आगे यह भी लिखा था कि 'मुझे माँ के आदेश निरन्तर प्राप्त हो रहे हैं। एक बार यदि परिवर्तन पूर्ण हो जाता है तो हम दोनों की जुदाई कभी नहीं होगी, क्योंकि तब माँ के आदेश स्थाई हो जायेंगे।' इस ओर आपका ध्यान गया ही होगा, नन्दिनी।"

"क्यों न हम पहले इस पत्र की अगली कुछ पंक्तियाँ पूरी कर लें?"

"कीजिए, नन्दिनी अय्यर, वह भी कीजिए ताकि नारी का कल वर्तमान का अतीत या परछाईं बनकर न रह जाये।"

"आपने लिखा था, मि. अरविन्द, योगसिद्धि का वह दिन निकट है इसके बाद निष्काम कर्म का प्रवाह उच्छल रूप में प्रवाहित होने लगेगा। कल अथवा परसों उसके चिह्न दृश्यमान् होंगे। फिर मैं आपसे मिलूँगा। फिर आप क्या उनसे दो-तीन मास में उनसे मिल सके थे?"

"नहीं।"

"पर क्यों? क्या आपकी धर्मपत्नी सॉरि नो धर्मपत्नी। जब पति धर्मपति नहीं कहलाता तो पत्नी धर्मपत्नी क्यों? धर्म भाई इसके लिए प्रयुक्त नहीं होता है। क्यों है न?"

"हाँ, तो?"

"तो यह है मि. अरविन्द, आपकी पत्नी आपके पत्र का विश्वास पाकर आपके शीघ्र आने की प्रतीक्षा कर रही होगी। सपने सँजो रही होगी।"

"हो सकता है।"

"यही सच है मि. अरविन्द आप कलकत्ते आकर लौट गये, क्योंकि आपके पास इतने काम थे कि आपको सिर उठाने की फुर्सत नहीं थी। ...यह आपने अपनी पत्नी को लिखा भी है, मि. अरविन्द। क्या मैं जान सकती हूँ कि पति के पास अपनी पत्नी से मिलने का भी समय क्यों नहीं था? पत्नी मात्र साधन नहीं, साध्य है, के अनुसार विवाह धर्म में भी पति की तरह साध्य है। शेष सब साधन हैं, पत्नी नहीं। इस जानकारी को पाकर उसके मन पर क्या बीती होगी, उसकी कल्पना कोई नवविवाहिता ही कर सकती है? पुरुष तो कदापि नहीं। संसार में किसी पुरुष ने, तोल्सतॉय को छोड़कर, किसी दूसरे पति ने अपनी पत्नी के साथ ऐसा नहीं किया होगा। क्या इसमें एक साधक का दम्भ या पत्नी के प्रति उपेक्षा भाव नहीं झलकता है? याद रहे, मि. अरविन्द, पुरुष के इस दोहरे चरित्र ने हमारे समाज को अस्थिर,

उपेक्षित तथा अपमानित किया है। यह प्रश्न आपके बाद भी उठेंगे, महात्मा बुद्ध की तरह हो। वे साधना सफल कर अपने घर लौटे, मात्र अपनी सन्तान को लेने और अपने धर्म में दीक्षित कर प्रचार-प्रसार कार्य शुरू करवाने के लिए। जो धर्मगुरु आम्रपाली को अपने धर्म में जगह दे सकता है...वह अपनी पत्नी से साथ आने का आग्रह क्यों नहीं कर सका? बौद्ध धर्म के अपूर्ण और पतन होने का एकमात्र यही कारण है। पत्नी समाज की धुरी है मि. अरविन्द। आप क्या कहना चाहेंगे?''

''मैंने कभी झूठ नहीं बोला और न कभी झूठ लिखा। यह सच था कि मैं अनेक कार्यों में अत्यन्त में व्यस्त था।''

''क्या व्यस्तता व्यवस्था नहीं देती है, मि. अरविन्द? क्या इसे यों नहीं समझा जा सकता कि आप अपनी पत्नी से बचने या भागने का रास्ता तलाश रहे थे? पुरुष में करुणा नहीं होती। प्रभु करुणामय हो ही नहीं सकता। करुणा धरा की अस्मिता है, पत्नी के माँग का सिन्दूर है। आप अपनी पत्नी के प्रति इतने निष्ठुर हो गये कि...।''

''इसका उत्तर आपको मेरी पत्नी से मिलेगा, नन्दिनी। आप उनसे पूछें।''

''आपसे क्यों नहीं, मि. अरविन्द? मन्त्र तो आपने पढ़ा है और उसका अर्थ पूछने आप मुझे अपनी पत्नी के पास भेजना चाहते हैं। क्या मैं आपसे यह जान सकती हूँ?''

''वह मैं बता चुका हूँ नन्दिनी, परन्तु उससे तुम सन्तुष्ट नहीं हो, यह तुम्हारी विवशता है।''

''यह भी मेरी विवशता है कि सन् 1912 के अगस्त में प्राप्त सिद्धि की सूचना आपने चन्द्रनगर रहने वाले अपने मित्र मोतीलाल राय को तो दी, परन्तु पत्नी को इस सम्बन्ध में एक शब्द नहीं लिखा। पत्नी को उसके भी छह साल बाद सूचना दे रहे हैं। इन छह सालों में उसका जीवन आपकी साधना की सफलता के लिए मन्दिरों में हाथ जोड़ता रहा, व्रत-उपासना करता रहा। अपनी पत्नी से आपने इतनी बड़ी बात इतने वर्षों तक क्यों छिपायी?''

''इसे तुम नहीं समझ सकती, नन्दिनी।''

''यदि आप ईमानदारी से समझाना चाहें तो मैं समझने की कोशिश अवश्य कर सकती हूँ, मि. अरविन्द। लेकिन आप हवाई बातों में उलझाना चाहें तो मैं विवश हूँ।''

"ध्यान रहे, सत्य कभी बोझिल नहीं होता और हृदय को तर्क से नहीं समझा जाता। क्या तुम्हें इस समय वातावरण कुछ-कुछ बोझिल-सा नहीं लगने लगा है?"

"मुझे या आपको।"

"आवेश, उत्तेजना बाढ़ की निशानी है। उबाल को थमने दो। मैं फिर से तुम्हें समय दूँगा, क्योंकि तुम्हारी पृष्ठभूमि एकदम सामाजिक संस्था की निष्ठा से सम्बद्ध है, जबकि हमारे समाज की व्यवस्था का संचालन साधु धर्म से होता है। भारतीय और पाश्चात्य समाज की व्यूह रचना में यही मुख्य अन्तर है कि वह पाने के लिए संघर्ष कर रहा है और हम छोड़ने के लिए। एक के संघर्ष में तेज़ लपटों वाली ज्वाला है और दूसरे के संघर्ष में ज्वाला को शान्त करने के लिए अमृत। विष और अमृत का यही तो भेद है।"

"आप चाहते हैं कि हमें उठ जाना चाहिए।"

"यही तुम भी चाहती हो, नन्दिनी।"...यह सवाल न केवल तुम्हारा है बल्कि परम्परा से चली आ रही उस सतत् प्रक्रिया का है, जिसे हमने नयी पीढ़ी और पुरानी पीढ़ी के नाम से बाँट रखा है। नयी पीढ़ी स्वीकार को अभिशाप मानती है, अहिंसा को कायरता या कापुरुषता। जबकि पुरानी पीढ़ी स्वीकार को वरदान मानकर चलती है और अहिंसा को पौरुष का प्रतीक।

"नहीं यह मुझे स्वीकार नहीं है।"

"पर मुझे है।"

"वह समझौता है।"

"समझौता विषय नहीं है।"

"पर हो सकता है।"

"सकता है और है में बहुत अन्तर है। सकता है में सन्देह झाँकने लगता है, ताकि उसमें पहले से ही दरार दिखने लगती है।"

"परन्तु है में नहीं, यही न। हक़ीक़त यह है कि है में ज़िद शामिल है। ज़िद में अहिंसा नहीं, हिंसा है। व्यक्ति को मारो तो चलेगा भी एक सीमा तक, लेकिन विचार को मारो तो असहनीय होगा।"

"विद्रोह होगा। लपटें उठेंगी।"

"उससे आप गुज़र चुके हैं, अरविन्द।"

"अब भी गुजर रहा हूँ। पहले दूसरे के प्रति विद्रोह था, आग थी, परन्तु अब अपने प्रति है।"

"यह आपकी दार्शनिक सोच का प्रतिफल है, अरविन्द।"

"दर्शन सत्य का स्वभाव है, नन्दिनी।" इस बार अरविन्द के मुखमण्डल पर सहज मुस्कान उभर आयी। उनकी आँखों में ज्योति गहरायी वह खखार कर कहने लगे, "एक बात तो स्पष्ट है कि तुम मुझसे लड़ने के लिए पूरी तैयारी से भेजी गयी हो, बेटी।"

नन्दिनी अय्यर कुछ सकपकायी। उसने तुरन्त अपने को सँभाला। वह कुछ कहने को हुई कि अरविन्द बोल पड़े, "हर प्रश्न उत्तर के लिए नहीं होता। ...देखा जाये तो अधिकांश प्रश्न इसी कोटि में आते हैं। इन्हीं से भेदाभेद, ग़ैर-बराबरी और असमानता के प्रश्न उठते हैं और ये परस्पर लड़ते भी है। ...जानती हो प्यार तकरार नहीं चाहता। वह तो सुगन्ध है, अशरीरी है। उसके होने का मतलब है मिस्री। मिस्री को तोड़ते जाओ, तोड़ते जाओ और इतना तोड़ो कि वह चूरा हो जाये। फिर भी चखो तो वह वही मधुर मिठास लिए होगी जो वह पहले लिए थी। तनिक-सी भी उसमें कूटने-पिसने की कड़ुवाहट नहीं होगी, बेटी।"

नन्दिनी को बेटी ने घेर लिया। सम्बन्धों की आन्तरिक ज़ंजीर ऐसे जकड़ने लगती है कि फिर कोई उससे बाहर निकलना चाहे तो सम्भव नहीं है, मात्र छटपटाहट के।

"हम तुम्हें मुक्त करते हैं, नन्दिनी, उस घेरे से जो हमारी सामाजिक सम्पदा की नींव है—रिश्ता या सम्बन्ध है...तुम नन्दिनी होकर आयी हो, तुम्हारी इच्छा है कि तुम नन्दिनी होकर ही लौटो तो भी हम तुम्हारे सहयोगी हैं, अपना क़दम पीछे हटा लेते हैं।" अरविन्द ने धीरे-धीरे कहा। नन्दिनी अय्यर भौंचक्की-सी देखती रह गयी। क्या अरविन्द ने दूसरे के मन को पढ़ने की साधना में महारत हासिल कर ली है? सम्मोहन सच से दूर ले जाने का अचूक साधन है। अरविन्द ने अन्त में कहा, "अब तुम जाओ, नन्दिनी। जाते समय यह याद रखना कि बिना गहरी जाँच-पड़ताल किये कोई ऐसा क़दम मत उठाना, जिससे तुम्हें अपने आप पर लज्जित होना पड़े। सच यही है कि हमारे मन में किसी के प्रति रत्ती भर नफ़रत नहीं हो, सबके प्रति आदर

भाव हो, करुणा हो और समूची मानव जाति के कल्याण की अमल आकांक्षा हो...ईश्वर तुम्हारा कल्याण करे, हमारा यही आशीर्वाद है।''

अरविन्द इतना कहकर खड़े हुए और अन्दर की ओर मुड़ गये। कई दिनों से उनके बारे में ग़लत प्रचार किया जा रहा था। वह यह भी समझ रहे थे कि ब्रिटिश सरकार अभी तक परछाईं की तरह उनका पीछा कर रही है। नन्दिनी भी उसी की एक कड़ी है।

वह अन्दर आकर लेट गये। आँखें बन्द कर लीं, लेकिन उनको नींद नहीं आयी। चित्त शान्त था। यदाकदा मृणालिनी आ खड़ी होती थी। वह टकटकी लगाये उधर देखते रहते थे। वह उससे पूछते थे, ''क्या चाहती हो?''

''यह सत्य नहीं है, स्वामी, मेरी आत्मा आपके पास आ चुकी है।''

''मैंने ऐसा अनुभव किया था, मणि।''

''यह आपकी भ्रान्ति है, स्वामी।''

''हो सकता है।''

''अब मैं कहाँ जाऊँ?''

''जहाँ तुम जाना चाहती हो?''

''काश, यह मुझे ज्ञात होता।''

''फिर मैं क्या करूँ?''

''जो आपका करणीय हो, स्वामी वह कीजिए और कुछ नहीं।'' मृणालिनी की ओर वह देखते रहे। फिर उठे। पानी भरा जग उठाया और दो-चार घूँट पानी मुँह में भरकर उसे इधर घुमाते रहे। फिर वाश बेसिन में जाकर उसे उल्था कर दिया। अब वहाँ मृणालिनी नहीं थी।

रात का भोजन नहीं किया। केवल एक गिलास दूध लिया। कुछ देर ध्यान किया। शरीर कुछ शिथिल हो रहा था। लेटकर अज्ञात ज्योति बिन्दु पर ध्यान लगाने का प्रयत्न किया और ऐसा करते हुए वह सो गये।

पता नहीं कब और कैसे लन्दन से प्रे आ गयी। वह उठ बैठे। उसका हालचाल पूछा और सामने पड़ी कुर्सी पर बैठ जाने के लिए कहा। पूछा, ''बहुत वर्षों बाद भारत आयी हो।''

''आते ही आपके पास आयी हूँ। 'आर्य' पत्रिका पढ़ी। लगा कि पूरी पत्रिका एक ही के द्वारा लिखी गयी है। क्या पूरे 64 पृष्ठ का मैटर आप ही लिखते हैं, अरविन्द?''

"फ़िलहाल तो मैं ही लिख रहा हूँ—प्रतिदिन दो सवा दो पृष्ठ।"

"बहुत मेहनत की है—एकदम बेहतरीन दार्शनिक पत्रिका। मैं सारी रात उसे ही पढ़ती रही और बीच-बीच में तुम्हारे बारे में अनुमान लगाती रही कि तुम कभी मेरे छात्र थे और आज मेरे अध्यापक। 'वेद रहस्य', 'यानी कविता', 'दिव्य जीवन', 'गीता-प्रबन्ध' आदि पर क्या ख़ूब लिखा है कि अपने प्रतिभासम्पन्न छात्र का माथा चूमने का मन करता है। ...क्या कभी तुमने सोचा, अरविन्द, आज मुझे तुम्हें तुम कहते हुए संकोच हो रहा है। मैंने सोचा तो था कि तुम बहुत आगे निकल जाओगे, परन्तु इतने आगे निकल जाओगे कि विश्वविद्यालय और उनके पुस्तकालय दोनों ही छोटे पड़ जायेंगे।"

"आप ज़रूरत से ज़्यादा तारीफ़ कर गयी हैं, जो आपके स्वभाव के एकदम विरुद्ध है। आपको तारीफ़ करने में सब कंजूस मानते थे।"

"फिर भी, मैंने तुम्हारी तारीफ़ करने में कभी क़ोताही नहीं बरती।"

"क्या-क्या देख लिया यहाँ आकर?"

"क्या देख पाती। यहाँ कोई दिखाने वाला कहाँ है? और जिसकी उम्मीद लेकर चली आयी थी, वह आश्रम खोलकर बैठ गया है।"

"यहाँ आश्रम जैसा तो कुछ नहीं है।"

"नींव रखी जा चुकी है तो हो भी जायेगा, अरविन्द।"

"अरविन्द ने ध्यान से प्रे की ओर देखा। वह ज़रा भी नहीं बदली। उसका वही सदाबहार रूप-रंग, वही छरहरी देह और वही होंठों की मुस्कान आँखों में उतर जाने वाली। उम्र की कहीं कोई लकीर नहीं। वह पूछ रहे थे, "क्या लीजिएगा।"

"आज कुछ नहीं।"

"कुछ तो ज़रूर, प्रोफ़ेसर प्रे।"

"गुरुदक्षिणा दोगे क्या, अरविन्द?"

"यह मेरा सौभाग्य होगा, प्रोफ़ेसर? आप आज्ञा कीजिए।"

"तुम आज जगत् गुरु हो, अरविन्द।"

"नहीं प्रोफ़ेसर। आपके सामने मैं वही अरविन्द हूँ जो तब था जब पढ़ता था।"

"तुमने शादी की है न।"

"हाँ की थी। वह अब नहीं रही।"

"उससे प्यार किया था।"

"हमारे यहाँ शादी से पूर्व प्यार नहीं होता।"

"हमारे यहाँ होता है तो शादी नहीं होती और होती भी है तो सफल नहीं होती। हम कितने प्रतिकूल है।"

"हम भी कहाँ अनुकूल है।"

"वह कहाँ सिधारी?"

"कलकत्ते, प्रे।"

"तुम तब वहीं थे क्या?"

"नहीं।"

"तुम्हें पता था कि...।"

"हाँ था। बुलाया भी था।"

"नहीं जा सके।"

"क्योंकि...।"

"कारण नहीं, अरविन्द। वह वक़्त कारण का नहीं होता है। ...क्या बीमारी थी?"

"मलेरिया।"

प्रे ने कुछ दिमाग़ पर ज़ोर डालकर पूछा, "मलेरिया तो तुम्हें भी हुआ था।"

"हाँ, पर आपको यह किसने बताया?"

"नाम में रुचि क्यों है?...बहुत ज़ोर का ज्वर था।"

"हाँ, सारे कम्बल ओढ़ने पर भी देह पीत-पत्र की तरह काँपती रही थी।"

"तब पत्नी...।"

"मृणालिनी।"

"तुम्हारे पास थी।"

"थी।"

"क्या उसने तुम्हारी सेवा-सुश्रूषा में कोई कसर छोड़ी थी।"

"नहीं, प्रे। उसने दिन-रात एक कर दिया था। मेरी शैया के पायंते एक कोने में बैठी रहती थी। पंखा झलती, सिर-माथे, पाँव में मालिश करती। दवा पिलाती। मेरा मनपसन्द भोजन बनाती। मैं टोकता-रोकता तो कह देती थी–कृपया मुझे अपने मन का कर लेने दो। रोको-टोको नहीं।" अरविन्द का कहते-कहते स्वर नम पड़ता गया। उनके चेहरे पर उदासी घिर आयी।

"लेकिन जब उसे मलेरिया हुआ तब आपने क्या किया? उसके आग्रह पर गये तक नहीं। क्यों अरविन्द, क्या आपको नहीं लगा कि जाना चाहिए था?"

"लगा, प्रोफ़ेसर प्रे, लगा परन्तु..."

"परन्तु की यहाँ ज़रूरत नहीं है।" प्रे ने बैठने का रुख़ बदल कर कहा, "मैंने आपके 'सावित्री' पर दिये वक्तव्य को पढ़ा था उसमें बहुत आश्चर्य की बात तो यह है कि उसमें आपकी अपनी अनुभूति भी है। वह एक अन्तःप्रकाश की शाश्वत खोज है। कैसे कह जाते हो तुम अरविन्द, यदि कोई दुखी है, निराश है, क्षुब्ध है, असफल है, संकट में है तो उसे सावित्री उठा लेनी चाहिए। मनोयोग से पढ़ना चाहिए तो उसका अवसाद-संकट धुएँ की तरह अदृश्य हो जायेगा।" यह तुमने ही कहा है न?

"हाँ, परन्तु वह अभी पुस्तकाकार रूप में भी नहीं आया है और उसमें संशोधन- परिशोधन चल रहा है।"

"वह धारावाहिक तो सामने आया ही है और आपने उसके बारे में वक्तव्य भी अत्यन्त डूबे हुए दार्शनिक की तरह दिया है।"

"हाँ, प्रे, वही मेरी साधना का सुफल है। मेरे योग की ऊर्जा है और अक्षय आनन्द का स्रोत है।"

"पर उसमें सावित्री है। सत्यवान को वह यमदूत से लेकर लौटती है। पर कब तक नारी पुरुष को मृत्युद्वार से लौटा कर लाती रहेगी? क्या कभी पुरुष की चेतना में वह पीड़ा अन्तर्दृष्टि बनेगी, जिससे वह 'सावित्री' को मृत्यु के बाद लौटा सके—सप्राण? ...मुझे नहीं मालूम कि तुमसे वह क्यों नहीं बना जो सहज ही तुम्हारी पत्नी मृणालिनी से बन गया? अरविन्द, यह प्रश्न मुझे तुम्हारे ऋषि-द्वार तक लाया है। उत्तर मुझे नहीं, तुम्हें चाहिए और अपने लिए चाहिए। ...अच्छा अरविन्द, मुझे अब चलना है।" कहकर प्रे ने कलाई पर बँधी घड़ी में झाँका और बिना मुड़े आगे बढ़ गयी। अरविन्द अवाक् से उसे देखते रह गये। तभी उनकी आँख खुली। धीरे से उठे। पानी भरा जग उठाया और एक गिलास में पानी उलटा। खिड़की पर परदे जोरों से हिल रहे थे।

अरविन्द चौंक पड़े। उनका ध्यान दरवाज़े की ओर गया। दरवाज़ा खुला हुआ था और बाहर की लाइट जली हुई थी, जिसे वह बन्द करके सोये थे। अचानक उन्हें किसी की पदचाप सुनायी पड़ी। वह सुनते रहे। फिर उस पदचाप के पीछे चल पड़े। पदचाप सीढ़ियाँ उतर रही थी। वह नीचे आये।

पदचाप बन्द। वह काफ़ी देर तक खड़े रहे। फिर कोई आहट सुनायी नहीं पड़ी। वह लौट पड़े। यह स्वप्न भी नहीं था। स्वप्न होता तो पदचाप कैसे सुनायी पड़ती? फिर क्या प्रे सचमुच आयी थी? क्या यही कहने आयी थी कि सत्यवान कब सावित्री को लौटने में सक्षम होगा। उसे उस दिन की बेसब्री से प्रतीक्षा है। उन्होंने सिर झटका और सीढ़ियाँ चलने लगे।

41

आज समुद्री हवाएँ अपेक्षाकृत और दिनों के कुछ अधिक प्रशान्त थीं और हलकी-हलकी कुछ नम भी थीं। आश्चर्य, समुद्र भी प्रशान्त था। सूर्य के साथ मेघ आँखमिचौली खेल रहे थे। चारों ओर अनायास हर्ष का सा वातावरण बनता नजर आ रहा था। साथ ही, उजास की बारीक रेखा उभर कर तुरन्त ओझल हुए जा रही थी।

24 अप्रैल, 1920 की दोपहर पूर्व की बेला थी। जहाज़ से मीरा अल्फासा और पॉल दिशार उतर कर बाहर आये थे। समुद्र के किनारे वायड हाउस में वे पहुँचे थे। जापान से पांडिचेरी तक की यात्रा आँखों में स्वप्न लिए ऐसे बीत गयी थी कि कुछ पता ही नहीं चला कि समुद्र की नमकीन हवाओं से कब सम्बन्ध टूट गया और कब पांडिचेरी आ गये।

दोनों ख़ूब नहाये। हलका लंच लिया और सो गये। जब आँख खुली तब रात्रि थी। आज उन्होंने अरविन्द से मिलना ठीक नहीं समझा या यह कहना ज़्यादा उचित है कि उन्हें प्रमाद ने घेर लिया था।

रात को सोने से पहले पॉल दिशार ने कहा, ''मीरा, मैं यहाँ ज़्यादा दिन नहीं ठहरूँगा।''

''तुम्हारा जाना पक्का है।''

''जैसे तुम्हारा ठहरना, मीरा।''

''क्या तुम मेरा साथ नहीं दोगे?''

''यही मैं तुमसे कहूँ तो...।''

''हगें सोचना बन्द कर देना चाहिए।'' मीरा अल्फासा ने कहा और उदास हो गयी।

''मैंने कभी नहीं सोचा था कि...''

"मैंने भी, दिशार, ऐसा नहीं सोचा था।"

"पर असोचा घट रहा है और वह भी मेरे कारण, मीरा।"

"वो क्यों?"

"न मैं सन् 1910 में यहाँ आता और न अरविन्द से मिलता। मिलता तो तुम से उस सबका ज़िक्र नहीं करता।"

"फिर भी, यही होता दिशार। ईश्वरीय आदेश को स्वीकारने के अतिरिक्त हमारे पास दूसरा कोई चारा ही नहीं है।"

"तुम अरविन्द के साथ रहकर दिव्य जीवन प्रतिष्ठित करने में उनकी मदद करोगी। उनकी सहयोगिनी बनोगी।"

"हाँ दिशार, जब मैं उनसे पहली बार मिली थी तब मेरा पिछला जो भी कुछ था, एकदम रिक्त हो गया। तदुपरान्त शनैः-शनैः उसी रिक्तता या शून्यता में जो सृजित-निर्मित होता गया, वह शान्त, ब्रह्मरूप, विराट्, भास्वर और सीमारहित था...अनन्त...अनन्त के पार। ...तुम उस अनन्त और सीमाशून्यता का अनुभव कर पाते तो तुम मेरे से कोई प्रश्न नहीं करते और चुपचाप मेरी तरह उस अक्षय विराट् के प्रति पूर्णतः समर्पित हो जाते और अपने लिए शेष निःशेष कुछ बचाकर नहीं रखते। मेरी तरह तुम्हारा भी नया जन्म होता नवजात शिशु की भाँति। तुम भी गद्गदानुभूति से भर उठते।"

"मीरा, जापान में आत्माभिव्यक्ति और आत्मदर्शन कराने में पीछे नहीं रहीं। वह महिला, जिसे तुमने उसकी आत्मा से साक्षात्कार कराया था, तुमसे कई माह बाद मिलने पर कह उठी थी, आप धन्य हैं। आत्मदर्शन होते ही मुझे तीव्र अनुभूति हुई कि मेरा देश और मेरा मिकाडो (जापान का सम्राट) उसके सामने कुछ नहीं है। जबकि हमें जन्मघुट्टी में ही यह मन्त्र दिया जाता है कि जननी, जन्मभूमि और मिकाडो स्वर्गादपि गरीयसी।"

"उसने भी तुम्हें लकड़ी का बना सेंडिल दिया था और पहनने के लिए किमोनो दिया था।"

"दिशार और उसी ने मुझे चेरी के पुष्पों से भी मिलवाया था—आत्मा के पुष्पों से। तुम्हें शायद यह पता नहीं है कि वह सुन्दर, संवेदनशील और सुनहरे रंग का वाद्ययन्त्र बजाने वाली युवती पेरो एक गणिका थी। आत्मदर्शन के बाद वह भिक्षुणी बन गयी और दूर चली गयी। उसने चलते हुए मुझसे कहा था, "गणिका होना मेरी कोई विवशता नहीं थी और गणिका धर्म से

मुक्त होना भी मेरे लिए तनिक भी जटिल नहीं है। –तिनका सा भ्रम सहज टूट गया। मैं जग चुकी हूँ और अब मैं आपकी कृपा करुणा से अत्यन्त आनन्दमयी और निर्द्वन्द्व हूँ।'' उसने झुक-झुक कर शुक्रिया अदा किया था। बौद्धों का वह देश जितना शालीन, अतिथि भक्त और प्रकृति पर निछावर होने वाला है, उतना ही मितभाषी, अलौकिक अनुभूतियों से भरा हुआ है और सिर से पाँव तक कर्मठ है।

''हाँ मीरा, यह अद्भुत और निराला देश है।''

''जहाँ हम रहते थे, मैंने वहीं एक बाग़ान बना लिया था।''

''जहाँ से तुम नित ताज़ा सब्ज़ी लेकर आती थीं।''

''हाँ दिशार, उसकी भी एक मनोरम और संवेदनशील कहानी है।'' शायद वह अन्तर्कथा मैंने तुम पर ज़ाहिर नहीं की। उस दिन भी नहीं की, जबकि तुमने कहा था कि मुझे तुम्हारा किचिन टाइमटेबल बहुत रास आया। सचमुच तुमने तो एक किचिन केमिस्ट्री को जन्म दे डाला। इस विषय पर तुम साधिकार लिख सकती हो और दुनिया को एक नया जीवन प्रदान कर सकती हो। तुम रोज़-रोज़ किचिन में ऐसा नया कैसे कर पाती हो, मीरा?

''हाँ कहा था, मीरा।'' पॉल दिशार ने हामी भरी गरदन हिलाकर और चुरुट से एक धीमा क़श खींचा।

''दिशार, तुम इसे मेरा पागलपन या दीवानापन मान सकते हो, मुझे कोई एतराज़ नहीं होगा और तुम्हें यह जानकर और भी आश्चर्य होगा कि जिसे तुम किचिन प्रिप्रेशन का टाइमटेबल मानकर उसे किचिन केमिस्ट्री से सम्बोधित कर उठे हो, वह मात्र उस असफल कलाकार की अन्यतम पेंटिंग बन गयी, जिसने अपने से हार कर अपना सामना करने का साहस खोकर और धीमे आवेश में बड़े-मोटे कागज पर रंग दे मारे थे और मन ही मन कहा था, ''ओ जगत् के नियन्ता-सृष्टा अब तुझसे माँगने के लिए उस कटोरे को ही उलटकर तोड़ डाला है। अब तू भी मुक्त और मैं भी मुक्त। मैं पेंटिंग की लत से मुक्त और तेरे आगे हाथ पसारने से भी मुक्त अब तू मेरी कूची से वह अदृश्यमान् जगत् उलट दे जिससे पाक-साफ़ दुनिया हर्ष से नाच उठे आत्मविभोर होकर। परन्तु तूने आज तक ऐसा नहीं किया तो हमने भी कच्ची गोलियाँ नहीं खेली हैं, हम भी दुनिया के आलीशान और सर्वोत्कृष्ट कलाकार के इस स्वाभिमान और अपनी इस हृदय-आकांक्षा को

ही गर्त में डाल देते हैं। अब हमने वह सारा साजोसमान ही गर्त में डाल दिया है, जिससे लालसा का समुद्र हममें हिलोरें लेता था और स्वाभिमान से छाती चौड़ी कर, सिर उठाये दुनिया के सामने आना चाहता था। जानते हो, दिशार, उस असफल कलाकार के साथ क्या हुआ?'' मीरा अल्फासा ने हृदय के वायलिन पर अज्ञात धुन निकालते हुए अत्यन्त भावुक होकर पूछा।

''क्या हुआ, मीरा?''

''यह पूछो कि क्या न हुआ उसके साथ! सब कुछ हुआ और उसकी आँखों के सामने हुआ। वह आँखें फाड़े देखता रह गया। वह असफल चित्रकार फ्रेम में कसे उस बड़े और मोटे काग़ज़ को बाहर जाकर दफ़नाना चाहता था ताकि उसकी कोई निशानी उसे आहत करने के लिए शेष नहीं रहे। ठीक उसी वक़्त, एक अति सम्भ्रात युवती ने प्रवेश किया और पेंटिंग लेकर उसमें डूबकर देखने लगी। साथ में मेरी प्रिय कविता 'एक देवता का श्रम' गुनगुनाने लगी कभी धीरे से, कभी तेज़ी से कि धरती पर स्वर्ग झुका लायेंगे हर हालत में उन्हें इस माटी के अन्दर आना होगा/बोझ इसी धरती के अन्तर का ले/कँटक भरी राह पर चलते ही जाना होगा/[ही हू वुड ब्रिंग दि हेवन्स हीयर/मस्ट डिसेंड हिमसेल्फ इन टू क्ले/एण्ड दि बर्डन ऑफ़ अर्थली नेचर बीयर/एण्ड ट्रेड दि प्रिंकल्ड वे।] वह असफल कलाकार तब अवाक् रह गया जब उस अभिजात स्वप्न परी-सी युवती ने उसे बताया कि वह उसकी इस बेशक़ीमती कृति को वर्ल्ड स्टेट्स की पेंटिंग्स प्रतियोगिता 'कम' प्रदर्शन में रखना चाहती है और...और, दिशार, वह दुनिया के नामी कलाकारों में आ गया। ठीक वैसे ही दिशार, जब मैं बाग़ान में सब्ज़ी तोड़ने पहुँचती थी तब मुझे दो तरह की आवाज़ सुनायी पड़ती थीं। एक तो कहती थी, ''हमें आज नहीं, हमारी मालकिन, आज नहीं।'' दूसरी आवाज़ आती थी, ''हमें लीजिए, हमें लीजिए। हम तड़के से ही आपके कोमल स्पर्श औरं संवेदनशील हृदय की प्रतीक्षा में हैं कि कब आप हमारा अन्तःस्पर्श करें और हम हर्ष से झूम उठें। ...सच यही है, दिशार। मैं स्वयं आश्चर्यचकित रह गयी। इससे पहले मैंने पेड़-पौधों को बोलते नहीं सुना था। नहीं देखा था। मेरे लिए संवाद के वे मूक होते क्षण सर्वाधिक महत्त्व के थे। यह रहस्य है मेरी किचिन केमिस्ट्री और किचिन के मनमोहक कार्यक्रम (टाइमटेबल) का। क्या तुम सब यहाँ अतीन्द्रिय आनन्द में सराबोर होना चाहोगे।''

"नहीं, मीरा। मुझे बोहेमियन लाइफ़ जीने का चाव नहीं है।"

"तुम इसे बोहेमियन लाइफ़ कहते हो।"

"नहीं, मुझे इसे भाग्यवादी कहना चाहिए।"

"भाग्यवादी हमारी विवशता है।"

"ठीक उस असफल कलाकार की सफलतम उपलब्धि की भाँति।"

"मैं यहाँ भी सोचती हूँ।"

"तुमने यहाँ भी प्रबन्धन अपने हाथ में ले लिया है।"

"कोई और रास्ता नहीं था।"

अरविन्द सबके लिए सामान्य जन थे। उनके प्रति गुरु भक्तिभाव नहीं था और न गुरु और शिष्य का आचरण और शिष्टाचार। मैंने वह सब शुरू किया है स्वयं उनके प्रति सम्पूर्ण समर्पण भक्ति और विनय भाव से। अभी तक सबके मुख पर उनका नाम रहता था—अरविन्द।

"तुमने अरविन्द को सबसे अलग किया। उन्हें उच्चासन पर बिठलाया। स्वयं नीचे बैठीं। सम्बोधन बदले। अरविन्द को गुरु पद की गरिमा से प्रतिष्ठित किया। शिष्य नीचे बैठने लगे। तुमने एक सर्वथा आकर्षक और नयनाभिराम रूप दे डाला।"

"उनके लिए यही सर्वथा उपर्युक्त था, दिशार। अब 'गेस्ट हाउस' से नये हाउस में जाने की तैयारी करेंगे। एक भव्य तथा सहज, शालीन और प्राकृतिक वातावरण तैयार करेंगे ताकि उनकी सिद्धियाँ, उपलब्धियाँ, शक्तियाँ और अतिमानस से हमारा समाज लाभ ले सके।" मीरा अल्फासा आज हलके पीले रंग की रेशमी साड़ी पहने हुए थी और उसकी आँखों में सम्मोहन द्वीपों का मेला-सा लगा हुआ था।

"जानता हूँ मीरा, तुम्हें अपनी सिद्धि मिल गयी, जिसकी तलाश में तुम अपने आपको छिपाये दूसरों का मन रखने का यत्न कर रही थीं।" पॉल दिशार गम्भीर होकर कहे जा रहा था, "मैं यहाँ से जल्दी ही अमेरिका के लिए निकल जाता, परन्तु मैं ऐसा नहीं कर सका या कहूँ कि मेरी आत्मा ने मुझे ऐसा करने की अनुमति नहीं दी। प्यार पागल होता है, मीरा, यह मेरी समझ में शुरू से घर किये था। तुम्हें पहली बार देखकर मोहित हो गया जबकि मैं तुम्हारे बारे में कुछ नहीं जानता था कि तुम एक लड़के की माँ हो और अपने पति से तलाक़ ले चुकी हो। यह सब मुझे मालूम पड़ा

तो भी मुझमें कोई परिवर्तन नहीं हुआ। तुमने तो कह दिया था, "दिशार, हमें जल्दी में कोई क़दम नहीं उठाना है। मुझमें शादी के प्रति अभी कोई लगाव जैसी बात नहीं है। मुझे भी अपने को समझाना और तैयार करना होगा। मुझे यह काम सरल नहीं लगता है। फिर भी, मुझे सोचने में वक़्त लगेगा और तुम भी भावुकता के इस ज्वारभाटे के पार निकल जाओगे।"

"सचमुच मैं तुमसे धीरे-धीरे इतना प्यार करने लगा हूँ कि मैं अपने को व्यक्त करने से नहीं रोक सका।"

"और सचमुच दिशार, मैंने तुम्हारे बारे में एक अच्छे दोस्त से ज़्यादा कभी कुछ सोचा भी नहीं। कोई ज़रूरी भी नहीं है कि प्यार को सम्बन्धों में जकड़ा जाये। प्यार सुगन्ध है। उसे कोई क़ैद नहीं कर सकता।"

"तो क्या विवाह एक क़ैद है।"

"शायद नहीं, परन्तु वह हो सकता है जैसे मेरे साथ हुआ, दिशार।"

"क्या हुआ, मीरा?"

"हमारा पहला प्यार शुष्क प्यार था। प्यार के अतिरिक्त और कुछ नहीं था। वह प्यार का एहसास माँ के कहने से दिमाग़ में होता हुआ दिल में उतर गया। हेनरी मरिस्ये विख्यात चित्रकार गुस्ताव मुर्यो का शिष्य था, मितभाषी, सुन्दर, हृष्ट-पुष्ट, इकहरी देह का सवा छह फुट की ऊँचाई वाला शान्त, प्रसन्न और उदार व्यक्तित्व का धनी था।

मैं उन्नीस पूरे कर रही थी या करने वाली थी। पेंटिंग का शौक़ रखती थी। रंगों और कूची का ज्ञान सन्तोष देने वाला था। कृतित्व सदा मुझे तृप्ति प्रदान करता रहा है। वह पेंटिंग्स बहुत बढ़िया कर लेता था। ख़ासतौर पर पशु-पक्षियों और प्रकृति की' पर वह आर्थिक रूप से कमज़ोर था।"

"तुम इन चित्रों को आर्ट गैलरी तक क्यों नहीं ले जाते।" मीरा अल्फासा ने उसके कमरे के चित्रों को देखकर कहा। वह बोला, "मीरा, इनकी ज़बान नहीं है...और होगी भी तो हम नहीं समझ पाते। मैं कुछ-कुछ समझ लेता हूँ। मेरा हृदय करुणा से भर उठता है।"

"इसका मतलब क्या हुआ, हेनरी?"

"ठीक से तो मैं भी नहीं जानता। तुमने मीरा, पेरिस में चेरी पेड़ों के बग़ीचे के बारे में सुना है क्या?"

''देखा भी। वहाँ एक बहुत सुन्दर शेर पिंजरे में रहता है। इन्सान को देखकर वह गुर्राता है। उसकी दहाड़ अच्छे-अच्छों के दिल को दहला देती है।''

''हाँ वही, मीरा। मैंने उसको बैठाकर चित्र बनाया है—वो सामने देखो।''

''वह कैसे! वह बैठा कैसे होगा? यह तो इन्सान को देखते ही दहाड़ने लगता है।''

वसन्त के मध्य में, उस दिन गुडफ्राइडे का दिन था। दोपहर ठण्डी हो चली थी। मैं पिंजरे तक गया। वह गुर्राया। मैंने कहा,—''दोस्त, तुम मेरे साथ दोस्ती करोगे?'' उसने ध्यान से मेरी ओर देखा और फिर अपनी ओर देखकर मानो मुझे बताया हो, ''क्या इन्सान दोस्ती करने के लायक है। यदि होता तो एक दोस्त दूसरे दोस्त के साथ कभी ऐसा विश्वासघात नहीं करता कि अपने दोस्त को क़ैद कर उसका तमाशा बनवा देता। क्षमा दोस्त, मैं उनमें से नहीं हूँ। मैं एक चित्रकार हूँ।

''...तो तुम मेरा चित्र बनाना चाहते हो।''

''हाँ।''

''इसके लिए मैं किसी एक पोज में बैठ जाऊँ।''

''हाँ, दोस्त।''

''और तुम दोस्ती के नाम पर उसे बनाकर बेच दो। अच्छे पैसे कमा लो।''

''कदापि नहीं, दोस्त। मैं पेड़-पौधे, पशु-पक्षियों और प्रकृति के चित्र बनाता हूँ, परन्तु उन्हें बेचता कभी नहीं। तुम्हें मुझ पर विश्वास करना चाहिए, दोस्त। ये दोस्त तुमसे कभी गद्दारी नहीं करेगा।''

''और वह मान गया।'' मीरा अल्फासा ने उसके चेहरे को पढ़ते हुए कहा।

''हाँ, मीरा, वह मान ही नहीं गया, आधेक घण्टे तक एक पोज में बैठा भी रहा।'' वह आगे बोला, ''जब पेड़ विनती करते हैं कि उसे नहीं काटो और लोग उसकी टहनियाँ या उसे जड़ से ही काट देते हैं तो वह रोता है। तुमने शायद किसी पेड़ को रोते नहीं देखा होगा, मीरा, मैंने देखा है। फिर बताओ, मैं उन्हें कैसे बेचूँ? बेचने के लिए मैं इन्सानों के चित्र बनाता हूँ।''

''क्यों?''

"इन्सान एक मण्डी है। वह अपने से लेकर सबको बेच देता है। उसे क़ीमत चाहिए। उन चित्रों में मेरा मन नहीं रमता। वह मेरा व्यवसाय है। वे पेंटिंग्स मेरे से अच्छी बनती भी नहीं हैं।"

"इसका मतलब यह हुआ कि ग़रीबी हमारे जीने की पहली शर्त होगी।"

"मुझे ग़रीबी से क़तई परहेज़ नहीं है।"

"वह मूडी था। वह अपने में केन्द्रित था। उसे अध्यात्म में रत्ती भर भी रुचि नहीं थी। हम अन्दर से कटते गये और एक दिन ख़ुशी-ख़ुशी अलग हो गये, दिशार।"

"आज शायद हम उसी मोड़ पर खड़े हुए हैं, लेकिन मैं तलाक़ नहीं चाहता।"

"तुम्हें उम्मीद है कि तुम अमेरिका से लौट पाओगे।"

"शायद नहीं।"

"या एकदम नहीं।"

"शायद यही ज़्यादा सही है।"

"फिर भी, तुम...।"

"तुम चाहो तो...।"

"तैयार हो।"

"क्योंकि मैं अपने प्यार को खोना नहीं चाहता।"

"यह जीवन भी क्या है, दिशार। हमने कभी सोचा भी नहीं था।"

"फिर भी हम जी रहे हैं।"

"ज़िन्दगी की यही कहानी है, यही उसका फ़लसफ़ा है। ...तुम यहाँ जिओ, मैं वहाँ...एक-दूसरे की यादों के साथ कभी पुनर्मिलन की हलकी-सी उम्मीद के साथ।"

"शायद मेरे लिए यह सम्भव न हो।"

"पर मेरे लिए सिर्फ़ यही सम्भव है, मीरा।"

"मीरा अल्फासा चुप रह गयी। उसे कुछ सूझा ही नहीं। वह जानती थी कि पॉल दिशार की कल की बुकिंग है। वह कल अमेरिका के लिए चल पड़ेगा। पर अभी बताया नहीं। पॉल दिशार ने याद दिलाया, "आज रविवार है।"

"हाँ है, दिशार।"

"आठ बज रहे हैं।"

"हाँ।"

"अरविन्द आने वाले हैं।"

"प्रायः रविवार को साथ भोजन लेते हैं।"

"तो मैं चलूँगा।"

"तुम दिशार, साथ नहीं दोगे।"

"मेरे लिए आज यह सम्भव नहीं है।" कहता हुआ वह उठ खड़ा हुआ। मीरा अल्फासा देखती रही, वह वहाँ से चलकर सीढ़ियाँ उतर रहा था। पगला, जा रहा है। रुकेगा नहीं। इतने दिन रुक गया, यही बहुत बड़ी बात है। अन्यथा आते ही जाना चाहता था। कितना खुशदिल, खुशमिज़ाज और साफ़ हृदय वाला मित्र है। चलो, अब नयी राह, नयी दिशा और नयी ज़िन्दगी का सबसे बड़ा पड़ाव। उसे पुनः वही खटपट की आवाज़ पहले कुछ तेज़ होती सुनायी पड़ने लगी। ऐसा बहुत कम होता है कि व्यक्ति के चलने में एक लय हो, एक आनन्द प्रदान करने वाला ऐसा संगीत हो, जिसे बारम्बार सुनने के लिए मन आतुर हो उठे। उसने पढ़ा था कि ऋषियों के हर साधारण-से-साधारण कार्य में असाधारणता की अनुभूति है। जैसे जब अरविन्द भोजन शुरू करते हैं, वह रसमग्न होने लगते हैं। हर कौर को धीमे-धीमे चबाकर, रस बनाकर आनन्द प्रफुल्लता से स्वीकार करते हैं। जैसे जब वह नहीं बोलते हैं, तब कभी-कभी लगता है कि वह किसी से संवाद कर रहे हैं। जैसे उनके पास आते-आते व्यक्ति अपने को भूलने लगता है और उनसे जो कुछ सुन पाता है, उसे हमेशा सुनता रहना चाहता है।

ऐसा उसी व्यक्ति से सम्भव है, जिसने अन्तरंग-बहिरंग ऊँचाइयों को अपने में आत्मसात् कर लिया हो। अरविन्द समुद्र देखने के लिए एक जगह रुक गये। उनके साथ जो थे, वे भी रुक गये। धीरे-धीरे वह ध्यानमग्न होते गये और कुछ देर में एकाग्र और एकतार हो गये। वह एक ही धोती नीचे से ऊपर तक अपने तन पे लपेटते थे। वैसा हर एक नहीं कर सकता। करेगा तो वह वैसा दीखेगा नहीं। उसमें वह प्रीतिकर लावण्य कहाँ से लायेगा, जिससे धोती रागात्मक सम्बन्ध उनसे बनाती है।

मीरा अल्फासा ने जैसे ही सुना कि सागर की लहरें गा रही हैं, वे स्तुतिगान कर रही हैं, वे अरविन्द का आशीर्वाद लेने के लिए मचल उठी है, वे उनकी आरती कर उतार रही हैं। वैसे ही वह अपने ध्यान में अरविन्द को लाकर पूछने लगती है, "मैं देख सुन रही हूँ, क्या वह सच है या...।" मीरा, सन्देह वह काँटा है जो निकल जाने पर भी पीड़ा का अनुभव कराता रहता है। तुम इस समय न कान से सुन रही हो और न आँखों से देख रही हो, न नाक से सूंघ रही हो। न स्पर्श की अनुभूति में हो, क्योंकि यहाँ जो कुछ अनुभव हो रहा है, वह इन्द्रियों की पहुँच से परे है। कल्पना करो, तुम विश्व की सर्वश्रेष्ठ चोटी एवरेस्ट पर जा खड़ी हुई हो, जहाँ प्रभंजन नहीं है, जहाँ हरित संसार नहीं है, जहाँ मात्र हिम का अनन्त विश्व है, जहाँ पानी नहीं है, कलकल करती ध्वनि नहीं है, जहाँ शोर नहीं है। पक्षी नहीं है तो वहाँ उनका कलगान भी नहीं है। क्या तुम उस अपार की अपार अनुभूति में लिपटी स्वयं को अपार होने की ललक से नहीं भरती जा रही हो! क्या तुम आन्तरिक समर्पण के अन्तर्द्धार पर हर पल उसमें समाविष्ट होने की प्रतीक्षा में आतुर नहीं हुए जा रही हो! क्या तुम्हारा मन लौटने की कांक्षा से शून्य नहीं हो उठा है? क्या तुम्हारे हृदय में स्वर रहित अनुगूँज नहीं गूँज उठी है। ...इसलिए मीरा, न इस समय तुम सुन रही हो, न देख रही हो, इस समय तुम अपार के साथ हो, अपार हो। जैसे सागर की ये मधुरतम लहरें उछलना छोड़कर एकदम नीरव हो उठी हों। ऐसी नीरव कि उससे आगे नीरवता कल्पनातीत है, क्योंकि वहाँ अद्वैत नहीं रहा है, असमानता नहीं रही है, धरती नहीं रही है, सर्वस्व ब्रह्माण्ड हो गया है आकांक्षारहित, आकार शून्य और रंगहीन।

कुछ देर बाद जब उसने सुना कि अरविन्द कह रहे हैं, "आगे बढ़ो।"

"आगे समुद्र है।"

"वह तो हर जगह है। सब तरफ़ है। नहीं होते हुए भी है और होते हुए भी नहीं है। मीरा, तुम किस समुद्र की बात कर रही हो?"

मीरा अल्फासा चौंक पड़ी। उसने आँखें खोलीं। वहाँ समुद्र नहीं था। वहाँ समुद्र का तट भी नहीं था। वहाँ तो द्वार पर संगीत दस्तक दे रहा था। जैसे ही द्वार खोला तो देखा दिशार अरविन्द के साथ है। वे दोनों अन्दर आ रहे थे। वह द्वार के एक ओर बग़ल में खड़ी मौन थी।

42

आज सब रंग खिले थे मानो प्रकृति नया वर्ष मना रही हो, नव शृंगार कर रही हो और नव रूप धारण कर रही हो। यह बात तब की है जब मीरा अल्फासा भारत आने की तैयारी में जुटी हुई थी कि क्या-क्या लेकर चले अपने आराध्य देव के लिए, तब उनको लगा कि वह यह तो ले ही नहीं जा सकती, जिसने उसे सबसे अधिक मोहित किया है, उसकी अन्तर्दृष्टि को खोला है और चिर आनन्द के अतिरेक में डुबाये रखा है। उसे वह कैसे उन्हें भेंट कर सकेगी!

जापान की महिलाएँ और बच्चों से बात करते हुए और बच्चों की बात करते हुए वह कितनी समर्पित, तल्लीन, आनन्द-प्रफुल्ल, विशुद्ध, स्नेहिल, ममतामयी, प्रकाशमयी, स्फूर्तिमयी, प्रस्फुरण संकुल, सृजन आस्थामयी, विराट और बाल सुलभ हो जाती है कि सारा प्राकट्य आलोक से गद्गद हो उठता है। मातृत्व ही उसकी सर्वोत्तम साधना है। पूजा-अर्चना है और सम्पूर्ण अध्यात्म है। वह नवीन देहयष्टि में बसने वाली आत्मा के लिए अत्यन्त मनोयोग से भूमि तैयार करती है, वातावरण बनाती है और नवीन मानस सृजन का आह्वान करती है।

जापान में शिशु जगत् ही स्वर्ग है। वहाँ स्वर्ग बच्चों से ही है। माताओं की पीठ पर सवार झूलते हुए बच्चे अपनी मनोरम आँखों से अग-जग को सम्मोहित कर लेते हैं। इतना निश्छल प्यार, अन्तरात्मा से लगाव और देवता तुल्य व्यवहार यदि धरती पर कहीं है तो वह जापान में है, जापान में है, जापान में है। झिलमिलाते किमोनो (एक वस्त्र) से सजे-सँवरे बच्चे साक्षात् ईश्वर की अनुभूति कराते हैं। ईश्वर कहीं है तो यहाँ है, इन बच्चों में है, जिनके प्रति वहाँ धर्म से ज़्यादा बच्चों के प्रति समर्पण है, लगाव है, प्यार है, ममता है।

वैसे तो वहाँ कोई बच्चा रोता नहीं है। सब हर्ष उत्फुल्ल रहते हैं और मान लो कि कहीं खरोंच-चोट लग जाये तो उनसे इतना भर कहना है कि क्या तुम समुराह नहीं हो? फिर क्या है वे सुमनों की-सी मुस्कान बिखेर देते हैं। यह सब वह कैसे भेंट कर सकेगी? स्वयं अपने बच्चे को वह उस प्यार को नहीं दे सकी,

जिसका वह हक़दार था। प्यार की फ़सल उगानी है तो वह बच्चों से ही सम्भव है। कई बार मीरा अल्फासा के मन में आया कि वह वहाँ मातृत्व ग्रहण करे, मानो वह उसके लिए अमृत साधना के समान होगा। वह जब टोकियो का वह विस्तृत बाज़ार देखती, जहाँ बच्चे-युवा सदा पुस्तकों की ख़रीदारी करते होते और मनपसन्द पुस्तकें पाकर हर्षोन्माद से भर उठते, तब उसे लगता कि यही जगह दुनिया का स्वर्ग है।

पॉल दिशार कह रहा था, "मीरा तुम क्यों इस स्वर्ग को छोड़कर पांडिचेरी जा रही हो?"

"नहीं जानती, दिशार। लगता है कि जानने से भी आगे बहुत कुछ है जो हमारी किताबों में नहीं है।"

"वो बुला रहा है।"

"तुमने तो यहाँ महात्मा बुद्ध की मधुर वाणी को भी सुना है, जिन्होंने तुम्हारे सुनहले प्रकाश से आवृत्त हीरा देखा था जो पूर्णता के पार भी पूर्ण था। वही तुम्हारे वलय वृत्त अनुपम सृजन है।"

"हाँ दिशार, यह भी सच है।"

"उसने ही तो तुम्हें चालीस पार के चिह्न मिटाकर सत्रह-अठारह वर्ष की पड़ोसी के अतुलनीय सौन्दर्य से विभूषित किया है।"

"वह प्राणिक चमत्कार है। योग का अन्तःमन्त्र। वहीं से मैं मानसिक स्तर से प्राणिक स्तर तक पहुँच पायी। मैं स्वयं इस आश्चर्यजनक और अभूतपूर्व परिवर्तन से गद्गद हो उठी। अवस्था के प्रभाव-चिह्न कैसे अदृश्य हो गये। दिशार, इससे आगे की यात्रा अरविन्द के साथ है, जिसके लिए मैं पूर्णतया अपने आपको तैयार कर चुकी हूँ। मैंने महात्मा बुद्ध का सन्देश सुना, अब मैं अपना वह स्वर सुनना चाहती हूँ जिसे सुनकर भेद के समस्त स्तरों का स्वयं ही लोप हो जाता है। वह अन्यतम स्थिति क्या होगी, मैं उसकी कल्पना नहीं कर सकती। मुझे तो जापान की इस अक्षय सौगात के मन्त्र सारे अग-जग तक पहुँचाने हैं। तुम्हारी सहायता का आग्रह करती हूँ, परन्तु तुम्हें वह स्वीकार नहीं है। मुझे नहीं पता कि मैं कैसे तुम्हारे अस्वीकार की कठोर भूमि पर स्वीकार के सरस पौधों को उगाऊँ।" मीरा अल्फासा का स्वर विगलित हो रहा था। उसके प्राण स्फुरित हो उठे थे—एकदम झंकृतिमय लयात्मक अन्तरंग सम्पुट से आवृत्त।"

''मुझे तुम्हारी प्रसन्नता में प्रसन्नता है, मीरा। मुझे तुम्हारी राह के शिखर दर शिखर चढ़ने से आत्म-उल्लास है। मैं स्वेच्छा से तुम्हारे उन्नत मार्ग के लिए प्रार्थना करता रहा हूँ और आगे भी करता रहूँगा आजीवन। विश्वास की यह अदृश्य थाती सदा हमें बाँधे रहेगी ज़िन्दगी के उस स्वर्ग से, जिसकी चेतना ने हमारी राहों को एकमेक कर दिया था। वह सपना था पर था अपूर्व, असाधारण और प्राणोर्जा से लबालब। मैं उस सपने के साथ अपनी आगे की यात्रा की ओर निर्बाध बढ़ता रहूँगा। तुम अपना ख़याल रखना और कभी किसी मोड़ पर तुम्हें मेरी आवश्यकता पड़े तो तुम्हें मुझे परखने में ग़लती नहीं करनी चाहिए।''

पॉल दिशार चला गया। मीरा की आँखें नम हो आयीं। क्यों न होतीं, सच्चा प्यार कभी झूठ नहीं बोलता, न एक-दूसरे के रास्ते में आता है और न कुछ अपेक्षा लेकर चलता है। वही उसने तब किया था, जब मीरा अल्फासा ने क़रीब-क़रीब शादी के सम्बन्ध में टाल दिया था। वह बराबर मिलता रहा था। टेनिस का अच्छा खिलाड़ी था, उसकी बारीक़ियाँ ख़ूब समझता था। वह चाहता तो जीत सकता था परन्तु नहीं, सदा हारता रहा और उसे पॉइंट बनाने का सहज अवसर देता रहा। एक दिन उसने कह ही डाला, ''तुम मुझे जिताकर क्या चाहते हो, दिशार?''

''क्या चाहूँगा, मीरा। मैं अपने प्यार को सदा जीतते देखना चाहता हूँ। इसमें भी तुम्हें कोई एतराज़ है तो कहो, मैं टेनिस छोड़ दूँगा।''

''तुम मुझमें इतना विश्वास क्यों व्यक्त कर रहे हो?''

''काश, मेरे पास तुम्हारे इस क्यों का उत्तर होता? मुझे तुमसे कुछ नहीं चाहिए, तुम्हें यह भी मैं विश्वास दिलाना चाहता हूँ।''

इसके बाद वह दो माह तक नहीं मिला। मीरा अल्फासा गहरे सोच में पड़ गयी। कहीं वह बीमार न हो गया हो। हारकर वह उसके घर पहुँची। वह बीमार ही था। उसने शिकायत की। वह मुस्कराकर बोला, ''मुझे सहानुभूति नहीं चाहिए, मीरा। मैं कोई मौक़ा तुम्हें ऐसा नहीं देना चाहता, जिससे तुम्हें तनिक-सा भी यह लगे कि मैं तुम पर दबाव बनाना चाहता हूँ। मेरी ज़िन्दगी एक दबीच कपड़े के समान है जो पिट-छिटकर भी मुस्कराना नहीं भूलती।''

''तब भी जब मैंने अपना निर्णय लेने में कोई क़ोताही नहीं की हो।''

''क्या मतलब?''

"मुझे तुम्हारा साथ पसन्द है, दिशार तुम शादी की डेट निकलवा लो।"

"सच, मीरा।"

"यह शायद कभी तुमने ही कहा था कि प्यार कभी झूठ नहीं बोलता।"

अब तक जहाज़ बहुत दूर जा चुका था। वह अकेली उसे छोड़ने आयी थी। उसके जाने के बाद सबको यह पता चल सका कि वह अमेरिका के लिए जा चुका है। दो दिन तक वह अपने कमरे में बन्द रही। अरविन्द से भी नहीं मिली, जबकि दोनों ऊपर की मंज़िल में पास-पास रहते थे। बाहर हाथ से तख़्ती पर लिखकर टाँग दिया था—प्लीज़ डोंट डिस्टर्ब मी। किसी ने मीरा अल्फाज़ की तन्हाई में ज़रा भी नहीं झाँका था। आज तीसरा दिन था। वह स्वयं बाहर आयी। अरविन्द के कमरे में गयी। दस्तक दी। स्वयं अरविन्द ने दरवाज़ा खोला। धीरे से कहा, "अन्दर आओ, मीरा।"

मीरा अल्फासा अन्दर आकर उनके पास कुर्सी पर बैठ गयी। अरविन्द ने कहा, "सम्मोहन का आकर्षण उतरते-उतरते उतरता है, ठीक बाढ़ के पानी की तरह।"

"पॉल दिशार में आसक्ति का मोह नहीं था। अद्भुत तटस्थता थी। उसका एकाकी समर्पण में विश्वास था। निर्लिप्त था। जाते वक़्त तक तसल्ली देता रहा, कहता रहा, 'मीरा, हम एक-दूसरे के हृदय से शुभचिन्तक हैं। फिर एक-दूसरे के हित से किसी को तकलीफ़ क्यों होनी चाहिए। तुम अपना सारा ध्यान अपने लक्ष्य पर केन्द्रित रखना, जिसके लिए सब कुछ छोड़ा, उसमें कोई ख़ामी नहीं रहनी चाहिए। मेरे लिए तुम्हारी साधना का शिखरीय मुक़ाम हर्ष का विषय होगा। ...सच तो यह है कि शादी के बाद से हमारी व्यक्तिगत ज़िन्दगी धीरे-धीरे सार्वजनिक होने लगती है। व्यक्ति सबके लिए जी सके, विवाह का यही धर्म है।' मीरा अल्फासा में पॉल दिशार छाया हुआ था, "मैंने कहा, वह मान गया। उफ़ तक नहीं की।"

"मीरा हमें अपना अतीत भूलना पड़ेगा, यदि आगे बढ़ना है।"

"भूलना क्या कहने मात्र से सम्भव है।"

"सर्वेश्वर के लिए सबको छोड़ना पड़ता है। यह सहज प्रक्रिया है, ऐसा तुम भी अनुभव करोगी कि पॉल दिशार एक सीमा तक तुम्हारे साथ चल सकता था, शेष यात्रा उसे अकेली ही पूरी करनी पड़ेगी, यदि सम्भव हुई। फिर भी, तुम्हारा निर्णय सुरक्षित है।"

"मैंने निश्चय बदलना नहीं सीखा है अरविन्द, यह मेरा आख़िरी फ़ैसला है।"

"बाहर चलोगी। आवोहवा में बदलाव आयेगा तो मन की ग्रन्थियाँ रूढ़ियों से मुक्त होने में सहजता पा सकेंगी।"

"चलिए।"

"यों ही चलेंगी क्या?"

"हाँ यों ही। यों भी मैं ठीक-ठाक हूँ।"

"चलना ही हमारी नियति है..."

दोनों सीढ़ियाँ उतरने लगे। सिर्फ़ चलने की आवाज़ भी बहुत महीन और गहरी थी, क्योंकि हर क़दम एक अदृश्य लय से बँधा हुआ था। बाहर आये तो आसमान कुछ-कुछ दूधिया-सा रंग बिखेर रहा था। काफ़ी दूर निकल गये गुमसुम। हवा कुछ-कुछ तेज़ थी और समुद्र हलका-सा शान्त। वे दोनों जब थकने से लगे तब लौटने लगे। अरविन्द कह गये थे कि उन्हें यात्रा करनी है इस पार से उस पार और उससे भी पार, जिसके पार कुछ बचता नहीं है आगे जाने के लिए।

"इस ब्रह्माण्ड में आगे-पीछे क्या रह जाता है। जो कभी आगे है, वह कभी पीछे नज़र आता हैं और जो कभी पीछे था, वह आगे।"

"वहाँ आगे-पीछे का भेद ही नहीं रहता। भेद रहते हुए आगे बढ़ने का प्रश्न ही नहीं उठता।"

"यह सत्य का एक पक्ष है।"

"दूसरा जानना है।"

"नहीं, उससे आगे जानना नहीं है, सिर्फ़ अनुभव करना है। अनुभव भी ऐसा जिसके पास अतीत नहीं हो। यदि हो तो मात्र वर्तमान में। वर्तमान जिससे उसका अनागत अलग न हो। ...अवचेतन में हमारा पार्थिव अतीत निहित है और अतिचेतन में हमारा अनागत। दिव्य सत्य के वास्तविक स्वरूप की अभिव्यक्ति में वह कँटक बन सकता है। 'सावित्री' में मैंने संकेत दिया है—मानव के वक्षस्थल में छिपी इस भ्रामकवृत्ति इस को यदि जीत न लिया तो मर्त्य अपने उज्ज्वल अनागत को गँवा बैठेगा। इस के बिना अन्तःयुद्ध से मुक्ति पाना सम्भव नहीं है।"

इस तरह, अरविन्द, अतिमानसिक जीवन की प्राकृतिकता, सहजता, स्वाभाविकता अतिमानसिक कला में कैसे प्रकट होगी?

श्वेताश्वतर उपनिषद् के अनुसार जगत् एक ही दिव्य तत्त्व से निर्मित हुआ है—अर्थात् वही पुरुष है और वही स्त्री, वही बालक-बालिका। वही जरा जर्जर लाठी का अवलम्ब लिए चलता है। नील और हरित विहग वही है और वही लोहित वर्ण के नयनों वाला विहग भी है। बिना तत्त्व एक एकतारता के रूपान्तरण सम्भव नहीं हैं।" वह कहते गये, मीरा सुनती रही।

अचानक मीरा अल्फासा के ध्यान में आया कि वे दोनों समुद्र के तट के नज़दीक खड़े हुए उस ज्वारभाटा की मद्धिम गति से अनभिज्ञ बने हुए थे जो उन्हें घुटनों-घुटनों भिगो कर लौट चुका था। वह बोली, "हमें चलना चाहिए। ज्वारभाटा तेज होने वाला है।"

अरविन्द कुछ नहीं बोले। वे समुद्र से पीछे हटने लगे। समुद्र ज्वारभाटा बनाने में लगा हुआ था। जल्दी ही वे दोनों समुद्र से दूर आ गये। सीढ़ियाँ चढ़कर दोनों एक पल के लिए रुके। फिर शुभ रात्रि के साथ अपने-अपने कमरे की ओर मुड़ गये। मीरा अल्फासा हारी-थकी सी पलँग पर आ गिरी। उससे उठना नहीं हो रहा था। दरवाज़ा उसने बन्द ज़रूर किया था, लेकिन उसके कुण्डी नहीं लगायी थी। तेज़ हवा के झोंके के साथ वह खुल गया था। बाहर वर्षा हो रही थी। हवा तेज़ थी इस कारण वर्षा की बौछारों ने उसे जगा दिया था। वह आश्चर्यचकित होकर उठी। घड़ी की ओर देखा—सुबह के पाँच बज रहे थे। उसकी देह अब भी तन्द्रिल थी, उसके आँखें भारी थीं और मन वर्षा की फुहारों से भीगा हुआ सामने के वट वृक्ष की ओर देख रहा था, जिसके नीचे कोई दिशाहारा मुसाफिर सुस्ता रहा था—यह थी मीरा की अलसाये मन से बनायी गयी वह पेंटिंग जिसे वह अनेक बार पूरा करने की दृष्टि से बैठी थी, परन्तु वह उसमें कुछ नहीं कर सकी। उलटे अपने से पूछ बैठी कि किसने कहा कि पेंटिंग अधूरी है? क्यों नहीं उसे पूरा माना जा सकता? यह अधूरी पूरी क्या होती है? वह पूरी है। आगे बढ़कर उसने किनारे रखी पेंटिंग को उठाया और दक्षिण दिशा के खाली पड़े स्थान पर अचक से रख दिया ताकि उसका अधूरापन उसे पूरा करने के लिए उत्तेजित नहीं कर सके, नहीं भ्रमित कर सके और नहीं चुनौती दे सके। इसी के साथ उसने दरवाज़ा बन्द किया, चिटकिनी लगायी और पलँग पर जा लेटी।

43

धीरे-धीरे सब कुछ बदल गया। दृष्टि भी बदली, कर्म भी और उपासना भी। अरविन्द अब सबके लिए अरविन्द न रहकर, देवता होते चले गये। सन्ध्या वार्ताएँ होने लगीं। ध्यान का कार्यक्रम गति पकड़ गया। यह प्रचारित होने लगा कि अरविन्द को सर्वोत्कृष्ट सिद्धि अधिमानस का लाभ हुआ है। इस कारण वह कम-से-कम मिलते-जुलते हैं। एक ही बात समझाते हैं कि पृथ्वी से जितना चन्द्रमा दूर है उतनी ही दूरी मन से अधिमानस की है तथा अतिमानस की दूरी उतनी ही है जितनी पृथ्वी से सूर्य की। यों गूढ़ और विलक्षण योग के अवतरण की उन्हें अनुभूति होने लगी है।

इस बीच अरविन्द इतने एकाकी हो गये कि मीरा अल्फासा के अतिरिक्त उनसे कोई मिल नहीं सकता था। बहुत ज़रूरी हुआ और वह भी 'सावित्री' को लेकर तो कोई मिल पाता था। तब वह खाना भी अपने कमरे में ही मँगवा लेते थे।

अरविन्द का कुछ पता ही नहीं चला कि मीरा अल्फासा कैसे उस स्थान को आश्रम का भव्य रूप देने में, उसे आधुनिक सौजन्य से बनाने और शालीनता से समृद्ध करने में दिन रात लगी हुई है। वह उसे एक निश्चित विधि-विधान के अन्तर्गत लाने का प्रयत्न कर रही है। वह फ्रांस की भी मदद ले रही है।

वह पावन दिवस भी आ पहुँचा जो मीरा अल्फासा की योजना के अन्तर्गत अत्यन्त महत्त्वपूर्ण था—26 नवम्बर, 1926 का दिन।

अभी शाम के छह नहीं बजे थे। दिनान्त नहीं हुआ था। प्रकाश फैला हुआ था। प्रकाश में लालिमा थी—अनन्त प्रशान्ति थी। सभी शिष्य पुस्तकालय के बरामदे में एकत्र हो चुके थे। मीरा अल्फासा की आँखों में चमक थी और मुखमण्डल पर गहरा आत्म सन्तोष। इस दिन के लिए वह कब से कल्पना बुनकर प्रतीक्षारत थी। ऐसे लोगों को एक स्थान पर एकत्र कर सके जो संसार के झमेलों से दूर रहकर अपना सारा समय प्रभु को निछावर कर सकें। उनके पास भगवान के काम के अलावा कोई काम नहीं हो। देखें फिर क्या होता है? वह समाज अपने समाज को क्या दे सकता है? समाज उससे क्या

ले सकता है—एक अति उत्तम समाज, समर्पित तथा निष्ठावान समाज। ऐसा समाज जो शंकराचार्य और महात्मा बुद्ध के द्वारा मूल्यांकित समाज न हो यानी वह भ्रम-भ्रांति और अविद्या मात्र न हो बल्कि वेदान्त स्थापित ईश्वर का जगत हो। वह भी हो अरविन्द के अनुसार। अर्थात् संसार जैसा सामने है वह दिव्य दृष्टि से परे का है। वस्तुतः जो उसे होना है उसका वह धुँधलका तथा विकृत रूप है। वह हर दृष्टि से ईश्वर की शक्ति, तेज, प्रेम तथा सौन्दर्य के लिए हो। उसे इस दिशा में निरन्तर आगे बढ़ते रहना है।

क्या ख़ूब साज-सज्जा। सादगीपूर्ण, परन्तु सबसे अलग। एक कुर्सी, नीचे फ़र्श। उसके पीछे काला परदा पृष्ठभूमि में। उस परदे पर तीन चीनी ड्रैगन बने हुए थे। प्रत्येक ड्रैगन की पूँछ अगले ड्रैगन के मुख में। चीनी मान्यता के अनुसार जब तीन ड्रैगन इस तरह होंगे तब पृथ्वी पर ऋतम् का अन्तर्प्रकाश होगा। और ये तीनों हैं—पृथ्वी, मन और अन्तर्प्रकाश। इस समय मीरा अल्फासा और अरविन्द धीरे-धीरे अभिवादन के प्रत्युत्तर में हाथ जोड़े मंच की ओर बढ़ रहे थे। सब भक्तगण खड़े हुए थे। अरविन्द कुर्सी पर बैठे। उनके पास रखे मूढ़े पर मीरा अल्फासा बैठ गयीं। उसके बाद सब बैठ गये।

प्रशान्त नीरवता।
प्रफुल्ल वातावरण की सरसा स्निग्धता
नीरव समीर।
हर पल दिव्यानुभूति मय उन्मुक्त

अरविन्द का दाहिना हाथ मीरा के माथे के ऊपर, दूसरे हाथ से वह सबको आशीर्वाद दे रहे थे।

ध्यान शुरू।
प्रत्येक पल उत्पल प्रकाश।

भक्तगणों के सिर पर हलका-सा दबाव। नव ऊर्जा की अनुभूति। गरिमा का उद्घाटित स्रोत। प्रकाश प्रदीप प्रदीप्त।

अरविन्द ने मीरा से पूछा था, "यह सब क्या है?"

"अपने आराध्य देव के प्रति विनम्र समर्पण भाव की सहज अभिव्यक्ति।"

"न हो तो।"

"क्यों न हो? सिद्धि प्राप्त करने का प्रयत्न आपका था। उस सिद्धि के उपलक्ष्य में आनन्दोत्सव मनाने का अधिकार है आपके भक्तगणों का।

उन्हें इस आनन्द से आप वंचित नहीं कर सकते। मीरा अल्फासा के साथ चलने से पहले अरविन्द ने पूछा था, ''कहाँ ले जा रही हैं, मीरा?''

''जहाँ आपके भक्तगण ले जाना चाह रहे हैं, वहाँ।''

''क्यों?''

''इस प्रश्न का कोई अर्थ नहीं है। त्योहार-पर्व भक्तजन अपने लिए मनाता है, अपनी खुशी के लिए मनाता है और अपने हित के लिए मनाता है। उसे इस नन्हे से आनन्द से कोई वंचित नहीं कर सकता।''

''हमारे यहाँ परम्पराएँ रूढ़ होकर दुर्गन्ध देने लगती है।''

''नहीं अरविन्द, परम्पराएँ कभी रूढ़ नहीं होतीं। रूढ़ हम होते हैं, संकीर्णता की दलदल में हम क़दम रखते हैं। परम्पराएँ नव ऊर्जा, नव कान्ति और नव दृष्टि प्रदान करती हैं। चूँकि हमारा पतन हो रहा होता है इस कारण हम इनका मनचाहा प्रयोग करने लगते हैं।''

''कुछ भी हो मीरा, पर है तो अनुचित ही।''

''क्या इस उत्सव के हो जाने के बाद हम इन जटिलताओं पर बात नहीं कर सकते?'' मीरा ने मध्यम मार्ग अपनाते हुए कहा।

''अब और क्या बात करने के लिए रह गया है, मीरा। प्रबन्धन तुम्हारे हाथ में है। अँधेरे से उजाले में लाने के लिए एक साधक की उपलब्धियाँ तुम्हें ही पहुँचानी हैं। तुम स्वयं उस राह की एकनिष्ठ तपस्विनी हो।'' अरविन्द रुक-रुक कर कह रहे थे। मीरा अल्फासा जान रही थी कि अरविन्द शनैः-शनैः लोक से पलायन लेकर अन्तर्लोक में डूबते जा रहे हैं। उनका सम्पूर्ण ध्यान सावित्री पर केन्द्रित होता जा रहा है। उसने एक बार पूछ ही लिया था कि आप 'सावित्री' को बारम्बार क्यों संशोधित एवं परिष्कृत करते जा रहे हैं?

''मीरा, यह प्रश्न अपने से करके जानो कि क्या उत्तर मिलता है?''

''मैं कई कवियों से मिल चुकी हूँ। उनका कहना है कि कविता कब लिखी गयी यह पता ही नहीं चलता। तब कविता होती है या वो, जिसके लिए कविता लिखी जा रही है और जो उसमें होता है।''

''मीरा वे कवि हैं कविता उनका लक्ष्य है। मेरा लक्ष्य कविता नहीं, मेरी वह सम्पूर्ण साधना का अमृतत्व है जो शनैः-शनैः प्रशस्ति-दर-प्रशस्ति देता चलता है। मैं उसके साथ चलता गया हूँ। तभी तो मैं एक साथ चार-छह पुस्तकें, वह भी एक-दूसरे भिन्न विषय पर, लिख सका हूँ। जैसे 'दि लाइफ डिवाइन'

(दिव्य जीवन), 'दि सिंथेसिस ऑफ़ योग' (योग समन्वय), 'एसेज ऑन द गीता' (गीता प्रबन्ध), 'दि सीक्रेट ऑफ़ दि वेद (वेद रहस्य), 'दि ह्यूमन साइकिल' (मानवीय युग चक्र), 'दि आइडियल ऑफ़ ह्यूमन युनिटी' (मानवीय एकता का आदर्श) इत्यादि ग्रन्थ ऐसे ही हैं। ...मीरा, यह सच है कि मैं जो लिखता हूँ, उस पर विचारता नहीं हूँ।''

''फिर 'सावित्री' के चरण पर चरण क्यों कर बदल जाते हैं?''

''मुझे लिखने के लिए रत्ती भर र्भ. प्रयास नहीं करना पड़ता है। मैं तो मात्र ऊर्ध्व शक्ति को कार्य करने देता हूँ। यह उस पर निर्भर है कि वह कब काम करना बन्द करती है। वह बन्द करती है तो क़लम मेज़ पर रख देता हूँ। कभी मैं भी जब बौद्धिक स्तर पर हुआ करता था, तब कभी-कभी प्रयत्न कर उठता था, क्योंकि तब मैं सोचता होता था और उसके परिणामस्वरूप कुछ-न-कुछ अदलना-बदलना पड़ जाता था।''

''और अब?''

''जब से योगशक्ति का सान्निध्य मिला है और वह मुझमें सक्रिय हुई है, तब से मुझे याद नहीं पड़ता कि कभी मैंने गद्य और पद्य में अदला-बदली की है। सच यह है कि मैं चाहे 'आर्य' के लिए चौसठ पृष्ठ लिख रहा हूँ—और वह भी दार्शनिक विषयों पर जिसका मुझे कोई ज्ञान नहीं था—अथवा किसी पत्र का उत्तर दे रहा हूँ, मेरे लिए दोनों ही एक समान थे। मैंने कभी सोचकर नहीं लिखा। मैं राजनीतिज्ञ, कवि तो रहा भी हूँ, परन्तु दार्शनिक इससे पूर्व कभी नहीं। मेरा लिखा वह दर्शन है भी नहीं। है तो स्वतः ही। —वह दर्शन किसी से प्रभावित कदापि नहीं है। हो सकता है कि उससे दर्शन प्रभावित हो। वह भी मैं ठीक से नहीं जानता।'' इस समय अरविन्द एकदम अकेले थे और हत्थेदार कुर्सी पर बैठे चिन्तन मुद्रा में बने हुए थे। मुझे अपने लिखने से बहुत आराम मिलता है, क्योंकि उसमें सोचने का कार्य नहीं रहता। दिमाग़ एकदम कूल (ठण्डा), तरोताज़ा और शान्त। अब उन्होंने पाँव कुछ फैला लिए थे।

''प्रश्न फिर भी अपनी जगह पर है, अरविन्द। जबकि सात वर्ष के भीतर आपने 'गीता प्रबन्ध', 'वेद रहस्य', 'योग समन्वय' आदि महत्त्वपूर्ण और कालजयी कृतियाँ लिख डालीं तब आख़िर 'सावित्री' में ऐसा क्या है जो दशक के दशक उसमें लगते जा रहे हैं और अभी भी लिखना शेष है।

क्या ऊर्ध्व सत्ता अपने सन्देश में निरन्तर परिवर्तन करवाना चाह रही है?'' मीरा अल्फासा एकदम पारदर्शी बनी रही। उनमें योग और ध्यान में आकर जो आ बैठता था, वह उसे अनुभव करने पर अरविन्द के सामने बेझिझक प्रस्तुत कर देती थीं।''

''मीरा, तुम्हारा प्रश्न एकदम यथार्थ है। ऐसा लगता भी है और आगे भी लगता रहेगा, क्योंकि उसके साथ निरन्तर चलते रहते हुए भी पूर्ण नहीं होने से यह सन्देश जन्मता है कि मैं अपने लेखन में जिस ऊर्ध्व शक्ति को लाता हूँ और दायित्व उसी पर डालता हूँ तो क्या 'सावित्री' में किये गये निरन्तर संशोधन, परिवर्तन इत्यादि इसी ऊर्ध्व शक्ति के कारण हैं? क्या वह एकाग्र और एकचित्त नहीं है? क्या वह स्थिर नहीं है?'' इतना कहकर अरविन्द रुक गये। पानी लिया। बाहर से अन्दर देखने लगे। इतने अन्दर कि अन्दर का छोर और तल उनमें ही आत्मसात् हो गया।''

मीरा अल्फासा ने अनुभव किया कि ऐसे समय अरविन्द में आमूलचूल परिवर्तन होता देखा जा सकता है। उनकी पलकें स्थिर रह जातीं। आँखें खुली हुई होतीं, परन्तु वे कहीं और होतीं। उनके मुखमण्डल पर से परतें उतरती जातीं। शनैः-शनैः। एक तत्त्व आलोकित होने लगता, पूर्ण ऊर्जा से, तेज़ गति से और अन्तर्ध्वनियों के समन्वय से। इस समय एक चक्र उभरता है प्रकाश की अनगिनत रश्मियों के लिए और उससे चतुर्दिक पारदर्शी प्रकाश दिव्य अनुभूति से भरकर लहलहा उठता है। पावन पवित्र हो जाता और सौम्य शुभ्र! उनका प्रभामण्डल अत्यन्त दिव्यता लिए।

मीरा अल्फासा इन क्षणों में अपने में नहीं रह पाती। गूँगी हो जाती। तब ध्वनि एकरस होती। वह ध्वनि होती अरविन्द की, जो कह रहे थे, ''मीरा, जैसे-जैसे मुझे रूपान्तरण योग में उन्नति के स्तर पर एक के बाद एक पार करते जाने का अनुभव होता गया और मैं उच्च से उच्चतर की ओर बढ़ने लगा, वैसे ही वैसे उस उच्चतम चेतना से 'सावित्री' भी निरन्तर ऊपर उठती गयी। यह स्वतः ही हुआ। मेरे लिए 'सावित्री' साधन रह गयी—एक मात्र प्रतीक। जैसे-जैसे चेतना के ऊँचे से ऊँचे स्तर को पार करता गया वैसे-ही-वैसे 'सावित्री' भी उठती गयी। वह एक योगी की उच्चतर चेतना की यात्रा का परिणाम है। जैसे-जैसे प्रयत्न करने का अभ्यास छूटता जायेगा और अन् प्रयत्न की स्थिति बनती जायेगी, वैसे ही वैसे अपना होम होता

जायेगा और धरा का अवतरण होता जायेगा। महत्तर मानस स्वतः प्रकट होने लगेगा। 'सावित्री' उसी का परिणाम बनता जा रहा है। वह योगी की अन्तर्यात्रा की शिखरीय ऊँचाई है एक बार मानव नीरव होने की अवस्था में रमने लगे, फिर अपने आप निःस्वन हुआ मानस अंन्यतम अनुभूति में पहुँच कर सीधे उस परम तत्त्व से जो ज्ञानी और विज्ञानी दोनों से बहुत ऊपर की स्थिति में है, प्रेरणा ले सकेगा तथा तदनुसार चल सकेगा। यही वह कारण है जो 'सावित्री' को पूरा नहीं होने दे रहा है। यह कार्य मेरा नहीं, उसका है, मुझे उसके आदेश को मानने के अलावा और कोई रास्ता दृष्टिगोचर नहीं होता है। सत्य का प्रकट्य ही ऐसा है कि वहाँ तर्क नहीं ठहर पाता, सोच मौन हो जाता है और अकर्म सक्रिय।''

एक लम्बी यात्रा से वे दोनों लौटे। बहुत लम्बी यात्रा से। अब आकार सामने था, निराकार अदृश्य हो रहा था। लगभग पैंतालीस मिनट का ध्यान टूटा था। चतुर्दिक दिव्य दर्शन का आभास हो रहा था—एक अलौकिक प्रकाश अनुभूत होने लगा था। चहुँ ओर नीरव एकान्तता परिव्याप्त थी। कुछ समय बाद एक-एक करके शिष्य उठे और उनको प्रणाम करते हुए यथास्थान बैठ गये। अन्त में अरविन्द और मीरा उठे। उनके बीच से बाहर चले गये। तब एक अंग्रेज़ महिला का उद्घोष गूँज उठा—

''ईश्वर का अवतार भौतिक स्वरूप में हुआ है। उन्होंने मृत्यु तथा दुख पर विजय पा ली है। वे अमरत्व को धरा पर लेकर आये हैं।''

क्या आज, वासुदेव, अधिमानस लोक के अधिष्ठाता, अरविन्द की दैहिक चेतना में उतर आये हैं? आज के दिन अरविन्द ने मीरा को क्यों माँ से सम्बोधित किया? इसी दिन, उस समारोह के बाद से अरविन्द एकान्तवास में चले गये। उनका स्थान माँ ने ले लिया।

इस दिन अरविन्द का सिद्धि दिवस घोषित किया गया। इस दिन आश्रम की नींव पड़ गयी। अरविन्द परदे के पीछे चले गये और मीरा अल्फासा अर्थात् माँ सामने आयी। यह कैसा पुण्य दिवस था कि चौबीस शिष्य दिव्य अनुभूति के सम्पर्क में आये थे और उनके हृदय में मन्त्र अपना रहस्य खोल रहे थे। मीरा (माँ), अपने कमरे में लौट आयीं। उनके चित्त पर गहरे दिव्य-चिह्न उतर कर उनमें ही समाते गये। एक सहज सान्निध्य की सबको अनुभूति हुई।

अरविन्द खिड़की के पास आकर मौन दृष्टि से आसमान की निस्तब्धता को अवलोक रहे थे। अब वह अरविन्द न रह कर वासुदेव हो गये थे। हालाँकि वह यह सब नहीं जानते थे कि वासुदेव इनमें समाहित होते जा रहे हैं और अरविन्द पिघल कर निराकार होने लगा है। जब वह अरविन्द थे, तब कितनी सहजता से निःस्वन बह रहे थे। किसी निर्जन नदी की तरह। उनका चित्त सन्तोष से गद्‌गद था और अब...। वह स्मित भर ताक़ते रह गये। खिड़की पर परदे खींच दिये। उनकी खिड़की पर दो रंग के डबल परदे थे, जिनसे वह अँधेरे को गहरा कर सूक्ष्म प्रकाश की ओर बढ़ सकते थे। यह सब मीरा के अनुचिन्तन, दीर्घ दृष्टि और प्रबन्धन का कौशल था। उनमें से एक ओर अरविन्द का उदय वासुदेव से हो रहा था। वह तटस्थ भाव से उस अरविन्द को अवलोकते हुए पलँग पर आ बैठे जो अरविन्द से वासुदेव होता जा रहा था।

44

यह भी एक कठिन तपस्या थी कि मीरा अल्फासा के सत् प्रयत्नों और अथक परिश्रम से उस छोटे से आश्रम का विस्तार होने लगा। साधकों की संख्या बढ़ने लगी। अरविन्द गहरे एकान्तवास में चले गये। मीरा अल्फासा के अलावा वह प्रायः किसी से नहीं मिलते थे। जानकारी उन्हें सब रहती थी। दुनिया भर के अख़बार और पत्रिकाएँ आती थीं। योग द्वारा संसार की गतिविधियों पर उनका ध्यान था।

अपने भक्तगणों, जिज्ञासुओं और साधकों की समस्याओं वाले पत्रों को लेकर वे बैठ जाते थे। कभी मीरा उन पत्रों को पढ़ती थीं। वह उनसे भी उत्तर पूछते थे, फिर उत्तर लिखवा देते थे। इस कार्य में उनके आठ से नौ घण्टे लग जाते थे। एक रात, रात्रि भोज के बाद कमरे में टहलते हुए मीरा अल्फासा ने पूछा, "आप इतना समय इन पत्रों को क्यों देते हैं?"

वह कुछ देर तक अपने स्वभाव के अनुसार मौन रहे। फिर स्वयं उठे मोमबत्ती जलायी। प्रकाश ने आँख खोलकर चतुर्दिक झाँका। चारों ओर उजाला पाकर वह प्रसन्न हुआ। मोम के नन्हे प्राणों की ज्योति ने तमस को उजाले में बदल दिया।

मीरा अल्फासा अरविन्द के मौन और मौन में बन रहे अकर्म की अदृश्य भाषा को पढ़ने में सक्षम हो चुकी थीं। वह बहुत ध्यान से देख रही थीं कि अरविन्द ने उस नन्हीं ज्योति को मन-ही-मन प्रणाम किया। फिर उसके सामने से हटे और उसकी बगल में से होकर धीरे-धीरे अपने स्थल पर लौट आये। उनके होंठों में तनिक स्मित विलुलित हुई और आँखों में उतर कर वह ओझल हो गयी। वह कहने लगे, ''सब तो यहाँ आ नहीं सकते। सम्भव भी नहीं है। फिर उनके मार्ग की बाधाएँ कैसे दूर हों? वे पत्र लिखते हैं, मुझे नवोदित संसार की पदचाप सुनायी पड़ती है। कभी-कभी लगता है कि वासुदेव बाँसुरी की अन्यतम अन्तर्ध्वनि से आह्वान कर उठे हैं और गोपिकाएँ सारे कामकाज छोड़कर उधर चली आयी हैं, आती जा रही हैं, जिधर बाँसुरीवादक मुरारि तिर्यक मुद्रा में आत्मलीन खड़े हुए हैं। ...ये पत्र मुझे गोपियों का स्मरण कराते हैं। आश्चर्य कि बाँसुरीवादक वह हैं, मैं नहीं हूँ, फिर भी, उनके आने की अनुभूति मुझे हो रही है। क्या तुम इन पत्रों को पढ़कर सुनाते हुए ऐसा अनुभव नहीं करती हो?''

''हाँ करती हूँ।''

''तो क्या कभी तुम्हें ये पत्र बाल गोपाल की अनुभूतियों से नहीं भर देते हैं?''

''मेरे सामने बाल गोपाल अठखेलियाँ करने लगते हैं।''

''एक बार तुमने मुझे बतलाया था कि बच्चों का स्वर्ग इस धरती पर कहीं है तो वह जापान में है, जहाँ बालकों का सर्वाधिक ध्यान रखा जाता है।''

''हाँ, बताया था गुरुदेव।''

''तुम मुझे अरविन्द ही कहो, मीरा। ...तुम मेरे लिए सिर्फ़ मीरा हो और मैं तुम्हारे लिए मात्र अरविन्द। माना कि तुमने हमें पुस्तकालय भवन से ध्यान गृह में ला बैठाया है और इस तपोभूमि को तुमने न केवल एक स्वस्थ तथा मनोरम परिदृश्य में बदल दिया है, बल्कि उसका सारा उत्तरदायित्व भी तुमने अपने ऊपर ले लिया है और मुझे पूरी स्वतन्त्रता दे दी है ताकि मैं निरन्तर, अबाध गति से आन्तरिकता से लयबद्ध होकर साधना में तल्लीन बना रहूँ।''

''वो तो...मुझे लगा कि...।''

''क्या लगा?''

''कि साक्षात् आप आदेश दे रहे हैं कि मीरा...जब हम-तुम नहीं रहेंगे

तब भी यह पावन अन्तर्ज्योति अविराम तमस के पार के मार्ग को प्रशस्त करती रहेगी।''

अरविन्द उस दिव्य आलोक से ज्योतिर्गमय हो उठे जो संकल्पनाओं का केन्द्र है। तमस के पार का मार्ग...। अवचेतना का साम्राज्य। चतुर्दिक एक घना विशाल जंगल। जहाँ कोई मनुष्य नहीं प्रवेश कर सकता। जहाँ कोई मार्ग नहीं, मात्र निर्जन जंगल और घनीभूत होता अन्धकार है। अब आगे बढ़ना है। कैसे बढ़ें?

कैसे क्या, आपके अन्तर्निदेश से आगे बढ़े।

''मैं नहीं हूँ, मीरा। इस 'मैं' को मैंने पार किया है तो उसने मुझे अवचेतना के घने और गहरे तमस भरे जंगल में ला पटका और पूछा—क्या तुझे मैं के पार का यह स्वर्ग स्वीकार है?''

''अब मैं कहाँ हूँ, भाई। फिर स्वीकार या अस्वीकार का अर्थ ही क्या है?''

''तो इस घोरतम तमस में पड़े-पड़े 'मैं' विहीन अवस्था के सन्ताप को भोगते रहो और अपनी सत्ता को छोड़ने की सजा पाते रहो, अरविन्द। मैं जा रहा हूँ। फिर मत पुकारना, गिड़गिड़ाना और न शिकायत करना, क्योंकि मैंने तुम्हें अन्तिम बार अवसर प्रदान किया है कि तुम चाहो तो अब भी मेरे साथ लौट सकते हो और पुनः अपने स्वर्ग में अपनी सत्ता की पूर्व सहानुभूति से जुड़ सकते हो।''

''नहीं भाई, नहीं। मुझे सत्ताविहीन रहने दो।''

''तुम्हें। ...। अरे, अब तुम हो ही कहाँ? फिर तुम अपनी क्या बात कर रहे हो? तुम एक रीढ़विहीन इन्सान मात्र रह गये हो। संज्ञात्मक इस जगत् से जैसे ही कोई अन्यत्र चला जाता है, वैसे ही उसके सारे तार इस दुनिया से कट जाते हैं। वह घनघोर और भयावह निर्जन जंगल के अन्धकार से घिर कर रह जाता है, जहाँ आँखें अन्धी हो जाती हैं, कान सुनने की शक्ति खो बैठते हैं, मुख से कोई आवाज़ नहीं निकलती है, नासिका गन्धरहित हो जाती है और स्पर्श का एहसास तनिक भी नहीं होता। हा हा हा...अरविन्द, तुम्हें इस तमस स्वर्ग पर हार्दिक बधाई।''

''मीरा वहाँ तमस था। तुम भी उस तमस से गुज़र चुकी हो।''

''आप ही मुझे अपने साथ वहाँ ले गये थे, अरविन्द।''

"फिर मैं—तुम कहाँ रहे? सर्वात्म हो गये। भेदाभेद कोई नहीं। न नारी, न पुरुष। न आकार, न निराकार। न सीमा, न असीमा। न धरा, न अन्तरिक्ष। कहीं कुछ भी नहीं। तब तुमने क्या किया था?"

"पूछा था—यह क्या है? ...आपने कहा था अवचेतना का साम्राज्य।"

"यह कैसा साम्राज्य है।"

"क्यों, साम्राज्य कैसा होता है?"

"यहाँ हम एक-दूसरे को देख नहीं सकते, छू नहीं सकते, पुकार नहीं सकते, गन्ध नहीं ले सकते तो फिर?"

हम वह सत्ता छोड़कर यहाँ आ गये हैं जिनके प्रश्न तुम दोहरा रही हो। वह संसार यहाँ नहीं है यहाँ तक पहुँचना भी सम्भव नहीं है। पहले पहल जब मैं यहाँ पहुँचा था तो ध्वनिरहित नाद संज्ञाशून्य हुआ मानो संकेत से पूछ रहा था, "अब?"

"कौन-सा वह संकेत या जो बराबर बता रहा था—इस अन्धकार के पार जाना है।"

"यहाँ पार नहीं है। कोई किनारा भी नहीं है। यहाँ तमस के विकराल सागरों के सागर हैं। न यहाँ चन्द्र है, न सूर्य। ...विकट असंसार है।"

"तो क्या हुआ? यहाँ भय भी नहीं है।"

"तुम डरो नहीं।"

"डरने डराने वाला संसार तो बहुत पीछे छूट गया। फिर डर कैसा?"

"अरविन्द वह विशाल और घना अरण्य। घनघोर और अनन्त। सब आकर्षण से परे। महाशून्य। वह तो...।"

"आओ, पीछे-पीछे आओ। पदरहित पदचिह्न बनाओ। आती जाओ।"

"वह आती गयी। चुपचाप पीछे-पीछे। बिना आहट किये।"

"वो...वो...।"

सम्भूति...आस्ति का लगातार सम्भूति में संक्रमण। उत्सृजन। तद् एकम्। अधिमानस का निस्सरण...चेतना के महान विघटन का सूत्रपात...अधिकाधिक सांद्र...उत्सर्जन दर उत्सर्जन...अधिमानस, सम्बोधी मानस, उद्भाषित मानस...ऊर्ध्व मानस...और मानस। ...मीरा, उत्सर्जन समाप्त...भविष्य के लिए ज्योतिर्मय आशा की दिव्य दीप्ति! प्रत्येक कोशाणु सच्चिदानन्द। परम...दिव्य...चिर आनन्द...ज्योति रूप...आनन्द रूप! आती जाओ,

मीरा...आती जाओ, जगत् के अनन्त पार, छोरों के छोर से परे, महत् सरस में प्रवेश। प्रवेश के पार। ...भास्वरता...स्पन्द...अनेक में एक संकेन्द्रण... अतिमानसिक चेतना...रूपान्तरण। ...अवतरण...मीरा, अवतरण...तमसों का...।

"अरविन्द रूपान्तरण...रूपान्तरण!"

अनुगूँज निर्ध्वनि-सा होता रहा स्पन्दन रहित पर जड़ नहीं। जड़त्व नहीं। प्राणत्व मय!

वहाँ बैठे-बैठे एक बार फिर मीरा अल्फासा अरविन्द के साथ चैत्यिक, आध्यात्मिक और अतिमानस रूपान्तरण से...और आगे से आगे होकर लौट आयी। अब सामने अरविन्द थे। मीरा अल्फासा अनुभूति के पार के समस्त द्वारों से आगे होकर निर्द्वार से पर्युपासन कर उठी। अरविन्द कह रहे थे, "हमारे भक्त-शिष्य भी तो तिमिराच्छन्न स्थिति के आसपास पहुँच कर अवाक् रह जायेंगे...दृष्टिविहीन। तब कौन करेगा उनकी मदद। कौन देगा यह संकेत कि हमने तुमने जो रास्ता बनाया है वह उधर है, उधर बढ़ो और तमस के पार जाओ, चलते जाओ, तब तक चलते जाओ, जब तक ये तमस महाज्योति की अनन्त दिव्यता से भरकर नहीं जगमगा उठे। ...इसी से इन पत्रों में मैं अपने को खपाता हूँ, मीरा। ...तुम यहाँ, आश्रम में इसी कार्य को अंजाम दे रही हो।"

"धन्य हुई, अरविन्द।"

"निर्जन के इस कोलाहल रहित शून्य में आकर मीरा, कोई धन्य या कृतार्थ नहीं होता, क्योंकि वह उनके पार होता है जहाँ भाषा नहीं होती। वहाँ आवाज़ नहीं होती।"

"कल मुझे यही कहना है कि व्यक्त का अव्यक्त, साकार का निराकार और उससे आगे, बहुत आगे की योग-माया अभी शेष है, जब रूपान्तरण से होकर अग-जग गुज़र रहा होगा।"

"तुम वही कह सकती हो जो मुझसे कहा जा रहा, मीरा। मैंने तुम्हें मीरा से माँ इसीलिए कहा है कि तुममें जननी का अक्षय स्रोत मौन प्रवाहित हो रहा है। संकीर्तन की अन्तर्ध्वनि वहीं से होती है, जिसकी तलाश में सब रहते हैं—कम या ज़्यादा। ...सच अपना स्वरूप स्वतः ही उस तरह ग्रहण कर लेता है जैसे जल या अग्नि, गन्ध या अनुभूति। एक साकार है—

जल और अग्नि। दूसरा निराकार है साकार होने की सम्भावना के साथ गन्ध या अनुभूति स्पर्श से आगे का स्पर्श–अस्पर्श से परे का अतः साक्ष्य है। सच यह है कि हम शब्दों से उसे व्यक्त नहीं कर सकते। शब्द के पास वह शक्ति नहीं है, जिससे वह माध्यम बन सके। अशरीरी के परे की यात्रा में जब योगी होता है तब उसे गूँगे के गुड़ की अननुज्ञात अनुभूति होती है। वह परछाइयों से परे का जगत् परे के अन्तर्जगत से आगे का होता है, जिसे अनुभूति छू नहीं पाती, परन्तु जगत् के लिए उसका स्पर्श होना ज़रूरी है। तभी तो तमस ज्योति में परिणत हो पायेगा। हमें उस शुभ की प्रतीक्षा करते रहना है। कोई ज़रूरी नहीं है कि वह इस जन्म में कुछ हो सके। उसके लिए कई जन्म भी नाकाफ़ी हो सकते हैं और एक जन्म भी काफ़ी। यह साधक की साधना पर निर्भर हैं।''

''और यदि हो सका तो...। क्या यह सम्भव नहीं है कि रूपान्तरण क्रम शीघ्र प्रारम्भ हो सके?''

''शायद नहीं, मीरा।''

''शायद भक्त अधिक समय तक प्रतीक्षा न कर पायें।''

''नहीं, मीरा। जो भक्त होगा, योग साधना का मार्ग अपनाने लगेगा, वह उस मार्ग से पीछे नहीं लौट सकता। हमें आशावान् होना चाहिए कि उसकी कृपा सहज और शीघ्र हो। पर कैसे, इसका हमें इन्तज़ार करना होगा।''

मीरा अल्फासा कुछ नहीं बोली। अरविन्द भी एक मैगज़ीन हाथ में उठा चुके थे। मीरा ने सोचा कि उसे उठ जाना चाहिए, क्योंकि उसे जाने के लिए तो वह कहेंगे नहीं। अरविन्द समझ गये कि वह उठने वाली है। वह बहुत धीमे स्वर में कहने लगे, ''मैं तुम्हें एक पुस्तक देना चाहता हूँ पर शर्त यह है कि तुम मुझे उसके सम्बन्ध में अपनी तटस्थ राय दोगी। ...इस मैगज़ीन में उसकी समीक्षा छपी है। तुम इस मैगज़ीन को भी ले जाना और उस सामने रखी नीले रंग की पुस्तक को भी। पुस्तक उठा लाओ, मीरा।''

मीरा अल्फासा उस पुस्तक को उठा लायी और पुस्तक देखकर बोली, ''यह पुस्तक तो फ्रेंच भाषा में है।''

''लांजा देल वास्तो की है अपनी भारत यात्रा को लेकर–'स्रोत यात्रा।' तुम पढ़ना और जानना कि भारत और उसके अन्तःउद्घाटन को यह पुस्तक कहाँ तक पूरा करती है?...अपने बंगाल की तरह फ्रेंचवासी भी

भावुक, कलात्मक अभिरुचि वाले और संगीत के प्रति लगाव रखने वाले होते हैं। ...तुम दोनों का तुलनात्मक अध्ययन भी करना चाहो तो कर सकती हो। कहीं गहरे में जाकर दोनों के सांस्कृतिक दृष्टिकोण में भी कहीं कोई आन्तरिक पहचान मिल सकती है। ...आगे तुम ज़्यादा ठीक बता सकोगी, क्योंकि...।''

''मैं फ्रांस की हूँ और भारत को अपना घर मानती हूँ।''

''केवल इतना ही नहीं है बल्कि तुममें भारत का लोकोत्तर अध्यात्म भी रच-बस गया है और तुममें दिव्य अन्तर्दृष्टि निरन्तर सक्रिय रहने लगी है।''

''मैं पूरा-पूरा न्याय करने का प्रयत्न करूँगी।''

''तब हमें शुभरात्रि कहकर विदा हो जाना चाहिए।''

''ठीक है, शुभरात्रि।''

''रात्रि शुभ हो। जाते हुए इस कैंडिल को बुझा कर, पार्श्व में रखे कैंडिल को जलाकर काँच के उस हलके रंग वाले गोले को उस पर रख देना।''

यह सब कर मीरा अल्फासा चली गयी। अब हलके रंग का उजास वहाँ फैल गया था जो चाँदनी रात में भी रात्रि की नीलिमा के अस्तित्व में चार चाँद लगाये हुए था। उनमें माता की अनुकम्पा साकार होकर धरा पर ऐसे उतरेगी कि चरण गूँजने लगेंगे—

ओ तेजस्वी अग्रदूत! मैंने सुन ली है तेरी कातर पुकार
कोई शक्ति उतरेगी धरा पर और तोड़ेगी इसके लौह नियमों को।
कर देगी धरा के दुर्भाग्य को परिवर्तित
अपने निज आत्मा बल से।

समग्र संस्कृति को धारण कर लेने योग्य एक असीम मन गम्भीर प्रशान्ति
से सम्पन्न एक मधुर और उग्र हृदय
देवों के अनुराग से भरा आयेगा यहाँ,
उसमें निहित होंगी समस्त शक्तियाँ और महानताएँ
सौन्दर्य मूर्तिमान् होकर विचरेगा और
इस धरा पर मेघ सम कुंतलों में आनन्द करेगा विश्राम।

और अमर प्रेम उसकी देह में
नीड़ वृक्ष की तरह, अपने शोभायमान पंख फड़फड़ायेगा।
विषाद शून्य रागों का संगीत उसके आकर्षण को बुनेगा,
सम्पूर्णता की वीणा उसकी वाणी में लयताल करेगी,
स्वर्ग से निर्झर उसकी हँसी में कल-कल गान,
उसके अधर होंगे प्रभु के माधुर्य का मधु कोश,
उसके अंग-अंग होंगे स्वर्गीय आनन्द के स्वर्णिम पात्र,
उसके उरोज सुशोभित होंगे जैसे स्वर्ण-खुशनुमा पुष्प,
नीरव अपने अन्दर महान प्रज्ञा को वह धारण करेगी।

अरविन्द डूबते चले गये। उनमें आशा की रश्मियाँ फैलती चली गयीं। वह पलँग पर आ लेटे। उस टिमटिमाती मद्धिम रंगीन रोशनी को देखते हुए अपने पर चादर खींच ली और मन-ही-मन कहा—तेरी सौगात, तुझे समर्पित, मेरे प्रभु! मेरे परम आचार्य, मेरे प्राण, मेरे सर्वस्व वासुदेव!

45

नवम्बर का अन्तिम सप्ताह। सन् 1938। अब तक आश्रम में अनेक नयी गतिविधियाँ प्रारम्भ हो चुकी थीं। 24 नवम्बर को उन्हें सुबह अपने भक्तों को दर्शन देने थे। श्रद्धालुओं, दर्शनार्थियों में तत्कालीन अमेरिका के राष्ट्रपति विल्सन की पुत्री कुमारी विल्सन भी थी। वह 'दिव्य जीवन' पढ़कर अपने को नहीं रोक सकी। क्या कोई मनुष्य ऐसा ग्रन्थ लिख सकता है? वह उस महान विभूति के दर्शन अवश्य करेगी। वह तीन दिन पहले वहाँ आ गयी थी और वहाँ के लोकोत्तर गतिविधियों ध्यान, मनन और अन्य से बहुत प्रभावित हुई थी और उसने मन बना लिया कि ऐसे दिव्य पुरुष का प्रवचन अवश्य सुनेगी।

कितनी दूर-दूर से भक्त आ रहे थे। कुमारी विल्सन में जिज्ञासा जगी कि वह उनसे उनके आने का कारण पूछे। तभी सामने नीरदवरण पड़ गये। उसने प्रणाम किया। नीरदवरण रुक गये। वह पूछ रही थी, "आप यहीं रहते हैं क्या?"

"आपका अनुमान सत्य है...मिस मिसेज़..."

"मिस विल्सन।"

"हाँ तो मिस विल्सन।"

"मैं अमेरिका से आयी हूँ।"

"स्वागत है। मेरे योग्य कोई सेवा।"

"जिज्ञासा, श्रीमान्।"

"यद्यपि मैं जिज्ञासा का उत्तर देने में सक्षम नहीं हूँ तथापि मैं कोशिश करूँगा कि..."

"मान्यवर अरविन्द क्या देव पुरुष हैं।"

"मनुष्य में सर्वस्व के अवतरण-प्रतीक।"

"मैं कुछ नहीं समझी। ...क्या वह सुप्रीम पावर हैं?"

"इस तरह के प्रश्नों का उत्तर आपको कल सुबह उनके दर्शन से मिल जायेगा।"

"क्या वह सम्मोहन का प्रयोग करते हैं?" कुमारी विल्सन ने पुनः प्रश्न किया।

"मुझे चलना होगा।"

कुमारी विल्सन ने एक अन्य व्यक्ति से पूछा, "कहाँ से आये हो?"

"दिल्ली से।"

"क्यों आये हो?"

"कल सुबह प्रभु प्रकट होंगे।"

"गॉड।"

"हाँ।"

"क्या अरविन्द गॉड हैं?"

"हाँ, हमारे लिए।"

"कैसे?"

"इतनी दूर से हमारे दुख-दर्द, आधि-व्याधि दूर कर देते हैं।"

"वो कैसे?"

"हम पत्र लिखते हैं। पत्र द्वारा अपने कष्ट निवारण की प्रार्थना करते हैं।"

"और कष्ट दूर हो जाता है।"

"हाँ, हो जाता है। यहाँ हम जैसों की संख्या अधिक है।"

"तो वह जादूगर हुए।"

"नहीं, मेमसाहब, वह वासुदेव हैं। वे वासुदेव जिन्होंने सम्पूर्ण महाभारत अपने सर्वांगीण ईश्वरीय रूप से संचालित किया था–सुदर्शनधारी श्रीकृष्ण ही वासुदेव।"

"हाँ मैडम, वह हमारे भगवान हैं।" दूसरे भक्त ने कहा।

बात को विराम देने की दृष्टि से उनमें से एक ने कहा, "बेटी, तुम सच्चे मन से प्रार्थना करके देख लो।"

"वह पूर्ण होगी।"

"कल सुबह वह नहीं आयें। उसने मन ही मन यह प्रार्थना की।"

सब चकित रह गये।

इधर कहा, इधर प्रार्थना भी हो गयी। क्या प्रार्थना की, कौन जाने। जो कुछ प्रार्थना की होगी, उसका परिणाम कल सामने आयेगा।

"अब भक्तों में आश्चर्यमिश्रित उत्सुकता थी, जिज्ञासा से जुड़ी। चर्चा हवा की तरह फैल गयी–प्रश्न बना उत्तर की खोज में।"

धीरे-धीरे सब लोग चले गये। कुमारी विल्सन अपने कक्ष में आ गयीं और सोचने लगीं कि क्या यह सम्भव नहीं हो सकता कि उनके भक्त अन्धविश्वास से बाहर आ सकें? भारत अन्ध रूढ़ियों, अन्ध परम्पराओं और धार्मिक संकीर्णताओं के कारण ही दासता का अभिशाप भोग रहा है। लम्बे समय तक वह मुस्लिम साम्राज्य के नृशंस अत्याचार, शोषण और अन्याय को सहता रहा। उसके पास वैभवशाली अतीत के स्वप्न हैं, उत्कट संस्कृति के अन्तर्दृश्य हैं और उच्च सभ्यता के साक्ष्य हैं। फिर भी, वह पतन की दलदल में फँसा हुआ है। क्या अरविन्द का इस दिशा में ही यह प्रयास नहीं है जो नव संस्कृति और नव सभ्यता का आकर्षण केन्द्र आज फिर से बन रहा है? स्वामी विवेकानन्द जैसे महानतम महापुरुष ने संसार की धर्मसभा में कैसे श्रेष्ठतम भारत के सनातन धर्म की पुनर्स्थापना की थी कि अन्य धर्म के शक्ति सम्पन्न अध्येता, व्याख्याकार और सचेतक मुँह बाए उनकी ओर देखते रह गये। क्या उसे अरविन्द से समय मिल सकेगा? क्या वह अपने मस्तिष्क में उठ रही इस आँधी का समाधान 'दिव्य जीवन' के ऋषि से पा सकेगी? अथवा वह मात्र उनके दर्शन लाभ पाकर लौट जायेगी?

कुमारी विल्सन ने हाथ-मुँह धोकर कुछ समय ध्यान किया। ध्यान में योगी अरविन्द को अपने केन्द्र में लायी। वह जब ध्यान में बैठती थी तब सर्वप्रथम वह अरविन्द को नमन कर दोहराती थी, "हे सजीव देह में सजीव आत्मा के महानतम योगी, हे सत्य स्पन्द के ऋषि, हे पार्थिव चेतना में रूपान्तरण के अन्यतम स्वामी, मैं मात्र तुम्हारे दर्शन करने के लिए यहाँ तक नहीं आयी हूँ, यथार्थतः मुझे आप लेकर आये हैं, आपने ही मेरे प्राणों में वह स्फूर्ति और सजग चेतना का प्रादुर्भाव किया है। हे धरा को स्वर्ग में बदलने वाले सन्त, निःसन्देह संसार एक ही दिव्य तत्त्व से बना है पर वह क्यों बारम्बार स्व शक्ति केन्द्र से पदच्युत होकर पतन की गर्त में गिरता है? वह कैसे अग्निशिखा से निष्पन्न होगा? कैसे न्यैष्टिक रज का तत्त्वान्तरण तप्त सुवर्ण रज से होगा?" फिर वह निर्जन मौन के अन्तःप्रेरणा में से होते हुए उस विराट् अन्तःबिन्दु में समाती गयी, जिसने उसे भारत में आने की अन्तःप्रेरणा प्रदान की थी। उसने अग्निशिखा से जो मन्त्र पढ़े थे, उन्हें ही बिना उनका ठीक से अर्थ समझे दोहरा लेती। अर्थ जाने बिना भी उसे लगने लगा था कि वह उसका अर्थ जानती है।

कुमारी विल्सन ने अपने पिता से कहा था, "मैं ग़ुलामी में जी रहे उस भारत के अन्तः योगी के दर्शन करने भारत जाना चाहती हूँ जो आने वाली दुनिया को कष्ट कारा से बाहर लाकर एक स्वर्गिक स्वराज्य की स्थापना के स्वप्न बो रहा है।"

"तुम जा सकती हो, प्रिय बेटी, लेकिन स्मरण रहे, तुम्हें चमत्कारों से परे रहना है। भारत अद्भुत देश है। उसमें अद्भुत सहनशक्ति और धैर्य है, उसमें अमीरी और ग़रीबी के दो ध्रुव अपनी पराकाष्ठा पर सक्रिय हैं, उसमें धर्म और अधर्म के कृत्रिम संयोग की अन्तःसृष्टि है। मायवी और अन्धविश्वास की धरती पर खड़ा वह देश आज भी पराङ्मुखी ही है, परावलम्बी है, पराभिमुख है। तुम जान-पूछ सको तो यही जानना-पूछना कि हे जगत् पर स्वर्ग लाने के स्वप्नद्रष्टा, जगत् गुरु के पद पर प्रतिष्ठित योगी, कृपया इन सीधी-सादी अन्तर्मन की जिज्ञासाओं का स्पष्ट उत्तर देकर अनुगृहीत कीजिए ताकि मैं उसे विश्व में प्रसाद स्वरूप बाँट सकूँ।"

"मेरा प्रयत्न यही रहेगा, डैड।"

"हम विश्वस्त नहीं हैं। फिर भी, हमारी कामना है कि तुम अपने प्रयत्न में सफल होकर लौटो।"

इसके बाद कुमारी विल्सन अपने पलँग पर आकर तत्काल गहरी नींद के शान्ति पर्व में उतरती चली गयी। आज सबको जल्दी सोना था, क्योंकि जल्दी उठकर पूर्णतया तरोताज़ा होकर साधक-ऋषि के परमात्मा स्वरूप की एक झाँकी के दर्शन करने थे। साक्षात् ईश्वर के दर्शन। ईश्वर के शब्दोच्चारण से मनुष्य का रोम-रोम आनन्द से भर उठता है। जब वह उसे साक्षात् देखेगा तब उसके मानस-अन्तःमानस की आनन्दानुभूति का क्या ठिकाना! कोई नहीं जानता। जिज्ञासा सब में थिरक रही होती है। कल्पनातीत सत्य से साक्षात्कार। ब्रह्माण्ड के सृष्टा से साक्षात्कार। रोंगटे खड़े कर जाता है कल्पना-स्वप्न का यह समन्वित परम उच्छ्वास!

एक प्रशान्त सघन और गहन नीरवता। अन्तःबर्हि अद्भुत एकरसता। द्वन्द्वशून्यता! सिर्फ़ एक नन्हा-सा प्रकाश। रास्ते के ऊपर वाले कमरे में, जहाँ अरविन्द सो रहे हैं, वह पुण्य प्रकाश प्राण दीप बना स्थिर है। कदाचित् उसे भी उस सुबह की प्रतीक्षा है, जब अरविन्द, रूपान्तरण की सहज प्रकाश्य शक्ति के साक्षात् केन्द्र बने सामने होंगे।

अद्भुत! कल्पनातीत। आश्चर्य! अद्भुत आश्चर्य!

चतुर्दिक सौम्य तिमिर। न कोई ध्वनि और न कोई उजाला। मात्र हुलसित प्राणों का एक दीप। पहरेदार! अद्भुत प्रहरी प्रतिदिन की तरह जगमगा रहा था। बता रहा था—कि वहाँ ईश्वर का वास है। वे निद्रा कर्म में अनुरत हैं, तप लीन हैं।

वहाँ सबको नींद आयी। समय पर आयी। कुतूहल ने नींद में व्यवधान नहीं डाला। कोई नहीं जग रहा था। सारा अग-जग सो रहा था। एक स्वप्न नन्ही ज्योति-अस्तित्व का प्रतीक बना शान्त था। एकदम आँख खोले शिशु की तरह निद्रानिमग्न तथा निष्कम्प! अरविन्द 'सावित्री' की तरंगों पर तैरते हुए आनन्दमय हो रहे थे। उनकी एक ओर ढेर सारे पत्र रखे हुए थे, जिनके उत्तर देने थे। मीरा अल्फासा सुबह जल्दी उठकर सारी व्यवस्था सँभालने के कारण उनके कमरे से चली आयी। रात ढल रही थी। दिन का उजास गर्भ में था और दो घण्टे बज चुके थे।

अब सो जाना चाहिए। सुबह जल्दी उठना भी था। सन् 1926 से उन्होंने अपने को इस एकान्त कमरे में बन्द किया हुआ था। सन् 1938 की 24 नवम्बर की सुबह पलकों के पहरे में थी। अतिमानसिक ज्योति की किरणें उतरने लगी थीं। चतुर्दिक अन्तर्प्रकाश का हर्ष महक रहा था।

सुबह साढ़े सात बजे से दर्शन कार्यक्रम प्रारम्भ होगा। अरविन्द सोने से पहले बाथरूम की ओर चल पड़े। अभी वह कुछ ही क़दम आगे बढ़े होंगे कि वह व्याघ्र चर्म से टकरा कर धड़ाम से फ़र्श पर आ गिरे। उस निस्तब्ध वातावरण में एक तेज़ आवाज़ अनुगूँज उठी। देर तक कम्पन होता रहा। एकान्त कसमसाया। नीरवता रमुली आँखों से देखती रह गयी। रात को देखा दो बज चुके थे।

अरविन्द ने कोशिश की वह उठ जायें, परन्तु उनकी कोशिश क़ामयाब नहीं हुई। मीरा अल्फासा ने आवाज़ सुनी थी या उन्हें ऐसा लगा था। यह ठीक से नहीं कहा जा सकता है। वह अरविन्द के कमरे की ओर बढ़ती चली गयीं। कमरे के अन्दर जैसे ही पहुँचीं वैसे ही वह काँप उठीं। अरविन्द फ़र्श पर शान्त पड़े हुए थे। अब क्या था कि उन्होंने आपात्कालीन घण्टी बजा दी। पुराणी दौड़ा। मीरा को सीढ़ियों के पास खड़ा पाया। मीरा ने कहा, "जाओ, डॉ. मणिलाल को तुरन्त बुला लाओ, अरविन्द गिर पड़े हैं।"

पुराणी दौड़ गया। मीरा अल्फासा ने उनकी ओर देखकर कहा, "अभी डॉक्टर आ रहा है। क्या मेरी सहायता से उठ सकेंगे?"

अरविन्द ने सिर हिलाकर कहा, "नहीं, मीरा। मैं ठीक हूँ। डॉक्टर को आने दो।"

"डॉ. मणिलाल गुजरात से दर्शनार्थ कल ही आये हैं।"

"उन्हें भेजा गया है, मीरा।"

डॉ. मणिलाल अरविन्द के पाँव की परीक्षा करने लगे। मीरा पंखा झलने लगी। नीरदवरण डॉक्टर की सहायता कर रहे थे। अरविन्द का दाहिना घुटना मुड़ा हुआ था। मीरा अल्फासा पूछ रही थीं, "दर्द हो रहा है क्या?"

उत्तर में अरविन्द के अधर पर मुस्कान की रेखा खिंची रह गयी। उनकी आँखों में शान्ति थी। चेहरा हलकी-सी कान्ति बिखेर रहा था। डॉ. मणिलाल ने उनके पाँव का मुआयना करते हुए जैसे ही उनका पाँव इधर-उधर किया वैसे ही वह कराह उठे।

''जाँघ की हड्डी टूटी है।'' डॉ. मणिलाल ने कहा। सरकारी अस्पताल से पेरिस पलस्तर आया। फलतः पेरिस पलस्तर से प्रारम्भिक उपचार तो कर दिया, परन्तु उससे तसल्ली नहीं हुई। पुराणी और चम्पक लाल के साथ दो और लोगों ने मिलकर उन्हें फ़र्श से उठाकर पलँग पर लिटा दिया।

सुबह होने से पहले ही इस दुर्घटना की ख़बर परिसर में फैल गयी। उनके लिए प्रार्थनाएँ होने लगीं। हज़ारों लोगों के चेहरे मुरझा गये। एक वृद्ध व्यक्ति ने पूछा जो कश्मीर से आया था, ''क्या अब दर्शन नहीं होंगे।''

''देखो।''

''हड्डी टूटी है, तो दर्शन का प्रश्न ही नहीं उठता।''

मीरा अल्फासा समय पर पहुँचीं। प्रार्थना हुई और फिर उस दुर्घटना के कारण दर्शन आयोजन को रद्द करने की घोषणा कर दी गयी। बहुत दुख जताया। परिस्थितियाँ ही ऐसी हो गयी थीं कि कोई कुछ नहीं समझ पा रहा था। फिर भी लोग एक-दो-दिन और रुके। रात के ग्यारह बजे रेडियोलॉजिस्ट पहुँचे। उनके कई एक्स-रे लिए। तुरन्त ही फ़ोटो निकाली।

अरविन्द के दाहिने घुटने के ऊपर का फोयर टूटा था। टूट कर आपस में जुड़ गया था। इस सारे उपचार कार्यक्रम में अरविन्द एकदम शान्त रहे, तटस्थ रहे और चुपचाप सब कुछ देखते रहे। उनका पौरुषेय रूप वेद वर्णित हिरण्यमय पुरुष जैसा लग रहा था।

उधर कुमारी विल्सन अपने कमरे में चुपचाप बैठी रहीं। उसने खाना भी नहीं खाया। क्या उसका कहा मानकर देवपुरुष अरविन्द ने दर्शन नहीं दिये। संशय तो उसमें ही उठा था और कल कहा भी तो उसने ही था कि कल दर्शन न दें तो...। वह स्वयं अपने से मुँह छिपा रही थी। जैसे-तैसे वह रात को मीरा अल्फासा के कमरे तक पहुँच गयी। काफ़ी देर बाहर खड़ी रही। अपने ही द्वन्द्व में उलझती रही। हार कर दरवाज़े पर दस्तक दी। अन्दर से कोई आवाज़ नहीं आयी। न रत्ती भर खटपट हुई। वह हवाओं के झोंकों को देखने का प्रयास करती रही। तभी उसने सुना, ''कौन?''

''मैं कुमारी विल्सन।''

''इस वक़्त...कोई ज़रूरी काम।''

''हाँ, मेरे लिए इससे ज़रूरी दूसरा कोई काम नहीं हो सकता।''

''तुम अन्दर आ सकती हो।''

वह अन्दर आयी। कुर्सी पर बैठ गयी।

"मैं तुम्हारी क्या मदद कर सकती हूँ?" मीरा अल्फासा ने कहा।

"मदर, मुझे रास्ता दिखाओ।"

"कहती रहो विल्सन, मुझे सुनने दो। रास्ता तो वह दिखलायेगा। हम सबको एक वही रास्ता दिखलाता है। फिर भी..."

"मुझसे भयानक ग़लती हुई है।"

"अब तुम उस छाया से मुक्त हो।"

"ईश्वर पर कोई आसुरी या विरोधी शक्ति आक्रमण नहीं कर सकती। क्या वासुदेव किसी भील के साधारण तीर से मर सकते थे? ...नहीं ना। ईश्वर अपनी लीला समेट कर जाने लगे थे तो मृत्युलोक की मर्यादा का उन्होंने पालन किया था।"

"तुम कहना क्या चाहती हो, मि. विल्सन?"

"यही कि इसकी दोषी मैं हूँ। सिर्फ़ मैं! यह सब मेरे कारण हुआ। मेरे संशय को निर्मूल करने के लिए। एक सज्जन ने कहा था—"यहाँ आयी हो और यदि तुम कोई मनोकामना लेकर आयी हो तो वह अवश्य पूर्ण होगी।" मैंने मन ही मन कामना की थी, कल सुबह दर्शन किसी को नहीं मिले..."

"यह बात आयी गयी हो गयी। मैं अपने कमरे में सोचती रही कि यह मैंने क्या कह दिया? ...परन्तु सबकी यही मान्यता थी, उन सबमें से एक मैं भी थी जो यही सोचती थी कि कल सुबह दर्शन अवश्य होंगे। कोई कारण नहीं है कि सुबह दर्शन न हों। फिर मैंने कितना ग़लत सोच डाला कि...इतने सारे सज्जनों की मनोकामना के विरुद्ध यह क्या किया! परन्तु फिर भी मैं अपने चित्त में अपनी बात पर अड़ी रही और..."

"तुम चिन्तित नहीं होओ, मिस विल्सन, जो होता है वह शुभ होता है। उन्हें कोई कष्ट नहीं है। ...तुमको जानना था, वह तुम जान चुकी हो।"

"परन्तु दर्शन... ।"

"वह सम्भव नहीं है।"

"फिर मैं यहाँ से क्या लेकर जाऊँगी और अमेरिका पहुँच कर क्या बताऊँगी। वहाँ मुझे इस दर्शन-अनुभव पर एक सोसाइटी में कुछ बोलना भी है।"

"तुम उनका साहित्य पढ़ लो। अपने मन में, एकाग्र होकर उनका ध्यान करो तो तुम्हें उनके दर्शन का लाभ अवश्य मिलेगा। आज तो वे हैं,

कल नहीं होंगे तो भी भक्त जन यहाँ आते रहेंगे, उनके दर्शन का लाभ लेते रहेंगे और रूपान्तरण होता रहेगा। ...अब मुझे सोना है।''

कुमारी विल्सन उठ खड़ी हुई। मीरा अल्फासा ने कहा, ''ये कुछ फल हैं, लेती जाओ। दूध तुम्हारे कमरे में पहुँच जायेगा। ध्यान रहे, अपनी भूख के साथ कभी अन्याय मत करना, जितनी इच्छा हो और जो इच्छा हो लेना अवश्य। ईश्वर तुम्हारा कल्याण करे, अब तुम जा सकती हो।''

कुमारी विल्सन की बुद्धि चक्कर खाने लगी। क्या यह सब पूर्व नियोजित था। क्या उन्हें सब मालूम हो जाता है? फल क्या मेरे लिए मँगवाये गये थे? क्या मुझे उनके पास जाना था? मैंने कुछ नहीं खाया, यह उन्हें मालूम था। पर कैसे? यह चमत्कार मात्र नहीं हो सकता। अवश्य अपूर्व सत्ता व शक्ति के द्वारा सम्भव हुआ है। कल सुबह वह पांडिचेरी छोड़ देगी। यह उसने नहीं बताया।

सुबह हुई। आसमानी सुबह थी। हवा में ठण्डक थी। कार आ खड़ी हुई थी। उसका मन हो रहा था कि वह उनको नमन करती जाये। पर कैसे? उनका कार्यक्रम तो सुनिश्चित है। कार में अटैची रखी जा चुकी थी। वह भारी मन से उतर रही थी कि बाहर से मीरा अल्फासा टहल कर आ रही थीं। उसने उनको झुककर नमन किया। मीरा अल्फासा ने उसके सिर पर हाथ रखकर आशीर्वाद दिया। तभी चम्पकलाल एक थैली में कुछ लेकर आया। वह बोलीं, ''अमेरिकावासियों के लिए लेती जाओ आश्रम का यह आशीर्वाद।''

मीरा अल्फासा फिर वहाँ रुकी नहीं, आगे बढ़ गयी। कार स्टार्ट हो गयी। उसने पुनः आश्रम को नमन किया। फिर नम आँखों से धुँधलाते चित्र-परिदृश्यों को भावुक मन से वह देखती रही उस ऋषि आत्मा का स्मरण करते हुए।

46

समय सदा एक-सा नहीं रहता है। मौसम जैसे बदलता है वैसे ही मनुष्य के स्वभाव में भी कुछ-न-कुछ परिवर्तन आता है। जहाँ मीरा अल्फासा टेनिस कोर्ट में प्रायः जाती थी। ख़ूब खेलती थी और पसीने-पसीने हो जाती थी, वहीं अरविन्द अपनी पुरानी आदत को पाले हुए थे—सिगार पीना उनसे

नहीं छूटता था। एक दिन मीरा ने अरविन्द के हाथ से जली हुई सिगार ले ली। अरविन्द उसकी ओर देखते रह गये। मीरा अल्फासा बोली, "देवदास गाँधी, गाँधी जी के पुत्र, ने कैसा ताना कसा था।"

यही न कि हम धूम्रपान से इतनी आसक्ति क्यों रखते हैं?

"हाँ, यही।"

"हमारा भी उत्तर था कि आप धूम्रपान से इतनी विरक्ति क्यों रखते हैं? ...था उनके पास कोई जवाब?"

"क्षमा कीजिए, ऐसा हमने पहली बार किया है और बहुत थककर तथा अपने से हार मानकर किया है कि आपके होंठों से सिगार छीन ली। किस अधिकार से हमने ऐसा किया, यह हम नहीं जानते। ...पॉल दिशार को पीने की बहुत आदत थी। पर पीते प्रायः वह घर में थे। एक बार जब वह हमें भी पिलाने की ज़िद करने लगे तब हमने शराब की सारी बोतलों को इधर-उधर फेंक कर तोड़ डाला। चारों ओर से शराब की दुर्गन्ध आने लगी। हमने सोच लिया था कि आज वह हंगामा खड़ा करेंगे। उन पर नशा सवार था। वह कुछ भी कर सकते थे। हम उन क्षणों का बेसब्री से इन्तज़ार कर रहे थे, जब वह विस्फोटक की तरह भड़क उठेंगे, परन्तु ऐसा नहीं हुआ। पॉल दिशार ने संयत स्वर में कहा, "मीरा, तो समझ लो, आज से इन क्षणों से, हमने शराब छोड़ दी। अपने प्यार को मैं स्वप्न में भी खफ़ा नहीं कर सकता।"

"और ऐसा हुआ। जब पहली बार मैं उनसे मिल रहा था, तब उन्होंने मेरी ओर सिगार बढ़ायी थी, परन्तु मैंने इनकार कर दिया था।"

"तो मुझे भी...।"

"यह आपका अपना निर्णय होगा।"

"तुम्हारा क्यों नहीं, मीरा।"

"मेरा भी।"

"हमने भी आज से, इसी वक़्त से सिगार छोड़ दी, मीरा। अब तो तुम खुश हो।"

"मैं कैसे आपका आभार मानूँ।"

"सिगार के सारे पैकिट को जला दो। अब से हम सिगार को हाथ नहीं लगायेंगे। एक बात और बताये देते हैं मीरा, हम अन्दर से क्या हैं, इसे हम से

ज़्यादा कोई दूसरा नहीं जानता। मैं जानता हूँ कि मैं नहीं हूँ। क्या तुम जब पेंटिंग में तन्मय होती हो, तब तुम्हें पता होता है कि तुम क्या कर रही हो? तब कौन कर रहा होता है? ठीक वैसे ही मैं सिगार नहीं पीता होता था और न यह मेरी आदत थी, बल्कि तब वही होता था एकमात्र वही, और मैं नहीं रहता था। परन्तु तुम्हारा मेरे पर अधिकार है, मीरा। अधिकार दिये नहीं, लिए जाते हैं। मुझे खुशी है कि हम-तुम इस स्थिति तक अपने होने में उसकी ही सत्ता में विलीन हैं, उससे विलग होने का अनुभव नहीं कर पाते...।''

''आपको मैं सिगार लाकर दूँ तो।''

''उसे अब स्वीकार नहीं होगी। वह राज़ी है, बस यही तो आवश्यक है। ...मैंने तुम पर यह सब उन एकान्तिक क्षणों में प्रकट किया था। कोई और सत्ता ऊपर से आकर हम में अन्तर्लीन हुई थी और सर्वात्म की मानसिकता से भी हम परे थे। सामान्यतया वैराग्यपूर्ण त्याग न होकर यह सर्वथा मेरे अपने ढंग की एक विचित्र तपस्या है। उससे मुझे वह शक्ति दृष्टि मिली है कि मैं उसके कार्य को करने में स्व बोध से परे जा पहुँचा हूँ, जहाँ घृणा, उपेक्षा, अनादर, शोषण, अन्याय, अहंकार आदि कुछ भी नहीं है।'' अरविन्द का स्वर अत्यन्त आनन्दमय होकर थिरक रहा था। उनकी रेशमी धोती जिसका एक भाग ऊपर तक जाता था, फिर भी उनकी छाती खुली रहती थी, वहाँ से हट चुका था।

मीरा अल्फासा अनुभव कर रही थी कि उनका जीवन स्वतः ही सम्पूर्ण समर्पित होकर एकराग, एकतान, एक लय और एकात्म हो चुका है। वह चाहकर भी अपने लिए नहीं सोच सकती। उनके पास उनका अपना रहा ही क्या है। वह कुछ भी नहीं जिसके प्रयोग करने पर कुछ रहता है जो दृष्टिगत नहीं होता। रेत के प्राण में रेत नहीं रहता। वहाँ प्राण होता है जो रेत होने पर भी अपने पर कोई पदचिह्न बने नहीं रहने देता, मात्र उसके पदचिह्नों के जो हर पल बदलते रहते हैं। जब मीरा सन् 1906-1907 में अल्जीरिया गयी थी तब उत्तरी अफ्रीका में अल्जीरिया एक फ्रांसीसी उपनिवेश था। वहाँ वह टूलेमसेन शहर में उनके पास रही थी जो गूढ़ विद्याविद् थे—मैंसिये तेयों और उनकी पत्नी तेयों। मदाम तेयों प्रायः समाधि में रहती थीं। फिर भी वह छोटे-मोटे काम करती रहती थीं—वह चलती-फिरती रहती थीं, कुछ वार्त्तालाप भी कर लेती थीं।

दक्षिणी अल्जीरिया का ट्लेमसेन एक छोटा-सा, एक उपत्यका के मध्य पर्वतों से घिरा, शहर है, जिसके पास सहारा का विश्व प्रसिद्ध मरुस्थल है। फिर भी वह हरा-भरा, अपनत्व वाला शहर है। वहाँ के निवासी अरबी व्यवसायी हैं। वहाँ एक अद्‌भुत चमत्कार पाया। वह जब तेयों के साथ घूमने जाती थी तो घर का ताला लगाकर, खिड़कियाँ बन्द कर, उन पर परदे खींच कर जाती थी, परन्तु लौटकर घर के अन्दर जब पलँग के पास पहुँचती थी, तब तकिये के पास हुस्नहेना पुष्पों की एक छोटी माला पाती थी। वह उनकी मादक सुगन्ध में अपने को भूल जाती थी। वे फूल कहाँ से आते थे? हालाँकि वे फूल उनके बग़ीचे के थे। वह उपत्यका वाला छोटा शहर उस नदी के कारण हरा-भरा था जो उस उपत्यका से होकर पूरे वर्ष वहाँ से गुज़रती थी। हालाँकि सहारा के रेगिस्तान की फिर भी परछाईं उसे घेरे हुए थी, क्योंकि वहाँ की जलवायु शुष्क तथा तप्त है। वह वहाँ जैतून वृक्ष के नीचे भरी दुपहरी में ध्यानमग्न होकर अनुभव करती थी कि हिम शिलाएँ उसके पार्श्व से अनछुए गुज़र रही हैं। वहाँ एक दिन तेयों आयीं और बोलीं, "उठ, तुझे अभी लम्बी यात्रा करनी है। तेरे जीवन में एक महापुरुष आने वाला है।"

"कैसे मदाम? ...कहाँ से?"

"यहाँ नहीं। तू उसके पास स्वयं जायेगी। उससे लौटकर आयेगी। फिर उसके पास ही सदा-सदा के लिए लौट जायेगी।"

"और पॉल।"

"फिर तो उसे जाना ही होगा—एक म्यान में दो तलवारें नहीं रह सकतीं।"

एक दिन उसी जैतून वृक्ष के नीचे जब मीरा अल्फासा ध्यानमग्न थी तब उसे किसी के होने का अनुभव हुआ। आँखें स्वयं खुल गयीं। फों-फों की ध्वनि करता चारेक हाथ का एक सर्प फन फैलाये उसे घूर रहा था। इस प्रकार का गेहुँवन सर्प भयंकर विषैला होता है। उसके काटते ही व्यक्ति की तत्काल मौत हो जाती है। वह ग़ुस्साया हुआ था। डर के मारे उसकी घिग्घी बँध गयी। क्या करूँ? आँखें पुनः बन्द। सारा ध्यान अन्दर ही अन्दर उस पर केन्द्रित। फों-फों बन्द। थोड़ी देर बाद किसी के छलाँग लगाकर तालाब में कूदने की आवाज़ आयी। आँख खुली तो वहाँ कोई नहीं था सर्प भी नहीं।

तभी तेयों की आवाज़ सुनी, मीरा, जहाँ तुम ध्यानमग्न बैठी हो, वहीं उस गेहुँवन सर्प का बिल है। तुम उसके बिल को घेरे बैठी थी। उसे थोड़ा-सा दूध पिलाओ। फिर देखना वह तुम्हारा कितना विश्वसनीय और न केवल पक्का मित्र बन जायेगा बल्कि संरक्षक भी और उसने ऐसा ही किया। वह सर्प उसका अभिन्न मित्र बन गया। फिर आवाज़ सुनी, "यह जीवन दोस्ती के लिए है, घृणा, वितृष्णा, हिंसा के लिए नहीं है। प्यार ही इस जीवन का मूल मन्त्र है। वह अब भी सुन रही थी। स्पष्ट सुन रही थी जबकि अरविन्द मौन थे। आँखें बन्द किये, लेकिन वह सुन रही थी, "मीरा, प्राण से प्राण का सम्मिलन तुम्हें यहाँ लाया था ताकि तुम चेतन में, अचेतन में समस्त प्राणी जगत् की माँ बनकर सर्वमाता के रूप में प्रतिष्ठित हो सको। तुम उनकी निद्रावस्था में जाकर उनके तमस को हर सको और अपने साथ प्रकाशमय होने का आह्वान कर सको। मुझे प्रसन्नता है कि तुम उस कार्य को निरन्तर करती चली जाओगी, जिसे अविराम होते देखने की पानी में डूबी मेरी इच्छा थी। अब तुम जाओ। रात काफ़ी हो चुकी है। स्वयं रात भी अब सोने जा रही है। अब कोई पहरेदार उसके लिए नहीं जग रहा है।"

अचानक यह क्या! यथार्थतः अरविन्द ध्यानावस्थित हो गये। उनके नेत्र हलके-हलके बह रहे थे। उनके अरुण कपोलों पर आकर अश्रु मौक्तिक से चमक रहे थे ठीक कमल या गुलाब के पत्ते पर ठहरी ओस बूँदों के मानिन्द जो हलके से उजास में द्युतिमान् हो उठी थी। वह तन्द्रा मुक्त थी, तो जागृति का रोमांच लिए नृत्यमयी हो उठी थी।

धीरे-धीरे मीरा अल्फासा उठी, मुड़ी और चल पड़ी बिना आहट किये। एक बार सोच के सभी अन्तर्पटों पर परदा गिरा कर। अपने कमरे में आयी तो पाया कि उनकी टेबल पर पत्र रखा हुआ है। वह पलँग पर बैठ गयी। उस पलँग पर जिस पर उन्हें मखमल की अनुभूति होती थी, उस पलँग पर नहीं या कहें लकड़ी के उस लम्बे-चौड़े तख़्त पर नहीं जो अरविन्द के अन्तर्मन की मखमल की परतों दर परतों वाला सुरभि संगीतमय-सा मुलायम और परम आरामदेह गद्दा है। सिर की ओट से उठा हुआ। अन्यतम भावनाओं का तख़्त कम भारी गद्दा। उस पर सोते हुए वह जागते भी रहते हैं, आँखों को बन्द किये देखते भी रहते हैं। बन्द कानों से सुनते रहते हैं। वह कब, किधर से उसमें आकर समा जाते हैं। वह नहीं जानती कि उन क्षणों में

निराकार की साकार अनुभूति उसे कहाँ तक अपने साथ तन्मय कर जाती है कि उसका तन, मन और आत्मा सब एक राग हो उठते हैं और वह तब अपने में नहीं रहती, वही हो जाती है, जिसे आगे-पीछे उन्हें होना है।

मीरा अल्फासा पत्र खोल चुकी थी। पत्र देखते ही उसे पॉल दिशार के दो वर्ष पहले आये पत्र की याद ताज़ा हो गयी थी कि जब वह भी उसके साथ अल्जीरिया के ट्लेमसेन शहर में दूसरी बार सन् 1907 में आयी थी। उसने अपने उस पत्र में उस नज़दीकी और निश्छल स्मृति को कुरेद डाला था, जिसमें पाइन के दरख़्तों के स्थान पर साप्ये यानी क्रिसमस पेड़ को रोपा गया था। साप्ये उत्तरी यूरोप के हिमानी देशों के पेड़ थे। क्या अद्भुत अनुभव हुआ था तेयों को कि वह खुशी से पागल हो उठीं—प्राकृतिक वातावरण के विरुद्ध एक नवीन स्थापना। ओह, उसका भाग्य और ईश्वर का आशीर्वाद! क्या से क्या हुआ और कितना अच्छा हुआ। तेयों ने उस समूचे रमणीक स्थल से आत्मसात् कराया था।

अफ़सोस, उसने पॉल दिशार के उस पत्र का उत्तर नहीं दिया, जिसे लेकर वह कई दिनों तक अल्जीरिया के ट्लेमसेन से गुज़रने वाली उस सदाबहार नदी का अपने में गहरा अनुभव करती थी। वहीं तो पॉल दिशार ने उसकी कमर में हाथ डालकर कहा था, ''डार्लिंग, यह जगह बहुत ख़ूबसूरत है, परन्तु तुम से अधिक नहीं है, क्योंकि तुम इस समय मेरे इतने नज़दीक हो जितना शायद मैं अपने नज़दीक नहीं हूँ। प्यार के वे गूँगे क्षण थे जिनमें वे दोनों बेसुध थे और उन दोनों का दिल पियानो की ध्वनि पर थिरक उठा था, कितना अपनत्व भरा था...यह जगह अन्त में भी बहुत सुकून देगी, क्योंकि उनके अन्त की प्रतीक क़ब्रें सदाबहार नदी और दरख़्तों की खुश्बू के कारण हमेशा स्वतः हरी रहेंगी और प्यार की लोरियाँ सुनाती रहेंगी।''

अब उसका दूसरा खत था लम्बे अन्तराल के बाद। लिखा था—

मीरा, यह भी एक इतिहास ही है कि मैं दूसरा पत्र लिखने की ग़लती कर रहा हूँ। क्यों कर रहा हूँ, यह नहीं जानता और न ही जानना चाहता, क्योंकि यह बात मैं तुम पर पहले भी प्रकट कर चुका हूँ कि मुझे ग़लतियों से प्यार है। जी चाहता है कि मैं बारम्बार ग़लतियाँ करता जाऊँ। पहले सोच गया था कि तुम हो तो फिर ग़लती करने से कैसा डर, तुम सँभाल ही लोगी। ...ऐसा तुमने अनेक बार किया भी था, मीरा। पर अब कौन सँभालने

वाला है। कौन का साया हट जाने से व्यक्ति बिना जड़ का दरख़्त रह जाता है। यह बात तुम नहीं समझ सकोगी। शायद मैं भी नहीं समझ पाता यदि पिछले माह तुम्हारे पहले पति हेनरी मरिस्ये के साथ नहीं होता। वह इस समय अमेरिका का प्रिय चित्रकार है। उसकी एकल प्रदर्शनियों की यहाँ धूम है। मैं उसे इस तरह पहचान पाया कि उसने हू-ब-हू तुम्हारा चित्र बना रखा था। उस चित्र में तुम एक नवजात शिशु को अपनी गोद में लिए हुए बाहर की ओर देख रही थीं। दरवाज़ा खुला हुआ था। दरवाज़े से हटकर एक वृक्ष की दो डालें नीचे लटकी हुई थीं। मैंने पूछा, "इस पेंटिंग की क़ीमत क्या है?"

"यह पेंटिंग बिकाऊ नहीं है।"

"फिर इसे यहाँ क्यों लगा रखा है?"

"यह मेरा पहला और आख़िरी प्यार है, जिससे तलाक़ हो चुका है... और कुछ।"

"नहीं और कुछ नहीं। ...क्या इस पेंटिंग में जो युवती है, उसका नाम मीरा आल्फासा था?" हेनरी मरिस्ये मेरी ओर देखता रह गया।

"और तुम?"

"मैं उसका दूसरा पति, पॉल दिशार हूँ जो अब ख़ारिज हो चुका है।"

"कैसे?"

"वह आजकल पांडिचेरी में है—एक योग साधक के पास।"

"उसका नाम?"

"अरविन्द है। मैं उसे जानता हूँ। मैं ही मीरा अल्फासा को उसके पास ले गया था।"

"और तुम 'आउट', वह 'इन'।"

"शायद।"

"अब भी कोई उम्मीद है?"

"नहीं।"

"क्या बता सकते हो, क्यों?"

"मैंने उससे स्पष्ट कर दिया था कि मैं किसी सुप्रीम पावर अथवा आध्यात्मिक ऊँचाई पाने की तलाश में नहीं हूँ। फिर मैं पांडिचेरी नहीं रह सकता। वह मेरा मुक़ाम नहीं है। हो भी नहीं सकता। न मुझे योग रास आता है।"

वह बोली, "तुम स्वभाव से दार्शनिक हो।"

"परन्तु न मैं विचार प्रेमी हूँ और न क्रियात्मक योग में रुचि रखता हूँ। अल्जीरिया में तुम्हारे साथ था—खुली हवा, खुले आसमान और खुले मन के साथ। मुझमें तुझमें वो लगाव पैदा नहीं हो सका।"

"तो तुम अलविदा करने की तैयारी का मानस बना चुके हो।"

"यह वाक्य मेरा होना चाहिए था।"

"उसमें बहुत देर हो गयी, दिशार।"

"मुझे उसका मलाल नहीं है। ...बस यही कुछ था, मि. हेनरी। ...और तुम्हारे साथ... ।"

"मीरा अल्फासा का फ़ैसला। मैं चित्र बनाता था अपने लिए अलग जिन्हें मैं बेचता नहीं था, बेचने के चित्र अलग होते थे। ग़रीबी मेरा संस्कार बन चुकी थी और सन्तोष मेरा मिज़ाज। मुझमें कोई चाह नहीं थी। कौन था मेरा, सिवा मेरे चित्र गुरु गुस्ताव मुर्‌यो के। उन्होंने शादी करवा दी।"

"बिना पूर्व परिचय के।"

"कुछ-कुछ ऐसा ही।"

"क्या तुम्हें मीरा... ।"

"पसन्द आयी थी पर शादी...यों समझ लो हो गयी। उसने एक पुत्र को जन्म दिया। मेरा लगाव उसमें यहाँ से शुरू हुआ, परन्तु उसमें यहीं से कुछ-कुछ अलगाव! मैं सामान्य था। ...मैंने उसे समझाया था कि तुम्हारे पिता बैंकर थे। घोड़ागाड़ी भी थी। शानदार कोठी भी, लेकिन जब अचानक बैंक फेल हो गयी।"

"मरिस्ये, मेरे पिता ईमानदार हैं, उनका कोई दोष नहीं था।"

"मैं मानता हूँ मीरा, परन्तु इस पर भी उन पर भारी अर्थदण्ड हुआ।"

"और हम सड़क पर आ गये।"

"नहीं मीरा। मैं धरती पर पैदल चलते रहना चाहता हूँ। मेरी ज़िन्दगी का सबब अपनी पेंटिंग के साथ-साथ चलते जाना है। पेंटिंग मेरा रोज़गार नहीं है, वह मेरी अस्मिता की अनुभूति है—वहाँ मैं हूँ...वह मैं जिसको मैंने उसके रंगों में स्वेच्छा से समर्पित कर दिया है और मैं शून्य में विलीन हो गया हूँ। ...पर दोस्त, मैं उसे नहीं रोक सका। चाहा भी नहीं। सोच गया कि वह सुगन्ध का एक झोंका था। आया, और चला गया।"

हेनरी मरिस्ये ने कहा और उठ खड़ा हुआ। मैंने उससे नहीं पूछा कि वह कहाँ रहता है। सोचा कल फिर आऊँगा, पता कर लूँगा।

दूसरे दिन गया। वह वहाँ से जा चुका था। एक स्कूल की सहायतार्थ उसने वहाँ प्रदर्शनी लगायी थी पन्द्रह दिन के लिए। पता नहीं कि अब वह कहाँ गया होगा! उसने जिस स्कूल की सहायता की थी, मैं वहाँ गया था। वह स्कूल अन्धे, बहरे और गूँगों बच्चों के लिए था। दिन में वहाँ के बच्चों को पेंटिंग सिखाता था और शाम को आर्ट गैलरी में जा पहुँचता था। ख़ैर, उसका अध्याय यहीं अधूरा रह जाता है। एक बात और बता दूँ कि उसने शादी नहीं की है। पूछा तो कहने लगा, "मैं दूसरी बार वह ग़लती नहीं करना चाहता हूँ।"

"शादी ग़लती है क्या?"

"उस व्यक्ति के लिए जिसे अपनी कला से प्यार हो।"

"तुम्हारी दृष्टि से किसी कलाकार को शादी नहीं करनी चाहिए।"

"मैं दूसरों के बारे में कुछ नहीं कह सकता। मुझे शुरू से अपनी पेंटिंग, उनके रंगों और तूलिका से प्यार था। मेरी पहली शादी तभी हो गयी थी। चूँकि मीरा अल्फासा भी पेंटिंग करती थी तो सोचा था हमराही बनकर बीहड़ों को पार कर जायेंगे, परन्तु मुझे इसका अफ़सोस नहीं है कि उन निर्जन और बीहड़ों का राही हमेशा मनुष्य अकेला होता है, उसके साथ कोई नहीं होता।"

मुझे यह सब लिखना था, मीरा। इस पत्र के लिखने का यही कारण है कि तुम्हें बता सकूँ कि हेनरी मरिस्ये बिना कोई सिद्धि प्राप्त किये अपने जुनून में इतना आगे बढ़ चुका है कि परछाईयाँ उसका पीछा नहीं कर सकतीं।

यह भी सच यह है कि मुझे तुम्हें पत्र लिखने का बहाना मिल गया। समझ सकता हूँ कि तुममें और पानी में कोई अन्तर नहीं है, वह अपनी जगह बना ही लेता है। तुम भी अब तक उस अज्ञात को जान चुकी होगी, जिससे इस ब्रह्माण्ड की संरचना हुई है। यदि नहीं तो तुम अवश्य उसके क़रीब होगी। अच्छा, हार्दिक शुभकामनाओं के साथ—पॉल दिशार।

पत्र ख़त्म होते-होते, क्योंकि पत्र को उसने एक साथ पूरा नहीं पढ़ा था, रुक-रुक कर पढ़ा था। एक घण्टे के क़रीब हो गया होगा। सोच के इस स्तर से ऊपर निकल कर अब वह उन यादगारों को दफ़ना चुकी थीं, जिनसे अतीत वर्तमान के यदा कदा आड़े आ खड़ा होता है।

अब वह माँ है। अरविन्द ने यह सम्बोधन यों ही नहीं दिया है। माँ के लिए यह संसार पुत्रवत् है, परन्तु क्या ऐसा है? यह प्रश्न उसने अरविन्द से उन दिनों किया था, जब वह पलास्तर से जकड़े लकड़ी के पुराने तख़्त पर शान्त और निर्विकार लेटे हुए थे। उसने पूछा था, ''क्या अतीत भूला जा सकता है, अरविन्द?''

''प्रयत्न से नहीं, मीरा। मारने से कोई चीज़ मरती नहीं है। ज़बर्दस्ती करने से दुखों की टीस बहुत दूर तक पीछा करती है। तुम...।'' कहते-कहते अरविन्द रुक गये। छत की ओर देखने लगे। फिर निगाहें नीचे फ़र्श पर फैला दीं। फर्श और साफ़ हो गया। उनका चिन्तनमुखी मुखमण्डल एकदम पारदर्शी हो उठा।

''मुझे...आपको...या मुझे...।''

''यदि तुम मुझे घेरे से बाहर लाना चाहती हो तो सबको उस बृहत् ब्रह्माण्ड में सम्मिलित कर लो, जिसमें मिल जाने से किसी की कोई पहचान नहीं बचती और फिर उस पहचान के लिए सिरदर्द नहीं सताता।'' अरविन्द की स्थापना शक्ति अभूतपूर्व थी। वह कहने लगे, ''मृणालिनी का अवसाद मेरी शक्ति बना। उसकी तपस्या से मुझे बल मिला। वह मुझमें समाविष्ट हो गयी। अब उसका अपना अलग अस्तित्व नहीं है। वह मेरे सम्पूर्ण का ही तो हिस्सा थी और तुम भी, मीरा मेरी तपस्या का बल हो। मुझमें हो, मुझसे अलग क़तई नहीं। जितनी भी सत्ता की अलग-अलग इकाइयाँ नज़र आती हैं, उनका कारण मन है। मन से जैसे-जैसे आगे बढ़ते जाओगे तो पाओगे, एक जगह पर पहुँच कर कि वहाँ तुम भी नहीं हो, मात्र वही है, जिसे वहाँ होना चाहिए। फिर कोई भेदाभेद नहीं रहता। मेरा यह दीर्घकालीन एकान्त, अपने आप में, अपने से मुक्त होकर उस सबका हो जाने देने का ही प्रयासहीन समर्पण है। जब कभी कोई प्रसंग-सन्दर्भ अनायास उठकर सिर उठाये तब उसको बड़े प्यार से पूरी निष्ठा से अपने में स्वीकार कर लो तो देखोगी कि न वहाँ कोई दूसरा है और न तुम हो मात्र एक वही है, जिसके प्रति तुम्हारा सम्पूर्ण सहज आत्मसमर्पण हुआ है।''

मीरा अल्फासा ने उठकर खिड़की से परदा हटाया। जैसे ही खिड़की खोली वैसे ही तेज़ समुद्री हवाएँ जो अब तक पेड़-पौधों से अठखेलियाँ कर रही थीं, उन्हें सोने नहीं दे रही थीं अर्रा कर समूचे कमरे में उस शैतान

बालक की तरह चली आयीं जो उस कमरे में आने की ज़िद कर रहा था और मौक़ा पाकर घुस आया था। पीछे-पीछे उसकी माँ जो उसे पकड़ना-रोकना चाह रही थी और आगे-आगे वह बालक जो वहाँ धमाल मचाना चाह रहा था। चूहा और बिल्ली का खेल होने लगा था। वह अपनी साड़ी का पल्लू सँभाले नहीं सँभाल सकी, वह लहरा कर दूर तक जा पहुँचा था। उसे उसने लहराने दिया। तेज़ हवा को नथुनों से होकर स्नायुओं में भरने दिया। चूँकि हवा में न केवल ठण्डक मात्र थी बल्कि वह ऊँचे-ऊँचे दरख़्तों से छन कर आ रही थी और साथ में पुष्पों की सुगन्ध चुराकर भाग रही थी।

थोड़ी देर में ही मीरा अल्फासा की सारी देह, देह का अंग-अंग और अंग-अंग का प्रत्येक रेशा परिमलमय हो गया। पल्लवी आस्था उनमें उतरती चली आयी है ऋग्वेद की स्वरमयी बाँसुरी की इस धुन के साथ—

हे वैश्वाग्नि। हे सर्वव्याप्त देव। तू ही इस चराचर जगत्, सम्पूर्ण लोकों और उनके वासियों का नाभिकेन्द्र है, जन्म पाने वाले हर प्राणी पर तेरा ही नियन्त्रण है, स्तम्भ तुल्य एक तू ही उन्हें बाँधे-थामे हुए है...तू द्युलोक का शीश है, इस धरणी की नाभि है, दोनों लोकों में संचार करने वाली तू ही है।

हे अग्नि, तेरा जो तेज द्यावापृथिवी में, वनस्पतियों में, नदी-नालों में परिव्याप्त है, जिसके माध्यम से तूने इस विराट् अन्तरिक्ष को प्रसारित किया है, तू प्रकाश की सप्राण सागर है दिव्य दृष्टि से संकुल होकर!

वह खिड़की से बादलों की ओट होते, फिर उनसे बाहर आते शुभ चन्द्र को निहार रही थी मन्त्र-मुग्ध हुई। अरविन्द सामने आ खड़े हुए थे। वह बता रहे थे—मीरा, देखो-देखो, अनुभव करो, अनुभवों के पार जाओ, जहाँ दिव्यता पर छायी धुन्ध हट चुकी है। वही वेदों का लुप्त सूर्य है। स्मरण आ रहा है कि प्रकाशमय अतिचेतन के भीतर जो समग्र शाश्वत रूप से स्वतः व्यक्त रहता है। वही सम्पूर्ण तमाच्छन्न रूप में इस भौतिक जगत् को भासमान अचेतन जड़तन अपने में धारण किये है। तुम देख रही हो, सुन समझ रही हो। ऊर्ध्वास्थित सत्य एक निम्न सत्य को सक्रिय करेगा।

सुनती हो, वह तुम्हीं तो हो मीरा, जिसने मेरी सम्पूर्ण साधना को अपरिहार्य पद्धति से जोड़ा। ...वह तुम्हीं तो हो, जिसने पांडिचेरी आने से पूर्व ही स्वयं अतिमानस का भान पा लिया था।

तुमने ही तो चुपचाप मेरे कान में कहा था, "लो मैं आ गयी, अरविन्द। अब तुम्हारी प्रतीक्षा की सीमा समाप्त हुई। हमारी तुम्हारी चेतना एक है। हमारा मन्तव्य एक है।"

कोई प्रश्न नहीं। फिर समाधान किस बात का!

"आओ, मेरे पास आओ, और...और नज़दीक आती जाओ, सीमाओं के पार...जहाँ से तुम्हारा रूपान्तरण शुरू होता है, मुझे भी अपने साथ ले चलो। बहा ले चलो हर भेदाभेद को मिटाकर एकमेक हो जाने दो।"

"ठहरो मीरा, वहीं ठहरो।"

"क्यों अरविन्द, क्यों? वहाँ-यहाँ की सीमा तो कब की जाती रही। नदी सागर में मिलकर अपना अस्तित्व मिटा डालती है और सागर अपने अस्तित्व के मनोरम ताप से निरन्तर ऊर्ध्वगामी होता जाता है और फिर प्रसन्न होकर तथा आनन्द निमग्न होकर अपने पर ही बरसने लगता है और अपने रन्ध्र-रन्ध्र में उसे समाने देता है।"

"पर तुम किस रूप में रहोगी वहाँ?"

"क्या अभिप्राय है?"

"प्रेयसी, सहयोगी, मित्र, माँ और और..."

"ये रूप कब के मिट चुके होंगे?"

"कैसे?"

"जन्म से। मैं तुम्हारी ओर...हाँ जन्म से...बहती आ रही हूँ...कभी हवा बनकर, कभी गन्ध बनकर...कभी प्यार बनकर, कभी ममता बनकर, कभी मित्र-सखा बनकर...मैं तुममें और तुम मुझमें बहे चले आ रहे हो। कुछ पता है, तुम माथा पकड़े बैठे-पुराणी की प्रतीक्षा कर रहे थे, क्योंकि तुम्हारे सिर में तेज़ दर्द हो रहा था, तब कौन आया था तुम्हारे पास, किसने दबाया था तुम्हारा माथा और कुछ समय बाद किसने कहा था—तुम आ गयीं, मीरा। अब मैं निश्चिन्त हुआ। तुम सँभालो, मुझे राग-अनुराग विहग बन उड़ लेने दो, जहाँ तक उड़ सकता हूँ, इन प्राणों के पंखों में मधुर-मधुर छलकती प्राणवायु भर कर?"

"हाँ-हाँ...मैंने ही कहा था।"

"तुमने प्रे से भी कहा था, वह तुम्हें बहुत चाहती थी, मुझे मत रोको प्रे, मेरा कोई इन्तज़ार कर रहा है।"

"कौन है वह? जब तुम सात साल के थे, तब से यहाँ हो, अपने वसन्त के ज्वारभाटे उठने तक। फिर वहाँ कौन इन्तज़ार कर रहा है?"

"विश्वास करो प्रे, मैं असत्य नहीं बोलता।"

"तो जाओ, मेरे प्राण, जाओ। मुझमें प्रतीक्षा करने का ज़बर्दस्त माद्दा है। मेरी अनन्त शुभकामनाएँ, ओ अन्तरिक्ष के स्वर्ण विहग, मैं तुम्हारे कार्य की बाधा नहीं बनूँगी, तुम्हारी प्रतीक्षा करूँगी जहाँ तक कर सकी।"

"हाँ...हाँ...याद आ रहा है।"

"और तुमने ही अपने पत्र में लिखा था कि...शायद इस बीच तुम्हें इस बात का पता चल गया होगा कि जिसके भाग्य के साथ तुम्हारा भाग्य जुड़ा है, वह बड़ा ही विचित्र संयोग है। इस देश में आजकल के मानुष का जैसा मनोभाव है, उसके जीवन का जैसा लक्ष्य है, जैसा कर्म क्षेत्र है, ठीक वैसा मेरा नहीं है। सामान्य मानुष असामान्य अभिमत, असामान्य प्रयत्न, असामान्य उच्चाशा को जो कुछ कहते हैं उसे सम्भवतः तुम जानती हो। इस सब भावों को पागलपन कहते हैं।

पागल के हाथों में पड़ना एक स्त्री के लिए बहुत अशुभ है, क्योंकि स्त्री जाति की सम्पूर्ण आशा सांसारिक दुख-सुख से सम्बद्ध है। पागल अपनी स्त्री को सुख नहीं देता, दुख ही देता है।

ऋषियों ने एक उपाय सुझाया, वह मैं तुम्हारे सामने रख रहा हूँ मृणालिनी, तुम लोग दूसरे की अपेक्षा 'पतिः परमो गुरुः' को केन्द्र में लाओ। स्त्री स्वामी की सहधर्मिणी है, अतः पति जिस कार्य को स्वधर्म मानकर ग्रहण करे, उसी में तुम सहायता देना, परामर्श देना, उत्साहवर्धन करना, उन्हें देवता मानना, उन्हीं के सुख से सुख, उनके ही दुख में दुख मानना। कार्य का चुनाव करना पुरुष का अधिकार है, सहायता तथा उत्साहवर्धन करना स्त्री का अधिकार है। उससे पूछ रहे थे तुम अरविन्द, क्या तुम इस विषय में उनकी सहधर्मिणी बनना स्वीकार करोगी? ...अन्त में आग्रह किया था कि वह इन बातों को गोपनीय रखे, किसी पर प्रकट न करे, विचार करे।"

"हाँ...हाँ...लिखा था।"

"फिर क्या हुआ अरविन्द। वह स्वाभिमानी स्त्री थी। अपने अधिकार क्षेत्र को बख़ूबी समझती थी। ...पुरुष मार्ग का अनुसन्धान करे, स्त्री क्यों नहीं?

स्त्री पुरुष की पिछलग्गू क्यों बने? ...अभी वह आ भी नहीं सकती, क्योंकि तुम साधना में हो और फ़क़ीरी ओढ़े हो।''

काश! एक बार तुम उसके सामने पहुँच जाते तो पाते कि स्त्री महाचण्डी भी है और महाचण्डी किसी पुरुष के पथ का अनुगमन नहीं करती। पुरुष को ही उसकी शरण में आना होता है—जन्म से लेकर सम्पूर्ण जीवन तक। ...यह बात दूसरी है कि स्त्री वह न हो जिससे विवाह रचाया हो या प्यार किया हो, कोई दूसरी स्त्री हो पर होगी वह स्त्री ही। पुरुष की हर साधना के पीछे किसी स्त्री का तप ही है।

''अरविन्द, चाहे मैं तुमसे बहुत छोटी हूँ। पढ़ाई-लिखाई में भी तुमसे बहुत पीछे हूँ, लेकिन विवाह सूत्र में बंधकर हम दोनों एक समान हैं। यह पागलपन क्या पुरुष जाति को विवाह पूर्व आभास नहीं कराता? दूसरे की ज़िन्दगी, उसकी इच्छाओं, उसकी अग्नि और उसकी स्वप्नाकांक्षाओं पर धूलि डालने वाले तुम कौन हो? किसने दिया है तुम्हें यह अधिकार? किन ऋषियों की बात करते हो, अरविन्द? उन ऋषियों की जो स्वयं मेनका-उर्वशी पर प्राण निछावर कर बैठे थे या उनकी जो अपनी तपस्या में इतने मगरूर थे कि अपनी सहधर्मिणी की तप्त ज्वाला को शान्त करने के स्वप्न पर उसे पाषाणवत् हो जाने का अभिशाप देकर अपने नग्न अहं को झूठी तसल्ली दिला सके थे। ...नही। ...नहीं अरविन्द, यदि तुम अरविन्द हुए तो क्या, मैं भी मृणालिनी हूँ...अरविन्द की छाया नहीं, अपने अस्तित्व की चिर स्वामिनी और इसीलिए वह नहीं आयी, उसने अपनी देहरी पर ही प्राण दे दिये। कह दिया—आना तो तुम्हें ही पड़ेगा अरविन्द। डोली में बिठाकर भी तुम सबके सामने ले गये थे। मैं अपने घर की देहरी नहीं लाँघ पाऊँगी। इस मर्यादा का निर्वाह पति बने हो तो तुम्हें ही करना होगा, अरविन्द। तुम चाहे कितने रूपान्तरण की वैतरणी पार कर जाओ, कितनी अधिमानसिक-अतिमानसिक चेतनाओं के पार चले जाओ! कैसा भी स्वर्ग जाल फैलाओ? तृप्ति-अतृप्ति के मोह जाल के द्वन्द्व-फँदों से दूर ले जाकर मानसरोवर के अमृत कुण्ड में डुबकी लगवाकर ब्रह्मतुल्य या ब्रह्ममय हो जाने की बात करो, करते रहो पर जीवन-जगत् की एक ही वैतरणी है सहजीवनीय आस्था, सहजीवनीय समर्पण की समग्र आकांक्षा।''

''यह तुम्हें क्या हो रहा है आज।''

"जो तुम्हें नहीं हुआ या हुआ तो इसे तमस के पीछे ले जाकर ढकेल दिया।"

अरविन्द ने देखा कि वहाँ उनके सामने मृणालिनी नहीं, मीरा है। उन्होंने पुनः ध्यान से देखा और कहने लगे–

"माया, मीरा, महामाया। बचो, इससे बचो।"

"बचने को रहा क्या है अरविन्द। आओ, चलें। ...चलें, अरविन्द।"

इस बार हवा का बहुत तेज़ झोंका आया। अरविन्द का स्वर गूँज उठा, "खिड़की बन्द करो। तमस आसुरी हो गया है।"

मीरा अल्फासा ने बड़ी मुश्किल से खिड़की बन्द की। चारों ओर देखा–नीला-नीला सा बिल्ली की आँखों-सा उजास नन्हे शिशु की तरह आँखें खोले हुए था, चुपचाप स्थिर मन होकर! उसने अपनी साड़ी सँभाली। खिड़की पर परदा खींचा।

बवण्डर-सा बवण्डर। कोलाहल पर कोलाहल। थमने का नाम नहीं। उसकी सारी देह हिमानी-सी हो उठी कुछ-कुछ काँपती हुई। कितना भयावह बवण्डर। तूफ़ान। वह हाँफ तो नहीं रही, परन्तु उसे हाँफने का एहसास हो रहा था। उसने मन-ही-मन अरविन्द का ध्यान किया और अपने पलँग पर आकर लेट गयी। पलकें भारी हो चली थीं। मन थका-थका था और आँखों में नींद उतरती जा रही थी। उसने आँखें बन्द कीं। कुछ देर में ही वह सो गयी।

47

नवम्बर 1950 का प्रथम सप्ताह बीत रहा था। अरविन्द आजकल हर एक से उससे सम्बन्धित प्रश्न कर रहे थे। जैसे कैसे हो? सुबह से रात तक काम करते-करते थक गये होगे। बीच-बीच में थोड़ा आराम भी कर लिया करो। शरीर थकता भी है। उसका ध्यान भी रखना ज़रूरी है। घर कब गये थे? चिट्ठी-पत्री देते रहते हो? घर में सब कुशल तो हैं। पैसे-वैसे भी भेजते रहते हो? क्या कभी तुम्हारा मन छुट्टी मनाने का नहीं करता?

आश्रम के प्रति वह ललक भरी दृष्टि रखते थे। कहते थे, "आश्रम, माँ को सौंपा जा चुका है।"

इसी समय सामने से मीरा अल्फ़ासा आ जातीं। वह कहते, "तुम्हारी उम्र बहुत लम्बी है, मीरा। अभी तुम्हारी ही बात हो रही थी। तुम ठीक तो हो।"

मीरा अल्फासा तनिक गम्भीर थी और सुस्त। अभी तक उसके चित्त पर उस रात के परिदृश्य का किंचित् मात्र ही सही पर असर था। हालाँकि उसने अपने को काफ़ी उबार लिया था। अरविन्द कह रहे थे, "चित्त मलिन मत करो। अपने आपको जिसके हवाले कर चुकी हो, उस पर ही विश्वास बनाये रखो। वह अन्तिम सत्य है। तुम विकार रहित हो, निष्पाप हो। निश्चिन्त रहो कि तुम्हारी समीक्षा सामान्य मापदण्ड नहीं कर सकते और न तुम्हें उनकी समीक्षा की चिन्ता करनी है। मुझ पर कितनी बार तरह-तरह के आरोप लगे। मुझे बदनाम करने की कम कोशिशें नहीं हुईं, परन्तु मैंने उस पर ध्यान नहीं दिया। मेरे पेशे से वकील एक शिष्य ने उस पर क़ानूनी कार्यवाही करने की मुझसे अनुमति चाही भी, लेकिन मैंने उसे समझा-बुझाकर शान्त कर दिया। आत्मज्ञान हो जाने पर व्यक्ति इन बातों पर ध्यान नहीं देता।"

मीरा अल्फासा भी दो-तीन दिन से लगातार उठ रही आँधी ने प्रेरित किया कि वह उनके सामने अपनी समस्या रखे।

कल रात मीरा अल्फासा के स्वप्न में वह भंयकर और कुरूप महिला आयी थी, जिसके काले लम्बे बाल खुले थे और जिसके बड़े-बड़े दाँतों पर ताज़ा ख़ून जमा था।

वह चिल्ला-चिल्ला कर पूछ रही थी, "तेरी इतनी हिम्मत कैसे हुई कि तू अरविन्द के साथ बैठे। क्या तू उसकी विवाहिता है? यह पूर्व है, यहाँ पश्चिम की उच्छृंखलता नहीं चलेगी। अगर अरविन्द के साथ कोई महिला बैठ सकती है तो वह है उनकी पत्नी देवी मृणालिनी। तू नहीं। तुझे शर्म नहीं आती परपुरुष के साथ उठते-बोलते, हँसी-ठिठोली करते।"

"साधना।"

"साधना करने के लिए पश्चिम काफ़ी है। तू वहीं जा वरना मुझसे बुरा कोई नहीं होगा।"

उस चुड़ैल को अपनी ओर बढ़ते हुए देखकर मीरा अल्फासा हाँफती हुई उठ बैठी। कहीं कोई नहीं था। उसने पास रखा पानी भरा गिलास उठाया और गटगट पी गयी।

अरविन्द पूछ रहे थे, ''आज तुम्हारा चित्त एक जगह नहीं है। कभी-कभी विट्ठल जैसे रसोइये भी मिलते हैं, मीरा। वह जाते-जाते तुम सबके सामने मुझे धमकी देकर गया था कि उसकी पहचान एक फ़क़ीर है जो काला जादू जानता है। उससे वह मुझे दिन में तारे दिखवा देगा। उसने वैसा किया भी। तब हम लोग गेस्ट हाउस में रहते थे। यह शायद जून, 1921 की बात है।''

''हाँ जब रात को प्रतिदिन पत्थर आने शुरू हुए थे।''

''तब मैंने कहा था,–कुछ नहीं होगा, उधर ध्यान मत दो। तुम लोग मुझे खिड़की बन्द करने की सलाह दे रहे थे। मैंने मना कर दिया। पत्थर आये, परन्तु मुझे एक भी पत्थर नहीं लगा। पुलिस भी पहरे देने लगी, परन्तु पत्थरों का आना नहीं रुका। अचरज की फेंकने वाला नज़र नहीं आता। बाहर से आते पत्थर नज़र नहीं आते। वहीं सामने गिरते। वह नौकर विजय के कमरे में इसलिए संरक्षण में रखा गया था, क्योंकि उन पत्थरों का केन्द्र वही था।''

''हाँ...हाँ...मैंने नौकर को गेस्ट हाउस से बाहर करवा दिया और पत्थर आना बन्द हो गये।'' मीरा अल्फासा ने कहा।

''हाँ मीरा, मुझे लगता है कि वह स्पेनिश औरत जो अपने को लड़की समझने की भूल करने में अपना गौरव समझती थी... ।''

''जिसे मैंने प्रश्रय दिया था।''

''हाँ वही।''

''तो?''

''अन्दर-ही-अन्दर तुमसे ईर्ष्या रखती थी। जान चुकी थी कि मेरे हर एक काम को तुम करती हो। जब तुम आती हो तो मेरे कमरे से नीरोद, चम्पक लाल और यदि और कोई होता था तो वे बाहर चले जाते थे। मैं तुम्हारे आने पर ही कमरे में टहलता था। चूँकि अभी पाँव ठीक से नहीं पड़ता था। हड्डी टूटने से जुड़ने तक की प्रक्रिया पूरी हो चुकी थी। फिर भी, पाँव सीधा नहीं पड़ता था। ...हाँ, तो मैं कह रहा था। ...'' अरविन्द याद करने लगते कि वह क्या कह रहे थे। अब तक उनकी नज़र भी कमज़ोर हो चुकी थी।

''वह स्पेनिश औरत... ।'' मीरा अल्फासा ने स्मरण किया।

''हाँ वही, मीरा। वह गुह्य विद्या जानती है यद्यपि वह आश्रम से बाहर रहती है तथापि वह गुह्य विद्या का तुम पर प्रयोग करती है ...और शायद तुम्हें उसने परेशान भी किया है ...मेरे पास आओ...और पास आओ।

आँखें बन्द करो। ध्यान लगाने की चेष्टा करो। ...लगा गया ध्यान। अच्छा बताओ, क्या नज़र आ रहा है?"

कुछ देर बाद माँ के होंठ हिलते। उनमें कुछ बदलाव नज़र आता। अरविन्द पूछते हैं, "तुम कौन हो?"

"कीथ।"

"क्या चाहती हो?"

"बदला।"

"कैसा बदला?"

"वह मेरे रास्ते में आती है।"

"कौन?"

"आपकी मुँह बोली...मीरा। उसने ही मुझसे पॉल दिशार को छीना था। उसने ही बाद में पॉल दिशार को दूध में से मक्खी की तरह निकाल बाहर फेंका था। अब वह आपके पास है।"

"तो?"

"उसे बाहर निकालो, यह मेरा आदेश है।"

"वरना।"

"बदले की आग सब कुछ राख कर देगी।"

"और कुछ।"

"बस।"

"हाँ, बस।"

"यह ले, मैं निकालता हूँ।"

वह चीखी-चिल्लायी। कहने लगी, "मुझे नहीं अरविन्द, उसे...वह नागिन है...ऐसी नागिन जिसका डसा पानी नहीं माँगता। ...मुझे नही। ...यह अन्याय कर रहे हो। आप उस नागिन को दूध पिला कर पाल-पोस रहे हो जो तुम्हारा सर्वनाश करने वाली है...हा...हा...। पछताओगे...मुझे निकाल कर, बहुत पछताओगे।"

"तू जा।"

"जाती हूँ और कहे जाती हूँ..."

"एक शब्द भी नहीं कहना। बस तू जा। फिर कभी इधर दिखलायी मत देना।"

कुछ देर सन्नाटा रहा। अरविन्द ने कहा, ''आँखें खोल लो, मीरा।''

मीरा अल्फासा ने आँखें खोल दीं। उसने काफ़ी रिलैक्स महसूस किया। अरविन्द ने पूछा, ''अब मीरा, क्या अनुभव कर रही हो?

''आराम। स्वस्थ हूँ।''

''तुम स्वस्थ ही रहोगी, परन्तु...।''

''परन्तु क्या?''

''फिर से कभी ऐसी आपदा आये तो अपने गुरु का स्मरण करना। कोई आपदा पास नहीं फटकेगी। कभी-कभी क्या होता है कि आसुरी शक्तियाँ इस घात में रहती हैं कि कब हम कमज़ोर नज़र आयें या लापरवाह हो जायें तो तुरन्त आक्रमण कर दें।''

''क्या वे आप पर भी...''

''हाँ, आक्रमण कर सकती नहीं बल्कि उन्होंने आक्रमण किया था, तभी तो मेरी टाँग की हड्डी टूटी। अभी तक लँगड़ाता चल रहा हूँ। पर अब वे शक्तियाँ परेशान होकर भाग चुकी हैं।''

''फिर तो...''

''मुझे अपने को ठीक कर लेना चाहिए मीरा, यही न।''

''हाँ, यही अरविन्द। आप अतिमानस...।'' मीरा आगे कुछ कहती कि अरविन्द कह उठे, ''दो बातों का ध्यान रखना, मीरा। पहली यह भगवत्कृपा हो और दूसरी तुम्हारी ओर से श्रद्धा-भक्ति, निष्ठा से पूर्ण समर्पण बना रहे। यह जीवन ईश्वर के कार्य और उसकी अभिव्यक्ति के लिए तुम्हें उपहार में मिला है—ईश्वर द्वारा प्रदत्त सर्व उपहारों का शिरोमणि-मानुष जन्म है। उसकी महती कृपा का प्रतिफल है। जो मैं करता हूँ वो तू भी कर। मेरी तरह तू भी स्वतन्त्र है, परन्तु उच्छृंखल नहीं। तू मन प्राण और देह के रूपान्तरण के अतिरिक्त और कुछ चाह नहीं करना। यह चाह भी कम से कम होती जाये। चाहे कैसी भी विषम परिस्थितियाँ आयें, चाह की सीमा मत बढ़ाना। घबराना भी नहीं। चाह को शून्य में बदलती जाना, जिसके अभ्यास के अन्तिम दौर से तुम लगभग गुज़र चुकी हो या गुज़रने वाली हो। उसने तुम्हें अपने काम के लिए स्वाधीनता दी है। तुम इसके अलावा कुछ भी नहीं हो।''

''मैं यही अनुभव करती हूँ।''

"इस अनुभव को प्रगाढ़ होने दो। इतना प्रगाढ़ कि तुम अनुभव की सीमा लाँघ जाओ ...अतिमानसिक सत्य बन उभरो और दूसरों को उबारने का माध्यम बनो।

हाँ, मीरा, पुल। निष्ठा समर्पण का पुल। जिस पर से सारा जगत् वैतरणी पार कर सके। ध्यान रखना, मानुष की श्रद्धा भक्ति, प्रेम-निष्ठा, त्याग-समर्पण और करुणा-ममता जितनी पूर्ण होती जायेंगी, माँ भगवती की कृपा भी उतनी सघन और अधिक होती जायेगी। ऐसी एक स्थिति भी आयेगी जहाँ पूर्ण होगा—मात्र पूर्ण, उसके बीच कुछ भी नहीं। भगवती माँ की कृपा साक्षात् ईश्वर की अनुमति का परिणाम है।"

"जी, अरविन्द।"

"तुमने देखा, अनुभव किया कि हम स्नान नहीं कर सकते थे—हमें स्पंज बाथ दिया जाता था। फिर शावर बाथ लेने लगे। ठण्डे-गरम पानी से स्नान करने लगे। ...यह प्रश्न उठता है कि वह साधक कैसा, जो अपने को स्वस्थ नहीं कर सकता और जो दूसरों को स्वस्थ करता है और यहीं से बैठा-बैठा ठीक करता है, जबकि रोगी उससे हज़ारों मील दूर होता है...भक्त इसी कारण उसके प्रति श्रद्धावत हैं जबकि हमारे विरोधी, जिन्हें आसुरी ताक़तें खड़ा करती रही हैं, इस बात को लेकर हमारी कटु आलोचना करते हैं कि हम जो नज़र आते हैं, वह है नहीं। साधक रोगी नहीं हो सकता। यदि वह वास्तव में साधक होगा तो रोगी नहीं होगा। हमारी जाँघ की हड्डी टूटी, उसे अनेक डॉक्टर आज तक पूरी तरह ठीक नहीं कर पाये। हमारे देखने और सुनने की शक्ति क्षीण हो रही है। हमारी याददाश्त भी धोखा देने लगी है। हमारे होंठ काँपते हैं और हाथ भी। हम स्वयं नहीं लिख पाते। क्या यह एक योगी के लक्षण है। ...फिर वह फ्रेंच लेडी जिसे उन्होंने माँ बना दिया है, उनकी कौन है? क्या एक विधुर योगी का एक विदेशी युवती को साथ रखना भारतीय संस्कृति के लिए अनुकूल है? ...मीरा, यह सब हो रहा है, इसमें ब्रिटेन का भी हाथ है और उन भारतीयों का भी जो अकारण हमसे तुमसे ईर्ष्या रखते है। ...परन्तु हमें उनकी चिन्ता नहीं। विदेशी पत्रकारों ने भी ऐसे प्रश्न किये थे और चाहा था कि हम सफ़ाई पेश करें। पत्रकारों को अपनी रोटी पकाने से मतलब है। उन्हें जनता को उत्तेजित करने वाली ऐसी कहानी चाहिए, जिसमें मर्यादा लांछित हो।" इतना कहकर अरविन्द ने

रूमाल से अपने होंठ पोंछे। अपनी बैठक बदली। पास में गिलास में रखा पानी उठाया और गटगट पी गये। फिर मुँह पोंछा और गहरी साँस लेकर कहा, "पत्रकारिता हमने भी की है। पत्रकारिता भ्रम तथा उत्तेजना फैलाने के लिए नहीं होती। पत्रकारिता तलवार की धार पर चलना है। तभी तो हमारी पत्र-पत्रिकाओं को ब्रिटिश सत्ता चाहकर भी नुक़सान नहीं पहुँचा सकी। ...तुम हमारे लिए विदेशी धन ला रही हो और इससे भी उनकी दृष्टि में हम एक षड्यन्त्र में लिप्त हैं। हमने उन विदेशी पत्रकारों से केवल इतना ही कहा, "आप आश्रम की मर्यादा का पालन कर सकें तो कुछ दिन यहाँ रुकें और जानें। फिर जो आप पर प्रभाव बने, वह लिखें। जहाँ तक मेरा व्यक्तिगत सवाल है तो मुझे इन प्रश्नों का उत्तर नहीं देना है।...आप लोग इस सबसे जो सोच सको और वही करो और जो तुम्हें तुम्हारी आत्मा अनुमति दे, वही लिखो...यही पत्रकारिता का असली धर्म है।"

मीरा अल्फासा ठगी-सी रह गयी। क्या अरविन्द सब जानते हैं? फिर भी, शान्त बने रहते हैं। वह कुछ नहीं कह पायी। अरविन्द ने कहा, "अब, तुम अपने व्यस्त कार्यक्रम को पूरा करो। अब से तुम्हें परेशान करने कोई आसुरी शक्ति नहीं आ सकेगी। तुम्हारा मार्ग प्रशस्त है।"

मीरा अल्फासा कुछ देर तक यथावत् बैठी रही। फिर यकायक उठी और उसने अरविन्द के चरणों में प्रणति की। अरविन्द की आँखों में जल भर आया। उनका सीधा हाथ उसके सिर पर आ ठहरा। वह भर्राये कण्ठ से इतना ही कह पाये, "तुम सदा स्वधर्म का पालन करो और मानव जाति के कल्याण का व्रत पूरा करो।"

मीरा अल्फासा चली गयी। अरविन्द ने आँखें बन्द कर लीं और अपनी समस्त ऊर्जा स्रोत पर जमा दी। वह मन-ही-मन कह उठे, "शरीर वही करो जो आत्मा से निर्देश मिले। मीरा को विशुद्ध बना रहने दो और उसकी आत्मा के आलोक का चहुँ ओर प्रभामण्डल बना रहने दो। वह देवी है। पवित्र आत्मा है। उसे जगत् के आविर्भाव का आभास भी है। वह मेरे उद्देश्य को नहीं, मुझे जो निर्देश मिला है, उसे भी पूरा करने जा रही है। अतिमानस प्रकाश से कठिन, जटिल और दुर्बोध सहज सम्पन्न हो और असम्भव भी सम्भव हो। पूर्व में ही माइंड ऑफ़ लाइट (ज्योतिर्मन) से कार्य हो रहा था, अब अतिमानस स्वतः ही धरा पर उतरता आ रहा है।

माँ से यह सिद्ध हो। सिद्ध हो!! सिद्ध हो!!! यही मेरी विनम्र प्रार्थना है, अर्चना है और आग्रह है।" इसके बाद वह लेट गये। शून्य में, शून्य से आगे, सीमारहित लोक में पहुँचते चले गये—अकेले, शान्त चित्त, आकांक्षारहित और स्वयं में ऊर्जा ज्योति लिए, अन्धकार-प्रकाश के पार, जहाँ कोई वैतरणी नहीं, विपदा, बाधा, आधि-व्याधि नहीं।

48

"अन्तिम बार कहना क्या उचित होगा? अथवा कुछ अन्तिम होता ही नहीं।

शरीर तक जब हम सोच कर रह जाते हैं, तब अन्तिम एक सीमा का अन्त-सा लगता है। जैसे हवा का भी जन्म होता, अग्नि का भी। हवा मरती दिखलाई पड़ती है क्या? परन्तु बहुत अर्से से बन्द कमरे से जो सड़न-सी आती अनुभव होती है वह क्या है? सूखी लकड़ी से, पत्थरों को आपस में रगड़ने से जो अग्नि प्रकट होती है, उसमें सूखी लकड़ी और पत्थर की क्या भूमिका है? मीरा, तुम उसके पार जा चुकी हो। यदि शरीर को हम अतिमानसिक भावापन्न मानते हैं तो अनुभव की पूरी-पूरी भौतिक, प्राणिक और मानसिक शक्ति को लेकर लौट सकते हैं और भगवान को अभिव्यक्त कर सकते हैं। अवतार तथा विभूतियों से हमारा यही अभिप्राय है। इच्छा-मृत्यु क्या है? यही तो है कि यदि हम शरीर को अतिमानसिक भावापन्न कर सके तो शरीर रखा जा सकता है।" अरविन्द बहुत धीमे-धीमे कह रहे थे लेटे हुए।

मीरा अल्फासा निरन्तर नोट कर रही थी कि उनके शरीर में तेजोमय परिवर्तन तेज़ी से हुआ है—वह हिरण्यमय पुरुष हो गये हैं। वह मानो दीप्ति का ही आकार हों। मीरा अल्फासा ने कहा, "आपको अतिमानसिक भावापन्न स्थिति प्राप्त है।"

"तो?"

"आपको मेरे साथ बना रहना होगा।"

"पर क्यों, मीरा?"...तुम ऐसा क्यों समझती हो कि मुझे इच्छा-मृत्यु की सीमा बनाये रखनी चाहिए। मैंने तुम्हें भीष्म पितामह की कथा सुनायी थी—अठारह दिन...।

“महाभारत के युद्ध में शर-शैया पर पड़े रहे महाभारत का अवसान देखने तक...फिर?”

“हाँ मीरा, वही सब कुछ। ...क्या मिला उन्हें? वह जानते थे। ...मुझे अतिमानसिक भावापन्न स्थिति में रहकर शरीर को बनाये रखने की आवश्यकता नहीं है, क्योंकि तुम हो और तुम्हें शेष कार्य निष्पादित करने हैं। मेरा समय दस्तक दे रहा है...आ जाओ, अरविन्द, अब लौट आओ। तो मेरा कर्तव्य है कि...”

“नही। ...नहीं, अरविन्द। कृपया नहीं।”

“मृत्यु विलाप करने का समय नहीं है। वह समाधि का एक छोर है। देह का महोत्सव। ...वो रहा मेरा वासुदेव, मीरा कारागार में आकर उसने ही मुझे जगाया था। मुझे उसके साथ जाना है, यही मेरी इच्छा-मृत्यु है। मनुष्य कभी मरता नहीं। देह शाश्वत नहीं है, भौतिक तत्त्वों से निर्मित है—ऐसी निर्मिति सदा एक-सी नहीं रहती। रह भी नहीं सकती। यह एक सहज प्रक्रिया है, मुझे तुम्हें यही समझना-अनुभव कराना शेष रहा था। ...आँखें बन्द करो, कान, नाक आदि सब बन्द करो। ...अब शून्य में से गुज़र रही हो। शून्य में शून्य...फिर शून्य...और महाशून्य...अब शून्य प्रकाश! ठहरो, ठहरो और सुनो—हे प्रभु तूने वचन दिया है। आज ही प्रातः दिया है कि तू और तेरा सब कुछ यथावत् रहेगा और धरा के परिवेश को तब तक नहीं छोड़ेगा जब तक धरा का रूपान्तरण न हो जाये। ...वर दे कि हम इस अद्भुत उपस्थिति के साक्ष्य बन सकें, अब से हमारे भीतर की हर वस्तु इस संकल्प पर आधृत हो कि हम अधिक-से-अधिक पूर्णता के साथ तेरे श्रेष्ठ कार्य की सिद्धि हेतु समर्पित हों। ...अब धीरे-धीरे आँखें खोलो।”

मीरा ने आँखें खोलीं। नव दिन शान्त भाव से श्रद्धावनत था। वह तैयार हुई। कैलेंडर की ओर देखा—5 दिसम्बर, 1950। यह उसने क्या देखा? क्या सुना? वह तैयार होकर सीधे अरविन्द के कमरे में आयी। सब उठकर पहले की तरह चले गये। अरविन्द आँखें बन्द किये लकड़ी के तख़्त पर लेटे हुए थे। डॉक्टर का दल स्पष्ट कर चुका था कि वे किसी प्रकार के बाह्य स्पर्श के प्रति चैतन्य नहीं है।

“फिर डॉक्टर, वे रह-रहकर आँखें खोल रहे हैं, पानी माँग रहे हैं। वह क्या है?” मीरा अल्फ़ासा पूछती।

"माँ, इस सम्बन्ध में हम कुछ नहीं कह सकते। ...हर प्रकार की चिकित्सा बेअसर हो चुकी है। मूत्र विष संचार की स्थिति अत्यधिक सक्रिय है।"

"तो!"

"गहरी सुषुप्ति।"

"अर्थात् कोमा की..."

"माँ, उनके रक्त में देह का वह विषैला द्रव्य पूरी तरह फैल चुका है।"

"आपका मानना है कि..."

"आज की रात ही शायद...एक डॉक्टर ने कहा।"

दूसरा डॉक्टर कहने लगा, "ऐसी स्थिति में रहने पर थोड़े ही समय में उनकी देह काली पड़ने लगेगी।"

"और फिर?" मीरा अल्फासा ने पूछा, "विकृति...विकृति के चिह्न, माँ। यही सब कुछ होना शेष है।"

"यदि मैं नहीं मानूँ तो?"

"तथ्यों को झुठलाने से काम नहीं चलेगा, माँ। सत्य कठोर होता है।"

"वे ऐसे सत्यों से बहुत ऊपर हैं, जिनका सम्बन्ध मात्र इस भौतिक जगत् से है या तक है।"

"आप अधिक समझ सकती हैं, माँ।"

"कृपया आप लोग, थोड़े समय के लिए अरविन्द के पास मुझे अकेला छोड़ दें।"

सब लोग चले गये। दो दशकों से अधिक समय से अरविन्द उसी कमरे में, साधारण तख़्त और एक धोती से शरीर को आधे से कम ढके, नंगे पाँव, नीरवता लिए रह रहे थे।

मीरा अल्फासा आती तो वह मुस्कराते। कभी-कभी जब से टाँग की हड्डी जुड़ी थी चलकर, टहल कर बताते थे और कहते थे, "मीरा, तुम कभी अकेली नहीं रहोगी, मेरे न रहने पर भी।"

"यह आप क्या अशुभ बात कह उठे हैं। मीरा आपकी परछाईं है।"

"परछाईं अब पूर्णतया सक्रिय और सचेतन रहेगी। वह है अब भी।"

"नहीं, आप मुझे अकेला छोड़कर कहीं नहीं जाओगे।"

"तुम तो जानती हो मीरा, आदमी कहीं नहीं जाता है और हमारे-तुम्हारे जैसा आदमी कहाँ जायेगा? ...कहीं नहीं। वो वासुदेव है न। उसका ध्यान करो। शक्ति माँ का ध्यान करो। इस धूलि-धरा के सम्बन्धों को यदि स्वीकारती हो तो तुम्हें इस अप्रत्याशित घटना को एकदम सहज, पूरे विश्वास के साथ, पूर्ण ध्यान केन्द्रित कर, अति प्रसन्न मन से, जिससे टेनिस खेलने जाती हो, प्राणीमात्र का कल्याण करती हो और उसकी ड्यूटी को निभाती हो, लेना है। यही जीवन से आत्मा का साक्षात्कार है। इसीलिए, सामान्य जन की तरह नहीं, उस परम शक्ति के सत्य की जो तुममें हर समय विद्यमान रहती है, इस दृश्यान्तरित समूचे परिदृश्य को स्वीकारना। मानुष के होने का यही मतलब है कि...।"

"अरविन्द, मेरी कुछ समझ में नहीं आ रहा है।"

"तुम्हारे लिए समझने को रह क्या गया है, मीरा। तुम सम्पूर्ण हो। सम्पूर्ण कुछ पर आधृत नहीं होता। तुम उसे घटाओगी तो भी वह शून्य रहेगा और यदि तुम कुछ बढ़ाओगी तो भी शून्य रहेगा। फिर समझ में क्या नहीं आ रहा है? प्रसन्नता से विदाई दो—यह विदाई एक योगी की एक योगिनी द्वारा हो रही है। इस विदाई की समूचा ब्रह्माण्ड साँस रोके प्रतीक्षा कर रहा है। पता नहीं, कब से वह इस प्रतीक्षा में है।"

मीरा अल्फासा ने ध्यान से देखा—अरविन्द शान्त लेटे हुए हैं। चौड़ा ललाट, बन्द शान्त नयन, उन्नत नासिका, सुदृढ़ रक्तिम ओष्ठ, सफ़ेद लहराती दाढ़ी, श्वेत मूँछें, श्वेत सिर के बालों को दो भागों में बाँटा हुआ, सिर के श्वेत बालों से ढँके कान, चौड़े स्कन्ध और विशाल छाती पर नीचे पहनी हुई धोती का एक भाग, बायें स्कन्ध पर तथा छाती को लपेटे हुए पीठ के पीछे की ओर—यह हिरण्यमय मानुष की शुभ्र देह रेखांकन था।

अरविन्द पलक खोले सोये हुए थे। मीरा अल्फासा ने सुना, "तुम अपने को कभी अकेला मत समझना, मीरा। तब भी नहीं जबकि मैं न रहूँ। मेरी सम्पूर्ण शक्तियाँ तुम्हारी हैं। तुम्हें जब भी आवश्यकता होगी मैं तुम्हारे साथ होऊँगा।"

"परन्तु...।"

"किन्तु परन्तु योगियों की भाषा नहीं होती। योगी के जो कुछ हृदय में होता है, वह उस सबको उगल देता है। वह अपने पास कुछ नहीं रखता।

तुम्हें इन सब बातों का ध्यान रखना होगा, तभी तुम्हें मनोवांछित फल मिल सकेगा।''

''क्या-क्या ध्यान रख सकूँगी, यह मैं नहीं जानती।''

''जितना जानती हो, उतना ही पर्याप्त है, वही ध्यान रखना। यथार्थतः तुम जितना जानती हो, उससे ज़्यादा जानने के लिए कुछ है भी नहीं, मीरा।''

''तो यह आपका अन्तिम फ़ैसला है।''

''मेरा कोई फ़ैसला नहीं है। मैं फ़ैसला करने वाला कौन हूँ? एक वही है जो फ़ैसले लेता है। हमें तो उसके हुक्म की तामील करनी है।''

''आपने 'सावित्री' पूरा कर लिया।''

''मैंने नहीं, उसने। पता नहीं अर्द्धविराम लगाया है या अल्प विराम... विराम तो शायद नहीं।''

'''सावित्री' आपकी तपस्या का अमृत है, अरविन्द।''

''उसके होने का वह अमृत है।''

तदुपरान्त वह अनुगूँज बन्द हो गयी। मीरा अल्फासा ने पुनः अरविन्द की ओर देखा। वह विश्राम कर रहे थे। डॉक्टर को बुलवाया। अरविन्द को डॉ. सेन ने कैथेटर लगाया। उससे पहले तो उनकी हालात में सुधार लगा था, परन्तु बहुत जल्दी उन्हें ज्वर ने घेर लिया।

उन्होंने पिछली तीनों रातें कष्ट में बितायी थीं। डॉ. सान्याल ने जब पूछा, ''कोई कष्ट?''

''कैसा कष्ट, डॉक्टर! आनन्द में हूँ।''

''डॉ. भूपेन्द्र उठ खड़े हुए। रविवार का दिन था। रक्त परीक्षण ज़रूरी हो गया था, अतः डॉ. भूपेन्द्र ने रक्त लिया।''

''डॉ. सेन, मुझे लगता है कि उनके गुर्दे ने काम करना बन्द कर दिया है।''

''मूर्छित हो रहे हैं।'' डॉ. भूपेन्द्र का स्वर था।

''चेतना खो चुके हैं, डॉ. सेन।''

''साँस लेने में भी कठिनाई हो चली है डॉ. भूपेन्द्र।''

''अब उन्हें दवा देना ज़रूरी है, मदर।'' डॉ. सान्याल ने कहा।

''दीजिए।'' मीरा अल्फासा ने गम्भीर स्वर में कहा।

''जगाया जाये।''

"नो डॉक्टर, वे जागृत अवस्था में ही हैं। आप कहकर देखिए।"

"मुँह खोलिए।"

"मुँह नहीं खुला।"

मीरा अल्फासा ने कहा, "दवा लेनी है।"

अरविन्द ने मुँह खोल दिया। उन्हें दवा दे दी गयी। अल्फासा ने बताया, "वह अन्दर से पूरी तरह सचेत हैं।"

डॉक्टर लोग चुप बने रहे।

चम्पकलाल अरविन्द के पास बैठा हुआ था। यदाकदा वह चम्पकलाल पर शान्ति युक्त दृष्टि डालते, पूछते कुछ नहीं। उनके होंठ खुलते। खुलकर रह जाते। आज तो अमल किरण को भी अन्दर आने का अवसर मिल गया था जबकि वह उनके सेवकों में नहीं था। उनका ध्यान कक्ष लम्बा था। वह इधर से उधर के दूसरे कोने तक देखते रहते थे। वह देखना भी आश्चर्य तथा चमत्कार से भरा था, क्योंकि ऐसा लगता था जैसे वह किसी को देख रहे हैं, परन्तु वास्तव में ऐसा होता नहीं था। वह उनकी खुली आँखों का भ्रम था।

मीरा अल्फासा ने डॉ. सान्याल से पूछा, "रात का एक बज रहा है... क्यों डॉक्टर, मैं थोड़ी देर बाद आऊँ तो?"

"बेशक आयें। न आयें। आवश्यकता होगी तो हम बुलवा लेंगे।"

"चम्पक, तुम तो हो न।"

"हाँ माँ, मैं तो गुरुदेव के पास ही रहूँगा।"

मीरा अल्फासा चली गयीं। अरविन्द में हलकी-सी सिहरन हुई। उनका दायाँ हाथ ज़रा हिला। चम्पकलाल ने देखा कि कहीं उन्होंने आँख तो नहीं खोली। नहीं खोली। उसे तसल्ली हुई।

अरविन्द के चेहरे पर स्मित ने पहरा देना प्रारम्भ किया। नहीं, वह स्मित नहीं थी। वह स्वर्णिम उजास था जो धीरे-धीरे कमरे पर छाता जा रहा था। अरविन्द चौंके। उनके सामने प्रे आ गयी थी। वह पूछ रहे थे, "तुम्हें बहुत प्रतीक्षा करनी पड़ी, प्रे। ...तुम तो पाश्चात्य सभ्यता में पली-बढ़ी हुई थी, तुम्हें तो..."

"अपवाद कहाँ नहीं होते, अरविन्द।"

"अब?"

"वहाँ नहीं तो यहीं सही, अरविन्द।"

"अपने पीछे मुड़कर देखो।"

प्रे ने पीछे मुड़कर देखा। एक अति सुन्दर युवती खड़ी थी बनारसी साड़ी पहने, माँग में सिन्दूर भरे, हाथों में कंगन, गले में मटरमाला, बाँह पर बाजूबन्द और पाँवों में पाजेब।

"कौन है वह?"

"मेरी पत्नी—मृणालिनी।"

"नमस्कार बहन, आप?"

"मैं अरविन्द की टीचर थी लन्दन में।"

"प्रोफ़ेसर। बड़ी कृपालु थीं।"

"अब तो मुझे चलना होगा।"

"नहीं, कोई कहीं नहीं जायेगा।"

"क्यों, अरविन्द?"

"क्योंकि वह पीछे खड़ा है। मुड़कर देखो।"

"दोनों ने मुड़कर देखा, उधर कुछ नहीं था।" अरविन्द ने कहा, "आँख बन्द करके देखो, देखती जाओ। ...कोई प्रश्न नहीं। वैसे भी वहाँ प्रश्न नहीं ठहरते।"

उन्होंने ऐसा ही किया।

डॉ. सान्याल की दृष्टि अरविन्द पर जमी रह गयी। डॉ. सेन ने वह अद्भुत दृश्य देखा। डॉ. भूपेन्द्र की आँखों के सामने चकाचौंध छा गया। डॉ. सेन से नहीं रहा गया। उन्होंने कहा, "आप लोगों ने कुछ देखा क्या?"

"क्या देखना था?" डॉ. सान्याल ने पूछा।

डॉ. भूपेन्द्र ने कहा, "एक हिरण्यमय प्रभा, एकदम ज्योत्स्नोज्ज्वल! अप्रतिम ज्योति। पल भर के लिए सारा कमरा दिव्य प्रभा से आलोकित हो गया था।"

डॉ. सान्याल अरविन्द की नाड़ी पकड़े कह उठे, "चम्पक, मदर को बुला लाओ।"

"कोई ख़ास बात, डॉक्टर।"

"तुम उन्हें बुला लाओ, बस।"

चम्पकलाल ने ध्यान से अरविन्द की ओर देखा। अरविन्द आराम से सो रहे थे। वह ऊपर चला गया।

"डॉ. सेन, ज़रा तुम नाड़ी देखो।" डॉ. सान्याल ने उनके सामने वाली कुर्सी पर से उठते हुए कहा। आख़िर में डॉ. भूपेन्द्र ने देखा। डॉ. सान्याल पूछ रहे थे, "क्या आप लोग भी वही सोच पाये हो, जो मैंने सोचा है?"

"क्या सोचा है?"

"ही इज़ नो मोर। क्या टाइम हो रहा है, डॉ. भूपेन्द्र?" डॉ. सान्याल ने कहा।

डॉ. सत्येंद्र ने प्रवेश के साथ कहा, "इस वक़्त रात्रि के एक बजकर छब्बीस मिनट, डॉक्टर क्या कोई खास बात है?"

"आप लोग भी नब्ज़ देख लें।"

इसी समय मीरा अल्फासा आ गयीं। आते ही अरविन्द की ओर देखा, "योगी कभी नहीं मरता डॉक्टर्स, परन्तु मेडिकल साइंस के निर्णय में योगी भी मृत्यु को प्राप्त होता है...है न, डॉक्टर बन्धुओ।"

"अब क्या करना होगा?"

"क्या करना चाहिए?"

"इससे पहले कि उनकी देह का रंग काला पड़ने लगे हमें...।" कहते-कहते डॉ. भूपेन्द्र रुक गये।

"हमें प्रतीक्षा करनी होगी।"

"जैसा आप उचित समझें मदर, परन्तु वह प्रतीक्षा गुरुदेव को...।" डॉ. सान्याल का स्वर गम्भीर था।

"यहाँ से विज्ञान विराम लेता है, और अतिमानस की अन्तर्यात्रा प्रारम्भ होती है। हमें उसकी प्रतीक्षा करनी चाहिए।" मीरा अल्फासा यह कह कर चली गयीं। बाहर आकर व्यवस्था करने लगीं कि एक रोज़बुड की लकड़ी का बक्सा बने। उसमें चाँदी के पर्त और रेशमी कपड़े का अस्तर लगे। समाधि स्थल उधर बने। इसी से ज्ञात हो गया कि भगवान ने देह त्याग दी है। मीरा अल्फासा ने कहा, "ठहरो, जो हुआ है, वह होना ही था, परन्तु हमें अपने भगवान के आदेश का पालन करना है, तनिक-सा भी रुदन नहीं, आवाज़ नहीं, कोई विषाद नहीं। अन्यथा उससे आपके भगवान को दुख पहुँचेगा।"

मीरा अल्फासा अन्दर चली गयीं। अपने कमरे में आकर ध्यानमग्न हो गयीं। पूछने लगीं, "आज से दो माह पूर्व आपने कहा था मीरा, आज रसोई की प्रिप्रेशन कुज़ीन (फ्रेंच भोजन पकाने की एक शैली) के अनुसार करो,

जैसी तुमने जब सन् 1914 में आयी थीं रविवारीय रात्रि भोज पर की थीं। हालाँकि मैं खाऊँगा कितना यह तो नहीं बता सकता, परन्तु चखूँगा स्वाद से।'' किन्हीं कारणों से वह क्विजीन शैली पर रसोई तैयार न कर सकी। फिर आपकी तबीयत खराब हो गयी। फिर चाह कर भी नहीं बना सकी और न याद दिलाने का साहस कर सकी।

रवीन्द्रनाथ ठाकुर की 'गीतांजलि' की चर्चा करते हुए उस दिन कहा था, पिछले माह 'मीरा, दि डैथ इज़ नॉट ए कल उ सेक (फ्रेंच वर्ड = बन्द गली)' कभी-कभी वह अंग्रेज़ी में फ्रेंच शब्दों मुहावरों आदि का प्रयोग प्रसन्न होकर करने लगते थे और कहते भी थे, ''पारस्परिक सहयोग-सौहार्द, मिलनसारिता, सह-अस्तित्व आस्था को सुदृढ़ता तब मिल सकेगी, जब दुनिया की भाषाओं का कोश एक-दूसरे का सहयोग करेगा, एक-दूसरे का इस्तेमाल करने की क्षमता अपने में विकसित कर सकेगा। बोलचाल का व्यवहार परस्पर सहज हो सकेगा।'' मीरा अल्फासा को उनके मुक्त तथा संयत दृष्टिकोण का स्मरण हो आया था। अरविन्द खखारकर कह रहे थे, ''मीरा, इस पुस्तक में भी मृत्यु को त्रासद और दुखान्त घटना नहीं माना है। मैं तो इसे जीवन का उल्लास पर्व मानता हूँ। इसमें दुख क्यों? अफ़सोस क्यों? रोना-धोना क्यों? काश, मानव जाति मृत्यु का सम्मान-स्वागत करना अपने व्यवहार में ला पाती तो रूपान्तरण से स्वर्ग का स्वप्न शीघ्र ही साकार होने लगता।''

''अरविन्द, आजकल आप मृत्यु के प्रसंग पर ज़्यादा ध्यान देने लगे हैं।''

''मृत्यु जीवन का सर्वोत्तम पर्व है। हमें उसे अपना मित्र बनाना चाहिए। वह मेरी पक्की दोस्त है। जानती हो, रवीन्द्रनाथ ठाकुर क्या कहा करते थे?''

''क्या?''

''किसमें इतना साहस-हौसला और बल है कि वह उठकर स्वयं दरवाज़ा खोले और उसका हार्दिक स्वागत करता हुआ कहे, ''यहाँ आओ, पास बैठो, मित्र। मैं वस्त्र बदल कर तुम्हारे साथ चलता हूँ।''

''लोग तो मुझसे डरते हैं, भाई।''

''वे तुम्हारे उदात्त रूप को नहीं जानते। वे तुम्हारी सच्ची मित्रता के क़द्रदान नहीं हैं। वे अपने स्वार्थ में लिप्त हैं, परन्तु मैं तो...।''

''आप महान हैं योगी, अरविन्द।''

''क्यों भाई? यह गाली क्यों?''

"क्योंकि आप जीवन की सच्चाई को जानते हैं। जो डरते नहीं, वे पराक्रमी, निष्ठावान और ईश्वर के सबसे नज़दीक हैं। मृत्यु का दूसरा नाम ही ईश्वर है। जो ईश्वर को जानना चाहता है, उसे इसी आशीर्वाद की प्रतीक्षा रहती है।"

"अब हमारे उसके बीच के सारे परदे उठ जायेंगे, कोई दरोदीवार हमारे बीच में नहीं रहेगी। जो वो है, हम वही हो जायेंगे।"

"अच्छा तो आप वस्त्र बदलकर आयें।"

"अभी आया।"

तेज़ पवन का झोंका आया। सुगन्ध महक उठी। मीरा अल्फासा बाहर आयीं और सीधे सभास्थल पर पहुँची और चतुर्दिक शान्त भीड़ को देखकर कहने लगी, "सज्जनो, हम सब पर्व मनाने यहाँ एकत्र हुए हैं। आपके ईश्वर को देखने-जानने के लिए न केवल भारत से डॉक्टर आये हैं बल्कि फ्रांस आदि देश से भी आये हैं। वे सब उस करिश्मे का भेद जानना चाहते थे, जिसके परिणामस्वरूप आपके ईश्वर की देह काली नहीं पड़ी, उससे सड़ान्ध नहीं आयी और वेदों में जिसे हिरण्यमय आभा कहा है, वही आत्मा वह सजीवता और वह सुरभि उनमें अभी तक विद्यमान है। लगता है कि वे सो रहे हैं। अभी थोड़ी देर में उठ बैठेंगे। स्मरण रहे, योगी कभी नहीं मरता। महर्षि अरविन्द एक योगी थे। वे अमर हैं। जब भी उनका कोई भक्त उन्हें याद करेगा, तभी वे भागे हुए अपने भक्त के पास, उसके दुख निवारण हेतु चले आयेंगे। जैसे वह अपने श्रद्धालुओं के पत्र द्वारा कष्ट निवारण करते थे, वैसे ही अब भी वे करेंगे। निष्ठा और श्रद्धा का यही प्रतिफल है।" इसके बाद दो मिनट तक मौन रहा।

फिर सबकी उपस्थिति में रोज़वुड निर्मित बक्से को समाधि में उतारा गया। बिना किसी कर्मकाण्ड और विधि-विधान के। प्रकाशमय मौन चतुर्दिक आच्छादित हो गया। सहस्रों आँखें नम थीं भारी मन से। शाम के पाँच बज रहे थे। 9 दिसम्बर की वह शाम ठहर गयी थी। पुष्प वृष्टि हुई। फिर धीरे-धीरे सब शान्तिपूर्वक लौट लिए। मन-ही-मन नमन तथा श्रद्धा भाव समर्पित करते हुए। मीरा अल्फासा पहले अरविन्द के कमरे में गयीं। वहाँ कुछ देर ठहरीं। फिर अपने कमरे के लिए सीढ़ियाँ चढ़ने लगी। फिर रुक गयीं, क्योंकि हर पल उन्हें लगता रहा कि अन्दर से अरविन्द पुकार उठेंगे, "मीरा बैठो, मैं अभी आया। आज कुछ ख़ास बातें तुमसे करनी हैं।"

मीरा अल्फासा बैठी रह गयीं। भगवान के चरणों का स्मरण करते हुए प्रणति भाव से। इतिहास प्रकृतिस्थ हो गया। पुनराख्यान स्तम्भित बना रहा भित्ति चित्र। वाग्मिता विवक्षा विमुक्त होकर अवसन्न रह गये। स्वर्णिम रश्मियाँ समूचे वातावरण पर उतर कर छा गयीं। पता नहीं, मीरा को नींद आ गयी अथवा वह स्वप्न में खो गयी या किसी आहट पर कान दिये अपलक निहारती रह गयी उस दिव्य प्रभा को।

"उठो, मीरा, भोर होने में है। सागर गुनगुनाने लगा है। पक्षी वृन्द चहचहा उठे हैं। पवन बाँसुरी की धुन से भरे का स्वागत करने का अभ्यास कर रहा है। पुष्पों ने पलक पाँवड़ों के लिए पराग विधा दिया है। थोड़ी देर में पुष्प अपनी महक का उपहार हर्ष भरे हृदय से निछावर कर देंगे। यह बाँटने का समय है। जिसके पास जरो प्रिय भाव-वस्तु हो, उसे वासुदेव की इस सृष्टि के लिए सौंप कर विमुक्त हो जाओ। उठो, मीरा, उझो, नदी का प्रवाह या समय कभी रुकता ठहरता नहीं, सदा बहता रहता है। फिर हम तुम अब उसी प्रवाह के संगी साथी हैं। "मंथर-मधुर और प्यानों स्वर अनुगूँज उठो।

मीरा ने शान्त भाव से सुना और अरविन्द को करबद्ध व सिर झुकाकर नमन किया?

"श्रद्धालु सन्त, आज तुम्हारे प्रति विशेष जिज्ञासु हैं। वे देखना-जानना चाहेंगे कि बीते कल और आज में क्या परिवर्तन है। ...कोई किसी का ध्यान नहीं लेता। सब वासुदेव के अंश हैं। सबको यही विश्वास दिलाने के लिए हमने ध्यान लगाया है। उसकी कृपा पायी है। वह कृपा सदा बनी रहे, आज तुम्हें यही आशीर्वाद देना है जो हमें तुम्हें मिला है, वही इन सबका है। ...तैयार होकर स्वस्थ तथा प्रसन्न चित्त से सबका नमन स्वीकार करो और सबका अपने नमन के प्रसाद का लाभ उठाने दो।"

फिर शान्दित। मात्र शान्ति। न स्वर, न व्यंजन। न अभिधा को नाना प्रकार के सुमनों की महक से प्रसन्न करती। अनाहट किये आहिस्ता आहिस्ता चलतर जा रही थी गुरुदेव अरविन्द को पुनः नमन करते हुए।

❏❏